나의
왼쪽

너의
오른쪽

하승민 장편소설

나의
왼쪽

너의
오른쪽

황금가지

프롤로그

누군가 무덤을 파고 있다. 어둠 속에서, 묵묵히. 젖은 흙에 삽을 꽂아 한 덩이를 떼내고, 한 삽. 다시 한 삽.

지아는 눈을 떴다.

눈이 닿는 곳마다 검은 산이었다. 꾹꾹 눌러 담은 고봉처럼 높고 낮은 산이 주위를 감싸고 있었다. 나뭇가지는 머리를 풀어 헤친 귀신처럼 하늘을 가리고 섰다. 돌개바람은 이명이 되어 메아리를 만들어냈다. 면도날 같은 바람이 불었다.

모르는 곳이었다. 낯선 하늘, 처음 보는 나무, 젖은 흙냄새로 가득한 산속이었다. 지아는 눈이 어둠에 적응되기를 기다렸다. 바람이 구름을 걷어내자 나뭇가지 사이로 달빛이 쏟아졌다. 조각난 사기그릇 끝에 달빛이 맺혔다.

무릎 아래가 푹 꺼졌다. 물컹한 것이 발아래 있었다. 축축한 회색 눈이 지아를 노려보았다. 창백한 팔이 썩은 과일처럼 툭, 떨어졌다. 지아는 엉덩방아를 찧었다.

젊은 여자였다. 구덩이 속에 반쯤 파묻혀 있었다. 아직 흙으로 덮지 못한 반쪽짜리 얼굴은 원망과 공포로 허우적거렸다. 지아는 소용없다는 걸 알면서도 여자의 가슴을 눌렀다. 손바닥이 가슴에 압력을 가할 때마다 늑골이 질컥거렸다. 둔기에 얻어맞은 뒤통수에서 흐르는 피는 미지근하게 허벅지를 적셨다. 피에 젖은 머리카락은 밤송이처럼 곤두섰다. 소용없어. 가지런히 벌어진 입술이 그렇게 말했다.

호흡은 명치 끝에 머물렀다. 끌어올리려 해도 회복되지 않는 들숨을 폐가 터져라 집어삼켰다. 주먹으로 가슴을 쳤다. 뼈가 으깨지도록 때린 뒤에야 막혔던 맥이 풀렸다. 코르크 마개가 빠진 듯 체증을 토해내자 긴 트림이 빠져나왔다. 한기가 내장을 파고들었다. 그보다 몇 배는 더 차가운 눈이 지아를 노려봤다.

쌓아두었던 피로가 한꺼번에 몰려왔다. 지아는 입고 있던 옷을 여몄다. 손톱 하나가 깨져서 덜렁거렸고 피와 흙이 덩어리져 손톱에 박혀 있었다. 겹겹이 쌓아 올린 어둠이 사방에서 밀려왔다. 저기요. 누구 없어요. 지아는 어둠을 향해 소리쳤다. 부엉이 소리만 돌아왔다. 지아는 흙을 딛고 일어섰다. 이끼와 뒤섞인 바닥이 자꾸 미끄러졌다. 귓불이 찢어질 듯 얼얼했지만 패딩 안쪽은 땀으로 흥건했다. 손톱에 낀 검은 때를 물끄러미 바라봤다. 기원을 알 수 없는 손등의 흉터 자국과 아직 피딱지가 굳지 않은 손바닥의 상처를 응시했다. 뺨에는 게 껍질 같은 버짐이 일었다. 투견장에서 달아난 개처럼 온

몸이 긁혀 쓰렸다. 몇 달은 된 것 같은 근육통이 찾아왔다. 목 뒤에서, 허벅지 안쪽에서, 더운 맥이 펄떡펄떡 뛰었다.

"나와."

지아는 바닥에 손을 내리쳤다. 답은 없었다. 묵직하고 시린 통증이 어깨를 따라 정수리로 빠져나갈 뿐이었다.

"나오라고. 튀어나와서 설명하라고."

혜수는 어디선가 이 광경을 지켜보고 있을 것이다. 언제나 그랬던 것처럼 당황하는 지아를 조롱하면서. 그건 지아에게 남은 시간이 많지 않다는 뜻이기도 했다. 언제 혜수가 다시 몸을 차지하고 지아를 더 큰 절망으로 밀어 넣을지 모르니까.

지아는 시체를 뒤졌다. 지갑이나 전화기 같은, 신원을 설명해줄 단서는 보이지 않았다. 시체는 청바지에 맨발 차림이었고 매니큐어를 바른 손톱은 정갈했다. 뒤통수는 삽날로 내리친 것 같은 상처와 함께 수박처럼 으깨져 있었다. 몸싸움의 흔적은 없었다. 여자는 도망만 다니다 뒤에서 공격을 당한 거였다. 두려움도 죄책감도 없이 사람을 이 지경으로 망가뜨릴 수 있는 존재는 혜수밖에 없었다.

여자의 얼굴이 스르륵 굴러 지아를 노려봤다. 스무 살쯤 됐을까. 어떤 사연으로 이 자리에 와 있을까. 혜수와는 무슨 관계일까. 혜수는 어쩌자고 이 여자를 이 몰골로 만들어버렸을까. 확인하지 못할 답안지였다. 혜수는 금고에 기억을 욱여넣고 잠가버렸으니까.

저질렀다. 혜수가 결국 저질러버렸다. 언젠가는 이럴 줄 알았다. 사람을 죽여버렸다. 모르는 장소에 지아를 던져놓고, 모르는 사람의 시체를 던져놓고, 반만 파묻다 달아나버렸다. 저지르지도 않은 잘못으로 벌을 받는 건 지금까지로 족했다. 살인죄로 복역하는 인생은 상상하기도 싫었다. 기억하지도 못하는 피해자를 위로하고 싶지도 않았다. 지아는 시체 옆에 놓여있던 삽을 들었다. 언제나 수습은 지아의 몫이었다. 혜수가 설계해놓은 대로 움직이는 운명이었다.

지아는 얼어붙은 땅에 삽을 꽂았다. 바닥은 온계리의 저수지처럼 단단했다. 파편이 사방으로 튀었다. 패딩을 벗어 던졌다. 어깨 위로 허연 김이 번졌다. 단내가 날 때까지 삽질을 했다. 한 삽을 떠 여자의 얼굴 위에, 한 삽을 떠 여자의 팔 위에, 또 한 삽을 떠 여자의 배 위에 뿌렸다. 언 땅에 달구질을 했다. 밋밋한 봉분을 밟고 나뭇가지를 모아 덮었다. 땅 아래 시체를 숨기고 나니 달은 서쪽으로 제법 기울어 있었다. 태어나 한 번도 본 적 없는 수의 별들이 하늘에 점점이 박혀 있었다.

지아는 산에서 내려갔다. 노동을 끝낸 몸에서 땀이 빠져나갔다. 몸이 냉동창고에 들어가 있는 것처럼 식기 시작했다. 가시를 내민 덤불에 걸려 패딩이 뜯어졌다. 그 틈으로 거위 털이 뭉텅뭉텅 빠져나갔다. 지아는 그것도 모르고 산을 내달렸다.

어디 가니. 지아야.

메아리는 쉬지 않고 지아를 찾았다. 바람과 나무가, 바위가, 창백한 달빛이, 끊임없이 지아를 불렀다. 소리가 나는 곳을 향해 삽을 집어 던졌다. 무릎 연골 안쪽이 딱하고 꺾였다. 온몸이 무너지는 중이었다. 서리를 맞은 돌가루가 신발로 굴러들었다. 생채기가 난 자리가 쓰렸다. 얼마나 내려왔는지 가늠이 되지 않았다. 지아는 그저 경사가 진 곳으로, 무덤에서 먼 쪽으로 걷고 걸었다. 바닥이 조금씩 단단해진다 싶을 때쯤에야 돌망태와 사각 개비온으로 쌓은 절벽 아래 국도가 나타났다. 가로등 하나 없이 침침한 도로 반대편에서 드문드문 인가가 보였다. 지아는 국도를 따라 무작정 달이 저무는 서쪽을 향해 걸었다. 발가락은 고드름처럼 딱딱했다. 녹슨 가로막이 발에 챘다. 거리에는 개미 새끼 한 마리 보이지 않았다. 도로가 두 갈래로 갈라지는 지점에 이르니 표지판이 나타났다. 하룻밤 사이에 시력이 낮아진 것처럼 눈앞이 흐릿했다. 지아는 눈을 잔뜩 찌푸리고 글자를 읽었다.

오른쪽은 묵진. 왼쪽은 서울. 시체가 묻혀있던 곳은 조대산.

조대산 봉우리에 먹구름이 걸려 있었다. 당장이라도 눈보라를 쏟아낼 것 같았다. 지아는 겨드랑이에 손을 넣은 채 이정표를 바라봤다. "묵진, 묵진." 하고 소리 내어 말해봤다. 혹시나 떠오르는 게 있을까 싶어서였다. 혀끝에 감기는 말투나 잔상까지 모든 게 낯설었다. 기억은 갈피를 잡지 못하고 마구잡이로 뛰어놀았다. 늑대 울음 같은 바람이 연신 품속을 파고들었다.

달아나야 해. 시체에서 멀어져야 해. 아무도 모르게 서울로 돌아가야 해. 뱀이 마을로 가서 이불을 덮고 누워 있어야 해. 경찰이 와서 윽박질러도 네가 그런 거라고 인정해선 안 돼. 머릿속 목소리가 속삭였다.

의사를 만나야 해. 경찰이 아니라 의사. 살인 사건을 파헤치고 날 난도질 할 형사가 아니라, 날 침대에 눕혀놓을 의사. 청진기를 갖다 대고 약을 줄 의사. 머리에서 혜수를 도려내 줄 의사. 사람을 죽일 수 있는 의사.

숨은 턱 끝까지 찼다.

지아는 서울을 향해 걷기 시작했다.

1부

염지아

간병인

염지아는 높이 백육십오 센티미터에 무게 백 킬로그램짜리 단백질 덩어리였다. 평수로는 한 평이 조금 못 되고 일 점 오 리터 생수병에 옮겨 담으면 칠십 개 정도를 채울 수 있는 용량이었다. 그 좁은 공간에 두 사람이 살았다. 버릇없는 세입자인 혜수는 뒤처리를 하는 법이 없었다. 혜수가 남긴 찌꺼기를 청소하는 건 지아의 몫이었다.

뉴 밀레니엄을 앞둔 1999년의 겨울, 지아는 축음병원 치매병동의 간병인이었다. 대소변 냄새가 끊이지 않는 곳. 드문드문 기억을 되찾은 환자들이 희망은 없다는 걸 깨닫게 되는 곳. 느린 죽음이 으르렁거리는 곳. 가끔 찾아오는 환자의 가족들이 자신의 인생이 아직은 밑바닥으로 가라앉지 않았다는 사실에 위안을 얻는 곳.

치매병동은 하늘색 페인트로 대기를 떠도는 지린내를 감췄다. 병원 관계자가 실내 채도를 높이는 것만으로도 생존율이 올라간다는 연구 결과를 들먹인 결과였다. 하얀색은 정신병원 같고, 노란색은 너무 애들 같다며 선택한 색이 연파랑이었다. 환자들은 하늘색 벽을 볼 때마다 천국에 온 것 같다고 했다. 하지만 축음병원이 천국일 리는 없었다. 환자들은 착한 일을 해서 이곳까지 온 게 아니었다. 병원비가 다른 요양병원의 70% 정도라서 이곳에 처박힌 것이다. 가난한 자식들을 둔 탓이었다.

치매병동의 노인들은 세 뼘 높이의 침대에서 생활했다. 의사의 사타구니와 간호사의 골반과 간병인의 엉덩이를 마주해야 하는 세계였다. 한 번 그 높이까지 내려간 이들은 다시는 예전에 지내던 높이로 돌아오지 못했다. 모로 누워 볼살이 땅을 향해 하루가 다르게 쳐지는 걸 느끼면서 축음병원 3층의 노인들은 서로를 위로했다.

지아는 탈의실 구석에서 보정속옷을 껴입었다. 너무 덩치가 커 보이면 환자들에게 불쾌감을 줄 수 있다며 병원에서 권유한 거였다. 삐져나오는 뱃살은 가릴 수 있었지만 그 탓에 행동이 굼떴다. 지아가 속옷 사이로 살을 밀어 넣고 있을 때 맞은편 캐비닛 앞에서는 동료 간병인인 노유정이 통화 중이었다.

환자들은 유정을 좋아했다. 연예인처럼 예쁜 것도, 별다르게 싹싹한 것도 아닌데 사람들 마음을 흔들었다. 토실토실한 엉덩이 때문인지도 몰랐다. 아직 버리지 못한 경상도 사투리 억양 덕인 것도 같았다. 사투리가 친근감을 준다는 이야기를 들은 적이 있었다.

"응. 빨리 들어갈 거야. 알았어, 여보. 응응. 알았다니까. 부탁해볼게. 나도 사랑해."

유정이 남편과 통화를 할 때면 평소에도 높은 목소리가 몇 옥타브는 더 올라갔다. 간드러진 말투로 꺄르르 웃어댔다. 지아는 귀를 막고 싶은 걸 참고 바지 단추를 조였다.

통화를 끝낸 유정이 속옷 차림으로 지아 앞에 나타났다. 망사 레이스 사이로 유두가 비쳤다. 검정 가터벨트는 허벅지를 조였다. 시장에서 구입한 밋밋한 살구색 속옷만 입던 지아는 눈을 어디 둬야 할지 알 수 없었다.

"지아 선생님, 오늘 야간 근무 좀 바꿔줄 수 있어요? 나 결혼기념일이라서."

유정이 말했다. 애교가 듬뿍 담긴 말투였다. 필요한 것을 얻기 위해 어떤 행동을 취해야 하는지 본능적으로 아는 인간이었다. 지아는 겨우 바지 단추를 채우고 유니폼을 입었다. 단추를 하나씩 채울 때마다 숨이 턱턱 막혔다.

"저 이틀 전에도 야간 근무였는데……"

"네. 그런데 하필 오늘이 제 결혼기념일이라니까요."

유정은 눈을 동그랗게 떴다. 지아의 완곡한 거절을 수용할 수 없다는 태도였다.

"오늘 목이 이모 목욕 있는 날인데…… 유정 선생님 담당이잖아요."

"아이참. 결혼기념일인데 좀 봐줘요. 그리고 목이 이모가 지아 씨 좋아하잖아요. 다음에 내가 한 번 대신 야간 설게요. 고마워요."

유정은 대답을 듣기도 전에 할 말을 쏟아내고 돌아섰다.

"응, 여보. 스케줄 바꿨어. 그럼."

캐비닛 너머로 유정의 목소리가 울렸다. 지아는 마지막 단추를 채웠다. 앞섶이 터져나갈 것처럼 부풀었다. 조심스레 숨을 내쉬었다. 긴장이 풀리고 나니 억울했다. 유정이 시키는 대로 하자니 부아가 치밀었다. 지아는 캐비닛 너머로 소리쳤다.

"저기 유정 선생님, 아무리 생각해도 내가 오늘은 좀 힘들겠어요."

대답이 없었다. 지아는 유정의 캐비닛 쪽으로 걸음을 옮겼다. 유정이 있어야 할 자리가 허전했다.

"선생님?"

지아는 소리를 높여 유정을 불렀다. 탈의실 구석 물품 보관함 쪽에 기척이 있었다. 환자들 물건을 따로 모아놓은 곳으로 원무과 인테리어 공사로 잠시 여직원 탈의실 캐비닛을 빌려 쓰는 중이었다. 금품을 관리하기 때문에 환자들이 퇴원할 때나 개인용품을 구매할 일이 있을 때만 원무과 직원이 잠금장치를 풀 수 있었다.

"선생님? 제가 오늘 좀 힘들 것 같다니까요."

유정은 물품 보관함 앞에 어정쩡한 자세로 서 있었다. 노상 방뇨하다 들킨 것 같은 모습이었다. 원무과에서 보관하고 있어야 할 열쇠가 유정의 손가락에서 짤랑거렸다.

유정이 서 있는 곳은 목이 이모 사물함 앞이었다. 봉투 하나를 들고 막 사물함을 닫던 참이었다. 갑자기 등장한 지아를 보고 놀란 유정은 금세 초승달 모양으로 눈웃음을 지었다. 손가락을 들어 쉿, 하고 윙크했다. 죄책감 없는 미소였다.

"결혼기념일인데 식사라도 좋은 데서 해야지 싶어서요. 잠시 빌리는 거예요. 다음 주에 월급 타면 돌려놓을 거예요."

유정은 종종걸음으로 탈의실을 빠져나갔다.

"비밀이에요, 비밀."

문을 닫으며 한 번 더 다짐을 받는 것도 잊지 않았다.

목이 이모는 5년째 치매 환자였다. 목이 안 좋아 가래 낀 소리를 낸다고 목이 이모라고 불렀다. 가래 이모라고 부를 수는 없으니까. 안면 마비를 앓고 있어 항상 얼굴을 찡그렸다. 그 모양대로 협곡 같은 주름이 졌다. 말이 많아서 간병인들을 피곤하게 만들었다. 욕실로 향하는 짧은 시간에도 목이 이모는 쉴 새 없이 떠들었다. 어렸을 때 친했던 마을 오라버니가 결혼하던 날 어찌나 슬펐는지 혼자 사흘 밤낮을 울었다는 둥, 한국전쟁 당시 부산으로 피난을 가서 먹었던 꿀꿀이죽이 그렇게 맛있었다는 둥, 이십 년 전 죽은 첫째 오빠와 십 년 전에 죽은 둘째 오빠는 둘 다 간암이라는 둥, 오래전 일을 어제 일처럼 들려줬다. 목이 이모가 기억하지 못하는 건 최근 일들이었다.

"어제 뭐 먹었어요, 이모?"

지아가 그렇게 물어보면 목이 이모는 한참을 고민하다 부산에서 먹었던 돼지국밥이 맛있었는데, 하고 대답했다.

"그게 언제였어요?"

"뭐가?"

"돼지국밥. 부산에서 먹은 거요."

"나 신혼여행 갔을 때지. 그때 산성에도 올라가고 바다 구경도 가고 그랬어. 우리 신랑이 키도 크고 잘 생겼지."

목이 이모는 새신부처럼 얼굴을 붉혔다.

"이모, 남편분 어디 계세요?"

"외국 나갔지! 사우디. 우리 신랑이 세상에서 제일 높은 건물 짓는다네."

"맞아요. 곧 돌아오신대요."

목이 이모의 남편은 2년 전에 세상을 떠났다. 그걸 모르는 건 목이 이모뿐이었다.

지아는 병실 온도와 습도를 점검했다. 환자들 몸에 욕창이 생기지는 않았는지, 멍 자국은 없는지 확인하고 차트를 정리한 뒤 청소 상태를 챙겼다. 병실 정리가 끝나면 목욕물을 받았다. 간호사가 목이 이모의 옷을 벗기고 뜨거운 물을 받는 동안 목욕용품을 준비하는 게 지아의 몫이었다. 간호사는 이모를 욕조 속에 던져 넣었다. 한때 목이 이모의 피부였을 것들이 필터 속으로 빨려들었다.

"목이 이모 오늘은 배가 빵빵하시네. 힘 좀 줘봐요."

간호사는 목이 이모의 아랫배를 눌러줬다. 방귀가 스르륵 흘러나왔다. 욕조 위로 기포가 솟았다. 방귀 냄새가 욕실에 스멀스멀 퍼졌다. 목이 이모는 부끄러운 줄도 모르는지 쥐눈 같은 눈동자로 화장실 천장을 바라볼 뿐이었다. 목이 이모는 머리를 가누지 못해 자꾸만 욕조에 뒤통수를 처박았다. 지아는 이모의 가슴에 비누칠을 했다. 목이 이모는 쭈글쭈글했다. 건포도 같은 가슴도, 마른 귤껍질 같은 팔꿈치도 그랬다. 그 작은 몸 안에 노인의 인생이 담겨 있었다. 인간은 시간을 담을수록 풍성해지는 게 아니었다. 버겁고 무거워 낡아가는 존재였다.

거동이 불편한 환자를 다루는 게 쉽지 않았다. 축 늘어진 몸뚱이는 무겁고 미끈거렸다. 뼈에 구멍이 숭숭 뚫린 노인들이라 자칫 놓치기라도 하면 골절을 입기 십상이었다. 벗은 몸을 보기도 싫었다. 낡고 병든 존재가 날 것이 되었을 때, 알고는 있지만 인정하기 싫은 현실을 마주했을 때, 그러니까 자신도 언젠가는 그렇게 되어버린다는 사실을 상기해야 하는 순간에, 지아는 덜컥 겁에 질려 뒷걸음질 쳤다. 눈만 뜨고 있는 인생에도 의미가 있을까. 살아만 있는 인생이 의미가 있을까. 지아는 종종 그런 생각에 잠겼다.

목욕하는 동안에는 말 한마디 없던 목이 이모는 간호사가 떠나고 나면 전처럼 수다스러운 노인이 됐다.

"저 여자는 돼지 같아."

간호사를 지칭하는 거였다. 돼지 같기로 치면 지아가 훨씬 더 한데도 목이 이모는 지아에게 나쁜 소리를 하는 법이 없었다.

"에이 이모. 이모 도와주는 분인데 그러시면 안 돼요."

"배도 누르고 머리도 흔들고 그런다니까."

"이모 씻기느라 그런 거죠. 저도 그러는데, 그럼 저도 돼지 같아요?"

"넌 아니야. 너랑 유정 선생님은 좋아."

"이모, 유정 선생님도 좋아요?"

"좋지. 예쁘고 착하고. 병원 사람들은 다 유정 선생님 좋아해. 너는 나만 좋아하고."

지아는 토라진 듯 입술을 삐죽 내밀었다. 목이 이모는 지아의 손을 쥐고 토닥였다.

"너는 우리 아들이랑 닮았어. 우리 아들도 뚱뚱해. 그래서 좋아."

"그게 무슨 칭찬이에요. 저는 살 빼고 싶단 말이에요."

"안 빼도 돼. 그게 좋아."

"아드님이 잘해줘요?"

"잘해줘. 돈도 주고."

"어머. 돈도 줘요?"

"줘. 봉투에 넣어줬어."

지아는 목이 이모의 머리를 빗었다. 목이 이모는 두피가 바짝 당길 정도로 머리를 묶는 걸 좋아했다. 회색 갈대 같은 머리를 고무줄로 감으면서, 지아는 유정이 들고 있던 봉투를 떠올렸다.

목욕이 끝나면 취침 시간이었다. 밤이 되면 기침 소리가 심해졌다. 환자들은 매일 밤 열 시에 졸피뎀을 처방받았다. 한 알이면 삼십 분 안에 잠이 들기 마련이었지만 내성이 생긴 노인들은 새벽까지 잠들지 못했다. 가끔 잠에서 깬 환자들이 몽유병에 걸린 것처럼 하늘색 복도를 걸었다.

그날은 목이 이모도 밤이 늦도록 칭얼거렸다. 고장 난 가습기 탓이었다. 수증기 대신 시커먼 먼지를 툭툭 뱉어놓았다. 목이 이모는 가래 낀 목소리로 잠들 때까지 같이 있어 달라고 했다. 목이 이모가 침대 한쪽을 비워놓고 손으로 가볍게 두드렸다. 지아는 그 위에 엉덩이를 올렸다. 취침 시간이 지난 병실은 숨소리로 가득했다. 이따금 잠에서 깨 화장실을 다녀오는 환자들이 부끄러운 줄도 모르고 고환을 긁었다. 목이 이모는 그때마다 자세를 바꿔가며 몸을 뒤척였다. 끓는 가래 소리가 잔잔해지고 조용히 가슴이 오르내릴 때까지 지아는 혼잣말을 했다. 어렸을 때 살던 동네나 학창 시절 이야기였다. 동화처럼 아름다운 이야기는 아니었다. 목이 이모는 지아가 하는 말을 알아듣지 못했다. 알아들었는데도 관심을 보이지 않았는지도 모른다. 그저 단조로운 음색이 자장가라도 되는 것처럼, 지아가 하는 말들을 한쪽 귀로 흘려보냈다. 더는 할 이야기가 없겠다 싶을 즈음 목이 이모는 쌔근쌔근 잠이 들었다. 뼈만 남은 팔이 느슨하게 늘어졌다. 지아는 자리에서 일어섰다. 무릎은 녹슨 나사못을 조인 것처럼 뻐근했다. 지아는 목이 이모의 귀에 입을 갖다 댔다. 옛날 이야기의 마지막 장면을 들려주는 것처럼 속삭였다.

"노유정 선생님이 이모 물건을 훔친 거 있죠. 아드님이 준 돈 있잖아요. 그거 노유정 선생님이 가져갔어요."

속이 좀 후련했다. 말똥말똥 눈을 뜨고 있는 목이 이모를 마주하기 전까지는 그랬다. 잠든 줄 알았던 목이 이모가 놀란 얼굴로 지아를 바라봤다.

"이모. 방금 제가 한 말 들었어요?"

목이 이모는 대답하지 않았다. 마른침을 꿀꺽 삼키고 베개에 머리를 뉘었다. 생각에 잠긴 듯 눈알이 허공을 더듬었다.

"이모, 못 들은 걸로 해요. 알았죠?"

목이 이모가 돌아누웠다. 지아는 이모의 등에 대고 연거푸 말했다.

"아무한테도 말하면 안 돼요. 모르는 척해요. 꼭. 알았죠, 이모? 알았죠?"

목이 이모는 여전히 대답이 없었다.

사건이 터진 건 아랫배가 꼬집듯이 욱신거리던 날의 아침이었다.

출근길 지하철은 매운 향수 냄새와 땀 냄새가 뒤섞여 악취로 들끓었다. 열차가 모래알처럼 빽빽한 인파를 뱉어놓고 그만큼의 승객을 다시 실었다. 운 좋게 자리를 차지한 사람들의 귀에는 어김없이 이어폰이 꽂혀 있었다. 눈은 전화기에 들러붙어 움직일 줄을 몰랐다. 유리에 얼굴을 찰싹 붙인 사내가 가쁜 숨을 쉬었다. 숨을 내쉴 때마다 유리에 입김이 서렸다. 기관사는 잔뜩 일그러진 목소리로 안내방송을 했지만 알아들을 수 있는 건 몇 마디 되지 않았다. 그저 반복적으로 내뱉는 '출입문 닫힙니다.'라는 소리만 자장가처럼 귓전에 맴돌았다.

배가 살살 아프더라니 예고도 없이 생리가 시작됐다. 만원 지하철 안에서 통증은 점점 심해졌다. 배에다 미싱을 박는 기분이었다. 지아는 손잡이를 붙잡은 채 다리를 배배 꼬았다. 병원에 도착했을 때는 두피가 땀으로 범벅이 돼 있었다. 끓는 물을 정수리에 들이부은 것 같았다. 화장실에 들어갔을 때 유정이 기다리고 있었다는 듯 지아를 가로막았다.

"염지아 선생님."

성과 이름을 붙여서 부르는 데는 이유가 있는 법이다. 유정은 밀랍 인형처럼 딱딱한 얼굴로 말을 이었다.

"아침에 수간호사님이 절 불렀어요."

창자가 꼬이는 것 같았다. 쓸 데도 없는 자궁이 지랄을 했다. 팬티 위로 벌건 핏물이 번지는 게 느껴졌다. 허벅지가 축축했다.

"저 좀 급한데 볼일 좀 보면 안 될까요."

"아 얘기 좀 하고 가면 안 돼요? 나도 급해요. 참아요, 좀."

유정은 지아의 앞머리를 넘겼다. 그 사이로 겁먹은 지아의 얼굴이 드러났다. 아까보다 훨씬 배가 아팠다. 유정은 땀이 흐르는 지아의 이마를 닦았다. 지아는 자신도 모르게 뒤로 물러섰다. 차가운 타일 벽이 등에 닿았다.

"지아 선생님 나이가 몇인데 아직도 여드름 많네요. 이런 거 짜면 안 돼. 깨끗이 씻어야지. 약 있는데 발라 볼래요? 따가운데 효과는 좋아요."

유정은 가방에서 연고를 내밀었다. 지아는 고개를 떨궜다. 유정이 지아의 턱을 추켜올렸다.

"나 봐. 얼굴 보고 얘기해요. 왜 계속 땅을 봐요."

"배가 아파요."

"배가 아프면 똥을 싸야죠."

"유정 씨, 왜 그래요."

"아. 짜증 나네."

이명이 찾아왔다. 고음역대의 주파수가 왼쪽에서 오른쪽으로 관통했다. 지아는 입을 크게 벌렸다. 턱에서 딱, 딱 소리가 났다. 긴장하면 찾아오는 증상이었다. 어깨에서도, 무릎에서도, 고작 이십 년도 살지 않은 몸뚱이가 마른 나뭇가지처럼 부러졌다.

"지아 씨가 수간호사한테 일렀어요? 내가 목이 이모 돈 훔쳤다고?"

"아니에요……, 나 그런 말 한 적 없어요."

"수간호사는 염지아 선생님이 일렀다고 하던데."

"아니에요. 그냥…… 목이 이모한테 얘기했어요. 지나가는 말로 한 거예요."

유정은 이제야 실타래가 풀렸다는 듯 고개를 끄덕였다. 안전하다고 여겼던 울타리가 뿌리째 뽑히고 있었다. 지아는 사과에 익숙했다. 무릎을 꿇는 데도, 손이 발이 되도록 비는 데도 익숙했다. 이번에도 머리를 조아리는 것으로 넘어갈 수 있기를 바랐다. 지아는 고개를 들었다. 또 한 번 통증이 요동쳤다. 방향을 잃은 시선은 화장실 거울에 날아가 박혔다. 넓적한 거울이 화장실에서 벌어지고 있는 사건을 정물처럼 그려냈다.

땀으로 범벅이 되고 통증으로 일그러진 얼굴이 지아를 마주했다. 그 너머에서 뭔가 끓어 넘치고 있었다. 압력을 견디지 못하고 곪은 여드름처럼 터져 나오는 존재가 있었다. 목을 가르고 두개골을 열어 이쪽 세상으로 넘어오려는 중이었다. 지아는 점점 통제권을 잃는 걸 느꼈다. 선처럼 얇은 웃음소리가 귀를 간지럽혔다.

거울 속 지아가 이 세상의 것이 아닌 듯한 웃음을 짓기 시작했다. 귀까지 벌어진 입은 갈고리처럼 휘었고 눈은 위아래로 늘어졌다. 용암처럼 일그러지는 얼굴 위로 눈빛만 창백하게 빛났다.

"염지아 씨, 지금 웃어요?"

유정의 목소리가 몇 번이고 사방으로 메아리쳤다.

지아는 유정을 밀치고 변기가 있는 곳으로 뛰어들었다. 바지와 팬티를 한 번에 내렸다. 팬티를 시뻘겋게 물들인 혈흔을 보는 순간 무슨 일이 벌어질지 짐작할 수 있었다. 한기가 어깨를 덮었다. 광대처럼 깔깔대는 웃음소리가 화장실에 퍼졌다. 눈이 감겼고 바닥으로 쿵, 몸이 내려앉았다.

그리고 찢어지는 비명소리와 함께 정신을 차렸다.

지아는 시계부터 확인했다. 오전 7시 20분. 화장실에서 정신을 잃은 뒤로 20분이 지났다. 유정의 비명 소리가 죽음병원 3층의 치매 병동을 찢어놓았다. 지아는 소리가 나는 곳을 향해 고개를 돌렸다. 유정의 손바닥을 뚫어 놓은 연필이 보였다. 화살촉처럼 번들거리는 연필심이 근육과 힘줄을 차례로 작살내고 반대편으로 빠져나왔다. 딸기시럽 같은 피가 시트를 적셨다. 얼음 알갱이가 부유하는 대기가 창문 밖에서 소용돌이쳤다.

지아는 말아 쥔 주먹에 꽂힌 연필을 보며 막대사탕을 떠올렸다. 눈앞에 둥실 떠 있는 게 츄파춥스가 아니라는 걸 알았을 때는 세상이 모로 기우는 느낌이었다. 연필은 유정의 호흡에 맞춰 가쁜 진자 운동을 했다. 이불을 뒤집어쓴 환자들은 눈을 커다랗게 뜨고 지아를 지켜봤다. 형광등 불빛이 바늘처럼 쏟아졌다.

"그만!"

유정은 손바닥을 감싸 쥐고 짐승처럼 숨을 몰아쉬었다. 시추선이 석유를 끌어 올리듯 손에서 연필을 뽑아냈다. 맨홀 같은 구멍이 모습을 드러냈다.

"미안해요. 내가 잠시 정신이 나갔어요."

지아는 유정의 등을 쓸었다. 그래야 할 것 같았다. 유정은 벽을 향해 물러섰다. 더는 다가오지 말라고 애원했다.

"아니에요, 유정 선생님. 그런 게 아니에요."

지아는 구급함에서 붕대를 찾아 건넸다. 유정은 붕대로 손을 감았다. 아이보리색 헝겊 위로 붉은 핏방울이 번졌다. 환자들이 일어나

유정을 향해 다가갔다. 삐걱대는 병실 침대 소리가, 환자들의 웅성거림이 안개처럼 퍼졌다. 어디선가 가느다란 웃음소리가 들렸다.

욕지기가 솟았다. 지아는 화장실로 달렸다. 하늘색 복도는 군인들이 질주하는 듯한 뜀박질 소리로 요동쳤다. 반쯤 녹아 죽이 된 아침식사가 변기에 쏟아졌다. 신물로 범벅이 된 입을 헹구고 고개를 들었다. 화농성 여드름과 검고 굵은 주름으로 얼룩진 괴물이 거울 앞에 서 있었다. 탄력을 잃은 피부는 끝을 모르고 아래로 늘어졌다. 기름기와 화장이 사라진 얼굴에 달 뒷면 같은 맨살이 드러났다. 심장이 균형을 잡지 못하고 덜그럭거렸다. 지아는 턱이 시큰해질 때까지 볼 안쪽을 씹었다. 뺨이 붉게 달아올랐다. 유들유들하게 웃고 있는 화장실 거울을 향해 침을 뱉었다. 혜수는 거울 속에서 손을 흔들었다. 안녕, 안녕.

아침 조례가 시작되기 전이었다. 집으로 돌아가야 했다. 사람들로 북적이는 지하철에 다시 오르고 싶지 않았다. 화장실을 나온 지아는 재필에게 전화를 걸었다.

"혜수가 나왔어요."

전화기 너머로 침묵이 흘렀다. 보도블록에서 흙먼지가 밀려 올라왔다. 재필은 접촉사고 현장을 처리하는 경찰관처럼 물었다.

"다치지는 않았고?"

네, 하고 대답하려던 지아는 잠시 머뭇거렸다. 노유정의 손에 난 바람구멍이 떠올라서였다. 지아는 재필이 했어야 할 질문을 포함해 답을 했다.

"저는 괜찮아요. 같이 일하는 사람은 관통상을 입었고요."

"관통상? 뭐로 찔렀는데."

"연필이요. 손을 찔렀어요."

"내가 가마. 30분쯤 걸릴 거다. 병원에 들어가지 말고 밖에 나와 있어. 주차장에 있으면 돼. 경찰이 와도 따라가지 말고."

"알아요, 아저씨. 한두 번 있는 일이 아니잖아요."

지아는 재필이 올 때까지 주차장에서 기다리기로 했다. 필요하지도 않은 사이렌을 울리며 앰뷸런스가 들어섰다. 경찰차와 앰뷸런스 사이렌 소리를 구분하기 어려웠다. 지아는 이따금 겁먹은 눈으로 사이렌 소리가 나는 곳을 따라 눈동자를 굴렸다.

링거를 꽂고 담배를 피우는 환자들과 잠시 쉬러 내려온 남자 간호사들이 지아를 보며 수군거렸다. 지아를 바라보는 남자들의 얼굴은 언제나 구겨져 있었다. 그 위로 혐오가 싹을 틔웠다. 평생을 그렇게 살았다. 아이들의 귓속말, 들리지 않게 속삭이는 비웃음, 등 뒤에 꽂히는 비난이 언제나 지아를 따라다녔다.

재필은 조례 시간이 되기도 전에 용달차를 몰고 병원에 도착했다. 이 성격 좋은 장발의 중년은 지아의 부름에 곧바로 차를 몰았다. 덩치에 어울리지 않게 말이 많은 사람이었다. 그만큼 쓸모없는 지식으로 뇌를 채우고 다녔다. 재필은 역대 대통령 당선 연도와 부통령의 이름을 순서대로 읊을 수 있었고 90년 이후 현대 자동차의 라인업을 모두 기억하고 있었다. 지아는 재필을 향해 달렸다. 뛸 때마다 무릎이 아팠다. 뱃살이 방방을 탈 때처럼 출렁였다. 겨울 한파를 예고하는 바람에 뺨이 얼어붙었다. 지아는 딱딱해진 뺨을 씰룩였다. 혀끝이 얼얼했다.

"타라. 집에 가서 좀 쉬어. 잘 해결될 거다."

재필의 머리가 바람에 휘날렸다. 지아는 조수석에 올랐다. 히터가 몸을 데웠다. 91년식 1톤 포터는 맹추위에 저항하듯 으르렁거렸다. 지아는 몸을 웅크렸다. 시트 스프링이 몸부림을 쳤다. 차량 행렬은 거북이처럼 이어졌고 하늘은 변비에 걸린 것처럼 시무룩했다. 그 아래 경광등이 사납게 번쩍였다.

"사고 났었네. 어쩐지 막히더라."

교차로에 진입했을 때 재필이 말했다. 덤프트럭 아래로 말려 들어간 차가 보였다. 핏물인지 기름인지 모를 액체가 계속 흘렀다. 그걸 보고 있는데도 동요가 없었다. 유정의 손에 박혀 있던 연필 생각만 가득했다. 연필은 유정 대신 지아의 목에 꽂혀야 했다. 기도를 뚫고 혀를 틀어막아야 했다. 다시는 그런 짓을 저지를 수 없도록. 자신이 덤프트럭 아래 말려 들어갔으면 했다.

"별일 없이 넘어갈 수도 있어. 마음을 편히 먹어."

재필은 어린아이를 달래는 듯한 말투로 얘기했다. 재필은 때때로 대책 없이 긍정적이었다. 짜증이 솟구쳤다. 그래선 안 된다는 걸 알면서도 지아는 재필에게 쏘아붙였다.

"사람 손에 구멍을 뚫어버렸는데. 괜찮지 않아요."

"네가 그런 게 아니야."

"사람들은 그렇게 생각하지 않아요. 아저씨도 알잖아요. 제 인생이 어떤지 평생 봐 왔잖아요. 왜 계속 괜찮다고만 하세요? 왜 그래요, 대체?"

재필의 얼굴은 화산이 폭발하듯 가운데로 몰려들었다. 당황할 때면 그런 표정을 지었다. 재필은 엑셀에 발을 올렸다. 사고 지점을 빠져나가고 나니 길이 뚫렸다. 문동 로터리를 지나 뱀이 마을이 나왔다. 높은 언덕을 따라 집들이 빼곡했다. 철근과 콘크리트를 쌓아 올려 만든 폐자재의 집합이었다. 그런 집들이 쌓이고 쌓여 군집을 만들어냈다. 멀리서 보면 민둥산에 따개비가 다닥다닥 붙은 모양새였다. 재필은 뱀이 마을 입구에 차를 세웠다.

"네가 겪은 일을 알면 사람들도 이해해줄 텐데 말이지."

"평생 말할 수 없을 거예요."

비밀은 인간을 약하게 만든다. 약점이기 때문에 비밀이다. 그러니 비밀을 털어놓는 건 신뢰 속에서 가능한 일이었다. 내 등에 칼을 꽂지 않을 거라는 믿음이 있어서 괜찮은 거였다. 어떤 비밀은 털어놓지 않아야 하고, 어떤 비밀은 듣지 말아야 한다. 어떤 비밀을 지키고 털어놓을지는 경험이 알려줬다. 지아는 그런 경험을 쌓을 만큼 많은 인간관계를 맺지 못했다. 스물다섯의 청춘은 그래서 위태롭고 불안했다.

"고맙습니다, 아저씨."

지아는 들릴 듯 말 듯 한 목소리로 말했다.

"철순 형님한테 안부 전해주고."

재필을 통해 듣는 아버지의 이름은 언제나 낯설었다. 흔해빠진 옆집 아저씨 이름 같았다. 지아와 아버지의 거리가 딱 그 정도였다. 철순은 한 번도 지아를 살갑게 안아준 적이 없었다.

집에 들어서기도 전에 세라가 문을 긁었다. 지아가 문을 열자마자 달려 나와 종아리에 젖은 코를 비볐다. 세상 걱정 없이 사는 몰티즈였다. 지아는 세라 앞에 개껌을 뜯어 던져놓았다. 개수대에 밥알이 말라붙은 설거짓거리가 놓여있었다. 뜨거운 물을 담아 불려두고 이불 속으로 기어들었다.

아직 점심도 되지 않은 시간이었다. 지아는 전화기를 껐다. 병원에서 챙겨온 졸피뎀을 씹었다. 한 번에 세 알이었다. 그 정도는 돼야 내일 아침까지 푹 잠들 수 있을 것 같았다. 그러고 나면 머리가 좀 맑아질 것 같았다. 약효는 금방 나타났다. 지아는 기절하듯 잠에 빠졌다.

깨어났을 때는 한밤중이었다. 철순은 옆방에서 맹렬하게 코를 골았다. 마을 아래 개 짖는 소리가 길게 울렸다. 취객이 토하는 소리, 쓸쓸하게 내려앉은 달빛, 끊어질 듯 계속되는 경적, 모든 게 처음 서울로 올라오던 날과 다르지 않았다.

지아는 어둠 속에서 손가락을 폈다. 소독약으로 갈라진 손은 시커멓고 짤막해서 악기를 연주하기에도 운동을 하기에도 애매해 보였다. 정말로 이 손이 유정에게 몹쓸 짓을 했을까. 이 손으로 연필을 꽂아 넣었을까. 정말로.

꼭 하나씩 부족한 지아였다. 하늘이 지아를 만들다 이래선 안 되겠다 싶어 사람 하나를 더 집어 넣어버렸다. 그러지 말았어야 했다. 하나는 죽어버렸어야 했다.

괘종시계가 새벽 두 시를 알렸다. 타종 소리가 천둥처럼 요란했다. 철순은 잠꼬대를 했다. 그만, 그만, 하고 소리쳤다. 악몽이 되살아났다. 잠드는 게 싫었다. 매일 반복되는 꿈이 고달팠다. 오늘 밤에도 그 꿈을 꾸게 될 거라는 사실이 두려웠다.

철순은 매일 밤 지아와 같은 꿈을 꿨다. 그날, 그 장소에 있던 모두는 같은 꿈을 꿨다. 악몽은 지아를 19년 전의 온계리로 데려가 여섯 살짜리 아이가 장롱에 숨어 있던 그 순간을 재생하고, 목을 조르고, 소리칠 거였다.

'너 때문이야.'

웃음소리가 사방에 번졌다. 지아는 눈을 감았다. 귀를 막았다. 환청은 끈질기게 지아를 괴롭혔다. 눈을 감아도 귀를 막아도 끝내 스며들고 마는 환청이었다. 지아는 머리끝까지 이불을 끌어 올렸다. 촘촘한 악몽 속에 온계리의 풍경이 떠올랐다.

온통 핏빛이었다.

온계리

황룡강 물줄기가 가지를 뻗은 곳에 온계리가 있다.

전라남도의 촌 동네였다. 비포장도로가 이어지는 곳에서 멈추지 않고 차를 몰면 온계리 표지판을 볼 수 있었다. 따뜻함을 잇는다고 해서 온계리라고 했다. 언제부터 그 이름으로 불렸는지는 아무도 몰랐지만 온계리는 이름값을 했다. 계절과 상관없는 훈풍이 불었다.

여름의 초입이었다. 캡사이신같이 매운 여름이 아니었다. 동치미에 삭힌 고추처럼 시원하고 알싸한 여름이었다. 버드나무가 개천을 따라 줄지어 섰다. 좋은 물과 뜨거운 볕을 받고 자란 버드나무는 거미줄처럼 빽빽한 잎을 피웠다. 마을 사람들은 두루미 날개처럼 펼쳐진 그늘에서 더위를 식혔다. 돌무더기를 들추면 도롱뇽알을 파먹던 가재가 몸을 숨겼다. 저수지는 멱을 감는 아이들 소리로 떠들썩했다. 커서 뭐가 되려고 그러냐, 보다는 크면 뭐라도 되겠지 라는 말로 아이들을 위로하는 시절이었다.

마을에 마지막으로 도둑이 든 건 3년 전이었다. 시주하러 다니던 땡중이 청년회장 집에 들어가 저금통을 훔친 일이었다. 청년회장이 별일 아니니 없는 돈인 셈 치자고 했는데도 마을 사람들은 댓바람에 달려 나가 기어이 땡중을 찾아냈다. 땡중을 탈탈 털어 찾아낸 것이 이만 원 정도 됐다. 마을 사람들은 겨우 이거 찾느라 온종일 고생한 거냐고 투덜거렸다. 땡중은 그중 만 원은 원래 자기 돈이라고 했다. 청년회장은 그러게 별일 아니라고 하지 않았냐며 뒤통수를 벅벅 긁었다.

도둑이 없는 마을인데도 개들은 이유 없이 짖었다. 심심해서인지, 발정이 난 건지, 그것도 아니면 늑대였던 선조의 피가 끓어서인지는 몰라도 한 마리가 짖기 시작하면 그게 달리기 시합 총성이라도 되는 것처럼 온 동네 개가 목청을 높였다. 그러다 개들이 짖기를 멈추면 동네가 고요해졌다. 바람에 풀이 스치는 소리, 새소리, 느슨한 선풍기 소리가 풍경이 되어 머물렀다. 집집이 심어둔 나무는 하늘을 찔러 그늘을 만들었다.

철순은 무쇠솥을 만드는 공장에서 일했다. 가마에 불을 지피면 쇳물 온도가 천팔백 도까지 올라간다고 했다. 얼굴이 벌겋게 익고 먼지를 뒤집어쓴 채 하루를 보냈지만 철순은 모름지기 남자라면 불과 쇠를 다루는 일을 해야 한다며 공장 일을 자랑스러워했다. 언젠가 돈이 모이면 직접 공장을 차리겠다고 했다. 그러면 다 같이 서울로 올라가 살자고 했다. 지아는 천팔백 도짜리 쇳물이 어떤 건지, 서울은 어떤 곳인지 상상이 가지 않으면서도 그저 아버지가 대견했다.

철순은 지아가 잠든 사이 출근을 했고 저녁이 되기 전에 퇴근했다. 철순이 출근하고 나면 낡은 기와집은 모녀의 차지였다.

지아는 담요를 뒤집어쓰고 시간이 흐르는 모습을 지켜봤다. 서늘한 공기는 천연 수면제가 되어주었다. 졸린 눈을 비비다 몇 번이고 기절하듯 잠이 들었다. 그때마다 먼지가 풀썩 피었다. 꽃가루가 날렸다. 지아는 소매로 콧물을 닦았다. 축축하게 젖은 코에 맛있는 냄새가 포착됐다. 부엌에서 나는 냄새였다. 지아는 벌떡 일어나 부엌으로 달렸다. 밥상에 멸치볶음이 김을 뿜고 있었다. 지아는 엄마 엉덩이에 얼굴을 묻었다.

"귀신같이 냄새를 맡는다니까."

엄마는 앞치마에 손을 닦으며 말했다.

"손부터 씻고 와야지."

엄마 목소리는 사이다 같았다. 입을 열 때마다 탄산이 터졌다. 주방에서 요리를 할 게 아니라 가수가 됐어야 했다.

"씻었어."

"거짓말. 얼른 씻고 와."

지아는 손을 높이 들어 여기저기 뜯어봤다. 깨끗하기만 한데 엄마는 용케 손 안 씻은 걸 눈치챘다. 점쟁이라면 용하다는 소리를 듣겠지만, 엄마가 오방색 한복을 입는 건 내키지 않았다. 역시 엄마는 가수나 점쟁이가 아니라 엄마일 때가 제일 좋았다. 지아는 작두펌프로 퍼 올린 우물물에 손을 담갔다. 잠이 확 달아나는 냉기가 퍼졌다. 목덜미 위에 빵가루 같은 햇살이 내려앉았다. 마을 평상에서 아줌마들이 얘기를 나누고 있었다. 뭐가 좋은지 깔깔대기도 하고, 손뼉을 치기도 하다 가끔 제삿날처럼 무거운 목소리로 신세 한탄을 하기도 했다.

지아는 부엌으로 돌아가 숟가락 위에 밥과 멸치볶음을 떠 입에 담았다. 단맛이 날 때까지 오물오물 씹는데, 생각처럼 맛있지가 않았다. 달콤해야 할 멸치볶음에서 쓴맛이 났다. 어째서 코끝이 맵고, 가슴이 턱턱 막히는 기분이었다. 엄마는 불안한 표정으로 마당을 내려다보는 중이었다. 멀리서 정체를 알 수 없는 소음이 메아리쳤다. 방금 전까지 얘기를 나누던 동네 아줌마들의 목소리는 들리지 않았다. 소란의 한가운데에서 질펀하게 젖은 땅이 울어댔다. 여섯 살짜리 아이도 그게 위험 신호라는 건 알 수 있었다. 무서운 것들이 다가오고 있었다. 무겁고 거북한 것이 땅을 울렸다.

지아가 밥을 다 먹지 못하고 숟가락을 놓았을 때 청년 하나가 집으로 뛰어들었다. 얼굴이 다리미로 다린 듯 넙데데하고 팔다리는 통나무처럼 굵은 남자였다. 개울에서 구른 듯 진흙을 뒤집어썼다. 티셔츠며 청바지가 군데군데 찢어져 살갗을 드러냈다. 청년은 가막사리를 몸에 휘감은 채 겁에 질려 뭐라고 소리를 질렀다. 호랑이라도 본 것 같은 몰골이었다. 엄마는 화들짝 놀라 다듬잇방망이를 집어 들었다. 청년이 두 손을 앞으로 내밀고 방아깨비처럼 툇마루로 뛰어 올랐다.

"아주머니. 나 좀 살려주시오."

청년은 토끼처럼 오들오들 떨었다. 숨을 곳을 찾는 눈이었다. 제정신이 아니었다. 가정집이 아니라 병원에 가야 할 것 같았다. 지아는 엄마 뒤에 숨었다. 마른하늘에 총성이 울렸다. 청년은 콩 볶는 소리가 들릴 때마다 악몽을 꾸는 것처럼 어깨를 움츠렸다.

"군인들이 와요. 총을 쏴요. 아주머니, 살려주시오."

엄마는 다듬잇방망이를 내려놓았다. 그 한마디가 많은 걸 설명한 모양이었다. 청년은 연신 뒤를 돌아봤다. 아무도 없는 마당에 귀신 떼가 몰려오는 걸 보고 있는 표정이었다.

"군인들이 왜 온계리에 오나요. 시위는 광주에서 벌어졌는데."

엄마가 말했다. 불길한 미래를 예감한 듯 목소리가 떨렸다. 지아는 생전 처음 보는 엄마의 모습에 뭔가 안 좋은 일이 벌어지고 있다는 걸 알 수 있었다. 다만 대체 두 사람이 무슨 말을 하는 건지는 쉽게 알아듣지는 못했고 그저 좀 무서워서 엄마 뒤에 꼭 숨어 있었다.

"광주로 이동하다 여기서 교전이 벌어졌나 봐요. 지금 학교 운동장에서 닥치는 대로 사람들 쏘고 난리가 아니에요."

"내가 그쪽 숨겨줬다가 무슨 변을 당하려 그래요."

"아주머니……"

총성이 가까워졌다. 옆집에서 비명이 울렸다. 자지러지는 울음소리 뒤에 정적이 찾아왔다. 엄마는 앞치마를 꽉 움켜쥐었다. 청년은 울먹이고 있었다.

"이름이 뭐요."

"박재필이요."

엄마는 장롱문을 열었다. 겨울 이불이 쌓여있는 자개장이었다. 재필은 냉큼 그 위로 뛰어올랐다. 검은 진흙이 이불에 묻었다. 엄마는 혀를 끌끌 찼다.

"대학생 두 번만 숨겨줬다가는 이불이 남아나질 않겠네."

"저 대학생 아닙니다."

재필은 이불로 몸을 숨기며 말했다.

"시위대도 아니에요. 그냥 물건이나 떼다 파는 외판원이에요. 군인들이 민간인을 쏘고 있다 이 말입니다."

"알았으니까 숨기나 해요. 지아 너도 삼촌이랑 같이 있어."

지아는 이불 속에 기어들었다. 눅눅한 온기가 몸을 감쌌다. 재필의 더운 숨소리는 어둠과 함께 줄어들었다. 이가 맞지 않아 살짝 열린 장롱 문틈으로 엄마가 보였다. 엄마는 한숨을 크게 쉬었다. 그리고 아무 일도 없던 것처럼 바닥을 훔치고 밥상을 치웠다.

얼마 지나지 않아 군인이 집으로 들어섰다. 독개구리 무늬를 한 군복 차림이었다. 김장 김치를 담근 장독을 열어보기도 하고 마당 구석에 있는 재래식 화장실을 살피기도 했다. 원하는 걸 찾지 못한 독개구리는 떨떠름한 표정을 지었다. 군화를 신은 채로 툇마루에 올랐다. 앞니에 꽂은 이쑤시개를 혀로 돌려댔다. 이쑤시개 끝이 건들거렸다. 독개구리는 철모를 들어 땀을 닦았다. 바싹 깎은 머리카락이 덩굴처럼 구불거렸고 검은 이마는 땀방울로 번들거렸다. 팔뚝까지 올려 걷은 소매 아래로 흉측한 흉터가 보였다. 팔을 빙빙 돌려 감은, 검고 커다란 방울뱀 모양이었다. 독개구리의 팔 위에서 방울뱀은 꼬리를 바짝 올려 세우고 천천히 꿈틀거렸다. 독개구리는 엄마를 한 번 흘겨보고는 말도 없이 집안을 뒤졌다.

"이 집에 나밖에 없소."

엄마가 말했다. 독개구리는 그렇군, 하고 말하듯 입꼬리를 올렸다. 그리고 엄마를 향해 성큼 다가갔다. 물푸레나무로 된 곤봉이 묵직하고 빠르게 허공을 갈랐다. 엄마가 휘청이며 허수아비처럼 무너졌다. 매질이 쏟아졌다. 엄마는 숨도 쉬지 못했다. 독개구리가 분을 못 이기고 고함을 질렀다.

"이 반동분자 새끼! 공산당 새끼들! 테러 분자들! 개 같은 반역자 새끼들아!"

엄마는 옆구리를 부여잡았다. 입술이 벌에 쏘인 것처럼 부어 있었다. 물푸레나무 곤봉이 집기를 향했다. 밥상이 부서지고 그릇이 쏟아졌다. 곤로가 바닥을 뒹굴었다. 엄마는 벽에 기대앉아 하얗게 질린 얼굴로 이 집엔 아무도 없다니까요, 하고 말했다. 독개구리는 화가 가라앉을 때까지 날뛰었다. 제풀에 지쳐 쓰러진 뒤에야 곤봉이 움직임을 멈췄다. 벽에도 문짝에도 구멍이 숭숭 뚫렸다.

독개구리가 행주를 주워 들어 목덜미에 땀을 닦았다. 그리고 천천히 집안을 살폈다. 미술작품을 구경하는 듯 느긋한 걸음걸이였다. 뒷짐을 지고 휘파람까지 부는 통에 평화로운 오후에 산책을 나온 촌부 같아 보일 정도였다. 벽에 걸린 할아버지와 할머니의 사진을 한참 들여다보거나 반닫이 장을 열어 축문을 읽었다. 한자가 가득한 종이를 보다 관심 없다는 듯 휙 집어던졌다. 이따금 이에 꽂힌 이쑤시개를 빙글 돌렸다.

"집에 혼자 있단 말이지."

엄마는 고개를 끄덕였다.

"남편은 일하러 갔을 테고. 애는? 신발이 있던데."

"밖에 놀러 나갔소."

"속 편한 인간들이네. 시골 사람들이 그래서 안 돼. 나라가 빨갱이 소굴이 될 판인데 여기 처박혀 있으니 세상 돌아가는 걸 알 리가 있나."

독개구리는 볼일이 끝났다는 듯 마당으로 걸음을 옮겼다. 느린 걸음이었다. 엄마는 일어나 난장판이 된 집을 치우기 시작했다. 독개구리가 한쪽 콧구멍을 막고 코를 풀었다. 팽하고 날아간 건더기가 툇마루에 떨어졌다.

지아는 긴장을 풀었다. 팽팽하게 당겨져 있던 턱 근육이 느슨해졌다. 몸이 착 가라앉는 느낌이었다. 코끝이 간질간질했다. 장롱 안 이불이 겨우내 쌓인 먼지를 뿜었다. 이러면 안 되는데, 하면서도 코가 말을 듣지 않았다. 지아는 숨을 크게 들이켰다가 시원하게 재채기를 했다. 마른 성냥을 긋는 것처럼 에취, 하는 소리가 장롱 밖으로 새어 나갔다.

독개구리가 천천히 고개를 돌렸다. 엄마는 독개구리와 장롱을 번갈아 쳐다봤다. 핏물을 뺀 고기처럼 창백한 얼굴이었다.

"아무도 없다면서."

독개구리가 말했다. 엄마는 독개구리의 정강이를 붙잡았다. 곤봉이 엄마의 날개뼈를 두드렸다. 목과 머리를 잇는 뭉툭한 뼈에도 쏟아졌다. 독개구리는 축구공을 차는 것처럼 크게 발을 털었다. 군화를 붙잡고 있던 엄마의 손이 힘없이 튕겨 나갔다. 독개구리는 장롱을 향해 성큼성큼 걸었다. 주저하지 않고 문고리를 쥐었다. 재필이 몸을 잔뜩 웅크렸다.

엄마는 독개구리의 허리춤에서 곤봉을 빼냈다. 방금 전까지 자신이 휘두르고 있던 무기를 빼앗긴 독개구리는 엄마를 향해 돌아섰다. 곤봉을 내놓으라는 듯 손을 내밀었다. 엄마는 팔을 머리 위로 치켜들어 독개구리의 머리를 향해 곤봉을 휘둘렀다.

독개구리는 슬쩍 허리를 비틀어 곤봉을 요리조리 피해 다녔다. 어린아이를 놀리는 것 같은 모습이었다. 엄마는 무기력했다. 그런데도 미친 사람처럼 독개구리를 향해 달려들었다. 안 된다, 우리 애는 안 된다. 엄마의 뒷모습이 그렇게 외치고 있었다. 엄마는 독개구리가 발을 헛디디는 순간을 놓치지 않았다. 담요를 밟고 미끄러진 독개구리가 멈칫하는 사이 엄마는 머리로 가슴팍을 들이받았다. 두 사람이 뒤엉켜 넘어졌다. 숨소리만 가득했다. 재필은 장롱에 구겨져 귀를 막고 있었다. 얼굴을 찡그리고 기도인지 주문인지 모를 말을 속삭였다.

한참을 날뛰던 두 사람의 움직임이 멈췄다. 엄마는 독개구리를 깔아뭉갠 상태로 헝클어져 독개구리의 허벅지 사이에서 무릎을 꿇고 앉아 있었다. 당장 독개구리의 머리를 박살 낼 기세로 곤봉을 든 채였다. 하지만 엄마는 움직이지 못했다. 뾰족한 쇠붙이가 엄마의 명치 부근에서 반짝이고 있었다. 바닥에 개머리판을 박은 소총이었다. 총구가 엄마를 향했다. 손가락은 이미 방아쇠에 걸려 있었다.

"이 빨갱이 새끼들."

독개구리가 중얼거렸다. 엄마는 떨리는 목소리를 꾹꾹 누르며 대꾸했다.

"쏘지 마시오. 애가 보고 있소."

지아는 그 후로도 오랫동안 그때 바라본 엄마의 표정을 설명할 단어를 찾지 못했다. 구겨지고 일그러져서 뭐라 형용할 수 없는 얼굴이었다. 입술은 자주색으로 창백하고 머리는 산발이었다. 많은 것을 알고 있는 얼굴이었다. 이미 지난한 미래를 경험해버린 얼굴이었다. 지아에게 닥칠 불행을 미리 알아버린 얼굴이었다. 그래서 늙고 쓸쓸하게 바래버린 얼굴이었다. 우리 딸. 엄마는 그렇게 말하고 있었다.

"눈을 감아. 심호흡을 해."

지아가 마지막으로 들은 독개구리의 목소리였다. 좁은 방에 귀를 먹먹하게 만드는 총성이 울렸다. 이명이 소용돌이쳤다. 온몸을 뒤로 밀어내는 반동이 느껴졌다. 세상 모든 소리가 사라지고 가느다란 풀피리 소리가 귀를 파고들었다. 팔 끝이 저리고 눈앞에 새까만 벌레가 날아다녔다. 귀와 코에 솜을 쑤셔 넣은 것 같았다. 엄마는 배를 감싸 쥐었다. 붉은 안개를 토했다. 피비린내가 춤을 췄다. 목에서 피거품이 쏟아졌다. 독개구리를 향해 손을 뻗어 뭔가 말하려던 엄마는 끝내 말을 잇지 못했다. 독개구리는 엄마를 방구석으로 밀어내고 앞치마로 얼굴을 닦았다.

재필은 굵은 팔로 지아가 옴짝달싹 못 하게 부둥켜안고 입을 막았다. 우악스러운 완력 사이로 신음이 새어 나갔다. 지아의 괘종시계는 진자운동을 멈췄다. 흑백으로 채색한 세상에서, 배를 뚫고 솟구치는 피만 선홍빛이었다. 돌개바람이 불었다.

독개구리는 장롱으로 다가왔다. 재필은 지아를 밀어내고 필사적으로 몸을 말았다. 빛이 들어오지 않는 장롱 한구석에서 오들오들 떨었다. 독개구리는 문을 살짝 열고 어둠을 향해 눈을 굴렸다. 독개구리의 시선은 회색빛으로 정지한 지아의 얼굴에 머물렀다.

"너 혼자 있니."

독개구리가 물었다. 지아는 고개를 끄덕였다. 독개구리가 절망적인 표정으로 고개를 떨구고 문을 닫았다. 독개구리의 팔 위에서 혀를 날름거리던 방울뱀이 스르르 지아를 옭아맸다. 어디선가 딸랑, 딸랑, 소리가 들리는 것 같았다.

딸꾹질이 멎지 않았다. 장면 하나하나가 안구에 각인을 새겼다. 호흡이 가빠오는 걸 느꼈다. 무저갱으로 가라앉는 기분이었다.

딸꾹.

"엄마."

딸국.

"엄마?"

머릿속에 작은 벌레 한 마리가 들어와 바스락거렸다. 발이 수십 개 달린 벌레가 여섯 살짜리 지아의 머리를 헤집었다. 벌레가 만들어낸 균열이 점점 커졌다. 공간이 일렁이고 휘어지고 늘어나고 수축했다. 바닥이 무너지고 지금껏 지아를 지탱하던 지지대가 사라졌다. 지아는 한 번도 두 발로 선 적이 없었던 마냥 땅을 향해 낙하하기 시작했다. 변기 속으로 빨려 들어가는 바퀴벌레처럼 가라앉았다. 손을 뻗어 앞을 더듬었다. 익숙한 살덩이의 감촉이 느껴졌다. 차갑고 뻣뻣하고 축축했다.

지아는 여섯 살배기 꼬마였지만 이것이 언젠가 끝날 악몽이 아니라는 걸, 신호등이 바뀌거나 해가 뜨고 지는 문제가 아니라는 걸, 이 사건이 영원히 자신을 괴롭히게 될 순간이라는 걸 알 수 있었다.

주위에 차갑고 뻣뻣하고 축축한 것들이 쌓이기 시작했다. 죽은 존재들이었다. 빠른 속도로 온기를 잃고 부패하는 것들이었다. 지아는 살아있던 것들이 어떻게 죽은 존재가 되는지 알지 못했지만, 그것들이 자신과는 다른 존재라는 것만큼은 확실해 보였다. 처음으로 타인과 자신의 경계를 인식한 순간이기도 했다. 콩 볶는 소리 한 번에 죽은 것이 하나씩 쌓였다. 밤하늘 어둠처럼 깊고 요란한 강이 생과 사를 갈랐다. 강물은 차고 넘쳤다. 그날 많은 것들이 그 강을 따라 돌아올 수 없는 곳으로 흘렀다.

모래 먼지가 피었다. 중국의 황사와 공장의 매연과 태평양의 습기를 한 번에 머금은 거대한 소용돌이였다. 높고 넓게 치솟으며 세력을 불려가는 노란 기둥이었다. 지아는 모래 먼지 속에서 몇 번이나 정신을 잃었다. 어느 틈에 길바닥이었고, 어느새 집이었다. 어느 순간 이불 속에 들어가 있었고 그날부터 지아는 아팠다.

열이 올랐다. 오한이 찾아왔다. 꿈인지 현실인지 분간이 가지 않는 순간이 계속됐다. 밥을 언제 먹었는지, 화장실을 다녀온 게 언제인지 기억나지 않았다. 진한 향냄새를 맡았고 집안 가득 울음소리가 들렸다. 잘린 필름을 이어붙인 며칠이 지난 후 집은 아주 조용했다. 온 동네가 그랬다. 접시가 달그락거리는 소리도 참매미 소리도 들리지 않았다. 생기를 잃은 아이들은 고개를 숙이고 길을 걸었다. 세상은 어느덧 가을이 되어 있었다.

후에 전해 듣기로 지아가 경험한 일은 트라우마라고 했다. 훗날 백화점이나 다리가 무너졌을 때, 지하철에 불이 났을 때, 배가 침몰했을 때 단골처럼 뉴스를 장식하는 단어가 되었지만 그 시절에는 트라우마라는 단어가 흔히 쓰이지는 않았으니 동네 어른들은 애가 많이 놀랐다는 한마디로 진단을 마쳤다. 귀신에 씌었다고 혀를 차는 이들도 없지 않았다.

엄마가 집에서 사라진 이후로 한동안 식탁에 오르는 건 깍두기와 흰 밥이 전부였다. 그나마 깍두기가 김치로 바뀌거나 계란후라이가 더해질 될 때가 있다는 게 다행이었다. 라면을 먹는 날은 차라리 나았다. 밥에 간장만 비벼 먹어야 했던 날에는 지아도 숟가락을 집어 던지고 말았다.

"먹기 싫어요."

"그럼 관둬라."

철순은 지아의 밥을 자신의 밥그릇에 덜었다. 한 입을 먹고는 싱거운지 간장을 더 부었다. 그러다 뚜껑이 열리는 바람에 간장이 쏟아졌다. 짠내가 물씬 풍겼다. 철순은 그 모습을 바라보다 크게 한 숟갈을 떠 입에 넣었다. 그리고 얼굴을 찌푸렸다.

"안 짜요?"

"짜다."

급류를 탄 듯 배가 꼬르륵거렸다. 허기가 졌지만 지아는 내색하지 않았다. 그저 철순이 꾸역꾸역 남은 밥을 비워내는 모습을 지켜봤다. 물레방아가 방아를 찧는 것처럼 철순의 턱은 쉴 새 없이 움직였다.

식사를 끝낸 철순은 상을 치워버렸다. 지아는 상이 물러가고 허전해진 바닥에 가만히 앉아 있었다. 대체 철순이 무슨 생각을 하는 건지 고민했다. 어쩌면 아무 생각이 없는 걸 수도 있겠다 싶었다. 그즈음 철순은 나사가 빠지는 걸로도 모자라 건전지를 빼고 살았으니

까. 아무 생각도 할 수 없어서 요리도 대충, 여섯 살짜리 딸이 절반
도 먹지 않은 밥을 치우고 설거지도 대충, 청소도 대충, 일도 대충이
었다.

철순은 방으로 들어가 문을 닫아버렸다. 지아는 마당으로 나왔다.
젖은 나무 냄새가 밀려들었다. 구름 사이로 별이 반짝였다.

별들이 소곤대는 홍콩의 밤거리.

지아는 기억이 나는 대로 노래를 흥얼거렸다. 홍콩이 어디 있는
곳인지, 그곳의 밤거리가 어떤지는 몰라도 무척 아름답고 조용한
곳일 거라는 생각이 들었다. 그러니 별들도 소곤대며 얘기하겠지.
엄마는 노래하는 걸 좋아했다. 젖은 빨래를 널 때도 장을 보고 돌아
오는 길에도 항상 노래를 불렀다. 하지만 이제는 아무리 노력해도
엄마 목소리가 떠오르지 않았다. 엄마 얼굴도 가물가물했다.

지아는 세면가에서 수돗물을 마셨다. 소매로 입을 닦았다. 하늘을
쳐다보고 있으면 눈앞에 투명한 나비 같은 것들이 떠다녔다. 그걸
따라 눈알을 굴리다 보면 졸음이 찾아왔고, 눈을 감아버리고 나면
어둑한 마루에 누워있기 마련이었다. 철순은 그런 지아에게 이불을
덮어주는 일도 없었다.

이른 저녁이었지만 세상은 깜깜했다. 창문이 하나뿐인 지아의 방
은 더욱 어두웠다. 이불에서 퀴퀴한 곰팡내가 났다.

뱀이 마을

철순은 머리맡을 더듬었다. 놋 주전자 뚜껑이 덜그럭거렸다. 자리
끼가 바닥난 걸 알고는 더 목이 말랐다. 아랫배는 요의로 요동쳤다.
술이 그리웠다.

밖은 이미 한낮이었다. 그런데도 거리는 조용했다. 그날 이후 거
리는 항상 조용했다. 이따금 계절도 모르고 미리 튀어나온 개구리
소리가 정적을 깨뜨렸다.

아내가 있어야 할 자리가 늑대 아가리처럼 뻥 뚫려 있었다. 그곳
을 채우는 건 허무와 억울함이었다. 빗물이 스며들어 누렇게 번진
벽지는 아내의 배에 번져있던 핏자국을 연상시켰다. 철순의 증오는
사방으로 튀었다. 가끔은 그 증오가 딸을 향했다.

철순은 서른한 살이었다. 아내는 철순보다도 네 살이 어렸다. 아
내가 살아 있었다면 배를 만져주고, 머리를 쓰다듬어주고, 이제 그

만 일어나라고 속삭여줬을 것이다. 철순도 아내의 엉덩이를 토닥이고 먹물처럼 검은 머리에 코를 파묻었을 것이다. 그러면 아내는 잠꼬대처럼 투정을 부리는 철순에게 물 한 잔을 떠다 줬을 것이다. 아무것도 할 수 없었다는 자책, 그 자리에 있지도 못했다는 아쉬움, 딸이 혼자 살아남았다는 현실이 뒤죽박죽되어 철순을 지옥으로 몰고 갔다.

재채기를 한 것뿐이에요. 코가 간질간질했어요. 엄마가 나 대신 갔어요. 지아는 제가 무슨 짓을 저지른 건지도 모르고 그렇게 말했다. 아내를 닮은 얼굴이, 아내가 어떻게 세상을 떴는지 태연히 지껄이고 있었다. 철순은 아내를 사랑했다. 아내를 닮은 딸도 사랑했다. 사랑한다, 라고는 말할 수 없었다. 아내가 세상을 떠난 후 세상의 모든 명제는 옛일이 되었다. 이제는 지아를 볼 때마다 죽은 아내가 떠올랐다. 지아는 철순의 악몽이었다. 이 조막만 한 딸이 남은 평생 자신을 말려 죽일 거라는 생각이 한순간도 머리를 떠나지 않았다.

지아가 뒤척였다. 눈꺼풀 아래 눈알이 빠르게 움직였다. 꿈을 꾸는 것이다. 무슨 꿈을 꾸고 있을까. 철순은 책꽂이에 꽂혀 있는 동화책을 훑었다. 가시덤불 속에서 펼쳐지는 모험, 용을 처치하는 기사, 왕자와 공주의 로맨스. 지아를 꿈나라로 날려 보냈던 환상이 이제는 지아의 도피처가 되어 있을 것이다. 그 꼴이 보기 싫어 철순은 여섯 살 된 딸을 깨웠다. 지아는 두더지처럼 이불 속으로 기어들었다.

"벌써 대낮인데 너는 왜 아직도 자니."

"모르겠어요, 아버지. 졸려요."

"밖에 나갔다 오자. 살 게 있어."

"술이요?"

"술도 사고 먹을 것도 좀 사야겠다."

철순은 지아를 이불 밖으로 끌어냈다. 지아의 시선은 대못처럼 철순에게 박혔다.

"이마는 왜 그랬어."

철순은 지아의 이마를 가리켰다. 작은 상처 위로 땀방울처럼 피가 솟았다.

"모르겠어요."

"어디 베인 건가?"

"그런가 봐요."

"억새 나는 데서 놀았지? 거기서 놀면 쓸린다. 함부로 그런 데 가지 마. 옷 입고."

철순은 지아의 손을 잡았다. 까치발을 들어야 철순의 허리춤에 겨우 손이 닿는 키였다. 지아는 강아지처럼 끌려다녔다. 차라리 목줄이 있으면 걷기는 편할 텐데 싶었다. 팔도 아프고 종아리도 아팠다. 눅눅한 이불 속이 그리웠다. 자꾸 졸음이 밀려왔다. 지아는 감기는 눈꺼풀을 억지로 들어 올렸다.

두 사람이 향한 곳은 집 근처 상가 건물이었다. 참기름과 고춧가루 냄새가 최루탄을 터뜨린 듯 뻑뻑했다. 도정기 도는 소리는 매미 수백 마리가 한 번에 울어대는 것 같았다. 철순은 무등산 상회 안으로 들어갔다. 팻말은 조금 기울어 있었고, 그 안에 선풍기가 고장 난 트랙터 같은 소리를 내며 돌아갔다. 선풍기는 공기를 순환시킬 뿐,

환기는 되지 않았다. 상회에는 지하실 특유의 곰팡내가 밀려들었다. 철순이 상회 안쪽에 난 문을 향해 말했다.

"형님 계시오."

몽유병 환자 같은 얼굴을 한 남자가 문을 열었다. 지아도 안면이 있었다. 장례식장에서 사람들이 이 주임이라고 불렀다. 문 안쪽 한 평짜리 방에서 뉴스가 나왔다. 흑백 텔레비전 속에 양복쟁이가 뭐라고 연설을 하고 있었다. 그 모습을 본 철순의 손에 바짝 힘이 들어갔다. 이 주임이 헛기침하며 텔레비전을 껐다.

"철순이 왔는가. 장례는 잘 치렀고?"

"네, 형님. 덕분에요."

"어쩐 일인가."

"술 좀 주세요."

이 주임은 목재를 얼기설기 이어 붙인 의자에 털썩 앉았다. 겨울인데도 러닝셔츠 차림이었다. 이를 잡는 것처럼 러닝셔츠 속을 북북 긁었다. 밖에서 불어온 바람은 얼마 남지 않은 이 주임 머리카락을 사방으로 흩어 놓았다. 철순은 지아의 손을 잡고 그 앞에 가서 섰다.

"막걸리 받아 간 게 지난주였잖아."

"다 마셨습니다. 그거라도 먹어야 잠이 옵니다."

"사람이 술에 기대면 쓰나. 이 동네 사람들 줄초상이네. 자네까지 그러면 안 돼. 딸 생각 해야지."

이 주임은 절레절레 고개를 저었다. 지아는 이 모든 상황이 불편했다. 상가 건물에서는 막걸리 군내가 기어 나왔다. 철순과 이 주임은 지아가 알아들을 수 없는 대화를 나눴다.

"자네 일은 하나? 공장 일은 어떻게 됐어."

"이 사달이 났는데 일이 되겠습니까. 공장도 분위기가 개판이에요."

"그러니까 자네가 더 힘을 내야지. 그렇게 주눅이 들어 있으면 쓰나."

"형님이 몰라서 하는 말입니다. 형님네는 아무 일 없었잖습니까."

이 주임의 눈썹이 꿈틀거렸다.

"말투가 좀 거슬리네. 그래서 우리는 뭐 마음 편하다 이건가?"

"형님 식구들은 거리에 없었습니다. 거리에 없으니 죽은 사람도 없고요. 총을 든 사람들이 죽고 구호를 외친 사람들이 죽었습니다."

이 주임이 자리에서 일어섰다. 참기름을 칠한 것처럼 땀으로 범벅이었다. 철순은 이 주임을 노려봤다.

"자네 장례식 비용은 누구 돈으로 치렀나. 내가 도와준 사람이 한 둘인 줄 알아? 나는 마음이 편해서 이러는 줄 아느냐고. 자네 말 잘했네. 내일부터 당장 공사장이든 공장이든 다시 나가게. 돈을 벌어. 내 돈부터 갚으라고."

철순은 이 주임의 멱살을 쥐었다. 러닝셔츠가 고무줄처럼 늘어났다. 이 주임은 철순이 어디까지 하나 두고 보자는 심정으로 내버려뒀다. 철순은 악에 받쳐 이 주임을 쥐고 흔들려 했지만 그러기엔 철순이 너무 약했다. 철순은 개구리처럼 배만 나오고 팔은 나무처럼 가늘었다.

에잇. 이 주임이 철순의 팔을 쥐고 비틀었다. 철순이 어찌나 쉽게 무너졌는지 낙엽 한 장이 바닥에 내려앉는 것 같았다.

"최소한 미안한 마음은 있어야 할 거 아닙니까."

철순은 악을 쓰고 달려들었다. 지아는 멀찍이 서서 그 모습을 지켜봤다. 어째서 아버지가 이렇게까지 해야 하는지 이해가 되지 않았다. 이 주임의 시선이 지아를 향했다. 지아도 지금 이 상황을 설명해달라는 듯 이 주임을 쳐다봤다. 이 주임은 참았던 숨을 토했다. 복어처럼 부풀었던 얼굴이 창백해졌다.

"철순이 일어나."

이 주임이 말했다.

"내가 오늘 하루만 막걸리 타 줄 테니 이거 갖고 좀 쉬어. 지아야. 밖에 가서 유리병 하나 가져와라."

소란은 끝났다는 생각에 지아는 냉큼 상회 밖으로 나갔다. 지아가 그나마 깨끗한 유리병을 찾는 사이 이 주임은 뒤주를 열었다. 뒤주 속에 대야가 있고 그 위에 바가지가 떠 있었다.

"지아가 자기 아버지 챙긴다고 큰 병으로 챙겼네."

지아가 가져온 건 한자가 적혀 있는 빈 청주병이었다. 이 주임은 철순이 더러워진 옷을 터는 동안 유리병에 막걸리를 담았다.

"들어갑니다."

철순이 말했다. 이 주임은 명치까지 늘어난 러닝셔츠를 끌어 올렸다. 한차례 소동이 끝나고 이 주임은 다시 텔레비전 켰다. 양복쟁이는 보이지 않고 대신 드라마가 한창이었다. 드라마 속 사람들은 참속 편해 보였다. 넓은 집에서 가족이 밥을 지어 먹고 있었다. 같은 하늘 아래 벌어지는 일 같지가 않았다. 가족이 멀쩡히 돌아가려면,

가족이 가족이 되려면, 엄마와 아빠가 있어야 할 것 같았다. 많으면 넷, 적어도 셋은 돼야 했다. 지아의 가족은 더 이상 그러지 못했다. 아빠와 지아 두 사람이 만든 가족은 너무 작고 초라해 보였다. 남은 평생을 그렇게 살아야 한다 생각하니 덜컥 겁이 났다. 안개가 낀 것처럼 사방이 뿌옇게 변했다. 이어 눈물이 후드득 떨어졌다.

지아는 이 주임을 향해 꾸벅 인사를 했다. 이 주임은 얼른 철순을 따라가라고 손짓을 했다. 철순은 집으로 가는 길엔 손도 잡아주지 않았다. 지아보다 막걸리가 소중한 듯 품에 유리병을 꼭 껴안았다. 지아는 철순의 바짓단을 잡고 부지런히 걸었다.

철순은 더욱 자주 술을 마셨다. 청주 병이 다 빌 때까지 쉬지 않았다. 철순은 노상 흐릿하고 기분이 좋아 보였다. 그러다 술기운이 떨어지면 길거리를 쏘다녔다. 옷에 더러운 것을 묻혀오기도 하고 가끔은 눈이 시퍼렇게 부은 채 돌아오기도 했다. 그런 날이면 더 많은 술을 마셨다. 지아는 이러다 철순이 죽는 게 아닐까 걱정이 됐다. 철순마저 변을 당하면 지아는 온전히 혼자가 될 터였다. 그래서 지아는 철순 몰래 수챗구멍에 막걸리를 몇 숟가락씩 흘려보냈다. 철순이 다 먹어 치우기 전에 양을 줄여 놓을 셈이었다. 그러다 한 모금씩 맛을 보기도 했다. 막걸리는 쓴 것 같으면서도 달고, 고소한 것 같으면서도 비렸다. 그렇게 조금씩 맛을 보다 보면 금방 배가 부르고 기분이 좋아졌다.

"별들이 소곤대는 홍콩의 밤거리."

철순은 술을 마시고 나면 노래를 불렀다. 지아도 따라 불렀다. 너도 기분이 좋으니. 철순이 그렇게 물으면 지아는 네, 아버지하고 대답했다.

"뭐가 그렇게 좋은데."

"다 좋아요."

"너는 다 좋니. 나는 다 싫다."

"그럼 나도 다 싫어요, 아버지."

모녀는 그렇게 무언가를 잊기 위해 술을 찾았다.

재필은 변고가 있고 난 뒤 몇 달이 지나도록 마을을 떠나지 않았다. 목숨을 빚졌으니 갚아야 하지 않겠냐며, 일손이 필요할 때면 불러달라고 했다. 농번기에 농사일이나 하겠지 했는데 초상 치르는 일까지 도왔다. 마을에 곡소리가 끊이지 않으니 일거리가 줄어드는 날이 없었다. 청주 병이 바닥을 드러내던 날, 재필이 집을 찾아왔다. 통이 넓은 청바지에 티셔츠 차림이었다. 재필은 문밖에서 조용히 철순을 불렀다. 철순도 혹여 누가 볼까 봐 조심조심 문을 열었다. 지아는 두 사람이 무슨 회동이라도 하나 싶어 이불을 뒤집어쓰고 지켜봤다.

"어떻게 됐나."

"준비됐어요. 좀 높은 언덕이긴 한데 괜찮아요. 비어 있어서 바로 계약금 내고 들어가면 되고요."

"사람이 그래도 되나…… 내가 이 주임한테 빚이 얼만데……"

"형님. 좀 냉정해집시다. 말이야 바른말이지 그 집이 이번 사태 때 한 게 뭐 있어요. 잃은 게 뭐가 있냐고요. 그 집 사람들이 어떻게 살아남았는지 알아요? 군인들한테 빌빌 기었다는 거 아닙니까. 옆집에 누가 숨었다, 도망가는 거 다 봤다, 우리는 문어 대가리 존경한다, 이렇게 말하고 목숨 부지한 거라고요. 형수님은 어땠습니까. 총을 앞에 두고도 저 살려주겠다고 하시다 변을 당하신 거 아닙니까. 이 주임네가 양심은 있는지 돕겠다고 설치는 모양인데 사람 잃은 건 형님입니다. 지아 생각하세요. 가족부터 챙기자고요. 저는 형님한테 빚이 있지 않습니까. 제가 모시겠습니다. 평생 모실 거예요."

철순은 깊은 생각에 잠겼다. 마른버짐처럼 핀 막걸리 자국을 혀로 쓸어내다 결심한 듯 자리에서 일어섰다.

"짐 싸라."

철순이 말했다. 재필은 말이 끝나기 무섭게 장롱에 있던 이불을 펼치고 그 위에 옷가지를 쏟았다. 그중에는 엄마가 입던 옷도 있었다. 철순은 엄마의 원피스를 들어 지아를 향해 눈대중했다.

"이거 입으려면 십 년은 걸릴 테지."

철순은 엄마의 옷을 모아 커다란 상자에 담았다. 지아는 뭘 하는 건지도 모르고 고양이처럼 그 속에 뛰어들었다. 옷감은 푹신했지만 알싸한 냄새를 풍겼다. 엄마의 체취는 거의 남아있지 않았다.

"버릴 거니까 나와."

철순의 말에 지아는 눈을 동그랗게 떴다.

"왜 버려요?"

"이사 가야 하니까."

"왜 밤에 이사해요?"

"어른들 사정이 있어."

겨울의 끝자락이었다. 얼음도 녹고 눈도 녹고 곧 개망초가 흐드러지게 필 텐데. 쌉싸름한 어린잎을 씹으면 허기도 가시고 속도 편할 텐데. 지아는 얼어붙은 도로로 나섰다. 바람이 늑대처럼 울었다. 트럭이 시동을 건 채 기다리고 있었다. 세 사람이 쓰던 세간살이는 작은 트럭 한 대에 다 싣고도 자리가 남았다.

지아는 철순이 이끄는 대로 가운데 자리에 앉았다. 엔진이 온기를 뿜었다. 지아는 조수석에 언 손을 녹였다.

"그게 좋니?"

운전석에 앉아 있던 재필이 말했다. 지아는 네, 하고 대답하며 그쪽을 봤다. 재필도 허연 입김을 뿜으며 손을 비볐다. 참을성 없는 바람이 재필의 입김을 휘저어놓았다.

"이게 다예요?"

재필이 차 뒤쪽을 가리켰다. 철순은 어딘지 허탈한 얼굴로 짐칸을 쳐다봤다.

"이게 다네."

"조촐하네요. 갑니다."

트럭이 밤길을 달렸다. 풍경이 빠른 속도로 지나갔다. 지아가 경험한 인생 전부가 배기가스 너머로 흩어졌다. 별이 성성이 박힌 하늘 아래 그릇 부딪히는 소리가 요란했다.

"신문지를 안 싸서 그래요."

재필이 몇 번이나 내려 짐을 추슬렀지만 달그락거리는 소리는 멈추지 않았다. 서울로 가려면 아직 몇 시간을 더 달려야 했다. 팔짱을 끼고 생각에 잠겨 있던 철순이 말했다.

"버리자."

한겨울의 국도에 그릇이 쏟아졌다. 엄마가 좋아하던 그릇이나 찻잔이 바닥에 뒹굴었다. 그 틈에서 검고 작은 것이 뛰쳐나왔다. 쥐였다. 꼬리가 길고 윤기 나는 회색 털을 두른 쥐는 마지막으로 봤을 때보다 좀 더 자라 있었다.

"이크."

재필이 호들갑을 떨었다. 어른 둘 사이에 갇혀 허둥대던 쥐는 돌연 지아를 향해 방향을 틀었다. 영하의 온도에 얼어 있던 지아는 미동도 하지 못했다. 쥐는 지아의 발가락을 향해 돌진했다. "가만있어." 재필이 말했다. 거대한 워커가 쥐 위에 그림자를 이뤘다. 천둥 같은 소리가 이어지고 찍, 소리가 났다. 작고 빨간 혀가, 잉크 방울 같던 눈이 예리한 추위 속에서 빛을 잃었다.

'잘 됐어.'

누군가 말했다. 지아는 어른들을 올려봤다. 철순도 재필도 입을 연 사람은 없었다.

'죽여야 했어.'

'하지만 죽은 걸 보니 불쌍한걸.'

'불쌍한 건 네 엄마지. 이 살인자.'

목소리는 분노했다. 저주와 욕설을 쏟아냈다. 개중에는 지아가 이해하지 못하는 노골적인 상소리도 섞여 있었다. 지아는 더 이상 말을 잇지 않았다. 바람이 머릿속에 울리는 목소리를 지워버리기까지 한참이 걸렸다.

트럭 안은 비로소 조용해졌다. 눈을 감아도 잠이 오지 않았다.

서울에 도착한 건 새벽이었다. 사방이 푸르스름하게 밝아왔다. 낡은 트럭은 굉음을 내며 언덕 아래에 섰다. 운전석에서 재필이 내렸다. 통이 넓은 바지를 차려입었던 철순은 펄럭이는 바짓단을 추스르지 못하고 걷다 걸음이 엉켜 바닥을 굴렀다. 재필이 철순을 일으켜 세웠다.

지아는 고개를 들었다. 하늘을 곧게 찌를 듯한 경사면에 집들이 빼곡히 들어서 있었다. 그곳은 온계리보다 몇 배는 더 딱딱하고 서늘했다. 아찔한 매연이 콧속을 맴돌았고 시멘트로 된 길은 사정없이 발바닥을 때렸다. 온계리와는 다른 느낌의 추위가 지아를 맞이했다. 좀 더 날카롭고 서늘한 바람이 방향을 가리지 않고 몰아쳤다.

'추워.'

목소리가 말했다. 지아는 대답하지 않았다.

'춥다고 이 쌍년아. 개 같은 년아.'

목소리는 속사포처럼 욕을 토했다. 지아는 귀를 막았다. 짐을 내리던 재필은 지아가 귀가 시려 그러는 줄로 알았다.

지아는 목소리가 머릿속을 떠날 때까지 귀를 막고 있었다. 목소리는 오랫동안 저주를 퍼부었다.

새집은 하늘과 가까웠다. 거기서는 달도 유난히 커 보였다. 기와와 슬레이트로 이은 지붕 위에 방수천을 덮은 동네였다. 방수천에 빗물이 고이면 모기가 알을 깠다. 모기에 물린 개가 울고 잠을 설치는 애가 울고 애와 개가 같이 울고 요강이 날아다니고 유리창이 깨지고 그 소리에 또 개가 울어대는, 한마디로 난장판인 동네였다. 문동역 로터리를 감싸 안는 언덕에 쌓아 올린 동네였다. 사람들은 이

곳을 뱀이 마을이라 불렀다. 한때 산이었던 곳을 개간해 만든 곳이라 초기에는 뱀이 많이 나왔다고 했다.

뭔가를 기르기에는 무리겠다 싶은 비탈길이 이어졌다. 그 꼭대기에 오르면 문동과 흑동이 한눈에 내려다보였다. 수만 개의 불빛이 발아래에 흐르고 수천만 개의 별빛이 머리 위에 쏟아졌다.

철순은 꼭 뭐에 쫓기는 사람처럼 서울 생활을 준비했다. 재필은 그게 철순이 아직 온계리를 기억하고 있기 때문일 거라고 생각했다. 지아도 마찬가지였다. 그 불쌍한 아이는 때때로 멍하게 하늘을 봤다. 볼품없는 하늘이었다. 지아는 코를 높이 치켜들고 바람을 들이켰다. 서울의 바람에는 눈물이 쏙 들어가게 만드는 먼지로 가득했다.

"도배부터 해야겠네요."

이사 첫날부터 공사가 시작됐다. 유치한 꽃무늬 벽지는 세월에 묻혀 시들어 버린 지 오래였고 표면 가득한 얼룩이 꽃잎을 대신하고 있었다. 벽지를 한 꺼풀 벗겨내자 풀썩 먼지가 일었다. 바퀴벌레 몇 마리가 갑작스러운 일격에 푸드덕 날아갔다. 이쪽 벽에서 저쪽 벽으로 자리를 옮기는 걸 보고 재필은 운동화를 던졌다. 애초에 무엇이었는지 모를 만큼 짓이겨진 바퀴벌레를 떼어냈다. 지켜보던 철순이 으히, 하고 작은 비명을 질렀다. 구운 김처럼 마른 회벽이 드러났다.

"집이 낡아서 싫지 않니."

재필이 지아에게 물었다. 지아는 티셔츠를 턱까지 올려 코를 막은 채 대답했다.

"방이 많아 좋아요."

철순은 지아에게 서울에서는 온계리에서처럼 행동하면 안 된다고 신신당부를 했다. 동네 사람들이 아무리 친절해 보여도 다 늑대한 마리씩은 키우고 있다는 거였다.

"아버지, 저는 늑대가 보고 싶어요."

철순은 지아를 물끄러미 바라보다, 사실은 늑대가 아니라 능구렁이가 산다고 했다. 능구렁이는 보고 싶지 않았기 때문에 지아는 알겠다고 했다. 하지만 지아가 보기에 서울 사람들은 늑대도 능구렁이도 아닌 헛똑똑이들이었다.

뱀이 마을의 골목과 골목이 만나는 곳에는 작은 슈퍼마켓이 있었고 그 앞 평상에는 조촐한 잔치가 열리곤 했다. 사람들이 부침개나 생선, 과일을 가지고 나눠 먹는 자리였다. 원래는 반상회 때만 모이던 게 워낙 죽이 잘 맞다 보니 틈만 나면 열리는 행사가 돼 버렸다. 동네 아이들도 얻어먹을 게 있으니 좋다고 고개를 디밀었다. 음식이 있는 곳에 술이 빠질 리 없었고 술이 있는 곳에 고스톱이 빠질 리 만무했다. 고스톱이 한두 판 돌다 보면 돈을 따는 사람도 있고 잃는 사람도 있는 법이니 개평이라도 챙겨 받지 못하면 잔치는 시간 가는 줄 모르고 이어졌다. 그래서 동네 사람들의 조촐한 모임은 밤늦게까지 이어졌다. 재필은 뱀이 마을 아래 문동 로터리를 건너면 나오는 흑동에 살았는데, 주민도 아니면서 매번 뱀이 마을 모임에 나타났다. 그곳이 제집인 양 거침이 없었다. 이사한 지 일주일도 되지 않아 동네 사람들과 면을 텄다. 얼마 지나지 않아 지아네보다도 동네 사람들과 친해졌다. 가끔은 통닭이나 양주를 들고 오기도 했기 때문에 동네 사람들이 반기는 편이었다. 사람들은 재필이 지아의 먼 친척쯤 되겠거니 했다.

"머리를 보니 제대한 지 얼마 안 됐나 보네."

오뎅 아저씨가 거나하게 취한 얼굴로 재필에게 물었다. 근처 여중 앞에서 오뎅을 판다는 사람이었다. 재필은 평상 위로 어기적 기어 올라 양반다리를 하고 앉았다.

"맞습니다. 월남전에도 참전했지요."

재필은 팔뚝에 길게 새겨진 상처를 꺼내 보였다. 깊고 굵은 흉터였다.

"이게 고지전 때 얻은 흉터입니다. 베트콩이 게릴라전을 펼치고 있었는데, 저는 소총을 들고 수색을 하던 중이었어요. 우리 소대가 선발대로 나서야 했습니다. 미군이 우리를 총알받이로 내세운 거지요. 숲이 너무 울창하다고 고엽제를 뿌려대지 않나, 베트콩이 나타났다면 네이팜탄을 쏘아대지 않나, 믿을 건 옆에 있는 동료밖에 없었어요. 하지만 제아무리 든든한 동료라도 정글의 고충까지 없애줄 수는 없단 말입니다. 장구벌레가 들끓는 개울물을 마시면서 진군했어요. 베트콩을 잡아야겠다는 생각은 간데없고 살아남는 게 최우선이었어요. 우리는 모두 지쳐있었습니다. 미군이고 한국군이고 할 것 없이요. 한 걸음 한 걸음 옮기는 일이 지옥 같았지요. 베트콩들은 그럴수록 고삐를 죄어왔고요. 그렇게 내리 사흘을 수색만 하다 그만 베트콩 한 놈을 만난 겁니다. 수풀을 사이에 두고요. 늪지대였어요. 신발이 푹푹 빠지는데 그냥 딱 눈이 마주치는 거 있죠. 그쪽이 기함하더라고요. 저는 놀랄 기력도 없었지만요."

"그래서? 총을 쐈나?"

"그럴 거리가 아니었어요. 그렇게 가까운 곳에서는 총보다 칼이 더 유용하지요. 베트콩이 단검을 빼 들길래 저도 주먹을 들었습니다."

"칼은 어쩌고?"

"칼은 총 앞에 꽂고 다니지요. 백병전할 때는 그렇게 배워요. 총을 검처럼 휘둘러야 하는데, 문제는 그럴 틈도 없었다는 겁니다. 둘이 한데 엉켜서 데굴데굴 굴렀어요. 베트콩 그놈도 어찌나 놀랐는지 마구잡이로 칼을 휘두르더라고요. 그러다 당했습니다."

"그놈은 어찌 됐어?"

오뎅 아저씨는 이미 고지 한가운데 있는 것처럼 이야기에 빠져들어 있었다. 듣고 있던 다른 사람들도 함께 숨을 죽였다.

"이빨로 물어 죽였습니다."

동네 사람들은 어머나 세상에, 하며 재필이 늘어놓는 얘기에 집중했다. 재필은 월남전의 이야기를 계속해서 들려줬다. 팔뚝만 한 거머리, 총알 파편에 맞아 썩어가던 전우의 종아리, 베트남 여인과의 사랑, 일주일간 이어진 행군…… 이야기 하나하나가 영화를 보는 것처럼 생생했다. 그 끝자락에 상이용사의 생활고가 이어졌다.

"그래서 지금은 뭘 하고 살아?"

"이것저것 팝니다."

"뭘 파는데."

"물건 떼다 파는데 가릴 게 있나요."

"혹시 아나. 내가 또 하나 사줄지."

"글쎄요. 밥솥 같은 걸 팔긴 하는데……"

그렇게 재필의 판촉 활동이 시작됐다. 동네 사람들에게 밥솥이며 학습지 같은 것들을 팔기 시작했다. 눈물을 훔치며 이야기를 듣던 동네 사람들은 기꺼이 지갑을 열었다. 재필은 물건을 건네며 할인가에 판매하는 거라 반품은 안 된다는 말을 잊지 않았다. 사람들은 얼마 지나지 않아 방구석에 처박혀 쓰지도 않게 된 물건들을 보며 어쩌다 상황이 이렇게 된 걸까, 하고 고개를 갸웃거리곤 했다. 재필이 가져온 물건들은 너무 조악했고, 그에 비해 너무 비쌌다. 딴지를 거는 사람이 있기 마련이었다. 여느 날처럼 재필이 신나게 월남전 이야기를 풀고 있는데 오뎅 아저씨가 물었다.

"월남 다녀왔다기에는 어려 보이는데? 몇 살인가?"

오뎅 아저씨는 재필에게서 산 슬리퍼를 신고 있었다. 슬리퍼는 얼마 되지도 않아 밑창이 떨어져 짝짝이가 된 상태였다. 여차하면 물건에 하자가 있으니 물어내라고 할 판이었다. 재필은 도리어 오뎅 아저씨의 질문에 주먹만 한 눈을 부라리며 대들었다.

"무슨 의심을 합니까. 내가 대갈빡에 피도 안 마른 애로 보여요? 나이가 서른이 넘었어요. 됐습니까?"

"아니면 말지 갑자기 화를 내고 그러나."

"술맛 떨어져서 못 있겠네. 나 가요."

지아는 재필이 어째서 갑자기 화를 내는지 몰랐지만, 그게 효과가 있었는지 오뎅 아저씨는 다시는 재필이 하는 말에 토를 달지 않았다.

하루는 지아가 재필에게 물었다. 철순이 종로에 다녀오겠다며 아침부터 집을 비운 날이었다. 재필은 마루 끄트머리에 앉아 뭔가를 중얼거리고 있었다.

"아저씨는 정말 월남에 다녀왔어요?"

지아의 물음에 재필은 읽던 책을 덮었다.

"아니."

"아저씨 나이가 정말 삼십 살이 넘었어요?"

"아니."

"아저씨는 왜 거짓말을 해요?"

"거짓말이 도움이 될 때가 있지."

"어떨 때요?"

"너도 슬플 때가 있지 않니?"

지아는 곰곰이 생각했다. 생각하다 보니 대체 슬프지 않을 때가 언제인가 싶었다. 그래서 고개를 끄덕였다.

"그럼 내가 강아지랑 케이크를 사다 주겠다고 하면 어떻겠어?"

좋을 것 같았다. 지아는 웃었다. 재필도 씨익, 따라 웃었다.

"거봐. 기분이 좋아지잖아."

"그럼 나한테 강아지랑 케이크를 사줄 거예요?"

"아니."

"그럼 기분이 좋지 않은걸요."

"몰라서 좋은 것들이 있는 법이거든."

그럴 수도 있겠다 싶었다. 재필은 며칠 후에 정말로 케이크와 강아지를 가지고 왔다. 재필의 품에서 하얀 몰티즈가 고개를 내밀었을 때, 곱슬곱슬한 털을 비비며 꼬리를 흔들었을 때, 머리가 백지장

처럼 새어버린 것 같았다. 재필은 앞으로 얘가 집을 지켜줄 거라고
했다. 철순은 쓸 데도 없는 객을 들이냐고 핀잔을 줬다.

"얘 이름은 샐리야."

재필이 말했다.

"샐리는 요술공주지."

"그럼 얘는 공주예요?"

"응? 아…… 암컷이긴 하지."

아버지 몰래 케이크를 먹어 치운 지아는 저녁이 될 때까지 샐리
와 놀았다. 그동안 재필은 철순과 대화를 나눴다. 철순은 고개를 끄
덕이기도 하고, 안 된다는 듯 손사래를 치기도 했다. 설득하는 쪽은
재필이었고 고민하는 쪽은 철순이었다. 밤이 되어서야 두 사람은
합의를 끝내고 힘차게 악수를 했다.

철순은 재필과 보내는 시간이 점점 늘었다. 한동안 유령처럼 흐릿
해 보이던 철순의 얼굴이 펴기 시작한 것도 그즈음이었다. 과거를
향해 침수하던 인간이 미래를 향해 고개를 돌린 것 같았다. 옷이 바
뀌고 머리가 단정해졌다. 밥을 챙겨 먹기 시작하니 버섯이 필 것 같
던 얼굴에도 윤기가 돌았다. 축축한 이끼를 머금은 듯한 얼굴로, 철
순은 온종일 뱀이 마을을 오르내렸다. 철순은 곧잘 상냥하고 살가
웠다. 특히 지갑이 두둑할 때가 그랬다. 반찬이 늘어나는 것과 철순
의 기분이 좋아지는 것도 비례했다. 손에 검은 봉지를 들고 돌아오
는 날이면 하수구 같던 집에도 조금은 온기가 피었다. 한참이 지난
후에야 두 사람 사이에 무슨 일이 있었는지 재필이 알려줬다. 재필
은 두툼한 손으로 지아의 머리를 쓰다듬었다.

"형님이랑 아저씨랑 일하기로 했어. 부동산."

"부동산이 뭐예요?"

"사람들한테 집을 소개해주고 소개비를 받는 거란다. 곧 부동산의 시대가 올 거야. 집값은 영원히 오르기만 할 거거든. 내가 도와드리기로 했어. 이래 봬도 내가 운전을 잘하거든."

"집이 이렇게 많은데요?"

지아는 문둥 아래 늘어선 도시를 보며 말했다. 점점이 박혀 있는 집들은 수백, 수천 개는 되어 보였다. 하루를 꼬박 세어도 다 헤아릴 수 없을 것 같았다.

"그럼. 전문가가 필요한 일이야. 아저씨는 말도 잘하거든."

"아저씨는 서울이 좋아요?"

"좋다. 온계리보다 훨씬 더."

지아는 숨을 크게 들이마셨다. 매연이 가득한 공기의 어디가 좋다고 하는 건지 알 수 없었다.

뱀이 마을에는 가끔씩 사이렌 소리가 울렸다. 마을 곳곳에 설치한 확성기가 일제히 울어댔다. 밤 10시에 사이렌이 울리면 방위가 마을을 돌아다니며 불을 끄라고 소리쳤다. 지아네도 불을 끄고 커튼을 쳤다. 북한이 쳐들어올지 모르니 그때를 대비해 훈련을 하는 거라고 했다. 마을에 불빛이 사라지고 나면 밤하늘에 별이 가득했다. 홍콩의 밤거리도 이렇게 별빛이 반짝이는 곳일 거라 생각했다. 지아는 등화관제 하는 날이 좋았다.

철순과 재필은 문동 로터리 인근에 복덕방 하나를 인수했다. 난로를 놓고 책상을 새로 들이고 서울 전도에 문동과 흑동 지도를 꽂아 넣은 복덕방이었다. 재필은 부동산 일을 할 때 도움이 될 거라며 한 겨울에도 선글라스를 썼다. 잠자리 눈알을 닮은 안경이었다. 라이방 이라고 했다. 과거 대통령을 했던 어느 군인도 똑같은 걸 썼다고 했 다. 일본인지 미국인지에서 사 온 거라고 했는데, 선글라스 안쪽에 는 메이드인차이나를 지운 흔적이 남아있었다. 재필은 가끔 지아를 앉혀놓고 부동산 거래가 어떻게 이루어지는지 알려줬다. 재필의 말 에 따르면 부동산을 파는 건 배고픈 사람에게 생선을 파는 것과 비 슷한 일이었다. 허기가 져서 눈이 퀭한 사람 앞에 조기건 명태건 송 사리건 먹음직스러운 생선을 살살 흔들면서 양식장으로 데려가는 거라고 했다. 그저 작은 생선 하나면 족했을 사람에게 이제는 상어 나 고래를 내놓고, 빨리 사지 않으면 이 땅에 생선이 한 마리도 남 지 않을 거라고 겁을 주는 것이다. 그게 부동산이었다. 저렴한 매물 을 찾는 고객에게 좀 더 비싼 집을 소개해야 하는 장사였다.

하지만 지아는 재필의 말을 제대로 이해할 수 없었기 때문에 저 녁으로 생선 한 마리 먹으면 참 좋겠다고 생각했다. 재필은 지아가 알아듣건 말건, 신이 나서 부동산에 대해 한참을 떠들었다.

"생선 장사와 다른 점이 있다면 집을 찾는 사람보다 집을 가진 사 람들에게 훨씬 공을 들여야 한다는 점이지. 양식장이 손님이 되는 셈이야. 셋방살이를 하던 사람은 결국 다른 집을 찾아 떠나야 하고, 꾸준히 매물을 제공하는 쪽은 집을 소유하고 있는 사람들이거든. 계속해서 새로운 사람들이 들어와야 더 많은 돈을 벌 수 있으니 약 자의 편에 서 있을 필요가 없지. 여기서 기 싸움이 시작되는 거야. 이를테면 '반지하'라고는 해도 입구만 지하에 있지, 사실 1층이나 마찬가지예요. 교통이 편리하니까 이정도 전세금이면 나쁜 게 아니죠.'라거나 '빨리 계약하시는 게 좋을 거예요. 오늘도 세 명이나 다녀갔으니까, 먼저 계약하시는 쪽이 임자거든요.' 아니면 '아파트니까 관리할 게 없어서 얼마나 좋아요. 관리비도 주변 시세에 비하면 싼 편이죠.' 같은 말로 꼬드기는 거지. 쓰레기를 조금만 방치하면 얼씨구나 등장하는 바퀴벌레와 심심하면 동파되는 수도 이야기는 일절 하지 않아. 장점을 재구성해 정보를 제공하면 돼. 바로 그게 자본주의란다."

지아는 자본주의가 뭔지 몰랐지만 막연히 돈이 최고다, 라는 뜻일 거라 생각했다.

"대한민국의 총면적은 10만 제곱킬로미터."

철순은 언젠가부터 숫자를 외우기 시작했다.

"평수로는 300억 평이다. 총인구는 4000만 명. 그중 5분의 1에 해당하는 인구가 서울에 살고 있다. 서울 면적은 약 600제곱킬로미터로 300만이 넘는 가구 수를 보유하고 있으며 그 속에 5000개에 가까운 교회와 350만 개의 주거용 건물, 80만 개의 상업용 건물, 25만 개의 공업용 건물, 70만 개의 기타 건물을 포함해 500만 개가 넘는 건축물을 품고 있다."

지아는 4000만 명의 사람들이 500만 개의 상자에 들어가 있는 모습을 상상했다. 물론 국민학교도 들어가지 않은 지아에게는 가늠할 수 없는 규모였다. 지아가 떠올린 건 은하수였다. 달빛을 머금은 개천이 내려앉은 도시였다. 수천만 개의 불을 밝히고 우주를 가로지르는 도시였다. 그 모습을 떠올리고 있으니 가슴이 답답하게 조여왔다. 지금 사는 이곳이 엄청나게 좁다는 뜻이기도 했다. 몸과 몸을 맞대고 사는 셈이었다. 폭신한 곰 인형이면 몰라도 재필처럼 털이 북슬북슬한 사람과 몸이 닿는 건 싫었다.

지아가 이해할 수 없는 건 이사하는 방식이었다. 어떻게 그 많은 사람들이 한날한시에 동시에 집을 비우고 다시 비어 있는 집으로 들어가는 건지. 김 씨는 이 씨의 집으로 이 씨는 최 씨의 집으로 최 씨는 박 씨의 집으로, 징검다리 건너듯 집을 옮길 수가 있는지 알 수 없었다. 수건돌리기나 비석 차기 같은 거라 생각했지만, 역시 쉽사리 이해가 가지 않았다. 지아가 이해하건 말건 서울의 부동산 시장은 잘도 돌아갔다. 거기서 복비가 나왔다. 아무것도 만들어내지 못하는데도 돈은 잘도 벌었다. 재필은 그걸 일컬어 서비스업이라고 했다.

전세 대란이라는 단어가 뉴스에 나오곤 했다. 그러니까 서울에 집이 없다는 거였다. 재필은 고객을 상대할 때 그 단어를 유용하게 사용했다. 이 동네 전셋값이 어떤가요. 말도 마세요. 전세 대란이잖아요. 이 정도 매물이면 싸게 나온 편이에요. 재필은 그렇게 운을 띄우고 당신에게만 보여준다는 듯 비밀스레 장부를 펼쳐 들었다. 제시한 가격으로는 원하시는 집을 구하긴 힘들 것 같지만…… 이라는 말도 잊지 않았다. 집을 구하는 사람들은 언제나 여유 자금을 조금씩 남겨두는 법이었다. 좀 더 많은 돈을 주머니에서 끌어내는 것이 재필의 역할이었다. 학교와 공원, 마트, 지하철, 버스 정류장을 지도에 열거해가며 고객을 설득했다. 설득이 끝나면 철순이 나섰다. 계약서를 쓰고 수수료를 받았다. 설득에 성공하거나 실패하거나 피곤하기는 매한가지였다. 그럴 때면 철순에게 필요한 것은 그저 따뜻하고 잘 마른 잠자리와 그 잠자리에 누울 수 있는 휴식 시간이었다.

철순은 평생을 부동산에서 일했다. 지아가 중학생이 되고 고등학생이 되고 졸업을 해 간병인으로 일하는 날까지. 난로를 새 걸로 바꾸고 페인트를 덧대고 버스 노선이 몇 차례 바뀌는 그 지난한 세월을, 철순은 한자리에서 지켜냈다.

혜수

"혜수가 처음 나온 게 언제였지."

철순이 물었다. 지아가 옆에 앉아 있는데도 없는 사람 취급하는 듯한 말투였다. 문동과 흑동의 지도가 초상화처럼 걸려 있었다. 난로에 손을 녹이며 졸고 있던 재필이 눈을 떴다. 난로 위에는 귤이 익고 있었다. 재필은 저글링을 하듯 이쪽 손에서 저쪽 손으로 귤을 굴렸다.

"지아 고1 때요."

"중3 때 아니었나?"

"고1 맞아요. 91년. 개구리 소년 사건 터졌을 때잖아요."

철순은 천장을 올려보며 눈을 끔뻑거렸다.

"맞네. 그때였네. 부엌에서 난리였지."

"지아 열일곱 살이었으니까 딱 팔 년 됐네요."

"오래됐네…… 근데 지아 너 왜 왔다고?"

"반성문 서명받으러 왔다잖아요, 형님."

철순은 책상에 놓인 반성문을 내려다보았다. '선처를 부탁드립니다'로 끝나는 세 장짜리 반성문이었다. 철순은 서명란에 서명인지 그림인지 알 수 없는 걸 갈겨놓았다.

"공탁도 걸고 반성문 쓰고, 그러면 좀 참작되는 게 있을 겁니다. 별거 아닐 겁니다. 빨리 제출하면 돼요. 걱정할 거 없습니다."

"걱정은 내가 하나. 저년이 해야지. 고소장에 뭐라고 돼 있었다니."

"나도 몰라요."

지아는 반성문을 낚아채며 말했다. 모른다고 말했지만 앞으로 벌어질 일이야 뻔했다. '위 피고소인을 아래와 같이 폭행 상해의 죄 등으로 고소하오니 조사하여 엄중 처벌하여주시기 바랍니다'로 시작되는 서너 장짜리 소장이 접수됐을 것이고 거기엔 염지아가 고소인의 동료 간병인으로 일하고 있으며 평소 기분이 좋지 않으면 수시로 환자들을 폭행하거나 괴롭혀 왔다고 되어 있을 것이다. 지아가 동료 간병인으로 일하는 노유정의 손바닥에 연필을 꽂아 전치 5개월의 상해를 입혔으니 염지아에게 지옥 불 같은 처벌을 내림이 응당하다는 것으로 마무리를 했겠지.

고소장이 접수되면 경찰은 으레 질문할 게 있으니 경찰서로 방문해달라고 부탁했다. 그렇게 안심을 시켜놓고는 정작 현장에서 윽박지르며 결론도 나지 않은 사건에 대해 가해자 취급을 해버리는 거였다. 스물다섯밖에 되지 않았지만 지아에게는 세 번의 경험이 있었다. 합의로 끝난 건은 제외한 숫자였다.

고소장은 언제나 일방적이었다. 소장에 적힌 내용은 하나같이 지아가 기억하지 못하는 일이었다. 피고소인은 혜수가 돼야 했었다. 구치소를 들락거리는 것도, 취조를 받는 것도 모두 혜수라야 했다. 그 썩을 년은 꼭 이럴 때만 자취를 감췄다. 민사 사건이라면 따질 여지가 있었지만 형사 사건이라면 딱히 방법이 없었다. 발바닥에서 열이 올랐다. 겨드랑이를 따끔하게 만드는 분통이 증기처럼 몸통을 휘감았다.

"저 집에 가요."

지아는 뱀이 마을 돌계단을 걸어 올랐다. 제설기를 틀어놓은 듯 뿌연 겨울이었다. 허리가 뻐근하도록 걸음을 재촉하는데 돌연 화가 났다. 어떻게 혜수가 처음 나온 순간을 기억하지 못할 수가 있나 싶었다. 아무리 딸에게 관심이 없어도, 아무리 사고뭉치라고 해도, 딸의 인생이 송두리째 뒤집히던 그 순간을 어떻게 제대로 기억하지 못할 수가 있나 싶었다. 지아에게는 어제 일처럼 선명한 기억이었다.

재필이 조기 세 마리와 사과를 들고 찾아온 1991년 어린이날이었다. 문동 로터리 건너편에 살던 재필은 하루도 빼놓지 않고 철순을 찾아왔다. 지아는 집이 북적거리는 게 좋았기 때문에 재필이 놀러 오기를 기다렸다. 재필이 빈손으로 오는 법 없이 통닭이나 군만두, 하다못해 컵라면이라도 들고 찾아오기 때문이기도 했다. 그날 저녁 재필이 뱀이 마을 돌계단을 오르느라 가쁜 숨을 몰아쉬며 문을 열었을 때, 철순과 지아는 두 뼘 정도 크기의 브라운관에 빨려들듯 집중하고 있었다.

"뭘 그렇게 열심히 봐요?"

"애들이 실종됐다네."

대구 이곡동, 성서 국민학교 아이들 다섯이 한 날 사라졌다. 그 애들을 개구리 소년이라고 불렀다. 아이들이 실종됐다는 산길은 낮에도 빽빽한 나뭇잎이 해를 가로막는 곳이었다. 진녹색 셀로판지를 갖다 댄 것처럼 컴컴한 산길이 이어졌다. 재필은 생선을 구워왔다.

"껍데기에 영양가가 많다더라. 뼈도 꼭꼭 씹어서 삼켜. 그게 다 칼슘이래."

재필은 지아의 숟가락 위에 조기 살점을 발라 올리고 샐리에게도 한 조각을 던져줬다. 지아는 생선부터 한 점 발라냈다. 앞니로 생선을 갈랐다. 비늘이 입안을 굴렀다. 시선은 줄곧 브라운관을 향했다. 철순은 그 모습을 지켜보다 말했다.

"지아야."

"네, 아버지."

"건강해야 한다. 아이들 다섯 명이 사라졌는데 부모들 심정이 어떻겠니. 운동선수들을 봐라. 얼마나 다부지고 건강해 보이냐. 너는 약한 애가 되면 안 돼. 운동선수들처럼 큰 일꾼이 돼야 해."

"작은 일꾼은 안 돼요?"

"그럼. 사람은 모름지기 커야지. 꿈도 크고 몸도 크고."

"하지만 전 작은걸요. 벌써 고등학생인데도 아직 이 모양이잖아요."

"클 거다. 이 아빠를 봐라."

철순은 팔을 걷어 알통을 만들어 보였다. 하지만 지아가 보기에 철순은 왜소하고 어딘지 구부정해 보였다. 왜 일꾼이 되어야 하는 건지 알 수 없었지만 다들 그렇게 사는 것이려니 했다. 산업역군이 돼서 외국에 나가 석유도 캐고 달러도 많이 벌어야 하니까. 모두가 대통령이 되거나 우주비행사가 된다거나 하는 건 아니었으니까. 산업역군이 되려면 근면 성실하고 똑똑해야 했다. 지아의 생각에 세상에서 가장 근면 성실한 사람은 새마을금고에서 저금을 받는 언니였다. 운동장 한 구석, 사람 하나가 딱 들어갈 크기의 박스 안에서 아이들이 가져오는 돈을 받고 장부에 입력하는 일을 했다. 간이 은행 지점인데 그런 게 전국의 학교에 깔려있던 셈이었다. 그렇게 모인 돈이 은행에 다시 쌓이는 모습을 상상해봤다. 어딘지 경건하고 거룩한 광경이었다.

"제가 깎아볼래요."

지아가 사과를 가리켰다. 재필이 과도와 사과를 건네줬다. 철순이 옆에서 말을 거들었다.

"네가 이제 사람 구실을 하려나 보다. 과일을 잘 깎아야 나중에 애도 예쁘다더라."

지아는 재필이 하던 것처럼 사과를 깎아나갔다. 과육이 잘리지 않게 엄지로 간격을 조절했다. 과도는 날이 제대로 서서 원하는 대로 길을 냈다. 어쩐지 어른이 된 기분이었고, 보지 않고도 껍질을 깎을 수 있을 것 같았다. 지아는 브라운관에 한눈을 팔았다. 과도가 결을 따라 슥슥 미끄러졌다.

"아."

손가락에 차가운 기운이 퍼졌다. 과도가 엄지손가락 마디 사이를 가르고 있었다. 심장이 덜컥 내려앉았다. 상처가 벌어지며 핏줄기가 펌프질했다. 텔레비전에서는 산길이 이어지고 있었다. 낙엽과 마을 주민의 행렬이 무언가를 연상시켰지만 끝내 그 실체를 떠올리지는 못했다. 손에 땀이 고였다. 벽이 요동치기 시작했다. 자꾸만 고개가 아래로 처졌다. 앵커가 브리핑을 시작할 무렵에는 땅이 꺼지는 것 같았다. 지아는 앞으로 고꾸라졌다. 브라운관 안에는 산길을 가득 메운 인파의 물결이 펼쳐지고 있었다. 칙칙한 점퍼를 걸친 모습이 역겨웠다. 지아의 눈동자는 초점 없이 브라운관을 휘저었다. 형상은 파편화되고 재구성되었다. 얼마 후 지아의 눈앞에 들어온 건 독개구리였다.

뭔가 잘못될 것 같다는 불안감, 아주 아플 것 같다는 공포가 전신을 휘감았다. 사방에서 안개가 몰려들고 있었다. 그것들이 손을 묶고 입을 막았다. 혀가 굳었다. 손가락 하나 까딱할 수 없었다. 떫은 맛이 입 안에 소용돌이쳤다. 모든 감각이 통제당한 가운데 청각만 펄떡였다.

'가만히 있어. 널 아주 조각내버릴 테니까.'

주위가 깜깜해졌다. 검은 공간 한가운데 작고 낡은 의자가 떠올랐다. 지아는 그 공간 밖으로 밀려나는 중이었다. 검은 안개가 다리를 휘감고 엉덩이를 밀어냈다. 발가락에 힘을 주고 안간힘을 썼다. 목소리가 말했다.

'비키라고. 힘 빼. 어미 죽인 미친년아.'

그 말을 들으니 정말 눈물이 날 것 같았다. 안개는 좁은 틈을 비집고 들어왔다. 손가락과 팔걸이를 갈라놓고 목을 휘감았다. 눈을 가렸다. 화약 냄새, 먼지 냄새, 땀 냄새, 독개구리가 방아쇠를 당기던 순간의 둔탁한 반동이 교통사고 현장처럼 한 번에 떠올랐다. 자제력을 잃은 팔다리가 지아의 의지와 상관없이 춤추기 시작했다. 지아는 깊고 어두운 구덩이로 추락했다. 우주에 내팽개쳐진 것처럼 방향을 알 수 없는 공간이었다. 머리 위에서 낄낄대는 웃음소리가 들렸다.

정신이 들었을 때는 거실이었다. 발바닥에 와닿는 섬뜩한 기운에 정신을 차렸다. 철순이 지아의 어깨를 쥐고 흔들고 있었다. 거실 바닥에 우의를 털 듯 핏방울이 쏟아졌다. 그 옆에는 과도가 놓여있었다. 맥이 펄떡 뛸 때마다 손목에서 피가 펌프질하듯 솟구쳤다. 시큰한 통증이 목덜미를 타고 흘러내렸다.

"지아야! 정신 차려라!"

철순이 소리쳤다. 지아는 바닥에 주저앉았다. 전력으로 달리기를 끝낸 듯 몸에 힘이 없었다. 주사기로 근육을 뽑아낸 것 같은 기분이었다.

"아버지 무슨 일이에요."

"내가 물어야 할 걸 왜 네가 물어. 미친년처럼 춤을 췄잖아. 재채기가 어쩌고 개구리가 어쩌고 하면서…… 그러다 과도를 쥐고서는…… 손목을…… 꼭 귀신 쓴 것처럼."

얼굴이 새하얗게 질린 재필이 구급상자를 꺼내왔다. 서툰 솜씨로 붕대를 감았다. 헐겁게 감긴 붕대 사이로 핏물이 번졌다.

"지아야, 왜 그랬어?"

"모르겠어요."

"네가 기운이 허한가 보다."

재필은 붕대에 반창고를 붙이고 과도를 씻었다. 싱크대 칼꽂이에 넣으려던 걸 철순이 말렸다.

"사람 벤 칼은 쓰는 거 아니야."

재필은 맞는 말이라는 듯 고개를 끄덕이고는 신문지로 칼을 감싸 쓰레기통에 넣었다.

"약이라도 한 첩 떼와야 할까요."

지아의 시선은 축 늘어진 손을 향해 있었다. 그게 말을 거는 것 같았다. 주파수를 잘못 잡은 라디오처럼 끝없는 잡음과 함께였다. 어딘가 고장 난 건 아닐까 덜컥 겁이 났다. 그걸 물끄러미 지켜보고 있던 철순이 말했다.

"개소주 하나 지어와야겠어."

샐리가 그 말을 듣지 않았으면 했다. 샐리는 꼬리를 흔들며 문지방 위에서 짖고 있었다.

"그런 게 아니에요."

지아가 말했다.

"그런 게 아니라니?"

재필은 바닥에 흩뿌려진 피를 훔쳤다. 걸레도 금세 핏물로 더럽혀졌다. 재필은 걸레를 세탁기에 넣을까 손빨래를 할까 고민하다 쓰레기통에 집어넣었다.

"나 이상한 목소리가 들려요. 종종 정신을 잃어요. 그날 이후로 그래요. 환청이 계속 말을 걸어요."

"무슨 말?"

"그냥 욕이에요. 정신을 차려보면 모르는 데 와 있을 때도 있어요."

"그날 이후라니 언제부터."

지아는 어금니를 깨물었다. 총성이 되살아났다. 서울로 이사 오던 날 귀에 속삭이던 저주와 쌍욕이 고막을 따라 기어올랐다. 손목의 상처가 말처럼 펄떡펄떡 뛰었다. 재필이 다시 물었다.

"언제부터?"

"온계리요. 그날이요."

철순이 치질 환자처럼 엉덩이를 들썩이며 불편해했다. 텔레비전 소리가 요란했다. 아이들의 부모가 오열하는 장면이 슬로모션으로 재생되고 있었다.

"형님. 얘가 혹시 신들린 거 아닙니까?"

"무슨 벼락 맞을 소리를 하고 있어. 그런 거 아니야."

"아무리 그래도 갑자기 테레비 보다 말고 그럴 수가 있습니까."

"기운이 허한 거라니까. 보약 한 첩 해 먹이면 돼. 지아 너는 가서 씻어. 꼴이 엉망이다."

지아는 묵직해진 무릎을 일으켰다. 정신을 잃은 사이 어디에 부딪혔는지 며칠은 이어질 멍 자국이 선명했다. 지아는 물이끼가 낀 거울을 쓸었다. 산발한 머리, 회색 물감이 묻은 듯 칙칙한 피부, 거무튀튀한 치아, 괴상하게 일그러진 광대까지, 거울 속에는 지아가 아닌 다른 사람이 서 있었다.

"괜찮을 거야, 지아야."

문밖에서 재필이 말했다. *아저씨. 고마워요.* 지아는 속으로 답했다. 괜찮을 거라고 믿었다. 재필이 아무리 거짓말을 잘해도, 그 순간만큼은 사실이라고 믿고 싶었다. 괜찮아. 괜찮아. 지아는 몇 번이고 되뇌었다. 그 최면 같은 중얼거림을 뚫고 목소리가 들렸다.

'지랄하네.'

거울 속 얼굴이 지아를 향해 천천히 고개를 돌렸다. 지아를 닮았지만 지아가 아닌 얼굴이었다. 누구도 아닌 얼굴이었다. 아무도 아닌 얼굴이 지아를 노려봤다. 둘의 눈이 마주치는 순간 거울 속 얼굴은 구정물 같은 미소를 지었다.

언젠가부터 지아는 자주 정신을 잃었다. 깨고 나면 기억하지 못하는 사달이 벌어져 있었다. 엄한 이웃집 유리창을 깨거나 동네 아이를 때리기도 했다. 일이 터지고 나면 사람들은 재필을 찾았다. 재필은 수리비나 치료비를 척척 물어주고 고등학생이 스트레스받다 보면 그럴 수 있다면서 사람들을 안심시켰다. 엄마한테 진 빚을 갚으려면 한참 멀었다며 지아를 다독이는 것도 재필이었다. 그러는 사이 재필은 지아의 증상이 뭔지 수소문을 하고 다녔다. 명망 있는 정신과 의사를 만나고 왔다던 어느 날 재필이 철순에게 말했다.

"형님. 알았습니다. 이거 정신병이랍니다. 제가 물어봤어요. 어린 애가 얼마나 힘들었겠습니까. 그래서 몸이 반항하는 겁니다. 지아는 약하고 착한 아이니까, 저런 인격이 불쑥 튀어나와서 상황을 모면하는 거라네요. 지아가 가끔 전혀 다른 사람처럼 행동하는 게 이중 인격 뭐 그런 거랍니다."

"정신병은 무슨. 자네 말대로 고등학생이라 그런 거야. 몸이 허하다니까. 기력이 없어서 헛짓거리나 하는 거지."

"제 말 좀 들어보세요. 병을 인정하는 게 우선이래요. 지아가 정상이 아니라는 걸 받아들여야 한다는 말입니다. 그래서 말인데, 우리 지아는 예전처럼 지아로 대하고, 다른 인격이 나온 것 같으면 아예 다른 사람 취급을 하면 어떻겠어요? 충격요법으로요."

"그것도 정신과 의사가 하는 소린가?"

"그 사람 실력이 좋다니까요."

"지아가 또 미친 짓을 하면 걔만 혼낸다는 거지?"

"그렇지요."

철순은 턱을 괴고 생각에 잠겼다. 어차피 딸을 혼내는 데도 이골이 난 철순이었다. 평생을 짊어져야 할 짐의 무게에 짓눌리는 중이었다. 제 몸에서 나온 딸을 무시하고 윽박지르는 데 죄책감도 있었다. 재필의 제안은 그걸 한 번에 해결해주는 방안이었다. 착한 딸만 남기고 나쁜 딸은 부담 없이 혼을 내도 된다는 의미였다. 고민은 길지 않았다. 철순이 말했다.

"이름이 필요하겠네."

"다른 놈은 혜수라고 부르는 게 좋겠어요."

"좋아. 근데 왜 하필 혜수인가?"

"제가 김혜수 좋아하잖아요."

재필은 천진난만하게 웃었다. 철순이 따라 웃었다.

지아의 어두운 부분을 감춰두고 채찍질을 하다 보면 쪼그라들어 사라질 거라는 막연한 믿음으로 철순의 훈육이 시작됐다. 문제는 지아와 혜수를 구분할 방법이 없다는 거였다. 철순은 지아가 범상한 실수를 저지르거나 심경에 거슬리는 행동을 할 때마다 너는 지아니, 혜수니 하고 물었다.

"아버지, 저는 지아예요."

"내가 그걸 어떻게 믿니."

"저는 그걸 어떻게 증명해요?"

그럴 때면 철순의 단순한 두뇌 회로는 일단 혼을 내고 보면 어떻게든 되지 않겠냐는 결론을 내려버렸다. 지아건 혜수건 일단 족치고 나면 고분고분해질 테니 지아는 더 착한 애가 되고 혜수는 제풀에 못 이겨 사라지지 않겠냐는 논리였다. 그래서 철순은 언제나 화를 냈다. 웃으면 웃는다고, 울면 운다고 혼을 냈다. 훈육으로 지아를 정상으로 돌려놓을 수 있다고 믿었다. 비난할 대상을 찾았다는데서 오는 만족으로 지아를 괴롭혔다. 지아와 혜수를 갈라놓은 이후로 철순은 지난 모든 과오가 혜수의 잘못인 양 죄인 취급을 했다. 그놈이 나타나 어미를 죽어가는데 혼자 살아남았고, 칼을 들고 설쳤으며, 아버지 무서운 줄을 모르고 꼬박꼬박 말대꾸한다는 거였다. 어질러진 집은 물론이고 때때로 꺼지는 형광등, 성능이 좋지 않은 선풍기, 때려야 말을 듣는 텔레비전에다 경제 위기와 금값 폭등과 전세난, 나아가서는 보스니아와 코소보 내전까지도 혜수의 탓이었다. 하위권을 배회하던 지아의 성적도 좋은 핑곗거리가 되었다. 혜수가 집중력의 절반을 차지하고 있어 당최 지아가 집중하지 못한다는 논리였다. 그래서 시간이 갈수록 혜수만 영리해지고, 지아는 아둔해진다는 거였다. 혜수가 등장하면 철순은 섬뜩한 저주를 쏟아냈다.

철순의 훈육은 혜수가 물러나고 지아가 돌아온 뒤에도 이어졌다. 파리채에 맞은 자리는 손잡이 모양으로 두툼하게 부어올랐다. 그런 자리가 도장을 찍은 듯 목이며 팔에 새겨졌다. 지아는 아프고 억울해서 빌었다. 집 밖으로 쫓겨나 시멘트 바닥에 발을 동동 구르다 재필의 도움으로 집에 돌아갔다. 좁은 거실 바닥에서 다시 훈육이 시작됐다. 매질이 끝나면 철순은 이런 게 꼭 대물림된다는데, 나중에 손자까지 저 모양이면 어떡하냐며 한탄했다. 지아는 한 번도 자신이 아이를 가질 거라 생각한 적이 없었다. 그러면서 어쩌면 철순이 이미 자신을 포기한 게 아닌가 하는 생각도 했다.

혜수가 등장한 이후, 지아는 난독증으로 고생했다. 책을 읽어도 내용이 눈에 들어오지 않았다. 활자는 언제나 아슬아슬한 순간에 갑작스러운 커브를 틀었다. 덕분에 책 한 권을 읽은 뒤에도 남는 것이라고는 열심히 페이지를 넘겼다는 기억과 헛되이 보낸 시간에 대한 아쉬움뿐이었다. 성적이 오를 리가 없었다. 철순은 집중력이 부족해서 그런 거라고 했다. 그 무심함이 지아를 조금씩 질식시켰다.

지아가 깨달은 게 있다면, 약자라고 꼭 동정받는다는 보장은 없다는 거였다. 동정받을 수 없는 약자라면 어떻게든 먹고 살 궁리는 해야 했다. 고등학교를 졸업하던 해 지아는 간병인이 되기로 마음을 먹었다. 간병인 기출문제 풀이집 한 권을 구했다. 요양보호사 자격증 학원과 인력 사무소를 병행하는 곳에서 만 원 주고 산 책이었다. 몇 페이지 안 되는 책을 다 읽는 데 다섯 달이 걸렸다.

국가 공인 시험이 없다는 것, 학원이 책을 팔아먹으려는 수작이었다는 건 일을 시작한 뒤에야 알았다. 차라리 다행이었다. 지아는 책에 있는 내용을 하나도 기억하지 못했다. 필요한 것들은 선배 간병인이 하는 걸 보며 따라 하는 것으로 충분했다.

언젠가 상태가 좀 나아지면 간호조무사 자격증은 따야지 싶었다. 학원을 다니고 시험을 보면 자격증이 나온다고 했다. 자격증이 있으면 요양병원에서 나이가 더 들어도 일을 할 수 있다고 했다. 월급도 오를 것이고, 안정적으로 살 수 있다. 안정적인 삶. 그게 지아가 꿈꾸는 인생이었다. 언젠가는 시작할 것이다. 언젠가는.

일이 끝나고 집에 오면 만화를 봤다. 세일러문이나 웨딩피치 같은 소녀 변신물이 좋았다. 샐리의 꼬불꼬불한 털을 쓰다듬었다. 지아는 샐리에게 네 이름도 저런 변신 소녀 만화에서 가져온 거라고 말해 줬다. 만화 속 캐릭터들은 어떤 일이 벌어져도 주문 하나로 해결할 능력이 있었다. 아름다웠고 웃을 수 있는 여유가 있었다. 지아는 텔레비전 앞에 앉아 이유 없이 웃곤 했다. 그믐달처럼 침잠하는 인생이었다.

지아와 혜수의 경계는 그곳에 있었다. 혜수는 은밀한 악, 어둠, 구역질 나는 뒷골목, 선한 사람의 등을 쳐먹는 일에 거리낌을 느끼지 않는 사기꾼, 목적을 실행하기 위해 머리를 굴리는 범죄자의 영역에 속해 있었다. 지아는 먹고 사는 일에 집중하느라 다른 일에는 신경 쓸 겨를이 없는 소시민, 당하는 일에 무감각해져 누가 옆구리를 찔러도 실실 쪼개며 간을 내주는 피해자의 삶을 살았다. 그동안 혜수는 많은 것들을 읽었다. 경제서적, 언어, 화학 서적 같은 것들이었다. 교과서가 닳도록 공부하고 신문과 잡지를 빼놓지 않고 읽었다. 지식에 목마른 천재였다.

지아는 혜수의 나머지였다. 혜수를 건져낸 찌꺼기가 지아였다. 혜수가 똑똑해지는 것과는 반대로 지아는 끝없이 퇴화했다. 그렇게 시간이 흘렀다. 돌아보니 너무 많은 시간이 흘러 있었다.

냉장고 소리가 지아를 회상에서 현실로 돌려놓았다.

언제 프레온가스가 터져도 이상하지 않을 냉장고였다. 집에 있는 것들은 모두 낡았다. 낡은 것들은 성숙해진다는데, 지아는 이룬 것도 없이 몸만 부풀었다. 그게 지아가 달성한 유일한 성과였다. 백 점을 맞은 적은 없지만 체중이라도 백을 찍었으니 인생에서 뭐 하나는 달성한 게 아닐까. 지아는 체중계에서 내려왔다. 체중계 바늘이 휘청거리며 0으로 돌아갔다. 체중계 위에서 내려오는 일이 뱀이 마을을 오르내릴 때보다 힘들었다.

살이 찌니 등이 굽었다. 눈 아래 기미가 피었다. 물소 가죽 같은 발바닥은 거대한 발자국을 남겼다. 그 거대한 몸뚱이를 침대에 올렸다. 매트리스 스프링은 지아의 몸무게를 이기지 못하고 사방으로 휘었다. 분화구처럼 푹 꺼진 곳이 엉덩이가 있던 자리였다.

혜수는 엄청나게 먹어댔다. 지아가 다이어트를 하려 한다는 사실을 눈치채고는 더욱 그랬다. 하루를 꼬박 굶은 다음 날이면 어김없이 어마어마한 식사를 끝낸 상태로 정신을 차렸다. 지아가 살이 터서 갈라질 때까지, 그 상처 사이로 새살이 돋을 때까지 먹었다. 먹는 족족 살이 됐다. 볼이 터져라 음식을 쑤셔 넣은 채로 왕좌를 넘겨받을 때도 있었다. 복수해서 기쁘니. 이게 좋아? 지아가 물으면 혜수가 대답했다. '좋아. 깔깔.'

스트레스를 받으면 혜수가 덜컥 튀어나왔다. 피를 봐도 그랬다. 너무 덥거나 너무 추울 때, 기분이 울적할 때, 피곤할 때, 배가 고플 때, 몸이 아플 때도 마찬가지였다. 그러니까 지아는 툭하면 혜수가 돼 버렸다. 고통이 역치를 넘어설 때 혜수가 등장했으니 어떤 면에서 혜수는 부작용이 심한 진통제인 셈이었다. 지아의 인생은 고통으로 가득했고 생의 절반은 혜수 차지였다. 그렇게 정신을 잃었다 깨고 보면 아침이었다. 지아는 가스 밸브를 확인하고, 숨어 있는 칼날이 없는지 살폈다. 천천히 침대 표면을 쓸고 가방을 뒤져야 했다. 오래된 습관이었다.

탈수를 끝낸 세탁기에서 알람이 울렸다. 알람은 시끄럽고 분주해서 당장 달려가 끄지 않으면 안 될 전언처럼 느껴졌다. 지아는 늘어날 대로 늘어나 개불알같이 변해버린 철순의 팬티를 널었다. 물을 머금고 무거워진 청바지와 쌀가마니만 한 티셔츠도.

수도꼭지에서 물방울이 떨어졌다. 물방울은 지아의 발치께에 떨어져 동심원을 만들어냈다. 그 동심원이 발가락에 닿았다. 백 킬로그램짜리 여자였지만 작은 파동에도 질식할 것 같았다. 코드에 젓가락을 꽂은 채로 쥐고 있으면 죽을까. 탈수 모드인 세탁기 속에 들어가 있으면 죽을까. 지아는 혼자 있을 때 그런 생각들을 했다. 죽는 건 뭘까. 내가 나로 살지 못하면 죽은 것일까. 기억나지 않는 삶은 죽은 시간일까. 그렇다면 잠든다는 걸 뭘까. 꿈을 꾼다는 건 뭘까. 세탁기와 빨래 건조대 사이 좁은 욕조 속에 죽음과 삶이 뒤섞여 소용돌이를 만들었다.

오래된 보일러는 미지근한 물만 쏟아냈다. 젖은 머리가 낙엽처럼 들러붙었다. 팬티 바람으로 드라이를 하는데 전화가 왔다. 부동산은 재필에게 맡겨놓고 빈둥거리던 철순은 전화가 울리는데도 꼼짝할 생각을 하지 않았다. 지아가 전화를 받으러 가는데 철순이 살살 좀 걸어 다니라고 말했다. 지아는 심술이 나서 보란 듯 쿵쿵거리며 걸었다. 철순은 저, 저 성질머리하고는, 하며 돌아누웠다.

전화를 건 사람은 간병인 사무소 사무장이었다. 깡마르고 신경질적인 아줌마로 인력부터 월급 관리까지 도맡아 했다. 언제나 짙은 화장을 했다. 저 속에서도 피부가 숨을 쉴 수 있을지 의문이었다. 기름으로 뒤덮인 바다가 생각나는 것도 같았고 오존층이 파괴된 지구가 안쓰럽기도 했다. 힘내 모공아, 라고 토닥거려주고 싶은 두께였다. 사무장은 피부만큼이나 건조한 목소리로 말했다.

"염지아 씨. 오늘 죽음병원 간병이죠."

"네. 지금 나갈 건데요."

"안 나가셔도 돼요."

"왜요?"

"아시잖아요."

사무장은 딱딱 소리를 내며 껌을 씹었다. 귀찮은 개를 밀어내는 듯한 말투였다.

"시간 될 때 와서 서류 가져가요. 계약 종료 안내하고 보험 처리하고. 잔여 수당은 서류 정리 끝나면 통장으로 넣을게요."

"왜 그래야 하는데요."

"가져가기 싫으면 버리고. 어떡할래요?"

지아는 버리라고 했다. "그럴게요." 사무장은 전화를 끊어버렸다. 창밖으로 귀뚜라미가 울었다. '바보바보' 하고 우는 것 같기도 했고 '울지 마, 울지 마' 하는 것 같기도 했다. 정작 이 사건을 저지른 혜수는 말이 없었다. 지아는 어디에 신경질을 내야 할지 몰라 벽을 걷어챴다. 뭔가 확실히 부러졌다는 생각이 들었다. 발가락이 시퍼렇게 부어올랐다. 지아는 아픈 줄도 모르고 머리를 쥐어뜯었다. 세상 모두 중 자신을 위로해줄 생명체가 둘밖에 없다는 게 허탈했다. 하나는 재필, 하나는 세라였다. 세라는 지아가 부여잡은 발가락을 핥았다.

세라는 샐리가 무지개 다리를 건넌 뒤 재필이 데려온 강아지였다. 세일러문 주인공의 이름이었다. 지아는 스물다섯이 되도록 입체가 아닌 것을 사랑했다. 평면으로 단순하게 남은 것들을 동경했다. 컴퓨터 그래픽이 만들어내는 3D 영화는 도저히 관심이 가지 않았다. 지아는 자신이 인형 탈을 쓰고 있는 거라는 생각을 종종 했다. 지퍼를 내리고 가죽을 벗으면 새로운 모습이 나올 거라고. 지퍼는 버펄로 같은 살집에 묻혀 보이지 않을 뿐이라고.

지아가 발광을 하고 있으니 철순이 일어났다. 늘어진 러닝셔츠 아래로 겨드랑이를 긁었다. 목에서 마른 엔진 소리가 났다.

"너 왜 그래 미친 것처럼."

"잘렸어요. 나오지 말래요."

"잘렸어? 왜?"

"고소당했잖아요."

"그걸로 사람을 자르니. 가서 사정 좀 해봐라."

"그게 사정한다고 돼요? 사람 손에 연필을 박았어요. 그게 사람 새끼가 제정신으로 할 수 있는 거겠냐고요."

철순은 머리가 사자 갈기처럼 헝클어지고 몸뚱이는 곰처럼 부풀어 흡사 이종 교배의 결과물이 아닌가 싶은 지아를 응시했다.

"지아야."

"왜요."

"너 지금 누구니."

지아는 아랫입술을 깨물었다.

"아버지. 나 지아예요."

철순은 주위를 살폈다. 매질에 적합한 길고 단단한 것들이 사방에 널려 있었다. 지아는 물건을 잘 버리지 못했다. 물건이 자신을 기억하게 해주는 것 같아서였다. 지아에게는 작은 박물관이었고, 철순에게는 쓰레기장이었다. 철순은 그 쓰레기장에서 손에 잡히는 걸 들어 지아를 훈육했다. 몸을 씻을 때마다 어깨와 등에 상처가 마르지 않는 이유였다.

"똑바로 대답해라. 너 지아니, 혜수니."

"때리지 마세요."

말은 그렇게 했지만 결국은 철순에게 맞을 거라는 걸 알고 있었다. 반항이라도 한다면 그때는 더한 훈육이 이어질 거였다. 철순은 효자손을 손에 쥐었다. 멧돼지를 잡으러 온 포수처럼 쉽사리 지아에게 다가서지는 못했다. 마사지 볼이 지아를 향해 날아왔다. 지아는 공을 받아 화장실을 향해 던져버렸다.

"지아라고요!"

철순은 안경집과 곽 휴지를 차례로 던졌다. 그것들도 연이어 화장실로 날아갔다. 지아는 자리에 선 채로 바들바들 떨었다. 철순은 이때다 싶은 얼굴로 효자손으로 지아를 때리기 시작했다. 두꺼운 지방이 매질은 흡수했지만 굴욕감은 끝을 모르고 뻗어나갔다. 그 끝에 굴복이 있었다.

"죄송해요, 아버지. 죄송해요. 대들지 않을게요."

지아는 변명도 푸념도 아닌 말을 주절거렸다. 화자는 있는데 청자는 없는 독백이었다. 철순은 효자손을 내려놓았다. 눈앞에서 비굴하게 두 손을 모으고 있는 여자가 자신의 딸이라는 걸 확인하고 오히려 낙담한 모습이었다. 철순이 포댓자루 같은 지아의 바지를 들고 섰다. 그리고 거대한 바지 속에 한숨을 토해냈다.

"이제 뭐 하고 살려고 그래. 뭐라도 배워야 하지 않겠니."

"모르겠어요. 복덕방이라도 해야 할지."

"그건 가만히 앉아 있으면 자격증이 뚝 떨어지니? 책이라도 사서 읽어야 하지 않겠어."

"책을 어떻게 읽어요."

"공부도 곧잘 했잖아."

"그거 다 혜수가 한 거잖아요."

"너한테 조금은 남아있겠지."

"없어요. 그년이 공부한 건 하나도 기억이 안 난다고요."

"사람 뇌가 두 쪽으로 나뉘기라도 했다니?"

"난 그래요. 난 두 쪽으로 쪼개졌어요. 아버지 불알처럼 갈라져 있다고요."

지아는 황망하게 손을 내젓는 철순을 뒤로하고 밖으로 나섰다. 철순의 말이 맞아서 더 화가 났다. 간병인까지 잘린 마당에 뭘 하고 먹고살아야 할지 알 수가 없었다.

일을 잘리는 건 드문 경험이 아니었다. 한평생 잘리기만 했다. 편의점에서는 도시락을 훔쳐먹는다고 잘렸고 전단지 아르바이트를 하면 사람들이 무서워한다고 잘렸다. 주유소는 빨리빨리 뛰어다니지 않는다는 이유로 세 시간 만에 그만둬야 했다. 최저시급만 받겠다는데도 하나같이 손사래를 쳤다. 지아가 지치거나 매장 주인이 지치거나, 어쨌든 둘 중 하나는 지치는 일이었다. 그나마 할 수 있는 일이 간병인이었다. 자격도 없이 돈을 보고 몰려드는 사람들을 데려다 일을 시켰다. 가난하고 바빠서 시간을 내기 어려운 이들이 간병인을 찾았다. 그래서 지아가 돌보는 환자들은 항상 병든 화초같이 우울해 보였다. 그 틈에서 지아는 함께 시들어가는 존재였다. 고작 스물다섯 살에, 지아는 납덩이를 발에 매단 기분으로 살았다. 차라리 병실에 누워 간호를 받는 환자가 됐으면 했다. 차에 치여 다리가 부러졌으면, 계단을 굴러 머리라도 깨졌으면, 그렇게 혼수상태로 일 년 정도 잠들었다 깨어났으면 했다. 하지만 다리는 부러지기에 너무나 두꺼웠고 수박만 한 머리는 바위에 부딪혀도 금 하나 가지 않을 것 같았다.

지아는 뱀이 마을을 내려 흑동으로 향했다. 일을 마치고 돌아온 재필은 막 식사를 끝낸 참이었다.

"이 시간에 웬일이야?"

재필이 물었다. 지아는 현관에 신발을 벗어놓고 제집인 양 거실에 드러누웠다.

"아버지랑 싸웠어요."

"형님이랑? 그 일 때문에?"

"네. 나 좀 쉬다 갈게요."

재필은 방 하나에 화장실 하나 딸린 집에 살았다. 거실과 주방이

칸막이 없이 연결된 구조였다. 좁은 공간을 알차게 활용해야 했기 때문에 침대로 변신 가능한 소파를 썼고, 거실과 주방 사이에 가림막을 세워 수납장으로 활용했다. 수납장에는 뱀술, 산삼주, 들쭉술, 말벌주, 더덕주부터 시작해 위스키, 럼, 코냑, 브랜디, 보드카는 물론이고 카샤사, 사케, 와인까지 정리되어 있었다. 수납장 아래에는 통기타가 놓여있었다. 지아는 술보다 기타에 관심이 갔다. 재필이 아끼는 기타였다. 로즈우드라는 목재로 만들었다고 했다. 그 낯선 재료는 먼 이국땅에서만 구할 수 있는 신비로운 식물의 이름처럼 들렸다. 지아는 여섯 개의 줄이 나무를 잡아당기는 장력, 하나씩 튕길 때마다 각각 다른 소리가 나는 것, 그것들이 모여 만들어내는 화음에 매료됐다.

"쳐볼래?"

지아는 손을 저었다. 재필이 연주하는 모습을 보고 싶었다. 재필의 솜씨가 썩 좋은 건 아니었다. 손가락은 뻣뻣했고 기타 줄은 자주 음정이 나갔다. 그런데도 연주를 이어나가는 뻔뻔함은 높이 살 만했다.

"노래도 해볼까?"

"좋아요."

재필은 기타 줄을 튕겼다. 지아는 무릎을 가슴에 모아 붙이고 노래를 들었다. 노래가 끝난 뒤 지아가 말했다.

"트로트랑 락이랑 섞인 것 같아요."

"원래 노래는 안 그래. 내 창법 때문이지. 락로트라고 부를까."

"무슨 노래예요?"

"「사막의 별」이라는 노래야."

지아는 사막이 어떤 곳일까 상상했다. 모래와 돌개바람과 선인장과 같은 것들이 한데 뒤섞인 풍경이 떠올랐다. 지아는 사구 위를 낙타와 함께 느릿느릿 걸었다. 쏟아질 것 같은 은하수가 머리 위로 빙글빙글 돌았다. 집도, 서울도, 지구도, 우주도, 빙글빙글 돌고 있었다. 이러다 가는 거지. 사막 한 번 못 가보고. 가보지 못한 곳을 향한 동경이 왈칵 솟았다.

"넌 무슨 생각을 그렇게 하니."

재필이 지아의 옆구리를 찔렀다. 사막과 은하수는 간데없었다. 지아는 흑동의 좁은 집으로 돌아와 있었다.

"시디 빌려줄까."

재필은 시디를 찾아 지아 앞에 내놓았다. 『어린 왕자』에서 본 것 같은 사막과 별과 낙타가 그려진 커버였다.

"플레이어가 없는걸요."

"빌려줄게. 이거 라디오도 돼. 라디오 들어본 적 있어?"

"아니요."

"별밤 같은 거 들어봐. 영화 음악도 좋고. 또 뭐가 있더라……"

재필은 방송국 주파수를 내림차순으로 읊었다. 지아는 하나도 기억할 수 없었기 때문에 재필이 목록을 적어줘야 했다. 재필은 플레이어에 시디를 넣었다. 기타 연주로 시작하는 노래였다. 중저음의 목소리가 거실을 채웠다. 따뜻한 파도가 배를 쓰다듬는 기분이었다. 지아는 담요를 끌어다 덮었다. 눈꺼풀이 금세 무거워졌다.

재필은 설거지를 했다. 지아가 돕겠다고 했지만 재필은 피곤할 테

니 앉아서 좀 쉬라고 했다. 재필의 말대로 지아는 좀 피곤했다. 재필
은 콧노래를 흥얼거렸다.

"살도 좀 빼고 그래."

재필이 무심히 말했다. 지나가는 말인지 걱정인지 구분이 되지 않
는 말투였다. 지아는 바닥에 누운 채로 고개만 돌려 재필을 봤다. 재
필의 눈은 기름때가 묻은 접시에 고정돼 있었다.

"아저씨, 나는 이제 어떡해요? 이 나이에 정신병을 앓아요. 결혼
은 할 수 있을까요. 아니지. 취직은? 졸업은? 길을 가다 도로로 달려
들지 않을까 싶어서 가장자리로만 걸어요."

"뭘 어떡해. 그냥 사는 거지. 사람은 다 죽어. 세상 만물이 다 죽
지. 크게 생각하면 가볍게 볼 수 있어. 가볍게 보면 안 보이던 것들
도 보이거든. 그러니까 단순하게 생각하면 된다는 거야. 받아들이면
돼."

"그게 잘 안 되니까 그렇죠."

"나라면 취미라도 하나 만들겠다. 넌 너무 무채색이거든."

"취미가 있으면 색깔이 생기나요."

"생기지. 취미가 장기가 되고 장기가 특기가 되면. 생각해봐. 넌
뭘 잘한다고 말할 수 있는 게 있어? 헐크처럼 갑자기 다른 사람이
돼 버리는 거 말고."

"헐크가 뭔데요."

"있어. 영화에 나오는 녹색 괴물."

"내가 그래요?"

"맘에 안 들면 지킬 박사와 하이드라고 할까."

"그건 또 누구예요."

"소설이야. 약을 먹고 살인마가 돼 버리는 박사 얘기지."

어느 쪽도 마음에 들지 않았다. 기왕이면 세일러문이나 웨딩피치 같은 거였으면 했다. 걔들도 전혀 다른 사람으로 변하긴 마찬가지였으니까.

"난 취미 같은 거 필요 없어요. 그냥 평범하게 살면 좋겠어요."

"그게 제일 힘든 거야."

"힘들 땐 어떻게 하죠."

"나를 찾아. 경찰도 안 돼. 철순 형님도 안 돼. 나한테 제일 먼저 연락하는 거야. 난 너와 네 엄마한테 빚이 있으니까. 세상에서 가장 믿어도 좋을 사람이 있다면, 그건 나야."

그렇게 말하는 재필의 목소리가 따뜻했다. 재필은 설거지를 마치고 힘차게 손을 털었다. 물 몇 방울이 얼굴에 튀었다. 지아는 꺄르르 웃었다.

재필

규식은 귓불을 긁었다. 섬유화가 진행된 폐처럼 울퉁불퉁하게 굳은 귀였다. 레슬링 선수 생활을 하면서 온종일 매트를 비빈 결과였다. 실핏줄이 터지고 고름이 들어찼다. 선배들을 따라 병원에서 귀를 째고 고름과 피를 뺐다. 그 과정이 몇 차례 반복된 뒤에는 굳은살이 박이기 시작했다. 흔히 말하는 만두귀였다. 규식은 스무 살 때부터 만두귀로 살았다. 만두귀를 훈장처럼 여기는 사람들도 있었지만 규식은 예외였다. 규식에게 만두귀는 쓸데없이 흘려보낸 십 대의 상흔이었다. 손톱 끝에 귀지가 딸려 나왔다. 입으로 불어 귀지를 날려 보냈다. 맞은편 자리에 앉아 있던 준홍이 볼멘소리를 했다.

"강 경장님 한가합니까. 고소장 처리 좀 도와주시죠."

준홍이 제일 위에 있던 고소장을 슥 내밀었다. 준홍은 순경 일을 하다 강력계에 보직 공모로 들어온 스물여섯 살짜리 막내였다.

20세기 마지막 신입이라고 서에서도 예쁨을 받았다. 규식이 사수랍시고 준홍을 챙겼다. 겨우 두 살 차이인데 준홍은 선배, 선배 하면서 규식을 따랐다.

유난히 형사 사건이 많은 동네였다. 가난한 사람들이 많아서 그랬고 늦은 시간까지 일하는 사람들이 많아서 그랬다. 고된 하루를 달랠 방법이 술밖에 없어서 그런지도 몰랐다. 고소장에 적힌 사연들은 하나같이 구구절절했다. 적당히 협의를 봐도 될 법한데 분에 찬 피해자들은 진단서에 정신과 감정 결과까지 가져와 합의 없는 엄벌을 요구했다. 구형은 검사가 때리는 거니 소장이나 잘 작성해서 달라고 해도 사람들은 기어이 힘없는 경찰을 붙잡고 하소연을 늘어놓았다. 그러니까, 고소장을 처리하는 건 구구절절 늘어놓는 인생사를 잠자코 들어야 하는 일이었다.

"며칠 전에 하나 처리해줬잖아."

규식이 말했다. 준홍의 부탁으로 처리한 죽음병원 폭행 상해 사건이었다. 피해자가 조서를 꾸민 뒤에 바로 고소장을 제출했다. 고소인은 노유정, 피고소인은 염지아로 피고소인이 고소인의 손에 연필을 꽂았다는 거였다. 규식은 제대로 읽지도 않고 고소장을 던져놓았다. 감정이 듬뿍 담긴 고소장을 들여다보는 게 귀찮았다. 사건 개요 외에는 모두 구구절절 사연 소개였다. 취조를 해봐야 알겠지만 둘 사이에 다툼이 있었을 것이고 손에 잡히는 무기가 연필밖에 없었겠지. 합의를 보려면 고소인의 동의가 있어야 하는데 소장까지 접수한 마당에 그 과정이 원만할 것 같지 않았다. 염지아의 이력을 조회해보니 경찰서를 들락거린 기록이 화려했다. 경찰 입장에서는 이런 경우가 오히려 편했다. 피고소인은 정식 재판으로 넘어갈 때를 대비해 공탁을 걸고 반성문을 제출할 게 뻔하니 미리 일을 진행해두는 게 좋았다. 염지아에게 전화를 걸어 목요일 3시에 경찰서를 방문하라고 했다.

"그거 한 건 하고 생색입니까."

"네 일 대신 해준 건데 생색 좀 내면 안 되냐. 그 사건 좀 재미있긴 했지?"

"재미있어요? 전 무섭던데."

"사건이 무서우면 경찰 어떻게 하냐."

"관심 있으면 강 경장님이 담당하시고요."

"그 정도는 아니고. 야 오늘 목요일이지. 그 여자 다녀갔냐?"

"저기 있네요. 방금 반성문 내고 가는 길이에요."

규식은 뒤를 돌아봤다. 커다란 덩치가 경찰서를 나서는 중이었다. 두 사람이 동시에 나가려다 문에 걸렸다. 염지아가 옆으로 돌아섰는데도 비비적거리며 문을 빠져나갔다. 어쩔 수 없이 염지아와 몸을 맞댄 상대가 침을 찍 뱉었다.

"엄청나네."

"엄청나죠. 저렇게 덩치 큰 여자 처음 봤어요."

"그거 말고 인마. 저게 사람 손에 연필로 구멍을 뚫은 인간 얼굴이냐. 죄책감이 없어. 꼭 자기는 그런 일을 저지르지 않았다는 표정이잖아."

"익숙한가 보죠. 사람도 죽이겠는데요."

"괜한 소리 마라. 일 늘어난다."

"일 귀찮아하시는 걸 보니 강 경장님 경찰 밥 좀 더 드셔야겠습니다."

"너나 많이 먹어라. 배달 국밥도 질려서 못 먹겠다. 소장 좀 다시 보자. 범죄 이력 뽑은 것도 있으면 같이 줘봐."

"이거 맡으시게요?"

준홍의 얼굴에 화색이 돌았다.

"내가 할게. 피해자하고도 얘기했지. 어떻게 하기로 했는데?"

"뭘 어떡해요. 협의하든지 소장 접수하든지 둘 중 하나지. 피해자는 합의할 생각 없다고 하고요."

"그럴 줄 알았다."

규식은 염지아의 범죄 이력을 살폈다. 그리고 문을 나서던 염지아가 얼마나 침착한 얼굴을 하고 있었는지도 생각했다. 선한 얼굴에 침착한 태도는 걷어내야 할 포장지였다. 종종 이런 인간들이 있었다. 약자에게만 유독 강한 인간들. 강규식이 증오하는 부류였다. 갱생이 가능할 거라 믿어선 안 된다. 법은 너무 무르고, 공권력은 힘이 약했다. 규식은 경찰 조직이 싫었다. 밥은 먹고 살겠다고 택한 일이었지만 재미없는 일을 평생 할 수는 없었다. 현금보다 아드레날린과 간지가 필요했다. 서류 작업이나 하다 인생 끝내기는 싫었다. 규식은 체계적인 것들을 경멸했다. 반듯하게 정리된 책상, 유형별로 묶어 놓은 폴더, 법과 절차에 따라 진행되는 사건 처리 방식은 생각만 해도 숨이 막혔다.

사촌 형한테서 르포 기자를 해볼 생각이 없냐는 제안을 받은 적이 있었다. 형사 하던 사람이 무슨 기자냐고 되물었더니 사촌 형은 그냥 기자가 아니라 나이트 크롤러라는 직업이라고 말해주었다. 기자들이 찾아가기 힘든 곳, 어려운 취재를 대신해 주는 거였다. 아이템을 발굴해 영상과 함께 제보하면 시청률에 따라 형사가 만지기 힘든 돈을 받을 수도 있을 거라고 했다. 다만 일하기에 따라 잘하면 대박, 못 하면 굶는 거라고도 했다. 프리랜서가 다 그렇지 뭐. 십 년째 기자 생활을 하던 형의 말이었다. 박봉이고 나발이고, 규식은 프리랜서라는 단어가 그렇게 좋았다.

무슨 일 하세요?

아 저요. 프리랜서입니다.

형사라고 말하는 것보다 그쪽이 몇 배는 멋있어 보였다. 규식은 염지아의 파일을 책상에 던져놓고 르포 기자 생활이 어떨지 상상해 봤다. 그 와중에도 주먹으로 뭉갠 듯한 염지아의 얼굴이 머리를 떠나지 않았다.

동네에 장이 섰다. 복숭아나무 가지를 꺾어 오방색 리본을 걸어놓은 점집 골목부터 큰길까지였다. '지역 특산물 대축제' 플래카드가 붙었다. 노인들이 의성 마늘, 여주 쌀, 상주 곶감, 장흥 표고버섯, 묵진 고춧가루, 무안 양파, 진도 대파 같은 푯말을 걸어 놓고 흥정에 열심이었다. 살아있는 닭이나 메추리 새끼도 있었는데, 그 와중에 보이는 강아지는 키우라는 건지 먹으라는 건지 알 수가 없었다.

지아는 김밥 한 줄을 샀다. 포일을 벗겨내고 김밥을 베어 물었다. 단무지는 좀 짜고 시금치는 장마 한가운데 놓인 것처럼 후줄근했다. 주머니에 손을 꽂고 구경하던 중에 재필을 봤다. 재필은 고춧가루 상인과 실랑이를 하고 있었다. 상인들은 불편한 얼굴로 둘의 다툼을 관찰했다. 재필의 주장은 한마디로, 고춧가루가 중국산 아니냐는 거였다.

"이거 중국산 맞죠?"

"아니라니까."

상인이 떼쓰는 아이처럼 발을 동동 굴렀다. 억울하다는 표정이었다.

"이거 이거 물감칠한 거네. 색소 써서 색 낸 거 아니냐고요."

"묵진 고춧가루 제대로 본 적 있어요? 묵진 해가 좋아서 태양초가 원래 이 색깔인데."

"본 적 있죠. 건조기 고추도 본 적 있고요. 이건 누가 봐도 건조기 돌린 중국산 고춧가루고요."

"내가 묵진에서 직접 갖고 온 거라니까. 부모 자식 다 걸어도 돼요."

"묵진 어디 살았는데요."

재필의 눈이 반짝였다. 고춧가루 상인 얼굴에 당황하는 기색이 스쳤다. 상인은 씹어 먹듯 말을 이었다.

"소산포에 살았는데……"

"소산포? 거기 박수동 아저씨 알아요?"

"그걸 제가 어떻게 알아요. 소산포 근처 사는 사람이 몇인데."

"거기 선원조합장인데요?"

"선원조합장이라고 다 알아요?"

상인은 역정을 냈다. 재필은 밀리지 않았다.

"알죠. 소산포에서는 선원조합장이라고 하면 세 살짜리 아이부터 여든 노인까지 다 알고 지내요. 왜 그런지 알아요? 새우잡이 배가 조업을 나간 동안에 선원조합장이 식솔들을 돌봐주니까요. 바다에 가족을 보내고 나면 그렇게 불안할 수가 없습니다. 묵진에서는 선원들이 안심하고 다녀오라고 선원조합장에게 돈도 쥐여주고 사건 사고도 관리하게 하지요. 새우잡이로 버는 돈이 있어야 마을이 유지된단 말입니다. 남편들 새우잡이 보내고 나면 아녀자들이 하는 게 고추 따다 말리는 일이에요. 묵진은 태양이 좋고 아낙네들은 시간이 많으니 고추도 말리고 염전도 하는 거예요. 외지인이라면 모를까 마을 사람들이면 선원조합장이랑 안면을 안 텄을 리가 없어요."

상인은 제대로 잘못 걸렸구나 싶은 표정으로 재필을 바라봤다. 재필도 지지 않고 상인을 노려봤다.

"아줌마 묵진 사신 거 맞아요?"

"아니에요! 됐어요?"

"그럼 이거 중국산 맞지요?"

"네……"

"그럼 반값에 합시다. 두 봉지 줘요."

재필은 고춧가루 두 봉지를 반값에 산 다음에 한 봉지를 더 챙겼다. 그걸 본 지아가 재필 옆에 붙었다.

"아저씨. 고춧가루 샀어요?"

"샀지. 매운탕을 해 먹을 거다."

"생선이 없는데요."

"시장 입구에 조기 파는 곳 보이지. 칠산 앞바다에서 잡은 거라고 하는데 내 눈은 못 속여. 저것도 보나 마나 중국산 참조기일 거란 말이야. 한바탕 해주면 싸게 먹을 수 있어."

"아저씨는 바닷가에 살았어요?"

"여기저기 살았지."

"묵진에도요?"

"그럼."

"묵진이 어디에 있어요?"

재필이 감자만 한 눈을 굴리며 지아를 봤다. 무슨 말도 안 되는 질문을 하느냐는 모양새였다.

"너는 스무 살이 넘었는데도 묵진을 모르니?"

지아는 고개를 저었다. 묵진이라는 곳은 텔레비전에서도 학교에서도 들은 적이 없었다. 그저 재필이 하는 말을 듣고 바닷가라는 걸 짐작할 뿐이었다. 재필은 혀를 찼다.

"죽기 전에 가봐야 할 곳이지. 항구도시야. 밤이 되면 오징어 배가 전구를 밝히고 먼바다로 떠나는 게 꼭 보름달이 뜬 것 같아. 그게 장관이거든. 옛날에 거기서 찍은 영화도 있었어. 제목이 슬피 우는 밤이었나. 새우잡이 배를 타는 선원 이야기였을 거야. 새우잡이 배가 거기서 출발하거든. 묵진은 말하자면 선원들의 고향이라고 할까. 묵진에서 죽는 사람은 있어도 나는 사람은 없다고, 외지인들이 끝도 없이 몰려들지. 아, 말하다 보니 그립네. 거기 명태가 기가 막히는데."

"아저씨도 배를 탔어요?"

"탔지. 여섯 달 정도. 힘들어서 더는 못하겠더라."

재필은 하지 않은 일이 없었고, 모르는 게 없었다. 그런데도 고작 뱀이 마을에서 부동산 일이나 했다. 피우지 못한 재능이 측은했다.

"묵진 얘기 더 해주세요."

지아는 평상에 앉았다. 재필도 고춧가루를 내려놓고 그 옆에 앉았다. 두 사람은 나란히 앉아 장터를 오가는 사람을 구경했다. 재필이 긴 머리를 쓸어 올렸다. 과연 선원의 것인 듯 검은 뺨이 드러났다.

"글쎄. 할 얘기가 많지 않은데. 참, 묵진에서 하는 우스갯소리가 있는데 해줄까."

"저는 잘 안 웃는걸요."

"일단 들어봐. 묵진에 소산포라는 곳이 있는데, 거긴 배 들어오는 시간이 되면 노래를 틀어줘. 곳곳에 스피커를 설치해두고 말이야. 「남자는 배 여자는 항구」 알지? 왜 심수봉인지는 모르겠지만 담당하는 사람이 그 노래를 좋아하나 보지. 묵진을 다룬 노래가 없어서 그럴 수도 있겠지. 「돌아와요 부산항에」를 틀 수는 없었을 테니까. 「해변으로 가요」 같은 노래는 알람으로 쓰기에는 좀 심심하고 말이야. 그래서 묵진 사람들은 십 년이 넘는 동안 그 노래만 들으면서 아침을 맞는 거야. 하루는 묵진에 큰 행사가 열렸어. 지역 축제라면서 유지들 모시고 높은 양반들 앞에 앉혀두고 가수도 초대하고 특산물 소개도 하는 자리였지. 사람들은 노래 듣고 싶어서 모인 건데 그런 자리가 뻔하지 뭐. 행사 시작 전에 정치인들 연설이 주구장창 이어지더란 말이야. 교장 선생님 훈화 말씀처럼. 짧으면 다행인데 무대에 선 사람들 심정이 어디 그렇나. 연설이 끝이 안 나. 날은 덥고 연설은 지루하고 사람들은 의자에 앉아서 지쳐 졸기 시작했어. 무려 한 시간이나. 이제 공연을 시작해야 하는데, 사람들이 지쳐있으니 힘을 좀 내야겠다, 분위기를 띄워야겠다 싶어서 행사 관계자가 노래를 틀었어. 「남자는 배 여자는 항구」. 행사 시작을 알리기에 제격이겠다 싶었던 거지. 노래를 틀자마자 사람들이 깨. 그런데 그냥 깨는 게 아니야. 누구는 옷을 갈아입는 시늉도 하고 밧줄 당기는 자세를 취하는 사람도 있고. 일하러 나갈 준비를 하더라는 거지. 정말로 일하러 가는 사람도 있고, 그제야 뭔 행사가 이 모양이냐고 화를 내는 사람도 있고."

지아는 곰곰이 생각해봤지만 어디가 웃긴 건지 알 수가 없었다.

"그게 재미있어요?"

"묵진에서는 제일 웃긴 얘기인걸. 파블로프의 개 이야기 몰라?"

"몰라요."

"넌 아무래도 묵진이랑은 안 어울리겠다."

"누구라도 묵진이랑 어울릴 것 같지는 않아요."

"간혹 있어. 그런 사람들이."

재필은 장에서 산 물건을 추슬렀다. 봉지를 들여다보다 생각난 게 있다는 듯 주머니칼 하나를 꺼내 들었다.

"참, 이거 너 주려고 샀어. 호신용."

지아는 씁쓸하게 웃었다. 누가 자신을 해치려 들까 싶었다. 그러면서도 선물이라니 무작정 좋아 손을 내밀었다. 장터에서 산 것 치고는 고급스러운 재질이었다. 여의주를 물고 있는 용 그림이 손잡이에 음각으로 새겨져 있었다. 중국산 카피 제품인 게 분명한데도 흉내를 잘 냈다 싶었다.

"넌 이제 집에 갈 거니?"

"더 놀다 갈 거예요."

"뭐하고?"

"뭐라도 하고요."

　말은 그렇게 했지만 할 일이 떠오르지 않았다. 지아가 할 수 있는 거라고는 그저 장터 주위를 어슬렁거리다 질긴 하품을 하는 정도였다. 그렇게라도 시간을 보내야 마음이 좀 편해졌다. 목이 이모 소식이 궁금했다. 병실에 환자들은 새로운 간병인을 구했는지, 새로운 간병인은 환자들에게 잘해줄지도 걱정이었다.

　해는 느린 속도로 서쪽을 향해 멀어졌고, 그새 달이 떴다. 파란 하늘에 하얀 달이 반점처럼 박힌 모습이 어딘지 비현실적이었다. 장터가 짐을 빼는 시간이었다. 남은 물건을 가지고 돌아가야 하는 상인들이 떨이 처리로 분주했다. 절인 깻잎과 스티로폼 상자가 거리에 뒹굴었다. 매운바람이 지붕 위를 넘나들었다.

　김밥이 그새 소화가 됐는지 속이 허했다. 지아는 사람들이 빠져나가는 장터에서 먹을 수 있을 만한 게 있는지 살폈다. 밥반찬이나 양념 종류가 좀 남았을 뿐 뭘 먹어도 배가 찰 것 같지 않았다. 그 와중에 지아의 흥미를 끈 건 막걸리였다. 허리가 굽은 할머니가 팔리지 않은 막걸리를 박스에 옮겨 담고 있었다. 할머니에게서는 막걸리 대신 마른 빗물 냄새가 났다. 좌판에서 하루를 보내고 얻은 시큼한 땀 냄새였다.

"막걸리 하나 주세요."

　지아가 말했다. 할머니는 이 코끼리 같은 여자에게서 얼마를 받아야 오늘 발 뻗고 잘 수 있을까 고민하듯 지아를 쳐다봤다.

“얼마예요?”

“천오백 원.”

“왜 그렇게 비싸요.”

“쌀막걸리라서 그래.”

지아는 재필 흉내를 내보기로 했다. 함께 지낸 시간이 십오 년인데 옆에서 보고 배운 게 있을 테니까.

“원산지 표시도 없고 쌀막걸리라는 증거도 없는데요.”

할머니가 갑자기 허리를 쭉 폈다. 꼬장꼬장하던 노인이 단박에 젊어진 느낌이었다. 장사꾼의 피가 돌기라도 한 것처럼 목소리도 커졌다.

“내가 팔고 있으니 국산이고, 마셔보면 쌀인 줄 단박에 알지 그걸 왜 물어.”

“저는 쌀막걸리 맛을 모르는걸요.”

“모르면 이게 쌀막걸리구나, 하고 그냥 마셔.”

지아는 대꾸도 못 하고 천 원짜리 세 장을 내밀었다.

“두 병 주세요.”

거리는 차갑게 식었다. 지아의 마음도 그랬다. 집으로 돌아갈 때면 언제나 그랬다. 비단 집뿐만이 아니었다. 거리도 학교도 밤도 낮도, 시간이란 시간은 모조리 차갑고 서늘해서 온계리를 떠올리게 만들었다. 곰팡내와 그 위에 포개지던 화약 냄새는 도꼬마리 씨앗처럼 들러붙어 평생을 떠나지 않을 것 같았다.

집으로 돌아온 지아는 침대에 누웠다. 저녁이 되어서야 처음으로 바닥에 등을 대는 거였다. 재필이 빌려준 플레이어로 라디오를 들었다. 눈을 감고 있어도 된다는 게 좋았다. 감각을 배제할수록 상상의 영역은 넓어졌다. 주파수와 주파수 사이를 오가는 동안의 잡음마저도 좋았다. 밤이 깊을수록 진행자의 말투는 느리고 낮아졌다. 시끄러운 락이나 가요에서 클래식과 영화 음악으로 선곡도 변했다. 마지막 방송이 끝나고, 애국가가 울리고 나면 잡음으로만 이루어진 시간이 찾아왔다. 방송국이 송출하지 않았을 잡음이 작게 울렸는데, 그건 안테나가 허공에 날아다니는 전파를 잡아내기 때문이라고 했다. 그 소리가 어딘지 따뜻했다.

라디오가 끝난 뒤에는 책장에서 사회과부도를 꺼냈다. 지아는 고개를 처박고 싶을 때, 뭐라도 읽는 척을 해야 할 때, 공상에 빠져 허우적거리고 싶을 때면 사회과부도를 봤다. 세계 지도가 있는 곳을 펼쳤다. 그중 아무 곳이나 찍어 내던져졌으면 싶었다. 기왕이면 태평양이나 대서양쯤이었으면 했다. 상어 밥이 되면 흔적도 남지 않을 것이다. 침대에 누워 먼 곳에 대해 생각했다. 프랑스, 영국, 독일, 체코, 러시아, 이탈리아, 이집트, 알제리 같은 곳들이었다. 어떤 곳은 마치 가본 적이 있는 것처럼 익숙했고 어떤 곳은 다른 행성에 있는 것처럼 낯설었다. 생전에 한 번 가볼 수나 있을까 싶은 곳들이었다. 대한민국을 벗어나지 못하고 생을 끝내는 건 억울했다. 온계리 아니면 서울이 살았던 곳의 전부라니, 참 단편적인 인생이었다. 지아는 재필이 말한 묵진을 떠올렸다. 어디에 있는 촌구석인지 알고 싶었다.

좁쌀만 한 눈으로 묵진을 찾았다. 손가락으로 동해안을 따라 쭉 내려갔다. 해안이 꺾여 올라가는 곳에서 묵진을 발견할 수 있었다.

지아는 한동안 그 위에 손가락을 얹고 있었다. 그러면 어쩐지 묵진으로 날아갈 수 있을 것 같았다. 선원들이 가득한 부두 마을을 상상했다. 그물 밖으로 쏟아지는 싱싱한 생선과 그윽한 바다 비린내를 떠올렸다. 코가 씰룩거렸다. 포말이 부서지는 파도, 그 위로 잘게 쪼개지는 햇빛, 건어물을 익히고 말리는 해풍을 그렸다. 가본 적도 없는 묵진이 그리웠다. 본 적 없는 사람들이, 맛본 적도 없는 묵진의 음식이 그리웠다.

지아는 국그릇에 막걸리를 부었다. 숭늉 빛 액체는 마신다는 느낌도 없이 식도를 흘렀다. 혀끝에 단맛이 감돌았다. 취기는 빠르게 올랐다. 막걸리는 갈증과 허기만 제거한 게 아니었다. 두려움과 걱정도 함께 증발시켜버렸다. 온계리에서 철순이 그리도 애타게 이 주임에게 막걸리를 구걸하던 이유를 알 것 같았다. 술은 뇌를 반질반질하게 만들어주는 지우개였다.

지아는 막걸리 두 통을 비우고 입을 닦았다. 배가 부르고 등은 따뜻하고 걱정이 없으니 잠들지 못할 이유도 없었다. 노유정도 고소건도 일자리도 어떻게든 잘 풀리겠지 하는 막막한 자신감으로 무장했다. 뱀이 명주실 위를 기어가듯, 지아는 잠이 들었다.

그리고 자신의 것이 아닌 방에서 눈을 떴다.

아. 아. 아.

어둡고 습한 방이었다. 볼을 타고 흐르는 침에서 막걸리 냄새가 진동했다. 개털처럼 풀어헤친 머리카락이 바닥을 쓸었다.

배가 아팠다. 가랑이 사이에서 쩌걱쩌걱, 젖은 발이 바닥에 붙었다 떨어지는 듯한 소리가 이어졌다. 다리 사이에서 비린내가 올라왔다. 일어나고 싶었지만 바위가 올라탄 듯 몸이 무거워 움직일 수가 없었다. 지아는 아직 술에 취해 있었다.

주위를 둘러봤다. 둥글고 긴 물건이 옆에 있었다. 통기타였다. 천장에서 물이 뚝뚝 떨어졌다. 가랑이가 묵직하고 따갑게 조여왔다. 어둠에 눈이 조금씩 익숙해졌다.

"아."

몰려오는 통증에 신음을 토했다. 그게 신호인 양 콧등에 물방울이 후드득 쏟아졌다. 지아는 물이 떨어지는 곳으로 시선을 돌렸다. 천장에서 물이 떨어지는 게 아니었다. 그곳에는 웬 남자가 있었다. 미역 줄기 같은 머리카락에서 땀이 쏟아지는 중이었다.

화들짝 놀란 지아가 몸부림을 치기 시작했다. 남자는 더운 숨을 토했다.

"잘하고 있어. 허리를 놀려봐."

재필의 목소리였다. 재필이 지아의 다리 사이에서 몸부림을 치고 있었다. 지아는 재필의 가슴팍을 밀어내려 애썼다. 그게 도리어 재필을 자극했다.

"혜수야, 나는 네가 너무 좋다. 발정 난 암캐 같은 년이다. 꼬막 같다고. 쫀득쫀득한 맛을 못 잊을 거다. 평생 혜수로 살아라. 혜수야. 우리 혜수야."

혼란스러웠다. 재필이 내뱉는 말도, 가랑이 사이를 찌르듯 파고드는 물건도. 재필의 무게와 땀에 젖은 머리카락도.

재필이 엉덩이에 힘을 줬다. 팔뚝과 어깨가 나무통처럼 단단해졌다. 지아는 다리를 들어 재필의 허벅지를 떼어냈다.

"아저씨!"

"그래. 계속 불러봐. 재필 아저씨, 해봐."

"아저씨. 저 지아라고요. 혜수가 아니라 지아라고요."

허리 놀림이 멈췄다. 재필은 트럭이 후진하듯 천천히 지아에게서 멀어졌다. 가랑이를 찌르던 물건이 힘을 잃고 몸에서 빠져나갔다. 지아는 자리에서 일어났다. 벽을 더듬어 전등 스위치를 찾아냈다. 형광등 불빛이 가시처럼 쏟아져 내렸다.

재필의 방은 짐승이 먹을 감은 것처럼 어질러져 있었다. 재필은 번데기처럼 쪼그라든 물건을 이불로 덮었다.

"아니다 지아야. 그게 아니야."

지아는 침대 옆에 처박힌 바지를 찾았다. 그 안에 살덩이를 밀어 넣었다.

"네가 생각하는 그런 게 아니야."

브래지어 안에 가슴을 쑤셔 넣고, 티셔츠를 입었다. 헝클어진 머리를 다듬었다. 그런데도 아무것도 정돈되지 않은 기분이었다. 진흙탕에 뒹굴다 나온 것처럼 더러웠다. 지아는 문고리를 쥐었다. 주석 손잡이가 기분 나쁜 냉기를 뿜었다.

"잠깐만 지아야."

재필이 지아를 붙잡았다.

"얘기 좀 하자. 제발 부탁이다. 해명할 기회는 줘야지."

지아가 돌아섰다. 어디 한 번 지껄여보시지요, 하고 말하는 듯 재필 앞에 섰다.

"네가 먼저 유혹했다."

잔 변이 싹 씻겨 내려가는 해명이었다. 해명보다는 변명에 가까웠고 지아를 향한 질책을 살짝 가미한 항변이었다.

"내가 아니라 혜수가 그랬죠. 혜수가 유혹한 거겠죠."

"그래…… 혜수가 그랬지. 우리는 너와 혜수를 분리하기로 하지 않았니."

"내 몸이잖아요."

"혜수라고 생각하고 한 거다."

"혜수라고 생각하면 하고 싶었어요?"

재필은 입에 자물쇠를 채운 것처럼 말이 없었다. 오줌을 싼 아이처럼 이불만 감싸 쥐고 앉아 이 상황이 끝나기를 기다리는 것 같았다.

"날 이용했어요. 아저씨도 혜수도. 모두 날 이용하기만 해요."

"그런 게 아니다."

"이번이 몇 번째예요. 얼마나 그런 거예요."

"미안하다."

"나하고 얼마나 그랬냐고요."

"미안해, 지아야."

"나랑 몇 번이나 떡을 쳤냐고!"

재필은 더 이상 말을 잇지 못했다. 벌컥 문이 열렸다. 철순이 서 있었다.

헝클어진 이부자리, 벌겋게 달아오른 채 아랫도리만 감추고 있는 재필, 그 현장에 함께 있는 딸, 잠깐 방을 둘러본 것만으로 상황을 파악해버린 철순의 낯빛이 검었다.

"형님…… 이 시간에 어쩐 일입니까."

재필은 순간 자신이 나체로 있다는 걸 잊은 것 같았다. 철순은 파르르 떨리는 손끝으로 지아를 가리켰다.

"저년이 와보라고 했다. 자고 있는데 전화가 와서…… 네 딸년이 재필이랑 무슨 짓을 하는지 와서 보라고…… 저년이…… 아니…… 혜수가……"

철순은 누구를 먼저 조져야 할지 고민했다. 눈길에서 불이 일었다. 그 기세에 눌려 지아가 뒷걸음질을 쳤다. 철순은 재필의 머리채를 쥐었다.

"이 개새끼야. 네가 사람 새끼냐."

재필은 반항할 생각도 못 하고 철순이 이끄는 대로 이리저리 휘둘러 다녔다. 머리카락이 한 움큼 떨어져 나왔다. 주먹만 한 구멍이 뚫리고 모공에서 핏방울이 솟았다. 분노가 철순을 지배했다. 주먹이 길을 잃고 마구잡이로 허공을 갈랐다. 그중 몇 대는 재필의 얼굴에 명중했다. 코피가 흘렀다. 그쯤 되니 재필도 가만있지만은 않았다. 재필은 발광하는 철순을 힘껏 밀쳐냈다. 철순이 장롱 앞에서 나뒹구는 사이 재필은 바지만 챙겨 밖으로 달아났다. 온계리에서 이사하던 날의 쥐새끼 같은 모습이었다.

철순은 벽을 타고 흘러내렸다. 석고상처럼 굳어버린 채로 입만 움직였다. 검고 얇은 입술이 "병신아, 이 병신아" 하고 중얼거렸다. 지아는 그런 철순을 내버려 두고 밖으로 나왔다.

술이 덜 깬 다리는 지아를 알 수 없는 곳으로 끌고 다녔다. 종아리가 욱신거렸다. 그렇게 걷다가 차에 치일 뻔했다. 클랙슨 소리가 길게 이어졌다. 여름날 수은주처럼 스트레스가 치솟았다. 목구멍이 꿀렁거렸다. 뭔가 튀어나오려 하고 있었다. 지아는 입을 틀어막았다. 혀를 입천장에 대고 턱을 들었다. "안 돼, 안 돼." 마음을 가라앉히고 깊게 숨을 들이쉬었다. 지아를 칠 뻔했던 차는 상향등을 사납게 깜빡이며 사라졌다. "안 돼. 더는 안 돼." 지아는 중얼거렸다.

재필은 솥뚜껑 같은 손으로 자신의 어디를 더듬었을까. 자신은 또 재필의 어디를 핥고 빨았을까. 어떤 표정으로, 어떤 목소리로 그곳에 갔을까. 내 몸을 가지고 온갖 곳들을 굴러다녔겠지. 몸에 묻은 것들을 박박 씻어내고 싶었다.

실이 끊어진 마리오네트가 된 기분이었다. 마취에서 깨어나기 전 환자들의 모습이 꼭 그랬다. 마취된 고기와 다를 바 없는 인간들이, 통제력을 상실한 인간들이 코와 혈관에 관을 꽂고 이동 침대에 들려 실려 나가는 모습을 수도 없이 봤다. 대패로 밀듯 조금씩 잘려 나가는 인생이었다.

행인의 물결이 지아를 지나쳤다. 지아는 그게 비누 거품이라도 되는 것처럼 수많은 사람과 부딪히며 달려 나갔다.

혜수는 거울 너머에 사는 존재였다. 지아와 몸을 공유하는 기생충이었다. 살충제로 죽이거나 메스로 도려낼 수도 없는 악당이었다. 양분을 빨아먹고 무럭무럭 자라나는 악마였다. 혜수는 자신이 무슨 짓을 저질렀는지 알고 있을까. 지아를 버티게 하던 마지막 구명줄까지 건드렸다는 걸, 나방이 빠져나간 빈 고치 같은 인간으로 만들어버렸다는 걸 알고 있을까.

알고도 그랬을까.

어깨가 아팠다. 배도 아팠다. 아랫도리도 쓰렸다. 무엇보다 가슴
이 터질 것처럼 아팠다.

집으로 돌아오는 길

지아와 철순은 며칠을 말을 섞지 않았다. 할 얘기가 없었다. 할 얘기가 없어 싫은 소리만 했다. 싫은 소리 듣기 싫어 대화가 줄었다. 철순은 지아를 없는 사람 취급했다. 백 킬로그램이 넘는 존재가 코앞에서 출렁거리는 걸 못 본 척하기는 쉽지 않았지만, 최선을 다해 시선을 피했다. 지아는 그 앞에서 일부러 천천히 걷기도 하고 들으라고 큰소리를 치기도 했다. 철순은 어디서 개가 짖나 싶은 표정으로 귀를 팠다.

철순이 다시 입을 연 건 그 해의 마지막 날이었다. 1999년 12월 31일, 뉴 밀레니엄이 시작된다며 세상이 미쳐 날뛰던 날이었다. 그날 철순이 꺼낸 첫마디는 리모컨 좀 찾아보라는 거였다. 지아는 리모컨을 찾지 못했다. 철순은 그런 지아를 한동안 리모컨도 못 찾는 병신이라고 했다. 나가 죽으라고 했다.

"아버지. 나는 어차피 언젠가는 죽어요."

"모두가 그렇지."

"어차피 죽는데 사는 것도 괴로워요."

"다들 그렇다니까."

"그럴 거면 왜 낳았어요. 어차피 죽고 괴로울 거."

"네 어미가 낳고 싶어 했다."

"낳지 말지."

"그럼 지금이라도 죽든지."

그러고 싶었다. 시도한 적도 있었다. 혜수만 아니었으면 지금쯤 가루가 돼서 동해를 떠돌거나 속 편하게 관속에 누워있을 거였다. 절망이 밀려와 견딜 수 없는 순간이 왔을 때 지아는 목을 매달고 손목을 그었다. 두 가지를 동시에 하기도 했다. 그때마다 혜수가 나타났다. 정신을 차렸을 땐 노끈이 조각조각 잘려있었고 손목을 그었던 칼로 돼지고기를 썰고 있었다. 지아는 마음대로 죽지도 못해 어쩔 수 없이 살았다.

세라가 빈 사료 그릇 앞을 빙빙 돌았다. 지아는 스테인리스 그릇에 사료를 쏟아 넣었다. 철순은 발톱을 깎았다. 발톱이 딱, 딱 소리를 내며 사방으로 튀었다. 뭔가 대단히 잘못됐다는 생각이 들었다. 하루만 지나면 21세기라는데 혼자만 역행하는 기분이었다.

"나갔다 올게요."

"이 밤중에 어딜 가려고."

철순은 지아를 위아래로 훑어봤다. 시력검사를 하는 듯 실눈을 뜨고 쏘아붙였다.

"너 지금은 누구니?"

"무슨 말이에요?"

"누구냐고 물었잖아. 지아니, 혜수니?"

"지아예요, 아버지. 내가 지아가 아니면 누구란 말이에요."

"얘기 좀 하자."

철순은 줄칼로 손톱을 갈았다. 황사 같은 손톱가루가 떨어졌다. 지아는 어깨에 백팩을 얹었다.

"나중에요."

"어딜 가려고. 위험하니까 오늘은 그만 집에 있어. 사람들이 죄다 거리로 몰려나왔다더라."

철순이 손을 내밀었다. 지아는 그게 뱀 혓바닥이라도 되는 것처럼 물러섰다.

"위험해요? 누가요? 제가요, 다른 사람이요?"

"너 정말 지아 맞아?"

겨드랑이가 팽팽하게 당겨졌다. 몸에 있는 인대가 한 번에 기지개를 켜는 기분이었다. 명치 부근이 뻑뻑하게 저려 왔다. 지아는 악에 받쳐 소리쳤다.

"맞아요. 나 지아 맞아요. 내가 지아가 아니면 누구냐고요. 왜 다들 못 잡아먹어서 안달이에요."

철순은 검은 입술을 달싹였다. 암 환자처럼 핼쑥한 몰골이었다. 온계리 저수지에서 놀던 여섯 살짜리 딸을 보듯 지아를 지켜봤다.

"누구였니?"

"뭐가요."

"재필이랑 그 짓을 한 게 누구였냐, 이 말이다."

"저잖아요."

"아니야."

"그럼 누구예요."

"너는 아니야. 다시 말해봐라. 누가 그랬니."

지아는 철순이 원하는 답을 던져줬다.

"혜수요."

철순은 천천히, 그리고 크게 고개를 끄덕였다.

"다시 한번 말해봐라."

"혜수가 그랬어요."

"그래. 혜수 그년이 잘못한 거다. 너는 잘못이 없어."

철순은 지아의 두툼한 등을 다독였다. 손이 닿는 곳마다 버섯이 필 것처럼 축축했다. 그걸로 모든 게 해결될 거라 믿었다. 철순이 돈을 꺼냈다. 받지 않으려는 지아의 주머니에 억지로 쑤셔 넣었다.

"이거라도 가져가라. 돈이 없으면 사람이 약해져."

"돈이 있어도 약한걸요."

이런 호의를 원한 것이 아니었다. 집을 떠나고 싶었을 뿐이었다. 정신병 걸린 어린애 취급에서 벗어나지 못하는 것도, 혼자서는 아무것도 하지 못하는 인생도 진절머리가 났다.

지아는 거리로 나섰다. 뱀이 마을에서 내려다본 서울은 함성으로 가득했다. 부글부글 곪은 염증처럼 폭발할 준비가 돼 있었다. 21세기의 전야제였다. 시간은 지아와 상관없이 흘렀다. 스물다섯의 청춘은 그랬다. 이 두꺼운 살집 속에도 청춘이라 부를 만한 게 있다면.

할 수만 있다면 바람에 몸을 맡기고 날아가 버리고 싶었다. 그렇게 명륜동이나 종로, 광화문, 이태원, 홍대, 신촌 같은 곳들을 떠돌다 당도하는 곳에서 죽어버려도 좋겠다 싶었다.

21세기가 되어도 혜수는 건재할 것이다. 스트레스가 목구멍까지 차오르는 순간 소름 끼치는 웃음소리와 함께 등장할 것이고 육체를 통제하는 동안 지아를 괴롭힐 수 있는 온갖 수단을 생각해낼 것이다. 21세기에도 지아는 점점 부풀어 오를 테고 그러다 보면 뻥, 하고 터져버릴지도 몰랐다. 지방이 혈관을 막아 고혈압이건 뇌졸중이건 심근경색이건 당뇨건 죽는 날을 앞당겨줄 질병이 찾아올 것이다. 높은 확률로 21세기에는 죽을 수 있겠지. 그것만큼은 혜수도 막지 못하겠지. 21세기는 20세기와 비슷하거나 좀 더 나쁘겠지. 그런 생각을 했다.

지아는 뱀이 마을 꼭대기를 향해 걸었다. 좀 더 높은 곳에서 서울을 구경하고 싶었다. 폭죽이 터지는 순간을 바라보고 싶었다. 돌계단을 저주하며 언덕을 올랐다. 고지혈증 전에 호흡곤란으로 죽을 판이었다. 마을 정상은 빛도 없이 깜깜했다 하늘에 점점이 박힌 별빛이 초라하게 반짝였다. 지아와 같은 생각으로 정상에 오른 사람들이 산 아래를 내려다보고 있었다.

유령 같은 실루엣이 춤을 췄다. 그 사이로 누군가 씩씩대며 오르막길을 오르는 중이었다. 주위를 슬쩍 둘러보고는 곧장 지아를 향해 걸어오는 모습이, 마을 아래서부터 지아를 따라온 모양새였다. 덩치가 큰 남자였다. 사방을 비추던 랜턴 불빛이 지아 앞에서 멈췄다. 남자는 화가 나 있었고 술 냄새를 풍겼다.

"겨우 찾았네."

지아는 "누구세요?" 하고 물었다. 남자는 대답 대신 주머니에서 사진 한 장을 꺼냈다. 거기에 지아의 사진이 있었다. 간병인 지원을 했을 때 제출한 증명사진이었다. 남자는 그 사진과 지아를 번갈아 봤다.

"맞네. 염지아. 네가 우리 와이프 손에 연필을 박아버렸다면서."

지아를 향한 시선이 축축했다. 지아는 남자의 손이 닿지 않는 곳으로 한 걸음 물러섰다. 남자는 이제 필요 없어진 사진을 구겨 주머니에 쑤셔 넣었다.

"경찰이랑 얘기하고 있는데요."

남자는 경찰이라는 말에 콧방귀를 뀌었다.

"경찰이 이 김덕호 조심하라는 말은 안 하든? 짭새들 하는 일이 그렇지. 난 그놈들 안 믿어. 정부도 안 믿고 법도 안 믿어. 난 사람만 믿어. 직접 보고 느낀 사람들만 믿는다고. 그런 내가 제일 믿는 사람이 누군지 알아? 내 마누라야. 나 먹이고 살려주는 내 마누라라고."

어깨가 무거웠다. 다리도 무겁고, 머리도 무거웠다. 그래서 바닥에 주저앉았다. 무거운 머리를 바닥에 닿을 때까지 조아렸다.

"죄송합니다. 잘못했어요."

이렇게라도 해서 상황을 모면할 수 있다면 발이라도 핥을 생각이었다. 덕호는 운동화 코끝으로 지아의 머리를 툭툭 찼다.

"내가 괜히 여기까지 올라온 게 아니야. 사과받을 거면 경찰서에서 만났지. 지금은 혼을 내러 온 거라고. 일어나."

지아는 고개를 들었다. 덕호는 소매를 걷고 있었다. 가로등을 등지고 있어 웃는 건지 우는 건지 알 수 없었지만 소매 아래로 드러난 팔뚝은 잔뜩 화가 나 있었다.

"저기 아저씨. 제가 정신병이 있는데……"

"무슨 헛소리야."

덕호는 멱살을 잡아 지아를 일으켰다. 두툼한 주먹을 지아의 볼에 꽂았다. 입 안이 터졌다. 비린 피 맛이 들이쳤다. 동시에 머리 위에서 폭죽이 터졌다.

21세기였다. 뱀이 마을 꼭대기에서 맞이한 뉴 밀레니엄이었다. 서울은 환호로 들끓었다. 덕호는 전의를 상실한 지아를 요리할 생각에 흥분해 있었다. 지아는 언제나 이런 놈들의 차지였다. 온계리에서도 그랬고 학창 시절에도 그랬고 재필도 그랬다. 조롱하고 이용하기에 바빴다. 병든 닭처럼 무기력한 일상이었다. 혜수가 차곡차곡 망쳐놓은 인생이었다. 희망을 절망으로 바꾸는 사이 지아는 소중한 것들이 곁을 떠나는 걸 지켜봐야 했다. 아끼던 신발과 옷, 생일선물로 받은 크레파스 같은 것들. 대차대조표 같이 등변에서 하나를 얻으면 차변에서 하나를 잃어야 했다.

이번엔 또 뭘 뺏어갈래.

지아는 주머니를 뒤적였다. 재필이 선물한 주머니칼이 손에 잡혔다. 용 그림이 음각으로 새겨진, 뭐든 벨 수 있을 것처럼 날카로운, 호신용으로 쓰라며 준 칼. 지아는 칼을 꺼내 덕호의 턱밑에 쑥 갖다 댔다. 덕호는 눈앞에 어른거리는 칼을 보면서도 두려워하지 않았다.

"뭐. 그 아기 고추만 한 거로 찌르기라도 하게?"

피식하는 웃음과 함께 불벼락 같은 따귀가 쏟아졌다. 지아는 연탄재 위에 넘어졌다. 손에 검댕이 묻었다. 일어나야겠다는 생각도 들

지 않았다. 만사가 귀찮았다. 혜수에게 맡기고 숨고 싶었다. 잠시 정
신을 잃고 나면 이 일은 끝나 있겠지. 그런 기대를 했다. 질주를 알리
는 총성처럼 폭죽이 또 한번 거하게 터졌다. *빨리 나와.* 지아는 주머
니칼로 손가락을 뺐다. 살점이 너덜너덜하게 벗겨졌다. 진득한 통증
이 팔을 타고 뒷골까지 전해지는데도 현실감이 없었다. 지아는 손가
락에 맺힌 피를 털었다. 어둠 속에서 검은 액체가 후드득 날아갔다.

나와 어서.

혜수는 반응이 없었다. 지아는 팔을 걷었다. 돼지 앞다리처럼 두
툼한 살점을 위에서 아래로 그어 내렸다. 덕호는 얼굴을 찌푸렸다.

"뭐해. 너 미쳤어?"

해면체에서 분수처럼 피가 솟았다. 피는 팔목을 타고 흘러 연탄재
를 적시고 웅덩이를 만들어냈다. 지아는 멈추지 않았다. 칼날을 주
먹으로 말아 쥐고 힘차게 그었다. 손금을 따라 퐁, 퐁 피가 번졌다.
둑이 터진 듯 손바닥이 붉게 젖었다. 엄마 배 위로 꽃잎처럼 붉은
물이 번지던 그 순간이 떠올랐다. 달리기를 끝낸 듯 발작하던 심장
은 식은 납처럼 굳어버렸다.

손끝에 한기가 돌았다. 주변이 조금씩 어두워졌다. 덕호는 촛농처
럼 일그러졌다. 시멘트벽도, 전봇대도, 하늘도, 모든 게 일그러지고
녹아내렸다. 멀리서 들리던 축포는 장송곡으로 변했다.

'깔깔깔. 네가 원한 거야. 깔깔깔.'

혜수의 목소리였다. 소름 끼치는 웃음소리였다. 지아에게만 들리
는 환청이었다.

"너 아주 제대로 미친년이구나."

덕호의 목소리가 멀게 느껴졌다. 뱀이 마을이 요동쳤다. 배가 끓었다. 소변 냄새, 피 냄새, 땀 냄새가 한 번에 몰려들었다. 오한과 미열 끝에 눈이 감겼다. 손이 뱀장어처럼 꿈틀거렸다. 지아는 겹겹이 쌓인 어둠 속으로 추락했다. 머리 위로 덕호가 내지르는 단발마가 들렸다. 길고 찢어지는, 그래서 몹시 슬픈 비명이었다.

'그래. 뭘 뺏어갈 수 있는지 보여줄게.'

어둠이, 혜수가 만들어낸 환영이 지아를 집어삼켰다. 지아는 컴컴한 튜브 속을 유영했다. 위와 아래가 구분이 가지 않는, 시제를 정의할 수 없는 공간이었다. 멀미가 났다. 혜수가 이끄는 대로 흘러 다니던 지아는 한참 후 흑백 영화처럼 오래된 풍경 속에 멈춰 섰다.

그리운 것들이 명치를 관통했다.

총알 자국이 없는 벽, 썰매를 타는 아이들, 얼어붙은 저수지, 그 옆으로 부드럽게 흐르는 갈대밭이 펼쳐졌다. 철순은 지아에게 어서 썰매를 타보라고 손짓하고 있었다. 아이들이 노는 소리, 햇빛에 구운 것 같은 빨래 냄새가 귀와 코에 닿았다. 지워졌던 것들이 아직 살아있는 온계리였다.

지아는 바삐 눈을 굴렸다. 코를 치켜들고 멸치볶음 냄새를 맡았다. 엄마의 목소리가 지아를 불렀다. 꿈속에서라도 보고 싶던 엄마였다. 그날 이후 한 번도 만나지 못한 엄마였다. 환영이라는 걸 알면서도 지아는 엄마를 찾아 걸었다. 아장아장, 짧은 걸음을 바지런히 옮겼다. 길과 길이 이어졌다. 눈길 위로 밤나무며 감나무가 꼿꼿이 섰고 까치가 가지에 앉아 지아를 배웅하듯 울었다. 평상에 앉아 있던 노인들은 느긋하게 담배를 태웠다.

집 안에 사람의 그림자가 보였다. 폭신한 스웨터 차림의 엄마였다. 집으로 돌아가면 엄마가 있을 거라고, 안방 문을 열면 엄마가 돌아보며 안아줄 거라고, 지아는 그렇게 생각하며 두 손을 치켜들고 눈이 쌓인 길을 달렸다. 엄마가 우물물을 긷던 작두펌프가 보였다. 밥 짓는 냄새가 났다. 엄마의 체온이, 목소리가, 아이스크림 같은 눈빛이 지아를 기다리고 있었다. 지아는 한달음에 마루로 뛰어들었다.

하지만 방문을 열었을 때 지아를 마주한 건 군화 발자국이었다. 엄마의 모습은 보이지 않고 대신 독개구리가 난장판이 된 집을 보며 난감한 얼굴을 하고 있었다. 어깨에 건 소총이 심장 박동에 맞춰 진자운동을 했다. 독개구리가 천천히 뒤돌아섰다. 팔에 새겨진 방울뱀 흉터가 함께 지아를 노려봤다. 지아는 입을 막았다. 총구는 지아를 향해 있었다. 작은 심장을 겨눈 총신에는 아무런 동요도 느껴지지 않았다. 독개구리는 천천히 방아쇠를 당겼다. 전신을 움찔하게 만드는 총성이 뒤따랐다. 진득한 화약 냄새 위로 바람이 불었다. 모래바람과 함께 엄마의 그림자가 옅어졌다. 먼지가 자꾸만 얼굴을 덮어 지아는 눈을 감았다. 소금 같은 눈물이 흐른 뒤 엄마의 모습은 오간 데 없었다.

집이었던 곳은 거리가 됐고 사람들은 어깨에 거대한 상여를 짊어메고 걸었다. 오방색으로 수놓은 상여가 고래처럼 지아를 덮쳤다. 이제 가면 언제 오나. 북망산천이 머다더니 내 집 앞이 북망이네. 그 뒤로 방울뱀이 슉슉거렸다. 독개구리가 고개를 숙이고 상여 뒤를 따랐다. 사람들 사이에 숨어다니며 지아와 거리를 좁히는 중이었다. 지아는 뒤돌아 달아났다. 군홧발 소리가 점점 가까워졌다. 숨소리가 귀에 닿을 듯했다. 독개구리가 지아의 목덜미를 낚아챘다.

눈앞에 수많은 잔상이 펼쳐졌다. 산이었던 것이 바다가 됐다. 이름 모를 거리에 패대기쳐졌다 싶더니 어느 틈에 낯선 침대에 누워 있었다. 하늘로 가는 걸까. 아니면 물속으로 가라앉는 중일까. 찬 기운이 사방으로 파고들었다. 필름이 돌아갔다. 빨리 감기 버튼을 누른 비디오 플레이어처럼 모터가 회전하기 시작했다. 스틸사진 같은 시간의 단면이 지아를 스치고 지나갔다. 줄이 끊어진 메주처럼 지아는 땅으로 떨어졌다.

긴 꿈속을 헤엄친 끝에 다시 지아의 시간이었다. '네가 원한 거야. 염지아. 네가.' 멀어지는 혜수의 목소리가 말했다. 이해할 수 없는 말이었다. 그보다 몸이 망가진 듯 쑤셨다. 지아는 천천히 정신이 들기를 기다리며 몸이 보내는 신호에 집중했다. 감각이 하나씩 돌아오기 시작했다.

돌덩이같이 얼어 있던 청각이 먼저였다.

어둠 속에서 누군가 땅을 파고 있었다. 묵묵히. 젖은 흙에 삽을 꽂아 한 덩이를 떼내고, 다시 한 삽. 다시 한 삽.

덕호일까. 지아는 메스꺼운 두통과 함께 눈꺼풀을 들어 올렸다. 냉기가 혈관을 휘젓고 입술 밖으로 빠져나갔다. 머리 위로 쏟아지던 폭죽도 노유정의 남편도 보이지 않았다. 대신 검은 능선이 펼쳐졌다. 연료가 떨어진 트럭처럼 몸은 제멋대로 발광했다. 뱀이 마을의 시멘트 바닥은 사라지고 축축하게 젖은 땅이 무릎을 받치고 있었다. 오래 방치된 땅이었다.

끈적하고 기분 나쁜 습기가 손에 닿았다. 지아는 그제야 자신이 삽을 쥐고 있다는 걸 깨달았다. 달빛이 만들어낸 조명 아래 손을 뻗어 보았다. 두 손이 검게 번들거리고 있었다. 유정의 손에 연필을 박은 것과는 비교할 수도 없는, 돌이킬 수 없는 죄를 저지른 손이었다. 아래로 시선을 돌리기도 전에 무슨 일이 벌어진 건지 직감할 수 있었다. 도저히 마주하고 싶지 않은 광경이 기다리고 있을 거라는 걸 알고 있었다. 지아는 천천히 눈을 내리깔았다. 예상한 그대로의 풍경이, 그래서 인정하기 싫은 현실이 무릎 아래 펼쳐져 있었다.

죽은 여자였다. 생선 눈깔을 한 여자가 지아를 노려보고 있었다. 아니면 혜수를 노려보고 있다고 해야 할까.

지아는 엉덩방아를 찧었다. 뾰족한 나뭇가지가 엉덩이를 찔러댔다. 수십 개의 질문이 뒤따랐다. 납득이 가지 않는 현실을 납득하려 애썼다. 의도가 무엇인지. 누구에게 득이 되는 행동인지. 침묵만 메아리처럼 되돌아왔다. 그 속에서 몇 가지 사실만 확실해 보였다. 혜수가 저지른 죗값은 지아가 받게 될 거라는 것. 원한과 비난, 경멸의 시선은 지아를 파괴할 거라는 것. 그 오랜 시간 준비한 복수의 결말이 이런 식일 거라고는 예상하지 못했다. 혜수는 언제부터 계획했을까. 잘 차려진 무대에 지아를 던져놓고, 혜수는 어떤 표정으로 이 모습을 지켜보고 있을까. 도대체 어떤 생각이었길래 시체를 절반만 묻은 채 지아를 이 현실로 되돌려 놓았을까.

모르는 여자였다. 언제 죽었는지, 어떻게 죽었는지, 왜 죽었는지 모르는 여자였다. 누구의 가족인지도, 나이가 몇인지도, 어떤 사연이 있는지도 모르는 여자였다. 누가 죽인 것인지만 확실했다. 지아는 사죄하는 마음으로 여자의 두 손을 가슴에 안았다. 차갑고 무뚝뚝한, 고무 같은 질감이 지아에게 이제 어떡할 거냐고 물었다.

지아는 삽을 들었다. 한 번도 땅을 파 본 적은 없었지만 어째서인지 삽을 쥔 손은 어색하지 않게 흙을 퍼담았다. 여자의 얼굴은 흙을 끼얹을 때마다 지우개로 지우듯 자취를 감췄다. 불과 몇 센티미터 아래 자신이 죽인 사람이 묻혀있다는 걸 알면서도 그 존재를 가리는 것만으로 위안이 됐다. 죄스러운 안도감이었다.

'사람들을 피해. 네가 누군지 모르게 해. 어서 집으로 돌아가. 이불을 뒤집어쓰고 누워.' 머릿속 목소리가 말했다. 그러면 그 후에는? 돌아오는 답은 없었다.

곧 해가 뜰 시간이었다. 지아는 산에서 내려왔다. 이정표가 친절하게 묵진의 조대산이라는 지명을 알려줬다. 왜 묵진이었을까. 왜 서울에서 강원도까지 와서 일을 저지른 걸까. 대체 며칠이나 지난 걸까. 지아는 다시 고개를 치켜드는 질문들을 꾹꾹 눌러 담았다.

'어서 가. 집으로 돌아가. 사람들을 피해서 움직여.'

지아는 목소리가 이끄는 대로 서울을 향해 걸었다. 국도를 따라 걷는 여정이었다. 이정표에 적힌 묵진, 조대산이라는 단어를 잊어버리지 않게 애썼다. 언젠가 다시 이곳으로 돌아와야 할 것 같았다.

태양은 슬프고 긴 그림자를 만들어냈다. 멈췄던 바람이 다시 불었다. 바다 냄새가 훅 끼쳤다. 서늘하고 그리운 감정이 뒤섞여 지아를 할퀴고 지나갔다. 토사를 실은 덤프트럭이 굉음을 내며 지나쳤다. 지아는 도로 가장자리에 바짝 붙어 걸었다. 걷다가 목이 마르면 얼음을 깨고 냇물을 마셨다. 보는 눈이 없을 때를 노려 바지를 까고 일을 봤다. 밤이 되면 비닐하우스로 기어들었다. 바람은 얇은 비닐을 뒤흔들었다. 이가 바득바득 갈리는 추위가 잠을 깨웠다. 국도를 따라 밑동만 남은 벼가 묘비처럼 섰다. 그 위로 말라빠진 논두렁에는 시체 같은 짚단이 굴렀다. 건조하고 싸늘하고 외로워 슬픈 공간의 연속이었다.

며칠이 지났는지도 알지 못했다. 땀이 밴 발바닥은 운동화 안에서 헛돌았다. 무릎은 신음했다. 어디까지 이어지는지도 모를 막막한 황무지에서 이정표에 박힌 숫자가 하나씩 줄어드는 것만이 유일한 위안이었다. 서울과 가까워지고 있다는 뜻이었다.

양평까지 도착했을 때 햄버거 가게가 보였다. 푸른색과 붉은색 네온사인으로 간판을 만든 곳이었다. 지아는 가게 안으로 들어섰다. 밖에서는 느낄 수 없던 온기가, 왁자지껄한 대화 내용이 몰려왔다. 해일 같은 허기도 함께였다. 구석에 자리를 잡고 쥐처럼 웅크렸다. 지아는 그곳에서 언 몸을 녹였다. 손발이 노곤하게 풀어지는 와중에 엄지발가락에만 감각이 없었다. 양말을 벗었다. 발가락은 이미 자주색으로 변해 있었다. 지아는 덜렁거리는 발톱을 뽑아 주머니에 넣었다. 맞은편에서 햄버거를 베어 물던 아이가 그 모습을 물끄러미 지켜봤다. 지아는 아이의 시선을 피해 쓰레기통으로 눈을 돌렸다. 먹다 남은 음식물이 모이는 곳이었다. 지아는 통 안으로 손을 쑥 집어넣었다. 손에 잡히는 대로 무른 햄버거를 삼켰다. 주문을 받던 점원이 다가와 쟁반을 내밀었다.

"아줌마, 이거 드릴 테니까 드시고 가세요."

먹다 남은 게 아닌 온전한 한 끼였다. 잘 튀겨진 감자튀김과 콜라가 함께였다. 지아는 고맙다는 인사도 잊은 채 배를 채운 뒤 눈을 내리깔고 밖으로 나왔다. 지글지글 끓는 기름 냄새가 지아를 배웅했다.

그렇게 도착한 서울이었다. 건물들이 저마다의 방식으로 하늘을 찔러대고 있었다. 뱀처럼 휜 건물, 악어처럼 엎드린 건물, 담쟁이처럼 꼬인 건물이 정글을 연상시켰다. 유동하는 인구의 머리 위로 휘황찬란한 빌딩의 간판이 점멸했고 그 옆을 지키고 선 아파트는, 도무지 낮아질 줄 모르는 콧대를 가진 아파트는 홀로 고고했다. 지아는 오르막길을 따라 올랐다. 서울의 야경이 아련하게 멀어졌다. 그 풍경이 때때로 초점을 잃었다.

모퉁이마다 지린내와 토사물이 풍기는 동네가 펼쳐졌다. 쇠파리가 웽웽거렸다. 낡은 다세대주택이 개미처럼 늘어선 뱀이 마을이었다. 무릎이 가슴에 닿을 정도로 가파른 언덕이 이어졌다. 비로소 익숙한 곳에 도착했다는 안도감과 외로움이 동시에 밀려왔다. 모두가 제대로 된 세상을 살고 있는데 자신만 와선 안 될 곳에 추락한 기분이었다. 발가락이 아팠다. 이자를 받으러 온 빚쟁이처럼, 상처가 난 곳들이 한꺼번에 쓰렸다.

집에 도착한 지아는 벨을 눌렀다. 못질을 하듯 문을 두드렸다. 안쪽에서 목소리가 들렸다.

"누구세요."

잠잠하던 하늘은 진눈깨비를 뿌려대기 시작했다. 눈송이는 숨이 죽은 패딩 위에 몇 겹이고 내려앉았다. "누구냐니까요." 낡은 집 거실에 불이 켜졌다. 단단히 화가 난 집주인이 씩씩거리며 밖으로 나왔다. "이런 니미" 하는 욕지거리와 함께 녹슨 철문이 열렸다.

철순이었다. 철순이 고목 같은 모습으로 문 앞에 서 있었다.

"아버지."

지아가 철순을 불렀다. 솜 뭉텅이를 쑤셔 넣은 듯 목구멍이 막혔다.

"이런 니미."

철순의 얼굴이 종잇장처럼 구겨졌다. 주름이 깊었다. 그 건조한 굴곡이, 오랜 시간 쌓인 흉터를 만들어냈다. 중력에 이끌려 내려앉는 눈꺼풀을 들어 올릴 때마다 충혈된 눈자위가 드러났다. 폭격을 맞은 것처럼 꺼진 볼, 마른 자두 같은 입술이 뭉그러졌다. 어딜 갔다 이제 나타난 거냐고 혼이 날 거라 예상했던 지아에게는 아버지의 약한 모습이 낯설었다. 며칠 사이 부패해버린 피부와 밀도가 낮아진 머리숱도 이해할 수 없었다.

"여기 좀 나와봐라. 얼른."

철순이 누군가를 불렀다. 철순 뒤로 모르는 얼굴들이 고개를 내밀었다. 나이 든 여자와 젊은 남자였다. 지아는 그제야 줄곧 땅으로 향했던 고개를 들고 주위를 둘러봤다. 거리를 지나는 사람들이 왜 그렇게 낯설어 보였는지, 거리 곳곳에서 느껴지던 위화감의 정체가 뭐였는지 생각해냈다.

지금껏 알던 세상이 아니었다. 혜수로 지낸 시간이 너무 길었다. 현기증이 밀려왔다. 철순은 쓰러지는 지아를 품으로 받았다. 허벅지가 두부처럼 무너졌다. 땅이 솟았다. 하늘이 갈라졌다. 갈라진 구름 틈새로 미친 듯이 눈이 쏟아졌다.

지아는 집으로 돌아왔다.

19년 만이었다.

2부

묵진의 벌

가족

규식은 책상 끝에 걸터앉았다. 어디 더러운 엉덩이를 공무원 책상에 올려놓느냐고 핀잔을 주면서도 준홍은 손수 커피를 뽑아 바쳤다. 햇빛에 비친 준홍의 머리 뿌리가 희끗희끗했다. 쇳물처럼 끓던 이십 대의 경찰은 간데없었다.

"네가 올해 마흔여섯이지?"

규식이 물었다.

"선배는 뭐 나이를 묻고 그럽니까. 형사가 언제 주민등록증으로 나이 따지나요. 신체 나이를 봐야지."

"신체 나이는 괜찮고?"

"마누라가 얼마 전에 임신했잖습니까."

"그건 제수씨가 젊어서 그런 거고."

"손뼉은 혼자 칩니까. 저 아직 팔팔합니다."

"담배나 끊고 얘기해. 애 가지기 전에 끊었어야지."

"애가 생길 줄 알았나요, 뭐. 선배는 경찰 그만둔 사람이 뭐 먹을 거 있다고 경찰서를 기웃거립니까."

"르포 기자가 먹을 거 찾겠냐. 일거리 찾지. 재밌는 거 없냐."

프리랜서가 된 지 팔 년째였다. 방송국에서는 나이트 크롤러라는 호칭을 탐탁지 않아 했다. 차라리 계약직 기자로 일해달라고 했다. 규식은 어느 쪽이건 상관없으니 입금만 제때 해달라고 요청했고 방송국에서는 지금까지 약속을 잘 지켜주었다. 세 곳의 방송사와 맺은 연간 계약이 두 달 후 종료를 앞두고 있었다. 규식이 발굴한 아이템이 연타석 홈런을 친 후로 방송작가들이 수시로 연락했다. 탐사보도 프로그램이 죽 쑤는 시기라 작가들의 압박이 유난히 심했다. 강력 사건이야 방송 3사에서 동시에 취재해대니 특종이라고 하기에는 무리가 있었고 정치판은 여야가 서로 잡아먹지 못해 안달이었으니 피로감이 높았다. 재미있는 것 좀 갖다달라는 작가들의 요청에 귀에 굳은살이 생길 지경이었다. 정작 규식도 마땅한 아이템을 찾지 못해 조급한 참이었다. 잘나가던 르포 기자들이 하루아침에 일을 접고 월간지에 기고나 하는 신세로 전락하는 모습을 수도 없이 봐왔다. 목이 실에 매달려 달랑거리는 느낌이었다. '저희는 강 기자님만 믿고 있습니다.' 작가들은 통화 말미에 인사말처럼 덕담을 덧붙였다. 그 말이 은근한 협박으로 들리는 건 규식의 착각만은 아니었다.

형사 생활에는 미련이 없었다. 팔 년 전 옆구리에 칼이 쑥 들어오던 날 이걸로 깔끔하게 형사 생활을 접을 수 있겠다고 생각했다. 가

정폭력 신고를 받고 출동한 날이었다. 흑동에서 검도 도장을 하던 박범구네 둘째 아들이 아버지가 칼을 들었다며 전화기에 대고 소리를 질러댔다. 규식과도 안면이 있는 집이었다. 박범구는 한동네에 사는 데다 야간에 발생한 폭력 사건으로 몇 차례 입건된 이력이 있었다. 평소에는 유들유들한 사람이 술만 마시면 개가 됐다.

가정폭력 사건으로 넘어가려 했더니 상황실에서 사건을 코드 2로 분류했다. 0에서 2는 강력범죄, 3과 4는 경미한 사건을 의미했다. 코드 2라는 건 경찰만 보내지 말고 형사도 같이 출동하라는 뜻이었다. 흉기를 들었으니 자살이나 인질극으로 번질 수 있다는 거였다.

"무슨 애 아빠가 칼 한 번 들었다고 형사를 출동시켜. 먼저 가서 정리할 테니까 천천히 따라와요."

현장에 도착한 규식은 방검 장갑을 끼라는 것도 무시하고 계단을 뛰어올랐다.

박범구는 안전고리를 채운 채 문을 열었다. 벌거벗은 상반신이 눈에 들어왔다. 이미 칼로 몇 번을 그었는지 곳곳에 칼자국이 보였다. 거실에는 집기가 박살이 난 채 나뒹굴고 있었다. 규식이 말했다.

"박 형 왜 그래. 문 좀 열어봐."

"다 끝났어. 이 새끼들 죽이고 나도 세상 뜬다."

복도까지 술 냄새가 훅 퍼졌다. 상황이 심각해 보였다. 박범구보다 그 가족들이 걱정이었다.

"좋게 좋게 하자. 문 좀 열어봐. 나 여기까지 왔는데 얼굴은 보고 가야지."

"끝났다니까."

박범구가 문을 닫으려는데 규식이 발을 디밀었다. 박범구는 별수 없다는 듯이 규식에게 물러나라고 한 뒤 걸쇠를 풀었다.

"무슨 소동을 이렇게 키워. 경찰들 올라오고 있으니까 대충 정리 하자, 응?"

거실로 들어섰을 때 규식이 발견한 건 숨을 깔딱깔딱하는 박범구 의 부인이었다. 배꼽 부근에 자상을 입어 움직이지도 못했다. 배 위 에는 기다란 식칼이 묘비처럼 꽂혀 있었다. 신고를 한 둘째 아들은 방에 틀어박혀 창밖으로 고래고래 소리를 질렀다.

"박 형 이게 다 뭐야."

"끝났다고 했잖아."

끝났다는 말의 의미가 그제야 이해가 갔다. 박범구는 분을 삭이지 못하고 소파를 걷어찼다. 그 서슬 퍼런 분위기에 규식도 위축이 됐다.

"경찰서 가서 술 좀 깨고 얘기하자. 구급차부터 부르고."

규식이 박범구의 어깨에 손을 얹었다. 여차하면 그 상태로 제압할 셈이었다. 규식의 눈은 피해자를 향했다. 구급차로 이송하면 살릴 수 있을까. 경찰차에 태워 보내는 편이 빠를까. 그런 생각을 하고 있 는데 환자 배에 꽂혀 있던 식칼이 보이지 않았다.

"박 형 증거 훼손하면 안 돼. 나중에 문제가……"

눈앞에 쇠붙이가 거울처럼 번뜩였다. 어느 틈에 식칼을 뽑아 든 박범구가 규식의 옆구리에 쇠붙이를 찔러넣었다. 칼날이 갈비뼈를 써는 걸 느낄 수 있었다.

"다 끝났다니까!"

박범구는 규식을 밀어냈다. 규식은 거실에 쓰러져 박범구 부인 옆

에 누웠다. 방에서는 박범구의 아들이 절규에 가까운 비명을 질렀
고, 그 소리는 오랜 시간 규식의 꿈에 나타나 단잠을 방해했다.

그날 구급차에 오른 건 규식 하나였다. 박범구의 부인은 이미 손
을 쓰기에 늦었다고 했다. 규식은 병원에 이송되는 순간까지 폐에
서 바람 빠지는 소리를 들었다. 다시는 듣고 싶지 않은 소리였다. 퇴
원하기도 전에 전근 신청을 했다. 상부에서는 티오가 남는 곳이 묵
진밖에 없다고 했고, 규식은 어디든 좋으니 제발 떠날 수만 있게 해
달라고 애원했다.

"선배. 커피 식어요."

준홍이 말했다.

"너 호봉 좀 되겠다, 이제."

"그럼요. 제가 애저녁에 선배 따라잡았습니다."

"잘났다. 선배 따라잡은 기념으로 재밌는 거 좀 달라니까."

준홍이 피식 웃더니 파일 하나를 펼쳤다.

"선배 이거 기억납니까. 저 신입 때 선배가 맡고 있던 사건이요.
치매 병동에서 환자한테 연필 꽂아버렸던 거."

규식은 더듬더듬 책을 읽는 것처럼 기억을 되살렸다. 오래전 일이
었다. 수십 번은 써본 듯한 반성문을 제출하고 출입문에 끼어 경찰
서를 나서던, 풍채 좋은 여자가 떠올랐다.

"그 여자 안 나타나지 않았냐? 못 찾았잖아."

"네. 공소시효도 끝났어요. 그런데 그 여자 19년 만에 집으로 돌아
왔답니다. 이 사람 아버지가 하나 있는데 정식 실종 신고도 안 했어
요. 주민등록 말소하기 싫다고. 그럼 뭐 우리가 도울 수가 있나. 서

내에서도 포기하고 있던 사건이거든요. 사실 포기도 아니지 뭐. 시도도 안 했으니까. 아무튼 해결됐으니까 이제 신경 안 써도 된다고 찾아왔더라고요. 떡 싸 들고요. 기분이 좋은가 봐요. 무슨 경사라고 떡까지 돌리나."

"19년이라고? 그동안 뭐 했대?"

"몰라요. 기억을 못 한대요. 정신 차리니까 묵진이었다고. 거기서 걸어왔대요."

"묵진? 강원도에 그 묵진?"

"네. 선배 예전에 일하던 곳이죠?"

"맞아. 전근 가서 3년 있었지. 지겨워 죽는 줄 알았다."

"그래도 바다도 있잖아요. 낚시도 좀 하고 그러시지."

"바다도 하루 이틀이지. 바닷가 사람들은 또 좀 억세냐. 뱃사람들이라면 질린다 질려."

"지금 하는 일은 재미있고요?"

"재미있지. 더 재미있게 만들어줘라, 좀. 실종됐다 돌아왔다는 여자, 보험 사기 같은 거 아니야?"

"그건 아닌 것 같은데요."

"방송국에 제보하면 뭐라도 주려나."

"에이 가만있는 사람들 왜 건드리고 그래요."

"넌 이게 안 이상하냐. 생각해봐라. 19년 동안 자기가 뭘 했는지 기억을 못 하면 좀 파 보고 싶지 않겠냐. 아니면 숨기는 게 있거나. 만약에 네가 그 시간 동안 어딘가에 숨어 있다가 나타났으면, 왜 그랬겠냐. 뭐하러 잘 살던 곳을 떠나서 갑자기 돌아오겠냐고."

멍하게 천장을 보던 준홍이 말했다.

"그럴 수도 있겠네요."

"다음에 등산이나 가자."

"그러든지요. 저는 물이나 좀 비우고 오겠습니다."

준홍은 책상을 향해 눈을 한 번 흘깃하고는 화장실로 갔다.

규식은 주위를 한 번 살핀 뒤 준홍이 떠난 책상으로 시선을 돌렸다. 센스 있는 놈. 내가 그래서 널 좋아하지. 책상에는 19년 만에 집으로 돌아왔다는 여자의 이름과 주소가 나와 있었다. 염지아. 그래 이 이름이었지.

염지아는 뱀이 마을에 살았다.

사람을 죽였어.

지아는 벌집을 건드린 듯 자리에서 일어났다. 흐린 아침이었고 이불 속이었다. 맞은 걸까. 아니면 넘어진 걸까. 어제 잠을 잤던가. 새벽까지 어디서 뭘 했더라. 누구와 함께 있었더라. 무슨 얘기를 나눴더라.

주위를 더듬었다. 젖은 헝겊 같은 시체 다리가 만져지지 않을까 겁이 났다. 온돌바닥이 미지근한 열을 내뿜었다. 시체도 젖은 흙도 보이지 않았다. 안도 끝에 시커먼 절망이 몰려왔다. 전원이 빠진 믹서기처럼 손끝에 힘이 없었다. 시차 적응을 한다면 꼭 이런 기분일 거라 생각했다. 눈곱이 안구를 뒤덮었다. 손톱 사이는 검은 흙으로 빼곡했다. 많은 꿈을 지나쳤다. 하나하나가 터널처럼 길고 지루했다. 수십 개의 가지로 뻗어나가 시작도 끝도 어땠는지 기억할 수 없었다. 꿈을 꾸는 사이 소용돌이치던 감정은 잠에서 깬 뒤에도 가라 앉지 않았다.

지아는 거실로 나갔다. 엄마가 쓰던 서랍장 대신 새 장식장이 놓 여있었다. 텔레비전은 고개를 좌우로 돌려야 할 만큼 큼직했고 동 시에 종이처럼 얇았다. 바닥에는 털이 짧은 러그가 깔려있었다. 러 그라니. 철순이 사는 집에, 러그라니. 지아는 그 위에 쌓인 먼지를 돌돌 말아 튕겼다. 먼지 공은 멀리 가지 못하고 발치에 떨어졌다.

개집은 거실 구석에 사생아처럼 놓여있었다. 세라가 언제 무지개 다리를 건넜는지 궁금했다. 어딘가에 묻었는지, 아니면 화장을 했는 지도. 길거리에 버린 것만 아니었으면 했다. 새와 쥐의 밥이 된 세라 는 상상하고 싶지 않았다.

"이제 정신이 좀 들어? 물 한 잔 줄까?"

지아는 방금 말을 건 사람을 쳐다봤다. 오십이 좀 넘었을까. 아니 면 육십. 두꺼운 화장으로 나이를 감춘 여자였다. 돋보기 렌즈 속에 눈알이 데굴데굴 굴렀다. 갈색 루주로 덮은 입술에 주름이 졌다. 닭 똥집 같은 입술이 제멋대로 오물거렸다. 지아는 찬물을 들이켰다. 식도는 텅 빈 배관처럼 얼음물을 내려보냈다. 짧은 신음이 뒤따랐 다. 지아가 물었다.

"그래서 지금이 몇 년도라고요?"

"2019년."

철순이 대답했다.

보름이었다. 보름 사이에 19년이 지났다. 이 공허한 간격이 메워 지지 않았다. 고작 보름 사이에 사람들은 본 적도 없는 전화기를 들고 다녔고 수상한 이동 수단을 타고 거리를 활보했다. 묵진에서 서울로 오는 동안 그걸 지켜보면서도 이상하다는 생각을 못 했다. 머리는 과거에 머물러 있었기 때문인지도 몰랐다. 납득하기 어려운 광경을 오류로 처리하고 무시한 것인지도 몰랐다.

바짝 마른 입 안에 건포도 같은 것이 굴러다녔다. 침을 뱉었다. 거무튀튀한 피와 함께 아랫니 하나가 튀어나왔다. 지아는 동굴처럼 비어 있는 잇몸을 혀로 핥았다.

"아이고 얘를 어쩌면 좋아."

닭똥집 입술이 말했다. 철순은 그 여자가 새엄마라고 했다. 결혼한 지 십 년이 됐다고 했다. 부동산 일을 하다 만났다고, 앞으로 한 가족으로 지낼 남동생도 있다고 했다. 철가루 같은 지아의 머리를 쓰다듬으며 그렇게 말했다. 지아는 늙은 손이 닿는 게 싫어 쥐며느리처럼 허리를 말았다.

남동생이라는 병준은 뱀파이어처럼 창백했고 팔다리가 조금 짧았다. 남자치고 목소리 톤이 높았다. 듣는 사람의 신경을 긁는, 한마디로 떽떽거리는 말투였다. 집에는 조각난 천과 실타래가 거미줄처럼 가득했다. 지아의 방은 병준의 차지였고 책상에는 경찰 시험 문제집이 굴러다녔다.

"내가 그렇게 이사를 하자고 하는데, 네 아버지는 끝내 여기 살아야겠다고 하더라. 너 기다리느라 그런 거지. 너도 봐라. 이 집이 사람 살 집인지. 그래도 내가 이 사람 고집을 어떻게 꺾겠니. 이 사람 너 주민등록 말소도 안 했다. 어떻게 딸을 죽은 사람 취급하냐고."

세월이 흘러 뱀이 마을에도 빌라가 들어서는데, 철순은 끝내 그 자리에서 지아가 돌아오기를 기다렸다고 했다. 성인 실종의 팔 할은 단순 가출이라는 이유로 경찰도 포기하고 언론에서도 관심을 보이지 않는 사건에 매달려 19년째 실종 상태인 딸을 찾아다닌 거였다.

"그동안 어떻게 지냈니?"

새엄마가 물었다. 지아는 천천히 고개를 저었다.

"기억 안 나요."

"정신을 차렸을 때 뭔가 본 게 있을 거 아니니?"

사람을 죽였다는 말은 하지 못했다. 마음속에는 괜한 적의가 솟았다. 누구를 믿어야 할지 알 수 없었다. 염소 눈을 하고 쳐다보는 가족에게서 달아나고 싶었다.

"그냥 국도를 걷고 있었어요. 그래서 계속 걸었어요."

"어떻게 그럴 수가 있니. 잘 생각해보면 기억 나는 게 있지 않을까."

"정말이에요. 깨보니까 묵진이었어요."

"얘는…… 묵진이 어딘데 거기서 걸어와. 묵진 어디."

"모르는 곳이라니까요."

"여기까진 어떻게 왔고."

"표지판 보고요."

지아는 발가락을 긁었다. 시커멓게 변한 발가락에서 진물이 흘렀다. 나비가 그 위를 살금살금 기어가는 듯 간지러웠다. 철순이 약상자를 가져왔다.

"응급처치만 하고 이따 병원 가자."

"안 가도 돼요, 아버지."

"가자. 이대로 놔두면 진짜 썩어. 봉와직염 걸린다."

철순은 상처 위로 약을 발랐다. 연고가 발가락을 덮는데도 아무 느낌이 없었다. 그걸 보고 있던 병준이 말했다.

"이 누나 거짓말하는 거 아니에요?"

새엄마가 깜짝 놀라 고개를 들었다. 병준은 말을 이었다.

"정신병…… 정신 분열? 영화도 아니고 말이에요. 우리나라에서 정신 분열 같은 걸로는 범죄를 저질러도 정상참작이 안 돼요. 증거가 없다는 거예요, 증거가. 증명할 수가 없는 걸 어떻게 알겠어요. 누나가 연극하는 걸 수도 있잖아요."

"병준이 너는 못 하는 말이 없어."

"경찰 하려면 의심부터 해야 된다고 했어요."

"그렇게 의심을 잘하는 애가 왜 아직 경찰도 못 됐니."

"의심이 부족한가 보죠."

"노닥거릴 시간 있으면 입 다물고 빨래나 내놔."

병준은 투덜거리면서도 빨랫거리를 옮겼다. 세탁기 모터가 돌기 시작했다. 철순은 약을 바르고 붕대를 감았다. 서툰 솜씨였다. 지아가 직접 치료하는 게 더 나을 텐데도 철순은 극구 상처를 봐주겠다고 했다.

"지아 너 좀 씻자. 발에 물 안 닿게 조심하고. 씻고 나면 밥부터 먹어."

지아는 화장실로 들어가 옷을 벗었다. 거울에 낯선 여자가 보였다. 19년간 지아를 대신해 몸을 차지했던 혜수의 모습이었다. 이마에도, 볼에도 세월이 새겨져 있었다. 호박만 했던 젖가슴은 가지처럼 늘어졌다. 주름은 가뭄의 논바닥처럼 갈라져 상흔을 남겨 놓았다. 허벅지와 배에는 튼 살이 칼자국처럼 새겨져 있었다.

더하기를 해봤다. 스물여섯 더하기 열아홉. 마흔다섯.

공짜로 얻은 나이였고 빼앗긴 청춘이었다. 19년간의 기억은 면도칼로 도려낸 것처럼 공백 상태였다. 지아는 혜수가 접근할 수 없게 쳐놓은 울타리 밖에서만 배회했다. 썩을 년. 비겁한 년. 지아는 손바닥으로 머리를 내리쳤다. 혜수가 숨어 있을 두개골이 기계음을 내며 울었다.

이번엔 곱하기를 했다. 19년 곱하기 365일. 약 7000일. 아이가 태어나 대학생이 되는 시간이었고 세라가 성견이 되어 죽는 시간이었다. 그 시간의 끝이 살인 현장이었다. 뻣뻣하게 굳은 시신이, 회색 구슬 같은 눈이, 지아를 노려보던 그 축축한 눈동자가 떠올랐다. 지아는 얼굴에 찬물을 끼얹었다. 손이 시리고 볼이 따가웠다. 화장실에서 나오니 버너 위에서 차돌박이와 삼겹살이 익고 있었다.

"기운 차려야 해. 할 일이 많을 거다. 내가 상가 건물 구매하는 거 도와준 의사 선생님이 잘 아는 정신과 하나 추천해주기로 했다. 이쪽 전문이래. 재필이 그놈이 알아봤다는 의사하고는 차원이 다를 거다. 정리 좀 하고 나면 일자리도 알아보자."

철순이 말했다. 지아는 듣는 둥 마는 둥 밥을 한술 떴다. 빈 위장에 쌀밥이 쏟아졌다. 단맛이 돌았다. 김치와 나물 같은 찬거리를 쏟아 넣고 날계란을 풀었다. 식은 밥에 간장을 비볐다. 한 번 발동이 걸린 식욕이 멈추지를 않았다. 익지도 않은 고기를 향해 젓가락을

뻗었다. 고기는 많이 있으니 천천히 먹으라는 새엄마의 말에도 멈
출 수가 없었다. 급기야 불판에 오르지도 않은 고기에 손이 갔다. 날
고기를 집어삼키는 지아를 보고 병준은 식욕이 떨어진 듯 숟가락을
내려놓았다. 지아는 접시에 고여있던 핏물까지 숭늉처럼 마셨다. 손
등으로 허옇게 튼 입술을 닦았다. 트림을 했다. 배를 터뜨릴 것 같
던 가스가 솟구치며 물비린내와 날고기의 역한 냄새가 몰려들었다.
속에서 신물이 올라왔다. 지아는 벌떡 일어나 화장실로 달렸다. 변
기를 붙들고 노란 위액이 뽑혀 나올 때까지 토했다. 등줄기를 따라
시큼한 오한이 찾아왔다. 철순은 그런 지아를 보고 어쩔 줄을 몰라
했다.

"아직 몸이 허해서 음식이 안 받나 보다. 따로 상 차려줄 테니까
나중에 먹어."

거실 공기가 딱딱하게 얼어붙는 게 느껴졌다. 지아는 속이 가라
앉을 때까지 변기 앞에 쪼그려 앉았다. 화장실 창문 밖으로 찬송가
가 들렸다. 그곳에 있는 사람들은 편안해 보였다. 벽돌로 쌓은 성전
안에서 더러운 것을 씻고 정화할 수 있는 사람들이었다. 세상 편하
게 사는 사람들이라고, 지아는 생각했다. 화음까지 얹어 부르는 찬
송가를 듣고 있으려니 질투가 났다. 드문드문 기억이 끊어져 남들
의 절반밖에 되지 않는 인생을 살아야 했던 데다 잔해처럼 남은 기
억이라고는 좋지 못한 것들 뿐이었다. 머릿속에서는 언제나 구린내
가 났다. 그렇게 곰삭은 기억들이 쌓이고 쌓여서 언젠가 뻥, 터져버
릴 것 같았다. 자신을 이렇게 만들어버린 세상도 짜증이 나고 찬송
가나 부르고 있는 인간들도 짜증이 났다. 지아는 뻐근한 무릎을 문

지르며 입을 헹궜다. 담즙이 수챗구멍으로 흘렀다. 잇몸을 얼얼하게 만드는 통증 덕에 삶이 제대로 만신창이가 됐다는 자각이 이어졌다. 문지방과 거실의 경계선에서 철순이 말했다.

"지아야 너 필요한 게 있으면 병준이한테 물어봐도 돼. 인터넷이 잘 되니까 검색해보면 금방 알 수 있어. 네가 얼른 기운 차렸으면 좋겠구나. 네가 돌아와서 얼마나 다행인지 몰라."

지아는 벌컥 문을 열고 거실로 나왔다. 철순을 향해 쏘아붙였다. 오랜 시간 가지고 있던 불만이 녹음기처럼 쏟아져 나왔다.

"아버지. 갑자기 나한테 왜 이렇게 친절해요? 다른 사람처럼."

후련함과 후회가 동시에 찾아왔다. 철순의 얼굴이 굳었다.

"원래 안 그랬잖아요. 날 때렸잖아요. 파리채로 혁대로 개 패듯이 때렸잖아요."

"그건…… 네가 아니라 혜수를…… 너 잘되라고 그랬다. 안 그랬으면 큰일이 났을 거야."

"육아를 가정법으로 하는 사람이 어딨어요?"

"그동안 반성을 많이 했다. 내가 그 긴 시간 동안 너를 찾으려고 얼마나 고생했는지 모를 거야."

"나한테는 보름이 좀 넘은 시간이에요. 19년이 아니라고요. 아버지는 얼마 전에도 나를 파리채로 때렸다고요."

"너도 좀 더 있어 보면 이해할 거다. 세상이 많이 변했어. 나도 변했다."

화장실은 냉동고를 옮겨놓은 것 같았다. 거실도 북극처럼 고요했다. 그 정적을 깨고 병준이 픕, 웃었다.

"너 또 왜. 무슨 말 하려고 그래."

새엄마가 병준의 허벅지를 꼬집었다. 병준은 새엄마를 흘겨보며 대답했다.

"웃기잖아. 그대로라니까. 쟤 옛날 사진을 봤는데. 완전 다른 사람이야. 엄청 변했는걸. 사람이 절반으로 줄었잖아."

그 길로 새엄마와 병준의 다툼이 시작됐다. 어디서 배워먹은 버르장머리냐는 새엄마의 말에 병준은 엄마가 아니면 누구한테서 배웠겠냐고 응수했다. 새엄마는 네 아비가 널 망나니로 키우는 걸 말린 게 나라고 항변했고, 병준은 그래서 애가 이 모양이라고 대들었다.

지아는 방으로 들어갔다. 코트와 바지가 길게 늘어진 행거 아래 고양이처럼 웅크렸다. 닫힌 문 아래 거실 불빛이 어른거렸다. 다툼은 늦은 시간까지 이어졌다. 병준은 누나 때문에 편하게 옷도 못 갈아입는다고 했다. 새엄마는 하긴 자신도 미싱을 못 돌리는 게 여간 불편한 게 아니라고 했다. 철순은 집에만 있는 사람이 옷은 왜 갈아입느냐, 미싱은 어차피 일감도 없어 쉬던 중 아니었냐고 핀잔을 줬다. 지아는 귀를 막았다.

방문을 닫은 지아는 약통에서 겔포스를 꺼내 먹었다. 인공감미료 향이 입을 감쌌다. 쓰리던 배는 발광을 멈췄다. 혈관 속에 피 대신 끈적하고 새하얀 액체가 흘러 다니는 상상을 했다. 그런 생각을 하고 있으니 축 늘어진 가슴에서 겔포스가 흘러내릴 것 같았다. 지아는 다시 이불을 덮고 누웠다. 이번에는 꿈도 꾸지 않은 채 몇 시간을 내리 잠들었다. 일어났을 때는 밖이 어둑했다. 유리창에 수포 같은 물방울이 매달렸다. 뒤틀린 창틀은 바람이 불 때마다 불협화음으로 울어댔다. 그걸 보고 있으니 묵진에서 서울로 돌아오던 시간이 떠올랐다. 다시는 생각하고 싶지 않은 시간이었다. 눈이 내렸고 동상에 걸렸다. 발톱이 빠질 때까지 걸었다. 직선으로 이백 킬로미터 정도 되는 거리였다.

문제는 그런 상황에서도 혜수가 나타나지 않았다는 거였다. 스트레스가 한계선을 넘어서는 순간 어김없이 등장하던 혜수였는데. 지금도 그럴까. 더 큰 스트레스를 받으면, 어쩌면 혜수가 돌아올까. 앞으로 뭘 하고 살아야 하나 걱정하던 지아는 비로소 할 일을 찾은 느낌이었다.

새엄마의 미싱기가 보였다. 노루발을 제거하고 바늘을 떼냈다. 검지 길이 정도 되는 바늘이었다. 그걸 손톱 아래 밀어 넣었다. 닿기만 했을 뿐인데도 오금이 저렸다. 심호흡을 하며 바늘 자루에 힘을 더했다. 눈이 질끈 감기고 신음이 터졌다. 바늘은 손톱 끝 어딘가에 닿아 더 이상 들어가지 못하고 멈췄다. 손톱에는 가시덩굴 같은 상흔이 남았다. 맥박이 성난 말처럼 뛰었다. 하지만 깔깔거리는 웃음소리도, 지아를 향해 던지는 욕설과 비난의 목소리도 들리지 않았다. 선명한 통증이 목덜미를 시리게 만들 뿐이었다.

혜수의 시간은 끝났다. 그 겁쟁이는 감당 못 할 일을 저질러놓고 숨어버린 것이다. 바늘이 꽂힌 손은 수갑을 채운 죄수처럼 무기력했다. 그건 혜수가 등장해 위기를 해결하거나 살인에 책임을 지는 일이 없을 거란 뜻이기도 했다. 이제는 지아의 차례였다. 무슨 일이 벌어졌는지를 확인해야 했다.

지아는 묵진을 떠날 때 입고 있던 옷을 꺼냈다. 조대산에서 정신을 차렸을 때 지갑이나 가방은 가지고 있지 않았다. 뱀이 마을에서 걸치고 있던 옷은 사라지고 대신 얇은 패딩을 걸친 채였다. 작은 일제 카메라가 안주머니에 있었다. 실수로 남겨 놓은 건지, 지아가 발견하길 원했던 건지는 알 수 없었지만, 이 작은 카메라가 혜수가 남겨 놓은 유일한 단서였다.

재생 버튼을 누르자 사진 한 장이 떴다. 부두에서 배를 찍은 사진이었다. 낚싯배로 쓸 법한 소형 선박이 정박해 있었다. 파도에 쓸려 덧칠했던 페인트가 지워지고 그 밑에 있던 '양원 페리'라는 업체 이름이 힘겹게 모습을 나타내는 중이었다.

다음은 세탁소 사진이었다. 비스듬하게 높은 곳에서 찍은 구도였다. 건물 1층에 위치한 세탁소였고 늙수그레한 주인이 스팀다리미로 옷을 펴고 있었다. 나뭇잎으로 가려져 잘 보이지 않는 곳에 '문선 세탁소'라는 간판이 있었다.

마지막은 세차장 사진이었다. 자동 세차 기계에서 세단 한 대가 물줄기를 맞고 있었다. 그 앞에 방수 재질의 점프 슈트를 입은 남자의 뒷모습이 보였다. 수염을 덥수룩하게 기르고 모자를 눌러썼다. 카메라를 향해 돌아보던 중에 셔터를 누른 것인지 얼굴이 흔들렸다.

카메라에 남은 사진은 세 장이 전부였다. 모두 정신을 차리기 하루 전날 찍은 것들이었다. 혜수는 어째서 이런 사진들을 찍은 걸까. 왜 이 사진밖에 남기지 않았을까. 질문이 꼬리를 물었다. 추리할 만한 자료가 많지 않았다. 묵진으로 직접 내려가 보기 전에는 확인이 어려운 것들이었다. 내려간다 해도 어디서부터 시작해야 할지 알 수 없는 정보였다.

다른 퍼즐을 풀 차례였다. 지아는 거실에서 전신거울을 끌고 왔다. 브래지어를 벗고 팬티를 내렸다. 나뭇가지 같은 몸으로 거울 앞에 부동자세를 취했다.

지아는 더 이상 백 킬로그램짜리 이십 대가 아니었다. 뱃살이 빠진 자리에 고무 같은 피부가 드러났다. 팔뚝도 허벅지도 엉덩이도 마찬가지였다. 급격한 체중 감량의 흔적이었다. 배꼽 아래 살이 접힌 자리에도 칼로 그은 듯한 흉터가 남아있었다. 유정의 남편에게 얻어맞던 날, 팔을 그어 생긴 상처도 그 순간을 간직했다. 손가락 끝에는 혜수를 불러낼 때마다 생긴 상흔이 가득했고 손가락과 손등을 잇는 뼈 부분은 거무튀튀했다. 죽음병원에는 젊은 시절 차력을 했다는 노인이 있었는데, 그 손이 꼭 그런 모양이었다. 벽이나 샌드백을 치다 보면 새겨지는 상처라고 했다. 손바닥은 온통 굳은살이었다. 밧줄 같은 걸 쥐고 끌기를 반복했던 것처럼 손바닥이 접히는 부분에 물집이 잡히고 쓸렸던 흔적이었다.

머리는 깔끔하게 손질이 돼 있었다. 절단면은 깔끔했고 은은한 갈색으로 염색까지 했다. 그 아래로 새치가 올라오는 중이었다. 길이로 미뤄보아 마지막으로 염색을 한 것이 한 달쯤 전이지 싶었다. 혜수에서 지아로 돌아오기 직전까지 관리를 한 셈이었다.

종아리와 어깨에는 근육이라고 불러도 될 만한 것이 붙어있었다. 옆구리도 군살 없이 날씬했다. 목덜미는 농사일을 한 것처럼 검었다. 몸이 남긴 흔적은 그게 전부였다. 눈이 흐리고 허리가 아팠지만 그건 나이가 들어서라고 생각했다.

찾아낼 수 있는 정보는 그게 전부였다. 묵진에 대해 좀 더 알아낼 방법이 있을까 고민하다 필요한 게 있으면 병준을 찾으라던 철순의 말이 떠올랐다. 병준은 온종일 방에 틀어박혀 있었다. 문에 귀를 대보면 코를 고는 소리 아니면 게임 하는 소리만 들렸다. 경찰 공무원 시험을 준비하고 있다는 새엄마의 말은 한동안 취직하기는 글렀다는 말과 다를 바 없었다.

지아는 병준의 방문을 두드렸다. 왜, 하는 심드렁한 대답이 돌아왔다.

"나 컴퓨터 좀 써도 돼?"

"뭐 하게."

"찾아볼 게 좀 있어서."

"쓸 줄은 알아?"

"몰라."

지아는 병준 뒤에 선 채로 기다렸다. 병준은 신나게 마우스를 클릭하고 키보드를 두들겼다. 게임은 잘 풀리지 않는 모양이었다. 같이 하는 플레이어들을 향해 부모 욕을 하더니 급기야 화가 나서 키보드를 내려쳤다. 모니터에 '패배'라는 글자가 떴다. 병준은 의자에 머리를 기대고 담배를 빼 물었다. 불을 붙이려다 말고 지아에게 물었다.

"엄마 방에 있지?"

"응."

"엄마는 담배 피우는 거 싫어하거든."

병준은 불은 붙이지 않고 필터만 씹었다. 얼른 검색을 끝내고 방으로 돌아가고 싶었다.

"뭘 찾고 싶은데."

"묵진. 어떤 곳인지 알고 싶어서. 보면 좀 생각나는 게 있을까 봐."

"그거 말고 없어? 그냥 묵진이라고 검색하면 사진만 수천 개가 뜰걸. 검색 거리가 있어야 검색을 하지."

병준이 이죽거렸다.

"그냥 찾아주면 안 돼?"

지아는 화를 누르고 말했다. 병준이 검색창에 묵진을 입력했다. 화면에 지도와 함께 사진이 떴다. 바닷가, 항구, 고기잡이배, 문을 닫은 유흥업소, 방치된 고급 차 같은 이미지였다. 병준은 그중 하나를 클릭해 화면을 훑어보며 말했다.

"여기서 살았단 말이지."

"살았는지는 몰라. 그냥 거기서 정신을 차린 거야."

병준은 모니터를 돌려 블로거가 쓴 글을 보여줬다. 묵진을 묘사한 짧은 글이었다.

동해의 항구도시, 묵진. 인구는 10만 명에서 점차 줄어드는 추세다. 면적은 500제곱킬로미터, 항구를 중심으로 해안가를 따라 시내가 형성되어 있다. 언덕이 많아 구석구석 걸어 다니기에 좋은 곳은 못 된다.

맛집 탐방이나 출사를 목적으로 한다면 묵진은 좋은 선택이 아니다. 차라리 포항이나 정동진으로 가라. 적어도 거기엔 토사물을 쪼아대는 갈매기는 없을 테니까. 묵진을 보통의 항구도시라고 생각하면 안 된다. 다른 항구가 축구 경기장이라면 묵진 소산포는 전쟁터다. 80년대까지는 그랬다. 날마다 수백 척의 배가 바다로 나가 해산물을 실어 날랐다. 사람들이 몰리니 도로가 뚫리고, 도로가 뚫리니 자연히 사람과 돈이 몰렸다. 돈이 몰리는 곳에는 주먹패가 자리 잡기 마련이었다. 묵진은 머지않아 경기도만큼 발전할 거라는 기대로 들끓었다.

80년대 이후 상황이 좀 달라졌다. 태백산맥을 넘는 도로가 몇 개 더 뚫리고, 지자체에서 묵진 인근에도 항구를 건설하기 시작했다. 인근 항구에는 철도까지 들어섰다. 애초에 묵진이 지리적으로 개발이 용이한 곳은 아니었다. 그저 당시 정보부 실세가 묵진에서 나고 자랐다는 것으로 묵진의 근거 없는 발전을 짐작해볼 뿐이다. 묵진의 거리에는 이제 성인 오락실과 유흥업소가 즐비하다. 육사골목도 빼놓을 수 없다. 묵진의 공권력은 아직 이곳을 없앨 시도를 못 하고 있다. 밤이 되면 육사골목에는 정육점 전구를 켜고 뜨내기를 유혹한다. 그곳을 찾는 사람도, 그곳에서 일하는 사람도 모두 뜨내기다. 묵진은 이방인의 도시다. 아직 먼바다로 배를 띄우는 이들이 있어 항구도시로서의 위상을 유지하고 있다. 그곳에는 거친 사람들이 산다. 해머 같은 팔뚝을 가진 남자들과 쇳물로 이를 닦는 여자들이 득실거린다.

"여기서 혼자 살았으면 쉽지 않았겠는데."

그럴 것 같았다. 지아가 혼자 살았다면 마땅한 일거리도 찾을 수 없겠다 싶은 곳이었다. 혜수가 살았다면 어떨까. 19년을 지낼 만큼 매력적인 곳이었을까. 묵진의 어떤 것이 혜수를 그 오랜 시간 머무르게 했을까.

"너, 75년생이지?"

병준이 물었다.

"응."

"마흔다섯이잖아. 그게 좀 곤란하단 말이야. 너는 네가 스물여섯이라고 생각하는 거잖아?"

"맞아."

"마흔다섯 취급을 해줘야 할지 스물여섯 취급을 해줘야 할지 모르겠다고."

"네 맘대로 해."

"아니 그런데 엄마는 누나 대우를 해주라고 한단 말이야."

"나는 괜찮아. 아무렇게나 불러."

"오케이. 나 담배 피우고 올 테니까 찾고 싶은 거 있으면 직접 해봐. 인터넷에 다 있어. 타자 치고 검색 버튼 클릭."

병준이 추리닝을 걸쳤다. 집 밖으로 나가기 전부터 담배에 불을 붙였다. 지아는 병준이 나간 걸 확인하고 양원 페리를 검색했다. 기대와 달리 묵진에 있는 선박 회사 정보는 하나도 나오지 않았다. 조대산을 검색했을 때는 야산과 등산로 이미지 몇 개가 뜰 뿐이었다. 시체가 발견됐다는 기사가 없는 것이 그나마 다행이었다.

뭔가 찾을 수 있을 거라 기대했던 지아는 맥이 풀렸다. 의자를 젖히고 목받이에 머리를 얹었다. 몇 번을 덧댔는지 제법 두툼해진 도배지가 눈에 들어왔다. 지아가 키를 잰 흔적, 고래나 공룡 같은 걸 그렸던 낙서, 포스터를 붙였다 떼는 통에 조금씩 찢겨나가던 벽지는 새 실크 벽지 아래 잠겨버렸다. 혜수로 사는 동안 세상에는 무슨 일이 벌어졌는지 궁금했다. 화석 같은 시간을 발굴하고 싶었다. 지아는 키보드에 2, 0, 0, 0, 년을 차례로 입력했다.

위키라는 곳에 지난 모든 역사가 정리되어 있었다. 지아는 지난 19년의 역사를 읽어내렸다. 미국에서는 비행기가 빌딩을 때려 박았고 한국에서는 월드컵이 열려 4강에 진출했다. 대구 지하철에서 불이 났고, 대통령이 물러났다 돌아온 뒤 좋지 않은 결말을 맞았으며 얼마 지나지 않아 또 다른 대통령이 세상을 떴고 북쪽에서도 김씨 성을 가진 지도자가 사망했다. 스마트폰이라는 게 나와 세상을 뒤집어 놓았고 세계 각국에서 시위가 일어나는가 하면 배가 가라앉아 너무 많은 사람이 바다에서 목숨을 잃었다. 그게 계기가 되어 이번엔 정말로 대통령이 물러났고 그건 꽤 큰 사건이 되어 나라가 발칵 뒤집혔다. 촛불이 거리를 뒤덮었다.

네 명의 대통령, 수백 건의 사고, 올림픽과 월드컵, 불세출의 스타들, 세상을 떠난 사람, 새로 등장한 스타, 그 모든 시간을 지나 2019년이었다.

병준이 돌아왔다. 담배 냄새가 진했다. 역겹지는 않았다. 어쩌면 혜수도 담배를 피웠던 걸까. 뒤통수가 따가웠다. 병준의 시선이 느껴졌다. 감시당하는 기분이었다.

"요즘은 뭐가 유명해?"

지아는 뒤돌아보지도 않고 물었다. 병준은 모니터를 보며 되물었다.

"뭐. 어떤 거. 연예인?"

"아무거나."

"글쎄. 아이유 정도일까."

"그게 누군데."

"네가 말해줘도 알겠냐."

지아는 검색창에 아이유를 입력해봤다. 깡마른 몸으로 나풀거리는 원피스를 입고 마이크를 들고 있는 여자아이가 나왔다.

"아래에 있는 거. 삼각형 누르면 노래 나와."

지아는 영상을 재생시켰다. 「밤편지」라는 노래가 흘러나왔다. 발끝으로 한 걸음 한 걸음을 내딛는 듯 단단하고 가벼운 목소리였다. 부러웠다. 부러워서 견딜 수가 없었다. 지아가 재필이 튕겨대는 서투른 기타 소리를 듣고 있었을 나이에 이 아름다운 피조물은 직접 만든 노래로 앨범을 내고 영화를 찍었다. 지아가 쉰 살이 다 되어가는 남자 밑에 깔려 신음하고 있을 나이에 광고를 찍고 기부를 했다. 삶은 공평하지 않았다. 김연아도 박지성도 알지 못한다는 사실이, 월드컵 4강의 순간도 경험하지 못했다는 것이, 5만 원짜리 지폐가 나오는 순간도 보지 못했다는 것이 억울했다. 스마트폰이라는 게 나와서 세상을 뒤집어 놓았던 순간도, 아이언맨이니 스파이더맨이니 하는 히어로들이 전성기를 맞이하는 순간도 알지 못했다. 지아에게는 안개 같은 흔적만 존재했다.

"걔 예쁘지."

지아는 모니터에 코를 바짝 갖다 댔다. 소름 끼치게 아름다워서 같은 시대를 살고 있다고, 실존하는 인물이라고 인정하고 싶지 않은 얼굴을 가만히 바라봤다. 병준이 말을 이었다.

"너 기억상실증이라며."

"이중인격."

"이중인격이라 그러면 좀 멋있어 보이나? 진짜야? 구라치는 거 아니고? 다른 인격이 나타나면 어떻게 되는데."

"혜수가 나타나면 나쁜 짓을 해."

"어떤 거? 도둑질?"

"그런 것도 있고."

"절도는 뭐 흔하니까. 사람 때리기도 하고?"

"그럴 때도 있지."

"살인은?"

지아는 흠칫 놀라 고개를 저었다.

"그러면 내가 여기 있을 수가 없잖아. 감옥에 가야지."

"그걸 어떻게 알아. 기억이 안 난다며. 모르는 사이에 저질렀을 수
도 있잖아. 욱하는 성격 때문에 사람 죽이는 인간들도 많아. 계획 살
인은 오히려 얼마 안 돼. 너 감옥에 다녀왔을 수도 있겠다. 전과기록
부터 뒤져봐야 하는 거 아니야?"

"안 그랬을 거야."

"돈은 좀 벌었으려나. 거의 이십 년인데 혹시 모르잖아. 그동안 부
자라도 됐을지."

"아닐 거야."

"다 아니래. 잘 거니까 나가."

지아는 자리에서 일어났다. 컴퓨터에서는 여전히 아이유의 노래
가 흐르고 있었다. 지아가 컴퓨터를 끄려는데 병준이 말했다.

"노래는 그대로 둬. 불은 끄고."

지아는 시키는 대로 했다. 병준은 흡족한 듯 이불을 뒤집어쓰고
누웠다.

며칠 뒤에는 지아에게도 스마트폰이 생겼다. 실종된 지아를 찾느라 철순이 쓰던 거였다. 철순은 수시로 실종 전단지를 붙이고 다녔다고 했다. 유동 인구가 많은 지하철역 앞에서 전단지를 나눠주고 혜수가 갔을 법한 곳들을 직접 찾아다녔다는 거였다. 며칠 지나지 않아 하나둘 전화가 걸려오기 시작했는데 태반이 장난 전화였다. 그렇다고 전화를 안 받을 수는 없어 전단지에 적어놓을 용도로 전화기를 한 대 더 마련했다. 철순은 그 번호를 19년 동안 한 번도 바꾸지 않았다고 했다.

"원래 이 전화기 주인이 너였어. 너 돌아오면 선물로 주려고, 계속 새 걸로 바꾸면서 살았다. 일 년에 두 번씩 그랬어."

하지만 지아는 철순이 건넨 스마트폰이 달갑지만은 않았다. 21세기의 기계 문명이 어떤 역할을 하는지 어렴풋이 이해하고 있어서였다. 손바닥만 한 기계에 온 세상이 들어 있었다. 검색, 게임, 영상, 금융, 달력, 카메라에다 위치 확인까지 가능한 이 기계는 수시로 주인의 장소를 파악했다. 원한다면, 혹은 여차하면, 철순은 지아가 어디서 뭘 하고 있는지 알 수 있다는 뜻이었다.

"개 목걸이까지 채우게요."

"네가 또 사라질까 봐 그런다."

철순은 어서, 하고 말하듯 팔을 뻗었다. 철순의 늙고 주름진 손에서 재필이 생각났다. 재필의 벗은 몸이 꼭 그랬다. 사타구니 속에 덜렁거리던 물건과 흐물거리는 음경이. 지아는 더러운 것을 피하듯 물러섰다. 종착지를 잃은 철순의 손이 애처로웠다. 철순은 지아의 주머니에 기어이 폰을 꽂아 넣었다. 지아와 철순 사이에 냉랭한 공기가 흘렀다. 더는 실랑이를 하기 싫어 폰을 챙겨 방으로 들어왔다.

일을 하지 않으니 시간이 많았고 시간이 많으니 긴장이 사라졌다. 긴장이 사라진 곳에 나태가 깃들었다. 지아는 남아도는 시간의 대부분을 빈둥거리는 것으로 소진했다. 그러다 지겨우면 철순이 준 스마트폰으로 철 지난 오락프로를 봤다. 손바닥만 한 화면 안에서 메뚜기를 닮은 사회자와 전직 씨름선수였던 개그맨이 떠들었다. 그것마저 지루하면 축음 요양병원도 검색했다. 병원 비리 고발 기사나 홍보 기사가 몇 건 나올 뿐, 간병인 폭행 사건을 다룬 기사는 보이지 않았다. 지아의 인생을 바꾼 사건이었지만 세상은 요양병원에서 일어난 폭행 사건에 지면을 내주기에는 너무 바빠 보였다. 그러는 중에도 묵진의 살인 사건을 검색할 생각은 하지 못했다. 이 평온한 나태가 사라질까 두려웠다. 회갈색 피부를, 피부 위에 검버섯처럼 피어나는 시반을 떠올리지 않으려 애썼다. 좁은 목욕탕에 앉아 있는 기분이었다. 미지근한 이산화탄소와 옅은 배기가스, 미처 씻어내지 못한 지난 밤의 흔적이 곧 서울을 설명하는 몇 가지 단어가 되곤 했다. 이대로 깨지 못할 잠에 빠지고 싶었다.

가끔은 집안일을 도왔다. 설거지를 하고 각을 잡아 이불을 개고 빨래를 하고 호스에서 빠져나오는 구정물을 바라봤다. 욕실에 피어난 물이끼를 닦았다. 새까만 절망을 박박 씻어냈다. 방향이 보이지 않는 일상이었다. 지루하고 느릿해서 영원히 이어질 것 같은 하루들이었다.

그 틈을 뚫고 미친 여자가 찾아왔다. 귀신처럼 머리를 기르고 목에서 금속성 마찰음을 뿌려대던 여자였다.

초인종

조대산 협곡에서 시작된 바람이 법산사 도량에 닿았다. 40년 된 사찰은 그간의 보수작업이 무색하게 관절염 걸린 노인처럼 삐걱거렸다. 기껏 모아둔 낙엽과 쓰레기가 돌풍에 실려 날아갔다. 등산객들이 버리고 간 막걸리 통, 수육을 담았던 비닐봉지가 석등 아래 뒹굴었다. 묵진에는 두 종류의 바람이 불었다. 하나는 바다에서 오는 동풍, 하나는 북풍이었다. 겨울에는 비닷바람이 차고 여름에는 북풍이 기온을 낮췄다. 때문에 묵진은 항상 서늘했다. 두 바람이 만나면 돌개바람이 일었다. 치마를 걷어 올리고 흙먼지를 흩뿌렸다.

관훈은 바람이 그치기를 기다려 쓰레기를 한데 모았다. 아궁이에 불을 지피고 쓰레기를 집어넣었다. 불길은 혀를 날름거리며 관훈을 향해 달려들었다. 얼굴에 전해지는 열기에 놀라 관훈은 몸을 일으켰다. 플라스틱 덩어리는 시커먼 연기를 토했다. 관훈은 페트병이 손톱만 한 크기로 줄어드는 모습을 지켜봤다. 그리고 아궁이 앞에 앉은 자신이 얼마나 보잘것없는지를 생각했다.

육십이 넘은 나이였다. 계획대로라면 아궁이가 아니라 벽난로 앞에 있어야 했다. 솜이불 대신 거위 털 이불 아래 잠들어야 했다. 사찰에서 마련해준 재가 종무원 별채가 아니라 번듯한 아파트에서 살아야 했다. 산채비빔밥 대신 막걸리에 수육으로, 스테이크와 와인으로 하루를 마무리하는 인생이라야 했다.

관훈은 쓰레기를 마저 태우고 불씨를 잡은 뒤 별채로 돌아갔다. 별채는 지하실이 있는 단층 건물로, 창고로 쓰던 걸 관훈이 종무원으로 취직하면서 개조한 거였다. 본당에서는 수십 미터 떨어져 있었다. 그게 좋았다. 속세를 버린 중들과 가까이 지내고 싶지 않아서였다. 처음에는 마음을 안정시켜주던 불경 소리도 날이 갈수록 거슬렸다. 잘못 쓴 시나리오였다. 관훈은 비니를 벗고 머리를 쓸었다. 정수리 부분이 휑하게 뚫려 있었다. 법산사 중들은 어차피 머리도 벗어진 김에 마저 밀어버리고 출가하면 되겠다고 농을 걸었다. 그 소리를 들을 때마다 부아가 치밀었다. 관훈은 지갑을 열었다. 스테이크를 먹기에는 부족하고 목살 몇 점 사기엔 넉넉한 돈이 남아있었다. 진희가 돌아오면 등산로 아래 족발집이나 다녀올 생각이었다.

지하실에 갇혀있던 묵직한 공기가 쏟아져나왔다. 관훈은 야전침대에 엉덩이를 비비며 누웠다. 새우처럼 돌아누워 잡동사니를 진열한 장식장에 시선을 고정했다. 염주나 죽비 같은 법구와 설비 관리를 위한 공구를 구비해 둔 곳이었다. 아래 칸에 70년대 이후의 반공 포스터가 실타래처럼 말린 채 진열돼 있었다. 관훈이 수집한 작품들이었다. 사업을 말아먹고 법산사로 기어들었을 때도 버리지 못한 물건이었다. 그건 과거로 향하는 창인 동시에 관훈에게도 영광의 시대가 있었다는 것을 알려주는 열쇠였다. 이대로 누워서 하루를 마무리하면 참 좋겠다는 생각을 했다.

침대에 누워있으니 별채가 유독 조용했다. 처음에는 오랜만에 고요한 산채가 마음에 들다가도 점점 이상한 생각이 들기 시작했다. 의혹은 곧 확신이 됐다. 관훈은 벌떡 몸을 일으켰다. 이 시간이면 길길이 날뛰며 알 수 없는 괴성을 질러대던 진희가 보이지 않았다. 그러고 보니 지난 밤 저녁 식사를 한 이후로 진희를 본 적이 없었다. 어딜 다녀오겠다는 얘기도 듣지 못했다. 아침까지만 해도 시내를 쏘다니고 있겠거니 했다. 진희는 가끔 혼자서 돌아다니다 개처럼 숨을 헐떡이면서 산을 기어 돌아오곤 했으니까. 온종일 보이지 않는 건 처음 있는 일이었다. 숨바꼭질이라도 하자는 건가. 목덜미가 욱신거렸다. 사랑하는 딸년이 이런 식으로 아버지를 욕보일 때마다 얼굴과 손을 뒤덮은 화상자국이 부글거렸다. 관훈은 진희에게 전화를 걸었다. 벨이 울린 곳은 화장실이었다. 액정이 깨진 전화기가 변기 커버 위에서 호들갑을 떨었다.

관훈은 별채 쪽 입구를 통해 법산사를 빠져나왔다. 조대산 등산로로 이어지는 길이 있는 곳이었다. 눈을 맞아 이지러진 대나무숲이 울창했다. 올라갔을까. 내려갔을까. 사람들이 저를 무서워하는 줄도 모르고 사람 많은 곳을 좋아하는 아이니 밤새 등산로를 따라 걸었으리라 생각하기는 어려웠다. 관훈은 등산로 입구를 향해 걸었다. 걸음은 자꾸만 빨라졌다. 등산로 입구까지 내려갔을 때 한 무리의 신도가 올라오는 게 보였다. 그사이에 탁발을 마치고 돌아오는 수경이 있었다. 관훈을 알아본 신도 무리가 합장을 했다. 관훈은 인사를 받는 둥 마는 둥 하고 수경에게 물었다.

"스님, 우리 진희 못 봤습니까."

"진희요?"

수경이 되물었다.

수경은 젊은 시절 목포에서 선원 생활을 하다 불교에 귀의한 인물이었다. 법력이 높다며 따르는 신도가 많았다. 젊은 나이였지만 언젠가 주지가 될 것을 의심하는 사람은 없었다. 신도들이 넌지시 그런 속내를 내비치면 수경은 그런 것에 관심을 두면 부처가 못 된다고 했다. 관훈에게는 그 시커먼 속이 들여다보였다. 어차피 얻을 자리니 본인은 인품 관리나 하겠다는 생각일 터였다. 관훈의 사정을 듣고 재가 종무원 자리를 알아봐 준 것도 수경이었다. 진희도 함께 생활해야 한다는 말에 주지 스님의 반대가 있었는데도 어차피 별채에서 지내는 거니 도량 생활에 지장이 없을 거라 설득해준 것도 수경이었다. 게임을 하듯 차곡차곡 점수를 쌓아나가는 중이었다. 만점이 되면 주지 스님. 그게 수경이 꿈꾸는 엔딩이었다.

수경은 등산로를 내려오는 관훈을 보고 걱정스레 물었다.

"진희가 안 보입니까?"

"어젯밤부터 안 보입니다."

"제가 어젯밤에 등산로 내려가는 건 봤습니다만."

"어디 간다고 안 합니까?"

"말 안 했습니다. 신나 보이길래 시내 나갈 일이 있나 했지요."

멍청하긴. 신나 보였다니. 진희는 언제나 이유 없이 헤실거렸다. 시내에서 춤을 추건 산사에서 법문을 읊건 뽕을 맞은 것처럼 해롱대는 아이였다. 진희는 무슨 생각을 하며 법산사를 떠난 걸까. 수경의 말대로라면 진희가 법산사를 나선 지 꼬박 하루가 지난 셈이었다. 중무장하고 산을 오르던 등산객들이 관훈을 멀찍이 돌아 지나갔다.

"신도들한테 도움을 좀 청해볼까요? 진희 얼굴은 다들 알고 있을 테니 찾는 게 어렵지는 않을 겁니다."

"아니요. 괜찮습니다."

진희가 이 시간까지 돌아오지 않았다면 묵진에 남아있을 것 같지 않아서였다. 헛수고를 하는 사이 일만 더 커질 거였다.

"처사님, 안 춥습니까?"

수경이 물었다. 관훈은 발아래를 내려봤다. 급하게 달려 나오느라 슬리퍼 차림이었다. 노란 요산 결정이 발가락 관절에 모습을 드러냈다. 수년째 통풍으로 고생 중이었다. 부은 발끝이 차가웠다. 차갑다 못해 시렸다. 시리다 못해 쓰렸고 신경을 툭툭 찌르는 통증에 심장을 면도날로 저미는 것 같았다.

"안 춥습니다."

관훈이 대답했다. 통풍 따위는 아무래도 좋았다. 그보다 진희가 벌이고 다닐 일이 걱정이었다. 차근차근 수습해야 할 사건에 걷잡을 수 없이 불길이 일까 두려웠다. 수경은 그런 관훈을 걱정스레 쳐다봤다.

서울로 돌아온 지 보름이었다. 눈을 뜬 곳이 뱀이 마을이라는 걸 알면서도 잠에서 깰 때마다 심장이 펌프질했다. 매일 아침 산에 묻어둔 시체를 상상하는 건 유쾌한 경험이 못 됐다. 흙이 쓸려 내려가지는 않았을지, 등산객한테 발견되지는 않았을지, 산짐승이 무덤을 파헤쳐놓지는 않았을지. 지금쯤 경찰이 시체를 발견했을 수도 있겠지. 피해자의 신원을 확인하고 살인 도구를 발견한 뒤 지문을 찾아내는 데는 얼마쯤 걸릴까. 사건 발생 시점을 조사하고 피해자 주변인을 탐문하고 그 중 자취를 감춘 사람들을 찾아내는 데는 또 얼마쯤 걸릴까. 수색영장 발부와 경찰 인력을 동원해 뱀이 마을까지 오는 데는 얼마가 걸릴까.

딱 보름 정도 걸리지 않을까.

지아는 경찰에 끌려가는 모습을 상상했다. 죄명은 살인과 시체유기. 수갑 위로 수건을 덮고 범죄자의 교복 같은 후드와 마스크를 쓰고 있겠지. 그런데도 얼굴을 알아보는 사람이 있을 것이다. 노유정이 뉴스에서 인터뷰할지도 모른다. 언젠가는 사고 한 번 칠 줄 알았다고, 죽은 사람만 불쌍하게 됐다고 말할지도 모른다. 양쪽으로 팔짱을 낀 형사들에 이끌려 조대산에 도착해 범행을 재연할 것이다. 당시 상황을 기억하지 못하니 버벅거리겠지. 삽을 들어야 할지 돌멩이를 들어야 할지 몰라 허둥거리다 형사에게 도움을 요청할 것이다. 제가 뭐로 이 사람을 죽였나요? 폴리스라인 밖에는 피해자의 가족이 오열을 하고, 카메라는 그 장면을 클로즈업해 방송하겠고.

그 모든 과정은 아마 초인종이 울리는 것으로 시작할 것이다. 보일러가 쌩쌩 돌아가는 가정집에 늦겨울 추위를 흩뿌리면서. '염지아 씨 계십니까' 하는 경찰의 목소리와 함께.

거짓말처럼 초인종이 울렸다. 누군가 신경질적으로, 하지만 일
정하게, 그러니까 대패 삼겹살을 써는 듯한 박자로 벨을 누르고 있
었다.

"좀 나가봐!"

옆방에서 병준이 소리쳤다. 게으른 가족이었다. 집에는 자주 먼지
가 쌓였고 세탁기 안에는 해치우지 못한 빨랫감이 넘쳤다. 볕이 좋
은 날 세탁기를 돌리고 나면 건조대에 틈이 보이지 않을 정도로 빨
래가 들어찼다. 빨래가 햇빛을 받는 동안 거실에는 볕이 들지 않았
다. 게으른 사람들은 빨래를 걷을 생각도 하지 않았다. 그래서 거실
은 항상 어두웠다.

문을 열었을 때 '하나님은 당신을 사랑하십니다' 같은 포교물이나
기적의 10kg 감량 같은 광고 전단지가 꽂혀 있기를 기도했다. 하지
만 벨 소리는 멈출 생각이 없었다. 누군가 휴일의 밤이 마을을 망치
고 있었다. 문밖에 선 사람은 문을 두드리기 시작했다. 노크 소리는
점점 커져서 새된 목소리로 외칠 때쯤엔 문을 부술 기세가 되어 있
었다.

"계십니까아아아아. 가스 점검 왔습니다아아아아. 가스점검!"

옆방 문이 열렸다. 새엄마가 현관으로 나가 말했다.

"가스 점검 얼마 전에 했는데요."

"그렇습니까. 그럼 심부름꾼입니다아아아."

"누구요?"

새엄마가 걸쇠를 풀었다. 문이 열리고 누군가 들어오는 소리가 들
렸다. 목소리는 조금 더 선명해졌다.

"누구시라고요?"

"가스 점검 아니고 심부름꾼입니다아아."

문 앞에 선 사람이 앵무새처럼 같은 말을 반복했다. 지아는 방문을 열었다. 현관에 여자가 서 있었다. 어깨까지 머리를 기른 여자였다. 눈썹이 없고 인중이 길었다. 창백하고 푸석푸석한 피부, 밋밋한 가슴에 앙상한 몸매인데도 거실 구석까지 그림자를 드리울 만큼 키가 컸다. 여름도 아닌데 땀에 전 발바닥이 바닥에 쩍 달라붙었다 떨어졌다. 맨발이었다. 여자는 구부정하게 허리를 숙이고 근시가 심한 노파처럼 눈을 찌푸렸다. 재료가 부족해 많은 표정을 지을 수 없는 얼굴이었다. 불만과 호기심이 같은 위치에 머물렀다. 어딘지 모르게 뒤틀리고 일그러져, 아름다움을 얘기할 수 있는 외모가 아니었다.

"심부름이 뭐예요?"

"혜수 씨 심부름입니다아아아아."

여자는 새엄마의 말을 무시한 채 정수리에 머리를 얹다시피하고 집을 살폈다. 몸통은 가만히 있는데 고개만 왼쪽에서 오른쪽으로 돌았다.

"혜수 씨 집입니까. 혜수 씨 계세요."

나사 조이는 소리를 내며 천천히 돌아가던 눈이 지아를 향해 꽂혔다. 여자가 고개를 모로 꺾었다.

"혜수네?"

이름을 불렀을 뿐인데 불쾌한 감정이 파도쳤다. 여자의 눈이 당구공만 하게 커졌다. 손으로 쓸면 뽀드득 소리가 날 것처럼 당돌한 눈알이었다. 눈알 주위로 붉은 핏발이 섰다.

"빨간 수염 보러 가자아아아아아."

여자가 두 손을 내밀었다. 가늘고 하얀, 거미줄 같은 손가락이었다. 허공을 가로질러 목을 조를 것 같았다. 여자가 지아를 향해 다가오기 시작했다. 갓난아기처럼, 넘어질 것 같으면서도 간신히 한 걸음을 더 내딛는 걸음걸이였다. 가지 말라고 손짓하는 모양새였다. 지아는 뒷걸음질 쳤다.

"빨간 수염!"

여자는 순식간에 거실을 가로질렀다. 지아는 소파 뒤로 몸을 피했다. 여자는 소파를 넘어 지아를 붙잡았다. 티셔츠 끝에 손톱을 걸기무섭게 팽이가 회전하듯 지아를 잡아당겼다. 코를 물고 뺨을 할퀴고 머리를 쥐어뜯었다. 그 와중에도 잠꼬대처럼 빨간 수염, 빨간 수염하고 말했다.

새엄마와 철순이 차례로 달려왔다. 두 사람이 여자를 끌어내기 위해 안간힘을 썼지만 여자는 꿈쩍하지 않았다. 작은방에서 병준이 튀어나왔다. 난장판이 된 거실을 본 병준은 인덕션 위에 놓여있던 프라이팬을 들었다. 삼겹살을 굽는다면 모를까 무기로 사용하기에는 다소 모지리 보이는 쇳덩이였다. 프라이팬을 꼬나 쥔 병준은 그 다음에 뭘 해야 할지 잊어버린 얼굴로 허둥거렸다.

여자는 귀찮은 숙제를 처리하듯 새엄마를 밀쳤다. 새엄마는 돋보기안경과 함께 거실 구석으로 자빠졌다. 철순은 엉거주춤하게 서서 소리만 질러댔다. 제 엄마가 당하는 모습을 본 병준이 그제야 프라이팬을 휘둘렀다. 여자는 고개를 살짝 숙여 프라이팬을 피한 뒤 병준을 향해 달려들었다. 뱀 같은 몸이 병준을 휘감았다. 몸부림칠수록 조여드는 족쇄였다. 여자는 병준의 뱃가죽을 물었다. 생고기 다지는 소리가 났다. 병준은 목이 찢어져라 비명을 질렀다.

줄곧 침묵하고 있던 지아의 손이 꿈틀거린 것이 그때였다. 짧은 순간이었지만 느낄 수 있었다. 지아의 의지가 아니었다. 작살처럼 날아간 손이 제멋대로 여자의 옷깃을 낚아챘다. 근육이 조각조각 타오르는 게 느껴졌다. 지아는 여자를 들어 올렸다. 병준의 뱃가죽을 물고 있던 여자가 딸려 나왔다. 지아는 넘어진 여자를 향해 주먹을 뻗었다. 인중에 주먹이 내리꽂혔다. 송곳니에 주먹이 갈려 나왔다. 단단한 것이 조각나는 감촉이 손목을 타고 전해졌다. 도화지처럼 무표정하던 여자의 얼굴 위로 당황한 기색이 스쳤다.

하지만 그게 전부였다. 여자는 다시 일어나 지아를 향해 달려들었다. 마구잡이로 휘두르는 주먹에 코뼈가 바스러지고 입에서 분무기처럼 피가 쏟아지는데도 머리를 들이밀었다. 지아는 몸을 돌려 밖으로 달아났다. 제 몸이 망가지는 것도 모르고 날뛰는 사람이 얼마나 무서운지 잘 알고 있었다. 좀 더 넓은 곳, 사람이 많은 곳으로 갈 생각이었다. 거기서 도움을 구할 생각이었다.

"혜수야아아아. 빨간 수염이 기다린다아아아."

여자는 기린처럼 경중경중 지아를 쫓아왔다. 협곡처럼 벌어진 콧등에서 피가 쏟아졌다. 하관을 적신 핏물은 하얀 원피스를 적셨다. 그런데도 두 팔을 내밀고 지아를 향해 달려왔다. 평온한 뱀이 마을에 난데없는 추격전이 벌어졌다. 여자의 숨소리가 귀를 흠뻑 적셨다.

뒤를 돌아보는 순간 여자가 풀쩍 뛰어 지아의 머리칼을 움켜잡았다. 눈앞에 커다란 벽이 보였다. 여자는 달리던 기세 그대로 지아의 얼굴을 벽에 내리쳤다. 쩍하고 코뼈가 갈라졌다. 거친 돌벽이 뺨을 갈았다. 뜨거운 것이 콧잔등을 타고 흘렀다. 귓가에 날파리가 날아다니는 것 같았다.

여자가 목을 크게 뒤로 젖혀 이마로 지아의 얼굴을 들이받았다. 정신이 아득한 곳으로 멀어졌다. 여자는 다시 목을 뒤로 젖혔다. 뒤집어 깐 눈에 핏발이 섰다. 칼로 벤 듯한 입이 귀에 걸릴 듯 웃고 있었다. 외모에 걸맞지 않게 가지런한 치아가 보였다.

"가자! 혜수야! 빨간 수염 보러 가자!"

질끈 눈을 감았다. 텅, 하고 범종을 울리는 듯한 소리가 들렸다. 지아는 그게 자신의 머리에서 난 소리라고 생각했다. 공포에 질려 통증도 느끼지 못한 상태가 된 거라고 생각했다. 지아는 천천히 눈을 떴다. 커다란 그림자가 시야에 들어왔다. 여자는 무너져내리고 있었다. 실이 끊어진 마리오네트처럼 늘어졌다. 눈에서 검은자위가 사라졌다. 눈알이 이마를 향해 말려 올라갔다.

병준이 쓰러진 여자 뒤에서 숨을 헐떡였다. 손에 쥔 프라이팬은 더 이상 주방에서 쓰지 못할 형태로 우그러져 있었다.

"뭔 난장판이야 이게. 이 여자 누군데?"

지아는 헝클어진 옷을 추슬렀다. 흥분이 가라앉으니 한기가 들이쳤다. 여자는 바닥에 엎어져 개구리처럼 버둥거리고 있었다. 기억에 없는 여자였다. 불쾌한 감정이 연이어 솟구쳤다. 근원을 알 수 없는 맛과 향이 입안에 감돌았다. 쇠붙이의 맛이었다. 면도날을 입에 넣고 굴리는 듯한 느낌이었다. 기억은 사라졌는데도 파편처럼 들어박힌 무언가 지아에게 영향을 미치고 있었다.

지아는 여자가 품고 있던 증오의 정체를 알지 못했다. 다만 이 미친 여자가 묵진에서 서울까지 올라와 소동을 벌일 정도라면 이유는 하나밖에 없을 것 같았다. 조대산의 시체가 떠올랐다. 젖은 회색 눈이 환형처럼 지나갔다. 꾹꾹 눌러놓은 울분이 되살아나는 걸 느꼈다.

"무슨 일이냐고."

병준이 물었다.

"날 혜수라고 불렀어. 묵진에 있을 때 알던 사람이겠지."

"기억나는 거 없어?"

"없다니까."

"네가 잘못한 게 있으니까 이 여자가 이 난리를 치는 거지."

지아는 시멘트벽에 기대섰다. 여자에게 맞은 곳이 한 번에 아프기 시작했다. 문동 골짜기에서 불기 시작한 바람이 배꼽을 타고 올라왔다. 찬 공기가 지아의 기억을 되살려냈다. 노유정의 남편에게 얻어맞던 자리였다. 주머니칼로 팔을 죽죽 그어 혜수를 불러낸 그 자리였다.

"19년 전에 여기서 동료 간병인의 남편이랑 싸움을 했어."

지아가 말했다. 입을 열기 시작하니 모든 걸 털어놓을 수 있을 것 같았다. 그러고 나면 좀 홀가분해질 거라 생각했다.

"싸움이라고 해도 될지 모르겠어. 그냥 얻어맞았지. 스트레스를 받으면 혜수가 나타나. 피를 보면 직방이지. 난 그걸 알고 있었고, 좀 더 빨리 혜수를 불러내고 싶었어. 자해를 했지. 이게 그때 흉터야."

지아는 팔을 걷었다. 병준이 거미줄처럼 얽힌 흉터를 보고 눈살을 찌푸렸다.

"그 후로 기억이 안 나. 정말이야. 나한테는 눈을 감았다 뜬 것 같았다고. 그 사이에 19년이 지난 거야. 정신이 들었을 때는 묵진에 있었어. 산속이었고. 내 앞에는……"

지아는 잠시 말을 멈췄다. 프라이팬을 든 병준이 지아를 빤히 쳐다봤다.

"시체가 있었어."

지아의 목소리가 기어들어 갔다. 병준이 물러섰다. 히이익, 하고 타이어 바람 빠지는 소리를 냈다. 지아의 마지막 말 때문이 아니었다. 어느 틈에 여자가 일어나 있었다. 좁쌀 같은 눈을 희번덕이며 지아와 병준을 번갈아 쳐다봤다. 병준이 프라이팬을 머리 위로 치켜들었다. 여자는 병준을 피해 언덕 아래쪽으로 달아났다. 병준은 야구선수 같은 자세로 프라이팬을 집어 던졌고, 기어이 유리창 하나를 박살 냈다. 병준이 어깨를 움츠렸다.

지아는 여자가 내려간 비탈길을 바라봤다. 눈이 내리면 빙판이 만들어지는 길이었다. 빙판이 없는데도 여자는 미끄러지듯 그 길로 달아났다. 여자가 지나간 자리에는 생선 지느러미 같은 발자국이 새겨져 있었다.

"너 아까 뭐라고 말하던 거였어? 눈 떴을 때 산속이었고 그 앞에 뭐가 있었다고?"

"아무것도 아니야. 너 집으로 들어가. 엄마 챙겨드려."

"야 같이 가."

"됐다고."

지아는 내리막길을 걸었다. 여자를 따라갈 생각이었다. 나를 어떻게 아느냐고, 왜 나를 찾아온 거냐고 물어보고 싶었다. 걸음이 빨라졌다. 조급증이 심장을 콱 움켜쥐었다.

뱀이 마을은 사방이 집이었다. 위로도, 옆으로도, 아래로도 비슷하게 생긴 집들이 부동자세로 섰다. 좁은 골목은 마구잡이로 이어졌다. 피뢰침처럼 솟은 아파트가 주위로 늘어섰다. 그 미로 속에서 여자는 자취를 감췄다. 어쩌면 더 아래쪽으로 내려갔을지도 몰랐다. 지아는 문동 로터리까지 내려가기로 마음먹었다. 로터리 아래 보행자용 터널을 지나면 재필이 살던 흑동이 나왔다. 그 터널까지는 걸어볼 계획이었다. 잰걸음으로 로터리까지 내려왔다. 터널을 지나 흑동까지 왔는데도 여자는 보이지 않았다. 점점 옅어지던 발자국도 자취를 감춘 지 오래였다. 뺨과 귓불을 따라 동통이 솟구쳤다. 작은 손가락이 고막을 비비는 것 같았다. 낡은 몸은 쉽게 지쳤다. 집으로 가는 오르막길은 까마득했고 터널 벽에 쌓인 먼지는 큰 트럭이 지나갈 때마다 콧속을 파고들었다. 시간은 느슨하게 산허리에 걸려 있었고 그림자는 끝도 없이 길었다. 쏟아지는 인파와 간판 속에서 한참을 머물렀다. 취객이 보닛 위에 올라타고, 차주가 그걸 끌어내리고, 그러다 시비가 붙고, 경찰이 출동하는 현장을 지나쳤다.

텔레비전 판촉 행사를 하는 마트가 눈에 들어왔다. 나레이터 모델과 바람을 불어넣어 춤을 추게 만든 인형까지 대동한 행사였다. 텔레비전에서는 정오 뉴스가 재생되고 있었다. 시답잖은 날씨 안내와 지역 방송이 이어졌다. 지아는 자막에 시선을 고정했다. 강원도 전역에서 산불 방제 작업을 진행한다는 내용이었다. 설 연휴가 끝나고 시작하니 다음 주면 산림청에서 전국의 산을 뒤지고 다닌다는 말이었다.

바람이 등짝을 후려쳤다.

산불이야 아무래도 좋았다. 산 하나가 통째로 날아가 버린대도 지아의 일상에는 아무 영향을 주지 못할 것이다. 하지만 그게 조대산이라면 문제가 달랐다. 그곳에는 시체가 있다. 지아가 지문을 듬뿍 발라둔 삽도 있다. 경찰에게 젖과 꿀이 될 증거를 내버려 두고 온 것이다.

무덤을 파야겠어. 그리고 시체를 옮겨야지. 그리고 무슨 일이 있었는지 확인해야겠어. 내가 죽인 게 누군지, 왜 죽였는지. 미친 여자는 누군지, 빨간 수염은 또 뭔지도. 카메라에 찍혀있던 사진 세 장은 또 뭘 의미하는지도.

생각이 거기까지 미치자 등줄기를 따라 땀이 흘렀다. 온갖 맛이 터져 나왔다. 혀가 부풀어 목구멍을 막을 것 같았다.

서울을 떠나야 했다. 서울은 비슷한 것들의 연속이었다. 아스팔트는 반듯했고 세시간에 도착하는 시하철이 있었다. 시스템이 있는 곳을 떠나 무질서 속으로 들어간 뒤에야 사라진 기억을 되살릴 수 있을 것 같았다. 무덤이 있는 곳으로 가야 했다. 이상한 여자를 마주하고, 19년의 세월을 복기해야 했다. 그래야 혜수가 가져간 시간을 돌려받을 수 있을 것 같았다.

묵진

푸들이 짖었다. 마을버스를 모는 홍 씨가 퇴근하는 시간이었다. 홍 씨는 버스에 기름을 넣어야 달리는 것처럼 사람에게도 연료가 있어야 이 언덕길을 오를 수 있다고 했다. 홍 씨가 택한 연료는 도수 높은 소주였다. 퇴근 후의 홍 씨는 언제나 취해 있었다. 취기가 오른 홍 씨는 딸이 키우는 푸들을 걷어차기 일쑤여서, 그 시간이 되면 푸들은 목청 높여 울었다. 이제 그만 좀 하자는 부탁일 수도 있고 오늘은 좀 넘어가자는 제안일 수도 있었지만 홍 씨에게는 그 소리가 뱀이 마을에 어울리지 않는 고급 견종의 개소리로 들렸다.

철순이 밖으로 나가 홍 씨에게 오늘은 곱게 좀 자자고 했다. 홍 씨는 혀가 꼬인 말투로 예예 하며 집으로 들어갔다. 잠시 후 푸들은 꽹과리를 두들기듯 깨갱거렸다. 철순이 저 개새끼, 하며 옆집을 흘겨봤다. 지아는 철순이 말한 개새끼가 푸들인지 홍 씨인지 궁금했다.

철순은 거실로 돌아와 한숨을 푹 내쉬었다. 지아가 기어이 묵진에 내려가 봐야겠다는 말을 꺼낸 뒤였다. 고민을 끝낸 철순이 말했다.

"지아 혼자 보낼 수는 없으니 병준이가 같이 갔으면 좋겠어. 일찍 자고 내일 아침에 바로 묵진으로 가. 병준이는 누나 잘 돌봐주고."

새엄마는 돗바늘을 집어 던졌다. 코가 잘못 꿰어진 스웨터가 바닥에 뒹굴었다. 잔뜩 화가 난 새엄마를 앞에 두고 철순은 변명하듯 말을 이었다.

"댓바람부터 미친 여자가 나타나서 그 난리를 쳤는데, 그 여자가 누군지도 모르고 무슨 일이 벌어질지도 모르는데 지아 혼자 보낼 수가 없잖아."

"병준이는 괜찮고요? 얘 시험공부도 해야 하는데."

새엄마가 아래턱을 치켜들었다. 돋보기 렌즈 속 눈이 철순을 쏘아봤다.

"공부는 평소에 하는 거지. 시험도 아직 좀 남았잖아."

"당신 애만 애고 우리 애는 애도 아니에요?"

서러움이 뚝뚝 묻어나는 말투였다. 요 며칠 지아에게 쏟아지는 관심과 애정이 만들어낸 질투였다. 철순의 얼굴이 붉게 달아올랐다.

"그래. 지아 혼자 보내자. 대신 앞으로 병준이 학원비는 없다. 교재비도 없어. 네 돈은 네가 벌어 써라."

"그래. 병준이 학원비 내가 벌게. 구해준다고. 속이 시원해요? 죽은 부인 딸이라고 그렇게 애가 타요? 산 부인 아들 갖다 흥정이나 하고. 우리 애가 부동산이에요? 얘가 빌라냐고요. 단독주택이냐고요."

"확실히 아파트는 못 되지. 맹지라면 모를까."

철순의 목소리는 한풀 꺾여 있었다. 부부싸움이 벌어질 판이었다. 세 사람을 번갈아 보던 지아는 무슨 말을 해야 할지 알 수가 없었다. 시간은 지아의 청춘만 가져간 게 아니었다. 아무것도 아닌 시간, 아무것도 아닌 관계를 더해 놓았다. 지아를 배제하고 쌓아 올린 가족의 유대 속에서 끊임없이 부정당한 것 같아 허탈하고 원망스러웠다.

지아는 자리에서 일어났다. 잠이 들고 깨어나면 다시 조용한 집이 되어 있길 바랐다. 무시와 외면을 배경 삼아 가만히 가라앉는 게 지아의 인생이었다. 무슨 영광을 누리겠다고 묵진으로 내려가겠다 했는지, 뭐하러 이런 논쟁을 만들었는지 후회가 됐다. 묵진에 가지 않겠다고 말할 참이었다. 이대로 늙어 죽어버리겠다고 항변할 생각이었다. 상황을 정리한 건 병준의 한마디였다.

"갈게요."

결기 없는 목소리는 느슨했다. 이제 막 세탁기에서 꺼낸 빨래처럼 흐물흐물한 말투로 병준이 말을 이었다.

"누나가 좀 불쌍하기도 하고요. 하루아침에 사십 대가 돼 버렸는데 무슨 일이 있었는지는 확인해봐야죠."

믿었던 아들의 배신에 새엄마는 말을 잇지 못했다. 헤벌린 입에서 더운 숨만 빠져나왔다. 병준은 새엄마와 눈도 마주치지 않았다.

"그런데 내일 아침은 곤란한데요."

"왜."

병준은 스마트폰을 꺼내 버스 시간표를 들이밀었다.

"묵진으로 가는 버스는 밤늦게 있어요."

"그럼 늦잠 자든지."

철순이 말했다. 새엄마는 던졌던 스웨터를 다시 집어 들었다. 들소 같은 콧김을 뿜어내며 화를 삭였다.

지아는 소동이 잠잠해진 뒤에 방으로 돌아왔다. 묵진으로 내려갈 채비를 했다. 일주일이 될지 한 달이 될지 알 수 없는 여정이었다. 잡히는 대로 옷가지를 바닥에 늘어놓았다. 그 모습을 본 철순은 해외여행 갈 때 썼던 거라며 트렁크를 하나를 가지고 왔다. 딸이 실종됐는데 한가롭게 여행이나 다녔냐고 따지고 싶었다. 그 전에, 트렁크가 너무 작았다.

"더 큰 게 필요해요."

"이게 제일 큰 건데…… 얼마나 커야 하는데?"

지아는 팔을 크게 벌렸다.

"이 정도는 돼야 해요."

"그렇게 큰 게 필요해? 사람도 들어가겠네."

"맞아요. 사람도 들어갈 수 있어야 해요."

다음날 칠순은 아침 일찍부터 시장에서 캐리어를 구해왔다. 시장에서 파는 제일 큰 제품이라고 했다. 로고도 무늬도 없는 검은색의 칙칙한 캐리어였지만 디자인이야 아무래도 좋았다. 지아는 직접 그 속에 들어가 봤다. 사람 하나를 집어넣기에 문제가 없어 보였다. 철순이 그런 지아를 의아하게 쳐다봤다.

지아는 거기에 백팩 하나를 더했다. 죽음병원에서 일할 때 쓰던 거였다. 배드민턴 채로 19년간 쌓인 먼지를 털어냈다. 코끝이 간질거려 재채기가 튀어나왔다. 묵진에서 가져온 카메라, 철순이 쥐어준 돈, 보름 정도 입을 옷, 신발 한 켤레를 챙겼다. 가방이 가득 찼다. 지아는 캐리어를 들고 거울 앞에 섰다. 오지 탐험을 나서는 취재 기자의 모습을 상상했는데 거울 속에 있는 건 어딘지 어정쩡해 보이는 중년 여성이었다. 유물이 아니라 죄악을 들추러 가는 범죄자가 목을 길게 빼고 있었다.

일단은 시체를 숨긴다. 체포당해 손도 못 쓰고 감옥에서 썩기 전에. 그리고 사진에 나온 곳이 어딘지 찾는다. 윤혜수의 과거를 알아내고, 미친 여자의 정체와 빨간 수염에 대해 알아낸다. 무슨 일이 있어도 자수는 하지 않는다.

그게 지아의 계획이었다.

그날 저녁 지아는 병준과 함께 터미널로 향했다. 야간 버스를 타고 새벽에 도착하는 일정이었다. 터미널은 심야 버스표를 구하는 사람들로 줄이 길었다. 지아와 병준은 그 뒤에 자리를 잡았다. 지아는 주위를 두리번거렸다. 미친 여자가 나타나 빨간 수염 보러 가자고 소란을 피우지 않을까 걱정이었다.

"그 미친 여자 나올까 봐 걱정돼서 그래? 괜찮아 여긴 사람이 많으니까. 인파는 우리 방패지."

지아는 병준의 말을 한쪽 귀로 흘려들었다. 버스가 출발하기까지 한 시간 정도가 남아있었다. 버스를 기다리는 사람들의 시선은 모두 대합실 텔레비전을 향해 있었다. 화면 속에는 딱 봐도 공부 좀 했을 것 같은 안경잡이들이 편을 갈라 양쪽으로 서 있었다. 대학생들을 대상으로 한 퀴즈쇼였다. 한쪽은 80점, 한쪽은 100점, 제시 문제는 과학 상식, 배점은 50점이었다.

"이것은 크리스마스를 전후한 연말과 신년 초에 주가가 강세를 보이는 현상입니다. 미국에서는 크리스마스를 전후한 연말에 각종 보너스가 집중되고 가족이나 친지에게 선물을 하기 위해 소비가 증가하면서 내수가 증가하고, 관련 기업의 매출도 증가하는데요. 이에 따라 증시 전체가 강세를 보이는 이 현상을 무엇이라고 할까요?"

사회자가 문제를 다 읽었는데도 조용했다. 카메라는 출연자들의 얼굴을 차례로 비췄고 그 모습을 보고 있던 병준은 실소를 토했다.

"와 요즘 문제 어렵네."

다시 침묵이 이어졌다. 대합실에 있던 모두가 입을 다물었다. 텔레비전에서는 시한폭탄 같은 초침 소리가 이어졌다. 요의가 밀려왔다. 지아는 자리에서 일어났다. 차가운 타일에 발을 올려놓는데, 문득 단어 하나가 떠올랐다. 그건 어디서도 본 적 없고, 의미도 모르는 생소한 것이었다. 지아는 눈 앞에 펼쳐진 단어를 읽었다.

"산타 랠리."

제한 시간이 끝났다. 화면에는 폭탄이 터지는 그래픽과 함께 입맛을 다시거나 머리를 쥐어 싼 출연자들의 모습이 보였다.

"아쉽습니다."

사회자가 말했다.

"정답은 산타 랠리입니다."

지아는 텔레비전 소리를 뒤로 하고 화장실로 달려갔다. 오줌 줄기는 장마철 비처럼 끝도 없이 변기를 때렸다. 내가 어떻게 정답을 알았을까 하는 생각은 잠시였다. 혜수의 짓이었다. 문제는 지아인 상태로 혜수의 지식이 떠올랐다는 거였다. 우연히 그럴 수도 있겠지. 그게 지아의 결론이었다. 변기 물 내려가는 소리와 함께 해프닝은 끝났다. 지아는 그렇게 생각했다. 하지만 병준은 좀 생각이 달랐다. 대합실로 돌아왔을 때 병준이 허락도 없이 불쑥 거리를 좁혀 앉았다.

"너 아까 퀴즈 맞혔지. 어떻게 한 거야?"

"몰라. 그냥 떠올랐어. 예전에도 그럴 때 있었어."

"초능력이야?"

"내가 그런 게 아니야. 혜수가 그런 거지."

"그게 다른 인격 이름이야?"

"내 다른 인격을 혜수라고 불러. 아버지는 내가 혜수가 되면 엄청 혼을 내. 가끔씩은 내가 혜수인 줄 알고 야단을 칠 때도 있어서, 그렇게 되면 얼른 증명을 해야 해. 그게 어려워. 혜수는 종종 내 흉내를 내니까. 물론 둘은 완전 다른 사람이지. 혜수는 똑똑하고 나는 멍청하고. 혜수는 못된 사람이고 나는……"

지아는 거기까지 말하다 말았다. 산속에 파묻혀 있던 여자 얼굴이 떠올라서였다. 회반죽 같은 눈동자를 떨치려 머리를 흔들었다. 병준이 그 모습을 바라보다 물었다.

"그럼 너 지금 혜수야?"

"당연히 아니지!"

지아는 잡아먹을 듯 소리쳤다. 그 기세에 놀란 병준이 멈칫했다가 궁금증을 이기지 못하고 다시 물었다.

"그런데 어떻게 퀴즈를 맞혀?"

"나도 몰라."

"똑똑한 건 혜수라며. 그런데 어떻게……"

"나도 모른다니까. 그 얘기 그만해. 생활비부터 좀 정리하자."

지아는 가방에서 현금을 꺼냈다. 철순이 준 생활비였다. 지아도 카드를 쓸 줄 아는데 지레 걱정을 하고 모조리 현금으로 준비한 정성에 빈정이 상했다. 오만 원짜리가 예순 장이었다. 그중 스무 장을 덜어 병준에게 건넸다.

"이건 내 마음대로 쓰는 거지?"

"숙소 잡는 거랑 교통비 할 거야. 남으면 마음대로 써."

기분이 좋아진 병준은 버스를 기다리는 짧은 시간에 온갖 친구들에게 전화를 했다. 잘 지내냐는 말과 함께, 19년 만에 돌아온 누나를 위해 묵진으로 내려간다고 떠벌렸다. 모르는 사람이 들었으면 그리스 신화 영웅담이라고 생각할 법한 대서사시였다.

"이런 일을 해줄 사람이 나밖에 더 있냐 이 말이지. 응. 이제 수사해 봐야지. 단서 찾는 거야 많이 해봤으니까. 우리나라에는 왜 사립탐정이 없는지 몰라. 이런 거 내가 딱인데. 그럼 그럼. 그러니까 내가 경찰 하려는 거 아니겠어."

멋지다는 말을 듣고 싶었던 모양이지만 그렇게 말해주는 친구는 없었다. 통화의 말미에 병준은 꼭 한 마디를 덧붙였다.

"야 그런데 나 진짜 멋있지 않냐."

버스는 자정이 넘어 출발했다. 심야 고속버스는 묵진을 향해 달렸다. 도착 예정 시간은 새벽 다섯 시였다. 병준은 옆에 사람이 있으면 잠이 안 온다며 비어 있는 뒷좌석으로 자리를 옮겼다. 지아도 그쪽이 편했다. 빈자리에 가방을 올려놓았다. 의자를 끝까지 젖히고 누웠다. 버스는 곧 동서울 톨게이트를 빠져나갔다. 낮은 산을 배경으로 오렌지색 가로등이 지나갔다. 잠이 쏟아졌다.

"저기요? 저기요, 아줌마."

막 잠이 들 무렵 누군가 말을 걸어왔다. 지아는 감기려는 눈을 벌려 옆을 바라봤다. 쉰 살쯤 됐을까. 만두귀를 한 중년의 남자였다. 남자는 양말을 벗고 발을 벅벅 긁었다. 무좀으로 갈라진 발이었다. 각질이 바닥에 떨어졌다. 남자는 싸라기눈처럼 쌓인 각질을 후, 불어 날렸다. 버스 엔진 소리와 어두운 조명 탓에 남자의 말을 알아듣기 어려웠다. 지아가 잘 안 들린다는 손짓을 하자 남자는 입을 다무는 대신 지아 옆으로 자리를 옮겼다.

"묵진에 가냐고요."

"묵진 가는 버스잖아요. 나는 그 버스에 앉아 있고. 그쪽도 마찬가지고."

"아니죠. 중간에 한 번 서니까. 한 번이 아니라 두 번 서지."

"네, 묵진 가는데 왜요."

"여자가 이 시간에 묵진 간다 그러니까 신기해서요. 심야 버스로 묵진에 가는 건 보통 선원들이죠. 나는 재밌는 거 없나 해서 여기저기 떠도는 사람이고."

보아하니 가십거리나 찾자고 말을 거는 남자였다. 버스는 시끄러웠고 지아는 졸렸다. 하지만 남자는 멈출 생각이 없어 보였다. 원하는 걸 얻어내고야 마는, 한마디로 꼰대였다.

"저 예전에는 형사였어요."

남자가 말했다. 지아는 눈을 가늘게 뜨고 남자를 바라봤다.

"안 믿겨요?"

"믿어요."

"에이 안 믿는데 뭘. 내가 이래 봬도 소싯적에 칼도 맞고 그랬어요. 칼이 몸에 들어오면 정신이 아득해져요. 그런데 대한민국 법이라는 게 뭐 같아요. 상대는 칼을 들고 덤비는데, 나는 맨주먹으로 진압해야 하거든요. 칼을 든 사람한테는 총을 쏴야 하는데 이게 또 잘못 쏘면 과잉진압이다 어쩐다 말이 많으니까요. 이거 보이죠? 이게 형사 생활할 때 얻은 상처예요."

남자는 윗옷을 들어 올려 배에 난 상처를 보여주었다. 묵진에 가면 이런 치들이 얼마나 득실거릴지 걱정이었다.

"그런데 묵진에 왜 가요?"

"왜 물어요?"

"이 시간에 여자 혼자 묵진에 들어가는 걸 잘 못 봐서 그런다니까요. 가족 보러 가는 건 아닌 것 같고. 혹시 육사골목 가요?"

육사골목이라면 블로그에서 본 적이 있었다. 집창촌이었다. 64번지에 있다고 그렇게 불렸나. 남자는 지아가 몸을 필러 가는 기냐고 묻는 거였다.

"육사골목 가는 거 아니고요. 그리고 저 혼자 아닌데요. 둘인데요."

지아는 뒤에 앉은 병준을 가리켰다. 병준은 버스가 덜컹거릴 때마다 벽에 머리를 처박고 있었다. 머리는 부스스했고 어깨는 구부정했다. 남자가 그 모습을 보고 코웃음을 쳤다.

"묵진 사람은 아니죠? 뭐 찾으러 가요? 사람? 뭐가 됐건 두 사람 딱 보니까 묵진에 가면 사람들 밥 되기 좋겠네. 그 동네가 엄청 터 프해요."

"조언은 고맙고요, 제가 지금 졸린데요."

"졸려요? 그럼 내가 웃긴 얘기 해줄게요. 묵진에 소산포라고 있는데, 아침이 되면 노래를 틀어줘요. 담당하는 사람이 그 노래를 좋아하나 보죠. 몇십 년 동안 그 노래만 들으면서 아침을 맞은 거예요. 그래서 사람들은 그 노래를 들으면 잠에서 벌떡 깬단 말이죠."

"지루한 행사가 있던 날에 그 노래를 틀어줬더니 사람들이 일터에 나갈 것처럼 주섬주섬 짐을 챙기고 기지개를 켜더라, 이 얘기죠. 그 노래는 심수봉 거고요."

남자가 씩 웃었다.

"묵진 사람들만 아는 얘긴데. 아주 이방인은 아닌가 봐요?"

"거기 살던 사람이랑 친했어요."

그 말을 하는데 쓸쓸했다. 재필이 생각나서, 그러다 보니 온계리가 생각나고 엄마 생각도 나서.

"인사나 합시다?"

남자가 명함을 내밀었다. 무좀을 긁던 손으로 내민 명함에는 르포기자 강규식이라고 적혀 있었다.

"전직 형사라더니 기자시네요."

"아 뭐 이것저것 해요. 그쪽은?"

"전 명함이 없어서요."

"이름은요?"

"그쪽이랑 언제 봤다고 이름까지 알려줘요."

"언제 봤긴요. 오래전에 봤지."

지아는 남자를 물끄러미 바라봤다. 정말로 뭔가 아는 사람일까. 심장이 철렁하는 걸 내색하지 않으려 애썼다.

"절 안다고요?"

"알죠. 경찰서에서도 보고, 길에서도 보고, 많이 봤죠. 그쪽 때문에 제가 묵진까지 내려가는 건데요."

"장난치지 마세요."

남자는 피식 웃었다. 자리로 돌아가 무좀을 벅벅 긁으면서 속삭이듯 말했다.

"또 봅시다."

지아는 남자가 또 말을 걸까 봐 병준 옆으로 자리를 옮겨 버렸다. 병준은 옆자리에 사람이 앉은 게 불편한지 몸을 배배 꼬았다. 정작 지아는 잠들지 못했다.

심야 버스는 오방색 야간 등을 밝히고 달렸다. 가습기 속을 뚫고 지나가는 듯 안개가 차를 휘감았다. 새벽이 되자 버스 기사는 라디오를 켰다. 터미널에 도착했을 때 승객들이 고된 여정에 지쳐 비틀거리다 넘어지지 않도록 하는 준비운동 같은 거였다. 예민한 승객들이 하나둘 기지개를 켰다. 묵진 나들목 분기점 표지판에는 묵진 5km라는 이정표가 보였다. 거기서 왼쪽으로 꺾으면 조대산 입구였다.

실어증이라도 걸린 것 같은 아나운서가 띄엄띄엄 뉴스를 전했다. 터널로 들어서자 그마저도 사라져 버렸다. 길고 으슥한 터널이었다.

타이어가 지면을 긁었다. 졸음 방지를 위해 아스팔트에 파놓은 홈이 멜로디를 만들어냈다. 따르릉따르릉 비켜나세요. 단조로운 멜로디를 듣고 있으니 오히려 졸음이 몰려왔다.

말을 탄 죽음의 기사와 구름에 가린 달빛 아래 지친 유령들의 모습이 보였다. 간혹 깨진 터널 등 사이로 여전히 사람의 형체 비슷한 것이 언뜻 보이는 것도 같았다. 지아는 졸음을 떨치려 고개를 흔들었다.

버스가 터널을 빠져나왔을 때 눈앞에 모습을 드러낸 것은 말라빠진 나무와 부글부글 끓고 있는 바다였다. 안개는 군락을 이루고 오르내리며 시야를 가렸다. 바람에 흘러가는 안개를 다른 안개가 뒤쫓았다. 그 숨바꼭질 사이, 구름은 산허리에서 춤을 췄다. 조금씩 옅어지는 증기 사이로 주황색 불빛이 스며 나왔다. 지아는 거북이처럼 고개를 빼고 앞 유리에 비친 터미널을 봤다. 그것은 구조물이라고 하기에는 조금 모자란, 어떤 시멘트 덩어리 위에 새겨진 상형문자 같은 모습을 하고 있었다. 오랜 시간 닦지 않아 낡고 기울어진 간판 위에 커다란 글귀가 새겨져 있었다.

'묵진에 오신 것을 환영합니다.'

기사는 브레이크를 밟았다. 라디오 소리가 알람처럼 승객들을 깨웠다. 잠에서 깬 승객들이 주섬주섬 짐을 챙겨 버스에서 내렸다. 지아는 병준을 깨우고 짐을 챙겨 그 뒤를 따랐다.

한 달 만에 다시 찾은 묵진이었다. 물안개가 자욱했다. 패랭이꽃 아래 풀벌레 소리가 귀를 간질였다. 지아는 크게 숨을 들이쉬었다. 풀 냄새가, 믿어지지 않을 만큼 산뜻하고 진한 풀 냄새가 났다.

버스에서 내린 사람들이 간이의자에 가방을 올려놓고 짐을 정리하는 중이었다. 첫 차를 놓칠까 봐 역사에서 지난 밤을 보낸 사람들은 퀭한 눈으로 시계를 살폈다. 택시는 쏟아져나오는 승객을 붙잡으려 터미널 입구에 진을 쳤다.

"다른 사람들은 어디로 가는 거지?"

지아가 물었다. 병준은 끊어질 듯 기지개를 켰다.

"아침이 되면 배가 들어와. 배가 들어오면 일자리를 구하는 사람들이 몰려들지. 대개는 목포, 울진, 포항, 부산, 정선 같은 곳에서 일자리를 구하지 못한 사람들이고. 목포와 울진은 그렇다 치고 정선은 뭔가 싶지? 거기 카지노가 있단 말이야. 도박으로 재미를 못 본 사람들이 돈 벌겠다고 묵진으로 달려오는 거야. 여긴 일을 구하기가 쉽거든. 수요 과잉이라고 할 수 있지. 자유경제가 제대로 돌아가지 않는 곳을 딱 하나 뽑으라면 난 묵진을 택하겠어."

버스에서 폰을 놓지 않더라니 병준은 그새 묵진에 대해 꽤나 공부를 한 모양이었다. 병준의 말대로 터미널에는 행색이 남루한 사람들로 득실거렸다. 버스에서 내리는 사람들은 입소 대기 중인 신병처럼 긴장과 불안에 가득 차 있었고, 묵진을 떠나는 사람들은 피곤에 절어 있었다. 19년 전 혜수는 어떤 마음으로 터미널에 도착했을까. 긴장과 불안으로 무장하고 있었을까. 아니면 괜찮은 사냥감을 찾으며 침을 흘리고 있었을까. 19년 후에 자신이 살인을 저지른다는 걸 알고 있었을까. 어쩌면 이 모든 게 지아를 엿 먹이기 위한 계획은 아니었을까.

"자."

병준은 엄지와 중지를 비벼 딱 소리를 냈다.

"여기가 묵진이야. 생각나는 게 있어?"

"바다를 봐야겠어."

"숙소부터 잡는 게 아니고? 바로 옆이 소산포긴 한데, 거기는 해수욕장이 아니야. 도매시장이 열리는 곳이라고."

"응. 양원 페리라는 곳을 찾아야 해."

병준은 투덜거리면서 지아를 뒤따랐다. 트렁크 바퀴가 요란스러웠다. 듣다 못 한 병준이 트렁크를 들어 어깨에 얹었다.

부두는 지척이었다. 남색 바다가 일렁였다. 퍼렇게 펼쳐진 해무가 끝없이 밀려왔다. 지아는 물웅덩이를 밟지 않도록 조심해서 걸었다. 소산포에 주황색 불빛이 쏟아졌다. 철망 주위로 활어차가 늘어섰다. 조대산에 묻어둔 시체는 잠깐 잊게 만드는 바람이 불었다. 어서 오라고 손짓하는 바람이었다.

부두 입구까지 들어서니 '묵진선원조합 & 부두관리' 재킷 걸친 남자 하나가 보였다. 벽을 붙잡고 소변을 보고 있었다. 오줌이 도랑을 이뤄 바다로 흘렀다.

"배가 몇 시에 들어오나요."

지아는 관리인을 불렀다. 관리인이 화들짝 놀라 뒤를 돌아봤다. 몸을 부르르 떨고 엉거주춤하게 허리를 폈다.

"곧 들어와요. 큰 회사 배들은 사유지에 정박하니까 필요한 거 있으면 그 회사 가서 찾아요. 작은 배 찾는 거면 공동 부두에 가보시고."

지아는 걸음을 멈췄다. 병준도 들고 있던 트렁크를 내려놓고 어깨를 폈다. 지아는 관리인에게 물었다.

"양원 페리라는 곳은 어디 있나요."

"양원 페리?"

관리인은 고개를 갸웃거렸다.

"거기 망한 지 오랜데. 배도 다 팔려나갔을걸. 경매 붙어서."

"얼마 전에 여기서 양원 페리 배를 본 적이 있는데요."

"그럴 리가 있나. 칠 벗겨진 거 본 거 아니에요? 오래되면 페인트가 벗겨져서 옛날 회사 이름이 나오고 그래요."

"무슨 일이 있었는데요?"

"부도난 거죠 뭐. 영세 선주들이야 자고 일어나면 망하니까. 아무튼."

관리인은 파리를 쫓듯 지아를 몰아냈다.

"배 들어올 때는 뱃사람들 말고는 부두에 서 있는 거 아니에요."

항구에 하나둘 사람들이 몰려들기 시작했다. 선원과 도매상이 뒤섞여 배가 들어오기를 기다리고 있었다. 먼바다에서 동이 트기 시작했다. 사람들의 얼굴이 양귀비꽃처럼 벌겋게 물들었다.

"구경할 거면 저기 하역장 밖에서 봐요."

관리인이 가리킨 곳에는 바구니를 든 여자 스무 명 정도가 앉아 있었다. 지아와 병준은 그 속에 섞여 배가 도착하기를 기다렸다. 파도는 수만 개의 물방울을 만들고 부쉈다. 지아는 사람들 틈에 쪼그려 앉아 물방울을 셌다.

"배다."

누군가 말했다. 수평선 끄트머리에서 뱃머리가 솟아올랐다. 수십 척의 배가 항구로 달려오는 중이었다. 이글거리는 태양 아래 학처럼 날개를 펼치고, 배가 하나둘 나타났다. 스피커에서 노래가 울려 퍼지기 시작했다. 심수봉의 노래였다. '날마다 찾아오는 부두의 이별이 아쉬워 두 손을 꼭 잡았나.' 사람들이 벌떡 일어났다. 부두가 들끓었다. 땅이 기지개를 켰다. 수백 명의 사람이 일제히 발을 굴렀다.

배들은 속도를 줄이며 고무 펜더에 몸통을 들이받았다. 선원들이 달려가 밧줄로 배를 동여맸다. 낡은 권양기가 돌고 선원들이 하선을 시작했다. 캐러멜시럽처럼 그을린 선원들의 팔뚝이 김을 뿜었다. 그물 아래 생선이 쏟아졌다. 하역장 밖에서 배가 정박하기를 기다리던 여자들은 몸뻬바지 차림으로 달려 나갔다. 들깨죽 같았던 피부가 홍조를 띠었다. 쏟아지는 생선에 들러붙어 어종에 따라 구분하는 게 그들의 일이었다. 무시무시한 속도로 멸치와 방어와 명태를 솎아냈다. 짠내가 요동쳤다.

지아는 부두에 정박 중인 배들의 소속을 확인했다. 양원 페리의 흔적은 보이지 않았다. 지나가는 선원을 잡고 물어봐도 마찬가지였다. 젊은 선원은 양원 페리의 존재를 몰랐고 나이 든 선원은 양원 페리가 오래전에 망했다고 했다.

경매가 시작됐다. 어종 별로 늘어선 가판 앞에 숫자 모자를 쓴 사람들이 도열했다. 경매사가 경마장 아나운서를 연상시키는 말투로 시작을 알리기 무섭게 도매상들이 수신호를 보냈다. 경매장 옆에는 따로 판이 깔렸다. 경매 시스템을 따르지 않는 직거래장이었다. 경매관리사와 직거래장 사이에 실랑이가 벌어졌다. 수수료를 내고 제대로 판매하라는 조합 측과 수수료 체계부터 다듬고 얘기하라는 직

거래장의 고성이 오갔다. 그사이 경매에서 좋은 물건을 놓친 상인
들은 슬그머니 직거래장에 자리를 잡았다. 경매가보다 높은 가격이
책정되기 마련인지라, 도매상들의 입에서 거친 단어가 폭포처럼 쏟
아졌다. 비린내와 욕설이 소산포를 뒤덮었다. 지아는 그 모습이 조
금도 불편하지 않았다. 오히려 어쩐지 아련하고 포근해 눈물이 날
것 같았다.

"어후 뭐 이렇게 삭막해."

같은 풍경을 보고 있는 게 맞나 싶게 병준이 투덜거렸다.

"다 봤으면 어디 가서 밥이라도 먹자."

병준은 선원들로 득실거리는 가게를 가리켰다. 산불이라도 난 것
처럼 연기를 뿜고 있는 국밥집이었다. 병준은 지아가 대답도 하기
전에 걸음을 옮겼다. 줄을 선 사람들에게서는 구정물을 삶은 것 같
은 냄새가 났다. 땀에 전 머리카락과 누렇게 변한 티셔츠에서 풍기
는 구린내였다. 지아는 국도 찌개도 아닌 것을 한 국자 떠서 삼켰다.
입천장이 델 만큼 뜨거운 것이 식도를 따라 내려갔다.

"이제 뭘 할 거야?"

병준이 물었다. 지아는 카메라를 내밀었다.

"엄청 옛날 거네."

"정신을 차렸을 때 갖고 있던 건데…… 안에 사진이 있어. 세 장."

병준은 사진을 하나씩 넘겼다.

"이것 때문에 부두에 온 거야? 양원 페리는 망했다잖아."

"그랬지."

"이건 또 뭐야. 정비소네? 간판이 없으니 여긴 찾기 힘들겠고……

이것만 가지고 묵진 땅을 다 뒤지려고 한 거야? 대책 없다 너도 참."

"한 장 더 있어. 세탁소 사진."

병준은 세탁소 사진을 뚫어져라 쳐다봤다. 카메라를 조작해 간판 부분을 확대했다.

"건질만 한 건 딱 이거 하나네. 문선 세탁소. 근데 이게 너하고 관련이 있으리라는 보장이 있어?"

"그것밖에 없으니까. 거길 가 볼 거야. 사람들한테 물어보면 금방 찾을 수 있을걸. 항구에는 사람도 많고."

병준이 눈을 동그랗게 뜨고 지아를 바라봤다.

"사람들한테 물어본다고?"

"그럼. 탐문수사가 이런 거지."

"너 서울로 돌아와서 뭘 배운 거냐. 지금은 2019년이라고. 21세기."

병준은 스마트폰을 꺼내 들었다. 지도를 펼치고 문선 세탁소를 입력했다. 문선 세탁소는 전국에 다섯 개, 그중 묵진에 있는 건 하나였다.

버스로 다섯 정거장 떨어진 곳이었다.

봉정 빌라

지아는 양말을 벗었다. 발톱이 빠진 자리에 새 살이 돋아 상처를 메웠다. 무릎은 스프링처럼 통통 튀었다. 혜수에게 빌려줬던 몸이 잘 관리돼 돌아온 기분이었다. 문선 세탁소는 구릉지가 끝나고 가파른 언덕이 시작되는 거리의 꼭대기에 있었다. 마을버스는 언덕 아래 정류장까지만 사람들을 실어날랐다. 정류장 앞에 고생 좀 해 봐라, 하고 조롱하는 듯한 언덕이 펼쳐졌다.

"이런 게 특권이지."

병준은 개처럼 혓바닥을 늘어뜨리고 언덕을 올랐다.

"대중교통이 없어도 불편하지 않다는 자신이 있는 거야. 사람들 북적북적한 도심이 아니라 멀찍이서 그들을 내려볼 수 있다는 우월감도 있고."

그런 같잖은 허세를 증명하듯 언덕 위 동네는 하나같이 고급 주택과 빌라로 채워져 있었다. 차고에 박혀 있는 차들은 어제 출고한 것처럼 반짝였다. 내부를 들여다볼 수 없게 높은 벽이 세워져 있었고 그 위에 침입 방지 철망이 갈고리처럼 박혀 있었다. 담쟁이덩굴이 담장과 주택 벽면을 덮었다.

순찰차가 두 사람 옆을 지나갔다. 내부가 보이지는 않는데도 동네에 어울리지 않는 이방인을 향해 꽂히는 시선은 느낄 수 있었다. 두 사람을 지나친 순찰차는 언덕이 커브를 그리는 지점에서 잠시 멈춰 섰다. 지아와 병준이 그저 바보같이 이 언덕을 걸어 오르는 관광객이라는 걸 확인한 후에야 꼭대기를 향해 사라졌다.

"천천히 좀 가."

병준이 뒤에서 소리쳤다. 지아는 걸음을 늦추지 않았다. 얼른 언덕을 올라서 혜수가 저지른 일을 확인하고 싶었다. 뱀이 마을을 찾아왔던 이상한 여자를 찾고 싶었다. 19년을 돌려받고 싶었다. 그 과정은 은밀해야 했고 그러기 위해서는 언덕이 끝나는 곳에 문선 세탁소가 있어야 했다. 양원 페리가 자취를 감춘 것처럼 문선 세탁소도 그곳에 있지 않을까 두려웠다.

언덕에 올라서자 시야가 트였다. 묵진 시내가 내려다보였다. 문선 세탁소는 언덕 구석에 서 있었다. 비닐을 씌워 놓은 고급 의류가 옷걸이에 잔뜩 걸려 있었고 청년이 스팀다리미로 다림질에 한창이었다.

"거기 있어?"

병준이 다시 소리쳤다. 지아는 뒤를 돌아보고 고개를 끄덕였다. 지아를 발견한 청년은 지아를 슬쩍 쳐다보고 눈인사를 했다. 아는 사람에게 건네는 반가움의 표시가 아니었다. 장사꾼 특유의 친절함, 혹은 볼 일 없으면 그만 사라져줬으면 좋겠다는 의사 표현에 가까웠다. 시선을 거둔 청년은 다림질을 끝내고 바지 수선을 시작했다. 지아가 그 앞에서 쭈뼛거리고 있으니 청년이 물었다.

"옷 맡기시게요?"

지아는 세탁소 안으로 들어섰다. 청년이 안경을 고쳐 쓰고 앉았다. 지아가 물었다.

"혹시 저 모르세요?"

청년은 수선 중이던 바지와 초크를 내려놓고 허리를 폈다. 오래 움직이지 않았던 척추에서 비스킷 부서지는 소리가 났다.

"근처에서 저 보신 적 없냐고요. 제가 손님으로 왔었다거나."

"몰래카메라예요? 아니면 심리 테스트 같은 거예요? 무슨 장난인지 모르겠네요."

청년이 웃었다. 동의를 구하는 미소였다.

"장난 아니고요, 대답해주세요. 절 아세요?"

지아는 웃지 않았다. 딱딱하게 굳은 지아의 표정을 보고 농담이 아니라는 걸 알아차린 청년은 의자에서 일어섰다.

"손님이잖아요. 이 동네에 사는 사람들 태반은 낯이 익어요. 세탁소가 하나밖에 없으니까. 가끔씩 대화도 하죠. 몇 달 전까지도 저희한테 옷을 맡기셨잖아요."

청년은 답변을 던져놓고 지아의 반응을 기다렸다. 정작 지아의 관심은 다른 곳에 있었다.

"저도 이 동네에 사나요?"

"언제나 옷을 맡겨놓고는 저 집으로 들어가잖아요."

청년이 가리킨 것은 단독주택 사이에서 세쿼이아처럼 솟아 있는 5층짜리 빌라였다. 입구에 봉정 빌라라는 현판이 박혀 있었다.

"통과예요?"

청년이 물었다. 지아는 무슨 얘기를 하는 거냐는 얼굴로 되돌아봤다.

"통과냐고요. 심리 테스트 아니었어요?"

"아, 네. 통과요. 정상."

지아는 인사도 없이 세탁소를 나왔다. 청년은 역시나 싫은 얼굴로 어깨를 으쓱하고는 바지를 주워 들었다.

병준은 지아가 세탁소를 나온 뒤에야 언덕을 올라왔다. 언덕 위는 바람이 많이 불었다. 병준은 옷깃을 여미고 카메라를 꺼내 문선 세탁소와 사진을 비교하고 있었다.

"야, 내가 생각해봤는데. 이 사진이 찍힌 각도를 봐. 길에서 찍은 게 아니야. 엄청 높은 곳에서 찍었잖아."

"저기서 찍었겠지. 여기서 제일 높은 건물이니까."

지아는 봉정 빌라를 가리켰다. 건축 연도가 언제인지는 알 수 없었지만 한눈에도 낡아 보이는, 필로티 구조로 된 건물이었다. 주차장은 텅 비어 있었다.

"이 빌라는 CCTV도 없네."

병준이 말했다.

"경찰 일 하면 제일 중요한 게 감시카메라 찾는 거거든. 서울은 워낙 카메라가 많으니까 그것만 뒤져도 동선이 다 나와. 그런데 여긴 모형도 하나 없잖아."

"모형도 있어?"

"있지. 비싸서 진짜 카메라 못 놓는 곳들. 빌라면 하나 정도 있을 법도 한데. 하긴 누가 여기까지 올라와서 도둑질하겠냐."

병준의 말대로 언덕을 기어 올라와 고급 단독주택을 놔두고 낡은 빌라를 털 도둑은 없을 것 같았다.

"문제는 사진을 이 빌라 어디서 찍었느냐 하는 건데."

우편함에 답이 있었다. 501호에만 몇 주는 묵혀뒀을 우편물이 쌓여있었다. 오랜 시간 집이 비어 있었다는 증거였다. 병준이 우편물 중 하나를 빼 들었다. 두 달 전 도시가스 고지서였다.

"겨울에 따뜻하게 살았나 보네. 난방비만 20만 원이 넘잖아."

병준의 말대로 빌라 난방비치고 비싼 금액이긴 했지만 지아의 시선을 사로잡은 건 따로 있었다. "이걸 봐" 지아는 지역난방 가입자 이름을 가리켰다.

"윤혜수네?"

난방공사 가입자 이름이 윤혜수였다. 다른 우편물도 마찬가지였다. 수도, 전기, 시방세, 카드 홍보물, 자동차 딜러에게서 온 우편까지 모두 윤혜수의 이름으로 배송되어 있었다.

"혜수는 집에서 부르던 이름이야. 실존하는 인간이 아니라고."

지아는 501호가 있을 곳을 올려다봤다. 이곳에 혜수가 살았다. 염지아의 몸에 윤혜수라는 이름으로 자신의 인생을 살았다. 지아는 이런 곳에 도둑이 들지 않을 거라고 생각했던 걸 취소했다. 세상에서 가장 악랄한 도둑이, 한 사람의 인생을 통째로 훔친 인간이 여기 살았다.

501호는 창문이 닫힌 채 커튼이 쳐져 있었다. 에어컨 실외기가 베란다 밖에 매달려 있을 뿐 화분 하나 보이지 않았다. 병준은 현관 입구 안쪽을 들여다보며 말했다.

"네가 정말 여기 살았는지 아니면 그냥 이름이 같은 사람인지 확인해보자."

"들어가려고? 입구 비밀번호도 모르는걸."

"우리는 문을 여는 방법을 알잖아."

병준은 언 손을 녹이듯 비빈 뒤 공동 현관 키패드에 손을 올렸다. 우선 501호를 호출했다. 몇 차례 벨이 울리도록 응답이 없었다.

"오케이. 501호가 빈집인 건 확인했고. 좋아하는 숫자 아무거나 말해봐."

지아는 손가락 세 개를 들어 보였다. 병준은 301호를 호출했다. 중년 여성의 목소리가 들렸다.

"누구세요."

"가스 점검 왔습니다아아아."

인터폰이 끊기고 공동현관문이 열렸다. 엘리베이터가 기다렸다는 듯 1층에 멈춰 있었다. "가자." 병준이 말했다.

5층은 흔히들 주인 세대라 부르는 곳으로, 옥상으로 가는 문이 따로 마련되어 있는 단독세대였다. 방이 4개에 화장실 2개, 양쪽으로 베란다가 있는 구조. 혜수가 정말로 이 넓은 집을 혼자 썼을지 궁금했다. 왜 이렇게 높은 곳에 집을 구했는지도 의아했다. 혜수는 이유 없이 행동하는 인간이 아니었다. 목적을 이루기까지의 과정을 치밀하게 설계했다. 가장 악랄하게 지아를 괴롭힐 방법을 연구하는 존재였다. 이곳에 집을 얻었다면 이유가 있을 것이다. 그 이유를 확인해야 했다.

병준이 벨을 눌렀다. 인기척이 없었다.

"가스 점검 왔습니다아아아아아. 심부름꾼입니다아아아아."

병준이 미친 여자 흉내를 내며 빌라가 떠나가도록 문을 두들겼다. 지아는 한심하다는 듯이 병준을 쳐다봤다.

"너는 이게 장난 같니."

"심각할 필요도 없잖아. 그냥 추리 소설 읽는다고 생각해."

병준은 잠금장치를 들여다봤다. 비밀번호나 접촉식 열쇠가 필요한 도어락이었다. 병준은 가방을 내려놓았다. 공구 통을 옮겨놓은 것 같은 가방이었다. 언덕을 헥헥거리며 올라온 이유를 알 것 같았다. 병준은 한 뼘 정도 되는 긴 드라이버를 찾아냈다. 다른 한 손에는 망치를 들었다.

"뜯자 그냥."

병준은 드라이버를 도어락 틈으로 밀어 넣은 뒤 드라이버 대가리를 망치로 내리쳤다. 둔탁한 것이 밀려나는 소리가 들렸다. 도어락이 조금씩 벌어지기 시작했을 때 드라이버를 가슴 쪽으로 당기자 손잡이가 축 늘어졌다.

"시험에 나오거든."

병준이 으쓱거리고 있는데 도어락에서 화재경보기 같은 알람이 울렸다. 그 상황까지는 예상하지 못했는지 병준은 눈을 동그랗게 뜨고 지아를 쳐다봤다. 도움을 구하는 눈빛이었다. 지아는 문을 열고 도어락에서 건전지를 뽑아버렸다.

"경찰 시험에서 이런 건 안 나오나 봐."

"나올 리가 있냐. 사이렌은 좋은 거라고."

두 사람은 집으로 들어섰다. 감지 센서가 작동하며 현관에 불이 들어왔다. 보일러가 돌고 있는지 더운 기운이 훅 끼쳤다. 입구에서부터 거실까지 긴 복도가 이어져 있었다. 그사이에는 작은 방이 하나 있었다. 방은 사람이 살지 않았던 것처럼 텅 비어 있었다.

거실에서는 라디오 소리가 들렸다. 바람이 불 때마다 도로 교통상황과 날씨 정보가 띄엄띄엄 이어졌다. 묵진을 떠나기 전까지 라디오를 듣고 있었던 걸까. 그때부터 지금까지, 이 집을 떠난 날 이후로 쭉 라디오는 혼자 떠들고 있었을까.

'교통정보…… 오늘…… 로터리…… 원활합니다……'

빈집이라는 걸 알면서도 쉽사리 걸음이 떨어지지 않았다. 처음으로 혜수의 실체를 마주하는 순간이었다. 혜수는 기생충이었으니까. 기생충이 사람 내장을 헤집고 다니는 일은 있어도 사람이 기생충 속에 들어갈 수는 없으니까.

'…… 입구부터 사고로 정체…… 사거리에서 추돌 소식……'

다용도실에서 보일러 돌아가는 소리가 들렸다. 바닥이 뜨거웠다. 처음 나타났을 때부터 춥다고 발악하던 혜수였다. 이곳이 기생충의 본거지라는 걸 실감할 수 있었다. 거실을 향해갈수록 혜수의 체취가 강해졌다. 병준은 지아 뒤에 바짝 붙었다. 망치와 드라이버를 무기처럼 쥐고 있었다.

정각을 알리는 알람이 울렸다. 지아는 긴 복도를 지나 코너를 돌아섰다. 거실 풍경이 펼쳐졌다. 아까부터 풍기던 체취의 정체를 확인하는 순간이었다. 리넨 커튼이 어서 와, 하듯이 살랑거렸다.

지아는 흡, 하고 숨을 들이켰다. 등 뒤에서 병준이 얼어붙는 게 느껴졌다. 아랫배가 요동쳤다. 내장이 파도치듯 속에 있는 것들을 쥐어짰다. 짧은 순간 몸속을 휩쓸고 간 것은 피비린내였다. 피로 그린 풍경화가 눈앞에 펼쳐졌다. 거실은 피비린내의 원천이었다. 드라마에서 보던 핏물이 아니었다. 선지 같은 검은색이었다. 검은색 페인트에 털이 난 것 같은 모습이었다. 그런데도 피라는 생각이 들게 만드는 흔적이었다. 벽지에 닿은 가장자리만 붉은빛을 띠며 희미해졌다. 손자국이 하얀 벽지를 휘감았다. 달아나고 끌려다니다 새겨진 벽화였다.

기습이었을 것이다. 혜수는 등 뒤에서 상대를 노렸겠지. 단박에 숨통을 끊기에는 힘이 부족했던 모양이었다. 피해자가 현관을 향해 기었던 흔적이 보였다. 혜수는 발목을 잡아 달아나는 피해자를 거실 중앙으로 끌고 왔다. 몸싸움은 없었다. 치명상은 아니었지만 첫 공격이 충분한 타격을 줬다. 피해자는 등을 벽에 붙이고 어느 쪽으로 달아나야 힐지 고민했다. 혜수는 거기서 한 번 더 흉기를 휘둘렀다. 스프레이를 뿌린 듯 흩날린 핏자국이 벽에 박혔다. 피해자는 쓰러진 채 뒷걸음질을 쳤고, 혜수는 그 뒤를 쫓았다. 상대가 공포에 질식해 침묵할 때를 기다렸다. 운동화 자국이 곳곳에 남아있었다. 지아는 자신의 발을 갖다 대 봤다. 불행히도, 맞춘 듯 들어맞는 크기였다.

사람을 질질 끌었을 흔적이, 그 피딱지가 거실을 휘휘 돌다 거실

매립등 아래에서 멈췄다. 사람이 포대 자루 같은 것에 실렸다면, 여행용 캐리어에 사람을 집어넣고 옮겼다면 꼭 이런 자국을 남겼을 것 같았다. 거실 전등이 스포트라이트처럼 말라붙은 피 웅덩이를 비췄다. 웅덩이는 바닥 위에 동심원을 이루며 증발했다.

'…… 먼바다…… 2에서 3미터…… 오후는 간만에 화창하겠…… 저희는 잠시 후…… 뵙겠습니다.'

병준이 베란다 중문을 열었다. 바닷바람이 들이치며 커튼이 신경질적으로 나부꼈다. 햇빛은 검은 핏자국을 더 선명하게 만들었다.

"거기까지만."

지아가 말했다.

"문 더 열지 마. 커튼도 열지 말고."

병준은 우뭇가사리처럼 창백했다. 들고 있던 망치가 바닥에 툭 떨어졌다. 지아는 라디오 볼륨을 줄였다. 소파가 있어야 할 자리에는 커다란 거울이 있었다. 거울 속에 피로로 녹아버린 지아가 보였다. 그 너머에 웃고 있을 혜수를 떠올렸다.

"경찰…… 경찰 부르자."

병준은 피비린내가 들어오지 못하게 소매로 코와 입을 가리고 말했다. 그 탓에 발음이 자꾸 뭉개졌다. 우물거리지 말고 똑바로 말하라고 윽박지르고 싶었다.

"경찰은 안 돼. 누구 짓인지 알아낸 다음에. 무슨 일이 있었는지 알아낸 다음에 부를 거야."

"이게 윤혜수 집이고, 네가 윤혜수면 이게 네가 한 짓이지 누가 한 건데. 이걸 가만 둬둬?"

병준은 베일 것 같은 말투로 말했다. 모기 같은 분노가 앵앵거렸다. 스프레이를 뿌려 잠재우고 싶었다. 병준은 내려두었던 가방을 어깨에 얹었다.

"에이 몰라. 괜히 이런 일에 휘말려서는. 나 올라갈 거야."

빌라를 떠나려는 병준을 지아가 막아섰다. 병준은 덤덤한 척하려 했지만 곧 긴장감으로 뒤덮인 얼굴이 됐다. 살인자일지도 모르는, 알고 지낸 지 한 달밖에 되지 않은 누나가 살인 현장에서 자신을 막아선 것이다. 병준의 눈이 바삐 움직였다. 입구에 떨어뜨린 망치에 시선이 꽂혔다.

먼저 움직인 것은 지아였다. 망치를 향해 몸을 날렸다. 병준은 한 발 늦게 움직였다. 말라붙은 피 웅덩이 위에서 몸싸움이 벌어졌다. 피딱지가 허리 아래에서 낙엽처럼 바삭바삭 갈라졌다. 미친 여자를 만났을 때처럼 이번에도 몸이 제멋대로 움직였다. 지아는 병준의 골반을 밀어내고 소매를 잡은 뒤 허벅지로 병준의 허리를 감았다. 일어서려던 병준이 지아의 무게를 이기지 못하고 주저앉았을 때, 지아는 한 손으로 병준의 멱살을 쥐고 있었다. 다른 한 손으로는 망치로 병준의 정수리를 겨누었다. 고개를 움직일 수 없게 된 병준이 이마 위로 눈을 치켜떴다. 지아의 손에는 당장이라도 머리뼈에 구멍을 뚫어줄 장도리가 장전돼 있었다. 병준이 갓 잡은 고기처럼 발악을 했지만 좀처럼 지아의 허벅지 사이를 빠져나갈 수 없었다. "가만있어." 지아가 말했다. 병준이 몸부림을 멈췄다.

"경찰은 안 돼."

병준의 눈은 여전히 망치 끝을 향해 있었다. 지아는 병준이 흥분하지 않도록 천천히 말을 이었다.

"이 일은 비밀이야."

"알았어."

"너하고 싸우자는 것도 아니야. 도움이 필요해."

"알겠다니까."

"다리를 풀어줄 거고, 망치도 너한테 넘길 거야. 나하고 이 집에 뭐가 있는지 같이 찾아봐 줬으면 좋겠어."

병준이 탄산음료가 새는 듯한 목소리로 응, 하고 말했다.

이 맹랑한 녀석이 서울로 올라가 함부로 입을 놀리는 일은 막아야 한다. 19년간의 행적을 다른 사람의 입을 통해 듣고 싶지 않았다. 겨우 돌려받은 인생을 뱀이 마을이 아니라 교도소, 잘 봐줘도 정신병원에서 허비하고 싶지 않았다. 지아는 병준을 묶어 둔 다리를 풀었다. 병준은 조였던 목을 쓸며 몸을 일으켰다.

"그냥. 추리 소설 읽는다고 생각해."

지아는 그렇게 말하고 자리에서 일어났다. 피딱지는 녹가루처럼 등에 범벅이 돼 있었다. 화장실로 가 옷을 털었다. 변기에 닿은 피딱지는 다시 핏방울로 돌아갔다. 변기 위로 붉은 눈이 내렸다.

샤워커튼은 반듯하게 정리돼 있었고 타일에는 물이끼도 없이 사막처럼 건조했다. 변기 커버도 꼿꼿이 서 있었다. 수납장 안에는 검정 뿔테 안경이 있었다. 콧등에 얹어보니 레고를 조립하듯 딱 맞는 크기와 무게였다. 묵진에서 정신을 차린 후 줄곧 흐릿하던 눈이 밝아졌다. 혜수가 이곳에 머물렀다는 증거였다.

거실로 나오니 병준이 어느새 고무장갑을 끼고 있었다. 내가 왔던 흔적을 남기진 않을 거야, 하고 항변하는 모습이었다. 거실은 인테리어가 덜 끝난 것처럼 썰렁했다. 가구에는 통일성이 없었고 각기 다른 사람이 장만한 듯한 사물들이 어정쩡하게 전시되어 있었다. 조악한 오디오 시스템에 어울리지 않게 스피커는 거대했다. 벽지는 빌라가 세워졌을 때 기본 옵션으로 제공되었을 하얀 합지 그대로였다. 쓰레기 없는 쓰레기통, 빨래 없는 세탁기, 요리 흔적이 보이지 않는 말라붙은 싱크대가 차례로 눈에 들어왔다.

안방 서랍장을 뒤지던 병준이 말했다.

"야, 이거 봐. 지갑 찾았어."

병준은 침대 위에 지갑을 던져놓았다. 구찌 로고가 찍힌 가죽 지갑이었다. 매끈한 표면에서는 아직 새 가죽 냄새가 났다. 지아는 그 속에서 윤혜수의 신분증을 찾아냈다. 1980년 5월 18일생. 나이와 생일은 다르지만 분명 지아의 얼굴이 담겨 있었다. 지아가 쓰고 있던 말랑말랑한 코팅 재질이 아니라 플라스틱으로 된 주민등록증이었다. 발급 일자는 2001년이었다. 혜수는 실종된 지 1년 만에 진짜 혜수가 되어버린 거였다.

아랫배가 딱딱하게 굳었다. 스트레스를 받을 때 나타나는 증상이었다. 생각하기 힘들어지고, 이물감이 서서히 등으로 퍼지면 잠시 후 두통이 시작됐다. 비명도 웃음도 아닌 것이 사방에서 메아리치고 주위가 컴컴해지면 혜수에게 주도권을 뺏기게 될 거라는 경고였다. 19년 전이라면, 그랬을 것이다. 혜수가 없는 지금은 편두통이 기다리고 있었다.

병준은 지갑에서 신용카드를 빼 들고 희희덕거렸다.

"윤혜수 이름으로 돼 있는 거니까 막 써도 되겠다. 네가 윤혜수니까 도난 신고도 없을 거고. 넌 염지아니까 채권 추심 들어올 일도 없을 거고. 괜찮지 않냐?"

지아는 병준이 눈앞에 대고 흔드는 카드를 뺏었다. 주방에서 가위를 찾아 신용카드를 조각조각 잘라버렸다.

"야!"

병준이 소리쳤다. 거실 현장을 확인했을 때보다도 처참한 얼굴이었다.

"카드는 추적을 당해."

"카드 사용 내역 확인하는 게 아무나 되는 줄 알아? 너 지금 쫓겨? 아 그 미친년 때문에 그러는 거야? 경찰이 아니면 무슨 수로 카드 이용 내역을 뽑아서 널 추적하냐고."

"내가 수배됐을 수도 있잖아."

"아니지. 네가 수배됐으면 지금 우리가 여기 못 있지. 폴리스라인 치고 경찰 들이닥치고 난리 났을 거라고. 아깝게시리."

"쓸만한 거 있으면 나눠 가져."

"이 집에 쓸만한 게 있겠냐."

병준은 시위하듯 뒤꿈치로 바닥을 찍으며 걸었다. 종잡을 수 없는 인간이었다. 범죄 현장에서 바짝 얼어붙어 있다가 고작 신용카드 하나에 투정을 부렸다. 하루아침에 서른여섯이 돼 버린 중학생을 보는 것 같았다. 이미 이 집에서 무슨 일이 벌어졌는지는 잊어버린 것 같았다. 좋게 보면 긍정적인 인간이었고 나쁘게 보면 금붕어였다.

병준의 말대로 다른 사람이 드나든 흔적은 없었다. 사건이 벌어진 후로 이 공간은 쭉 닫혀 있었다. 윤혜수가 단독으로 저질렀거나, 최소한 윤혜수가 가담한 일이라는 뜻이었다.

지아는 창문을 열고 베란다로 나갔다. 세탁소가 내려다보였다. 혜수가 사진을 찍었던 위치였다. 빌라는 언덕에서도 가장 높은 곳에 첨탑처럼 솟아 있었고 혜수의 집은 그중에서도 꼭대기였다. 묵진 시내를 한 번에 살필 수 있었다. 야트막한 건물들이 따개비처럼 바닥에 붙어있는 모습, 해안가를 따라 달리는 차들이 눈에 들어왔다.

베란다에는 천체망원경이 놓여있었다. 지아는 렌즈에 눈을 갖다 댔다. 길을 걷는 사람 얼굴, 자동차 번호판까지 보이는 배율이었다. 혜수가 그걸로 별이나 관찰했을 거라는 생각은 들지 않았다. 누군가를 관찰했던 걸까. 그렇다면 혜수는 누구를 관찰하다, 누구를 죽여버린 것일까. 왜 하필 이곳으로 피해자를 불러다 죽인 것일까. 그리고 왜 시체는 조대산까지 옮겨놓은 것일까.

"너 경찰 준비했잖아. 짐작 가는 거 없니."

지아가 물었다. 병준은 현장을 둘러보고 코끝을 찡그렸다.

"피해자가 누구인지도 모르고, 우발적인 건지 계획적인 건지도 모르고. 피해자가 죽었는지 살았는지도 몰라. 왜 죽였는지도 모르고."

"아무것도 모른다는 거네."

"더 재미있는 게 뭔지 알아? 가해자가 누구인지도 모른다는 거야. 살인 사건에서 용의자를 특정하기 위한 중요한 조건은 두 가지야. 범행 도구가 무엇인가. 시체가 발견되었는가. 법정에서도 그걸 가려. 나는 둘 다 확인하지 못했어. 그러니까, 현시점에서, 함부로 판단을 내려서는 안 돼."

지아가 언제 다시 장도리를 들고 정수리를 노릴까 두려워서 한 말이었겠지만, 우습게도 조금은 위로가 됐다.

"그래. 시체를 확인하기 전까지는 그렇지."

지아는 베란다 문을 닫고 보일러를 껐다. 전원 버튼은 스프링을 튕기며 딸깍, 하고 솟았다.

"다 봤어? 나 얼른 나가고 싶은데."

병준은 백팩을 짊어졌다. 이미 신발을 신고 현관에 서 있었다. 머리를 긁적이던 병준은 피 웅덩이가 남긴 흔적을 보며 말했다.

"네가 그런 게 아니면 좋겠다."

"나도 그랬으면 좋겠어."

"내가 위험해진다 싶으면 바로 경찰을 부를 거야. 난 이 일과 아무 상관이 없고, 여기 온 적도 없는 거야."

"그래, 그렇게 해. 그때까진 날 도와야 해."

밖으로 나왔을 때 순찰차는 마을을 한 바퀴 돌아 내려오고 있었다. 이번에도 지아와 병준 앞에서 잠시 멈춰 섰고, 둘은 아까와 달리 고개를 푹 숙이고 걸었다. 병준은 내리막길을 걸을 때도 씩씩거렸다. 뱀이 마을에 산 지가 10년이 넘었을 텐데 언덕길에 적응을 못 했다. 집에 처박혀 게임만 하기 때문이겠지. 덕분에 게임 속에서는 날아다니겠지만.

"내가 봐준 거야."

마을버스 정류장까지 내려왔을 때 병준이 말했다.

"뭐가."

"그 망치. 마음만 먹었으면 내가 먼저 잡았어."

"그래. 나도 우연히 그런 거야. 남자인 네가 더 빠르고 세겠지."

"그렇지?"

병준은 가쁜 숨을 몰아쉬었다.

관훈은 사막 같은 미세먼지를 뚫고 부두를 걸었다. 소금 결정이 모공에 스며들었다. 바람이 닿는 곳마다 통증이 일었다. 몇 년째 통풍으로 고생이었다. 걸음걸이는 치질 환자처럼 구부정했고 균형이 뒤틀리며 척추측만증이 찾아왔다. 오래된 상처가 가져다주는 신경통이 펄떡거렸다. 황토색 먼지는 복숭아뼈를 할퀴고 소산포를 향해 달아났다.

항구에 빨간 수염이 나타나면 홍해가 갈라지듯 길이 열렸다. 묵진의 주민들은 타는 듯한 태양 아래 반짝이는 진홍빛 수염을 두려워했다. 화상으로 일그러진 얼굴 반쪽은 개에게 물어뜯긴 것 같았고 이마와 두피를 구분해주는 경계선에는 붉은 반점이 피었다. 황무지 같은 머리에는 더 이상 털도 자라지 않았다. 자지러지게 울던 아이도 관훈 앞에서는 눈물을 감췄다. 일그러진 얼굴은 사람들을 얼이 빠지게 만드는 힘이 있었다. 그래서 관훈은 절반만 남은 얼굴을 부끄러워하는 법이 없었다. 군에서 얻은 화상자국이었다. 지금도 그날만 생각하면 등줄기에 뾰족한 얼음 알갱이가 내려앉는 기분이었다.

드리코터를 타고 수송 작업을 하러 나간 날이었다. 수송소대 황 병장이 직접 운전을 했다. 황 병장은 사회에서 중장비를 모는 일을 했었는데 굴착기 면허증 하나만 있으면 평생을 먹고산다며 소대원들에게 제대하면 꼭 자격증을 따라고 잔소리를 늘어놓는 인물이었다. 성격이 불같아서 내무반 청소가 조금이라도 허술하다 싶으면 여름에는 모기 회식, 겨울에는 젖은 옷을 입힌 채 후임병들을 밖에 세워놓고 군가를 부르게 했다. 그런 황 병장이 작업을 나가겠다는데 막상 시간이 나는 사람이 없어 같은 병장이던 관훈이 '선탑'을 맡았다.

두 사람 모두 늦은 나이에 입대한 터라 소대는 다르지만 애틋한 전우애 같은 것이 있었다. 관훈은 후임병 시키면 될 걸 왜 제대도 얼마 안 남은 황 병장이 직접 운전하냐고 물었다. 황 병장은 두고 보면 안다고 대답했다.

황 병장은 수송지로 바로 이동하지 않았다. 예하 부대로 향하는 길에 운전대를 꺾더니 시내 페인트 가게 앞에 차를 세웠다. 황 병장이 경적을 울렸다. 잠시 후 애를 업은 아줌마가 나왔다. 황 병장은 아줌마와 몇 마디 얘기를 나누더니 주위를 휘휘 둘러보고 드리코터에 실린 휘발유를 빼내 기름통에 담기 시작했다. 그사이 아줌마는 주머니에서 돈을 꺼내 황 병장의 주머니에 찔러넣었다. 관훈은 옆에 서서 가만히 그 모습을 지켜보고 있었다. 황 병장은 부대 복귀해서 좀 챙겨줄 테니까 모르는 일로 해달라고 말했다.

눈이 내려 바닥은 질퍽거렸고 전투화 안은 땀과 녹은 눈으로 범벅이 되어 있었다. 발가락은 마취한 것처럼 감각이 무뎌져 나뭇젓가락이 그 속에서 구르는 기분이었다. 얼른 작업을 끝내고 내무반으로 돌아가 신발을 갈아신을 생각이었다.

한참 휘발유를 뽑고 있는데 가게에서 아이가 나왔다. 일곱 살쯤 되었을까. 아직 학교도 들어가기 전인데 제법 의젓해 보였다.

"엄마 뭐 해." 아이가 물었다. "엄마 일해." 아줌마가 대답했다. 아이는 방이 춥다고 칭얼거렸다. 아줌마는 연탄불이 꺼져서 그런 거니 정리만 좀 하고 얼른 불을 갈아주겠다고 말했다. 아이는 누런 콧물을 흘리고 있었다.

작업이 거의 끝날 무렵이었다. 옆에서 부스럭거리는 소리가 들렸다. 관훈이 옆을 돌아보니 아이가 연탄집게를 들고 있었다. 추위를 참다못해 직접 연탄불을 갈겠다고 나선 거였다. 화로 덮개를 열자 연탄재가 날렸다. 아이가 거기에 연탄집게를 쑤셔 넣었다. 아직 연소하지 않은 불똥이 풀썩 피어올랐다.

안 된다고 말할 틈도 없었다. 휘발유에 불똥이 내려앉는 순간 화염이 치솟았다. 눈앞이 새하얘졌다. 불길은 페인트 가게까지 번졌다. 가게 안에 있던 화공약품이 폭발하기 시작했다. 불길이 관훈을 덮쳤다. 손을 덮은 불길이 얼굴까지 옮겨붙었다. 관훈은 얼굴을 감싸 쥐었다. 하관이 불길에 휩싸였다. 불을 끄려 할수록 손이며 턱에 들러붙은 화공약품이 용암처럼 타들어 갔다.

군대 사고는 뉴스거리도 되지 못하는 시설이었나. 사단장의 진급을 앞두고 일이 커지는 걸 원하지 않았던 부대에서는 관훈과 황 병장을 군기교육대에 입소시키는 것으로 마무리 지었다. 낮에는 목봉체조를 하고, 밤에는 진료를 받아야 했다. 진료라고 해봐야 군 병원에서 드레싱을 하는 게 전부였다. 상처가 난 자리는 제대하는 날까지 낫지 않았다. 두툼한 딱지가 앉았다. 딱지가 떨어지고 살이 돋은 뒤에는 그 자리에 빨간 수염이 자라기 시작했다.

묵진에 자리를 잡은 뒤 호시절도 있었지만 선주로 누리던 명성은 한때였다. 영험한 기운이 도사리기라도 하듯 관훈의 뒤를 따르던 사람들, 관훈에게 흘러들던 지난 밤 사건들, 분쟁, 논쟁거리, 지자체가 상정한 정책을 향한 불만, 가정불화, 사업 제안 같은 것들은 이제 다른 도시의 이야기처럼 공허했다.

고작 몇억 원짜리 미수금을 갚지 못해 양원 페리의 선박이 모조리 경매에 팔려나간 지금, 관훈은 늙어가는 법당 관리인이었다. 그렇게 살다 죽을 인생이었다. 가끔 쾌속을 타고 먼 바다로 나가던 때가 그리웠다. 관훈이 처음으로 산 배에 진희가 붙인 이름이었다. 배가 빠르다고, 이 배에는 그에 어울리는 이름을 지어줘야 한다고 했다. 무게 3톤, 선속 22노트에 불과한 낚싯배였지만 이물에 앉아 바람을 맞으면 행복했다. 진희는 입으로 덤벼드는 짠물을 들이켜면서도 선수재(船首材) 자리를 내놓지 않았다. 쾌속은 세 가족을 먼바다로 데려가 주었다. 거기서 고기를 굽고, 하늘을 봤다. 묵진의 밤하늘은 검은 종이에 바늘구멍을 뚫은 듯 별빛으로 반짝였다.

약사의 앙칼진 목소리에 관훈은 정신을 차렸다.

"데인 건지 베인 건지 물린 건지 쓸린 건지 알아야죠."

초보 선원들은 한낮에 달궈진 양묘기를 건드리거나 계류 밧줄에 쓸렸을 때 약국을 찾았다. 소산포 입구 초원약국은 동네 노인들이 영양제나 파스를 사서 한 시간이고 두 시간이고 앉았다 가는 사랑방 역할을 했지만 항해가 끝나고 배가 돌아오는 날만큼은 선원들로 북적였다. 지금은 긴 항해를 끝낸 배도 없고 관훈이 초보 선원으로 보일 리도 없을 텐데 이 새파랗게 어린 약사는 앵무새처럼 손님을 받고 있었다.

"맞았어요. 까불다가. 나 말고 내 딸이요. 머리를 얻어맞고 달아나다 넘어져 팔이며 다리며 다 까졌지 뭐야. 코뼈가 내려앉았고요. 팔꿈치로 쳤나 봐. 콧잔등이 벌어져서 진물이 다 흐르네. 그러니까 얼른 연고 하나 줘봐요."

약사는 양팔을 계산대 위에 얹고 머리를 어깨 아래로 늘어뜨렸다. 고개를 모로 꼬아 관훈을 올려다보는 모습이 꼭 내가 지금 당신하고 장난하자는 것 같습니까, 하고 말하는 것 같았다.

"그럼 약국이 아니라 병원을 가셔야죠. 경찰서를 가시든지요."

약사면 약사답게 약이나 내놓을 것이지 말이 많았다. 묵진에 사는 사람들은 그랬다. 친절과 관심이 과해서 간섭이 됐다. 관훈에게 간섭은 독이었다. 사람과 사람의 거리는 둘 중 하나라야 했다. 물처럼 스며들거나 안개처럼 떠돌거나. 그 사이에 있는 인간관계는 독버섯보다 못했다. 그게 관훈의 지론이었다.

"내 딸은 내가 알아서 할 테니까 연고나 내놔요."

약사는 뾰로통한 표정으로 연고를 내밀었다. 포장지 표면에는 '종합상처치료제'라고 적혀 있었다. 이럴 거면 어디에 쓸 건지 왜 물어봤냐고 되묻고 싶었다.

"아참. 진통제도 줘요. 바이코딘."

관훈은 구겨진 처방전을 내밀었다. 약사는 처방전을 슥 훑어보고는 약봉지를 내밀었다.

소산포에서 법산사까지는 차로 삼십 분 거리였다. 엔진이 식기도 전에 관훈은 아침에 별채에 뿌려둔 소독약이 효과가 있는지 살폈다. 벽면은 콘크리트였지만 기둥은 쇠심을 박은 나무로 만들어 그곳에 개미가 알을 까기 시작한 참이었다. 소독약 주위로 부글부글 거품이 끓었다. 대피하지 못한 개미 몇 마리가 얼어붙어 있었다.

사찰 방제작업이라는 건 참 아이러니한 작업이었다. 절에서 대량 학살을 자행하는 셈이니까. 모기도 잡고 바퀴벌레도 잡고 쥐도 잡았다. 그것도 부처의 뜻이면 뜻이겠거니 싶다가도 승병은 뭔가 하는 생각이 들었다. 무기를 쥐어 든 중들이 아예 사람을 잡지 않았나. 어쩌면 종교라는 게 아무 생각이 없는 건지도 모르겠다는 생각도 했다. 모기에 물리면 가렵고 개미는 집을 갉아먹고 쥐는 곡식을 축내니, 그저 마음에 들지 않는 것들을 몰아내고 쫓고 죽인 걸지도 모른다. 부탄에서는 고기를 잡지 않고 인도에서 수입을 한다고 했다. 인도라는 나라가 지도에서 사라지면, 세상에 부탄밖에 남지 않으면 부탄에도 도축장이 생겨날 것이다. 그러니 세상 모든 것에는 차등이 있는 거였다. 칼을 들어도 되는 사람과 그렇지 않은 사람. 죽여도 되는 생명과 죽여선 안 되는 생명. 죽어도 되는 사람과 살아야만 하는 사람. 그렇고말고.

새파란 소독약 기운이 밖으로 빠져나왔다. 그 자리에 항구의 비린내가 흘러들었다. 관훈은 가운을 벗고 심호흡을 했다. 검버섯이 피는 살갗을 쓸어올렸다. 이제는 환갑이 넘은 나이였다. 팔뚝에 뻘처럼 자글자글 주름이 졌다. 배는 축 늘어지고, 눈썹에도 흰 털이 자랐다. 아내는 남자가 중후해 보이는 건 괜찮지만 늙어 보이면 못 쓴다며 흰 털들을 하나씩 뽑아주곤 했다. 십 년 전 이야기였다. 요산 결정이 툭툭 튀어나오기 시작한 후로 손가락이 뒤틀렸다. 이제는 결혼반지를 끼는 것도 힘에 부쳤다. 그래도 관훈은 아침마다 결혼반지를 밀어 넣었다. 예전부터 꾸역꾸역 견디는 건 잘했다.

아내는 선으로 만난 사이였다. 동네에서 선을 주선했다. 아내는 관훈의 표정이 마음에 들지 않았다고 했다. 관훈은 아내의 펑퍼짐한 엉덩이가 좋았다. 산통 한번 없이 진희를 낳았다. 엉덩이가 펑퍼짐해서 그런지 밥도 잘하고 애도 잘 키웠다. 아내와 진희는 사이가 좋았다. 사춘기를 거치면서도 모녀는 목소리 한 번 높이는 법이 없었다.

아내는 진희가 잘못된 이후로 많이 달라졌다. 먼저 이혼 얘기를 꺼낸 건 아내 쪽이었다. 당신이 뿌린 씨앗이니 당신이 거두라고 했다.

"내가 뿌린 씨앗이 뭔데."

관훈은 달아오른 얼굴로 물었다. 돌가루가 들어있는 듯 귓속이 덜그럭거렸다.

"전부 다. 망한 집구석이랑 미친 딸이랑. 전부 다 당신 책임이야."

집구석이 망한 게 아니라 회사가 망한 거였고, 진희가 미쳐버린 건 아무리 봐도 관훈의 책임이 아니었으며, 아내는 그 와중에 방관자 역할만 하고 있었으니 아내에게도 책임이 없는 선 아니었나.

아내는 관훈이 입을 열 때마다 말문을 막았다. 답이 정해진 대화였다. 귀에서는 계속 돌가루 구르는 소리가 났다. 뭔가 걸리는 것 같은데도 귀지는 시원하게 빠져나올 줄을 몰랐다. 이 상황이 어서 끝나길 원했다. 관훈은 귓구멍에 새끼손가락을 꽂은 채로 말했다.

"그냥 하고 싶은 말을 해."

그 순간 폭발한 아내가 무슨 말을 했는지, 관훈은 기억하지 못했다. 들리지 않는 토로를 뒤로 하고 모래알 같은 귀지가 빠져나왔다. 손톱에 딸려 나온 것을 퉁겨냈을 때 아내는 자리에서 일어났다. 한심하다는 얼굴로, 가방 하나를 들고. 듣기로는 포항 친정집에서 장사를 한다고 했다. 소식이 궁금할 때는 있었지만 연락은 하지 않았다. 아내가 집을 떠난 후 모든 게 삐걱거리기 시작했다. 하다못해 선풍기까지 말썽이었다. 강풍으로 하루를 돌렸을 뿐인데 모터가 연기를 뿜었다. 냉장고는 냉기를 머금지 못하고 썩은 물을 쌌다. 진희는 엄마가 보이지 않는다는 사실도 알아채지 못했다. 엄마 이야기를 꺼내면 그게 누구였더라, 하는 얼굴로 고개를 갸웃거렸다. 머리는 산발을 하고 원피스인지 잠옷인지 모를 것을 걸치고 동네를 쏘다녔다. 얼마 지나지 않아 소산포 선원들 사이에 양원 페리네 딸이 살짝 미쳤다는 소문이 돌았다. 진희는 그 말을 들었을 때도 웃고 있었다. 진희가 웃는 걸 보고 사람들은 이제 저 여자가 제대로 미쳤다고 했다. 하지만 관훈은 그게 진희의 웃음이 아니라는 걸 알고 있었다. 속에서 끓는 걸 참지 못해 토하는 발광이었다. 진희의 웃음은 언제나 달군 쇠처럼 붉었다.

진희가 돌아왔다. 서울을 다녀왔다고 했다. 법당 별채 지하실에서 낮잠을 자는 중이었다. 콧등에 난 상처가 깊었다. 관훈이 그 위에 연고를 발랐다. 진희는 고양이처럼 코를 찌푸렸다.

"너 거길 갔다 왔다고?"

"응. 다녀왔어."

진희가 말했다.

"위험하게 왜 그랬어."

"재밌었어."

관훈은 의자에 앉았다. 불어버린 몸무게를 이기지 못하고 의자가 삐걱였다. 삭힌 홍어 냄새가 나는 엉덩이를 비볐다.

"지금 그 애는 어디 있니."

"묵진까지 왔어! 새벽에! 내가 봤어."

"널 못 알아보든?"

"몰라. 때렸어. 프라이팬."

"연어 새끼도 아니고, 제 살던 곳 냄새는 귀신같이 맡는구나."

관훈은 진희가 들고 다니던 수첩을 들었다. 윤혜수의 서울 주소가 적힌 페이지가 꾹꾹 눌러진 채 펼쳐져 있었다. 진희는 이 페이지를 몇 번이나 넘기고 외웠을까. 얼마나 분하고 사무쳤으면, 윤혜수를 찾겠다고 혼자서 서울을 다녀왔을까. 관훈은 정적을 원했다. 세상이 얼음처럼 고요하기를, 그래서 남은 인생은 그곳에서 조용히 사라지기를 원했다. 하지만 한동안 그럴 수 없을 거라는 걸 잘 알았다. 관훈은 자신이 이뤄놓은 것들을 생각했다. 그리고 빼앗긴 것들을 생각했다. 이제 그걸 돌려받아야 할 때였다.

'중고 가전제품 삽니다. 세탁기 냉장고 오디오 삽니다. 에어컨 노트북 테레비 삽니다.' 중고상 트럭이 스피커를 높여 등산로 입구를 지나갔다. 눈 안쪽이 지끈거렸다. 묵진의 인파가 요동치는 게 느껴졌다. 윤혜수가 돌아온다. 묵진의 벌이 돌아온다.

"여기가 좀 소란스러워지겠군."

관훈이 중얼거렸다. 관훈이 원하는 건 한 가지, 돈도 명예도 아닌 해갈이었다. 답답한 가슴을 뚫어줄 무언가가 필요했다. 그러기 위해서는 윤혜수가 온전히 돌아와야 했다. 다치지 않도록, 섣부른 판단을 하지 않도록 보호할 것이다. 관훈은 혜수를 처음 만났을 때를 떠올렸다. 납땜을 한 것 같은 면상 아래 자신감이 들끓고 있었다. 윤혜수가 법산사를 찾아온다면, 다시 만나게 된다면, 여전히 그런 얼굴이었으면 했다.

강규식

횟집 종업원이 수조에 뜰채를 집어넣었다. 너비가 다섯 뼘밖에 되지 않는 수조에서 숭어가 뜰채를 피해 몸부림쳤다. 종업원은 숭어를 집어내 도마에 얹었다. 뭉툭한 칼이 대가리와 몸통을 가르는 순간까지도 아가미가 뻐금거렸다.

종업원은 배를 갈라 내장을 뽑아냈다. 비늘을 벗기고 지느러미를 잘라 플라스틱 대야에 던졌다. 길고양이가 기다렸다는 듯 내장을 물고 달아났다. 넋 놓고 지켜보던 다른 고양이가 그 뒤를 따랐다. 소산포 뒷골목에서는 생선뼈를 핥는 고양이가 자주 보였다.

그 길 너머에 숙소가 있었다. 달방 안내 문구가 도처에 널려 있었다. 대도시야 대실 위주로 운영을 하니 투숙을 받지 않는 경우가 허다했지만 묵진의 사정은 달랐다. 선원들이 달세를 끊고 일자리를 구하러 다니는 탓이었다. 뱃일을 구하고 나면 대개 선급금을 받았다. 뱃일을 구했다고 해도 배가 뜰 때까지는 보름에서 한 달 정도의 시간이 걸리기 때문에 선원들은 선급금으로 그 시간을 보냈다. 단기 아르바이트나 일용직이라도 구해서 돈을 불리는 선원이 있는가 하면 선급금을 탕진해 버리는 경우도 허다했다. 달세라도 끊어놓았다면 다행이지만 육사골목에서 오입질을 하거나 성인 오락실을 들락거리느라 숙박비까지 날려버린 선원들은 길에서 시간을 보냈다. 묵진의 선원들이 배가 들어오기를 기다리는 이유였다. 바닷바람에 피부가 푸석해지고 관절이 쑤셔오기 시작할 때쯤이면 먼바다로 나갔던 배가 돌아왔다. 하선 작업을 돕고, 택배 일이라도 하면서 버티다 다시 배에 올랐다. 배에서 내리면 잔금을 받아 그걸로 또 한 달을 버텼다.

묵진은 선원의 시간에 따라 움직였고 선원은 배 시간에 맞춰 일상을 이었으며 배는 바다의 시간을 따랐다. 그러니까 묵진의 달력과 시계는 곧 바다와 매한가지였다. 바다가 들어오고 나가는 것은 달이 결정하는 문제였으니 묵진은 다시 말해 달의 도시인 셈이었다.

지아가 선택한 해밀턴 모텔은 소산포와 시내 입구를 잇는 분기로에 삼각형으로 세워진 건물이었다. 창문을 열면 맞은편 건물 틈으로 방조제가 내려다보였다. 여인숙에서 여관으로, 여관에서 모텔로 이름을 바꾸며 30년을 넘게 버틴 곳이었다. 그 사실을 자랑하듯 입구에 since 1980이라는 간판까지 달아놓았다. 맛집이나 호텔이라면 모를까, 오래된 모텔이라는 게 어떤 가치가 있는지 이해되지 않았다. 입구에는 사단법인 한국숙박업연합회에서 걸어둔 양담배 추방 문구가 걸려있었고 여인숙이었던 시절 사용했던 공용 화장실의 흔적도 남아있었다.

"두 사람이 달세를 끊는다고요?"

카운터를 보던 청년이 조막만 한 창문 밖으로 고개를 디밀고 물었다.

"네."

병준이 말했다.

"방은 두 개 잡고?"

"네."

"무슨 이상한 짓 하는 거 아니죠?"

이중인격을 가진 누나의 범죄 현장에서 잘 수 없어 숙소를 잡는 거라는 말을 기대했는지는 모르겠지만 데스크에 앉아 있던 앳된 매니저는 그렇게 물었다. 병준은 기계처럼 아닌데요, 하고 대답했다.

"신분증 주세요."

지아는 윤혜수의 신분증을 내밀었다. 매니저는 복도를 사이에 두고 마주 보는 방 두 개를 내주었다. 밤새 묵진으로 달려와 걸어서 언덕을 오르고 살인 현장을 목격한 데다 병준과 몸싸움을 벌인 날의 피로를 풀기 좋은 숙소는 아니었다. 수납장 아래에는 말라붙은 껌이, 벽과 장판에는 담배 자국이 있었다. 창문을 열면 시야를 가로막은 맞은편 건물 중국집이 기름먹은 연기를 내뿜었다. 손바닥만한 해가 아침 잠깐 들어올 뿐, 대부분의 시간은 음침한 그림자 속에 머무를 모텔이었다. 지아는 짐을 풀고 다리를 뻗었다. 그리고 관짝처럼 좁은 방을 둘러봤다. 떠나고 싶은 곳이었다. 모텔뿐만이 아니라 묵진의 모든 곳이 그랬다. 씀바귀 풀을 생으로 씹는 듯 쓴맛이 났다. 하지만 아직 지아는 자신이 누구를 죽였는지 알지 못했다. 말이 되는 이야기를 찾아야 이 응어리도 씻겨내려 갈 거였다.

"묵진에 있는 모텔은 다 이런가. 너 이런 데서 잘도 살았다."

병준이 말했다.

"내가 아니라 혜수가 살았지. 그리고 집은 좋았잖아."

"집 얘기가 아니라 동네 얘기야. 여기 뭐가 있다고 19년이나 지냈나 싶어서."

지아도 그게 궁금했다. 망아지 같은 여자가 왜 좋은 곳들 다 놔두고 여기서 청춘을 흘려보냈는지. 혜수는 계산에 따라 움직이는 존재였다. 밥 한 숟갈을 먹어도, 걸음 하나를 옮겨도 이유가 있었다. 묵진에서 19년을 보냈다면 거기에도 이유가 있을 것이다. 혜수가 누구를 죽였는지, 왜 죽였는지를 알고 싶다면 혜수가 왜 묵진에서 그 오랜 시간을 머물렀는지 알아야 했다. 하지만 혜수는 흔적을 남기는 법이 없었다. 지아는 언제나 상상 속에서 혜수의 동선을 그려야 했다. 이번에도 마찬가지였다. 단서는 없다. 그 사실에서 모든 걸 시작해야 했다.

"혜수는 친구 없어?"

병준이 뜬금없이 물었다.

"친구가 있을 리가 없잖아."

"혹시 모르지."

"혜수는 잠깐씩 나타났다가 사라져. 그 짧은 시간 동안 내 생활을 망치기 바쁘다고. 사교활동 같은 거 할 시간이 있겠어."

"그런데 다른 사람들은 너네를 어떻게 구분해? 그러니까 내 말은 염지아랑 윤혜수랑."

병준은 지아와 혜수가 같이 앉아 있기라도 한 것처럼 지아를 두 번 가리키며 물었다.

"둘이 똑같이 생겨서 말이야. 말투가 다른가. 아니면 표정이 달라져?"

"구분 못 해. 그래서 혜수가 내 행세를 하면서 설치고 다니는 거잖아."

병준은 쓸데없이 궁금한 게 많았고 궁금한 건 참지를 못했다. 그러다 보니 말이 많았다. 지아는 말이 많은 사람을 좋아하지 않았다. 말이 많은 것들은 하나같이 꿍꿍이가 있었다.

퉁명스럽게 말을 뱉어놓긴 했는데 병준의 얘기가 계속 신경 쓰였다. 지아와 혜수를 구분할 수 없다는 말이 마음에 걸렸다.

혜수의 집에서 가져온 물건을 바닥에 늘었다. 빌라에서 챙겨온 주민등록증이 거기 있었다. 지아만 구분할 수 있는 혜수의 얼굴이었다. 미묘하게 어긋난 표정, 졸린 듯 머금은 미소, 그에 반해 독사같이 얼어 있는 눈. 거울을 통해 보던 혜수는 그런 표정을 지었다.

"이건 나지?"

병준은 주민등록증을 옆에 갖다 대고 물어보는 지아를 보고 이 누나가 드디어 미쳤구나, 싶은 표정으로 답했다.

"당연히 너지."

"그러니까 사람들은 나를 혜수라고 생각하겠지?"

"네가 혜수잖아. 혜수가 너고."

혜수가 다른 사람의 삶을 훔쳐 살았다면 지아도 그럴 수 있을 거라는 의미였다. 혜수가 살았던 19년은 지아의 것이기도 했다.

"옷 챙겨. 나가자."

"어디?"

"동사무소. 어디 있는지 좀 찾아줘."

지아는 모텔을 나섰다. 병준이 투덜거리며 뒤를 따랐다. 그 와중에도 손가락은 스마트폰을 두드리고 있었다.

"동사무소 아니고 행정복지센터거든. 아직 주민센터라는 말을 더 많이 쓰지만."

낮부터 머리 위로 네온사인이 번뜩였다. 안개가 자욱한 거리에 희뿌연 광원이 번졌다. 지아는 으슥한 골목으로 들어섰다. 서늘한 공기가 입속으로 밀려들었다.

주점이 늘어선 거리였다. 낡은 술집에 판자를 갖다 대고 붉은 등을 달아 억지로 일본 주점 흉내만 낸 곳들이 대부분이었다. 환풍기 소리가 윙윙거리며 귓전을 때렸다. 식당 앞에 밥과 김치찌개를 섞어 만든 음식이 죽통에서 끓고 있었다. 그걸 먹고 있던 선원들이 지아를 물끄러미 쳐다봤다. 선원들 몸에서 풍기는 비린내, 다방 레지들의 분 냄새가 익숙했다. 이 거리의 모든 것이 그랬다. 혜수가 포스트잇처럼 남겨 놓은 기억이 이따금 되살아나는 것 같았다.

골목은 대로변으로 이어졌다. 농협과 파출소 사이에 행정복지센터가 있었다. 지아는 코를 킁킁거리며, 혹시나 몸에서 피 냄새가 나지는 않을까 걱정을 했고 병준은 괜한 헛기침을 했다. 정작 뒷짐을 지고 파출소 앞을 어기적거리던 순경은 두 사람에게 눈길도 주지 않았다.

지아는 번호표를 뽑고 기다렸다. 두꺼비를 닮은 직원의 머리 위에 지아의 번호가 떴다. 지아가 윤혜수의 신분증을 내밀자 직원은 미간을 찌푸리며 지아를 올려다봤다. 지레 겁을 먹은 지아가 말했다.

"본인인데요……"

"아는데요. 뭐 도와드리면 되냐고요."

"초본 뽑으려고요."

"한 부요?"

"네."

"어떤 정보 나오게 할지도 알려주셔야죠."

직원은 손가락 끝으로 데스크 위에 붙여 놓은 종이를 톡톡 건드렸다. 초본 발급 안내 사항이 적혀 있었다. 어딘지 화를 억누르고 있는 것 같았다. 미련한 사람은 못 봐주겠다는 내색을 있는 힘껏 하는 인간이었다. 지아는 억지 미소를 지었다. 그러고 있으니 비굴했던 염지아로 돌아간 기분이었다.

"어떤 정보 필요하시냐고요."

직원의 손가락이 계속해서 종이를 가리켰다.

"다 나오게 해주세요. 볼 수 있는 건 모두 다."

두꺼비를 닮은 직원이 잠시 후 초본을 내밀었다. 지아는 초본을 들고 민원실 구석 자리로 갔다. 병준은 옆에 앉아 지아의 어깨 너머로 초본에 적힌 내용을 따라 읽었다.

윤혜수는 대구 출생이었다. 봉정 빌라로 전입신고를 한 건 2002년이었다. 혜수의 과거를 설명해 줄 단서는 많지 않았다. 혜수의 행세를 해도 괜찮다는 걸 확인한 게 성과라면 성과였다. 지아가 물었다.

"진짜 윤혜수가 누굴까."

"알아볼 수는 있겠지만 그게 도움이 될까. 윤혜수가 누가 됐건, 자기 신분으로 살고 있다는 것조차 모를 테니까. 신분 세탁 브로커가 이런 일을 도와줬을 거야."

"그런 게 있어?"

"있으니까 했겠지. 이 나라가 다 서울 같다고 생각하면 안 돼."

"그럼 진짜 윤혜수는?"

"모르지 뭐. 죽었든 외국으로 밀입국을 했든. 신분도 내팽개치고 달아나는 사람이 흔적을 남기겠어? 무일푼으로 갈 수는 없으니 마지막으로 신분을 팔고 외국으로 나가버린다니까. 정작 외국에서 그걸 쓰기도 쉽지 않을 텐데 말이야. 일본에는 산야라는 곳이 있는데, 사람들이 신분을 버리고 모여들어. 신분이 없으니까 사회 복지 혜택도 못 받고, 그냥 증발해버리는 거야. 윤혜수도 그런 데 가 있을지 모르지."

"아니면 물고기 밥이 됐거나."

"그건 그렇고. 이걸 봐."

병준은 지아의 손에서 초본을 낚아채 주소지 변경 이력을 가리켰다.

"묵진에서 처음 지낸 곳은 봉정 빌라가 아니었네. 넌 2000년에 기억을 잃었잖아. 그때부터는 호천 아파트에 살았어. 2000년부터 2002년까지. 2동 207호."

병준의 말대로 윤혜수가 호천 아파트에 살았던 기록이 있었다. 주민등록증을 발급받은 날짜로 미뤄봤을 때 혜수는 신분을 바꾼 상태에서 호천 아파트에 2년을 살았다.

"다음에 가봐야 할 곳이 여기라고."

병준은 의외로 일이 쉽게 풀린다는 사실에 흥분했다. 지아는 찝찝한 기분을 지울 수가 없었다. 미지근한 밥 한 덩어리가 명치에 머무르는 느낌이었다. 혜수는 욕망으로 살았다. 흔적을 남겨 놓았다면 분명 그 이유가 있을 것이다. 족적마다 덫을 마련해두고 지아가 마지막 덫을 밟기를, 그래서 자신의 욕망을 완성시키기를 기다릴 인간이었다. 질문은 혜수의 욕망이 어디를 향해 있었는지로 이어져야 했다. 조대산에 시체를 묻는 순간 그 욕망이 해소되었을까. 아니면 묵진에서 혜수의 흔적을 더듬는 동안 차곡차곡 혜수의 욕망이 실현되는 걸까.

"호천 아파트는 언제 가볼 거야?"

병준은 초본을 들여다보며 웃었다. 파리채로 때려잡고 싶은 면상이었다. 오전에 살인 사건 현장을 보고 왔으면서도 금세 희희 거리는 것이, 회복이 빠르다고 해야 할까. 부러운 정신상태였다.

"넌 같이 안 가고?"

"거기 또 무슨 일이 있을 줄 알고. 나한테 계속 비밀을 던져주지 마. 나는 도와주기만 할 거야. 네가 배트맨. 나는 알프레드. 오케이?"

지아는 알프레드가 누군지 몰랐지만, 병준이 자신을 알프레드라 지칭했으니 후드티를 뒤집어쓴 금붕어를 상상하기로 했다. 지아가 대답했다.

"오늘은 쉬고. 내일 가볼 거야."

해가 길게 늘어졌다. 전구처럼 매달려서 해안선 너머로 가라앉는 태양은 쓸쓸해 보였다. 혼자 저물기 때문이었다. 아이들은 태양

을 깨뜨릴 기세로 거침없이 돌을 던졌다. 가로등에 불이 들어오기
전이었고 사람들은 밤을 보낼 곳을 찾아 바삐 걸었다. 해풍이 육풍
으로 바뀌는 시간이었다. 아이들은 어둑어둑한 시간까지 바닥에 선
을 그어놓고 놀았다. 인중에 맺힌 콧물이 반짝였다. 칙칙하게 변색
된 소맷자락으로 땀을 닦았다. 지아는 온계리에 살던 날을 떠올렸
다. 양손에 짐이 있어 초인종을 누르기 어려우니 대신 좀 눌러줄 수
있냐고 물어보던 아이들. 지아가 초인종을 누르기 무섭게 짐을 내
려놓고 달아나던 아이들. 안에서 누구세요, 하는 말에 어쩔 줄을 몰
라 하고 있으면 골목 어귀에서 그 모습을 보며 킥킥대던 아이들. 지
아가 달려들면 꿈쩍도 하지 않고 "덤벼든께 쪼까 무섭네. 이럴 심이
있으면 니 어미 살리지 그랬냐." 하고 말하던 아이들. 아이들은 지아
를 밀어 넘어뜨리고는 어미 없는 년, 어미 없는 년 하면서 달아났다.
얼마 후에는 어미 죽인 년, 어미 죽인 년 하고 불렀다. 그 말은 좀 더
견디기 힘들었다.
 항구 어귀에서 놀던 아들 중 하나는 유독 덩치가 작았다. 중학생
으로 보이는 까까머리들이 골목 어귀까지 따라와서는 작은 아이를
몰아세웠다. 돌멩이를 툭툭 차며 아이의 진로를 가로막고 작은 과
일 씨 같은 걸 목덜미에 던졌다. 작은 아이는 악다구니가 있었다. 바
닥을 차고 달려 나가 까까머리의 사타구니를 들이받았다. 하지만
아이는 너무 가벼웠고 까까머리는 중학생이랍시고 제법 힘을 쓸 줄
알았다. 둘은 그렇게 뒤엉키더니 한참을 굴렀다. 그러다 지아와 병
준을 보고는 슬그머니 물러섰다.
 "우리 싸우는 거 아니에요."

중학생이 말했다. 덩치가 작은 아이는 눈가에 묻은 흙을 털었다. 병준이 계속해서 지켜보고 있으니 아이들은 돌무더기를 들춰 보기도 하고 이유 없이 땅을 파서 개미를 밟아 죽이기도 했다. 순진함으로 무장한 세계는 그래서 더 잔인한 법이었다.

"쉿."

병준이 입술에 손가락을 갖다 댔다. 그 소리가 유독 커서 아이들은 노는 걸 멈추고 병준을 봤다. 잘못한 게 있나 싶어 놀란 모습이었다.

"아니 너네들 말고."

병준은 지아의 손을 잡고 골목을 빠져나갔다. 드문드문 차가 지나가는 거리였다. 저녁 장사를 준비하는 횟집과 미용실 사이에 고물상 집게 차 소리가 요란했다. 병준은 큰길로 나가는 길모퉁이에서 벽에 붙었다.

"왜 그래."

병준은 바짝 긴장한 상태였다. 지아를 벽에 몰아세우고 방금 빠져나온 골목으로 귀를 기울였다. 바삐 다가오는 발소리가 들렸다. 거리를 좁히기 위해 서두르는 걸음이었다. 병준은 그 소리가 가까워지기를 기다렸다가 골목을 빠져나오는 사람을 잡아챘다. 멱살을 잡고 홱 돌아서는 바람에 고꾸라질 뻔했던 남자가 겨우 균형을 잡았다.

"에이 인사 한번 거창하게 하네."

뒤통수가 조였다. 아는 얼굴이었다. 묵진으로 내려오는 버스에서 만났던, 전직 경찰이라는 인간이었다. 이름이 강규식이라고 했지. 규식은 놀란 기색도 없이 병준의 손을 뿌리쳤다. 순식간에 병준을 반대편 벽으로 몰아세웠다. 난데없는 소란에 아이들이 몰려들었다.

"구경났냐. 가서 하던 거 해."

규식이 말했다. 아이들은 쪼르르 골목 반대편으로 사라졌다. 규식은 병준의 멱살을 놓았다. 터질 것처럼 시뻘게졌던 병준의 얼굴이 원래대로 돌아왔다. 규식은 버스에서 입고 있던 코트 차림 그대로였다. 바람이 불어 젓가락처럼 마른 다리를 쓸고 갔다.

"어휴 춥다."

규식은 풀어진 코트를 여몄다. 입을 열 때마다 철사 같은 수염이 삐죽거렸다.

"나예요, 나. 아까 건물에서 나오는 걸 봤어요. 버스에서 보고 또 보니 반가워서."

"반갑다는 사람을 이렇게 대해요?"

병준이 목덜미를 어루만졌다. 잠깐 사이에 울대 주위로 생채기가 났다. 펜치로 꼬집은 것 같은 상처였다. 병준을 벽으로 몰아놓고 멱살을 잡은 자리였다. 병준은 바짝 약이 올라 말했다.

"너 아는 사람이야?"

"버스에서 봤어. 기자래. 전직 형사고."

규식은 병준의 옷깃을 털었다.

"놀랐으면 미안해요."

규식이 악수를 권했다. 병준은 침을 뱉었다. 침은 멀리 가지 못하고 병준의 턱 끝에 떨어졌다. 병준은 에이 씨, 하고 중얼거리며 소매로 침을 닦았다.

"배에 일자리 구해볼까 했는데 당장 나가는 배가 없다네요. 여기

만 오면 배는 항시 있을 줄 알았는데 그렇지도 않나 봐요. 어쩌겠어
요. 남는 배 들어올 때까지 시간이나 보내야지. 바다 구경하고 있는
데 그쪽이 보이더라고요."

"배는 왜요."

"배를 타야 이야기를 찾죠. 묵진에서 재미있는 일은 다 항구에서
벌어지거든요. 이야기가 없어도 최소한 일자리는 구할 수 있고요.
그런데 주민센터에는 어쩐 일이에요?"

강규식이 지아와 병준을 번갈아 보며 물었다. 덥수룩한 머리털 아
래로 주머니칼 같은 눈이 싸늘했다. 계속해서 들러붙는 것이 거추
장스러운 인간이었다.

"그걸 왜 우리가 얘기해줘야 하는데요."

"궁금하니까요."

규식이 가까이 다가왔다. 균형이 잘 잡힌 걸음걸이였다. 그리 크
지 않은 덩치인데도 단단하게 응축된 공기가 밀려오는 것 같았다.

"경찰이랑 기자가 비슷한 부분이 있어요. 궁금한 걸 밝히는 사람
들이거든요. 그리고 나는 지금 굉장히 궁금하거든요. 그쪽이 왜 서
울에서 묵진까지 내려와서 주민센터에 다녀오는지. 여행을 온 것도
아니고, 사람이 미행을 한다며 의심을 하지 않나. 신경이 바짝 곤두
서 있잖아요. 무슨 죄지었어요?"

능청스러운 말투였다. 뭔가를 읽어내려는 의도가 다분한 말투였
다. 엮여서 좋을 게 없는 사람이었다. 병준이 옆구리에 손을 올리고
아무렇게나 둘러댔다.

"사람 찾으러 왔어요. 빚을 받을 게 있어서요."

윤혜수를 찾으러 온 거였고, 19년간의 빚이 있는 거니 틀린 말은 아니지. 규식이 딱 소리가 나게 손가락을 튕겼다.

"추심! 나도 그거 잘하는데. 도와줘요?"

해는 완전히 저물었다. 가로등 아래에서 규식의 얼굴은 짙은 그림자를 드리웠다. 불편한 소리만 뇌까리는 규식에게서 달아나고 싶었다. "가자." 지아는 병준의 옆구리를 찔렀다.

"아저씨 우리 바쁜 사람들이에요."

"나도 안 바쁜 사람한테 쓸 시간은 없어요. 나를 필요로 하는 사람들은 다 바쁘고 이상한 사람들이에요. 싸게 해줄게요. 나 돈만 주면 다 해요."

"기자가 그런 것도 해요?"

"그냥 기자가 아니라 르포 기자라니까요. 이게 프리랜서라서 심부름센터 비슷한 거라고 보면 돼요. 오케이?"

"기자라면 우리 이야기도 팔고 다니겠네요."

"팔 만한 얘기는 있나 봐요?"

규식의 얼굴에 의미심장한 웃음이 피었다.

"가자니까."

지아는 병준을 잡아끌었다. 강규식은 돌아서는 두 사람 앞을 가로막았다. 기다란 그림자가 골목 끝까지 뻗쳤다. 명치 언저리에 규식의 손이 기다리고 있었다.

"악수는 한 번하고 가요."

영원히 기다릴 기세였다. 지아가 규식을 지나치려 했지만 규식은 잘 훈련된 복서처럼 길을 막았다.

"악수 한 번만."

차단기가 내려간 톨게이트 앞에 서 있는 기분이었다. 지아는 마지
못해 규식의 손을 잡았다. 거칠고 커다란 손이었다. 규식은 그 상태
로 오랜 시간 지아의 손을 놓지 않았다.

"손이 억세네요. 바닷일 좀 했죠?"

규식의 손바닥 근육이 움찔거렸다. 뭔가를 읽어내려간다는 느낌
이었다. 손에 새겨진 흔적을, 나이테 같은 굳은살을 더듬는 중이었
다. 지아가 손을 빼려 했지만 규식은 손아귀에 힘을 더했다.

"그물질하는 사람들 손은 달라요. 밧줄 모양으로 굳은살이 박이니
까요. 주먹이나 칼 쓰는 사람들 손도 다르고, 공부하는 사람들 손도
다 달라요."

"탐정 소설 좀 보셨나 봐요"

"그럴 필요가 없어요. 맞아보고 쑤셔보면 잘 알거든요."

지아는 규식의 손을 뿌리쳤다. 규식은 아쉽다는 듯 입을 쩝쩝거
렸다. 그러다 불쑥 코트를 열고 셔츠를 들어 올렸다. 흉터 자국이 보
였다.

"이걸 새긴 놈이 5년 전에 빵에서 나왔어요. 내가 잡아넣은 놈인
데, 빵에서 나오자마자 날 찾아왔더라고요. 일본도 하나 들고. 햐,
그때는 진짜 정신이 아득하대. 그래도 나는 안 죽어요. 그놈 이번에
는 7년 형 받았다고 들었어요. 살인미수. 우리나라 법이 이래요. 사
람 죽이려 달려들었는데 7년 살면 끝이야. 내가 그놈한테 수갑을 채
우면서 손을 봤는데, 아주 야들야들해요. 엄지와 검지 사이에만 굳
은살이 있거든요. 그게 일본도 쓰는 사람들 손이에요. 검도장 관장

하던 놈이었거든요. 격파하는 사람들 손은 아래쪽에 굳은살이 있고. 기타 치는 사람들은 손가락 끝에. 요리하는 사람들은 손가락 마디 부분에 베인 흔적이 있어요. 우리는 흉터랑 굳은살만 보면 직업을 알아요."

"그래서. 나는 뭐 했던 사람 같은데요."

"안 가리고 다 했죠, 뭐. 공부도 하고 짐도 나르고. 내가 그런 사람들 좀 좋아해요. 일 있으면 연락해요. 괜히 이 동네 배 타는 사람들 믿지 말고요. 묵진에서는 타지인들끼리 뭉쳐야죠. 여긴 엄청나게 터프한 동네거든요."

규식은 병준을 가리키며 말했다.

"예를 들면 이런 거. 물건 간수도 잘해야죠. 묵진은 아직도 소매치기가 득실득실한 동네니까. 내가 여기 일하면서 잡아넣은 놈들만 수십 명이었어요."

병준은 안주머니를 더듬었다. 지갑이 있어야 할 자리가 허전했다.

"안에다 명함도 넣어놨으니까 그리 아시고요."

규식은 지갑을 꺼내 병준의 주머니에 꽂아 넣고 두 사람을 앞질러 사라졌다. 병준은 유령이라도 만난 것처럼 규식이 사라진 자리를 쳐다봤다.

모텔로 돌아왔을 때는 어둠이 깔린 뒤였다. 간유리 밖 네온사인이 경광등처럼 번쩍였다. 트로트와 90년대 가요, 포크송이 뒤섞여 백색잡음이 됐다. 일감이 없어 걷고 헤매던 인간들은 밤이 되어서야 갈 곳을 찾아냈다. 밤이 되면 비로소 일거리가 생기는 사람들도 거리로 쏟아졌다.

지아는 창문을 열었다. 거리를 구경하고 싶었다. 향락의 가운데, 혜수가 있었을 곳을 더듬고 싶었다. 오랜 시간 열지 않았던 창문에서는 심한 마찰음이 났다. 모텔을 덮혔던 더운 공기가 바다를 향해 빠져나가고 찬 기운이 몰려들었다. 창문 틈으로 거나하게 취한 인간들이 지나갔다. 전봇대를 붙잡은 군상도 있었다. 어디로 가야 할지는 아는 사람들 틈에서 지아만 목적지를 찾지 못한 기분이었다.

모텔 아래로 눈을 돌렸다. 그곳에 규식이 있었다. 고양이들이 생선대가리를 두고 다투던 후미진 골목이었다. 네온사인이 규식의 얼굴에 쏟아졌다. 불빛은 수시로 패턴을 바꿨다. 폭죽이 터지는 것 같았다. 붉었다가 푸르스름했다가 마침내 어둠 속에서 빛나는 규식의 눈동자도 지아를 향해 있었다. 창문이 열리는 걸 보면서도 규식은 그 자리를 떠나지 않았다.

규식의 어깨에 눈이 내려앉았다. 쌓이지 않고 바로 녹아버리는 눈이었다. 규식은 젖은 머리와 어깨를 털었다. 그리고 1층부터 하나씩 층수를 셌다. 지아가 묵고 있는 방을 확인하고는 싱긋 웃었다. 플래시가 터졌다. 규식은 폰에 찍힌 사진을 확인하고 손을 흔들었다. '또 봐.' 들리지 않았지만 규식의 입 모양은 그렇게 말하고 있었다.

규식은 코트 깃을 올려세운 뒤 항구 쪽으로 걸었다. 지아는 규식이 시야에서 완전히 사라질 때까지 그 자리를 지켰다. 규식은 항구 어귀로 빠져나간 뒤에도 긴 그림자를 남겼다.

무덤

바다는 이상하리만치 고요했다. 묵진이 통째로 냉동실에 들어간 느낌이었다. 구름은 흐르지 않았고 새도 울지 않았다. 지아는 안개를 들이마셨다. 바늘 같은 공기가 폐부를 찔렀다.

긴 잠을 자고 일어나니 하루가 지나 있었다. 저녁이 다가오자 신경이 예민해졌다. 지아는 해가 떨어지기를 기다렸다가 자정이 넘은 시간이 돼서야 움직이기 시작했다. 날이 밝기 전까지 일을 끝내야 했다. 일출 예정 시각이 일곱 시라고 했다. 여섯 시만 돼도 선선한 아침 빛이 어둠을 몰아낼 것이다. 이른 출근을 하는 이들은 다섯 시면 거리에 나설 테고, 그때까지 일을 마무리하지 못하면 제대로 망한다는 뜻이었다.

녹사이틴 한 알을 삼켰다. 묵진으로 내려오기 전 정신과에서 받은 약이었다. 철순이 지인을 통해 소개받은 병원이었다. 우울증에 걸린 연예인 치료까지 한다고 했다. 진작 유명해졌어야 하는데 아무래도 이름 있는 사람들 정신과 상담을 하다 보니 방송에 나와 홍보하기는 어렵다고 했다. 그래서 아는 사람들만 알고 찾아가는 의사라는 거였다. 지아는 진중하고 사려 깊은데다 듬직하기까지 해서 비밀 이야기를 술술 털어놓고 싶은 중년의 의사를 상상했지만 책상 너머에 앉아 있는 건 제스처가 강한 광대였다. 한쪽 손으로 턱을 괴고는 자동차에 장식해두는 스프링 달린 강아지 인형처럼 끊임없이 고개를 끄덕였다. 숨을 내쉴 때마다 떨어대는 코털이 거슬렸다.

"환청이 들리고요. 그러다 기억을 잃을 때도 있어요. 다른 인격이 튀어나오는 동안에요."

지아의 말에 의사는 또 한 번 크게 고개를 끄덕였다.

"얼마나 자주 그래요?"

"일주일에 한두 번이요. 하루에 두 번일 때도 있고요."

의사는 힘들었겠어요, 하고 말하듯 지그시 눈을 감았다.

"기억을 잃는 시간이 얼마나 되나요?"

"그때그때 다른데요."

"그렇죠. 대충 어느 정도인지 말해줄 수 있어요? 평균도 좋고, 최근에 경험했던 것도 좋고요."

"19년이요."

의사는 몸을 뒤로 젖히고 팔짱을 꼈다. 고도 근시로 안경 너머 얼굴 윤곽이 휘어 보였다. "19년이라고요?" 의사는 믿기지 않는다는 듯 말했다.

"스트레스받는 일이 있었나요."

사람을 죽였다고 말했으면 숨 쉴 때마다 꿈틀거리는 코털을 뽑을 기회를 얻었을 텐데.

"정신을 차려보니 동료 간병인 손에 연필을 꽂아놨더라고요. 그러니까…… 제가 아닌 다른 사람이요. 관통하다시피 했죠."

"간병인이 스트레스 많이 받는 일이지요. 그래도 19년이라니……"

의사는 잠시 생각에 잠겼다. 병원의 느슨한 공기가 자꾸만 지아의 팔을 꼬집었다. 혜수가 지금도 이 모습을 지켜보고 있을지 궁금했다.

"우선 이렇게 합시다. 최면 요법도 있고 약물 치료도 있어요. 중요한 건 19년간의 기억은 분명 염지아 씨 머릿속에 남아있다는 겁니다. 외부 손상이 아니라면 사라지는 일은 없어요. 꺼내지 못할 뿐이죠. 마음을 편히 먹어야 하고요. 치료하면서 하나씩 떠오르는 게 있을지 봅시다."

진료 시간은 30분이었다. 처방전과 진단서를 안고 병원을 나왔다. 진료가 끝났을 때 지아에게 남은 것은 아침과 잠들기 전 하루 두 번 복용해야 할 항우울제, 해바라기처럼 노란 알약, 그리고 앞으로 가슴에 이고 살아야 할 커다란 절망이었다. 약사는 노란 알약을 건네며 전자제품 사용 설명서를 읽듯이 말했다.

"이건 녹사이틴이라는 신경안정제인데요. 스트레스 많이 받을 때 한 알 드세요. 먹으면 바로 졸리니까 밖에서 드시지 말고, 드신 뒤에는 운전하지 말고요. 달뜬 기분을 가라앉혀줄 거예요."

밖에서 기다리던 철순은 지아가 약을 받아 나오자 그것이 신묘한 묘약이라도 되는 것처럼 지아에게 한 알을 먹게 했다. 그리고 기분이 어쩌냐고 물었다.

"항우울제는 두 달은 먹어야 효과가 있대요."

"그래도 기분이 좀 괜찮아지지 않았니?"

항우울제 대신 성능 좋은 귀마개를 받았으면 훨씬 도움이 됐을 것 같았다.

노란 알약은 금세 효과를 나타냈다. 심장이 차가웠다. 명치에서 얼음 알갱이가 부서지는 것 같았다. 불안이 가라앉으면서 근력도 함께 소진됐다. 젖산이 쌓인 것처럼 몸이 통제를 벗어났다. 몸을 움직이기 어려우니 머릿속은 명쾌해졌다. 지아는 고요히 가라앉은 머리로 생각했다.

추적을 당하지 않는 방법을 택해야 했다. 곳곳에 카메라가 있으니 대중교통은 피해야 했다. 도보로 이동하는 편이 가장 안전해 보였다. 소음을 줄이기 위해 캐리어 바퀴를 헝겊으로 감았다. 마찰이 늘어나 끌기 힘들었지만 그쪽이 나았다. 돌아오는 길에는 40킬로그램 정도 더 무거워져 있을 테니 소음도 줄어들 거였고, 그때는 헝겊을 풀어도 될 것 같았다.

시체를 옮기는 데 걸릴 시간을 계산해봤다. 숙소에서 조대산까지는 걸어서 한 시간이 걸렸다. 시체가 있는 곳까지 올라간 뒤 시체를 캐리어에 넣고 돌아오는 데는 넉넉잡아 두 시간이 걸릴 것이다. 캐리어에 돌을 집어넣고 테이프로 감아 바다에 던져넣으면 될 것 같았다. 소산포로 들어가는 강줄기가 갈라져 작은 폭포를 만든 곳을 미리 봐뒀다. 물살이 거세 묵진에서 20년을 일한 선장도 거기에는 배를 대지 못한다고 했다. 배도 뜨지 못하는 곳이라면 캐리어가 뜨기는 더 어려울 것이다.

지아는 병준이 잠든 걸 확인하고 밖으로 나왔다. 마스크로 얼굴을 가리고 모자를 눌러썼다. 입김이 올라와 안경에 서리가 꼈다. 셔츠로 렌즈를 닦았다. 렌즈에 멀건 지문이 묻었다. 아무리 닦아도 지워지지 않는 지문이었다. 모래 가루가 눈물에 섞여 빠져나왔다. 눈이 쌓이는 속도로, 또각또각, 가슴이 방망이질 쳤다.

지아는 조대산을 향해 걸었다. 낮보다 밤에 익숙한 거리였다. 서울로 돌아오던 날을 곱씹었다. 그날의 역순으로 기억을 되살렸다. 무성하던 가로등이 줄어들고, 그 빈자리를 바싹 마른 나무가 채웠다. 올빼미 울음소리가 굵직했다. 둥근 산이 옷감처럼 펼쳐졌다. 등산로 입구에는 키 높이의 입간판이 서 있었다. 붉은 글씨로 입산 통제라고 씌어 있었다. 거기서 30여 분을 더 걸었다. 등산로도 없이 잡초만 무성한 산을 국도가 가로지르는 길에 도착했다. 돌망태와 사각 개비온이 키보다 조금 높은 벽을 쌓은 곳이었다. 산을 오를 차례였다.

캐리어에서 랜턴을 꺼냈다. 안대를 오려낸 것처럼 조명이 쏟아졌다. 하얀빛이 산길을 적셨다. 코털이 바삭바삭 얼어붙는데도 겨드랑이는 땀을 흘렸다. 긴장하면 그랬다. 등이 젖고 허벅지까지 축축해졌다. 땀이 닿는 곳마다 간지러워서 지아는 온몸을 긁으며 산을 올랐다. 호흡을 고르며 허벅지에 힘을 더했다. 숨소리가 솜 뭉텅이처럼 귀를 채웠다.

한 달 전 굴러 내려온 곳이 차례로 보였다. 패딩이 찢어졌던 덤불에는 아직 거위 털이 드문드문 놓여있었다. 남색 하늘이 어서 올라

오라 손짓하고 있었다. 캐리어까지 밀고 올라가는 통에 걸음이 느렸지만 조금씩 무덤이 가까워지고 있다는 걸 알 수 있었다. 숨이 턱에 걸리고 어깨가 뻐근하게 조여왔다. 지아는 시계를 확인했다. 서둘러 나온 덕에 작업을 마무리하기까지는 시간이 좀 남아있었다. 지아는 바위에 앉아 숨을 골랐다. 어느새 산 중턱이었다.

마구잡이로 자란 나무가 묘한 조화를 이뤘다. 여름 낮에 찾아왔다면 퍽 운치 있는 곳이겠다 싶었다. 싸라기눈이 먼지처럼 쌓여있지도 않을 것이고 수풀은 울창해서 적당히 그늘을 만들어줄 것 같았다. 쑥뜸 같은 풀 내음이 밀려들겠고, 가만히 귀를 기울이면 소산포에서 들려오는 파도 소리도 들을 수 있을 것 같았다. 낮잠 자기 딱 좋은 곳이었다. 시체만 없다면, 그럴 수 있을 것 같았다. 땀이 식었다. 지아는 다시 몸을 일으켰다.

걸음을 옮기는데 등 뒤가 뜨끔했다. 무딘 칼로 등짝에 회를 뜨는 기분이었다. 자신의 것이 아닌 숨소리를 들은 탓이었다. 지아는 그 자리에 멈춰 섰다. 어깨 너머 어둑한 수풀 속에 언뜻언뜻 그림자가 꾸물거렸다. 이어 나뭇가지 부러지는 소리가 들렸다. 귓바퀴가 움찔했다. 얼마 떨어지지 않은 곳이었다. 지아는 죽은 나무 둥치로 달려 두꺼비처럼 몸을 웅크렸다. 지아가 모습을 감추자 뒤따르던 그림자가 불을 밝혔다. 랜턴이 어지럽게 사방을 비췄다. 그러다 난파선을 발견한 등대처럼 기어이 지아를 향해 불빛을 쏘았다.

"저기요?"

규식이 거기 있었다. 천천히 지아를 향해 다가오는 중이었다. 규식의 걸음에 맞춰 랜턴 불빛이 몽둥이처럼 왔다 갔다 했다. 어둠 속에서 날아든 불빛이 망막에 흉터 같은 자국을 남겼다. 지아는 손을 들어 눈을 가렸다. 규식은 지아 앞에 멈춰 선 뒤에야 랜턴을 껐다.

"여기서 뭐 해요?"

규식이 물었다. 이마에 땀이 송글 맺혔다. 지아는 낭패다 싶은 표정을 감추지 못했다.

"산책이요."

뱉어놓고 보니 최악의 답변이다 싶었다. 새벽 두 시가 가까웠고 등산로도 아닌데다 산불로 입산 금지 기간이었다. 지아는 규식이 뭐라고 말하기 전에 선수를 쳤다.

"그쪽은 저 미행했어요?"

"네."

뻔뻔한 대답이었다. 지아는 잠시 말을 잇지 못했다. 무슨 말이 돌아올지 몰라 왜 따라다니는 거냐고도 묻지 못했다. 밀려오는 밤기운에 몸서리를 쳤다. 규식은 미동도 없이 지아를 내려다봤다. 그 모양새가 마음에 들지 않아 지아도 허리를 펴고 일어섰다.

"미행은 불법인데요."

"그럼 취재라고 할까요."

"허락 안 받고 취재하는 것도 불법 아니에요?"

"불법 아니에요. 가택침입도 아니고 뭐. 정 불편하면 나도 산책하고 있었던 걸로 하고요."

규식은 뒷짐을 지고 섰다. 턱으로 산 중턱을 가리켰다.

"가던 길 가요. 따라가게."

지아는 제자리에 우뚝 섰다. 그냥 산에서 내려갈까 싶었지만 규식은 정확히 시체가 있는 곳을 바라보고 있었다. 시체를 얼마나 단단하게 묻었더라. 무덤을 파고 땅을 밟아줬었나. 생침이 갯벌에 맛조개처럼 숭풍숭풍 솟았다.

"재밌는 거 있으면 같이 보고 싶어서 그래요. 정 싫으면 나 먼저 가고요."

규식이 이죽거렸다. 지아가 오도 가도 못 한다는 걸 알면서도 괜히 던지는 말이었다. 강규식은 보란 듯이 지아를 지나쳐 산을 오르기 시작했다. 걸음이 빨랐다. 가파른 능선에서 노를 젓는 것 같았다. 지아를 젖혀놓고 혼자라도 오르겠다는 심산이었다. 지아는 재빨리 규식을 뒤따랐다. 바짓가랑이를 붙잡으려 할 때마다 번번이 헛손질했다.

"어디 가시는데요."

규식이 돌아섰다. 아까보다 굳은 표정이었다. 이마 위로 흘러내린 머리카락 몇 올을 바짝 올려 넘겼다. 지아는 그사이 규식을 따라잡았다. 정수리 위로 콧김이 쏟아졌다. 달착지근한 찌개처럼 규식의 숨이 귓불에 날아들었다. 규식은 씩씩거리고 있었다.

"저기요. 이러니까 정말 이상하잖아요. 진짜 이상해요. 알아요? 보물이라도 묻어놨나. 산에 오면서 캐리어는 또 왜 갖고 온 거예요."

"그런 거 아니라니까요."

"됐고. 그쪽은 그쪽 볼일 봐요. 난 그쪽이 아니라도 살펴볼 게 있으니까. 아까부터 이 언저리가 좀 이상하단 말이에요."

지아는 규식이 가리킨 곳으로 눈을 돌렸다. 시체를 묻고 내려오던 자리였다. 구르고 넘어지고 엉덩이로 미끄러진 길이었다.

"그냥 떨어진 낙엽과 사람 손이 닿은 낙엽은 밀도가 달라요. 체중으로 누른단 말이에요. 흙도 마찬가지고요. 밟은 흙과 쓸어 모은 흙은 딱 봐도 차이가 나요. 그 위에 눈이 내리면 점성도 달라요. 사람 다녀간 길에 쌓이는 눈은 미끄러지고, 자연히 쌓이는 눈은 소복하게 쌓이니까요. 여기 사람이 다녀갔던 게 분명해요."

규식은 기관총처럼 랜턴을 난사했다. 다시 불빛이 어지러웠다. 나무에, 돌에, 낙엽에, 산짐승처럼 웅크린 산세가 으르렁거렸다. 그 와중에 언뜻언뜻 불빛을 반사하는 것들이 있었다.

"이것 봐요. 누가 다녀간 흔적이 있지. 패딩 조각이잖아요. 누구 옷일까요?"

규식이 놀리듯 말했다. 올빼미가 울었다. 조금만 더 가면 시체가 있는 곳이었다. 나무 하나만 더 지나면, 엉성하게 흙으로 덮어 놓은 무덤이 있었다. 규식은 내비게이션을 보듯 정확히 무덤으로 걸었다. 썩은 냄새를 맡는 늑대처럼 걸음이 빨라졌다.

지아는 캐리어를 내려놓고 펜석기처럼 끝이 뾰족한 돌멩이 하나를 주웠다. 단단하고 날카로워서 어렵지 않게 뼈를 조각낼 수 있을 것 같았다. 트렁크에 성인 두 사람을 집어넣을 수 있을지 생각해봤다. 그건 어려울 것 같았다. 여차하면 하루 더 조대산을 올라야 할지도 모르겠다고 생각했다. 주먹에 바짝 힘을 줬다. 돌멩이의 찬 기운이 손목을 축축하게 감쌌다. 탈모가 시작된 강규식의 정수리가 달빛 아래 과녁처럼 빛났다. 그곳을 확 내리찍는 거다. 주저하면 안 된다. 두개골을 뚫을 수 있을 만큼 강하고 빠르게, 한 번에 끝내야 했다.

규식은 마침내 무덤에 도착했다. 지아는 한 걸음 뒤에 섰다. 손을 뻗으면 닿는 거리였다.

"분명 뭘 묻었던 흔적인데……"

규식은 무덤 위에 쌓인 눈과 나뭇가지를 걷어냈다. '강하게. 빠르게. 정수리를 한 번에.' 지아는 주문 같은 말을 중얼거리며 머리 위로 돌멩이를 들어 올렸다.

"허 참. 이상하네. 그새 파낸 것 같기도 하고."

규식이 말했다. 함성 같은 바람이 산등성이를 쓸고 지나갔다. 수풀 속에서 바스락거리는 소리가 났다. 규식이 뒤를 돌아봤을 때 시커먼 것이 뛰쳐나왔다. 지아는 악 소리를 지르며 뒤로 고꾸라졌다. 규식의 랜턴이 어지러운 불빛을 쏘아대며 능선 아래로 굴렀다. 두 사람보다 훨씬 놀란 것 같은 고라니 한 마리가 제자리에 멈춰 서 있었다. 규식이 휘이, 하며 쫓아내는 시늉을 하자 고라니는 서둘러 수풀 속으로 달아났다. 그사이 돌멩이는 산길을 따라 데굴데굴 굴러 자취를 감췄다. 지아는 돌멩이가 사라진 곳을 허망한 표정으로 바라봤다.

"에이 놀래라."

규식은 떨떠름한 얼굴로 가슴을 쓸어내렸다. 그제야 겨울 날씨가 와닿는지 몸을 부르르 떨었다. 까끌까끌하게 자란 턱수염을 손바닥으로 쓸고는 침을 퉤 뱉었다. 지아는 무덤이 있던 자리를 향해 고개를 돌렸다. 규식의 말대로였다. 분명 지아가 삽으로 시체를 덮고 땅을 다져놓았던 자리에는, 사람을 파낸 모습 그대로 웅덩이만 남아 있었다.

"아무것도 없네. 내려갑시다. 여기서 뭐 하고 있었는지는 다음에 말해줄 거죠?"

규식은 대답을 기다리지도 않고 산을 내려갔다. 뒷짐을 지고 걷는 탓에 오를 때보다 더 느린 걸음이었다. 지아는 캐리어를 챙겨 들었다. 빈 가방이 텅텅거리며 바닥에 튀었다. 방금 벌어진 일이 이해가 가지 않았다. 이해도 안 가는 일을 생각하느라 머리가 아팠다.

시체가 사라졌다. 멀쩡히 무덤까지 만들어뒀던 시체가 사라진 것이다. 지아가 생각에 잠긴 사이 규식은 점점 멀어졌다. 국도에 도착했을 때 규식은 이미 산길을 한참 내려간 후였다. 지아는 캐리어를 질질 끌면서 국도를 따라 한참을 걸었다. 그러다 보니 캐리어가 너무 무거운 것 같았고, 여기에 시체를 담아 나를 뻔했다 생각하니 덜컥 겁이 나기도 했다. 지아는 길가에 캐리어를 던진 뒤 뒤도 돌아보지 않고 조대산을 내려왔다.

숙소로 돌아가기 전 지아는 봉정 빌라를 찾았다. 시체가 사라졌다면 살인 현장에는 무슨 일이 벌어졌을지 확인해야 했다. 새벽 신문을 돌리던 배달부를 따라 빌라 안으로 들어섰다. 혜수의 집에는 카드키가 새로 달려 있었다. 번듯한 솜씨로 마감을 해둔 것이 이제는 병준이 드라이버를 밀어 넣어도 쉽게 망가지지 않을 것 같았다. 카드키에 0000과 1111, 윤혜수의 생일과 자신의 생일 따위를 입력해봤지만 아무 반응이 없었다. 삐빅 하고 울리는 단발성 경고음과 시도횟수 초과를 알리는 알람이 빌라에 울렸다. 확인하지는 못했지만 빌라 안쪽이 어떤 모습일지 훤했다. 다툼의 흔적과 핏자국, 혜수가 살인범이라는 걸 알려주는 증거가 말끔히 지워져 있겠지.

한 가지는 확실해졌다. 누군가 혜수의 범죄를 감추는 중이었다.

혜수가 살인죄로 잡혀가기를 원치 않는 누군가가, 동시에 혜수의 비밀을 알고 있는 누군가가, 몰래 혜수를 돕고 있었다. 불친절하고 불편한 조력자였다. 통제권이 그쪽에 있다는 걸 의미했으니까. 언제든지 그걸 빌미로 지아를 괴롭힐 수 있다는 뜻이니까.

지아는 '시체를 찾아야지, 시체를 찾아야 해.' 하고 중얼거리며 빌라를 내려왔다. 문선 세탁소를 지나 언덕길을 내려가는 사이 동이 트기 시작했다. 간밤에 벌어진 일은 새삼 현실이 되어 지아를 절망으로 몰고 갔다. 혜수가 흘린 똥물이 지아에게도 튄 것 같았다. 그 한 방울이 사방에 악취를 뿌렸다.

규식은 협탁 조명을 올리고 탄산수 한 병을 마셨다. 긴 트림이 뒤따랐다. 암막 커튼 사이로 새벽빛이 스며들었다. 날밤을 꼬박 새웠는데 졸리지가 않았다. 밤새 긴장한 탓이었다. 아드레날린이 가라앉으려면 한 시간은 걸릴 것이니 차라리 조식을 포기하고 늦은 오후에나 일어나는 게 나을 성싶었다. 어차피 언 몸도 녹여야겠고 염지아도 오늘 오전은 공칠 테니 해 뜬 시간에 돌아다니는 편이 이득이었다.

규식은 염지아의 뒷모습을 찍은 사진을 한 장씩 넘겼다. 홍콩에서 직구로 폰을 구매한 게 이럴 때 도움이 됐다. 도촬이다 뭐다 해서 강제로 셔터 소리를 넣어둔 정식 수입 폰들은 여간 성가신 게 아니었다.

염지아가 새벽 한 시에 소산포 어귀에서 캐리어를 끌고 나타난 게 첫 사진이었다. 캐리어 바퀴에 헝겊까지 달아둔 것이 여간 수상한 게 아니었다. 밤잠이 확 달아나는 순간이었다. 국도를 따라 걷는 모습, 인적 뜸한 도로변에서 산길을 오르던 모습이 이어졌다.

규식은 사진으로 보는 세상을 좋아했다. 정지한 화면이 주는 감성, 흐린 호흡을 사랑했다. 규식이 제보한 기사가 방송을 탈 때도 스틸컷이 함께 하는 이유였다. "다음에는 동영상도 좀 찍어서 보내주세요." 새파랗게 어린 방송작가는 호호 웃으면서 그래야 유튜브에도 올라가고 조회수도 많이 나올 수 있다고 꼴같잖은 조언을 했다. 사진에만 담기는 것이 있다는 걸 모르고 지껄이는 소리였다.

규식은 염지아의 뒷모습을 찍은 사진 한 장을 확대했다. 시간을 멈추는 능력자가 된 기분으로 염지아를 조각내고 분석했다. 규식이 기억하는 예전 모습은 남아있지 않았다. 경찰서 문을 비집고 빠져나가던 거구의 여자는 간데없고 청소기로 지방을 빨아낸 듯 핼쑥한 사람만 보였다.

버스에서도, 주민센터에서도, 심지어 숙소를 찾아갔을 때도 무덤덤하던 여자였다. 새끼를 밴 고양이처럼 날카롭긴 했어도 당신이 날 어떻게 하겠느냐고 말하는 듯한 당돌함이 있었다. 그런 여자가 조대산에서 처음으로 당황하는 모습을 보였다. 애걸하는 눈빛이었다. 제발 내려가달라고, 사라져달라고 비는 얼굴이었다. 종교가 있다면 기도를 했을 얼굴이었다. 약점이 있는 게 분명했다. 규식이 파고들어야 할 곳이었다. 먹파리처럼 들러붙어 피를 빨아야 했다.

규식은 방송작가에게 메일을 썼다. '취재 중입니다'라는 제목 아래 본문을 써 내렸다. 채택이 된다면 방송 제목이 뭐가 될까. 19년의 진실? 좀 진부했다. 사라진 여자? 옛날 비디오로 빌려보던 영화 제목 같았다. 지역명이 들어가면 어떨까. 화성 연쇄살인 사건처럼. 사람 이름이 들어가도 괜찮겠다. 잭 더 리퍼처럼.

메일 발송 버튼을 누르기 무섭게 작가가 전화를 걸어왔다. 새벽 여섯 시에 메일을 확인하는 것이 아직 방송국에 남아있는 것인지 이른 출근을 한 것인지 궁금했다. 졸린 기색도 없이 작가가 물었다.

"기자님 이거 무슨 내용이에요?"

"메일에 썼잖아요. 19년간 실종됐던 사람을 추적하고 있다고요."

"네. 아는데요. 그 사람이 뭘 했는지 안 나와 있어서요."

"수상해서 따라다니는 거예요."

"아. 수상해서 따라다니시는구나. 뭐 강력 사건 같은 건 아니고요?"

"그건 아직 모르죠."

"아. 모르시는구나."

그러고 보니 아직 염지아가 무슨 짓을 저지른 건지 모른다는 생각이 들었다. 썩는 냄새가 진동하는데 그게 윗집인지 화장실인지 아니면 우리 집 침대 밑인지를 모르는 거였다.

"저희 다음 아이템 하나 있긴 한데 지금 메일 주신 거 내용 괜찮으면 먼저 공조하려고요. 그런데 지금 내용으로는 좀 애매해서요."

"네, 알아요. 좀 더 파볼게요. 한 달…… 아니 보름 안에 나옵니다."

"넹."

작가는 인사도 없이 전화를 끊었다. '지금 내용으로는 좀 애매해서요.' 작가의 말이 귀에 맴돌았다. 한 방 먹여주고 싶은 말투였다. 두고 보라지. 이 사건이 어떤 결말을 맺는지 보자고. 규식은 자신이 할 수 있는 가장 끔찍한 상황을 상상했다. 바다에 시체가 떠올라도 좋겠다. 19년간 정체를 숨기고 살던 여자가 저지른 범행이라면 완벽한 이야기가 될 것이다. 그 장면을 가장 먼저 카메라에 담을 수 있다면 더할 나위 없겠지. 게와 갈치가 반쯤 뜯어먹은 시체라면 어떨까. 모자이크하지 않고서는 도저히 방송에 담을 수 없는, 심지어 모자이크했는데도 헛구역질이 올라오는 장면이라면.

그 메일을 받은 작가가 여전히 지금 같은 말투를 유지할 수 있을지 궁금했다.

전단지

관훈은 젓가락을 내팽개쳤다. 울컥울컥 신물이 올라왔다. 입에서 잘게 찢어지는 수육은 썩은 내를 풍겼다. 이딴 걸 돈 받고 파나. 관훈이 성질을 부리고 있으니 포차 주인이 닭발을 양념에 무치다 말고 눈총을 쐈다.

"거 조용히 좀 먹읍시다."

소주 한 병에 얼굴이 붉어진 노인들도 관훈에게 한마디 했다. 관훈은 소동이 벌어지는 게 귀찮아 고개를 꾸벅 숙였다. 그것만으로도 자존감이 무너져내리는 기분이었다. 몇 해 전부터 관훈은 자주 무너졌다.

전단지를 붙이고 돌아오는 길이었다. 시내와 주택가에 도배하듯 전단지를 발라놓고 나니 뱃가죽이 말라붙을 정도로 허기가 졌다. 죽죽 갈라지는 고기 살점을 보고 있으니 토악질이 올라왔다.

산림청에서 다녀간 게 이틀 전이었다. 매년 보는 얼굴인데도 그날은 어딘지 께름칙했다. 산림청 직원은 다음 주부터 산불 방제작업을 시작한다며 법산사도 동참해달라는 공문을 들이밀었다.

"산불 방제작업이면 어디 어디 하는 건데요?"

"묵진 시내 다 할 거예요. 법산사 주변도 하고요. 조대산도 할 거고. 매년 하는 건데 왜요?"

"산을 다 뒤집겠네요."

"그럼요."

"눈이 왔는데도 하나요? 이 날씨에 무슨 산불이 난다고 그래요."

"눈 왔다고 산불 안 나요. 워낙 건조하기도 하고, 나라에서 하라고 하면 하는 거죠."

산림청 직원은 공문을 툭 던져놓고 걸음을 돌렸다. 관훈은 공문에 적힌 날짜를 확인했다. 설 연휴가 끝나고 바로 시작되는 일정이었다. 미루면 안 되는 일이 생긴 순간이었다. 관훈은 지하실로 내려가 진희를 깨웠다.

"우리 딸 자니."

진희는 속눈썹을 파르르 떨었다. 악몽이 소곤대는 것처럼 콧잔등을 찡그렸다. 야전침대 위에 새우처럼 누운 딸은 제 아비보다도 키가 컸다. 오래된 모포를 덮고, 언제 빨았는지 기억도 안 나는 원피스를 입은 채였다. 밖에서 입던 것 그대로 이불 아래 기어들었다. 물집과 베인 상처가 발바닥을 세계 지도처럼 만들어놓았다. 거리를 돌아다닌 흔적이었다. 관훈은 진희의 종아리를 주물렀다. 진희는 발가락을 꼼지락거렸다. 발등에 창백한 혈관이 돋았다. 하나하나 관훈의 작품이었다. 관훈이 만들어낸 생명이었다. 그 생명은 시간이 갈수록 수명을 다한 별처럼 빛을 잃고 있었다.

별채 지하실은 작은 벙커였다. 풍경소리도 염불도 이곳에는 닿지 않았다. 산사에 창조해낸 속세였다. 지하에 있으면 묵진도 묵진이 아니고 현실도 현실이 아니었다. 꿈을 꿀 수 있는 곳이었다. 진희가 이곳에서 오랜 시간 행복하길 원했다.

"진희야. 아빠야."

진희는 제발 이대로 물러나 줬으면 하는 듯이 모포를 말아쥐었다. 관훈은 모포를 걷어내고 불을 밝혔다. 핼쑥한 형광등 불빛 아래 먼지가 피었다. 진희는 누운 채로 눈만 떴다. 아까부터 깨어 있었던 양 눈빛이 형형했다.

"윤혜수가 살던 곳이 어디니. 너 알잖아."

진희는 다시 모포를 빼앗아 돌아누웠다. 현기증이 일었다. 이 아둔한 딸은 아빠가 저를 위해 이 고생을 하는 것도 알지 못했다. 딱밤을 놓아주고 싶은 걸 참았다. 비난은 진희를 향해서는 안 되는 거였다. 책임을 질 사람은 따로 있었다.

"아빠가 가봐야겠어."

"몰라."

진희는 어깨를 움츠렸다. 사람 손이 닿는 게 두려울 때 그랬다. 정신과에서는 대인기피증과 강박증, 공황장애, 불면증 같은 용어를 설사처럼 쏟아냈다. 사람들은 진희가 미친 걸로만 알았다. 실은 겁을 먹어서 그러는 걸 모르고 손가락질을 했다. 진희는 똥개처럼 움츠리고 사람들을 피해 다녔다.

"진희야. 혜수가 묵진까지 내려왔잖아. 아빠가 해결해야겠지?"

진희가 그제야 모포를 살짝 내렸다. 어린 시절의 모습이 조금 남은 눈썹 아래로 웃음기가 맺혔다가 사라졌다. 잊고 있던 나쁜 기억을 떠올린 듯한 모습이었다. 진희가 말했다.

"다은이가 죽었어."

"네 잘못이 아니야. 그건 윤혜수 때문이야."

"맞아. 윤혜수 때문이야. 벌을 받아야 해."

"그러니까 아빠가 도움을 줘도 될까?"

"응."

"그러려면 윤혜수가 살던 집을 알아야 하는데."

"몰라."

관훈은 야전침대에 걸터앉았다. 모포 위로 푹 꺼진 옆구리를 찔렀다. 진희가 불에 덴 것처럼 움찔했다.

"말 안 하면 간지럽힌다."

"하지 마."

진희가 해볼 테면 해보라지 싶은 자세로 몸을 웅크렸다. 관훈은 겨드랑이를 파고들어 간지럼을 태웠다. 진희가 자지러지며 기어이 참았던 웃음을 터뜨렸다.

"하지 마 아빠아아아아아아!"

"혜수 어디 있었는지 알려주면 그만하지."

진희는 팥죽 같은 얼굴을 찌푸리며 헤실거렸다. 씹어 삼키듯 말을 해서 무슨 말을 하는 건지 알아듣기가 힘들었다.

"다시 말해 볼래, 진희야?"

관훈은 진희의 입술에 귀를 갖다 댔다. 진희는 '봉정 빌라 501호'라고 속삭였다.

"그리고? 다은이가 어디 있는지도 알지? 조대산이잖아. 조대산 어디 있어?"

진희는 드문드문 떠오르는 기억을 더듬어 위치를 말했다. 그리고 더는 귀찮게 하지 말라는 듯 모포를 뒤집어썼다.

사건이 벌어진 지 한 달째였다. 관훈은 윤혜수의 집에 펼쳐져 있을 장관을 상상하면서 살인 현장을 치우는 데 필요한 도구를 가늠해 봤다. 배수로 보수작업에 썼던 목장갑과 그 위에 낄 고무장갑, 소독용 과산화수소수, 수세미, 절에서 쓰는 덧버선, 화장실에서 쓰던 수건과 행주까지 담았다. 가방이 묵직했다. 관훈은 봉정 빌라로 차를 몰았다.

이제 묵진은 늙은이들의 도시였다. 꽃 같던 청춘을 잊지 못한 노인들이 마지막 불꽃을 태우는 곳이었다. 묵진에서 태어난 아이들은 스무 살이 되면 인근 대도시로 향했다. 일자리가 더 많은 곳을 찾아 떠나는 당연한 과정이었다. 묵진을 떠난 이들이 추억 때문에 돌아오는 일은 드물었다. 타지에서 묵진으로 오는 이들은 짧은 시간 돈을 벌어 더 안락한 곳으로 돌아가겠다는 생각을 했다. 그러니 젊은 나이에 묵진으로 들어와 환갑이 넘도록 남아있는 건 흔치 않은 일이었다. 관훈은 묵진에 기회가 있을 거라 생각했다. 적어도 젊은 시절에는 그랬다. 가정을 꾸리고 편한 생활을 했다. 배에 기름이 끼고 머리가 벗어져도 좋았다. 사람들이 삭막하다고 하는 바다도 관훈에게만큼은 솜이불처럼 포근한 풍경이었다. 이제는 그런 묵진이 표정을 바꿨다. 흉포하게 몰아치는 파도 위로 바다 안개는 관짝처럼 관훈의 목을 졸랐다. 관훈은 자신이 과거에 붙어사는 기생충이 아닌가 하는 생각을 했다. 해결할 일이 남아있기 때문이었다. 그래서 묵진을 떠나는 것이 두려웠다.

봉정 빌라로 가는 길은 시원하게 뚫려 있었다. 브레이크 한 번 밟지 않고 차를 몰았다. 히터로 후끈거리던 차에서 내리자 드라이아이스 같은 공기가 흘렀다. 관훈은 주민 하나가 쓰레기봉투를 들고 낑낑대는 틈을 타 안으로 들어섰다. 곧장 꼭대기 층으로 올랐다. 501호 손잡이는 목이 부러진 비둘기처럼 덜렁거렸다. 문은 아무 저항 없이 열렸다. 속에서 찬 바람이 불었다.

관훈은 지문이 남지 않도록 장갑을 착용했다. 들어가기 전에 신발 대신 덧버선을 신는 것도 잊지 않았다. 각오를 하고 왔는데도 거실에 펼쳐진 광경을 보는 순간 바닥으로 눈을 내리깔았다. 겨드랑이를 타고 흐른 땀이 서늘하게 옆구리를 스쳤다. 칼날이 어깨를 밀고 들어오는 기분이었다. 피범벅이 된 살인 현장에서 관훈은 가방을 열어젖혔다.

관훈은 범죄 다큐멘터리에서 본 기억을 떠올렸다. 우연히 머무르게 된 채널이었다. 열대야가 이어지던 여름밤이었고 납량특집으로 편성된 심야 프로그램이었다. 미제 사건을 두고 패널들이 상황을 분석하는 방송이었다. 경찰대학 교수, 강력계 형사, 기자, 소설가, 범죄심리학자가 각자의 방식으로 사건을 추리했다.

아내가 옆에서 뭐 이런 걸 보냐고 쫑알거렸다. 잠이나 자라고 쏘아붙이자 아내는 흥, 하며 관훈의 가슴에 안겼다. 관훈은 화면에 시선을 고정한 채 아내의 머리카락을 쓰다듬었다. 방송은 쇠락한 공업도시에서 벌어진 연쇄 실종 사건을 다뤘다. 한 달 새 네 명이 실종됐다고 했다. 사건 재연이 이어졌다. 경찰이 특정한 몇 명의 용의자도 방송을 탔다. 가명 처리된 용의자들은 임금 체불로 인한 원망, 보험금을 노린 범죄, 모방 범죄 따위의 이유를 가지고 있었다. 방송이 끝날 무렵 패널들은 돈세탁 정황이 있던 조직과 실종자 중 한 명이 내통하던 사실에 집중하는 분위기였다. 범죄 은닉을 위한 사건이라 의견이 모이는 거였다.

"저는 생각이 좀 다른데요."

말미에 딴지를 놓은 건 범죄심리학자였다. 목을 조를 듯 당겨 맨 넥타이, 딱 보기에도 갑갑해 보이는 남자였다. 미국도 영국도 일본도 아니고 폴란드에서 유학 생활을 했다는 사람이었다. 방송 중에도 말끝마다 반박해대는 통에 몇 차례 설전이 오간 참이었다. 진행자가 시간이 없으니 결론부터 내려달라고 요청했는데도 말허리를 자르고 어깃장을 놓았다.

"한국에서는 이걸 뭐라고 하는지 모르겠습니다. 폴란드에서 배웠던 걸 한국어로 옮겨보자면 현상과 가설이라고 번역하는 게 가장 적당해 보이는데요. 여기 계신 분들 모두 현상과 가설도 구분 못 하는 거 아닙니까."

방송에 참여한 모든 사람을 싸잡아 비난하는 말투였다. 형사가 고개를 절레절레 흔들었고 경찰대학 교수는 눈을 찌푸렸다. 기자가 펜대를 굴리며 무슨 소리를 하는지 들어나 보자는 표정으로 시선을 고정했다.

"현상에는 선입견을 집어넣으면 안 됩니다. 과학에 기대야 합니다. 사실만 기록해야 합니다. 지금 여러분들이 범인을 유추하는 과정이, 가설에 현상을 끼워 맞추는 형국입니다. 범인을 특정하고 시작하신다는 거죠. 저 사람이 범인이었으면 좋겠다. 이렇게 생각하는 순간 오류가 생깁니다. 아마 많은 분들이 그걸 직관이라고 부르실 겁니다. 개 풀 뜯어 먹는 소립니다. 추론과 사실을 구분하지 못하는 확증편향에 불과하다는 겁니다. 현상을 분석한 뒤에야 가설을 세워야죠. 가설에 제약이 있어서는 안 됩니다. 가능한 많은 가설을 세울수록 좋습니다. 현상과 가설을 하나씩 일치시켜 나갑니다. 일치하는 가설이 없으면 다른 가설을 세웁니다. 귀납적으로 사고하는 겁니다. 그 모든 것이 맞아떨어지는 순간이 오면 가설은 사실이 됩니다. 사실을 기반으로 추리가 시작됩니다. 이 둘을 떼어놓지 않으시니 돈세탁하는 조직이 범행을 저질렀다는 결과가 나오지요."

강력계 형사가 불편한 기색을 표했다. 심리학자가 은근히 경찰을 비난하고 있어서였다. 형사는 삐걱거리는 어조로 말했다.

"현장 경험이 없어서 그렇게 생각하실 수도 있겠는데요. 여기 있는 분들이 그냥저냥 전문가도 아니고 업계에서 인지도 있는 사람들이에요. 이런 사람들이 용의자 한 명을 특정했으면 신뢰할 만하지 않습니까."

"여전히 현상과 가설을 구분하지 못하시네요. 여기 있는 사람들이 전문가다. 이게 현상입니다. 여러분들이 하는 말이 옳을 것이다. 이건 가설이고요. 두 명제가 일치한다고 보십니까?"

패널들이 심리학자가 닥쳐주기를 기다리는 사이 시계를 보던 사회자가 마무리 멘트를 할 겸 한 마디를 건넸다.

"의견 잘 들었습니다. 마지막으로 용의자를 특정해주시면 시청자분들께서 참고하시지 않을까 하네요."

심리학자는 깍지를 낀 손을 빙글빙글 돌리며 사회자를 물끄러미 바라봤다. 당신들도 문제야 하고 말하는 것 같았다.

"지금은 용의자를 특정할 수 없습니다. 방송국에서 정리한 서스펙트 중에는 범인이 없어요."

화면에 잡히지 않은 누군가 실소를 토했다.

방송은 자정이 다 돼서야 끝났다. 마지막으로 화면에 잡힌 건 고개를 절레절레 젓고 있는 형사의 모습이었다. 용의자가 체포된 건 방송이 나간 지 몇 주 뒤였다. 심리학자의 말대로 방송국이 지정한 이들이 아닌 다른 용의자가 발견됐다. 범죄심리학자는 자신의 명석함을 알릴 기회도 얻지 못했다. 여름 특집 프로그램은 가을까지 이어지지 못했고 범죄심리학자는 그 후로 방송에 출연하는 일도 없었다.

관훈은 범죄심리학자의 말을 곱씹었다. 현상을 관찰하고 가설을 수립한다. 현상과 가설이 일치하면 가설은 사실이 된다. 봉정 빌라에 벌어진 참상도 이 방법으로 정리가 가능할 것 같았다.

하나. 문이 뜯어져 있으니 비밀번호를 모르는 사람이 이곳을 다녀갔다.

둘. 경찰은 이곳을 다녀가지 않았다. 그랬다면 이미 폴리스라인이 쳐져 있고 경찰이 윤혜수를 쫓아다닐 것이다.

셋. 문을 따고 들어오는 사람이라면 보통은 도둑일 것이다. 하지만 쓰레기통에 잘라서 버린 신용카드를 발견했다. 정말 도둑이라면 이런 수고를 하지는 않았을 거다.

넷. 현상을 설명할 수 있는 가설은 윤혜수가 이곳을 다녀갔다는 것이다. 입구는 손잡이를 비틀어 망가뜨린 흔적이 있다. 비밀번호가 기억나지 않았다는 뜻이다. 바닥에는 건전지가 떨어져 있었다. 알람이 울리자 건전지를 뽑아버렸을 것이다. 이 항목은 아직 가설로 남겨둔다.

다섯. 진희는 윤혜수가 자신의 과거를 기억하지 못하고 있다고 했다. 현상과 가설은 이 지점에서 일치했다. 현장이 진희의 말을 증명하고 있다.

지난 일을 기억하지 못하는 윤혜수는 문을 뜯고 들어와 현장을 확인하고, 필요한 것들만 챙긴 뒤 서둘러 현장을 빠져나갔을 것이다. 방을 뒤진 흔적이 남아있었는데 다시 정리해둘 생각까지는 못했다. 마음이 급했겠지. 어쩌면 겁을 먹었는지도 모른다. 서울에서 함께 내려왔다는 남동생도 이곳에 함께 왔을지는 확실하지 않았다. 관훈은 현상과 연결하지 못하는 가설은 버려두기로 했다.

상황을 파악했으니 작업을 할 차례였다. 가방에 들어 있던 짐을 거실 한구석에 쏟아 놓았다. 피 웅덩이가 진 곳부터 시작했다. 핏자국 위에 과산화수소를 부었다. 변색된 혈흔에서 거품이 끓었다. 닦아내는 족족 수건이 까맣게 물들었다. 욕조에 물을 받아 암갈색으로 변한 수건을 불렸다. 찬물에 닿은 손이 뻣뻣했지만 보일러를 켜지 않았다. 집에 온기를 더할수록 지워야 할 흔적은 진해질 테니까.

남은 과산화수소는 분무기에 넣었다. 노즐을 빠져나간 용액은 벽면에 박힌 피를 녹였다. 피가 바닥까지 흐르지 않도록 행주를 받혔다. 분뇨 같은 피가 행주 위에 고였다. 그러고 있으려니 차라리 벽지를 뜯는 게 낫겠다는 생각이 들었다. 초배지 위에 합지를 바른데다 굳은 피딱지가 벽지를 빳빳하게 만들어놓은 상태였다. 관훈은 오염된 벽지 부분을 커터칼로 도려낸 뒤 위에서부터 뜯어나갔다. 검은 혈흔이 사라지고 회색 벽이 드러났다. 살을 잘 발라낸 닭 뼈 같은 모습이었다.

관훈은 욕조 물을 빼내고 준비해둔 양동이에 수건과 행주를 담갔다. 피가 빠질 때까지 손을 씻었다. 비누에도 세면대에도 붉은 물이 흘렀다. 칫솔을 꺼내 세면대를 닦았다.

정리를 끝낸 관훈은 차를 몰아 마트로 갔다. 도어락과 전동 드라이버를 샀다. 혹시 모를 상황을 대비해 현금으로 결제하는 것도 잊지 않았다. 손에 피가 묻어있지는 않을지 걱정이었지만 계산하느라 정신이 없는 캐셔는 관훈에게 눈길 한 번 주지 않았다.

비밀번호는 윤혜수의 전화번호 뒷자리로 설정했다. 도어락 열쇠는 집안에 던져놓고, 흐트러진 집안을 정리한 뒤 문을 닫았다. 겨울인데도 땀이 흘렀다. 작업이 끝난 빌라 복도는 영하의 저수지처럼 얼어 있었다.

정리를 끝낸 관훈은 조대산을 올랐다. 조대산에 빽빽이 늘어선 잔가지는 작업하기에 적당한 그늘을 만들었다. 산책이 아니라 무덤을 파고 시체를 옮기기에 적당한 밝기였다.

진희가 설명한 장소에서 시체를 찾아냈다. 시체는 들짐승이 공격했다고 하는 쪽이 더 납득이 갈 만큼 뭉개져 있었다. 그 와중에 얼굴만 멀쩡했다. 아무리 지독한 인간이라도 이 완벽한 피조물을 망가뜨리는 건 두려웠을 것이다.

조대산의 냉기는 시체를 미라로 만들어놓았다. 관훈은 밀랍 인형 같은 시체를 어깨에 얹었다. 지금 손에 닿는 건 흙이라고, 진흙이라고, 썩은 물이 흘러 거름이 될 단백질 덩어리라고 스스로 되뇌었다. 감정이 치밀어 오르려는 걸 꾹꾹 눌렀다. 방수포로 시체를 감아 차에 실었다. 입에서는 법구경이 방언처럼 튀어나왔다. '영혼이 머무는 곳은 아홉 곳. 생사는 끊어져 없어지지 않고. 어리석은 이들 이를 알지 못해 어둠에 덮여 천안(天眼)이 없네.'

법산사로 돌아가 아궁이에 불을 지폈다. 마른 장작이 타오르기 시작했을 때 벽지와 수건을 던져넣었다. 젖은 물건이 불완전연소 하며 만들어내는 그을음이 아궁이 천정에 들러붙었다. 검은 연기는 왈칵 피어올라 바다로 흘렀다. 행주를 적신 피는 하늘로 올라가 비가 되어 바다에 내릴 것이다. 그 빗물을 마시고 사는 물고기, 그 물고기를 먹고 사는 사람들 속에 죽은 이의 피가 흘러들 것이다. 사람들은 그 사실을 알고 있을까. 알고도 아무렇지 않게 살아가는 것일까.

예상보다 많은 연기가 피었다. 관훈은 소매로 입을 막고 기침을 했다. 밤의 산에서는 연기도 소리도 낮보다 빨리 퍼졌다. 기침 소리는 검은 숲의 정적을 깨트렸다. 연기는 법산사 참선당에도 흘러들었다. '이건 좀 곤란한데.' 참선당 창문을 비집고 들어가는 연기를 보며 그렇게 생각했다.

참선당은 묵진시에서 템플스테이 보조금으로 5억을 받아 세워 올린 건물이었다. 전임 시장의 작품으로, 관광산업을 활성화해보겠다는 의지가 반영된 결과물이었다. 법산사 외에도 대여섯 군데의 사찰이 혜택을 받았다. 설립 초기에는 보도자료를 배포하고 홍보비도 쏟아부은 덕에 수요가 유지되는 듯했지만, 얼마 지나지 않아 발길이 뚝 끊겼다. 여기저기서 템플스테이를 한답시고 국고보조금을 쏟아부은 탓이었다. 지하철만 타면 몇 시간 안에 도착할 수 있는 절이 널린 마당에 묵진까지 내려와 템플스테이를 하겠다는 관광객이 있을 리 만무했다. 참선당은 명목상 방 하나를 남겨두었을 뿐, 이제는 스님들이 거주 공간이 되었다. 시에서는 감사도 하지 않으면서 매년 유지보수 목적으로 추가 보조금을 내줬다. 배정된 예산을 조정하지 않고 작년 예산안을 유지한 결과였다. 유지하는 건 쉽고 바꾸는 건 귀찮은 일인지라 지방 예산 관리 담당자는 템플스테이 예산안에 관심을 두지 않았다. 잘못을 지적하고 동의를 구하고 기획안과 예산안을 만들고 결재 절차를 밟는 수고를 달갑게 받아들일 현자는 없었다. 묵진은 변화를 싫어하는 도시였다.

연기를 맡은 수경이 참선당에서 나왔다. 신방돌 위에서 꽝꽝 얼어 있는 신발을 신었다. 문고리에 소리가 나지 않도록 헝겊을 감아 놓았는데도 혹여 스님들이 방해를 받을까 조심해서 손을 놓았다. 수경은 하늘을 한 번 쳐다보고는 연기가 오는 방향을 따라 고개를 돌렸다. 두 사람의 눈이 마주쳤을 때 관훈은 부지깽이로 아궁이를 헤집던 중이었다. 불기운은 자꾸만 헐떡이는 열기를 얼굴에 끼얹었다.

"처사님. 파참재 하나 드시지요."

수경이 떡을 내밀었다. 관훈은 부지깽이를 짚고 일어섰다. 끝마디에 커튼 조각이 달려 나왔다. 불똥이 사방으로 흩날렸다. 갑자기 일어선 탓에 빈혈이 일었다. 관훈은 합장하고 떡을 받아들었다. 곡기가 들자 위에도 피가 돌았다. 수경은 관훈이 떡 하나를 삼킬 때까지 기다렸다가 말했다.

"많이 피곤해 보이십니다."

수경의 말대로 관훈은 피곤했다. 몸만 피곤한 게 아니었다. 증거를 태우는 와중에 다가온 수경이 거슬렸다. 수경은 불편해 보이는 관훈을 무시하고 거리를 좁혀 다가왔다.

"오늘 일이 좀 많았습니다. 이것만 하고 쉬려고요."

"뭘 태우십니까?"

"낮에 모은 쓰레기를 태웁니다."

수경은 허리를 숙였다. 아궁이 속에 머리를 처박을 정도로 불길에 가까이 다가갔다. 엉덩이를 발로 슬쩍 밀어주면 나자빠질 텐데 그러지 못하는 게 서운했다.

"걸레도 태웁니까? 벽지도 보이는데요."

수경이 따지고 들었다. 하루 이틀 일이 아니었다. 점잖은 얼굴로 잔소리를 해대는 것이 몇 가닥 안 남은 머리털마저 빠질 지경이었다. 꼼꼼해서 도움이 되는 인간이 있는가 하면 쓸데없이 예리해서 주변을 피곤하게 만드는 인간이 있는데 수경은 두말없이 후자였다.

"걸레는 더 못 쓸 상태고 벽지는 낮에 별채 지하실 정리하다 나온 걸 태우는 겁니다."

수경은 아궁이에 한 걸음 더 다가섰다. 소가죽처럼 질겨 보이는 얼굴이었다. 선원과 수도 생활을 번갈아 하는 동안 자연히 무두질한 피부였다. 채식 생활이 만들어놓은 고운 표피를 걷어내면 끓는 태양 빛이 선사한 기미 잡티가 쏟아져 나올 것 같았다.

"걸레에 뭐가 많이 묻었네요."

수경이 기다란 장작으로 걸레를 꺼내려 했다. 관훈이 그 앞을 막아섰다.

"스님, 손이 더러워집니다. 그냥 걸레입니다. 마저 타게 두시지요. 더러운 걸 닦았습니다."

"산사에 저렇게 걸레를 새까맣게 만들 만한 곳이 있었나요? 평소에 청소가 잘 안 됐다는 소린데 제가 알고 있어야 하지 않겠습니까."

"비가 오면 새시에 물이 고여서요. 눈이 와도 그렇습니다. 일주일에 한 번씩 닦아도 때가 새까맣게 묻어 나옵니다."

"고생하십니다. 고생하시는데, 이 시간에 태우셔야 합니까. 곧 스님들이 주무실 시간인데요. 참선당으로 연기가 날아옵니다."

"다음부터는 조심하겠습니다. 그런데 낮에 태우면 절을 찾는 신도들이 싫어하세요."

"그렇겠네요. 그런데 왜 쓰레기봉투를 안 쓰십니까?"

클레임 한 번 신사스럽게 건다 싶었다. 당장 물을 떠다 아궁이에 끼얹고 싶은 걸 참고 있을 텐데. 수경은 어느새 관훈을 똑바로 바라보고 있었다. 기어코 죄송하다는 말을 듣고 말겠다는 의지로 끓는 눈이었다. 그 눈에 부지깽이를 꽂아주고 싶었다.

"귀찮아서 그러신 거겠지요. 그래도 나라에서 만든 법이 있는데 괜히 구설에 오를 일은 안 만들었으면 합니다."

수경은 결국은 의중을 들키고 마는 인간이었다. 영리한 척해도 욕망을 숨길 수가 없는 인간이었다. 더 나은 자리 얻을 생각에 아랫도리가 불끈불끈하겠지. 그래서 괜히 책잡힐 일은 만들고 싶지 않겠지. 관훈은 알겠다고 대답했다.

"차에는 뭐가 들었습니까? 짐이 많네요."

"절에서 쓸 공구 같은 겁니다. 청소도 좀 했고요."

"그래요? 절에서 쓰는 공구가 왜 차에 있지요? 봐도 됩니까."

"봐서 뭐 하시게요."

"보면 안 되는 거라도 있습니까."

수경이 뒷짐을 졌다. 주종 관계 좀 확실히 하자고 말하는 듯한 자세였다.

"차도 공구도 절에서 쓰는 건데 스님이 봐서 안 될 게 뭐 있겠습니까."

관훈은 보란 듯이 트렁크를 열어 곡괭이를 꺼냈다. 수경이 미간을 좁혔다.

"곡괭이네요? 절에서 그걸 쓸 일이 있어요?"

"곡괭이를 어디 쓰겠습니까. 사람 머리에 구멍 내라고 쓰는 건 아니잖아요."

수경의 눈이 산바람보다 싸늘한 바람을 쏘아댔다.

"땅 팔 때 씁니다. 여름에 비 오면 배수로도 내야 하고요. 미리미리 준비하려고 합니다."

수경은 흠, 하며 고개를 끄덕였다. 허용 범위를 벗어나지 않은 행동에 예상했던 질문들이었다. 무사히 넘어갔다는 생각에 손끝이 얼얼했다.

"주무세요 처사님."

"네, 스님도요. 그런데 오늘 관리실 좀 써도 되겠습니까."

관훈은 돌아서는 수경에게 물었다. 수경이 의아한 얼굴로 돌아섰다.

"관리실은 왜요?"

"프린트할 게 좀 있습니다. 안내문 써 붙일 거랑요."

"그거라면 해달 보살님이 해주신다고 했는데요."

"빠진 게 있더라고요."

선원으로 일했던 탓일까. 수경은 꼬치꼬치 캐묻는 게 많았다. 선원들은 육지에서 노동하는 이들보다 의심이 많았다. 발이 물 위에 떠 있기 때문이었다. 물은 흔들리는 곳이고 빠지면 죽는 곳이었다. 의심이 많아야 선원 일을 오래 할 수 있었다. 귀의한 지가 언제인데 수경은 아직 선원 태를 벗지 못했다. 속세와의 인연을 끊기는 개뿔. 수경은 느린 걸음으로 참선당에서 열쇠를 가져와 관훈에게 건네줬다.

"너무 늦게까지 일하지 마시고요. 열쇠는 내일 아침에 돌려주시면 됩니다."

관훈은 수경에게 허리를 숙였다. 수경의 허리는 빳빳이 서 있었다. 관훈은 다시 바닥에 쪼그려 앉아 아궁이를 살폈다. 불길은 거의 사그라들어 좁쌀 같은 불씨 몇 알만 잿더미 위를 굴렀다. 바람이 신경질적으로 나부꼈다. 도량(道場)은 밤이 되면 기온이 훅 떨어졌다. 도심지와 바다는 열을 오래 머금고 산은 열을 금방 빼앗기기 때문이었다. 그래서 낮에는 바다에서 바람이 불고 밤에는 산에서 바람이 불었다. 관훈은 칼바람이 얼굴을 얼리도록 내버려 뒀다. 이가 딱딱 부딪히게 만드는 냉기는 화상자국을 긁어댔다. 통풍과 함께 오래된 상처가 되살아났다. 피부나 근육을 건드리는 게 아니라 예고 없이 곧바로 신경을 찌르는 통증이었다. 주머니에 넣어둔 바이코딘을 침과 함께 삼켰다. 예민하게 달아오른 신경이 누그러졌다. 긴장감이 사라진 자리엔 감기에 걸린 것 같은 몽롱함이 찾아왔다. 관훈은 관리실로 들어가 언 몸을 녹였다.

진희는 윤혜수를 찾겠다고 야생 원숭이처럼 쏘다녔다. 한 달째 그 난리를 치고 있었다. 찢어 죽이겠다고 으르렁거렸다. 제발 절에 붙어있어 달라 사정도 해보고 밖에서 문을 잠가보기도 했지만 진희는 윤혜수를 데려와야 한다고, 벌을 줘야 한다고 소리쳤다. 별채에 가둬놓은 사이 진희는 화를 누르지 못해 입고 있던 옷을 찢어발기고 머리를 쥐어뜯었다. 거품을 물고 가구를 박살 냈다. 관훈에게 달려들어 팔을 깨물고 손톱으로 얼굴을 할퀴었다. 늑대에게 당한 듯한 생채기를 목덜미에 남긴 뒤에야 난동이 끝났다. 진희는 그러고도 분을 풀지 못해 밖으로 뛰쳐나가 새벽이 되어서야 돌아왔다. 별채로 돌아올 때면 언제나 맨발이었고 긴 머리가 눈을 가린 채 젖어 있었다. 관훈은 진희가 잠들 때까지 옆에 앉아 미안하다고 빌어야 했다. 아빠가 꼭 윤혜수를 데려다 무릎을 꿇게 하겠다고 약속했다. 그러기 위해서는 미끼가 필요했다. 윤혜수가 움직일 수밖에 없는 약점을 쥐고 흔들어야 했다. 그 미끼가 법산사 관리실에 있었다.

관훈은 수경에게서 건네받은 열쇠로 관리실 문을 열고 신도 목록이 있는 컴퓨터에서 엑셀 파일을 불러왔다. 법산사는 국립공원 내부에 있었고 신도증 없이 등산만 다녀오려면 등산로 입구에서 입장료를 내야 했다. 덕분에 모든 신도가 등록을 하고 신도증을 받았다.

1년에 한 번 갱신하기 때문에 신도증 발급일과 갱신일, 생년월일, 신도증에 쓸 사진까지 정리가 돼 있었다. 관훈은 엑셀 파일에 가입일 순으로 정리된 신상 리스트를 스크롤 했다. 최근 가입한 신도 중에 한다은의 이름이 보였다. 신도증에 입력할 사진도 함께였다.

이제는 이 세상에 없는 아이였다. 예쁜 아이였다. 이목구비가 뚜렷하고 눈썹이 짙었다. 조랑말같이 발랄했다. 단단하고 시원한 목소리를 가지고 있었다. 이제는 들을 수 없는 아이의 목소리가 옆에서 속삭이는 듯했다. 진희가 다은이에게 보내던 눈빛이 떠올랐다. 잔털 하나 없이 매끈한 목선을 쓰다듬으며, 진희는 많은 생각에 잠겼었다. 진희의 꿈에 다은이가 나올지 궁금했다. 행복한 꿈을 꾸고 있을지, 악몽을 꾸고 있을지도.

관훈은 파워포인트를 열고 그 위에 다은의 사진을 올렸다. 눈이 침침했고 손은 통풍으로 삐걱였다. 젊은 사람들이 5분이면 끝낼 작업이었지만 관훈이 작업을 마쳤을 때는 이미 자정이 지나 있었다.

관훈은 프린트 버튼을 눌렀다. 수십 장의 전단지가 뽑혀 나왔다. 그중 한 장을 집어 들었다. 다은의 얼굴이 종이를 가득 채웠다. 작은 사진을 확대한 탓에 오래된 영화를 복원한 듯 픽셀이 뭉개졌다. 다은은 무언가 말하고 싶은 게 있는 얼굴로 이쪽을 바라봤다. 풀지 못한 원한이 있어 법산사를 떠돌며 소리치고 있을 것 같았다.

오금을 저리게 만드는 한기가 등을 덮었다. 관훈은 뒤를 돌아봤다. 시커먼 바람이 연신 문을 두드렸다. 아기처럼 울어대는 산바람은 관리실을 휘감았다.

지아는 항우울제를 털어 넣었다. 입안 가득 떫은맛이 퍼졌다. 잠시 길에 멈춰서서 약효가 돌기를 기다렸다. 간밤에 내린 눈으로 거리는 녹은 아이스크림처럼 질퍽거렸다. 묵진에 내려온 지 사흘째였다.

19년이 바꿔놓은 세상과 19년도 바꾸지 못한 세상이 교차편집 영상처럼 흘렀다. 바뀐 건 도로의 왼쪽, 남아있는 건 오른쪽에서. 버스는 시간을 양쪽에 두고 묵진을 달렸다. 슬레이트로 남은 지붕과 이끼 낀 계단이 창밖을 지나쳤다. 묵진의 거리를 걷고 있으면 오래된 옷장 같은 냄새가 났다. 사람들이 할 수 있는 거라고는 그 집의 시간을 잠시 예전으로 돌려놓는 거였다. 옥상에 페인트를 칠하고 방수천을 까는 모습을 심심찮게 볼 수 있었다.

호천 아파트는 호천동을 끼고 도는 간선도로 옆에 있었다. 호천 1차 아파트와 신호천 아파트로 구분이 되어 있었는데 윤혜수가 살던 곳은 호천 1차 아파트였다. 지은 지 30년이 넘었다고 했다. 아파트를 관통하는 도로 끝에 재건축을 촉구하는 플래카드가 걸려 있었다. 지아는 이중주차가 된 차들 사이를 천천히 걸었다.

처음 맡는 향이 코를 감쌌다. 고소하기도 하고 달콤하기도 한 것이 콩을 볶는 것 같기도 하고 흑설탕을 끓이는 것 같기도 했다. 기원을 알 수 없는 향이었다. 바람이 불어도 날아가지 않는 향이었다. 잊고 있는 것을 기억해내라고 재촉하는 향이었다. 외부에서 풍기는 향이 아니었다. 그건 지아의 입과 비강을 굴러다녔다. 아파트 전경이 혜수가 감춰놓은 기억을 쿡쿡 찌르고 있었다. 이곳에서 뭔가 얻을 수 있을 거라는 확신이 강해졌다.

윤혜수가 살던 집은 복도식 아파트 구석 자리였다. 문밖에 택배

상자와 재활용 쓰레기가 뒹굴었다. 지아는 발에 채는 상자들을 한쪽으로 몰아놓고 초인종을 눌렀다. 초인종 소리와 아기 울음소리가 동시에 터졌다.

"아 뭐야!"

문 안쪽에서 신경질 섞인 목소리가 뒤따랐다. 벨 아래쪽에 붙여놓은 메모를 뒤늦게 발견했다.

'아기가 있으니 초인종 누르지 마세요.'

초인종을 누르지 않으면 어떻게 부르라는 걸까 생각하던 중에 문이 열렸다. 안전고리가 채워진 문틈으로 짜증 난 얼굴이 반만 보였다. 서른 살쯤 되어 보이는 여자였다. 얇은 원피스 차림이었고 화장기 없는 얼굴은 푸석했다. 경계심보다는 귀찮은 기색이 물씬 풍겼다. 열린 문틈으로 찬바람이 들이쳤다. 여자의 팔 위로 소름이 돋는 게 보였다. 아기가 빼액하고 울었다. 여자는 거실에 누인 아기를 바라보고는 다시 지아 쪽으로 고개를 돌렸다. 여자의 시선은 지아의 어깨 너머를 향했다. 아직도 봄이 오지 않았다는 사실을 알아채고 허탈해하는 눈빛이었다.

"여기 살던 분을 찾는데요. 윤혜수 씨라고요. 제 친척인데 연락이 안 돼서요."

말하면서도 속으로 쓴웃음을 지었다. 이런 여자가 살인 사건의 전말을, 윤혜수의 과거를 알아낼 단서를 가지고 있을 리 만무했다. 여자는 천천히 고개를 저었다.

"아파트 분들하고 교류가 별로 없어서요."

피로로 쉬어버린 목소리였다. 지아는 윤혜수가 살았을 집을 들여다봤다. 이미 몇 차례 리모델링이 진행된 집이었다. 거실 가운데에 커다란 십자가가, 그 옆에는 신혼부부의 액자가 걸려 있었다. 윤혜수의 흔적이 남아있을 것 같지는 않았다.

"여기 살았다고 하던데요. 혹시 이사 오시면서 뵌 적이 있지는 않을까 해서요. 아니면 연락처라도요."

"그분이 언제 사셨는데요?"

"2002년쯤이었던 것 같아요."

여자는 잠깐 생각에 잠겼다. 자신이 도울 일이 없다는 걸 깨닫고 안심한 눈치였다.

"전 이사 온 지 1년밖에 안 됐어요. 그 전에 집주인이 몇 번은 바뀌었겠네요. 혹시 다른 분들이 알고 계시려나 모르겠는데…… 그런데 저는 애 때문에 밖에도 잘 나가지 않고…… 나가면 애가 울거든요. 남편은 온종일 회사에만 있고. 주일에 교회도 못 나가요."

여자는 도움이 못 돼 미안하다는 말을 길게도 풀어놓았다. 지아는 여자가 문을 닫을 수 있게 한 걸음 물러섰다. 여자는 바람에 문이 세게 닫히지 않도록 천천히 손잡이를 당겼다.

"저기요."

돌아서는 지아에게 여자가 말했다.

"그런 건 관리실 가서 알아보셔야죠. 관리실은 1동에 있어요. 거기 지하에 가시면 돼요."

"네. 찾아가 볼게요. 고맙습니다."

"그런데 친척한테도 씨라고 해요?"

지아는 무슨 말인지 몰라 머뭇거리고 있었다. 여자가 말을 이었다.

"아까 그랬잖아요. 윤혜수 씨라는 사람을 찾는다고. 친한 친척은 아닌가 봐요."

"네. 그렇게 친하지는 않아요."

"그런데 왜 찾아요?"

지아는 고개를 숙이고 돌아섰다. 적어도 가볼 곳이 한 군데는 더 생겼다는 게 다행이었다. "예수님 믿으세요." 여자는 등 뒤에 대고 외판원 같은 말투로 말했다. 지아는 한 번 더 돌아서 인사를 했다. 여자는 이미 집으로 들어간 뒤였다.

끊어졌던 눈발이 이어졌다. 단서와 흔적도 눈발처럼, 끊어질 듯 이어지겠지. 익숙해져야 하는 데 익숙해지고 싶지 않았다. 혜수는 함정을 만드는 데 능숙했다. 이 모든 과정이 지아를 엿 먹이기 위한 거라고 믿지 않을 근거가 있을까. 경비원이 일찌감치 빗자루를 들었다. 지나가고 나면 또 쌓여있을 눈을 쓸었다. 염화칼슘을 뿌리고 허리를 펴는 모습을 지켜봤다. 지아를 발견한 경비원이 꾸벅 인사를 했다. 계단을 내려가는 한 걸음 한 걸음이 무거웠다. 새시도 설치되지 않은 복도로 눈이 들이쳤다. 그 눈발이 자꾸 발목을 잡는 기분이었다. 지아는 아파트 내부 도로를 빙 돌아 1동 지하실로 들어섰다.

관리실에 들어가기 전부터 기침 소리가 났다. 폐병 환자 수용소를 찾은 기분이었다. 노후된 하수 배관과 가스관이 드러난 천장이 야트막하게 머리 위로 드리웠다. 발전기 돌아가는 소리가 빈 복도를 왕왕 울렸다.

관리실은 열 평 정도 되는 사무실이었다. 주민 관리 대장과 입주

차량 스티커, 입주민 대표 투표용지, 계약서로 빼곡한 책장이 벽을
둘렀다. 습기를 버티지 못한 페인트가 쩍쩍 갈라져 바닥에 떨어져
내렸다. 관리실 한가운데 놓인 탁자에서 목청 좋은 노인 둘이 장기
를 두는 중이었다. 키 차이가 제법 나는 것이 서수남과 하청일이 탁
자에 마주 앉은 것 같았다.

"뭐하러 오셨어요?"

서수남이 물었다. 하청일은 누가 오건 말건 장기판만 들여다보는
중이었다. 지아는 기대감 없는 목소리로 대답했다.

"사람 좀 찾으려고요. 예전에 여기 살던 사람인데요. 혹시 기록이
남아있을지 해서요."

"잠깐만요."

서수남이 지아에게 멈추라고 손짓했다.

"신발 벗고 들어오세요. 신발장에 넣어두시고."

지아는 서수남이 시키는 대로 신발을 벗었다. 눈길을 걷는 사이
축축하게 젖은 양말이 말려 내려갔다. 서수남은 허리춤에 손을 얹
고 지아가 신발을 다 벗기를 기다렸다가 말했다.

"주민 기록은 함부로 못 알려드리는데. 언제 사시던 분 찾으시는
거예요?"

"2002년이요."

"에이, 그때 기록은 안 남았지."

서수남이 따먹은 장기 말을 손바닥 안에 굴리며 고개를 저었다.
하청일도 그제야 지아를 돌아봤다. 게슴츠레한 눈을 뜨고 입맛을
다셨다. 이번 게임은 답이 없다는 표정이었다. 잠시 지아를 보던 하

청일의 표정이 뭉개졌다. 뭔가를 떠올린 얼굴이었다.

"예전에 여기 사시던 분 아니에요? 2동 사셨던 것 같은데."

지아는 마땅한 대답을 찾지 못해 머뭇거렸다. 윤혜수가 자신의 이
야기를 하고 다녔을 것 같진 않았다. 생사람 손에 연필을 꽂던 여자
였다. 복수를 하겠다고 아버지 친구에게 가랑이를 벌리던 여자였다.
애초에 대화를 나누는 사람이 있을 거라는 생각도 해본 적이 없었다.

"아, 그게 이 이 사람이야? 여자 혼자 살았지?"

서수남도 슬쩍 자리에서 일어섰다. 조각상을 구경하듯 지아를 요
리조리 뜯어보다 기억이 났다는 듯 맞장구를 쳤다.

"맞네. 살 엄청 빠졌네요? 말 안 해줬으면 못 알아볼 뻔했어요."

동물원에 전시된 기분이었다. 꼬박꼬박 존대하면서도 주민을 대
하는 태도는 아니었다. 그나마 하청일이 반가움을 표하는 반면 서
수남은 분리수거가 되지 않은 재활용품을 건져 올리는 듯한 모양새
였다.

"안 그래도 한두 달쯤 전에 소산포에서 보고 내가 아는 그분이 맞
나 했는데. 그때 부두에 계셨던 거 맞죠?"

하청일이 말했다.

"기억이 안 나는데요."

"에이. 기억이 안 날 리가요. 거기서 젊은 여자하고 엄청 다투고
있었잖아요. 사람들이 다 쳐다보고 난리도 아니었는데. 말려야 하나
싶다가도 분위기가 너무 안 좋더라고요."

그 말이 송곳처럼 심장을 찔렀다. 명치가 저려 왔다. 지아는 기억
에 없는 장면을 떠올리려 애썼다. 소산포. 두 여자의 싸움. 그걸 지

켜보는 사람들. 분위기가 얼마나 안 좋았던 걸까. 어쩌면 서로 죽일 듯이 달려들었던 것일까. 그러다 정말로 일을 저질러버린 건 아니었을까.

"혹시 머리 길고 얼굴이 하얀 여자 아니었어요?"

"멀리서 봐서 잘 모르겠는데. 머리가 길긴 했죠."

지아는 긴 머리를 산바람에 흩날리던 시체를 떠올렸다. 핏기가 빠져 회색으로 축축하던, 하지만 생전에는 홍조를 띤 투명한 피부를 가지고 있었을 여자를 생각했다.

관리실의 두 노인은 지아가 입을 열기를 기다리고 있었다. 덜컥 두려웠다. 이들은 혜수의 이야기를 들려줄 촌부가 아니라 언젠가 목격자가 될 수 있는 사람들이었다. 죽은 여자와 윤혜수가 잡아먹을 것처럼 싸웠다고 증언할 사람들이었다. 이들이 윤혜수에게 호의적일 거라는 생각은 들지 않았다. 예전 입주민이 살인 사건의 용의자가 된다면 장기보다 더 좋은 유희 거리를 찾았다며 낄낄거릴 거였다. 오래 있어 봐야 도움이 되지 않겠다는 판단이 섰다. 지아는 슬그머니 벗었던 신을 다시 신었다.

"맞아. 나 또 기억나는 거 있네."

입구에 선 지아에게 서수남이 한 마디를 더했다.

"무슨 배 타는 일 하시지 않았어요? 무역 쪽이었나? 여자가 배를 탄다고 해서 신기했잖아. 꽤 이름 있는 업체였는데. 양…… 뭐더라."

비슷한 이름을 가진 배 타는 일을 하는 회사라면 하나밖에 떠오르지 않았다.

"양원 페리요?"

"그래 맞아. 양원 페리. 그런 이름이었던 것 같아요. 아직 다니세요?"

"아니요. 거긴."

아침으로 먹은 믹스 커피가 역류할 것 같았다. 미지근한 커피가 목젖을 데우는 걸 꾹꾹 눌러 내려보냈다.

"거긴 망했어요. 오래전에요."

젖은 양말이 신발에 걸려 잘 들어가지 않았다. 신발코를 바닥에 몇 차례 찍은 뒤에야 발가락이 제자리를 잡았다. 지아가 혹시나 하는 기대로 물었다.

"혹시 빨간 수염이라고 아세요?"

두 사람은 동시에 고개를 갸웃거렸다. 혜수는 명확하게 잡히는 어떤 것이 아니었다. 자신의 존재를 흩뿌려 놓았다. 안개처럼 잡히지 않게, 여러 인생을 향유했다. 어느 실타래를 찾아가도 그 끝은 끊어져 있을 것 같았다.

"못 도와드려서 미안해요."

하청일이 말했다. "괜찮습니다." 지아가 대답했다. 문을 닫고 복도로 나서는데 등 뒤에서 서수남의 목소리가 들렸다.

"와, 대단하다 대단해. 저 여자 엄청 뚱뚱했었잖아. 애 하나는 덜었겠는데. 아니지. 어른 하나 떼 낸 거나 마찬가지지."

지아는 복어처럼 얼굴을 붉히고 계단을 올랐다. 며칠은 양치를 하지 않은 것처럼 입안이 텁텁했다. 관리실을 나오니 눈은 그쳐 있었다. 오후 일정은 비어 있었다. 아파트 입구에서 고민하던 지아는 소산포로 걸음을 돌렸다. 그곳에 선원 조합이 있다고 했다. 양원 페리가 뭐 하는 곳인지 확인할 생각이었다. 날이 추웠다.

병준은 벼락처럼 튀어 올랐다. 열탕이 펄펄 끓었다. 발가락부터 발목까지 데친 문어처럼 벌겋게 익었다. 수도에서는 여전히 뜨거운 물이 흘렀다. 병준은 온탕으로 자리를 옮겼다. 타일 욕조에 머리를 얹었다. 고무같이 질긴 피부를 가진 사람들은 수건으로 눈을 덮고 타령을 읊었다. 좁은 목욕탕 안에 물을 끼얹는 소리와 타령이 뒤섞여 공명을 만들어냈다.

나른한 오후였다. 책상 앞에 앉아 있지 않아도 되는 평일이었다. 한증막보다 갑갑한 뱀이 마을을 빠져나와 묵진에 있다는 사실이 위로가 됐다. 얼마 남지 않은 공무원 필기시험과 윤혜수의 집에 펼쳐져 있던 난장판은 잠시 잊어두기로 했다. 천장에서 수증기가 맺혀 물방울이 떨어졌다. 병준은 떨어지는 물방울을 하나씩 셌다. 쭈글쭈글해진 손끝으로 잡아보기도 했다. 아이스크림처럼 녹은 몸이 수면으로 조금 떠오르는 기분이었다.

어차피 이번 시험도 망한 게 분명한데 엄마는 포기할 줄 몰랐다. 병준이 침대에 누워있을라치면 커튼을 걷고 이불을 잡아당겼다. 책상 위에는 홍삼과 사과가 놓였다. 병준은 마지못해 책을 펼쳤다. 글자는 춤을 췄고 졸음이 몰려왔다. 침대가 너무 가까웠다. 손을 뻗으면 스마트폰이, 의자를 돌리면 컴퓨터가 있었다. 새아빠는 그렇게 집중이 안 되면 노량진에서 수업이라도 들으라며 학원비를 마련해 줬다. 교재비와 생활비를 더하면 적게 잡아도 한 달에 백만 원이 드는 수험생활이었다. 세 번째로 탈락한 뒤 병준은 미안한 마음에 인터넷 강의만 듣겠다고 했다. 집에서 듣는 수업이 있다는 말에 새아빠는 그건 좀 싸냐고 물었다. 병준은 훨씬 싸다고 대답했다.

새아빠는 아들을 갖고 싶었다고 했다. 게다가 그 아들이 경찰이라면 얼마나 든든할지 상상도 안 된다고 했다. 대화의 끝은 언제나 염지아였다. 나중에 경찰 되면 네 누나를 꼭 찾아보라며 본 적도 없는 사람 이야기를 늘어놓았다. 새아빠는 염지아가 언젠가 돌아올 거라 믿었다.

"실종신고는 왜 안 하셨어요."

"그걸 하면 행정처리가 된다더라. 들어보니까 반쯤은 죽은 사람으로 인정을 하는 것 같아서 싫더라. 돌아올 거다."

병준은 염지아가 정말로 돌아올 거라고는 생각하지 못했다. 염지아가 돌아오던 날 병준은 자신의 작은 방도 내줘야 할 때가 됐다는 걸 직감했다. 서른여섯이 되도록 부모님 집에 얹혀살고 있었으니 언젠가는 닥칠 일이었다. 엄마는 그런 병준을 부끄러워했다. 명절에 외가에 가자고도 하지 않았다. 그런지가 대여섯 해가 됐다. 엄마는 명절마다 병준이 해외여행을 갔다고 둘러댔다. 설을 앞두고 이모와 전화를 했을 때도 그랬다. 마침 병준은 베네치아 여행 영상을 보고 있던 참이었다. 고등학교 동창이 결혼하면서 유럽으로 신혼여행을 간다고 했다. 개구리처럼 생긴 놈이었고 별명은 두꺼비였다. 졸업 후에 공대에 들어갔다는 소식을 들었다. 얼마 후에는 거제도에 있는 조선소에 취업했다는 얘기도 들려왔다. 10년째 연락이 없었는데 단톡방에 결혼한다는 글이 올라왔다. 병준은 올라오는 글을 모두 읽었고 답은 하지 않았다. 단톡방에 있는 사람들은 모두 잘살고 있었다. 얼마 후에는 결혼식 사진이 올라왔고, 축언이 이어졌다. 병준은 인스타그램으로 넘어가 두꺼비를 찾았다. 말도 안 되게 예쁜 신부가 두꺼비의 볼에 입을 맞추는 사진이 보였다. 병준은 그게 보정을 한 결과일 거라고 믿었다. 그러지 않고서야 두꺼비에게 그렇게 예쁜 신부가 생길 리 없었다. 팔로우한 지 얼마 되지 않아 베네치아 사진이 올라왔다. 두꺼비는 행복해 보였다.

병준은 유튜브를 뒤졌다. 베네치아에서 한 달을 산다는 사람의 채널에 들어갔다. 마트에서 장을 보고 저렴한 숙소를 찾아다니고 우버 기사에게 사기를 당하며 살았다. 그곳의 공기로 호흡하고 싶었다. 도시를 가로지르는 운하라는 게 어떤 모습일지, 베네치아에서 유명한 가면은 또 어떤 모습일. 엄마는 그런 병준을 뒤에서 바라보고 있었다. 전화기에서는 이모 목소리가 들렸다.

"또 여행을 가? 병준이 걔는 명절만 되면 외국을 나가네. 언제 오는데."

"다음 주에 와."

"어디 갔어?"

"스페인 갔지. 거기 어디냐. 베네치아 있잖아."

"무슨 돈이 있어서 거길 가."

"병준이가 고시 공부하면서 프리랜서도 하잖아. 얘는 그렇게 회사 생활하는 게 싫다네. 갑갑하다고."

"그런데 베네치아는 이탈리아 아니야?"

"응?"

"베네치아는 이탈리아 같은데."

엄마는 거짓말을 위해 얼마나 많은 지식이 필요한지 알지 못했다.

얼마 안 있으면 설이었다. 이번만큼은 엄마에게도 명분을 만들어 주고 싶었다. 19년간 실종됐던 누나의 과거를 밝히기 위해 함께 묵진으로 내려간 아들은 좋은 이야깃거리가 되어줄 텐데. 어쩌면 승진을 했다는 이모 아들이나 회계사 시험에 합격했다는 외삼촌 딸보다도 더 관심을 모을지도 몰랐다.

병준은 이 이야기가 신나는 결말을 맺었으면 했다.

병준은 수건을 적셔 눈 위에 얹었다. 암막 커튼을 가린 것 같은 어둠이 깔렸다. 사우나에 있는 사람들은 시계를 보는 일이 없었다. 한증막 모래시계는 느린 속도로 모래 알갱이를 떨어뜨렸다. 허리에 수건을 두른 사내들이 삶은 달걀에 소금을 뿌리고, 식혜를 마셨다. 앉았다 일어섰다를 반복하며 땀을 빼기도 했다. 한마디로 있는 힘을 다해 열정적으로 시간을 죽였다. 그 일원이 된 것 같아 병준도 괜히 으허, 으허 소리를 내며 굳은 몸을 폈다.

"몸 좋네."

옆에서 삶은 달걀을 세 개째 까던 아저씨가 말했다. 귀를 덮는 단발머리가 80년대에서 온 것 같았다. 간이 안 좋은지 눈알에 황달기가 있고 턱 끝은 뾰족해서 사마귀를 닮은 사람이었다. 병준은 알통을 만들어 보였다. 사마귀는 병준에게 달걀 하나를 건넸다.

"뭐 하는 사람?"

"그냥 놉니다."

"젊은 사람이 놀면 쓰나."

"일만 해도 못 쓰죠. 쉬면서 하는 게 좋은 거죠. 아저씨는 뭐 하시는데요?"

"이 시간에 사우나 하는 사람들이 다 뱃일하지 뭐."

병준은 한증막에서 오 분 정도를 더 버틴 뒤에 밖으로 나왔다. 빈혈이 일었다. 잠시 평상에 앉았다가 사물함에서 폰을 꺼냈다. 부재중 전화 몇 통이 와있었다. 모두 염지아였다. 아침부터 바리바리 짐을 싸서 나간다 싶더라니, 아니나 다를까 얼마 되지도 않아 전화를 걸어댔다. 신경 쓸 일이 생기는 건 아닌가 싶어 두통이 솟았다. 기껏 묵은 때를 벗었는데 스트레스를 받으면 안 되지. 병준은 통화 버튼을 눌렀다. 어깨와 턱 사이에 전화기를 걸쳤다. 지갑에서 만 원짜리한 장을 꺼냈다. 두툼한 지갑을 보고 있으니 어깨가 으쓱했다. 묵진에서 탕진하고 갈 생각이었다.

콜라를 뽑으려는데 사마귀가 어깨를 쳤다. 자판기와 만 원짜리를 번갈아 가리켰다.

"만 원짜리밖에 없어? 여기 자판기는 동전이랑 천 원짜리밖에 안돼."

"그러네요."

"뭐 마시게?"

"콜라요."

병준이 말했다. 사마귀는 오케이, 하며 천원을 넣었다. 병준은 전화를 든 채로 인사를 했다. 평상에 자리를 잡고 콜라를 마셨다. 뒷골을 도려내듯 차가운 기운이 쓸고 지나갔다. 병준은 시원하게 트림을 했다. 이게 사는 거지 싶었다. 염지아는 한참 후에야 전화를 받았다. 거센 바람 소리가 자꾸 지아의 목소리를 삼켰다.

"양원 페리 좀 알아봐 줄래. 내가 거기서 일을 했었대."

"양원 페리 망했다며. 부두에서 들었잖아."

짜증으로 범벅된 목소리에 목욕탕의 시선이 병준에게 집중됐다. 스킨을 처벅처벅 바르던 사마귀도 물끄러미 병준을 바라봤다. 병준은 목소리를 낮췄다.

"그러니까 왜 망했는지 확인해야지. 거기 일했던 사람이 있으면 내 과거를 알지도 모르잖아."

"여자도 그런 회사에서 일하나."

"꼭 선원 일을 했으리라는 법은 없지만, 내 손에 굳은살이 있어. 강규식도 내가 뱃일을 했을 거라고 했잖아. 관련이 있는 게 분명해 검색 좀 해 봐."

"잠깐만."

병준은 투덜거리면서도 폰으로 검색을 했다. 양원은 명나라의 무장이기도 했고 중앙선에 위치한 전철역이기도 했지만 그 이름을 딴 선박업을 하는 업체는 찾을 수가 없었다.

"기록이 없어. 그 회사 망한 지 오래됐으면 어차피 인터넷에서도 못 찾아. 큰 회사도 아니고 배 몇 척 사다가 조업하는 영세 선주면 최근 기록도 없을 거고."

"선원 조합에 가봐야겠어. 같이 가줄래?"

역시 일거리를 주려는 거였다. 지아는 잠시 말이 없었다. 거센 바람 소리가 공백을 채웠다. 병준이 말했다.

"나 바빠."

"어디서 뭘 하는데 바빠. 나 종일 호천 아파트 다녀왔어. 내가 거기서 일한 적이 있대."

"야 바람 소리 때문에 잘 안 들려. 끊어."

병준은 전화를 끊어버렸다. 지아에게서 다시 전화가 왔지만 받지 않았다. 도와주겠다고 같이 내려왔더니 누굴 심부름꾼으로 아는 건가 싶었다. 지난 며칠간 그 소동을 벌이고 다녔으면 하루 정도는 쉬면서 체력 관리도 하고 마음도 추슬러야 할 텐데.

병준은 미지근해진 콜라를 털어 넣었다. 캐러멜 향이 이와 이 사이로, 이와 잇몸 사이로 스며들었다. 아교처럼 진득한 질감이 입을 채웠다. 하지만 기분은 나아지지 않았다. 양치질로 씻겨 내려갈 게 아니었다. 맥주가 필요했다. 치킨이나 사서 숙소로 돌아가야겠다고 생각했다. 염지아도 좀 쉬게 내버려 두고, 맥주나 마시면서 짜증을 가라앉힐 계획이었다.

병준은 로커를 열었다. 구겨진 청바지 위에 지갑이 놓여있었다. 전화를 받기 전까지만 해도 고도비만 환자처럼 두툼하던 지갑이 홀쭉했다. 선풍기 바람이 병준을 한 차례 쓸고 지나갔다. 콜라가 식혀 놓은 등골이 이제는 오싹했다.

머리가 텅 비었다. 잠시 후 손을 뻗어 지갑을 쥐었을 때, 머리만 비어 있는 게 아니라는 걸 깨달았다. 병준은 바지를 입었다. 서두르느라 다리를 제대로 끼워 넣지 못했다. 한쪽 다리만 올린 채 깽깽이를 뛰다 로커에 머리를 박았다. 병준이 바닥에 구르는 모습을 지켜보던 사람들이 키득거렸다. 이발사가 다가와 괜찮으냐고, 다친 데가 없냐고 물었다.

병준은 맨살 위에 패딩만 걸친 상태로 달려 나갔다. 왕복 4차선

도로를 지나 사마귀가 달려가고 있었다. 정말로 사마귀가 된 것처럼 껑충껑충 뛰었다. 사거리에 위치한 마트를 돌아 휴대폰 대리점 골목으로 빠져나가는 중이었다.

시야가 좁아졌다. 흑백으로 변한 세상에서 사마귀가 달리는 곳만 선명했다. 병준은 도로로 뛰어들었다. 새아빠가 마련해준 돈이었다. 천 원짜리 콜라 때문에 백만 원이 사라지는 것도 못 보고 있었다. 그 사실이 너무 쪽팔렸다. 종아리와 허벅지가 터져라 달렸다. 살얼음이 언 길은 조금 미끄러웠고 그래서 잠시 균형을 잃었다. 휴대폰 대리점 골목이 끝나는 곳에 허둥지둥 달아나는 사마귀가 보였다.

"거기 서!"

병준이 소리쳤다. 사마귀는 정말로 그 자리에서 멈춰 섰다. 잠시 병준을 향했던 시선이 얼마 후 휴대폰 대리점 옆에서 달려 나오던 트럭을 향했다. 트럭 운전사가 갑자기 나타난 병준을 피해 운전대를 꺾었다. 살얼음 위에서 브레이크를 밟았다. 제동력을 잃어버린 트럭은 병준을 향해 미끄러졌다.

병준은 트럭을 피해 바닥을 굴렀다. 바닥에 떨어지는 순간 왼쪽 어깨가 묘한 각도로 밀려나는 게 느껴졌다. 트럭은 그 상태로 도로를 내달려 가드레일 앞에서 멈춰 섰다. 길을 가로막은 트럭 뒤로 줄줄이 차가 늘어섰다. 경적이 사납게 울어댔다. 어깨가 아팠다. 묵직한 통증이 척추를 쓸어내렸다. 성난 트럭 기사가 병준에게 다가왔다. 주위에 있던 사람도 몰려들었다. 견딜 수 없게 쪽팔렸다.

종무 상가는 소산포 뒷골목에 위치한 2층짜리 건물이었다. 건물

1층에는 상설 시장이 들어서 식기나 주방용품을 팔았고 2층에는 백 미터 정도 되는 공간에 소산포에서 일하는 선박회사와 해상보험사 가 늘어서 있었다. 몇 번이나 페인트로 덧칠을 했는데도 느린 속도 로 벌어지는 균열이 틈새를 뚫고 나왔다. 에어컨 실외기 거치대에 는 비둘기가 알을 깠다. 난간은 새똥으로 범벅이 되어 있어 잘못 기 댔다가는 세탁기를 돌려야 할 판이었다.

2층 복도 끝이 묵진선원조합 사무실이었다. 지아는 알루미늄으 로 된 문을 열고 들어갔다. 벽에는 '묵진선원조합 부두관리' 재킷이 걸려 있었고 조립식 앵글 위에 안전모와 경광봉이 놓여있었다. 그 옆에 묵진의 역사를 정리한 사진이 나열돼 있었다. 마지막 사진은 2007년이었다. 점심시간이라 자리는 대부분 비어 있었다. 캐주얼 복장을 한 남녀 한 쌍만 자리를 지키는 중이었다.

전기히터 아래에서 턱을 괴고 졸던 남자가 고개를 들었다. 바깥 은 영하의 날씨인데도 남자는 땀을 흘렸다. 황변으로 변색된 셔츠 깃을 당겨 부채질을 했다. 지아를 발견한 남자는 용건을 묻지도 않 고 여자 쪽을 가리켰다. 여자가 귀에서 이어폰을 뽑았다. 이어폰에 서 익숙한 노래가 흘러나왔다. 여자는 오후의 불청객이 달갑지 않 은 듯 심드렁한 한숨을 내쉬었다.

"예전에 일했던 회사 기록 좀 확인할 수 있나 해서요."

여자는 손바닥을 내밀었다.

"신분증이요."

지아는 지갑에서 윤혜수의 주민등록증을 꺼냈다. 여자는 컴퓨터 에 윤혜수의 주민등록번호를 입력했다. 모니터와 주민등록증을 몇 차례 번갈아 비교해보더니 인상을 찌푸렸다. 펜으로 그은 것 같은 팔자주름이 광대를 향해 구겨졌다.

"저희 조합원 아니신 것 같은데요. 기록이 없어요."

"선박회사에서 일하면 다 조합원이 되는 거 아니에요?"

"아니죠. 선원조합이잖아요. 정직원만 가입되는 거예요. 4대 보험 받는 사람들이요. 규모가 좀 되는 회사 직원들만 여기 등록이 되는데. 무역회사 선원 같은 거요. 어디서 일하셨는데요."

"양원 페리요. 지금은 폐업했고요. 회사 정보라도 알 수 있을까요. 대표 연락처 알 수 있으면 더 좋고요."

대화를 듣고 있던 남자가 얼굴을 들었다. 충혈된 눈을 끔뻑거리며 기억을 되살려내려 애썼다. 쓰지도 않는 모나미 볼펜을 딱딱거리더니 입을 열었다.

"양원 페리면 망한 지 오래되지 않았나? 예전에 들은 적 있는 것 같은데."

여자는 처음 듣는 이야기인 듯 남자를 향해 몸을 돌렸다.

"나는 모르는데. 어디서 봤는데요."

"사건 사고 사례집."

"회사 기록 남아있지 않으려나."

"10년도 넘었을걸? 그때는 우리 조합도 없을 때예요. 있어도 그 정도 오래된 거면 다 폐기하고요. 큰 업체도 아니고 개인사업자 기록을 뭐하러 남겨 놓겠어요."

"왜 망했어요?"

"사기당했다고 그랬지 아마? 왜 찾으시는데요."

두 사람은 무대에 선 가수를 바라보듯 지아를 향해 몸을 돌렸다. 뭐라도 얘기해줘야 했다. 지아는 준비해둔 대답을 했다.

"임금 체불이요."

여자는 딱하다는 듯 혀를 찼다.

"돈 떼이는 일이 흔하죠. 그런데 반대인 경우도 많아요. 선급금 받고 날라버리면 사업주들도 힘들거든요. 그게 사기죄가 되는데 선원들 사정도 워낙 박하다 보니 그런 일도 종종 벌어져요. 우리야 선원들 편이긴 한데, 사기 치는 인간들까지 두둔할 수야 있나. 아무튼 조합원도 아니시라서 임금 체불 건이면 따로 소송 걸어야 해요."

여자는 지아가 뭐라고 말하길 기다렸고 지아는 할 말이 없었다. 남자가 볼펜을 딱딱거리는 소리와 이어폰에서 흘러나오는 음악 소리만 이어졌다. 지아가 말했다.

"저도 그 노래 알아요. 좋아해요. 아이유."

"아이유 모르는 사람도 있나요."

여자는 어깨를 으쓱하며 이어폰을 꽂았다.

다음 주는 설 연휴였다. 혜수의 과거를 탐색할 시간이 미뤄진다는 의미였다. 지아는 종무 상가를 내려와 버스 정류장으로 걸었다. 싸락눈이 진눈깨비가 됐다. 버스는 눈 위로 질척이는 타이어 자국을 만들었다.

묵진에 내려와 사흘째 겉만 핥은 느낌이었다. 이웃과 살갑게 지내던 윤혜수와 살인을 저지른 윤혜수 사이에 간극이 너무 컸다. 적어도 몇 가지 사실은 확인했다. 윤혜수는 묵진에 내려와 2002년까지 호천 아파트에 살았다. 그사이 양원 페리에 취직을 했고 이후 봉정 빌라로 거취를 옮겼다. 양원 페리가 폐업한 이후에는 윤혜수의 흔적도 공백으로 남았다. 시체는 사건이 벌어지기 얼마 전 지아와 죽일 듯이 싸웠던 여자일 것이다.

이제는 혜수가 흩뿌려 놓은 기억에 의존하는 수밖에 없었다. 온전한 기억이 아니라 파편으로 존재하는 감성이었다. 사물은 기억을 되살려주지 못했다. 기억은 혜수가 만들어놓은 금고 속에 봉인돼 있었다. 대신 혜수와 관련이 있는 사물을 마주할 때는 뇌의 어느 곳이 자극을 받는 것 같았다. 혜수가 만들어놓은 기억을 자극하는 사물을 마주할 때 맛이나 향을 느꼈다. 뱀이 마을에서 미친 여자를 봤을 때 그랬다. 호천 아파트 입구에 들어섰을 때도 마찬가지였다. 잘못 연결된 회로가 혜수의 기억을 되돌려 놓을지도 모르겠다는 생각이 들었다. 정신과 의사도 같은 말을 했다. 기억이라는 건 머릿속에 들어 있고, 꺼내지 못하고 있을 뿐이라고.

그날 오후 내내 지아는 묵진 시내를 돌아다녔다. 자갈같이 입속을 구르는 맛에 집중했다. 온갖 맛과 향이 흘러들었다. 사물과 연결된 맛의 기억은, 적어도 그것들이 윤혜수와 관련된 것들이라는 확신이 들었다. 발에 박힌 가시처럼 끊임없이 신경이 쓰이지만 그 이유는 알 수 없는 것들이었다. 혀끝을 알싸하게 만들건 가슴을 동하게 하건, 토하게 만들건, 몸이 반응을 보이는 사물의 리스트를 만들었다. 그걸 위해 몇 시간 동안 쉬지 않고 걸었다. 다리가 아플 때면 버스를 타기도 했다. 버스 제일 뒷자리에 앉아 파도처럼 쏠려나가는 풍경을 응시했다. 창밖에 있는 모든 것들이 빈곤하고 앙상해 보였다. 어쩌면 지아가 그런 마음이어서인지도 몰랐다. 버스는 과속 방지턱을 지날 때마다 심하게 덜컹거렸다. 개 짖는 소리가 가깝다 멀어졌다. 걸을 때는 보이지 않던 것들이 눈에 들어왔다. 이를테면 미처 읽어내지 못했던 간판들이었다. 19년이나 지났으니 동전 같은 건 쓰이지 않을 거라 생각했는데 오히려 코인이 활개를 쳤다. 코인노래방, 코인세탁소, 비트코인까지, 하여간 코인의 열풍이었다. 그 와중에 안마방은 무엇이며, 키스방은 또 뭘까 싶었다.

버스는 순환역에 도착했다. 모든 승객들이 내리고 버스가 시동을 껐다. 발이 닿는 대로 걸어 다닌 탓에 방향감각을 상실한 지 오래였다. 버스에서 내리니 번화로가 쭉 뻗어 있었다. 지아는 벽에 바짝 붙어 걸었다.

버스가 멈춘 곳은 중앙 사거리역이었다. 교차로를 중심으로 옷가게와 커피숍이 늘어섰다. 그중 동쪽으로 난 길 하나만 그 끝이 핑크색 염료를 태운 듯한 조명으로 빛났다. 도로명주소를 나타내는 표지판은 중앙로 5길이라고 돼 있었다. 하지만 그 옆 상가 건물 벽에는 훨씬 크고 선명한 붉은색 스프레이로 64라는 글자가 쓰여 있었다. 말로만 듣던 육사골목이었다.

집창촌을 처음 보는 건 아니었다. 고등학생이었을 때 경동시장을 갔다가 우연히 청량리 588에 들어선 적이 있었다. 하얀 핫팬츠에 비키니 상의를 입은 여자가, 입구에 쪼그려 앉아 행인을 올려다보는 여자가, 가슴골이 다 드러나는 드레스를 입은 여자가 마네킹처럼 진열돼 있었다. 쇼핑하듯 거리를 걷는 남자들에게 나이 지긋한 여자들이 하나씩 달라붙었다. 남자들은 호객행위를 하는 여자들을 이모라고 불렀다. 이모와 흥정을 끝낸 남자들이 가게 안쪽으로 사라졌다. 누군가 지아의 등을 모기 잡듯 후려쳤다. 뒤돌아보니 방금 손님 하나를 가게로 들여보낸 이모였다. 여고생이 벌써 이런 데 오면 못 쓴다고 했다. "왜, 일자리라도 구하려나 보지." 옆 가게 이모가 그렇게 말했다. 지아는 이런 곳에서 일자리를 구할 일은 없을 거라고 생각했다. 588에 있던 여자들은 모두 지아보다 날씬하고 예쁘게 꾸민 얼굴이라서였다.

뱀이 마을에 살던 돌산이 언니도 있었다. 한 눈에도 어딘지 모자라 보이는 언니였다. 세 살배기건 육십 노인이건 돌산이 언니에게는 존대를 하는 법이 없었다. 어른을 공경하라는 말을 인이 박이도록 듣고 자란 아이들이었지만 돌산이 언니는 어른으로 취급하지 않았다. 밤이 되면 남자들이 은밀히 돌산 언니의 집을 찾았다. 켜진 불이 꺼지면 일이 벌어지고 있다는 신호였다. 짧으면 10분, 길게는 한 시간을 머무르는 일도 있었다. 지아는 모르는 척 난간에 기대 돌산 언니의 집에 언제 불이 들어오나 지켜보곤 했다. 남자들은 어딘지 후련하고, 동시에 허탈한 얼굴로 돌산 언니의 집을 나왔다. 그러고는 아무 일 없었다는 듯 자신이 있어야 할 집으로 돌아갔다.

청량리건 미아리건 영등포건 돌산이 언니건 지아는 편견이 없었다. 각자의 인생이 있는 거라고 생각했다. 무엇보다도 남들 처지에 신경 쓸 여유가 없었다. 나이가 들어서도 그 사실은 변하지 않았다. 그러니 육사골목을 봤을 때도 무뚝뚝한 감정으로 지나칠 수 있어야 했다. 하지만 골목에서 번지는 분홍색 불빛은 전과는 다르게 느껴졌다. 입 안에 껌이 구르는 듯한 느낌과 함께 비린 고무 맛이 났다.

난 이곳을 아는구나.

알 리가 없는 장면이 그려졌다. 양쪽으로 세 블록 정도 늘어선 가게와 마네킹처럼 진열된 여자들의 웃음이 떠올랐다. 마담과 기둥서방이 손님 숫자를 기록하겠지. 내부에는 방마다 마련된 욕실이 있을 것이고. 그런 곳들을 벌집이라고 부른다는 사실도 알고 있었다.

더 들어가고 싶지 않았다. 언젠가 다시 찾아와야 할 거라는 예감을 했지만 지금은 그러고 싶지 않았다. 지아는 좀 더 밝고 넓은 길로 나섰다. 도로를 가로질러 건물과 건물 사이에 예광탄 같은 전구를 연결해놓은 번화가가 펼쳐졌다.

눈발이 굵어졌다. 지아는 전봇대 아래 멈춰 섰다. 잎갈나무로 된 전봇대였다. 거스러미가 일어나 살에 잔가시가 박히는 탓에 시멘트와 철골로 대체되었어야 할 재질이었다. 묵진에서는 여전히 잎갈나무 전봇대가 남아있었는데 그 덕에 주변 상인들은 옹이를 깎아낸 전봇대 주위에 광고물로 도배를 했다. 테이프 대신 스테플러 심을 박아서 떼어내도 쇠붙이가 남았다. 그 위로 새로운 전단지가 더해졌다. 나이트 홍보물에는 헛웃음을 짓게 만드는 문구가 적혀 있었다.

'환상의 똥꼬쇼. 뭔가 보여드립니다.'

그런 세상이었다. 돈을 벌기 위해서라면 뭔가 보여줘야 했고, 그게 똥꼬라도 상관없었다. 똥꼬쇼가 뭔지는 모르겠지만 새로 나온 화장품 이름일 리는 없었고, 그게 모두의 몸에 붙어있는 그걸 뜻하는 거라면, 정말 그걸 뜻하는 거라면, 그걸 보고 싶어 하는 사람의 심정도 이해하기 어려운 것이려니와 그걸로 쇼를 해야 하는 사람의 심정이야 오죽했을까 싶었다.

나이트 홍보 전단지 옆으로는 다이어트 짐과 필라테스 홍보물이 붙어있었다. 상가주택을 분양한다는 소식과 사장님이 미치는 바람에 등산복을 70% 할인 판매한다는 상설매장 소식도 함께였다. 가장 낮은 곳에는 대출 알선 광고가 호구를 찾는 중이었다.

그 풍경을 보고 있는데 갑자기 가슴이 뛰었다. 눈은 무언가를 찾느라 분주했다. 이유 없이 호흡이 거칠어졌다. 무언가에 가슴이, 손이, 목과 정수리가, 가랑이가, 뜨끈하게 반응하고 있었다. 지아의 시선은 능선을 따라 내려와 전깃줄을 거쳐 신호등을 타고 흘렀다. 방향을 잃은 테니스공처럼 통통 튀던 시선은 건너편에서 신호를 기다리고 있는 인파 앞에 멈춰 섰다.

그 앞에 전단지 한 장이 붙어있었다. 바람에 나풀거리는 종이였다. 가까이 오라고, 와서 말을 하라고 손짓하는 사람의 얼굴이었다.

신호가 바뀌었다. 지아는 전단지를 향해 손을 뻗었다.

인파가 횡단보도를 가로질렀다. 바람 소리가 멈췄다. 그 사이에서 젖은 종이만 창백했다. 프린터로 뽑아낸 수제 전단이었다. 사진 한 장과 글자가 전부였다. 종이 위에 '사람을 찾습니다'라는 글자가 박혀 있었다.

떫은맛이 가득했다. 뱉어야 할 것이 입안을 기어 다니는 느낌이었다. 딸꾹질이 난 것처럼 허파가 움직이지 않았다. 눈알이 부풀었다. 침샘 아래 맥이 펄떡펄떡 뛰었다. 손끝이 벼락을 맞은 듯 저릿했다. 헛구역질이 났다. 쉰내가 올라오고 속이 뒤집혔다. 입에 있는 걸 뱉어내려 안간힘을 써도 떫은맛이 사라지지 않았다.

버스가 경적을 울리며 지나갔다. 전조등이 전단지에 박힌 사진을 밝혔다. 회색으로 인화된 눈이 불빛을 따라 지아를 좇았다. 몇 개의 숫자와 문장이 실종자를 묘사했다.

'한다은. 18세. 163cm. 52kg. 회색 후드티에 청바지, 묶음 머리. 2020년 1월 7일 현선동에서 집을 나간 후 미복귀.'

시체의 얼굴이었다. 혜수가 죽여버린 그 인간을, 누군가 찾고 있었다.

젖은 휴지처럼 영혼이 찌그러졌다. 중앙사거리에서 멀어지고 싶었던 건 육사골목 때문이 아니었다. 실종자를 찾는 전단지가 중앙사거리 전체에 이어져 있어서였다. 지아는 가방에서 모자를 꺼내 눌러썼다. 추위에 떠는 개처럼 어깨를 움츠렸다. 그 모습이 더 수상해 보일 거라는 걸 알면서도 그랬다. 전봇대에서 전단지를 떼어냈다. 행인 하나가 지아에게 시선을 고정한 채 길을 건넜다. 지아는 모자를 더 깊게 눌러썼다. 전단지는 가방에 구겨 넣었다. 걸음이 빨라졌다.

고양이 한 마리가 지아를 따라왔다. 지아는 발길질로 고양이를 쫓아냈다. 고양이는 하악하고 울더니 담장으로 튀어 올랐다. 그 높은 담장 아래에도 온통 전단지였다. 지아는 손끝에 힘을 줘 스테플러 심을 뽑았다. 누가 이 전단지를 붙여 놓았을지 생각했다. 실종자의 가족일 것이다. 묵진의 경찰이 수사를 시작했을지 모른다고 생각하니 목울대가 조여왔다. 언제까지 거리에서 활개를 치고 다닐 수 있을지도 걱정이었다.

전단지의 행렬은 중앙사거리 뒤에 위치한 주택가로 이어졌다. 그곳을 빠져나가면 하천 위로 세워 올린 굴다리가 나왔다. 어두운 골목을 지나 오르막길로 갈라지는 난간을 따라 전단지가 도열해 있었다. 여자의 얼굴이 조대산에 묻혀있던 시체를 연상시키는 모습으로 눈에 젖어 흘러내릴 듯 쭈글쭈글했다.

하천이 흐르는 산책로 입구까지 다다랐을 때는 가방이 전단지로 묵직했다. 손은 냉동 고등어처럼 시퍼렇게 변해 있었다. 눈에 젖은 전단지 무게가 어깨를 눌렀다.

지아는 숨을 고르고 가방에서 녹사이틴을 꺼냈다. 졸릴 수 있으니 밖에서는 먹지 말라고 했지만 그런 걸 따질 때가 아니었다. 침을 가득 모아 약과 함께 삼켰다.

세상이 빙글 돌았다. 열이 오르고 몸이 나른해졌다. 지아는 굴다리 아래에 엉덩이를 깔고 앉았다. 아까보다 더 굵어진 눈발이 쏟아졌다. 어떤 것은 성에처럼 손등에 닿아 녹았고 어떤 것은 차가운 바닥에 쌓여갔다. 굴다리 아래로 고슴도치처럼 웅크린 사람들이 걸어갔다. 굴다리 조명이 사람들 사이로 긴 그림자가 드리웠다. 안개가 낀 것처럼 세상이 뿌옇게 변했다.

그림자 하나가 지아를 향해 다가왔다. 지아는 몽롱한 의식 속에서 고개를 들었다. 그림자는 천천히 손을 흔들며 뭐라고 웅얼거렸다. 지아는 어깨와 머리에 쌓인 눈을 모아 입에 넣었다. 차가운 것이 잇몸을 스치자 신경이 곤두섰다. 짝 소리가 나게 양쪽 뺨을 때렸다. 주변 소리가 들리기 시작했고 사물은 색을 되찾았다. 익숙한 구두코와 코트가 보였다.

"또 보네?"

강규식이 말했다. 주머니에 손을 꽂고 피뢰침같이 뾰족한 자세로 지아를 내려봤다. 또 보긴. 계속 따라왔겠지. 왜 몰랐을까. 언제부터 따라왔을까. 감각을 날카롭게 갈아두지 못한 걸 후회했다. 빈틈이 보이면 파고드는 인간들이 있는 법이었다. 먹을 것도 없는 곳에 빌붙어 고름과 피를 빨았다.

그보다, 대체 이 인간이 따라다니는 이유를 알고 싶었다. 뭐 얻어먹을 게 있다고 여기에 시간을 쓰는 건지 궁금했다.

"술 먹었어? 눈을 왜 그렇게 게슴츠레하게 뜨고 사람을 봐요."

지아는 자리에서 일어났다. 쥐가 난 것처럼 엉덩이가 얼얼했다. 안경을 고쳐 쓰고 굴다리로 걸어가려는 걸 강규식이 붙잡았다.

"뭐 하고 있었어요?"

지아는 팔을 뿌리쳤다. 강규식은 긴 다리로 지아를 따라 걸었다. 토막 난 악몽처럼 강규식의 발소리가 굴다리에 메아리쳤다.

"염지아 씨, 내가 방금 뭐 했냐고 물었는데."

강규식까지 신경 쓸 여유가 없었다. 방금 살인 사건의 피해자를 찾는 전단지를 발견한 참이었다. 올무가 목을 죄고 있었다. 소방차 사이렌에도 경기를 일으키는 지아였다. 전직 형사라는 인간의 추궁이 달가울 리 없었다. 떼어내려면 원하는 걸 줘야 했다. 원하는 걸 얻으면 물러날 인간인지도 확인해야 했다.

"산책이요."

"아, 그렇구나. 또 산책했구나. 산책 자주 하시네요. 그런데 오늘 눈 오는데."

"오전에 나올 때는 안 왔는데요."

"일찍 나와서 종일 걸었나 봐요. 그런데 여기가 산책하기 좋은 곳

같지는 않은데. 지아 씨 산 좋아하잖아요. 심심하면 절도 가보든지요."

"심심하지는 않고요."

"그렇지. 추심하러 돌아다닌다고 했었죠. 내가 사람 찾는 거 도와줄 수 있다고 했는데 아직 생각 안 해봤죠?"

"돈도 없고 관심도 없어서요."

"싸게 해주면 되잖아요. 나 아직 하는 일도 없으니까 필요하면 연락 좀 해요."

"심심하면 등산이라도 하시든지요. 절도 가보고."

규식은 어가 없다는 듯 웃었다. 그러다 발뒤꿈치처럼 굳은 지아의 표정에 웃음기를 거뒀다.

"지아 씨 그런데 환경미화도 해요?"

"무슨 소리예요."

"아까부터 보는데 계속 뭘 줍는 것 같아서. 뭘 떼고 가방에 넣던데."

우연히 지아를 발견한 게 아니었다. 계획적으로 뒤를 따르면서 지아가 하는 일을 지켜보고 있던 게 분명했다. 중앙사거리에서 내릴 걸 알고 기다리지는 않았을 테니, 버스에서부터 쭉 따라붙은 모양이었다.

"왜 따라다니는 거예요. 내가 어디 묵는지는 왜 확인했고요."

"아 그거. 장난친 거예요. 왜 그런 도시 괴담 있잖아요. 살인 사건을 저지른 사람이 목격자를 발견하고는 몇 층에 사는지 확인하려고 층수를 하나씩 세더라는 이야기. 몰라요?"

"몰라요. 그런데 아저씨."

지아는 자세를 고쳐잡았다. 규식이 '지아 씨 지아 씨' 하고 부를 때마다 불편하던 차였다. 두 사람 사이에 어정쩡한 공간이 머물렀다.

"제 이름은 어떻게 알았어요?"

규식은 동결 건조된 오징어처럼 굳었다. 누군가 와서 땡, 하고 건드려주기 전까지는 움직이지 않을 것 같았다. 언제나 지그시 지아를 눌러 담던 눈동자가 처음으로 허공을 더듬었다. 눈보라가 굴다리 아래를 관통했다. 얼음 알갱이가 알알이 볼에 박히고 나서야 규식이 입을 열었다.

"응?"

"아까 염지아 씨, 했잖아요. 어떻게 알았어요?"

규식은 고개를 숙이고 사이즈가 큰 신발에 발을 밀어 넣듯 바닥을 발로 툭툭 찼다. 코트 사이로 감춘 입술에서 웃음이 번졌다. 겸연쩍어 억지로 끼워 넣은 미소였다.

"어디서 들었나 봐요. 남동생분이 하는 말을 들었으려나."

"걔가 내 동생이라는 건 또 어떻게 알았어요?"

지아의 추궁이 규식의 얼굴에서 웃음기를 증발시켰다. 규식은 주머니에 손을 넣었다. 쇠꼬챙이처럼 가늘고 기다란 규식이 점점 딱딱해지는 느낌이었다.

"숙소 안 가요? 바래다줘요?"

"됐어요."

"그런데 누가 도와주겠다, 이러면서 친절을 베풀면 사람들은 보통 고마워하거든요. 도와주셔서 감사합니다, 그러고 말지. 친절이 부담스러우면 완곡한 거절을 표한단 말이에요. 제가 죄송스러워서 더 부탁드리지 못하겠네요, 하고. 그런데 가끔 안 그런 사람들이 있어요. 두 가지 부류가 있는데. 하나는 사기를 너무 많이 당해서 더는 사람을 못 믿는 쪽이에요. 안됐지. 피해자인데 도움도 못 받아. 평생 당하고만 살아요. 도와주는 손인 줄 알고 잡았는데 칼인 거야. 베이고 데이고 당하는 데 지쳐서 사람을 못 믿어요. 다른 하나는 죄지은 사람인데. 이 사람들은 누가 다가오기만 해도 깜짝깜짝 놀라요. 숨기는 게 있어서 그런단 말이에요. 도와준다 그러면 달아나는 걸로 안 그쳐요. 그 사람들은. 싸우고 불편해지는 것까지 감수해. 죄를 들키는 것보다는 그쪽이 나으니까요."

규식은 어느새 지아를 향해 성큼 다가와 있었다. 이마에 콧김이 닿았다.

"염지아 씨는 어느 쪽이려나."

지아는 뒤로 물러섰다. 규식은 물러선 지아를 향해 천천히 걸었다.

"따라오지 마세요."

"도와주고 싶다니까요."

규식의 시선은 자꾸 전단지가 들어있는 가방을 향했다.

"몸 안 좋아 보이는데 가방이라도 좀 들어줄게요."

규식의 손이 더듬이처럼 가방을 휘감았다. 지아는 규식을 피해 돌아섰다. 거의 벗겨졌던 가방이 제자리로 돌아왔다. 지아는 어깨끈을 조이고 백팩이 등에 달라붙도록 양손을 겨드랑이에 꽂아 당겼다.

"뭐가 들었길래 그렇게 무거워. 이리 줘봐요. 내가 들어준다니까."

더는 호의가 아니었다. 강탈을 목적으로 한 접근이었다. 규식은 유도선수처럼 손을 뻗어 지아의 머리채를 쥐었다. 슬쩍 당겼을 뿐인데 지아는 균형을 잃고 휘청였다.

"사람이 도와준다고 하면 좀 들으라고."

강규식은 지아를 돌려세운 뒤 가방을 빼앗았다. 다가오려는 지아를 손을 뻗어 제지했다. 규식의 두툼한 손바닥은 단숨에 지아를 때려눕히고 기절시킬 수 있을 것 같았다. 그 커다란 손이 지퍼를 열었다. 인형 봉제선을 뜯은 듯, 전단지가 솜뭉치처럼 튀어나왔다. 규식은 돈을 세는 것처럼 한 장을 집었다.

"내가 도와주겠다니까."

전단지가 뽑혀 나오기 직전이었다. 힘이 있는 것들은 하나같이 이모양이었다. 가장 편리한 방법으로 상대를 굴복시켰다. 인맥이 있는 이들은 사람을 활용했고 힘이 있는 사람들은 주먹을 이용했다. 가진 게 없는 이들은 잃을 게 없다는 사실로 지아를 겁박했다. 그게지치고 짜증 났다.

지아는 규식을 향해 달려들었다. 허벅지를 감싸 안고 그대로 바닥을 향해 넘어졌다. 방심하고 있던 규식은 보도블록에 머리를 찧었다. 아주 잠깐 규식의 머리에 불똥이 튄 것 같았다. 지아는 가방을 집어 들었다. 지퍼를 닫고 가방을 어깨에 얹었다. 다시 빼앗기지 않도록 어깨끈을 단단히 조이고, 중앙 사거리역으로 내달렸다.

규식은 잔뜩 약이 올라 지아를 뒤쫓았다. 경쟁이 되지 않는 달리기였다. 지아는 약 기운으로 지쳐있었고 규식은 머리끝까지 화가나 지아를 갈아 마실 기세였다. 규식은 거주지역을 지나 중앙사거리로 접어드는 지점에서 지아를 따라잡았다. 엉겅퀴 같은 손이 가방을 덮쳤다. 지아는 바닥에 주저앉았다. 그리고 낼 수 있는 가장 높은 목소리로 소리를 질렀다.

"도둑이야!"

중앙사거리에는 설을 앞두고 선물을 사러 나온 인파가 몰려 있었다. 노래방과 화장품 매장이 특히 붐볐다. 때마침 저녁 시간이었다.

그런데도 소음에 묻힌 탓인지 누구 하나 돌아보는 이가 없었다.

지아는 가방을 부둥켜안았다. 규식은 거친 숨을 고르고 지아가 일어나기를 기다렸다. 지아가 한 번 더 외쳤다.

"도둑이야!"

이번에는 효과가 있었다. 지아의 절규는 휴대폰 매장의 노랫소리를 뚫고 중앙사거리를 메웠다. 사람들의 시선이 순식간에 두 사람을 향했다. 가방을 빼앗기지 않으려 안간힘을 쓰는 여자와 그걸 뺏으려는 남자 사이의 대립이었다. 곁눈질로 스쳐보는 걸로도 파악할 수 있는 현장이었다. 규식은 상황이 좋지 않다는 걸 직감한 듯 지아에게서 물러섰다. 순댓국을 먹고 부른 배를 두드리던 사람들과 인형 뽑기를 하던 청년들이 규식을 향해 다가왔다.

"가방 하나 들어주겠다는 거 가지고 되게 그러네."

규식이 말했다. 사거리를 지나는 버스가 멈춰 섰다. 규식은 버스에 몸을 실었다. 청년들이 지아를 일으켰을 때는 이미 규식이 탄 버스가 사거리를 벗어난 뒤였다. 서리가 잔뜩 낀 창문 너머로 규식은 입맛을 다셨다.

"아줌마 괜찮아요?"

청년이 물었다. 포장지 위에 리본을 달아놓은 화장품 세트를 들고

있었다. 집도 있고 가족도 있고 청춘도 있는 것들이 지아를 돕겠답
시고 달려왔다. 그 호의를 쓰레기통에 처박고 싶었다.

"경찰 불러드려요?"

선한 눈빛들이 비처럼 쏟아졌다. 의협심으로 똘똘 뭉친 이들이었
다. 명령을 기다리는 개처럼 지아의 입을 바라보고 있었다. 착하고
정의로운 것들은 구역질이 났다. 지아는 자리에서 일어나 가방을
등에 얹었다. 사람들이 없는 곳을 향해 터벅터벅 걸었다. 등 뒤에서
수군거리던 사람들은 곧 아무 일도 없었다는 듯 각자가 있던 곳으
로 돌아갔다. 그 많은 사람 중에 지아만 혼자였다.

지아는 밤이 깊은 뒤에야 모텔로 돌아왔다. 해밀턴 모텔 앞 골목
에는 쥐가 들끓었다. 고양이가 생선 대가리를 주워 먹던 자리였다.
소산포는 일제시대 때 모자 사업이 잘되던 곳이라고 했다. 양털 모
자보다 열 배는 비싼 게 쥐 털 모자였다. 죄다 일본에서 수입해오
던 거였다. 국산화를 시켜보자며 시도한 이들이 있었는데 하필 시
도한 것이 미국에서 가져온 시궁창 쥐였다. 그때부터 소산포에 쥐
가 들끓었다. 쥐약과 쥐 잡기 운동을 버텨내고 살아남았으니 나름
생명력 강한 아메리카 대륙의 위상을 보여준다고도 할 수 있었다.
쥐는 항구과 시장 거리를 휩쓸었고 낡은 상가 식당을 털었다. 부식
된 시멘트 구멍 사이, 하수구를 따라 쥐가 드나들었다. 모텔 변기에
서 쥐가 나오는 일도 있다고 했다. 하수구를 배회하다 바다로 밀려
나기도 했다. 묵진의 바다에 앉아 있으면 파도에 쓸려 다니는 쥐를
볼 수 있었다. 낚시꾼들이 버린 복어를 뜯어먹고 죽은 쥐가 해안가
로 밀려 나와 서서히 부패했다. 지아는 쥐가 싫었다. 털 없는 꼬리가

달린 거라면 모조리 싫었다. 뻣뻣한 회색 털, 생각을 읽을 수 없는 눈, 병균이 득실거리는 이빨까지 좋아할 만한 구석이 하나도 없었다. 달빛에 번들거리는 모습을 보고 있으면 차라리 눈을 감고 싶었다. 공중전화 주위에도 쥐 몇 마리가 배회하는 중이었다. 선원이 쏟아낸 토사물 위에 엉켜 있었다. 지아는 돌멩이를 던졌다. 쥐들이 사방으로 달아났다.

지아는 규식이 지난 밤처럼 기다리고 있지는 않은지 살폈다. 검은 파도 소리만 밤의 정적을 깨뜨렸다. 전봇대 사이로 플래카드가 나부꼈다.

'고향에 오신 것을 환영합니다. 묵진 향우회 일동.'

곧 설이었다. 어쩔 수 없는 휴식이 기다리고 있었다. 지아는 주머니에서 전단지를 꺼냈다. 변기에 빠트린 휴지처럼 질척거리는 종이 아래 연락처가 있었다. 열한 시였다. 예의를 차리기에는 늦은 시간이었고 전화를 걸어 상대의 조급함을 확인하기에는 적당한 시간이었다.

입김이 날아가 유리창에 맺혔다. 지아는 추위에 눌려 옅어진 습기 위로 또 한 번 입김을 뿜었다. 한다은이라는 사람이 누구인지 알고 싶었다. 가족은 있는지, 어떤 일을 하던 사람인지, 실종 당일에 무슨 일이 있었는지도. 그리고 혹시 윤혜수를 아느냐고 묻고 싶었다. 안다면 윤혜수는 어떤 사람이었는지도 확인해야 했다. 한다은과 윤혜수는 어떤 사이였는지 밝혀야 했다. 두 사람이 소산포에서 왜 죽일 듯 싸웠는지, 어쩌다 윤혜수가 한다은을 살해했는지 밝혀내고 나면 비로소 속이 후련해질 것 같았다.

지아는 전단지에 적힌 번호로 전화를 걸었다. 컬러링 없는 단조로운 신호음이 이어졌다. 손이 시렸다. 파도가 방파제를 넘어 뭍으로 기어올랐다. 발끝에 바닷물이 튀었다.

"여보세요."

전화를 받은 건 남자였다. 낡은 문지방처럼 갈라지고 지쳐서 쇳가루를 들이마신 듯 망가진 목소리였다.

"여보세요."

남자가 다시 말했다. 목이 따끔거렸다. 가족을 찾는 사람의 음성 앞에 지아는 무기력했다. 지아가 사라진 사이, 집으로 전화가 걸려오면 철순도 꼭 이런 목소리로 전화를 받았을 거라는 생각이 들었다. 벨이 울리면 그게 한밤중이건 이른 새벽이건 상관 않고 혹시 잃어버린 딸 소식이 전해질까 뛰는 가슴을 진정시켰을 것이다. 장난전화가 와도 모진 소리 한 번 못하고, 그래도 전화가 또 울리기를 기다렸을 것이다. 남자가 말을 이었다.

"혹시 전단지 보고 전화 주셨나요. 우리 다은이 보셨나요."

많은 것을 짐작하게 하는 문장이었다. 한겨울에도 따뜻한 거실, 카레가 익는 주방, 은은한 귤빛 조명, 우리 다은이 하고 불러주는 가족, 실종된 가족을 애타게 찾는 사람들, 그래서 한밤중에 걸려오는 전화라도 기다리는 사람들의 모습이 순식간에 떠올랐다.

철순이 그렇게 살가운 적이 있었을까. 우리 지아, 하고 불러준 적이 있었을까. 썩 꺼지라고 소리치며 물건을 집어 던지던 순간만 사진처럼 선명했다. 지아는 전화를 끊었다. 촛불 같던 상상이 사라진 자리에 현실이 몰려왔다.

달아났던 쥐들이 빗물받이 위로 기어 나왔다. 길고양이가 담장 위에서 그 모습을 지켜보다 한 마리를 덮쳤다. 앞다리로 툭 쳤을 뿐인데 쥐는 몸을 가누지 못했다. 고양이는 공을 가지고 놀듯 쥐를 벽으로 몰다 갈 곳이 없어진 쥐의 목을 물었다. 척추가 견과류처럼 바숴졌다. 고양이는 장송곡 같은 울음을 토하고 파도가 육지를 넘보는 방조제 쪽으로 달아났다.

밧줄

해밀턴 모텔 데스크 매니저는 세상에서 두 번째로 지루한 직업이었다. 조업철이 아니면 하루 두세 명 정도의 손님을 받는 게 전부였고, 손님이 오면 돈을 받아 키를 내주고 투숙객 정보를 장부에 기입하는 것으로 일이 끝났다. 항구에 있는 모텔이라 달세를 끊어 지내는 선원 손님들이 대부분이었는데 달세를 받는 건 모텔 사장이 직접 했다. 매니저는 모니터에 코를 처박고 게임을 하며 하루를 보냈다. 게임마저 지겨우면 잠을 잤는데 나중에는 잠을 자는 것도 지겨워 시체처럼 누워있기만 했다.

세상에서 가장 지루한 일을 하는 사람은 GP에서 근무하는 TOD 관측병이었다. 근무지에 한 번 들어가면 기간병들과 교류도, 훈련, 경계근무, 불침번, 점호도 모르고 몇 달을 관측장비만 들여다보는 보직이었다. 보통은 북에서 벌어지는 일을 구경하거나 지뢰 찾기 같은 게임을 하는 걸로 시간을 보냈고 그것도 지겨우면 노래 가사를 적었다. 제대 후 먹고 싶은 음식 목록을 정리하는 병사도 있었다. 뭐가 됐건 딱히 인생에 도움이 되지 않는 일이었지만 병사들은 지루함을 해결하기 위해 뭐라도 했다.

해밀턴 모텔 데스크에 앉아 있던 매니저는 두 가지 일을 모두 경험했다. 3개월 전 제대한 뒤 부모님이 운영하는 모텔 일을 돕는 중이었다. 딱히 찬란한 미래가 기다리고 있을 거라는 기대는 하지 않았다. 한 평 정도 되는 데스크에 앉아 인생을 허비하면 10년이고 20년이고 먹고살 수 있을 것 같았다. 매니저에게 유일한 걱정거리는 치질이었다. TOD 관측병 시절이 남긴 질병이었다. 불규칙한 식사와 영양 관리, 오랜 시간 앉은 자세가 이어진 결과였다. 전역 후에야 치료를 시작했다. 하루 두 번 좌욕을 했다. 변기 위에 좌욕기를 깔고 엉덩이를 담갔다.

매니저는 섬유질을 많이 섭취하라는 의사의 말은 깔끔하게 무시하고 라면을 끓였다. 온풍기는 퀴퀴한 바람을 쏘았다. 배를 채우니 당연한 수순으로 졸음이 찾아왔다. 엉덩이가 근질거렸다. 한숨 자고 일어나면 밤이 올 것이고, 그러면 사촌 동생과 교대할 시간이었다. 매니저는 개수대에 그릇을 던져넣고 배를 두드렸다. 참 편한 인생이라고 생각했다. 아까부터 밖에서 해밀턴 모텔 안을 들여다보고 있는 여자만 아니면 오늘도 무사히 지나갈 수 있을 것 같았다. 매니저의 바람을 아는지 모르는지 여자는 손으로 차양을 만들고 문에 바짝 붙어 눈알을 굴렸다.

라면을 끓일 때부터 어슬렁거리던 여자였다. 숙박객이 있는 방의 창문을 살피기도 하고, 유리창에다 작은 돌멩이를 던지기도 했다. 여자는 매니저가 잠깐 한눈을 판 사이 모텔 안으로 몸을 반쯤 밀어 넣었다. 수초 같은 머리카락이 바람에 나부꼈다. 바람은 모텔 로비를 한 바퀴 돌며 단박에 기온을 떨어뜨렸다. 잠이 번쩍 깼다.

모텔에는 종종 사건 사고가 벌어졌다. 남편에게 얻어맞은 부인들이 며칠 지내겠다며 방을 잡았다가 새벽에 끌려가기도 했고 타지에서 달아난 범죄자가 숨어 살기도 했다. 취객을 상대하는 게 가장 힘들었다. 술에 취한 몸은 무거웠고 발광하는 몸뚱어리는 쉽게 제지할 수 없었다. 한 번 소란이 벌어졌다 하면 경찰 서넛이 달려와야 했다. 집기 파손이라도 있는 날에는 일이 복잡해졌다. 망가진 텔레비전, 냉장고, 정수기를 수리하고 견적서를 받아 청구하기까지 몇 달이 훌쩍 지나갔다. 석 달을 일했을 뿐인데도 그런 일에는 이골이 났다. 경광등이 한 번 모텔을 휩쓸고 나면 TOD 관측병 시절이 그리워지기도 했다.

취객이야 깨고 나면 정신이 들어 사과도 하고 합의금도 들고 왔지만 의도를 파악할 수 없는 미친 인간들은 어찌할 도리가 없었다. 지나가다 벌컥 모텔 문을 열고는 이해할 수 없는 행동과 말을 쏟아냈다. 한눈에 보기에도 어딘가 망가진 인간들이었다. 곱게 타일러서 집으로 돌려보내면 다행인데 가끔 별 나쁜 짓은 하지 않으면서도 신경이 거슬리게 하는 경우가 있었다. 모텔 입구에서 어슬렁거리는 여자가 그랬다. 해밀턴 모텔 데스크가 세상에서 가장 재미없는 직업이 되는 순간이었다.

"방 잡으시게요? 아니면 찾는 사람 있어요?"

여자는 매니저가 말을 걸 때마다 문을 닫았다. 시선을 돌리면 다시 다리 하나를 들이밀었다. 그때마다 입구에 설치해둔 종이 요란스레 울렸다.

"훠이. 아줌마. 일없으면 딴 데 가요."

매니저는 새를 내쫓듯 손짓했다. 가라고 했는데 여자는 그게 오라는 손짓인 줄 알고 냉큼 로비로 들어섰다. 매니저에게 고맙다며 인사까지 했다. 그러면서 손가락으로 위층을 가리켰다. 위로 올라가도 되겠냐고 묻는 거였다.

"아니 그게 아니라 가라고요."

섬유탈취제 냄새를 뚫고 누린내가 났다. 누군가 여자를 곰탕에 담갔다 뺀 것 같았다. 씻지 않아 나는 냄새였다. 한겨울에 어울리지 않는 원피스 차림인데다 기이하리만치 편평하고 창백한 얼굴에 냄새까지 더해져 사람처럼 보이지 않았다. 매니저는 대걸레를 창처럼 꼬나쥐고 여자를 문으로 몰아세웠다. 여자는 대걸레 끝을 피해 요리조리 달아났다.

"아픈 데가 있으면 병원을 가요. 배가 고프면 식당을 가든지. 왜 모텔에 와서 난리예요."

로비를 돌며 위층으로 올라갈 기회를 노리던 여자가 계단으로 올라섰다. 객실로 향하는 계단이었다. 여자는 질펀한 진흙이 묻은 신발로 카펫 위를 걸었다. 낮에 건물 청소 업체가 다녀갔는데 교대 시간이 되기 전에 또 청소를 해야 할 판이었다. 매니저는 여자의 머리채를 잡았다. 손바닥이 기름때로 미끈거렸다. 매니저는 여자를 밖으로 끌어냈다. 여자는 히히, 웃으며 벽으로 밀려났다. 입술이 벌어진 자리에 충치가 김처럼 박혀 있었다.

"아줌마 좀 가요. 경찰 부르기 전에."

여자는 경찰이라는 말에 멈칫하더니 주위를 살폈다. 쫑긋 세운 귀가 개처럼 움직였다. 들리는 거라고는 비바람 소리와 파도 소리뿐인데도 어딘지 겁먹은 얼굴이었다.

"그래요, 경찰! 나 경찰 부른다?"

천둥벌거숭이 같던 여자가 슬금슬금 뒤로 물러났다. 매니저는 귀신 쫓는 십자가라도 되는 것처럼 전화기를 들었다.

"여보세요? 경찰이죠? 여기 해밀턴 모텔인데요."

매니저는 어린 애를 놀리듯 연기까지 했다. 여자는 등을 돌려 달아났다. 에비, 에비, 매니저가 뒤에서 외쳤다. 여자는 동네가 떠나가라 알 수 없는 말들을 외치며 사라졌다.

로비로 돌아온 매니저는 화장실로 가서 손을 씻었다. 식초와 참기름을 섞어 바른 듯한 여자의 머리카락이 손바닥에 감겨 있었다. 사람 머리카락인데도 징그러웠다. 한 올 한 올이 실지렁이처럼 꿈틀거리는 것 같았다. 비누칠을 해서 박박 씻었다. 내친김에 얼굴도 씻었다. 물을 묻혀 머리를 넘기고, 거울에 비친 얼굴을 보며 묵진에서 청춘을 썩히기에는 좀 아까운 호남형이 아닌가 하는 생각도 했다. 서울로 가서 일하면 어떨까 싶었다. 거기도 모텔 카운터 자리 하나는 있을 테니까. 어쩌면 괜찮은 여자도 만날 수 있겠지. 그런데 그게 한 사람이 아니면 어쩌지. 두 여자가 날 동시에 좋아하면 어느 쪽을 선택해야 할까. 아무래도 귀엽고 말 잘 듣는 스타일이 좋겠지만 그래도 도도한 여자가 더 매력이 있긴 하지. 뭐 둘 다 만나면 어때, 아직 어린데. 매니저는 젖은 머리와 조명 아래 빛나는 턱선을 뚫어지게 바라보며 생각에 생각을 이었다.

그래서 매니저는 모텔 문이 열리는 걸 알지 못했다. 실랑이하던 여자가 문 위에 달린 종이 울리지 않게 살금살금 들어서는 것도, 숙박계를 뒤져 투숙객 정보를 확인한 것도, 낮에 청소한 카펫 위로 발자국이 새겨지는 것도 알지 못했다. 여자는 백열전구가 뿌옇게 번지는 계단을 올랐다. 화장실을 나온 매니저는 미친 여자가 잠시 들어왔을 뿐인데 고약한 냄새가 가시지 않는다며 방향제를 뿌렸다. 몇몇 손님들이 모텔을 오갔고 얼마 후엔 여자가 모텔을 찾았던 흔적은 남아있지 않았다.

손바닥만 한 화면에 지난 하루 동안 배포된 묵진의 기사가 떴다. 지아는 수시로 새로고침을 하며 실종자 기사는 없는지, 시체가 발견되지는 않았는지, 혹은 경찰이 움직일 만한 일은 없는지 확인했다. 지면을 채우려 애쓴 기사만 쏟아졌다. 설 연휴로 묵진 시내에 차량이 많아졌다고 했다. 토요일부터 연휴가 시작된다고 했는데 그건 지아가 모르던 사실이었다. 지아가 정신을 잃기 전에는 토요일에도 일을 했다. 지금은 관공서는 물론이고 학교도 군인도 토요일에는 쉰다고 했다.

설맞이 행사 안내도 있었다. 시청 앞에서 지역 특산물 축제가 열릴 예정이었다. 나머지는 날씨 이야기들이었다. 파고가 높으니 조업에 조심을 기해야 했고 한파주의보가 내렸으니 옷을 따뜻하게 입어야 했다. 폭설로 입산이 금지되었으니 일출을 보려면 산보다 바다를 이용하는 게 좋겠다는 조언이 이어졌다. 기사 속 묵진은 고령화로 인한 인력 부족과 기후 변화가 초래한 어종 변동을 제외하면 평범해서 지루한 곳이었다.

눈이 내린 항구의 전경이 담긴 기사가 보였다. 거울처럼 매끈한 바다가 배경이었다. 정박 중인 배들은 정물로 남아 노곤한 하루를 달래고 있었다.

고요한 사진이었다. 사진은 다 그랬다. 시간의 단면은 그 은밀한 곳에 숨어 있는 이야기를 감췄다. 썩어가는 시체를 품은 채 묵진은 묵묵히 시곗바늘을 돌렸다.

지아는 스마트폰을 쥐었다. 발열이 조금은 도움이 됐다. 해밀턴 모텔 옆 빌딩 옥상에는 제설기를 설치한 듯 차가운 바람이 불었다. 콧속이 쩌걱쩌걱 갈라졌다. 귓불은 손가락으로 퉁기면 탱 하고 날아갈 것 같았다. 온계리에서도 서울에서도 경험한 적 없는 추위였다. 밖으로 나오기 전에 일기예보를 봤어야 했다. 다행인 건 규식도 같은 상황일 거라는 사실이었다.

지아는 패딩을 그러쥐고 아래를 내려봤다. 규식은 지아가 새벽 다섯 시부터 모텔을 빠져나왔다는 사실을 모른 채 골목에 숨어 지아를 기다리고 있었다. 얼굴을 마주 보고 관심 끄라고 얘기할 수도 있겠지만, 그랬다가는 규식이 바퀴벌레처럼 숨어버릴 것 같았다. 경찰을 부르는 건 무덤을 파는 꼴이니 선택지가 될 수 없었다. 병준이라도 있으면 좋을 텐데 이 인간은 지난밤부터 연락이 되지 않았다. 신호는 가는데 받지를 않았다. 문자를 남겨도 답이 없었다. 그래서 지아는 직접 강규식을 따라다니기로 했다. 그 인간의 속셈이 뭔지 알아야 남은 활동이 자유로울 것 같았다.

규식은 한 시간 정도를 더 기다리다 자리를 떴다. 모텔을 향해 침을 뱉었다. 떠나면서도 미련이 남는 듯 지아의 방을 쳐다봤다. 지아는 규식이 항구를 뜨는 것까지 확인한 뒤 건물을 내려왔다. 후드티를 뒤집어쓰고 목도리로 입을 가렸다. 혜수의 집에서 가져온 안경을 걸쳤다. 건물 입구로 내려왔을 때, 현관 유리에는 추위를 증오하는 중년 여성이 서 있었다. 지아는 택시를 잡았다. 산타처럼 흰 수염을 기른 기사가 시동을 걸었다.

"일단 묵진 터미널 가주세요."

"일단이요?"

기사가 룸미러로 뒤를 보며 물었다. 택시는 큰길을 향해 반원을 그리며 나아갔다. 지아는 유리창에 코를 바짝 붙였다. 규식은 버스 정류장에 서 있었다. 토요일 아침이었다. 몇 명의 승객들이 노후된 정류장 앞에 발을 구르며 버스를 기다렸다.

"잠깐 멈춰주세요."

택시는 정류장 맞은편 장어구이 집 앞에 섰다. 기사는 목적지도 없이 가다 서다를 반복하는 지아를 보곤 흠, 하고 불편한 내색을 했다. 지아는 길 건너에 있는 규식을 가리키며 말했다.

"버스 정류장에 있는 저 남자를 좀 따라다녀야 하는데요. 키 크고 마르고 코트 입은 사람이요."

"인상 더럽고 곱슬머리 한 사람이요?"

지아는 그렇다고 대답했다. 흰 수염의 기사는 사건 현장을 분석하는 형사 같은 눈빛으로 규식을 바라봤다.

"남편이에요?"

"네."

"바람피우나 보다. 그렇죠?"

기사는 잠시 고민에 빠졌다. 유리창을 톡톡 두드리며 "미행이란 말이지." 하고 중얼거렸다. 버스가 다가왔다. 규식은 지갑을 꺼내 버스를 탈 준비를 했다.

"십만 원이요."

기사가 말했다. 의도를 이해하지 못한 지아가 "네?" 하고 되물었다. 기사는 택시 시동을 껐다. 히터가 꺼진 실내 온도가 뚝 떨어졌다.

"미터기 안 켤 거니까 십만 원 줘요. 한 반나절 돌아다닐 것 같은데."

'미행은 십만 원'이라고 적힌 메뉴판을 읊는 것 같은 말투였다. 규식은 버스에 오르는 중이었다.

"곧 출발하겠네."

기사가 말했다. 마음이 급한 지아와는 달리 기사는 바쁠 게 없다는 듯 의자에 등을 파묻었다.

"안 갈 거면 내리시고요."

버스는 정류장을 떠났다. 지아는 다급히 말했다.

"드릴게요. 얼른 가요."

"선불이요."

기사가 손을 내밀었다.

"놓치기만 해봐요."

지아는 기사의 손 위에 오만 원짜리 두 장을 올렸다. 기사는 선글라스를 걸치고 시동을 걸었다.

"안전벨트 매고요."

규식이 탄 버스는 멀찍이 달아나는 중이었다. 유턴 신호와 함께 기사는 액셀을 밟았다. 안전벨트를 매라고 한 이유를 알 것 같았다. 운전면허 학원에서는 절대 알려주지 않을 칼치기가 펼쳐졌다. 서너 번 운전대를 꺾었을 뿐인데 택시는 어느새 버스 꽁무니에 붙어있었다.

"운 좋은 거예요. 내가 양발운전을 하거든요."

그러시든지요. 지아는 하고 싶은 말을 속으로 집어삼켰다. 기사는 버스와 이십 미터 정도의 간격을 두고 뒤따랐다. 다섯 개의 정거장을 지나치는 동안 규식은 창가에 앉아 전화기를 들여다봤다. 지아가 물었다.

"저 버스 어디 가는 거예요?"

"부촌 가는 버스네요."

"부촌이요?"

"부자들 사는 동네요. 시내에 있는 거 말고, 아파트 단지 말고, 단독주택 있는 곳이요. 거기까지 갔다가 다시 항구로 돌아와요. 종점은 터미널 옆에 있고요."

규식이 내린 곳은 오르막길의 입구였다. 봉정 빌라로 가는 방향이었다. 설마 하고 있는데 규식은 지체없이 그 길을 올랐다.

"따라가 볼까요?"

"네. 서지 말고 그냥 지나가 주세요. 꼭대기에서 기다리게요."

택시는 규식을 지나쳐 단숨에 꼭대기에 도착했다. 규식은 콧김을 뿜으며 언덕을 올랐다. 지아는 몸을 낮춰 규식을 살폈다. 봉정 빌라

쪽을 향해 걷기는 했지만 근처를 배회했을 뿐 가야 할 곳을 알고 움직이는 것 같지는 않았다. 오르는 동안 보이는 집들의 명패와 우편함을 죄다 뒤졌고, 소득이 없는지 허탈한 얼굴이었다.

규식은 언덕에 올라 바다에서 불어오는 맞바람을 껴안았다. 사나운 돌풍이 규식을 향해 내려가라고 소리쳤다. 느슨하게 엮인 워커 끈이 펄럭였다. 규식은 주머니에 손을 꽂고 언덕을 구르듯 내려갔다. 택시는 규식이 눈치채지 못하도록 버스 정류장까지 뒤따랐다.

"바람피우는 게 아니라 도둑질을 하려는 것 같은데요."

"조용히 하고 그냥 따라가 주세요."

"분부대로 합지요."

기사는 엑셀에 발을 얹었다.

규식을 따라가는 건 어려운 일이 아니었다. 규식은 고민거리가 많은 듯 얼굴을 잔뜩 찌푸리고 땅을 보며 걸었다. 하지만 규식이 시장 골목에 이르자 상황이 변했다. 봉정 빌라 언덕 아래 시장 골목은 설 연휴 첫날을 맞아 사람들로 북적였다. 규식은 인파 사이를 걸었다. 상가 건물 사이로 거대한 아치가 천장을 이루고 있었다. 날씨에 상관없이 장사를 할 수 있는 곳이라 상인들이 차도까지 나와 좌판을 깔았다. 지아가 탄 택시가 도로로 진입하자 상인들이 볼멘소리를 해댔다. 버젓이 도로를 침범하고 있는 건 상인 쪽이었는데 물러설 생각이 없어 보였다.

기사는 경적을 울렸다. 도로를 양쪽에서 막고 있던 상인들은 시큰둥한 표정으로 택시를 올려다봤다. 기사가 창을 내리고 쏘아붙였지만, 상인은 꿈쩍도 하지 않았다. 기사는 또 한 번 길게 경적을 울렸다. 거리가 소란스러워졌다. 규식이 뒤를 돌아봤다. 지아는 몸을 숙였다. 기사와 상인의 실랑이가 이어졌다. 시장 골목에는 배달일을 하는 오토바이와 리어카가 겨우 지나갈 뿐, 바퀴 넷 달린 건 보이지 않았다. 그 틈을 비집고 들어간다고 하더라도 걷는 편이 더 빠를 것 같았다. 기사가 물었다.

"어떻게 할까요?"

"반대쪽에서 기다려주세요. 길이 엇갈리면 전화할게요."

지아는 기사의 전화번호를 받아 택시에서 내렸다. 규식은 어둑한 상가 건물로 들어서는 참이었다. 등을 구부정하게 숙이고 팔자걸음으로 시장 골목을 걸었다. 어떻게 보면 여행객이었고 어떻게 보면 수금하러 온 일수업자였다. 지아는 규식이 눈치채지 못하게 그 뒤를 따랐다.

규식은 만둣가게 앞에 멈춰 섰다. 찜솥에서 만두가 나오는 시간이었다. 삼베 보자기 위로 구름 같은 김이 퍼졌다. 증기 사이로 잠시 규식의 모습이 사라졌다. 지아는 규식을 놓치지 않도록 만둣가게를 응시했다.

득달같이 달려온 바람이 김을 걷어냈을 때, 규식의 시선은 지아를 향해 있었다. 짧은 순간 두 사람의 눈이 마주쳤다. 지아는 규식이 자신을 알아볼 리가 없다는 걸 알면서도 자라처럼 목을 파묻었다. 그건 포식자를 앞에 둔 먹잇감이 느낄 감정이었다. 싸늘한 위압감이 지아를 관통했다. 규식은 고기만두와 김치만두 하나씩을 주문해 선 채로 먹기 시작했다. 우직한 턱이 만두피를 찢고 속을 분쇄했다.

선 자리에서 식사를 끝낸 규식이 이동한 곳은 캠핑용품 판매점이었다. 지아는 맞은편 찻집에 앉아 통유리창 너머로 규식을 훔쳐봤다. 규식은 랜턴과 스위스 군용 나이프, 방한 재킷, 등산화, 배낭, 망원경 따위를 차례로 집어 들었다. 캠핑용품 주인은 뒷짐을 지고 규식이 물건을 골라내는 모습을 바라보는 중이었다. 이 어리숙한 외지인의 선택에 감탄한 눈치였다. 두 사람은 몇 마디를 나눴다. 규식은 카드를 빼 들었다가 주인이 난색을 표하는 바람에 다시 현금을 꺼냈고, 거기에 지폐 몇 장을 더 얹었다. 짧은 흥정 끝에 두 사람 모두 만족할 수 있는 결론이 나온 모양이었다. 규식은 구입한 물건들을 배낭에 집어넣었다.

규식은 가게를 나와 걷는 사이 누군가와 통화를 했다. 수첩에 뭔가를 기록하기도 했다. 상가 건물 화장실에서 볼일까지 마친 규식이 시장 후문으로 향했다. 지아는 택시 기사에게 전화를 걸어 규식의 동선을 알렸다. 규식은 시장 후문에 위치한 정류장에서 시내버스에 탔고 지아는 그 뒤에서 대기 중이던 택시에 올랐다. 다시 미행이 시작됐다.

"저건 시내 가는 버스예요."

기사는 여행가이드가 된 것 같은 말투로 얘기했다. "알아요." 지아가 짧게 대답했다. 빈말이 아니었다. 어디로 가는 버스인지는 지아도 잘 알고 있었다. 봉정 빌라를 다녀온 규식의 다음 행선지는 뻔했다. 그 사실을 인정하고 싶지 않을 뿐이었다. 살인을 저지른 자신을 누군가 뒤쫓고 있다는 것, 그리고 그 이유도 알지 못한다는 게 불편했다. 지아는 인정하고 싶지 않은 것을 외면하는 방식으로 세상을 살았다. 타조처럼 대가리를 쑤셔 박고 자신을 괴롭히는 일이 없었던 양 굴었다. 그러고 나면 복잡한 것들이 해결돼 있을 거라 믿었다.

버스는 간선도로에서 갈라져 나오는 시내 진입로 정류장에 규식을 내려놓았다. 호천 아파트 입구였다. 규식은 망설임 없이 단지 안으로 들어섰다. 대본을 잘 숙지한 연극배우 같았다. 동선에 군더더기가 없었다. 아파트를 돌며 우편물에 적힌 이름을 하나씩 살폈다. 마침 적십자 지로용지가 발송된 날이었다. 낡은 도화지 같은 종이는 아파트에 거주 중인 모든 세대주의 이름을 나열하고 있었다. 규식이 백여 개의 우편물을 확인하는 데 오 분도 걸리지 않았다. 한시간이 지나지 않아 규식은 우편물이 꽂혀 있는 집 중에 염지아의 이름이 없다는 걸 확인했다. 그 뒤에는 관리사무소로 걸음을 옮겼고, 거기서는 좀 더 오랜 시간을 머물렀다.

찝찝한 기분이 차곡차곡 쌓였다. 지아가 묵진으로 내려온 이후의 동선 그대로였다. 규식은 사냥개처럼 달려들어 야금야금 지아의 목덜미를 물고 피가 쏟아지기를 기다리고 있었다.

"오래 걸리네요."

기사가 라디오를 틀었다. 오후 두 시였다. 아나운서가 단조로운 음성으로 뉴스 기사를 읽었다. 묵진에서도 서울 부동산 가격에 관심이 모였다. 주식 시장 전망도 이어졌다. 기사는 채널을 돌렸다. 트로트만 주구장창 틀어대는 방송이었다. 이런 방송이라면 라디오 디제이 하기도 참 편하겠다 싶었다. 노래 세 곡이 끝날 때까지 규식은 나올 생각을 하지 않았다. 다시 삼십 분이 흘렀다. 지역 광고가 흘러나왔다.

"애는 몇 살이에요?"

지루함을 이기지 못한 기사가 물었다. 애가 있는지 물어보는 게 우선이 아닌가 싶었다. 택시 기사와의 대화가 탐탁지 않았다. 거리 낌 없이 개인사를 물어보는 것도, 바가지요금을 씌우는 것도 싫었다. 부디 주제넘은 조언까지 더해지지는 않았으면 했다. 기사는 잡초처럼 자란 눈썹을 씰룩이며 "애가 몇 살이냐니까요?" 하고 한 번더 물었다.

"중학생이에요."

"아들이요 딸이요?"

"아들이요."

"제일 힘들 때네요. 공부는 잘해요? 우리 애는 공부를 너무 안 해서 큰일이다 싶었는데 지금은 그래도 수원에 있어요. 공장 다니거든요. 나도 예전에는 통신사에서 일했었는데. 지금은 은퇴하고 운전하지만요. 며느리가 간호사예요. 3교대 하느라 죽을 맛이라는데, 요새는 은근히 일 그만두고 싶다고 하나 봐요. 전업주부 하고 싶다고. 요새 젊은 애들이 그게 되나. 애 낳을 때까지는 꾹 참고 다니라고 해줬어요. 지금 안 벌어놓으면 나중에 고생한다고."

지아는 유리창을 문질렀다. 눈을 밟는 것처럼 뽀드득 소리를 내며 서리가 닦였다. 주먹을 쥐고 도톰한 부분을 도장처럼 창에 찍었다. 그 위에 점 다섯 개를 찍으니 발바닥 모양이 됐다. 지아는 흔적이 남지 않도록 손바닥으로 창을 닦았다. 물방울이 맺혀 눈물처럼 창 아래로 흘렀다.

"남편은 직업이 뭐예요? 오늘 돌아다니는 걸 보니 회사원 같지는 않고."

"보험 팔아요."

"영업하시는구나. 남자가 밖으로 돌면 유혹이 많지. 그래도 육사 골목 같은 데 안 다니는 게 어디에요."

"육사골목이 낫지 않나요? 정은 안 주니까."

"하긴 그것도 그러네. 바람피우는 건 어쩌다 알게 됐대요, 그래."

"휴대폰 훔쳐봤어요."

"이게 세상이 좋아졌다고 다 좋은 게 아닌데 말이죠. 몰라도 될 것까지 알게 되니까."

라디오에서 2부 방송이 시작됐다. 1부보다 좀 더 박자가 빠른 트로트가 흘렀다. 박자에 맞춰 택시 기사의 배도 요동을 쳤다.

"배가 고프네. 아줌마는 괜찮아요? 뭐 좀 사 올까요?"

지아는 아무거나 좋으니 부탁한다고 했다. 기사는 아파트 앞에 있는 편의점에 들어갔다. 지아는 실눈을 뜨고 규식이 나오기를 기다렸다. 이 이야기의 끝이 궁금했다. 19년의 행적을 모두 파악할 수 있을지가 궁금했고 한 달 후에 있을 곳이 감옥일지 정신병원일지도 궁금했다. 무덤은 아니길 바랐다. 언젠가 땅에 묻히게 된다면 그건 모든 속죄를 마친 다음이었으면 했다.

눈보라가 불었다. 보닛 위로 싸라기눈이 쌓였다. 세상이 모두 얼어버리는 상상을 했다. 십 미터고 이십 미터고 눈이 쌓이고 쌓여 묵진이 얼어버리는 풍경을 그렸다. 빙하기가 찾아와 살아있는 것들이 얼음 속에 파묻히고 나면 살인 사건쯤은 아무것도 아닌 게 될 것 같았다. 지진은 어떨까. 해일은. 운석이 떨어진다면. 그래서 땅이 뒤집히고 수십 킬로미터씩 껍질 같은 지각이 솟구치고, 그래서 조대산

에 있는 시체도 증발해버린다면 어떨까. 그러면 편안한 밤이 이어
질까. 행복한 인생이었다고 반추할 수 있을까.

스피커에서 총소리가 터졌다. 눈이 번쩍 뜨였다. 라디오에서 들리
는 심벌 소리였다. 지아가 라디오 볼륨을 줄이려 앞 좌석으로 몸을
기대는데 싸락눈 사이로 규식이 보였다. 어느새 관리사무소를 나와
아파트 입구를 지나는 중이었다. 문제는 그 방향이었다. 규식은 몸
을 웅크리고 택시를 향해 종종걸음을 놓았다.

지아는 경적을 누르고 뒷좌석 바닥에 쪼그려 앉았다. 행인도 지나
가는 차도 없는 호천 아파트에 경적이 울렸다. 먹을 걸 찾아 바닥을
쪼던 비둘기가 날아올랐다. 편의점에서 계산을 마치고 나오던 택시
기사도 경적 소리에 달리기 시작했다. 규식과 기사는 거의 동시에
택시에 도착했다. 규식이 뒷문을 열기 직전이었다. 지아는 잠금장치
를 잠갔다. 규식은 손잡이를 마구 잡아당겼다. 심장이 얌체공처럼
방망이질 쳤다. 펌프가 온몸에 피를 뿜어댔다. 손가락을 바늘로 찌
르면 검은 피가 분수처럼 솟구칠 것 같았다.

"뭐예요, 뭐."

기사가 말했다. 주머니에 핫바를 꽂고 손에는 사이다와 삼각김밥
을 들고 있었다. 규식이 헛웃음을 지었다.

"손님이 택시 잡는 거지 뭐긴 뭐예요. 소산포 가요?"

"운행 안 해요. 비번이에요."

"비번인데 왜 시동을 켜놓고 있습니까. 빈 차라고 돼 있는데요."

"잘못 눌렀네요. 깜빡했어요."

"그래서 안 갑니까."

"미안합니다."

규식이 문짝 하나를 사이에 두고 투덜거렸다. 손가락은 연신 문고리를 당겼다. 기사가 문을 열었다가는 뒷문도 같이 열릴 판이었다. 기사는 규식이 물러나기를 기다렸다. 규식은 꾸물거리는 하늘을 올려보고는 쏟아지는 눈이 날파리라도 되는 것처럼 팔을 휘둘렀다.

"되는 일 하나도 없네."

규식은 코트를 머리 위로 올려 쓰고 버스 정류장으로 뛰어갔다. 규식이 정류장 쪽으로 완전히 빠져나간 걸 보고 나서야 기사가 차에 올랐다. 기사가 라디오를 껐다. 노랫소리가 사라지고 적막이 찾아왔다.

"깜짝이야. 들키는 줄 알았네."

인도에 눈이 제법 쌓였다. 우산을 펼친 사람들이 택시를 지나쳤다.

"계속 따라가요? 더 하면 들킬 것 같은데."

"소산포 정류장에 내려주세요."

"미리 가서 기다리게? 그래요. 따라가는 것보다 그게 낫겠네."

기사는 큰일을 치른 것처럼 숨을 몰아쉬었다. 택시는 버스를 앞질러 소산포에 도착했다. 호천 아파트에서 소산포로 가는 버스 정류장 맞은편이었다.

"여기 있으면 금방 도착할 거예요. 다음에 또 수상하다 싶으면 불러요. 그때는 좀 할인해드릴게. 이것도 좀 드시고."

기사가 핫바를 건넸다. 택시에서 내린 지아는 소산포 입구에 도착하는 버스를 기다리며 배를 채웠다. 핫바 하나를 다 먹어 치웠을 때쯤 규식이 나타났다.

규식은 모텔이 밀집한 곳으로 걸었다. 해밀턴 모텔과는 반대 방향, 좀 더 저렴하고 그만큼 허름한 숙소가 쭉 이어진 거리였다. 그중 한 곳으로 들어가려나 했는데 규식은 골목을 빠져나올 때까지 걸었다. 골목 끝에는 비즈니스호텔이 도열해 있었다. 규식은 그중 제일 높은 건물로 들어섰다. 카운터에서 규식을 알아본 직원이 인사를 했다. 규식은 익숙한 듯 손을 까딱하는 것으로 답변을 대신했다.

해밀턴 모텔에서는 걸어서 오 분 거리였다. 하루일과를 끝내기에는 좀 이른 시간이었다. 휴일이라는 걸 감안하더라도 할 일이 없는 인간이라는 건 분명해 보였다. 묵진에 내려온 목적이 지아밖에 없다는 뜻이기도 했다. 소름 끼치는 불쾌감이 어깨를 감쌌다.

지아는 로비에서 규식이 엘리베이터를 탈 때까지 기다렸다. 엘리베이터가 5층에서 멈추는 걸 확인한 뒤 비상계단으로 뛰어올랐다. 복도에 도착했을 때 이미 규식은 방으로 들어간 뒤였다. 조금 있으면 저녁 시간이었다. 지아는 규식이 기어 나올 때까지 기다리기로 했다. 피차 어디서 묵는지 알고 있어야 공정할 것 같았다. 규식은 얼마 지나지 않아 방을 나왔다. 트레이닝복 차림이었다. 지아는 복도 끝에서 어슬렁거리다 다급히 몸을 숨겼다. 규식은 호텔 구석에서 몸을 수그리는 여자에게 눈길 한 번 주지 않고 계단을 내려갔다.

규식이 향한 곳은 헬스장이었다. 간단히 몸을 풀고 러닝머신을 뛰기 시작했다. 황소 같은 숨을 쉬었다. 종아리 근육은 스프링처럼 튀었다. 달리기를 끝낸 뒤에는 턱걸이를 하고 거울 앞에서 섀도복싱을 했다. 형형한 눈빛이 허공에 불빛으로 그림을 그리는 듯했다. 톱니바퀴가 단단하게 맞물린 기중기를 보는 것 같았다. 엮여서 좋을 일이 없는 인간이라는 건 확실했다.

소득 없는 하루가 가버렸다. 규식은 누굴 만나는 것도 아니고 특별한 곳에 가는 것도 아니었다. 혹시나 했던 미친 여자와의 조우도 없었다. 하루를 손해 봤으니 내일은 더 바쁘게 움직여야 했다. 관공서를 한 번 더 돌아다녀 볼 생각이었다. 돈 받는 일을 했다면 건강보험료도 내고 직장에서 원천징수도 납부했을 것이다. 인터넷으로도 그런 걸 할 수 있다는 얘기도 들었다. 병준의 도움이 필요한 일이었다. 하지만 병준은 하루가 다 가도록 연락이 없었다. 슬슬 걱정이 됐다. 전화를 걸어봤지만 음성사서함으로 넘어간다는 말만 되풀이됐다.

지아는 모텔로 돌아갔다. 새벽 다섯 시에 나와 여덟 시에 돌아왔으니 열다섯 시간을 밖에 있었던 셈이었다. 모텔 계단이 뱀이 마을보다 높게 느껴졌다. 계단마다 불쑥 손이 튀어나와 발목을 잡는 기분이었다. 신발에 내려앉은 눈이 녹기 시작했다. 양말이 밥풀처럼 발가락에 들러붙었다. 샤워를 하고 눕고 싶었다. 꿈도 안 꾸고 깊은 잠을 잘 수 있을 것 같았다.

방문을 여는데 손잡이가 헐렁했다. 슬쩍 잡아당겼더니 목이 부러진 닭처럼 덜렁거렸다. 문은 힘없이 딸려 나왔다. 병준이 봉정 빌라를 망가뜨렸을 때와 같은 모습이었다. 지아는 맞은편에 있는 병준의 방문을 두드렸다. 대답이 없었다.

방은 어두웠다. 입구 옆에 위치한 욕실 문틈으로 불빛이 새어 나왔다. 샤워기에서 쏟아지는 물이 욕조 바닥을 때리는 중이었다.

"야 조병준. 취했니?"

지아는 화장실 문을 열었다. 샤워기에서 뜨거운 물이 뿜어져 나왔다. 수증기가 가득했다. 욕조에서 물이 흘러 바닥을 적셨다. 바닥에 고인 물도 뜨거웠다. 지아는 까치발을 하고 들어가 샤워커튼을 젖혔다. 알몸으로 씻고 있을 병준을 예상했지만 허연 수증기만 밖으로 밀려났다. 지아는 수도꼭지를 잠갔다.

지아는 가방을 내려놓았다. 지팡이처럼 손을 더듬어 스위치를 올렸다. 켤 수 있는 불이란 불은 모조리 켰다. 날파리 같은 잔상이 밀려들었다. 눈이 적응을 하기까지 한참이 걸렸다. 지아는 눈을 찌푸리고 방을 살폈다. 트렁크가 해부를 끝낸 개구리처럼 배를 까고 놓여있었다. 트렁크에 있던 짐은 바닥을 뒹굴었다. 서랍은 남김없이 열려 있었다. 냉장고에 있는 음료수는 난잡한 파티를 끝낸 듯 바닥을 드러낸 채 버려져 있었다.

"조병준."

대답이 없을 걸 알면서도 다시 불렀다. 지아는 옷가지를 주워 담아 침대에 올렸다. 옷들은 마른오징어처럼 찢어져 있었다. 날카로운 것으로 벤 게 아니라 손으로 뜯어낸 흔적이었다. 봉제선을 따라 옷이 조각조각 나뉘었다.

바닥에 쏟아진 음료를 닦아내고 캔과 병을 쓰레기통에 던져 넣었다. 혹시나 침입자가 남겨 놓은 메시지가 있지는 않을까 했지만 세상은 추리 소설처럼 움직여주지 않았다. 인생은 「세일러문」이 아니었다. 「웨딩피치」도 아니었다. 굳이 얘기하자면 모두의 비극으로 마무리되는 「베르사유의 장미」 정도일까.

지아는 다시 병준에게 전화를 걸었다. 숙소를 옮겨야 했다. 당장 돌아오라고 얘기할 참이었다. 계속 신호가 이어졌다. 끊으려던 차에 병준이 전화를 받았다.

"전화를 몇 번이나 하는 거야."

병준은 다짜고짜 신경질이었다. 지아는 화를 누르고 말했다.

"너 어딘데."

"밖이지 어디야."

"언제 들어오냐고. 숙소 옮겨야 해."

"때 되면 들어가."

"그래서 그때가 언제냐고."

"아 가는 중이다. 됐냐."

지아는 허리에 손을 얹었다. 눈을 감고 심호흡을 했다. 혜수가 나올 것 같으면 취하던 행동이었다. 열패감이 짙어지면 무슨 수를 써도 소용없이 혜수가 그 틈을 비집고 올라왔다. 지금은 스스로를 다스리기 위한 방편이었다. 명치에서 열이 올랐다. 관자놀이는 빠른 박자로 헐떡거렸다. 그 와중에 목덜미만 서늘했다. 천장에서 흐르기 시작한 냉기가 어깨선을 따라 턱 밑을 휘감는 기분이었다.

지아는 전화를 끊었다. 끽, 하고 어긋난 경첩이 비비는 소리가 났다. 옷장 쪽이었다. 무딘 신경이 등으로 몰려들었다. 모공이 바짝 조여들었다. 끽 다음은 킥, 이었다. 큭, 같기도 했다. 터지는 웃음을 참으려 안간힘을 쓰는 소리였다. 지아는 어깨 너머로 고개를 돌렸다. 초승달같이 벌어진 입이 눈에 들어왔다. 갯벌처럼 칙칙한 회색 입술 너머 비죽비죽 솟은 치아가 지아를 마주했다. 그 커다란 입이 경중경중 달려왔다.

"혜수야."

뱀이 마을에서 만났던 여자였다. 지아가 새겨놓은 상처가 채 아물지도 않은 상태였다. 그때와 같은 얇은 원피스 차림이었다. 의중을 읽기 힘든 눈동자가 지아를 쏘아봤다. 여자가 좀비처럼 두 손을 앞으로 뻗었다. 지아는 뒷걸음질을 치다 트렁크에 걸려 넘어졌다. TV 장이 후두부를 가격했다. 여자의 모습이 시선의 사각 지역으로 밀려나고 희멀건 천장이 보였다. 차가운 형광등 불빛이 쏟아졌다. 촉수 같은 손이 지아를 향해 다가왔다.

"혜수야."

여자가 지아의 머리채를 잡았다. 정도를 모르는 손아귀 힘이 지아를 들어 올렸다. 여자가 지아의 배에 올라탔다. 엉덩이가 폐를 짓이기는 통에 숨을 쉴 수 없었다. 톱니바퀴처럼 갈라진 손톱이 지아의 가슴을 긁었다. 여자는 아무리 밀어도 젖은 낙엽처럼 떨어지지 않았다.

"나 왜 때렸어?"

여자가 지아의 목을 졸랐다. 호흡이 가빠질수록 여자의 입은 환희로 더 크게 벌어졌다. 지아는 발작 같은 기침을 토했다. 걸쭉한 침이 턱을 타고 흘렀다.

지아는 손을 뻗어 주위를 더듬었다. 갈 곳을 모르고 헤매던 손가락이 쓰레기통에 닿았다. 쓰레기통에 들어 있던 비닐봉지를 잡아당기자 안에 든 것들이 쏟아졌다. 맥주병이 바닥을 한 바퀴 굴러 제자리로 돌아왔다. 지아는 병 입구에 간신히 손가락을 집어넣었다. 미끄러지는 병 주둥이를 그러쥔 뒤 팔을 힘껏 휘둘렀다. 병 모서리가 여자의 관자놀이에 꽂혔다. 여자의 광기가 멎었다. 어리둥절한 표정으로 눈을 끔뻑였다. 방금 머리에 날아든 것이 뭔지를 이해하지 못하는 얼굴이었다. 지아는 맥주병을 한 번 더 휘둘렀다.

"아."

이번에는 여자의 입에서 짧은 비명이 터졌다. 한 번 더, 한 번 더. 지아는 연거푸 팔을 휘둘렀다. 목을 죄고 있던 손가락에서 천천히 힘이 빠져나가는 게 느껴졌다. 한 번 더. 여자의 팔이 힘없이 꺾였다. 바닥을 향해 쓰러졌다. 입에서는 게거품이 흐르는데 시뻘건 핏발이 선 눈은 여전히 지아를 노려보고 있었다.

"혜수야. 빨간 수염이 기다려."

여자가 비틀거리며 일어섰다. 그걸 보고 있으니 힘이 쭉 빠졌다. 어깨가 차갑게 식었다. 지아는 밖으로 달아났다. 옥상으로 향하는 계단을 기어올랐다. 옥상에 도착한 뒤에야 그게 최악의 선택이었다는 걸 깨달았다.

거리에는 사람 하나 보이지 않았다. 소리를 쳐도 바람이 목소리를 삼켜버렸다. 지아가 옥상을 빙빙 도는 사이 여자가 옥상에 당도했다. 번개 맞은 듯 부풀어 오른 머리, 줄톱 같은 손톱을 들고 으르렁거렸다. 맥주병을 가지고 올 걸 하고 후회했다. 지아는 옥상 난간에 바짝 붙었다. 간신히 허리까지 오는 높이였다. 그 아래 5층짜리 절벽이 기다리고 있었다. 겨드랑이에 땀이 솟구쳤다. 칼바람은 흐르는 땀을 순식간에 얼려버렸다.

"혜수야!"

여자가 달려왔다.

병준은 깁스를 한 팔로 이마를 콩콩 두드렸다. 전기가 통한 듯 찌릿한 통증이 뒤통수에 퍼졌다. 염지아는 숙소를 옮겨야 한다는 알 수 없는 소리를 지껄이더니 전화를 끊었다. 병준도 짜증이 돋아서 아예 전원을 꺼버린 참이었다.

"집에 가 계셔도 된다니까요."

정수리에서 분수처럼 흘러내리는 머리카락이 말미잘을 닮은 경찰이 말했다. 항구도시라 그런지 묵진의 경찰들은 죄다 해산물을 닮았다. 광어나 갈치는 그나마 괜찮았지만 꼴뚜기와 망둥이를 닮은 경우는 좀 안 됐다 싶었고 삼세기를 닮은 경찰을 봤을 때는 아이고 저걸 어쩌나 싶은 마음이었다.

병준은 파출소 장의자에 드러누웠다. 말미잘은 아까부터 제발 집에 가서 기다리라고 성화였다. 도둑을 잡는 건 경찰한테 맡기고 몸조리를 하라고 했다. 귀찮은 인간을 집에 보내고 편하게 일하고 싶다는 의도가 빤히 보이는 제안이었다.

그래서 파출소에 죽치고 있는 거였다. 인간은 닦달하지 않으면 일을 하지 않는 법이었다. 병준은 개를 풀건 몽타주를 만들건 내 돈 백만 원을 가지고 달아난 놈을 당장 잡아 오라고 소리쳤다. 말미잘은 계속 소란을 피우면 유치장에 가두겠다고 했고 병준은 가둘 수 있으면 가두라고 했다. 아예 수갑까지 채우지 그러냐며 한 손을 내밀었을 때는 광어가 헛웃음을 터뜨렸다.

어깨뼈 골절이었다. 트럭을 피하다 넘어졌을 때 뼈가 제자리를 벗어나는 걸 느꼈다. 눈앞이 캄캄해지는 통증은 그다음이었다. 병준을 병원으로 데려간 건 트럭 기사였다. 바빠 죽겠는데 재수 한번 옴팡

지게 없다고 구시렁거렸다.

　응급실은 사람들로 북적였다. 크레졸 냄새가 진동했다. 환자보다 취객이 더 많았다. 소독약이 환부에 바르라고 있는 건지 토사물 냄새를 덮기 위해 있는 건지 헷갈릴 지경이었다. 간호사는 치료하기 전에 접수부터 하라고 말했다.

　"아파 죽겠는데 의사부터 불러야지 무슨 접수예요."

　병준은 성질을 냈다. 성질깨나 있어 보이는 간호사는 차트에 뭔가를 끄적거리며 말했다.

　"어깨 아픈 걸로 죽는 사람은 못 봤어요."

　"어깨 아픈 사람 잘못 건드렸다가 죽은 간호사는 없어요?"

　"네. 없는데요."

　"오늘 한번 볼래요?"

　"싫은데요."

　"이게 장난 같죠."

　"장난 아니게 아픈 거 아니까 탈골된 상태로 어깨 고정되기 전에 빨리 접수하고 치료받아요. 그다음에 간호사를 죽이든 나가 죽든 알아서 하고요."

　접수를 끝내고 얼마 지나지 않아 의사가 찾아왔다. 60킬로그램도 안 나갈 것 같은 레지던트였다. 병준을 돌려 앉힌 레지던트는 자신의 엉덩이 한쪽을 매트리스에 걸치고 말했다.

　"좀 아픕니다. 숨 쉬시고요."

　"마취 안 하나요?"

　병준이 물었다. 보고 있던 간호사가 피식 웃었다. 병준은 겸연쩍은 얼굴로 레지던트를 향해 어깨를 내밀었다. 이렇게 비리비리해 보이는 인간이 사람 어깨를 바로 맞출 수 있을까 의문이었다. 레지던트는 왼손으로 병준의 날개뼈를 받치고 오른손으로 뒤틀린 어깨를 밀어내기 시작했다. 병준은 부끄러운 것도 잊고 소리를 질렀다. 발가락이 안으로 말리고 절로 주먹이 쥐어졌다. 병준의 비명을 듣고 곳곳에서 울음이 터졌다. 치료를 기다리던 아이들이었다.

"애들 다 울리고 난리 났네. 어른이 왜 그렇게 참을성이 없어요. 좀 조용히 해요."

간호사의 말에 병준은 입을 다물었다. 레지던트가 손바닥에 힘을 가했다. 덜컥 소리를 내며 어깨뼈가 제자리를 찾았다. 병준은 더운 숨을 몰아쉬었다. 엑스레이에 씨티 촬영까지 하고 입원은 필요 없다는 진단을 받기까지 한세월이 걸렸다. 카드로 진료비를 계산했다. 엄마 이름으로 발급받은 신용카드였다. 결제가 끝나자마자 전화가 왔다.

"방금 결제 문자 봤는데. 왜 병원에서 카드를 썼어?"

"교통사고 났어."

"왜 어쩌다? 치었어?"

"넘어진 거야. 별거 아냐. 그냥 깁스했어."

"시험 앞두고 웬 난리야. 시험 보는 데는 지장 없대?"

아들이 다쳤는데 엄마는 시험 걱정부터 했다. 이번에는 합격을 해야 돌아오는 추석에 면이 선다는 계산이었다.

"한 달이면 낫는데."

"너 그냥 서울 올라와. 그 몸을 해서 무슨 지아를 돕겠다고 그래."

"안 돼. 해결하고 갈 거야."

"지아 보고 알아서 하라 그래, 왜 너까지 나서. 내가 처음부터 마음에 안 들더라니……"

"아, 내가 알아서 할게, 좀."

병준은 버럭 소리를 질렀다. 엄마는 잠잠해졌다. 새아빠와 설전을 벌일 모습이 눈에 선했다. 엄마는 언제나 가까운 사람들에게서 병준의 인생이 침몰하는 이유를 찾으려 했다. 핑계가 필요한 거였다. 내 자식이 못나서 그런 게 아니라 세상이 잘못됐다는 핑계, 우리 애는 참 착하고 똑똑한데 친구를 잘못 만나서 그렇다거나 집안 형편이 어려워 애가 자기 능력을 제대로 발휘하지 못했다는 닳고 닳은 핑계. 이번에도 시험에 떨어지면 새아빠와 염지아가 좋은 핑곗거리가 되어줄 것이다. 핑계만 찾다 망할 인생이었다. 병준은 서른여섯이었고 꼴을 보아하니 일흔 넘어서까지 살기는 글렀으니 절반은 망한 셈이었다. 남은 인생이 활짝 필 거라는 기대는 없었다.

병원을 나와 지구대를 찾았다. 도난 신고를 하고 소식이 있기를 기다리던 참이었다. 도둑놈의 얼굴은 똑똑히 기억했다. 선량한 동지인 척하고 콜라를 건네던 모습, 달아나던 중 병준을 돌아보며 당황하던 표정까지 두 눈에 담아놓았다.

"선생님 직업이 뭐예요."

말미잘이 물었다.

"취준생이요."

"취준생이요?"

"취업준비생이요."

"요즘은 죄다 줄임말을 쓰네. 그냥 쉽게 말해서 백수 아니에요?"

"백수는 실업자로 분류되고 취준생은 통계에서 빠져요. 정부가 그렇게 구분을 해요. 백수는 아무것도 안 하고, 취준생은 구직활동이라도 하고요."

"일 안 하는 건 똑같죠, 뭐."

"일 안 하는 거랑 못 하는 거랑 어떻게 같습니까."

"됐고요. 일도 안 하는 사람이 무슨 돈을 그렇게 많이 들고 다녀요."

"새아빠가 정신병자 누나 좀 도와주라고 줍디다. 그러니까 빨리 내 돈 좀 찾아달라고요. 아직 소식 없어요? 몽타주도 안 그려요? CCTV도 확보하고 조사 시작해야 할 거 아니에요."

"백만 원 도둑맞았다고 수배할 일 있나요. 카드도 아니고 현금이라면서요. 그거 찾기 어려워요."

"어려우니까 경찰이 있는 거죠."

"네, 열심히 할 테니까 제발 댁에 가서 기다리시라니까요."

순경 시험이 아니라 7급 시험을 봐야겠다고 결심하는 순간이었다. 경위가 돼서 이죽거리는 입을 닥치게 만들어줘야지. 당장 학원을 끊어야지. 그런데 학원을 가려면 돈이 있어야 하고 지금은 그럴 돈도 없는데 도둑맞은 돈을 돌려받으려면 이 경찰들에게 도움을 받아야 하는데.

"선생님, 이거 가지고 좀 가서 쉬세요. 저희가 연락드린다니까요."

참다못한 말미잘이 만 원짜리 한 장을 건넸다. 눈앞에 세종대왕이 춤을 췄다. 말미잘이 낚시를 하는 중이었다.

이렇게까지 나오는데 어쩌겠나 싶었다. 병준은 미끼를 물었다. 주머니에 세종대왕을 쑤셔 넣고 자리에서 일어섰다. 해산물들이 일제히 병준을 바라봤다. 병준이 밖으로 나서자 등 뒤에서 가느다란 휘파람 소리가 이어졌다.

가로등이 하얀 불빛을 쏘아대는 시간이었다. 산만하게 쏟아지는 눈은 소금 결정처럼 따끔했다. 병준은 어깨를 고정한 깁스가 잘 붙어 있는지 확인했다. 팔이 떨어져 나갈 것 같은 고통은 조금 줄어들었다.

숙소를 옮겨야 한다는 지아의 말이 마음에 걸렸다. 조급증이 도졌다. 병준은 소산포를 향해 걸음을 옮겼다.

시무룩한 하늘이 동쪽으로 흘러갔다. 눈구름이 달빛을 지웠다. 닭똥 같은 눈바람을 뚫고 지아는 여자를 향해 발길질을 했다. 사람이 아니라 얇은 종이를 쓰다듬는 기분이었다. 머리가 밀려나고 무릎이 툭툭 꺾이는데도 쓰러지지 않고 개처럼 달려들었다. 입 안에 식초를 부은 것처럼 쉰내가 났다. 옥상을 몇 바퀴나 도는 동안 여자는 지칠 줄 몰랐다. 숨이 턱 끝에 들러붙었다. 콩알만큼 쪼그라든 폐가 발악하고 있었다.

"혜수야, 빨간 수염."

여자는 이제 아이처럼 칭얼거렸다. 지아의 발악에 질려 떼를 쓰는 모습이었다.

"난 혜수가 아니야. 빨간 수염이 누군지도 몰라."

지아가 말했다. 완전히 미쳐버린 게 아니라면, 조금이라도 대화가 통하는 상대라면 말을 나눠볼 생각이었다. 여자는 지아를 옥상 바닥에 눕힌 채 몸을 타고 기어올랐다. 머리털을 붙잡고 흔들었다. 말이 통하는 상대가 아니었다. 자신이 원하는 게 뭔지도 모르는 여자였다. 억울해서 답답한 여자였다. 그걸 어떻게 표현할지 몰라서, 갈증이 풀리지 않아 발악만 했다.

"어딜 가. 왜 가야 하는데."

"다은이."

그 이름을 입 밖에 낸 여자는 갑자기 움직임을 멈췄다. 고장 난 톱니바퀴처럼 몸을 꼬았다. 꺼내서는 안 될 이름을 꺼내고 주문에 걸린 것처럼, 방금 뱉은 말을 후회하고 있었다.

심장이 덜컥 내려앉은 건 지아도 마찬가지였다. 전단지에서 본 이름이 이 여자의 입에서 나올 거라고는 예상하지 못했다. 이 미친 여자가 살인사건의 피해자와 관련이 있을 거라고는 생각하지 않았다.

여자는 공황발작이 시동을 거는 것처럼 "다은이, 다은이, 다은이"하며 빠르게 중얼거렸다. "안 돼, 안 돼, 다은이, 안 돼, 다은이, 다은이, 안 돼……"

눈동자에 시퍼런 불이 끓었다.

"가자!"

아까보다 길고 울분에 찬 외침이었다. 여자는 지아의 멱살을 쥐었다. 손아귀는 나사를 박은 듯 고정돼 있었다. 허리와 머리를 차례로 젖혔다. 뒤집어 깐 눈은 지아를 향했고 곧이어 납작한 이마가 날아들었다. 고개를 돌리지 않으면 눈이 찢어지고 코가 깨질 상황이었다. 여자는 지아의 멱살을 쥐고 해머처럼 이마를 휘둘렀다. 방향을 잃고 바닥에 내리꽂힌 이마에 도장 같은 피멍이 들었다. 콘크리트에 구멍을 뚫을 기세였다. 온 건물이 쿵쿵 울었다.

지아는 여자가 몸을 젖힐 때를 노려 가랑이 사이에서 몸을 빼냈
다. 발랑 뒤집힌 여자는 곧바로 일어나 지아의 종아리를 물었다. 우
직한 통증이 허벅지를 타고 올라왔다. 지아는 반대편 발로 여자의
머리를 내리쳤다. 그럴수록 절망이 겹겹이 쌓여갔다.

포복하듯 기어가는데 눈앞에 전선과 밧줄이 보였다. 옥상 정비를
하다 버려둔 폐자재였다. 밧줄은 선박에서 쓰는 인조섬유 재질이
아니라 칡넝쿨을 꼬아 만든 것으로 뗏목이나 통발에 쓰는 용도였
다. 오랜 시간 소금물을 머금고 방치돼 삭아가는 중이었다.

'손이 억세네.'

강규식의 말이 떠올랐다. 그쪽도 바닷일 좀 했냐고 물었다. 그물
질하는 사람들 손은 다르다고. 밧줄 모양으로 굳은살이 박인다고.
지아는 소금물로 축축해진 밧줄을 들었다. 손에 착 감기는 느낌이
었다. 종아리에 매달려 있는 여자를 밀어내고 목에 밧줄을 감았다.
여자는 제 목에 감긴 게 뭔지도 모르고 발악이었다. 지아의 손이 제
멋대로 움직였다. 누군가 지아의 손을 조종하는 것 같았다. 세포가
뭔가를 기억하는 것 같았다. 한 번도 배워본 적 없는 매듭법이 눈앞
에 펼쳐졌다.

'이건 에벤크 매듭이라고 해요.'

파도 소리가 들렸다. 배 위에 올라탄 듯 바닥이 일렁였다. 갓 코팅
을 마친 선박의 냄새, 에폭시를 바른 바닥의 질감, 부력이 줄어들며
점점 무거워지는 그물을 끌어 올리는 순간의 어깨에 느껴지던 진통
같은 것들이 한꺼번에 떠올랐다. 지아는 있는 힘껏 밧줄을 잡아당
겼다. 발로는 여자를 밀어냈다. 여자는 기침을 토했다. 뒤를 돌아보

기 위해 안간힘을 썼다. 밧줄이 쩍 소리를 내며 경동맥을 누르는데도, 목 주위가 허리띠를 졸라맨 바지 마냥 실주름이 잡혀있는데도 얌전해질 줄을 몰랐다. 도리어 붉은 천을 향해 달려드는 황소처럼 날뛰었다. 바득바득 일어나 지아의 어깨를 붙잡았다. 지아는 여자가 달려오는 힘을 받아 넘어지는 동시에 골반을 걷어 올렸다. 여자가 건물 외벽 너머로 날았다.

해밀턴 모텔은 오 층짜리였다. 이십 미터는 되는 높이였고 지어진지 사십 년 가까이 되는 건물에 추락 방지 시설이 있을 리 만무했으니 그건 잠시 후 여자가 오 층 건물에 아래 펼쳐진 이십 미터 절벽으로 낙하한다는 뜻이었다. 바닥에 널브러진 시신, 폐를 뚫고 나온 갈비뼈, 은폐하지 못할 현장, 두 건의 살인을 저지른 중년의 여성. 짧은 시간에 지아는 자신의 미래를 내다봤다. 벌어지면 안 되는 일이었다.

밧줄이 빠른 속도로 팽팽해졌다. 지아는 밧줄을 부여잡았다. 놓치지 않도록 팔에 한 바퀴를 감고 허리 높이의 난간을 지지대 삼아 버텼다. 자유 낙하하던 여자는 삼 층에서 턱하고 멈춰 섰다. 그 기세에 끌려갈 뻔했던 지아는 난간에 다리를 박고 버텼다. 등이 활등처럼 휘었다. 물주머니를 찬 듯 내장이 출렁였다.

지아는 밧줄을 끌어당겼다. 전완근이 뻣뻣하게 조여왔다. 여자는 낚싯줄에 매달린 광어처럼 퍼덕였다. 목이 감긴 채 좌우로 몸을 흔들었다. 지아가 여자를 끌어올릴 때마다 밧줄은 시계추처럼 좌우로 쏠렸다.

"살리려고 그러는 거니까 가만히 좀 있어."

지아는 이를 악물었다. 어금니가 뻐근했다. 가만히 있으라는 낚시
꾼의 말에 정말 가만히 있을 물고기는 없었다. 여자는 몸이 옥상에
가까워질수록 더 발악이었다. 밧줄을 꼬은 칡넝쿨이 툭, 툭 끊어졌
다. 올이 하나씩 풀리는 중이었다.

마음이 급했다. 지아는 옥상 아래로 손을 뻗었다. 여자는 밧줄과
목 사이에 손가락을 집어넣고 턱걸이를 하듯 버티고 있었다. 눈은
팬더처럼 얼룩이 졌다. 지아는 여자를 감고 있던 밧줄 사이에 손을
집어넣었다.

여자는 미친 듯 소리를 질러댔다. 이 세상의 언어가 아닌 단어들
이었다. 표상을 제거하고 원혼만 남긴, 지옥에서 건져 올린 울부짖
음이었다. 발로 허공을 차고 손으로 지아의 팔을 긁었다. 그 자리에
톱으로 썬 것처럼 피가 배어 나왔다. 여자는 몸을 홱 돌렸다. 지아의
팔뚝이 보이는 곳에 여자의 입이 자리했다. 여자는 팔꿈치 위, 어깨
에서 튀어나온 안쪽 살을 지그시 물었다. 느린 속도로 통증이 몰려
왔지만, 그 강도까지 느슨한 건 아니었다. 팔이 통째로 잘려 나가는
느낌이었다.

지아는 여자가 물고 있던 팔을 거칠게 빼냈다. 여자를 들어올리
고 있던 힘이 사라졌다. 벽을 따라 빳빳하게 긴장하고 있던 밧줄이
끊어지는 순간이었다. 밧줄이 허공을 날았다. 지아는 뒤로 나자빠졌
다. 흡, 하고 숨을 들이켜는 여자의 목소리를 들은 것 같았다.

여자는 모텔 베란다 난간과 빗물 통을 차례로 들이받았다. 양철통
구겨지는 소리가 사방에 퍼졌다. 여자는 쌓인 눈 위로 떨어져 내렸
다. 지아는 난간에 허리를 걸치고 아래를 내려봤다. 여자는 떨어진

모양 그대로 엎어져 움직이지 않았다. 목에는 밧줄이 감긴 채였다.

수십 가지 경우의 수가 떠올랐다.

내려간다. 내려가지 않는다. 경찰을 부른다. 구급차를 부른다. 모르는 일인 척한다. 모든 것을 밝히고 정당방위를 인정받는다. 모든 것을 밝히고 감옥으로 간다. 모든 것을 밝히고 정신병원으로 간다.

고민의 여지를 줄여준 건 모텔 맞은편 건물의 중국집 배달원이었다. 커다란 것이 떨어지는 걸 보고 달려 나온 배달원은 눈 위에 엎어진 것이 사람인지 짐승 새끼인지 살폈다. 목에 걸린 밧줄을 발견한 배달원이 옥상을 향해 고개를 들었다. 지아는 화들짝 놀라 몸을 숨겼다. 난간에 기대앉아 아래에서 들리는 소리에만 집중했다. 배달원은 모텔 데스크로 달려가 매니저를 불러냈다. 배달원의 성화에 끌려 나온 매니저가 단박에 잠이 달아난 목소리로 말했다. 영하의 밤공기 속에 두 사람의 대화는 옆에서 들리는 것처럼 선명했다.

"이거 뭐예요?"

모텔 매니저가 물었다. 몰라서 묻는 것이 아니라 눈앞에 보이는 것이 꿈이었으면 하고 묻는 말투였다.

"사람이요."

배달원이 정답을 말해줬다.

"살았어요?"

배달원은 여자를 발로 밀 듯 뒤적거리는 소리가 들렸다. 작은 신음소리도 돌아오지 않았다.

"얼굴 덮어야겠네요. 수건 좀 가지고 올게요."

모텔 문이 열리고 닫히는 사이 배달원의 심각한 숨소리가 이어졌다.

"투숙객이에요?"

"아니요. 어젯밤부터 계속 들어오려고 하던 미친 여잔데…… 죽으려면 딴 데 가서 죽지 왜……"

"이 건물에서 떨어진 여잔데 신고 해야 하지 않겠어요?"

배달원이 말했다. 매니저는 아이씨, 하며 전화기를 꺼냈다. 라이터 부싯돌 소리와 함께 옥상까지 담배 냄새가 났다.

"목을 매달아 죽은 건지 추락해서 죽은 건지 모르겠네. 이거 자살이죠? 누굴 먼저 불러야 하나. 어디에 전화 거는 거예요? 112예요 119예요?"

"엄마한테 전화하는 건데요."

"엄마한테 왜요?"

"저는 아들이고 엄마가 모텔 주인이라서요."

"사람이 죽었는데 왜 엄마를 찾아요."

"모텔에서 죽은 사람이니까 모텔 주인이 전화를 해야 하지 않을까요."

"그게 무슨……"

어이없어하던 배달원이 말을 멈췄다. 무슨 일일까. 지아는 아래에서 벌어지고 있는 상황을 보고 싶어 안달이 났다. 매니저가 배달원을 말리고 있었다.

"손대지 마요. 나중에 경찰이 오면 현장보존 해야죠."

"아니 그게 아니고요. 이상한데 이거."

"죽은 사람이 이상하지 그럼 정상이겠어요."

"그게 아니라니까요. 분명히 이 사람 움직이는 걸 봤는데……"

지아는 벌떡 몸을 일으켰다. 배달원이 여자를 덮고 있던 수건을 걷는 중이었다. 여자는 눈을 부릅뜨고 있었다. "으힉, 이거 뭐야." 매니저가 기이한 추임새를 넣으며 물러섰다. 배달원은 이미 몇 미터 떨어진 곳으로 달아난 뒤였다.

단추 구멍 같은 여자의 눈동자가 레이더처럼 주위를 살폈다. 밧줄과 목 사이에 손을 넣어 밧줄을 풀어낸 여자는 옥상을 올려다봤다.

"아줌마, 괜찮아요?"

배달원이 물었다. 여자는 천천히 바닥에서 일어났다. 갈비뼈가 아픈지 옆구리를 어루만졌다. 옆에 놓인 밧줄을 개미를 밟듯 짓이겼다.

"아줌마, 어제 여기서 어슬렁거리던 분 맞죠."

이번에는 매니저가 물었다. 여자는 부러진 이를 드러냈다. 그 사이로 한숨 같은 신음이 흘렀다.

"맞네, 맞아."

매니저가 말했다.

"집이 어디예요? 가족 연락처 있어요?"

여자는 가족이라는 말에 경련하듯 떨었다. 미어캣처럼 허리를 일으켰다. 전혀 모르는 곳에 와있다는 듯 주위를 살폈다.

"아빠."

여자는 파도 소리가 들리는 쪽을 바라봤다. 도마뱀 같은 자세로 기기 시작했다.

"아빠? 연락처 좀 말해봐요."

여자는 쌓인 눈을 한 움큼 집어 입에 넣었다. 녹지도 않은 눈을 꿀

떡 삼켰다. 찬 기운이 속을 식히기를 기다렸다. 매생이처럼 흩어진 머리를 흔들었다. 여자가 일어나 방조제 쪽으로 걷기 시작했다.

"어디 가요, 아줌마."

배달원이 여자를 붙잡으려 다가갔다. 적극적인 행동은 아니었다. 귀찮은 일에 엮이기 싫은 기색이 가득했다. 모텔 매니저는 나설 생각도 하지 않았다. 제발 이대로 사라져줬으면 하는 눈치였다. 두 사람은 불규칙하게 점멸하는 네온사인 간판 너머로 여자가 사라지기를 기다렸다. 여자의 걸음이 조금씩 빨라졌다. 바다를 향해 달렸다. 하얀 원피스 아래 맨발이 드러났다.

"가자 혜수야! 가자! 빨간 수염 보러 가자!"

여자는 파도에 몸을 던졌다. 바다는 여자를 집어삼켰다. 언뜻언뜻 하얀 그림자가 보였다. 목소리는 조금씩 멀어졌다. 얼마 후에는 여자의 흔적을 찾아볼 수가 없었다. 사람 모양으로 패인 눈 자국만 조금 전 있었던 일을 설명해줬다. 배달원과 매니저는 멍하니 서로를 마주 보다 아무 일도 없었다는 듯 각자가 있던 곳으로 돌아갔다.

지아는 파도가 여자를 집어삼킬 때까지 옥상에 서 있었다. 몸살을 앓는 것처럼 온몸이 뻐근했다. 맨몸으로 가시덤불을 비집고 나온 것 같이 생채기가 가득했다. 기껏해야 일이십 분 사이에 벌어진 일이 며칠 간의 일처럼 느껴졌다.

방으로 돌아온 지아는 녹사이틴을 삼켰다. 스트레스가 만들어낸 위산은 순식간에 노란 알약을 녹였다. 펌프질하는 심장이 부지런히 약물을 날랐다. 지아는 침대에 누웠다. 방은 여자가 어질러놓은 그대로였다. 정리할 생각은 들지 않았다. 목이 졸린 채 발광하던 여자의 모습이 머리를 떠나지 않았다. 지아는 그대로 잠이 들었다.

　병준이 지아를 흔들어 깨웠다. 창밖에서 비치는 전조등이 어둠을
몰아내며 병준의 얼굴을 비췄다. 얼이 빠진 표정이었다. 침대 옆에
스탠드처럼 서 있었다. 지아가 몸을 일으켰다. 근육이 비명을 질렀
다. 유리 조각 같은 통증이 신경을 가로질렀다.

　"깜짝이야. 죽은 줄 알았네."

　병준이 조명을 켰다. 힘없는 형광등 불빛이 쏟아졌다. 병준의 팔
을 감싼 깁스가 눈에 들어왔다.

　"방이 왜 이래? 문은 왜 망가져 있고."

　"넌 어딜 갔다 이제 들어와."

　"병원. 그다음엔 파출소."

　"거긴 왜 갔는데."

　"사우나에서 도둑맞아서. 잡으려고 따라가다가 사고가 났어. 병원
에서 밤을 새우고 온 거야. 오늘도 종일 그 인간을 잡으러 파출소에
서 기다렸고."

　"팔자 좋다. 사우나도 다녀오고. 무슨 일이 있었는지 알면 깜짝 놀
라겠네."

　"소리 지르지 마. 나도 짜증 나거든."

　"검색 하나 해 달랬더니 그것도 제대로 못 하고. 돈은 죄다 도둑맞
고. 칭찬이라도 해줄까?"

　"칭찬은 됐고, 돈 좀 줘."

　병준은 마트 캐셔처럼 손을 내밀었다. 당당해서 어이가 없는 자세

였다. 빌려준 돈을 내놓으라는 듯 손바닥을 출렁거리며 재촉했다.

"도둑맞은 게 얼만데."

"현금 하나 안 남기고 싹 가져갔더라. 이 동네는 상도덕이 없어."

"아버지가 준 돈이야. 미안하다고 하는 게 먼저 아니야?"

"사과는 새아빠한테 할 테니까 돈 좀 달라고."

"돈은 나한테 받아 가면서 왜 아버지한테 미안하다 그래."

지아는 관자놀이를 꾹꾹 눌렀다. 약 기운이 사라지는 중이었다. 수중 작업을 마치고 뭍으로 올라온 잠수부 같았다. 뭉툭했던 감각이 한 번에 날을 세워 달려들었다.

"나도 못 하겠다, 이제."

병준이 일어섰다. 바닥에 널브러진 물건을 발로 툭툭 찼다. 지아의 신경을 긁는 중이었다.

"서울 올라갈 거야."

병준은 어쩔 건데, 라고 말하듯 턱을 쭉 내밀었다. 뽑아버리고 싶은 턱주가리였다. 어째서 약점을 쥐고 흔들겠다는 인간들이 이렇게 많은 건지. 강규식은 비밀을 캐려 혈안이었고 미친 여자는 수시로 지아를 들쑤셨다. 전단지를 뿌려놓은 한다은의 가족은 머지않아 지아를 찾아낼 것이고, 거기에 병준까지 지아를 괴롭히는 중이었다.

"서울로 가서 어쩔 건데."

지아가 말했다. 바닥에는 여자를 때려눕혔던 맥주병이 굴렀다. 병준의 관자놀이를 후려치고 싶은 충동을 억눌렀다.

"빌라에서 있었던 일 다 말할 거야. 경찰을 불러야지."

"경찰을 불러서 어쩔 건데."

"사건을 조사해야지."

"사건을 조사해서 어쩔 건데."

"단순 사고인지 살인사건인지 밝혀지겠지. 가해자와 피해자가 나
타날 거고, 잘못한 사람이 있으면 잡혀가겠고. 뭐 아무래도 염지아
씨가 범인일 것 같지만."

"그래. 너는 용의자를 두고도 방조한 인간이 되겠고. 경찰 공무원
시험 보는 데 참 도움 되겠다. 수사는 얼마나 걸릴까. 시험 준비에는
지장이 없을까 이 말이야. 이번에도 시험 떨어졌다고 하면 새엄마
가 뭐라 그럴지 궁금하네."

"나보고 어쩌라고."

"뭘 하라는 게 아니야. 아무것도 하지 말고 가만히 있으라고 제발.
그거면 돼. 너는 아무것도 못 본 걸로 해줄게. 묵진에서 사우나만 다
녔다고 해. 뭘 해도 신경 안 써. 그냥 조용히만 있으라고. 서울 올라
가겠다느니 경찰을 부르겠다느니 헛소리 그만두고."

지아는 병준을 슬쩍 밀었다. 병준은 희멀건 얼굴로 벽에 기대섰
다. 지아는 침대 매트리스 아래에서 복대를 꺼냈다. 철순이 준 돈을
잡히는 대로 꺼내 병준에게 쥐여줬다. 병준은 고맙다는 말도 없이
지갑에 돈을 집어넣었다.

"그런데 방이 왜 이래. 도둑 들었어?"

병준이 물었다. 주머니에 손을 꽂고 발로 바닥을 쓸었다. 널브러
져 있던 물건들이 구석에 모였다.

"그게 이제야 궁금하니."

"아까 물어봤는데 대답 안 해줬잖아."

"미친 여자가 여기까지 찾아왔어. 우리를 따라다니나 봐."

"언제? 오늘? 뭐라고 했어?"

"밤 10시쯤에. 얼마 안 됐어. 맥주병 들고 싸웠어. 옥상에서 떨어졌는데 바로 도망가더라."

"옥상에서 사람을 밀었다고? 너 미쳤구나."

"내가 민 게 아니라 그 여자가 떨어진 거야. 죽은 것도 아니니까 호들갑 떨지 마."

자세한 설명은 미뤄두기로 했다. 구구절절 얘기해봐야 또 서울로 올라가겠다는 말이 돌아올 것 같았다. 강규식이 또 미행을 했다는 것도, 오늘은 역으로 지아가 강규식을 따라다녔다는 것도 묻어두기로 했다.

"그래서 숙소를 옮겨야 해. 이 근처 말고 더 먼 데로 잡아. 시내 쪽이 좋겠다. 어차피 윤혜수가 살았던 곳도 그쪽이니까."

"호천 아파트에서는 나온 거 없고?"

"거기 살았던 게 맞아. 관리사무소에서 날 알아보긴 하는데 특별한 얘기는 없었어. 윤혜수는 양원 페리에서 일한 적이 있는 것 같고. 그래서 선원조합까지 다녀왔는데 오래전에 망한 회사라 기록을 찾기가 힘들대."

"열심히도 돌아다녔다."

'네가 너무 무딘 거야.' 지아는 하고 싶은 말을 속으로 삼켰다.

"이제는 어딜 알아볼 건데."

"내가 알아서 할 테니까 넌 그냥 가만히 있어. 그리고 숙소 싼 데 잡아. 넌 제일 작은 방을 쓰고. 벌이야."

"아니 여기보다 더 작은 방이 어디 있다고……"

"짐이나 챙겨."

지아는 방을 정리하기 시작했다. 병준이 지아를 거들었다. 냉장고에 있던 것들을 제자리에 가져다 놓고 미친 여자와 다투느라 밀려난 가구도 옮겼다. 트렁크에 짐을 구겨 넣는 것으로 정리가 끝났다. 침대를 정리하던 병준이 뭔가를 발견했다.

"이거 네 거야?"

병준은 작은 파우치를 들고 있었다. 지아는 고개를 저었다. 병준이 파우치를 뒤집었다. 쓰레기통에 있어야 할 법한 것들이 매트리스 위에 쏟아졌다. 서울과 묵진을 오간 고속버스 티켓, 길에서 받을 법한 홍보 전단, 영수증, 명함 뭉치 같은 것들이었다.

"이거 그 미친 여자 거 아냐?"

"그런 것 같아."

지아는 꼬깃꼬깃 접힌 종이를 하나씩 펼쳤다. 여자의 신원을 확인할 수 있는 자료는 보이지 않았다.

"이 여자 많이도 돌아다녔네."

병준이 말했다. 지아가 무슨 소리냐고 되물었다.

"생각해 봐. 너 같으면 그런 여자한테 길에서 홍보 전단을 나눠주겠어? 나 같으면 받겠다고 와도 숨기겠다. 이 홍보물은 그 여자가 직접 돌아다니면서 모은 거야. 여기 있는 곳들, 미친 여자가 방문했던 곳이라는 거지. 너만 따라다닌 게 아닌가 봐."

"그 여자는 윤혜수가 있을 법한 곳들을 찾아다녔을 거야. 나보다 윤혜수에 대해서 더 잘 알고 있는 사람일걸."

"어디 보자. 노래방이 있고…… 룸살롱도 있고. 너 이런 데서 일했던 거 아냐?"

"양원 페리랑 룸살롱은 간격이 너무 크지 않나. 그리고 나는 뱃일을 했던 모양인데."

"그럼 이건 어때."

병준이 카센터 명함을 들어 보였다. 특별한 것 없는 소개용 명함이었다. 뒷면에는 예금 계좌와 함께 카센터 위치를 나타내는 약도가 그려져 있었다.

"마찬가지야. 여기서 일했을 것 같지는 않아."

지아는 침대 위에 명함을 던져놓았다. 명함은 팽이처럼 돌아 베개에 착륙했다. 단어들이 사방으로 튀었다. 긴급출동. 견인 차량 상시 대기. 세차. 배터리 할인.

명함을 던져놓는데 단어 하나가 작살처럼 날아왔다. 지아가 물었다.

"카센터가 세차장도 같이 하나?"

"보통은 주유소에서도 하지. 카센터도 해. 좀 큰 데면 기계 세차하고, 작은 데면 손 세차하고."

지아는 던졌던 명함을 들었다. 세차. 지아의 눈으로 날아와 박힌 단어였다.

"야 왜. 뭐 있어?"

"카메라."

지아는 트렁크에서 카메라를 꺼냈다. 저장된 사진을 한 장씩 넘겼다. 양원 페리. 세탁소. 그다음은 세차장.

어디로 가야 할지 알 것 같았다.

추적

　간밤에 꾼 꿈이 기억나지 않았다. 아랫배가 간질거렸다. 명치 안쪽이 발딱 뛰었다. 기분 좋은 꿈이었다는 사실만 어렴풋이 떠올랐다. 엄마 꿈이었을 것이다. 지아에게 행복한 시절은 80년 이전 온계리밖에 없었다.

　연휴의 첫날이었다. 아침부터 열이 오르고 콧물이 흘렀다. 척추마디마다 모래를 끼워 넣은 것 같았다. 왼쪽으로 움직이면 삼 번 척추가, 오른쪽으로 움직이면 오 번 척추가 아팠다. 몸살이었다. 가벼운 열병인 줄 알았던 것이 점점 심해지더니 살랑살랑 불어오는 바람마저 염분을 잔뜩 머금은 파도 같이 피부를 긁었다. 무리를 했으니 탈이 나는 게 당연했다. 묵진에 내려와 쉬지 않고 돌아다닌 데다 지난 밤에는 미친 여자와 소동을 피우기도 했다. 늦은 시간까지 숙소 때문에 난리를 친 탓도 있었다. 갑자기 짐을 빼겠다는 말에 모텔 매니저는 추가 비용을 요구했다. 이렇게 갑자기 나가는 걸 보니 나중에 무슨 일이 생길지 알 수 없다는 이유였다.

"그렇게는 못 하죠. 숙소에 하자가 있어서 나가는 건데요."

병준은 매니저를 쏘아봤다. 비실비실한 인간이었지만 돈 문제만큼은 물러서는 법이 없었다.

"그럼 환불이 불가능한데요."

매니저는 모텔 규정을 들먹였다. 지금까지 머무른 비용에다 추가 비용을 제외하고 달세를 돌려주겠다는 거였다.

"그 규정은 모텔 규정이고, 소비자보호원은 다르게 생각할걸요."

매니저는 지쳐 보였다. 간밤에 벌어진 사건이 밤잠을 괴롭혔을 것이다.

매니저는 일단 알겠으니 연락처는 남겨두라고 했다. 전화번호를 남겨 놓는 건 불안했기 때문에 지아는 차라리 돈을 주겠다고 했다. 이때다 싶었는지 매니저는 망가진 손잡이 비용도 함께 청구했다. 그 말에는 지아도 뿔이 났다.

"그건 모텔 보안 때문이잖아요. 내가 그런 게 아니라 누가 들어와서 망가뜨리고 간 거예요."

"이 여관이 지어진 게 1980년이에요. 나보다 나이가 많다고요. 여기에 무슨 보안을 바라세요."

"그렇게 나오시면 안 되죠. 모텔이 40년 된 거랑 관리 소홀을 왜 엮어요."

"규정이 그렇다니까요 규정이."

수리비만큼은 어떻게든 받아야겠다는 의도였다. 엉덩이가 간지러웠다. 등이 간지럽고 옆구리도 간지러웠다. 빨리 숙소를 옮기고 자야 하는데, 이 철없는 매니저와의 대화가 쓸데없이 길었다. 지아는 매니저와 병준 사이를 가로막았다.

"어제 있었던 일도 모텔이 40년 된 탓이라고 할 셈이에요?"

매니저는 눈에 힘을 줬다. 지아가 뭘 알고 있는지를 살피는 눈치였다.

"내가 다 봤어요. 옥상에서 떨어진 사람이요. 경찰에 신고도 안 하셨죠. 그 여자 바다에 뛰어든 것 같은데 가만히 계셨죠. CCTV 돌려봐요? 그 여자가 제 방문 고장 낸 거 아니에요?"

매니저는 입에 지퍼를 채운 듯 말이 없었다. 눈동자가 갈피를 잡지 못하고 허공을 더듬었다. 손에 쥔 만 원짜리를 한 장씩 세며 사흘 치 숙박비와의 경계에서 고민하던 매니저가 입을 열었다.

"추가 비용 안 받을게요. 수리비도 안 받고. 그냥 가세요."

이겼다 싶었다. 지아는 캐리어를 끌었다. 병준은 막 대화를 끝낸 매니저와 지아를 번갈아 봤다.

"뭐 해. 가자."

지아가 말했다. 병준은 몸을 돌려 매니저 앞에 섰다. 깁스한 팔을 카운터에 쿵 소리가 나도록 올려놓았다.

"아니 생각해보니 이게 이렇게 끝낼 문제가 아니네요. 우리가 방을 옮기는 귀책 사유가 모텔에 있는 거네요, 생각해 보니까. 웬 미친 여자가 난리를 처대니 우리가 숙소를 옮겨야 하는 거잖아요. 그럼 숙박비도 다 돌려줘야지."

"그게 무슨 억지예요."

"아니면 소보원이든 경찰이든 불러서 물어보고요."

매니저는 체념한 듯 들고 있던 돈을 모두 건넸다. 병준은 재빨리 주머니에 돈을 구겨 넣었다. 모텔을 나서는 두 사람 뒤로 매니저가 말했다.

"이 일은 비밀로 해주시는 거예요."

병준은 알겠다며 손을 흔들었다.

새로 잡은 모텔은 천장이 낮았고 욕실은 비좁았다. 1층에 방이 있다는 것과 지은 지 10년도 안 된 건물이라는 건 마음에 들었다. 눈앞을 가로막는 건물도 없었고 밤마다 신경을 긁던 쥐도 보이지 않았다. 깔끔해서 낯선 시설이었다. 병준은 약속대로 가장 작은 방을 잡았다. 지아는 맞은편 2인실을 선택했다. 병준은 데려올 손님이라도 있냐며 빈정거렸다.

숙소에 도착하자마자 병준은 졸린다며 자러 갔다. 아침까지 일어나지 않았다. 방문 앞에 있으니 코 고는 소리가 요란했다. 지아는 방문을 뺑 걷어찼다. 코 고는 소리가 끊기는 것도 잠깐이었다. 문밖까지 술 냄새가 진동했다.

지아는 항우울제와 감기약을 한 번에 때려 넣었다. 비눗방울이 터지듯 퐁퐁 소리가 났다. 조용한 것들이 좋았다. 얼어 있고 정지해있는 것들을 사랑했다. 정지해있는 것들은 썩지 않았다. 변화하는 것들만 추한 모습으로 늙어갔다. 지아는 잠시 시간이 멈춘 것 같은 정적 속에 몸을 담갔다. 얼마 후 소용돌이치는 듯한 전동 드라이버 소리가 정적을 깨뜨렸다.

백무동에 있는 카센터였다. 대로변에 위치한 곳으로 지아가 도착했을 때는 부품 교체가 한창이었다. 보닛을 들어 올린 차가 펠리컨처럼 정비공을 집어삼켰다. 한쪽에서는 판금과 퍼티 작업이 진행 중이었다. 작업복을 입은 남자의 다리가 보였다. 방수포로 된 점프 슈트 작업복이 안전화를 덮고 있었다. 왼쪽 구석에는 정비용 리프트 위에 자동차가 올려져 있었다.

지아는 카센터 안으로 들어섰다. 어떤 말로 시작할지 고민했다. 내가 다녀간 적이 있냐고 물어볼까. 누가 여기서 사진을 찍은 적이 없냐고 물어야 할까. 그것도 아니면 수상한 사람들이 기웃거리지 않았냐고 물어볼까.

어떤 질문을 해도 미친 사람 취급만 당할 것 같았다. 지아는 입구에서 서성였다. 정비공들이 하나둘 지아를 돌아봤다. 가운데 차고에서 리프트 밑에 들어가 있던 정비공이 어기적 기어 나왔다. 농구선수처럼 커다란 체구에 가슴팍까지 수염을 기른 남자였다. 두 아름은 될 것 같은 어깨 위로 잔뜩 성이 난 승모근이 출렁였다. 그 위로 두더지 잡기 게임처럼 솟구친 얼굴도 화가 나 있었다.

"아 왜 차를 안 찾아가요. 전화를 얼마나 했는데."

정비공이 말했다. 손에는 육각 렌치를 쥐고 있었다. 말할 때마다 은색 쇠붙이가 눈앞에 왔다 갔다 했다. 지아는 렌치 너머에서 기름때를 뒤집어쓴 정비공을 바라봤다. 묵진에 당도했을 때 느꼈던 긴장감, 미친 여자를 마주했을 때의 불안이 정비공에게서는 전해지지 않았다. 혜수의 인생에서 중요한 대상이 아니었을 거라는 뜻이었다.

"차는 어디 있어요?"

지아가 물었다. 정비공은 다시 육각 렌치를 휘둘렀다.

"자기 차도 못 알아봐요? 정신을 어디 두고 다녀요."

긴장이 풀렸다. 말을 툭툭 내뱉는 것이 싸가지를 밥 말아 먹은 것으로 보이는 정비공이었지만 적어도 지아가 손님으로 와있다는 건 확실했다. 좀 더 강하게 나가도 된다는 뜻이었다.

"정신은 오백 원 받고 팔아먹었으니까, 대답이나 해요. 차는 어디 있냐고요."

"나 참."

정비공은 차고지를 가리켰다. 하얀 세단 한 대가 놓여 있었다. 유선형으로 떨어지는 곡선이 매끈했다. 트렁크에 동그라미 네 개로 이루어진 로고가 박혀 있었다.

"내부 청소도 끝냈고 엔진오일도 갈았고 타이어압도 맞춰놨어요. 차 안 찾아가신 지가 오래돼서 거치비 나와요. 여기가 무슨 주차장이에요? 한 시간에 천 원만 받았어도 한 달이면……"

정비공은 버벅이는 계산기처럼 얼굴을 찌푸렸다. 지아의 머리에 숫자가 떠올랐다. 계산 과정도 없이 떠오른 정답이었다. 30일이면 72만 원이었다.

"이 동네 주차비를 무슨 한 시간에 천 원 단위로 받아요. 수리비 포함해서 70만 원에 해요."

지아는 지갑에서 돈을 꺼냈다. 정비공은 손가락에 침을 뱉어 지폐를 셌다. 주변 눈치를 보더니 오만 원 한 장은 다른 주머니에 챙겼다. 지아에게 비밀이라는 듯 윙크를 했다.

"하루면 수리 끝난다고 말씀드려서 다음날이면 올 줄 알았더니 어떻게 한 달을 안 찾아요. 견인차 부를 뻔했어요."

아까보다 누그러진 말투였다. 지아는 정비공의 말을 곱씹었다. 머릿속으로 달력을 그린 뒤 말을 이었다.

"한 달 전…… 이었죠? 정확히 며칠이었어요?"

"기다리세요. 입고 기록 좀 보고 올게요."

정비공이 사무실로 돌아가 서류를 들고나왔다. 서류에 기록된 입고 일자는 2019년 1월 7일이었다. 조대산에서 정신을 차린 날이었다. 느슨한 소름이 돋았다.

"어디 고쳤어요?"

"브레이크가 잘 안 든다고 봐달라고 하셨잖아요. 패드 교체까지는 필요 없어서 액만 갈았어요."

"청소하면서 이상한 건 없었나요."

정비공은 고개를 까딱거리더니 곱상한 말투로 말을 이었다.

"청소는 제가 안 해서 모르지만 별로 이상하다는 얘기는 못 들었는데요."

"묵진에 이런 차들이 많아요?"

"어떤 차요. 외제차요? 많죠. 지역 균형발전이다 뭐다 해서 나라에서 돈을 엄청 풀어요. 그게 있는 놈들한테 흘러들어서 문제지만. 안 그래도 돈 많은 놈들이 자기 이름으로 애들한테 차를 사준다고요. 가족 보험 들고. 운전도 못 하는 애들이 차 가지고 기어 나와서 이리 박고 저리 박고 하니 우리야 장사가 잘돼서 좋지만 세상이 잘 돌아가는 건지는 모르겠네요. 걔들이 또 튜닝을 얼마나 하는지 저도 이 짓으로 먹고살지만 마후라 소리 때문에 잠을 못 자요. 손님같이 착실히 벌어서 차 사는 사람은 얼마 안 됩니다."

지아는 사건을 재구성해봤다. 혜수는 한다은이라는 여자와 심하게 다퉜다. 며칠 후 한다은을 집으로 불러들였다. 계획적이었는지 우발적이었는지는 알 수 없지만 다툼 끝에 한다은을 살해했다. 시체는 조대산으로 옮겼다. 차가 없으니 택시를 탔거나 다른 차를 이용했을 것이다. 렌트했을지도 모른다. 조대산에 한다은을 묻은 혜수는 지아에게 주도권을 넘겼다.

"아 그리고요. 혹시 다른 사람 시켜서 차 찾으러 오라고 한 적 있어요?"

정비공이 문득 생각난 게 있다는 듯 물었다.

"없는데요. 누가 찾아왔었나요."

"며칠 전에도 이상한 사람이…… 여자였는데요. 다짜고짜 손님 차를 내놓으라고 하니까 당연히 안 주긴 했는데요. 혹시나 해서요."

"그 사람이 여기 명함도 챙겼어요?"

"글쎄요. 명함이야 뭐 가져가라고 뿌려놨으니 나가는 길에 챙겼을 수도 있죠."

미친 여자가 이곳을 다녀간 게 분명했다. 혜수의 행적은 물론이고 혜수가 살해한 한다은까지 알고 있는 여자였다. 무서워야 하는데 짜증이 먼저 치솟았다. 노곤한 기운이 몸을 휘저었다.

"차 키 주세요."

정비공이 차 키를 건넸다. 둘 사이에서 차 키가 짤랑거렸다. 지아는 열쇠를 받지 않고 말했다.

"문 열어봐요. 시동 걸어주시고요."

"제가요?"

"네. 시동 걸어주세요."

지아는 차를 몰아본 적이 없었다. 형편이 되지 않는다는 건 핑계였고 실은 운전석에 앉는 게 무서웠다. 지아에게 자동차는 이동 수단보다는 1톤짜리 쇳덩이에 가까웠다. 그것도 시속 백 킬로미터로 달리는 쇳덩이였고, 그건 사람을 골로 보낼 수 있는 무기였다. 무기라면 어떤 것도 손에 쥐고 싶지 않았다. 지아는 조수석에 앉았다. 정비공은 운전석에 앉아 어깨를 으쓱했다. 다음에 할 일은 뭡니까, 하고 기다리는 모습이었다. 지아는 운전석과 조수석 사이에 놓인 모니터를 가리켰다.

"이건 뭐예요."

"이거요? 내비게이션?"

"그게 어디 쓰는 건데요?"

"내비게이션이라니까요. 오늘 진짜 이상하시네?"

"이상하건 말건 상관 말고 대답이나 해줘요."

"지도잖아요. 주소 입력하면 길 알려주는 거요."

"이 차가 어디 다녀왔는지도 알아요?"

"그럼요. 내비게이션에 기록이 있으면요."

"그럼 좀 봐주세요."

정비공은 시동을 걸었다. 내비게이션 화면에 불이 들어왔다. 정비공은 이전 검색 기록이 정리돼있는 페이지를 열었다.

"봉정 빌라하고…… 도아트 빌딩? 여기만 왔다 갔다 하셨는데요. 블랙박스는 안 달았네. 하나 설치하시는 게 좋지 않아요?"

윤혜수가 블랙박스를 달 리가 없다고 생각했다. 부정과 범죄로 얼룩진 인생에 기록을 남길 리가 없었다. 지아는 글로브박스를 열었다. 선글라스와 자동차 등록증이 들어 있었다. 다른 게 없나 하고 뒤지는데 구석에서 건물 출입 카드가 나왔다. 도아트 빌딩 305호라고 되어 있었다. 지아는 정비공을 자리에 앉혀둔 채로 도아트 빌딩을 검색했다. 묵진에 그 이름을 가진 빌딩은 하나뿐이었다. 걸어서 30분 거리였다.

"차 하루만 더 맡겨 놓을게요. 여기 주차비요."

지아가 오만 원짜리 지폐를 한 장 더 내밀었다. 정비공은 이게 웬 횡재냐 싶은 표정으로 돈을 챙겼다. 지아는 질문 하나를 더 했다.

"아까 나한테 전화를 했다고 했죠."

"했죠. 수십 번 걸었어요."

"전화기를 잃어버렸거든요. 누가 받던가요?"

"카센터라고 하니까 그냥 끊던데요. 그 후로는 전화를 해도 안 받아요. 문자로 정비소 주소도 남겨놨는데 답이 없어요."

"제 번호로 건 거 맞아요? 번호가 뭐였는데요."

정비공은 입고 서류에 적힌 번호를 불렀다. 어디선가 본 듯한 뒷번호였다. 지아는 기억을 더듬었다. 아슬아슬하게 달아나던 기억의 끝자락을 쥐어 채는 순간, 꼬인 실타래를 마주한 기분이었다. 차근차근 밟아 올라가던 계단이 끊어진 것 같았다. 지아의 짐작이 맞다면 이 일은 한참 잘못됐다. 사건이 예상 못 한 방향으로 흘러갈 거라는 소리였다.

"이게 내 번호라고요?"

"직접 적었잖아요. 이쯤 되면 기억상실증 아니에요? 자기 번호도 몰라요 어떻게."

"네. 사고 나서 대가리 깨졌어요."

지아는 실종자를 찾는 전단지를 꺼냈다. 정비공이 볼 수 없도록 몸을 돌렸다. 정비공은 어차피 관심도 없다는 듯 실내등을 껐다 켰다 했다. 깜빡이는 불빛 아래서 전단지를 읽어내렸다.

지아가 기억하는 대로였다. 정비공이 알려준 번호는 실종자 전단지에 적혀 있던 전화번호였다. 한다은을 찾는 사람들이 윤혜수의 번호를 쓰고 있었다. 한다은의 가족이 윤혜수의 전화기를 가지고 있는 거였다.

"차량 입고 일자가 언제라고요?"

"질문도 많으십니다. 1월 7일이라니까요."

지아는 다시 전단지를 확인했다. 한다은이 실종된 날이었고 지아가 조대산에서 정신을 차린 날이었다.

기침이 터졌다. 가슴에서 시작된 통증이 등으로 번졌다. 오한이 들었다. 정비공은 감기가 옮을까 숨을 멈추고 지아를 봤다. 지아는 조수석 문을 열고 차에서 내렸다. 도아트 빌딩 출입증만 손에 꼭 쥐었다. 얇은 플라스틱이 손바닥을 파고들었다.

규식은 계단을 올랐다. 붉은 카펫이 끝까지 뻗은 복도가 나타났다. 염지아와 담판을 짓기로 결심한 날이었다. 피차 미행하는 건 눈치를 챈 마당에 빼지 말자고 얘기할 계획이었다. 숨기는 게 많은 사람에게는 정면 돌파가 답이었다. 도망을 치면 다리를 걸고 덤벼들면 목을 물라고 했다. 염지아가 달려들었으니 목을 물 차례였다. 숨기는 게 뭔지 얘기하라고, 계속 숨으려 들면 일이 곱게 끝나지는 않을 걸로 몰아쳐야 했다.

공권력 도움이 없이 뒷조사를 하는 게 쉽지 않았다. 영장도 경찰 신분증도 없이 수사를 진행해야 했다. 염지아를 따라다니는 것도 슬슬 흥미가 떨어졌다. 몇백 미터 뒤에서 따라다니는, 재미없는 미행이었다.

염지아가 방문했던 곳들을 찾아다녔는데도 소득이 없었다. 사진을 들이밀어도 안다는 사람이 없었다. 우편물에도 염지아의 이름은 보이지 않았다. 부촌 언덕과 호천 아파트까지 찾아갔지만 알아낸 게 없었다. 정신을 차린 곳이 묵진이고 이곳으로 다시 내려왔다면 찾는 것이 있는 게 분명한데, 그게 뭔지 모르니 답답한 노릇이었다. 남은 건 종무상가 2층 선원조합이었다. 설 연휴가 시작되는 바람에 찾아가지 못했다. 연휴가 끝나면 염지아가 거기서 뭘 확인하려 했는지 알아볼 계획이었다. 가방 속에 뭐가 들었는지 확인하지 못한 게 아쉬웠다. 숨기는 게 있다는 건 확실했다.

염지아도 마냥 바보는 아니었다. 계속 들러붙으면 도망이나 칠 줄 알았는데 그 앙큼한 것이 역으로 미행을 했다. 어쩐지 시장에서부터 택시 한 대가 따라붙는다 싶었다. 호천 아파트에서 미행당하고 있다는 걸 확신했다. 염지아가 탄 택시가 재활용 쓰레기 분리수거함 뒤에 서 있었다. 장난이나 쳐볼까 하고 택시를 타는 척했더니 허둥대며 놀라는 꼴이 볼 만했다.

이제는 서로가 서로를 뒤쫓는 꼴이었다. 시간을 잃는 것도 쫓기는 것도 염지아 쪽이었다. 규식에게 유리한 게임이었다. 아니면 또 어떤가. 될 대로 되라지. 잘하면 대박이고, 아니면 쪽박이다. 버티는 쪽이 이긴다. 버티는 건 자신 있었다.

규식은 아무 말도 없이 세 시간 동안 살인사건 용의자의 눈만 들여다봤다는 형사의 이야기를 떠올렸다. 형사는 서에서 심문에 능하기로 유명한 베테랑이었고 용의자는 전과도 없는 회사원이었다. 심증은 있고 물증은 없는 상황에서 용의자가 버티기만 하면 수색영장도 받기 어렵다는 건 양쪽이 알고 있는 사실이었다. 형사는 탁자에 팔을 얹고 용의자를 들여다보기 시작했다. 물도 마시지 않고, 화장실도 가지 않았다. 침 삼키는 소리만 취조실에 울렸다. 용의자가 눈싸움에 지쳐갈 때 형사가 물었다. 누구랑 같이했냐고. 용의자는 하얗게 질려 범행을 술술 읊었다고 했다. 규식도 염지아의 눈을 들여다볼 생각이었다. 그 눈이 똑바로 자신을 마주 보는지, 겁에 질린 개처럼 슬그머니 피하는지 확인할 생각이었다.

규식은 지아의 숙소 앞에 섰다. 문이 활짝 열려 있었다. 좁은 창문으로 햇빛이 쏟아졌다. 방 안으로 들어서니 여자의 등이 보였다.

"염지아 씨."

규식이 여자를 불렀다. 고개를 돌린 건 청소부였다. 고무장갑을 낀 손으로 머리를 긁었다. 바닥에 빈 병이 굴렀다. 이미 청소를 끝낸 욕실과 옷장에는 짐이 보이지 않았다. 조대산까지 낑낑대며 들고 날랐던 캐리어도, 규식이 빼앗으려 안간힘을 썼던 백팩도 자취를 감춘 뒤였다. 맞은편 병준의 방도 비어 있기는 마찬가지였다. 조금 전까지 팽팽하게 긴장해있던 어깨가 차갑게 식었다.

"여기 달세 빠졌어요?"

"네."

청소부는 의심스러운 표정으로 규식을 쳐다봤다. 규식은 허리춤에 손을 올렸다. 머리 위로 스팀이 뻗었다.

"언제 빠졌는데요."

"어젯밤에요. 왜 그러세요? 누구신데요?"

규식은 문을 걷어찼다. 망가진 손잡이가 덜렁거렸다. 청소부가 깜짝 놀라 어깨를 움츠렸다. 천천히 올라왔던 계단을 세 칸씩 뛰어내렸다. 규식은 방조제까지 달린 뒤에야 멈췄다. 방을 뺀 게 어젯밤이니 달려봐야 소용없는 일이었다. 염지아는 묵진 어딘가에 쥐새끼처럼 자취를 감춰버렸다.

이럴 때마다 기댈 곳이 공권력밖에 없다는 사실이 불만이었다. 영화를 보면 첩보전도 하고 도청도 하고 위치 추적기를 달아서 동선도 파악하던데. 사설탐정 제도가 없는 것도 마음에 들지 않았다. 규식은 형사 일을 그만두면서 탐정이 되고 싶었다. 007까지는 아니더라도 레밍턴 스틸 정도는, 하다못해 셜록 홈즈나 푸아로 정도는 돼야 간지나는 인생이었다. 형사는 아무리 멋있게 늙어봐야 콜롬보 아니면 최불암이니까. 그래도 마지막에 믿을 수 있는 건 최불암이지. 규식은 준홍에게 전화를 걸었다.

"토요일 낮부터 전화를 다 주십니까."

전화기 너머로 경찰서의 부산스러운 분위기가 전해졌다. 가끔 그곳이 생각났다. 지겨워서 떠난 곳이었다. 우습게도, 범인들의 삶이 부러웠다. 범죄자들은 적어도 자신의 삶을 사는 것 같았다. 법도 도덕도 신경 쓰지 않고 경계 없는 자유를 누렸다. 철창은 경찰서에 있는 게 아니었다. 경찰서가 철창이었다. 사각형 틀 안에 따닥따닥 들어앉아 인생을 소비하는 건 준홍 같은 우직한 인간들이나 할 수 있는 일이었다. 그런 인간이 공무원도 되고 형사 일도 하는 거였다.

"그럼 토요일 낮에 전화하지, 언제 전화하냐."

"선배, 잘 지내십니까?"

"이것저것 많이 한다. 낚시도 하고."

"언제부터 낚시했어요?"

"아니. 사람 낚시. 큰 건 하나 보고 있다."

"염지아 건이요? 선배 지금 묵진입니까?"

"종일 걔 따라다니느라 죽겠다. 뭐 그렇게 쥐새끼처럼 뿔뿔거리면서 돌아다니는지. 아침부터 걔 숙소 앞에 죽치고 있다가 따라다니는 게 일이다."

"선배, 저는 모르는 일입니다."

"그렇지. 너는 모르는 일이지. 빠져 있어."

"뭐 좀 보입니까."

"아직. 그래도 분명히 뭔가 있어."

"혼자서 「그것이 알고 싶다」 찍어요?"

"거기 나가도 될 이야기다. 「피디수첩」에 나가도 되고 「그것이 알고 싶다」 나가도 된다. 케이블에 나가도 되고, 아무튼 이거 재미있는 이야기가 될 거야."

"아니 그래서 염지아가 묵진에서 뭘 했는데요."

"모르지. 모르니까 알아내야지."

"단서도 없이 묵진까지 내려가고. 한가합니다, 참."

"내가 뭐 한가하냐. 주식도 하고 부동산도 하는데."

"좀 벌었어요?"

"잃었지. 그래도 기회가 온단 말이야 언젠가는."

"주식 할 거면 우량주 사쇼, 우량주. 보통주에 투자해도 좋고요. 안전하게. 배당이나 받고."

"그럴 거면 내가 형사 그만뒀겠냐. 나는 인생이 도박이다. 선물 투자한다. 옵션을 해야지 큰돈을 벌어. 잘하면 대박이지. 아니면 그만이고."

"아니면 그만이라니요. 쪽박 찹니다."

"사는 게 원래 대박 아니면 쪽박이다."

"중박도 있어요."

"너나 많이 살아라, 중박 인생."

준홍이 웃었다. 규식은 웃지 않았다. 잡설은 이만하면 충분했다. 전화를 건 목적을 이야기할 때였다.

"야. 준홍아."

"목소리 까시는 걸 보니 뭐 부탁하실 거 있나 봅니다."

"그래 너 개코다. 휴대폰 위치 추적 한 번만 해주면 안 되냐. 염지아 때문에 그래."

"아 선배, 그걸 어떻게 합니까. 영장도 없이 일반인 뒷조사하는 걸 제가 도와드리면 안 되죠. 긴급상황도 아니고요."

"이게 긴급상황이 아니면 뭐냐."

"염지아가 납치당했습니까? 실종이에요? 둘 다 아니잖아요."

"진짜 안 되겠냐."

"안 돼요, 선배. 그러다 제 모가지가 날아갑니다."

최불암에게 거절을 당했다 생각하니 뼈가 시렸다. 다시는 한국인의 밥상도 보지 않겠다고 다짐했다.

"망했다. 나 망하면 네가 책임져라."

"왜요. 염지아를 놓쳤어요?"

"모텔에 가 보니 방 뺐대. 어젯밤에 옮겼나 봐."

"선배 차라리 잘 됐어요. 그냥 서울 올라와요. 심부름센터 소개시켜 달라는 사람 있는데 거기 연결시켜 드릴게요. 어려운 일도 아니에요. 사람 하나 따라다니면서 사진만 찍어주면 된대요. 일당 20만 원. 괜찮죠?"

"그거 하다 보면 사진으로 안 끝난다. 더러운 꼴 보게 돼 있어. 나중에 증인도 서달라고 할걸. 우아하게 좀 하자, 우아하게."

"우아하게 일하면 누가 밥이라도 사줍니까."

"밥이라도 사 먹게, 염지아 위치 추적 좀 해달라니까."

"미안합니다, 선배."

준홍은 대화가 불편한지 서둘러 전화를 끊었다. 인사도 없이 끊은 게 무척 서운했다. 이제는 같이 늙어가는 처지였다. 준홍에게는 아내와 딸이 있었다. 서울에 집 한 채 마련 못 해 아직도 전세를 살았다. 몸을 사리는 것도 무리가 아니었다. 무리한 부탁을 한 건가 싶어 미안했다.

서울로 올라갈까. 준홍이한테 홍삼 한 첩 지어주고 심부름센터 일이나 할까. 그것도 아니면 독고다이로 일하는 것도 지치는 참이었으니 르포 기사팀에 합류시켜달라고 할까. 뭘 해도 먹고는 살 거였다. 기자 생활을 하면서 맡는 심부름 일이 제법 짭짤했다. 세상에는 생각보다 어수룩한 사람들이 많았으니까. 취재 차 접근한 사람들은 규식이 형사 출신이라는 말을 듣고 사람을 찾아달라거나 떼인 돈을 받아달라는 부탁을 했다. 봉천동 실종 사건, 사당동 부녀자 강간 사건, 목포 부동산 사기 사건 피해자들이 그랬다. 형사가 아니라서 좋았다. 합법과 불법의 경계에 규식이 있었다.

정체성을 잃어가고 있다는 게 문제였다. 삼류 누아르쯤 되는 곳에 규식의 인생이 있었다. 규식은 자신이 벽에 똥칠할 때까지 살 거라는 생각을 한 적은 없었다. 객사나 하지 않으면 다행이었다. 곧 쉰 살이 되니 반환점을 한참 넘은 나이였다. 전환이 필요한 시기였다.

고민을 해봐야 답이 나오지 않는다는 건 경험으로 알고 있었다. 선택은 빠르면 좋다. 규식은 동전을 던졌다. 앞면이면 서울, 뒷면이면 묵진. 동전이 햇빛을 받아 반짝였다. 동전은 바람개비처럼 돌아 바닥에 떨어졌다. 규식은 동전이 구르지 않게 발로 밟았다. 트럼프 패를 까듯 천천히 발을 치웠다. 앞면이었다. 규식은 다시 동전을 던졌다. 또 앞면이었다. 에라이. 이번에는 좀 더 높게 던졌다. 바닥에 떨어진 동전은 멀리 튀어나가 방조제 앞에서 멈췄다. 규식은 주머니에 손을 집어넣고 동전을 뒤쫓았다. 드디어 뒷면이었다. 규식은 동전을 들어 골키퍼처럼 걷어찼다. 멀찍이 날아간 동전을 파도가 집어삼켰다.

트레비 분수에 동전을 던지면 언젠가 다시 로마로 돌아올 수 있다는 말을 들은 적이 있었다. 다시 묵진으로 돌아온다. 그때는 일도 안 하고 한 달 정도 쉬다 가겠다. 그러니 그때를 위해 내가 이 사건

꼭 파내고 만다. 규식은 다짐했다. 속에서 불이 끓었다. 해소할 길이 없는 화마가 규식을 휘감았다. 열을 식혀야 했다.

규식은 바다성으로 갔다. 바다이야기로 게임업계가 철퇴를 맞기 전까지는 육사골목 앞 대로변에 아케이드 게임장만 다섯 개가 넘었다. 대대적인 단속이 시작되면서 성인오락실이 싹이 말랐다가 몇 년 전부터 하나둘 생겨나는 중이었다. 바다성이 그중 하나였다. 낮이 없는 가게였다. 검은색 시트지로 도배한 20평짜리 성인 오락실은 시간을 죽이지 못해 안달인 사람들로 득실거렸다. 그 안쪽에 포커를 칠 수 있는 공간이 있었다. 적어도 몇 개월은 낯을 익히고 신뢰를 쌓아야 출입할 수 있는 곳이었다. 묵진에서 일하던 시절 사장과 인연이 있어 규식은 제지 없이 들어갈 수 있었다. 규식은 사람 하나가 일방통행으로 겨우 지나갈 간격을 두고 도열한 게임기 사이를 가로질렀다. 표정이 안 좋은 사람을 찾는 것이다. 오랜 시간 재미를 못 봤다는 뜻이었고, 얼마 안 가 금광이 터질 거라는 뜻이기도 했다. 보통은 행운이 찾아오기 직전에 자리를 뜨기 마련이었다. 카운터 옆자리에 앉은 사람이 그랬다. 코트 한 벌 없이 잠바 아래 티셔츠와 셔츠를 껴입은 50대 아저씨였다. 밤샘 노동을 마친 공장 작업자처럼 피곤해 보였다. 가진 돈을 거의 소진한 듯 희망이 없어 보이는 모습이었다. 바지 아래 양말이 말려 내려가 발목이 드러났다. 습관처럼 다리를 떨었다. 버튼 위에는 재떨이를 올려놓았다. 성인게임장에서 닳고 닳은 인간이었다. 버튼을 누르는 것도 귀찮아질 때 매크로처럼 재떨이를 이용했다. 점찍어둔 기계도 한 대가 아니었다. 적어도 다섯 대 정도의 기계에 재떨이를 올려두고 돈이 다 떨어질 때를 기다리겠지. 아마 이 불쌍한 아저씨는 오늘 밤 악몽을 꿀 것이다. 규식은 그 자리가 빌 때까지 기다리기로 했다. 규식 말고도 자리를 노리는 인간들이 몇 명 보였다. 게임장에서는 그런 인간들을 모기라고 불렀다. 꽝이 많이 나올수록 대박이 터질 확률이 높아지니 기계를 점유한 사람이 돈을 다 잃으면 잽싸게 그 자리를 차지한다고 해서 붙은 별명이었다. 어차피 도박이라는 게 다른 사람 피 빨아먹고 살아남는 거니 멸시 섞인 호칭은 개의치 않았다. 규식도 오늘은 모기 짓을 해볼까 하고 게임기 주변을 어슬렁거렸다.

"형사님 왔어요?"

규식을 알아본 게임장 매니저가 말을 걸었다.

"형사라고 부르지 마라. 손님들 다 도망간다."

"그럼 뭐라고 해요."

"기자라고 해 기자. 멋있잖냐."

매니저는 "네, 기자님." 하며 경례를 쏘아 올렸다. 유쾌한 녀석이었다. 사람들 사이를 지나다니며 분위기를 고조시키는 것도 녀석의 몫이었다.

"게임 길어지네."

추워 보이는 아저씨는 마지막 남은 행운까지 모조리 소진할 셈인지 자리를 뜨지 않았다.

"저 자리 앉으시게요? 한동안 안 일어날걸요."

"그래 보인다. 재밌는 거 없냐."

"판 벌어졌는데. 자리 하나 남아요."

매니저는 카운터 옆에 있는 커튼을 가리켰다. 암막 커튼으로 가려놓은 문을 열면 STAFF ONLY라는 명패가 나왔다. 그 문을 열면 작은 하우스가 펼쳐졌다. 네댓 명이 모여 포커를 치는 곳이었다.

"누구누구 있냐."

"오늘은 광조 삼촌이랑 광조 삼촌 친구랑 권 사장이랑요."

"권 사장도 있어?"

"네. 아침부터 세 시간 째 있어요."

"이거 갖고 상품권 좀 가져와라."

매니저는 잽싸게 돈을 받아 상품권으로 환전해왔다. 바다성에서는 포커 칩 대신 상품권을 썼다. 슬롯머신으로 잭팟이 터져도 상품권을 받았고 포커로 돈을 따도 상품권을 주고받았다. 바다성 앞에 있는 두 평짜리 구둣방에서 상품권 환전을 해줬다. 10퍼센트 정도를 떼고 환전했는데 그건 구둣방 사장이 바다성에 내는 월세와 환전 수수료를 포함한 비율이었다. 경찰 단속에 대비한 위험수당도 포함돼 있었다.

규식은 포커 방 문을 열어젖혔다. 권 사장이 먼저 아는 체를 했다. 그 앞에 제법 상품권이 쌓여있었다. 판돈을 얼마나 가지고 시작했는지 몰라도 오늘 하루에만 서너 명은 호구 잡혔겠다는 생각이 들었다.

권 사장은 마땅한 호칭이 없어 권 사장이라고 불렀다. 아파트 경비원이라고 자신을 소개할 때도 있었고 대리기사라고 할 때도 있었다. 한 가지 일을 진득하게 하는 법이 없었다. 권 사장은 온갖 이유로 하던 일을 그만두곤 했는데, 전과 이력을 들키는 바람에 쫓겨나는 경우가 많다고 했다. 벌써 세 번이나 수감 생활을 했다는 거였다.

그게 자랑이라 생각하는 건지 아니면 징역살이 경험을 늘어놓는 쪽이 게임에 유리하다고 생각한 건지 판이 불리하게 흘러간다 싶거나 게임에 새로 참여하는 사람이 있으면 꼭 감방 이야기를 꺼냈다. 눈이 좌우로 찢어지고 부리부리한 것이 꼭 사각 틀에 돼지머리를 눌러놓은 듯한 데다 점잖은 말투 사이에 욱하는 기질이 섞여 있어 권 사장을 잘 모르는 이들은 지레 겁을 먹었다. 권 사장은 기세가 넘어왔다 싶으면 판돈을 왕창 올려버리거나 연신 파투를 놓으면서 게임판을 가지고 노는 거였다.

규식은 그 모습을 보면서 속으로 웃음을 삼켰다. 권 사장은 규식이 직접 체포해 집어넣은 적이 있기 때문이었다. 투전판 사람들은 권 사장이 사시미라도 휘두르고 다닌 줄 알지만 실은 음주운전 상해와 절도로 징역 4개월, 출소 후 절도 미수로 다시 10개월을 받은 게 전부였다. 묵진에서만 한평생을 산 잡범이었다. 주로 노인이나 학생들을 상대로 범행을 저질렀는데 피해자들이 들고 다니는 현금이라는 게 대단한 게 아니라서 형량도 무겁지 않았다. 그마저 합의를 하고 선처를 구하는 데는 도가 터서 범죄 이력에 잡히지 않은 건도 꽤 될 터였다.

"권 사장님 총알 좀 많이 모았네? 어디 털기라도 했어? 돈으로 죽여대니 무슨 수로 이기나."

규식이 말했다. 권 사장은 그게 딴죽인 줄도 모르고 기분이 좋아 만면에 웃음을 머금었다.

"사우나에서 벌었지. 요즘 세상이 좋아졌다고 로커 키 놓고 다니는 사람들이 많거든."

권 사장은 말을 뱉어놓고 아차 하며 손으로 입을 가렸다. 투전판에 있는 것들은 돈을 좀 땄다 하면 할 소리 안 할 소리 가리지 않고 읊어댔다. 맞은편에 전직 형사가 앉아 있는데도 카드를 들고 있으면 머리가 마비되는 모양이었다. 규식은 대수롭지 않게 말했다.

"투전판에서 나온 얘기는 투전판에서 끝내자고요. 눈치 보지 마시고. 그리고 나 형사 일 그만둔 지도 오래됐어요. 말이야 바른말이지 딴 놈이 잘못인가. 잃은 놈이 잘못이지."

"맞아. 돈 잃은 놈만 불쌍하지."

"그래서 그 불쌍한 잃은 놈은 누군데요."

"몰라. 그거 알아서 뭐 하나."

패가 돌았다. 규식은 카드를 들었다. 7 스페이드가 한 장, 8 클로버가 한 장. 바닥에는 4 하트, 5 스페이드, 퀸 하트가 깔렸다. 잘하면 스트레이트, 안 되면 그만이고. 권 사장은 코를 벌름거렸다. 한 판 붙어보자는 선전포고였다.

될 대로 되라지. 규식은 가진 돈을 모두 밀어 넣었다.

도아트 빌딩은 지각변동으로 솟아오른 습곡 같았다. 목이 뻐근할 때까지 얼굴을 치켜들어야 그 끝이 보였다. 유리 벽이 희끄무레한 구름을 반사했다. 변비 직전의 대장처럼 꾸물거리는 하늘은 곧 하얀 설사를 쏟아낼 것 같았다.

연휴가 시작된 일요일 아침이었다. 지아는 도아트 빌딩 카드키에 적힌 주소를 한 번 더 확인했다. 305호라고 되어 있으니 3층일 것이고 그리로 올라가는 계단이나 엘리베이터만 찾으면 될 텐데, 내부가 쓸데없이 복잡했다. 사무실로 올라가는 출입구가 양쪽에 있었고 엘리베이터도 대여섯 개는 돼 보였다. 들어서자마자 방향감각을 상실케 하는 건물이었다. 지아는 몇 번이나 양쪽 엘리베이터 사이를 오간 끝에 3층으로 가는 길을 발견했다.

공유 오피스가 입점한 건물이었다. 시에서 운영하는 지원 사업으로 1인실부터 15인실까지 소규모 업체가 단기 임대를 할 수 있는 구조였다. 스타트업이나 1인 기업을 지원하려는 목적이었다. '묵진은 소상공인을 지원합니다' 라는 입간판이 서 있었다. 그 옆에 입점 현황판이 보였다. 공실률이 80%였다.

사무실의 무덤 같은 곳이었다. 유리 벽으로 구획을 구분해 밖에서 사무실 안쪽이 훤히 들여다보였다. 복도에는 사각지대가 없는 CCTV가 설치돼 있었다. 지아는 305호 앞에 멈춰 섰다. 작은 사무실이었다. 세라 컨설팅이라는 명패가 눈높이에 새겨져 있었다. 카드키를 갖다 대자 붉은색이었던 도어락이 녹색으로 바뀌었다.

책상과 의자, 서랍장 하나가 가구의 전부였다. 지아는 손가락으로 책상을 쓸었다. 딱 한 달쯤 되어 보이는 먼지가 쌓여있었다. 기침이 터졌다. 고요한 사무실 사이로 지아의 기침 소리가 메아리쳤다. 목에 고여있는 가래를 긁어 쓰레기통에 뱉었다. 도아트 빌딩 3층은 다시 고요해졌다.

책상에는 노트북이 놓여 있었다. 한 입 베어 문 사과 로고가 그려져 있는 노트북이었다. 비밀번호를 입력란에 커서가 깜빡였다. 몇 글자짜리인지도 알 수 없는 비밀번호였다. 지아는 자신의 생일, 혜수가 처음으로 등장했던 날, 혜수가 묵진으로 내려왔던 날 따위를 차례로 입력했지만 어느 것도 맞지 않았다.

키보드 우측 상단에 작은 글씨가 떴다. 'TOUCH ID로 잠금 해제'라는 문구였다. 그 옆에 화살표가 커졌다 작아졌다 했다. 지아는 그 위에 손가락을 올렸다. 거짓말처럼 비밀번호가 풀렸다.

바탕화면에 파일이 가득했다. 계약서와 시장분석 폴더 사이에 JK_finance라는 이름의 파일이 따로 떨어져 있었다. 파일을 열자 칸 칸으로 구분된 화면 위로 숫자가 쏟아졌다. 문서 상단에 지광산업 예산안이라는 제목이 있었고 연도별, 월별 사업 분야별 예산과 실 소진 금액이 나열돼 있었다. 사업 범위가 넓은 업체였다. 근해 조업으로 시작해 최근에는 무역사업까지 확장한 상태였다.

자료 앞부분은 YW라는 회사와 지광산업의 실적을 비교하고 있었다. YW의 몰락과 지광산업의 부흥이 궤를 같이했다. 분기점이 된 건 2002년이었다. YW의 자산은 2002년에 마이너스를 기록했고 이후로는 자료가 존재하지 않았다. 지광산업은 YW의 사업을 흡수한 듯 자산이 늘어나기 시작해 2010년대에 들어서 폭발적인 성장을 이뤄냈다. 비슷한 규모의 해운회사를 흡수 합병한 결과였다. 중견기업 규모였다.

바탕화면에는 YW 자료가 모여있는 폴더가 있었다. 사업을 접은 지 20년이 다 되어가는 업체의 자료가 남아 있는 것부터 이상하다 싶었는데 조사한 자료 수준 역시 필요 이상으로 세세했다. 단순한 분석자료가 아니었다. YW의 약점 분석이 주를 이루었다. 월별로 자본이 취약해지는 시점, 조업을 준비하는 데 필요한 자금, 자금 조달이 이루어지지 못했을 때 예상되는 리스크가 나열돼 있었다. YW를 해체하기 위한 작업 같았다. YW를 몰락하게 만들기 위한 최적의 회계 방정식인 셈이었다.

자료를 읽던 지아는 위화감을 느꼈다. 자신이 파일 내용을 이해하고 있다는 데서 오는 불편함이었다. 현금성 자산, 선급비용, 미수금, 대손충당금, 유동부채, 미처분이익잉여금 같은 용어가 머릿속으로 흘러들었다. 읽을 수는 있어도 의미를 이해하지 못해야 하는 용어들, 그 용어에 따른 숫자, 연도별로 가감되는 숫자의 효용을 계산하고 있었다. 의지로 한 일이 아니었다. 머릿속에서 혜수의 목소리가 커닝페이퍼를 읽어주는 기분이었다. 윤혜수가 덜 마른빨래처럼 매달려 있는 것 같았다. 쿰쿰한 냄새가 목을 감았다. 발원지 없는 신열이 솟았다. 그 긴 시간을 빼앗고도 아직 물러나지 않은 혜수가 두려웠다. 언제든 혜수가 다시 나타나 몸의 통제권을 가져갈 수 있다는 불안이 고개를 디밀었다. 마지막으로 나타났을 때 19년이라는 시련을 안겨줬다. 다음번에는 어떤 절망을 가지고 나타날까. 소변줄 꽂은 채로 정신을 차리면 어떤 기분일까. 임종을 앞둔 상황에서 덜컥 주도권을 돌려놓으면 누구에게 하소연할 수 있을까. 그때도 혜수는 깔깔대며 웃고 있을까. 절망하는 지아를 보며 비로소 오랜 복수가 끝났다며 기뻐하고 있을까.

사무실을 떠나기 전에 해야 할 일이 있었다. 지아는 실종 전단지를 꺼냈다. 실종 신고를 받는 연락처가 혜수의 번호라는 건 카센터에서 확인했다. 혜수의 전화기에는 사무실 번호가 저장되어 있을 것이다. 사무실에서 전화를 건다면, 전화를 받는 사람은 윤혜수가 전화를 걸었다는 사실을 알게 될 거라는 의미였다.

카센터에서 윤혜수에게 전화를 했을 때는 그냥 끊어버렸다고 했다. 혜수의 사무실 전화번호로 전화를 걸면 어떻게 될까. 꼭꼭 숨는 게 아니라 머리카락만 살짝 보여주면, 상대는 반갑다고 꼬리를 칠까 도끼를 들고 달려올까.

컬러링도 없는 통화음이 이어지는 사이 기침이 터졌다. 입안이 갈라졌다. 침샘이 펌프질을 했다. 욱신거리던 귀밑이 가라앉을 때쯤에 통화음이 멎었다. 상대는 말이 없었다. 지아는 입가에 고인 침을 닦았다.

"여보세요."

지아가 먼저 말했다. 흠, 하고 한숨을 쉬는 소리가 들렸다.

"혜수구나."

낮고, 굵고, 갈라지는 남자의 목소리였다. 소산포에서 처음 전화를 걸었을 때 들었던 목소리였다.

"누구세요."

지아가 말했다.

"넌 아버지 목소리도 잊어버렸니."

바닥을 비비는 것 같은 소리가 났다. 지아는 그게 웃음소리라고 생각했다. 상대는 웃었고 지아는 긴장했다. 상대는 이쪽을 알고 자신은 저쪽을 몰랐다. 불공정한 게임이었다.

"기억상실증 같은 건 영화에서 나오는 건 줄 알았지. 아, 기억상실증이 아니라 이중인격이라고 했나. 도통 구분을 못 하겠다니까. 넌 혜수가 아니구나. 원래 이름이 염지아라고 했지?"

"누구세요."

"내가 누군지가 중요한 게 아니야. 네가 누군지가 중요하지. 기억이 돌아오면 깜짝 놀랄 거다. 나는 그때까지 기다려야겠지."

"누구세요."

"알고 싶은 게 많겠지. 나도 그래. 네가 궁금해. 염지아가 어디까지 알고 있는지 궁금하다고. 윤혜수가 무슨 짓을 저질렀는지 알고 있는지 말이야."

"누구시냐고요."

"말해봐. 어디까지 기억하니. 여기로 전화를 했으면 다은이도 기억난 거니?"

호흡이 가빠왔다. 상대는 약 올리는 듯한 투로 말을 이었다.

"전단지를 본 거지? 얼굴은 기억이 나는데 그게 누군지는 모르는 거지?"

귀가 뜨거웠다. 달팽이관에 망치를 때려 넣는 것 같았다. 상대는 곰곰이 생각하는 듯 한동안 말이 없었다. 두 사람 사이에 지루한 정적이 이어졌다. 음, 흠, 하며 고민하던 상대가 입을 열었다.

"너 다은이 얼굴은 아는데 다은이가 누군지는 모르는 거구나. 살아있는 다은이를 본 게 아니야. 너 시체를 본 거야. 그렇지?"

욕이 절로 튀어나왔다. 지아는 수화기를 던졌다.

"경찰을 불러! 자수해, 혜수야!"

상대가 고함을 질렀다. 다시 기침이 도졌다. 가슴을 얼얼하게 만드는 기침이 몸을 흔들었다. 통증으로 눈물이 고였다. 아직 내려놓지 않은 수화기에서 끊임없이 웃음이 터졌다.

지아는 전화를 끊었다. 노트북 팬 소리가 요란했다. 모니터에 뜬

글자가 뿌옇게 번졌다. 화면이 빙글빙글 돌았다. Y와 W, 영문 약자 두 개가 눈에 확 들어왔다. 아까부터 보고 있던 약자가 뭘 뜻하는지, 그제야 알 수 있었다. 한때 혜수가 일했던 곳. 묵진에 내려온 지 2년 만에 망한 회사. 양원 페리. 멍청하긴. 지아는 머리를 쥐어박았다.

혜수는 양원 페리가 망해서 일을 그만둔 게 아니었다. 혜수가 기를 쓰고 망하게 만들어버린 거였다.

술기운이 옅어졌다. 동시에 숙취가 찾아왔다. 알코올로 밀봉해둔 불안감도 함께였다. 대가리에 총을 맞은 것 같았다. 병준은 그게 어떤 기분인지 알고 있었다. 헤드샷이라면 수백 번을 맞아봤다. 총에 맞는 순간 시야에 피가 튄다. 턱이 젖혀진다. 하늘과 땅이 보이고, 화면은 흑백으로 변한다. 카메라가 뒤로 물러나면서 주검을 보여준다. 적이 어떻게 자신을 처치했는지 리플레이해 주는 경우도 있었다. 바둑 복기를 하듯 분석하는 플레이어도 있지만 보통 병준은 그 장면을 건너뛰었다. 죽었다 부활하는 데 걸리는 시간은 10초였다. 예수는 3일이 걸렸다는데, 게임에서 그랬다가는 회사 말아먹기에 딱 좋다. 부활을 기다리며 병준은 손가락을 풀었다. 기지개를 켜면 뽁뽁이를 터뜨리는 듯 뼈마디가 시원하게 갈라졌다. 그러고 나면 다시 게임이 시작된다. 대가리에 총을 맞으러 달려 나가는 것이다.

병준은 눈앞에 마우스와 키보드가 있는 듯 손가락을 까딱거렸다. 하다 만 게임들에 대해 생각했다. 게임에는 퀘스트가 있어서 좋았다. 성취한 일들이 정리돼있었고 앞으로 해야 할 일들이 나열돼 있었다. 노동 시간과 난이도에 따라 보상이 이루어졌다. 병준은 그 사실에 열광했다.

게임이 하라는 대로만 움직이지는 않았다. 그건 올바른 게이머의 자세가 아니었다. 날아다니는 이동 수단을 구하면 올라갈 수 있는 데까지 올라가 경치를 구경했다. 사막 한가운데 캐릭터를 고립시켜 두고 세이브를 해뒀다. 언제 다시 접속할지는 모르지만 캐릭터는 그 자리 그 자세로 병준을 기다리고 있을 것이다. 아낌없이 충성을 바치는 아바타였다.

이제는 게임 아이디도 기억나지 않았다. 픽셀이 만들어낸 세계에서 흘려보낸 시간이 얼마나 되는지도 짐작 가지 않았다. 그 시간이 그리웠다. 더운 피가 흐르는 인간보다 게임 속 사람들이 보고 싶었다. 그건 아마 기억 때문이리라. 병준의 세계는 픽셀로 존재했다. 서사와 갈등이 있었다. 배신, 음모, 암투, 전쟁 같은 것들이 병준을 설명하는 단어였다. 영웅과 악당이 공존했다. 병준은 누구라도 될 수 있었다. 마음에 들지 않는 상황이 벌어지면 다시 시작하면 그만이었다. 10초를 기다렸다가 무덤에서 새 인생을 출발하면 되는 거였다.

그래서 병준은 묵진이 불편했다. 묵진에는 병준이 평생 모르고 살았던 공포가 꿈틀거렸다. 염지아가 무서웠다. 지능이 좀 낮은 게 아닌가 싶을 정도로 허술해 보이던 지아가 묵진으로 온 뒤로 달라졌다. 열정이 과하다고 할까, 악을 쓴다고 할까, 자신의 과거를 찾지 못하면 인생이 망할 것처럼 열심이었다. 염지아가 정말 살인을 저지른 거라면 어떡해야 할까. 이대로 있다가 덤터기를 쓰면 어쩌나. 그렇다고 경찰을 불러야 하나. 그래도 나름 집안사람인데, 그랬다가는 새아빠와는 끝이라고 봐야겠지. 이런 걸 들키면 나중에 공무원

하는 데 문제 생길까. 그런 걱정들이 두통을 뚫고 솟아났다.

전화가 울렸다. 엄마였다. 하루에 한 번씩 전화하는 것이, 빨리 서울로 올라왔으면 하는 눈치였다.

"너 어깨는 어때. 아는 의사한테 물어보니까 많이 움직이면 안 된다더라."

엄마가 말했다.

"깁스해놔서 움직이지도 못해요. 움직이지 말라고 채워놓는 게 깁스잖아요."

"그게 안 그래. 자다 보면 돌아가고, 간지러워서 긁다 보면 살짝살짝 움직이고 그런다더라. 뼈는 한 번 잘못 맞으면 평생 고생한다니까 조심해."

"부러진 것도 아니고 빠진 거 제자리에 끼워 넣은 거예요. 걱정 안 해도 돼요. 아저씨는 뭐 하세요."

"그냥 있어. 너한테 미안해서 연락을 못 하겠다네."

"미안하긴 뭐가."

"시험 앞둔 애를 거기까지 보내놨으니 신경 쓰이지. 돈은 좀 있니. 누나가 자기만 쓴다고 그러지 않아?"

"넉넉하진 않아도 있어요."

"너는 꼭 그러더라. 돈 없으면 없다고 얘기해. 얘기 들어보니까 한두 푼 드는 게 아니겠더라. 너는 어깨까지 다쳤다면서 잘 챙겨 먹어야지. 내가 좀 보낼 테니까 너만 써라."

엄마는 통화 중에 송금을 했다. 병준의 계좌에 100만 원이 입금됐다는 문자가 떴다. 병준이 보기에 엄마는 세상에서 제일 열심히 사는 사람이었다. 노는 법을 배우지 못한 사람 같았다. 젊었을 때는 미용 일을 했었다. 대전 카이스트 앞에서 아빠를 만났다고 했다. 아빠는 카이스트 앞에서 군밤과 고구마를 팔았다. 두 사람을 연결시켜 준 건 미용실 사장이었다. 정작 미용실 사장은 두 사람이 어울려서가 아니라 종업원이 군밤 장수를 만나면 군밤이랑 고구마는 실컷 얻어먹겠다는 생각 때문이었다고 했다. 훗날 엄마는 그럴 생각이었으면 의사나 변호사를 소개시켜 주는 게 낫지 않았겠냐고 핀잔을 줬다. 미용실 사장은 네 주제를 좀 생각하라고 했다. 틀린 말은 아닌 것 같았고, 엄마도 군밤 군고구마 원 없이 먹는 게 나쁘지 않았다고 했다.

두 사람이 결혼도 하기 전에 병준이 태어났다. 엄마는 그간 모은 돈으로 카이스트 앞에 미용실을 차렸다. 아빠는 군밤 장사를 접고 엄마 일을 도왔다. 청소를 하고 세탁기를 돌리고 카운터를 보는 게 아빠 일이었다. 엄마는 독한 파마약에 손이 파인애플처럼 부르트고 미용 가위에 손을 베이면서도 쉬는 날이 없었다. 손에 반창고가 떨어질 줄을 몰랐다.

미용실 단골은 카이스트 학생들이었다. "너도 커서 저 형 누나들처럼 돼라." 아빠는 계산대를 정리하며 그렇게 말하곤 했다. 병준은 아빠가 얘기한 학생들을 봤다. 단정한 머리를 하고, 니트티를 목도리처럼 어깨에 두르고, 전공 서적을 들고 가게 문을 나서는 학생들은 하나같이 재미없어 보였다. 열심히 사는 것들은 재수가 없었다. 열심히 사는 것들은 무언가를 성취했다. 얻은 걸 자랑스러워하고, 전시하고, 또 다른 걸 얻기 위해 노력했다. 영원히 노력하다 죽을 인생이었다. 병준은 인생이 좀 더 재미있었으면 했다. 모험을 떠나는 삶이 멋있어 보였다. 강의실이 아닌 길 위에 삶이 있다고 믿었다.

그게 허상이었다는 건 한참 후에 깨달았다. 해적이 숨겨놓은 보물섬 같은 건 존재하지 않았다. 공무원 시험 합격, 토익 점수, 대기업 월급 명세서가 보물섬이었다. 그게 퀘스트였다. 인생을 즐기지도 못하고 늙어갈 거라 생각했던 친구들이 하나둘 미션을 완료하고 다음 던전으로 진입했다. 병준은 아직도 레벨 1짜리 인생이었다. 천으로 된 갑옷, 나무 화살을 쥐고 불구덩이로 뛰어드는 삶이었다.

병준은 일회용 칫솔로 이를 닦고 면도를 했다. 페이스북과 인스타그램을 차례로 열었다. 잘살고 있는 사람들이 잘살고 있다고 외치는 포스트를 긁어내렸다. 이불을 걷었다. 아무 일도 안 하고 있어도 되는 걸까 하는 불안감이 찾아왔다. 돈도 들어왔겠다 맛집이나 찾아볼까 했던 생각은 잠시였다. 자존심이 상했다. 우리 아들이 뭐라도 하겠지, 지아를 도와서 잘 정리하고 올라오겠지, 그렇게 기대하고 있을 엄마에게 미안했다. 퀘스트가 필요했다. 보상을 가져다줄 아바타가 있어야 했다.

휴대폰이 울렸다. 묵진에 내려온 뒤로 경계심이 사라지지 않았기 때문에 병준은 알지 못하는 번호를 한참 들여다봤다. 진동은 끊이지 않고 이어졌다. 어쩌면 경찰에서 연락이 온 걸지도 모르겠다는 생각이 들었다. 병준은 전화를 받았다. 건들거리는 목소리가 스피커 너머에서 말했다.

"어이. 동생. 어제 숙소 옮겼더라. 나 피해서 도망간 거야?"

누군지 말하지 않아도 알아차릴 수 있는, 불쾌함이 질척거리는 목소리였다. 강규식이었다. 뭐 얻어먹을 게 있다고 계속 주위를 어슬 렁거리는 걸까.

"내 전화번호는 또 어떻게 알았대요."

병준은 태연한 척하려 했지만 성대를 빠져나온 목소리가 바람 부 는 날 문풍지처럼 떨리고 있었다. 규식은 아랑곳 않고 말을 이었다.

"레이더라고 해야지. 빨대 꽂아놓는 건 기자의 본분이고. 그리고 내 레이더는 성능이 좋거든. 좋은 소식 있어서 전화했어. 너 지갑 도 둑맞았다며. 팔도 다쳤고."

"어떻게 알았어요?"

병준은 화들짝 놀라 주위를 둘러봤다. 어디선가 규식이 이쪽을 보 며 웃고 있을 것 같았다.

"어떻게 알았는지 말해줄 테니까 바다성으로 와. 할 얘기도 있고."

"바다성이 뭔데요."

"택시 타고 오면 돼. 육사골목 앞이라고 하면 다 알아. 거기에 성 인 게임장 하나 있어. 주소 찍어줄게."

병준은 주머니에 전화기를 집어넣고 가방을 들었다. 든 것도 없는 가방이 풀쩍 뛰어올라 어깨에 매달렸다. 병준은 택시를 잡아타고 육사골목으로 향했다. 규식은 바다성 입구에서 병준을 기다리고 있 었다. 직접 택시 문을 열어준 규식은 병준의 팔을 보며 얼굴을 찌푸 렸다.

"들은 것보다 훨씬 심하게 당했네. 그러게 묵진이 터프하다니까. 내가 예방주사까지 놔줬는데 조심 좀 하지 그랬어."

규식은 손가락으로 병준의 안주머니를 툭툭 건드렸다. 능글맞은 손길이었다.

"수업비 낸 셈 치죠, 뭐."

"수업비가 좀 많이 들었겠다. 전에 지갑에 든 거 보니까 돈 백은 돼 보이던데."

"딱 백이요."

"아이고. 많이도 잃었다."

규식이 과장된 동작으로 이마를 짚으며 고개를 저었다.

"팔 한쪽만 다친 거지? 게임하는 데는 문제 없겠네. 들어와. 슬롯 한 판 땡겨."

"지갑 얘기하자더니 갑자기 무슨 게임이에요."

"네 운 좀 시험해보려고 그래."

규식이 게임장 문을 열고 들어갔다. 병준이 뒤를 따랐다. 대낮부터 손님이 많았다. 온풍기가 더운 바람을 뿜어댔다. 규식은 게임장을 둘러보고는 기계 하나를 찍었다.

"당기는 게 아니네요?"

"그런 건 라스베이거스 가서 하시고. 여기는 다 디지털이야. 버튼만 눌러."

병준은 규식이 말한 대로 버튼을 눌렀다. 그래픽 효과만 요란할 뿐 결과는 꽝이었다. 버튼 다섯 번에 만 원이 날아갔다.

"너도 이쪽으로는 운이 없나 보다."

"이거 불법 아니에요?"

"편법이지. 스마트폰 게임으로 심의받은 다음에 조작하는 거야. 이런 성인 게임장에서 돈 받고, 관리자 페이지에서 포인트 충전해주고. 포인트 환급받고 싶으면 수수료 떼고 상품권으로 주고. 밖에 나가면 상품권 매입하는 데서 돈으로 바꿔줘."

오락실 손님들은 가끔 언성을 높이며 화를 내다가 이내 게임에 집중했다. 종업원들이 박수를 치며 "사장님들 힘내세요." 하고 소리쳤다. 손님들은 응원에 힘입어 힘차게 버튼을 눌렀다. 병준은 화려하게 번쩍이는 화면을 보며 말했다.

"재미없네요. 돈도 잃고."

"게임이 돈 따려고 하는 거냐. 시간 벌려고 하는 거지."

"시간을 잃는 거지, 어떻게 버는 거예요?"

"너도 크면 안다."

"내가 내일모레면 마흔인데요."

"마흔이면 아직 애지."

"그쪽은 몇 살인데요?"

"나이 같은 거 잊고 살 정도로는 먹었다."

규식은 병준을 밀어내고 슬롯머신 앞에 앉았다. 익숙한 동작으로 버튼을 툭툭 눌렀다. 역시 순식간에 몇만 원이 날아갔다.

"그럼 슬슬 도둑 잡으러 가볼까."

규식은 자리에서 일어나 카운터 옆에 있던 커튼을 젖혔다. 검정색 문이 보였다. 카운터를 보던 직원이 모르는 척 자리를 피해주었다. 규식은 숨겨져 있던 문을 열며 말했다.

"뭐해. 들어와."

안내를 받아 들어간 곳은 세 평 정도 되는 홀이었다. 라사지로 감싼 사각 테이블이 가운데 놓여 있었고 그 앞에 캡모자를 눌러쓴 남자가 앉아 있었다. 병준은 빌린 보따리처럼 규식 옆에 섰다.

"얼굴 잘 봐. 아는 사람인지. 어이 권 사장님. 여기 보시고."

규식이 말했다. 온풍기로 데워놓은 공기가 순식간에 식었다. 축축한 공기가 밖으로 흘렀다. 규식은 손가락을 튕기며 딱딱 소리를 냈다. 권 사장이라고 불린 남자가 마지못해 고개를 들었다. 모자 챙 아래 노란 눈동자가 병준을 올려봤다. 병준은 캡모자를 낚아챘다. 모자 속에 가려져 있던 단발머리가 출렁 내려왔다. 권 사장은 노기를 띤 얼굴로 병준을 쳐다봤다. 사우나에서 봤던 인상 좋은 아저씨는 간데없고 닳을 대로 닳은 선원이 앉아 있었다.

"아저씨? 맞죠? 사우나에서 내 돈 훔쳤잖아요."

병준은 권 사장의 멱살을 쥐었다. 권 사장은 켁켁거리며 병준을 밀어내려 애썼다. 몇 걸음 떨어져 그 모습을 지켜보던 강규식이 끼어들었다.

"오케이. 거기까지. 병준이는 그 손 놓고."

규식은 숙련된 보디가드처럼 벨트 앞에 두 손을 모으고 서 있었다. 병준의 도둑맞은 지갑이 규식의 손 끝에서 달랑거렸다.

"이거 네 거지?"

"맞아요. 아저씨가 잡은 거예요?"

"뭐. 그렇다고 할 수 있지. 도박판에서는 별 게 다 돌아다녀. 이 인간이 돈을 다 잃고 나니 지갑까지 걸더라고. 그러다 나한테 딱 걸린 거지. 네 지갑인 거 단번에 알아봤거든."

무용담을 늘어놓는 규식의 목소리에는 억양이 느껴지지 않았다. 규식은 덤덤히 광고 전단지를 읽는 것처럼 말을 이었다.

"일단은 이렇게 정리하자고. 권 사장이 병준 씨한테 지갑 돌려주는 걸로 신고 없이 마무리."

"제가 왜 그래야 하는데요?"

병준은 일을 꼬이게 만든 권 사장을 노려봤다. 권 사장은 의자에 등을 기댄 채 규식이 하는 말을 잠자코 듣고 있었다.

"그렇게 째려볼 필요 없어. 우리 세 사람이 어떻게 엮인 건지 설명해줄게. 여기 손버릇이 나쁜 인간은 권 사장이라고, 도박판에서 굴러먹는 인생이야. 사우나에서 지갑이나 훔치고 다니지. 보나 마나 훔친 돈은 다 쓰고 없을 거야. 맞죠, 권 사장님?"

규식은 권 사장의 등을 툭툭 두드렸다. 권 사장은 죄책감 없는 얼굴로 고개를 끄덕였다.

"여기 불쌍한 병준 씨는 권 사장한테 돈을 돌려받아야 해. 그런데 증인이 있어 뭐가 있어. 일이 귀찮아지기만 하지. 득 보는 거 없이 네가 지는 싸움이야. 그런데 내가 끼면 얘기가 달라지지."

권 사장은 규식이 구원을 내려다 줄 동아줄이라도 되는 것처럼 눈을 와짝 떴다. 규식은 말을 이었다.

"일단 내가 책임지고 도둑맞은 돈은 반드시 돌려받아준다. 권 사장님한테 한 달 드릴 테니까 그동안 마련해 오시고. 괜히 일 커질 필요 없잖아."

권 사장은 주머니에 손을 꽂고 잠깐 생각하다 말했다.

"푼돈 가지고 이 소란 피울 거 없지. 강 기자가 정리해준다고 하면, 나는 그렇게 할게."

"너는 어때. 지갑만 돌려받고 끝낼래, 아니면 한 달 기다렸다가 돈까지 돌려받을래."

병준은 씩씩거리며 자리에 앉았다. 고민을 해봤지만 이 상황에서는 규식을 따르는 수밖에 없어 보였다.

"네, 그래요. 대신 한 달 안에 꼭 돈 돌려주기로요."

"오케이. 그럼 두 사람 일은 해결됐네. 권 사장님은 이만 가보시고요. 나는 이 친구랑 이야기 좀 더 하게."

"오늘 내가 재수가 없다. 어째 요 며칠 패가 좀 잘 붙는다 했어. 거기에 운을 다 쓴 거지."

권 사장은 모자를 눌러쓰고 나가버렸다. 아직 흥분이 가라앉지 않은 병준의 어깨는 식어 있었다. 규식이 병준의 어깨를 다독였다.

"젊은 친구니까 혈기가 넘치는 건 이해하는데, 그렇게 화낼 것 없어. 돈도 돌려받고 지갑도 찾고. 뭐가 문제야."

"되는 일이 없으니까 그렇죠."

규식은 병준의 말에 머리를 긁적였다. 날카롭게 쏘아보던 눈빛이 유달리 서글서글해 보였다.

"뭐하러 묵진까지 내려왔는지 모르겠지만, 너희 둘이서 백날 뛰어봐야 소용없어. 일 잘하는 사람한테 부탁을 해야지. 정 갑갑하면 내가 너희 일 좀 알아봐 줄까?"

"왜 갑자기 친절해요? 뭐 얻어먹을 거 있는 사람처럼."

병준은 의심을 거두지 못하고 규식을 위아래로 훑어봤다. 병준은 사람 좋은 웃음을 띠고 말했다.

"별 거 아니야. 다음에 나하고 인터뷰 한 번 하자. 너랑 너희 누나."

"인터뷰는 왜요."

391

"나 기자야. 요즘에 도통 기삿거리가 없어서 뭐라도 써야 하거든. 이것저것 알아보는 중인데 재미있는 거라도 있으면 얘기 좀 하려는 거지 뭐."

"그래요?"

병준은 곰곰이 생각했다. 규식이 도움을 주겠다는데, 게다가 그 대가가 그냥 인터뷰 한 번 하는 거라는데 손해 볼 게 있을까 싶었다. 어차피 염지아는 헤매는 중이고 병준은 하는 일 없이 빈둥거리고 있었으니까. 규식은 부드러운 목소리로 물었다.

"묵진에는 뭐 하러 내려온 건데?"

"사람 찾아요."

"둘이서? 얘들 진짜 대책 없네. 사람 하나 찾으려면 돈이 얼마나 드는지 알아? 최소 작은 거 두 장이야. 돈 있어?"

병준은 고개를 저었다. 규식은 부스스한 머리를 소쿠리처럼 이고 한숨을 쉬었다. 이마를 긁어 일어난 각질이 손톱에 박혀 있었다.

"너 나이가 몇인데 그 정도 돈도 없어."

"나이가 무슨 상관이에요. 하는 일도 없이 놀고 있는데. 그리고 하는 일에 비해서 받는 돈이 너무 비싼 거 아니에요?"

규식이 쓴웃음을 지었다.

"내가 네 전화번호 알아내는 데 얼마나 썼을 것 같냐?"

"글쎄요. 한 오만 원?"

"세상 물정 모르는 소리 하네. 사람 찾아내려면 브로커를 써야 해. 그게 몇십만 원이 들어. 한 명에 그만큼 든다고. 이름만 아느냐, 생년월일을 아느냐, 주민번호 전체를 아느냐에 따라서도 달라. 통신사랑 택배사에 심어놓은 프락치한테도 돈을 쥐여줘야 해. 그렇게 해서 알아내는 게 겨우 전화번호 정도라고. 일이 잘 풀리면 주소까지는 알 수 있고. 사람 두 명에 회사 하나면, 이것만 해도 백만 원은 족히 날아가. 사람 배경 다 파악하려면 직장 건드려야지 가족 관계 확인해야지, 그건 아예 일당으로 계산해야 해. 남은 백으로 움직일 수 있는 게 닷새밖에 안 돼. 넉넉잡아서 일주일. 너 같으면 그거 가지고 뭘 알아낼 수 있겠냐. 심지어 그것도 마련 못 한다고 하면 이 일 맡을 사람 대한민국 천지에 아무도 없지. 그런데 이걸 아무것도 모르는 너희 남매 둘이서 하겠다고?"

"그렇게 힘든 일이에요?"

체한 것처럼 속이 갑갑했다. 규식은 소화제 같은 목소리로 말을 이었다.

"형이다 생각하고 다 얘기해봐. 괜찮아. 찾는 사람이 누구야."

"이름이…… 윤혜수예요."

"오케이. 윤혜수. 그게 너희가 찾는 사람 이름이란 말이지. 뭘 알아보면 되는데."

"다요. 묵진에서 그 사람이 한 일 전부."

"왜 찾는지도 말해줘야지. 빚쟁이, 아니면 치정? 보통은 둘 중 하나인데."

병준은 열심히 머리를 굴렸지만 도통 생각나는 대답이 없어 되는 대로 지껄였다.

"빚쟁이 맞아요."

"빚 받으러 다닌단 말이지."

규식은 병준의 얼굴을 들여다보며 피식 웃었다. 속마음을 들여다보는 듯한 표정이었다.

"나한테 사실대로 말하기 싫다는 거구나."

"왜 그렇게 생각하시는데요."

"떼인 돈 받아주겠다는 데는 세상에 널렸어. 걔들 심지어 금감원 허락받고 일한다. 옛날처럼 조폭 보내고 그런 거 안 해. 돈 받아내면 수수료 챙기고 끝이야. 얼마나 깔끔하게 일하는데. 그런 세상에 수금하러 직접 돌아다닌다면 보나 마나 거짓말이지. 아무튼 뭐. 도와주기로 했으니까 자세한 건 안 물어볼게. 그게 다야? 또 알아봐야 하는 거 없어?"

"음. 빨간 수염이라는 사람도 알아봐 줄 수 있어요?"

"당연하지. 윤혜수랑 빨간 수염. 그거면 돼?"

"아, 그리고 양원 페리도요."

"양원…… 뭐? 뭐야 계속 늘어."

"그렇게 세 개가 다예요. 윤혜수, 빨간 수염, 양원 페리. 무료로 해주는 거 맞죠?"

"당연하지. 무료로. 대신에 인터뷰."

"좋아요. 약속할게요."

"잘 정리된 거야. 너는 누나를 돕게 될 거고, 나는 재미있는 이야기 찾는 거고. 권 사장한테 돈 받는 건 인터뷰 끝나고 해줄게."

규식은 그제야 병준의 지갑을 내밀었다. 병준은 꾸벅 인사를 하며 지갑을 받았다. 현금이 있어야 할 자리만 텅 비어있을 뿐, 신분증과 카드는 모두 제자리에 있었다.

"이제 좀 믿을 만하니?"

규식이 물었다. 병준은 힘차게 고개를 끄덕였다.

"일은 언제 시작해요."

"목요일부터 해야지."

"뭐 그렇게 오래 걸려요."

"수요일까지 설 연휴잖아."

병준은 자리에서 일어섰다. 목요일이 되려면 나흘이 남았다. 삭막하게만 보였던 묵진이 조금은 가벼워진 것 같았다. 규식에게 짐을 넘겨서인지도 몰랐다. 책임감을 덜고 나니 홀가분했다.

"그쪽 스타일이 마음에 들어요."

병준이 말했다. 규식은 코트를 들춰보며 대답했다.

"옷은 이거 하나밖에 없는데."

"아니 그런 스타일 말고 일하는 거. 깔끔하고 단정해요."

"정말 그럴까. 일하는 건 좀 지저분할지도 몰라."

흡족한 거래였다. 도둑을 잡았고 아바타도 생겼다. 병준은 새어나오는 미소를 틀어막았다. 지아에게 규식과 만났다는 얘기는 하지 않을 생각이었다. 규식이 결과를 가지고 돌아오면 보란 듯 지아에게 자랑할 셈이었다. 지아가 아무 부담 없이 엄마와 자신에게 고마움을 표할 수 있도록, 모든 일이 마무리됐을 때 선물처럼 펼쳐놓을 생각이었다. 두 사람은 방을 빠져나왔다. 오락실은 여전히 소란스러웠다. 괜찮은 자리가 없나 둘러보던 규식이 기계 하나를 가리켰다.

"슬롯 한 판 하고 가. 저 자리 곧 터질 것 같은데."

"어디요?"

병준이 머뭇거리는 사이 젊은 선원 하나가 규식이 점찍어둔 기계에 앉았다. 땟국물이 줄줄 흐르는 것이, 묵진에서 자주 볼 수 있다는 선급금을 탕진한 선원 같았다. 다음 배를 타기 전까지 무일푼으로 거리 생활을 해야 하는 이들이었다.

"빨리 움직여야지. 딱 감이 왔단 말이야."

규식이 눈앞에서 뺏긴 슬롯머신을 보며 입맛을 다셨다.

"감이 온다고 다 터지나요. 그렇게 신통하면 슬롯머신으로만 돈 벌어도 되겠네요."

"운때가 맞을 때가 있다니까. 적어도 오는 기회를 놓치지는 말아야지."

주위가 소란스러워진 건 그 순간이었다. 젊은 선원 주위로 사람들이 몰려들었다. 얼떨떨해하는 선원 앞에 숫자 7 세 개가 나란히 서 있었다.

잭팟이었다. 박수가 터졌다. 선원이 일어나 인사를 했다.

구경하던 누군가 "뽀찌, 뽀찌." 하고 외쳤다. 매니저가 젊은 선원에게서 돈을 받아먹을 거리를 사 왔다. 병준과 규식도 아이스크림 하나를 받았다. 매니저는 지나가는 말로 규식에게 농을 걸었다.

"아깝게 됐어요, 형님. 조금만 빨리 앉으셨으면 따는 거였는데."

"형사라고 하지 말랬지."

규식은 매니저 뒤통수를 시원하게 갈겨주었다. 매니저는 그래도 좋다고 실실거리며 남은 먹거리를 돌렸다. 젊은 선원은 카운터에서 두툼한 상품권 다발을 챙기는 중이었다.

"저게 다 네 차지가 될 뻔했는데. 그래서 타이밍이 중요하다니까.

오늘은 이거 가지고 차비라도 하고. 또 연락 하자고."

규식이 병준의 주머니에 상품권 한 장을 집어넣었다. 병준은 아이스크림을 베어 물었다. 입 안이 썼다. 지아가 어떻게 나올지 걱정이었다. 표독스럽게 쏘아대는 입 모양이 떠올랐다. 병준은 잡생각이 날아가도록 머리를 저었다. 결말이 좋으면 다 좋은 거지 뭐.

밖으로 나오니 아직 대낮이었다. 해가 떨어지기도 전에 성인 오락실에서 시간을 죽이고 싶지는 않았다. 상품권으로 할 수 있는 게 뭐가 있나 생각했다. 묵진 시내에 있는 극장이 떠올랐다. 요즘 인기 있는 영화가 개봉했다고 했다. 팝콘이랑 콜라 사서 영화 한 판 때리면 하루가 다 갈 것 같았다.

관훈은 가부좌를 틀고 앉아 포스터에 코를 박았다. 오래된 종이 특유의 향이 몸을 적시도록 내버려 뒀다. 70년대 반공 포스터에서는 화약과 최루탄 냄새가 났다. 뿌연 안개를 뿜던 소독차 등유 냄새와 정화 장치 없이 길로 흘러들던 오수, 매연 냄새가 뒤따랐다. 명상에 잠겨있는 동안 관훈은 4공화국을 살았다. 아름다운 시절이었다. 사이렌 소리에도 낭만이 있었다. 5공화국도 나쁘지 않았다. 6공화국으로 들어서면서 뭔가 삐걱거린다 싶더니 문민정부 이후로는 쭉 내리막길이었다. 관훈은 눈썹을 찌푸렸다. 포스터 냄새가 옅어졌다. "아빠." 진희의 목소리가 들렸다. "아빠, 나 좀 봐요. 이것 좀 봐요." 관훈은 눈을 떴다.

밧줄 자국이 눈에 들어왔다. 진희의 목을 뱀처럼 휘감은 흔적이었다. 가끔 선원들의 팔에 그런 자국이 새겨질 때가 있었다. 그물을 끌다 힘에 부치면 팔뚝에 밧줄을 감았다. 파도가 배허리를 때려 배가 들쳐 올라가면 장력이 더해지면서 밧줄이 빗살무늬 흔적을 남겼다. 새카맣게 부어오른 자국은 하선할 때까지 지워지지 않았다. 팔이 절단될 수도 있는 일이었지만 초보 선원들이 그걸 문신처럼 뻐기고 다녔다. 상처 끝에 용 대가리를 그려 넣는 놈도 있었다. 하지만 목에 밧줄 자국을 새기는 일은 없었다. 아무리 미친놈이라도 죽을 짓을 하지는 않았다.

윤혜수는 진희의 목에 밧줄을 감았다. 그리고 이렇게 깊은 흠이 남을 때까지 잡아당겼다. 이가 바득바득 갈렸다.

"가지 말라니까…… 왜 갔어, 진희야."

"데려오려고."

"데려와서 뭐 하게."

"야단치려고."

진희는 목이 가려운지 진물이 나오는 상처 부위를 자꾸 긁었다. 검은 딱지가 앉기 시작했다. 팔과 다리도 아프다고 했다. 옥상에서 떨어졌다고 했다. 관훈은 상처에 연고를 발랐다. 관훈의 차가운 손이 닿을 때마다 진희가 움찔거렸다.

진희가 법산사로 돌아왔을 때는 숨이 멎을 것 같았다. 들짐승이 관훈을 찾는 줄 알았다. 원피스가 찢어져 속옷이 훤히 드러났다. 바닷물에 젖은 몸은 추위를 견디지 못해 새파랗게 얼어 있었다. 관훈은 스토브를 가져와 진희 옆에 두고 모포를 덮어줬다. 야생 원숭이 같은 딸은 연고를 다 바른 뒤에야 안정을 되찾았다.

"아빠, 나 잘못했어?"

잘했다고 말해줄 수는 없었다. 관훈은 진희의 머리를 쓰다듬었다.

"혜수가 밉지."

진희는 고개를 끄덕였다. 장난감을 빼앗긴 아이처럼 입술을 삐죽 내밀었다. 눈물이 그렁그렁 맺혔다. 관훈은 곧 떨어질 것 같은 눈물을 소매로 닦아줬다. 그만두고 싶었다. 울분을 식혀 냉동실에 넣어두고 싶었다. 법산사에서 얼음처럼 늙어가고 싶었다. 하지만 진희 때문에 그럴 수가 없었다. 마흔두 살짜리 딸의 십 년 후를 상상하면 관훈은 가만히 있을 수가 없었다. 윤혜수가 죗값을 치르게 만들어야 했다. 그래야 이 정신 나간 딸도 예전 모습을 되찾을 것 같았다.

오랜만에 윤혜수의 목소리를 들었다. 염지아의 목소리라고 해야 할까. 이 야무진 년은 차곡차곡 윤혜수의 과거를 추적하고 있는 모양이었다. 얼마 지나지 않아 염지아는 윤혜수가 무슨 짓을 저질렀는지 알게 될 것이다. 진실을 마주한 염지아가 무릎을 꿇을지 벌목도를 휘두를지 궁금했다. 모든 과거를 확인한 시점에 염지아가 염지아로 남아 있을지, 잠든 윤혜수가 깨어날지도 궁금했다.

연휴 동안 묵진은 죽은 도시였다. 배도 뜨지 않고 가게도 문을 닫았다. 사람들은 겨울잠을 자는 곰처럼 집으로 기어들었고 연휴가 끝난 뒤에야 기지개를 켜며 거리로 기어 나왔다. 쉬어가는 시간이었다. 공화국이 바뀌는 것처럼. 이다음에 펼쳐지는 장은 70년대를 닮았으면 했다. 세련된 것만 찾는 21세기 말고, 좀 진중하고 사려 깊고 묵직한 20세기 같았으면 했다.

관훈은 다시 포스터에 코를 박았다. 오래된 종이 냄새가 흠뻑 스며들었다.

지광산업

파도는 짐승 내장 같은 포말을 쏟아냈다. 바다가 얼어붙지 않는 이유였다. 다만 끝없이 차가워질 뿐이었다. 먼바다에 던져놓은 부표는 롤러코스터를 타듯 출렁거렸다. 슬러시 기계가 얼음을 분쇄하듯 바다가 뒤집혔다.

규식은 고량주를 털어 넣었다. 소산포 끝자락에 있는 중국집이었다. 가정집이었던 것을 조선족 부부가 인수해 중국집으로 개조한 가게였다. 옥상에는 안테나가 달려 있었는데, 묵진에 케이블이 설치된 것이 20년도 넘은 일이니 이제는 피뢰침 역할도 못 할 쇳조각에 불과했다.

짜장면은 몇 시간 전에 만든 듯 딱딱했고 서비스로 나온 군만두는 차가웠다. 당면이 구더기처럼 입안을 맴돌았다. 규식은 몇 입 먹다 말고 젓가락을 집어 던졌다. 다시 고량주를 삼켰다. 한 번 차가워진 속은 좀처럼 온기를 회복하지 못했다.

주말을 포함해 설 연휴가 닷새였다. 연휴 끝에 마주한 주식 시장은 온통 파란색이었다. 몇 시간 만에 삼십만 원을 손해 봤다. 꼭 돈 때문이 아니라도 머리가 아팠다. 선잠을 자고 난 뒤면 항상 그랬다. 뒷골에서 시작된 두통이 머리를 한 바퀴 돌아 눈을 뚫고 나올 것 같았다. 안에서 거품 같은 통증이 툭툭 터졌다. 규식은 신발과 양말을 벗었다. 두툼한 발을 평상 위에 올리고 바람에 땀을 식혔다. 목덜미에 닿는 해는 미지근했다.

오후 두 시였다. 위령제가 끝난 시간이었다. 골매기 당제의 마지막 순서였다. 요즘은 별신굿도 절차가 간소했다. 고기가 잡히는 건 날씨와 계절 탓이니 골매기 신한테 빌 게 아니라 일기예보를 잘 봐야 한다는 생각이 항구를 지배하기 시작해서였다. 다만 위령제만큼은 쉬엄쉬엄하지를 못했다. 이유도 없이 배가 가라앉고 죽은 고기가 올라오는 건 아무리 고민해도 귀신 짓이라고밖에 생각할 수 없다는 거였다. 길거리에 떠도는 잡신을 한데 모아놓고 먹을 걸 대접하지 않으면 꼭 바다로 나가 해코지를 한다고 했다. 애들은 간만에 보는 구경거리에 눈을 떼지 못했지만 어른들은 이런 데서 놀다가 귀신에 씐다며 애들을 집으로 돌려보냈다. 덕분에 제가 끝나고 난 뒤 고수레는 그 자리를 지키고 있던 어른들 차지였다.

규식은 고수레가 시작될 때를 기다렸다가 중국집을 나섰다. 낚시 재킷을 입은 무리가 줄을 서서 차례를 기다리고 있었다. 규식도 그 뒤에 자리를 잡았다. 고수레 음식이 거의 떨어질 무렵 규식도 일회용 접시에 담긴 수육과 막걸리 한 컵을 얻을 수 있었다. 중국집

앞에 놓인 평상에 자리를 깔았다. 함께 줄을 섰던 낚시 재킷을 입은 무리는 테트라포드에 자리를 잡았다. 사석 작업을 하는 중인데도 테트라포드 위에서 바다낚시를 즐기는 사람들이었다. 안주머니가 불룩한 걸 보니 소주도 챙긴 모양이었다. 취한 상태로 테트라포드 위를 걷는 건 고기밥이 되겠다는 선언과 다를 바가 없었다. 통발 챙기겠답시고 테트라포드를 걷다가 미끄러지면 죽기 딱 좋다는 것, 서핑을 하다 죽는 사람보다 해파리에 쏘여 죽는 사람보다 낚시하다 죽는 사람이 훨씬 많다는 걸 알면서도 사람들은 그 위를 걸었다. 무언가에 미치는 건 사람을 무감각하게 만들었다. 규식은 미쳐있는 사람을 보는 게 좋았다. 자신도 그런 삶을 살고 싶었다. 추리나 스릴러, 하다못해 미스터리쯤 되는 작품에 인생을 구겨 넣고 싶었다. 반전이 필요한 시기였다. 염지아 사건이 그 계기가 되어줄 거라고 믿었다.

윤혜수, 빨간 수염, 양원 페리. 규식은 병준이 의뢰한 세 단어를 잊지 않도록 곱씹었다. 준홍은 이 일이 단순 기억상실과 실종 사건이라고 했다. 불쌍한 후배는 경찰 짬밥을 먹은 지 20년이 되도록 냄새를 맡을 줄 몰랐다. 사건 속에 얽힌 맥락을, 그 이야기를 읽어내지 못했다. 공직에 오래 있으면 무뎌지기 마련이었다. 신고가 들어와야지만 사건이 벌어진 걸 아는 것이다.

규식은 사석 작업이 끝나기를 기다렸다. 권 사장이 소개해준 자리였다. 경찰서에 데려갈 뻔한 걸 무마시켜줘서 고맙다고 했다. 필요한 게 있으면 얘기하라고 하길래 양원 페리에 대해 알고 싶다고 했다. 권 사장은 테트라포드 작업 팀장을 만나보라고 했다. 부두 공

사를 도맡다 보니 배 들어오고 나올 때를 잘 알아야 하고, 업체들과
연도 닿아있다는 거였다. 마침 위령제도 끝났으니 부두 관리인과
선원조합 인력도 함께 모여있을 때였다. 소산포의 과거를 확인하기
에 좋은 시간이었다.

작업 팀장은 고래고래 소리를 질렀다. 스쿠버 장비를 입고 바다에
들어가 테트라포드를 놓을 위치를 지시하는 중이었다. 크레인 기사
는 팀장과 무전기로 소통하는 게 쉽지 않은 듯 밖으로 고개를 내밀
어 수신호를 확인했다. 크레인은 따개비가 들러붙은 테트라포드 위
에 새로 제작한 테트라포드를 올려두었다. 좀 더 왼쪽. 팀장이 소리
쳤다. 크레인 기사는 제대로 알아듣지 못하고 기어를 풀었다. 2미터
정도 되는 파도가 테트라포드를 덮쳤다. 집채만 한 콘크리트 구조
물은 파도를 이기지 못하고 미끄러졌다. 크레인에 연결된 와이어가
팽팽해졌다. 크레인이 바다로 끌려 내려가기 직전에 물살이 빠졌다.
팀장은 수중 고글을 벗고 외쳤다.

"작업 중지!"

파고가 높아지고 있었다. 크레인이 돌아섰다. 작업을 시작한 지 3시
간 만이었다. 장비를 철수시키는 데는 30분도 걸리지 않았다.

"에이 오늘 공쳤네."

팀장이 규식 앞에 앉았다. 권하기도 전에 수육을 집어 들었다.

"팀장님은 연휴가 끝나자마자 바로 일을 합니까. 날도 안 좋은데
좀 쉬시지."

"모르는 소리예요. 이때 일을 해야 돈을 벌죠."

팀장이 평상 위에 다리를 뻗었다. 젖은 양말은 평상 구석에 널었

다. 규식은 팀장을 향해 돌아앉았다.

"권 사장 친구라고요?"

팀장이 말했다.

"친구는 아니고 아는 사람이요."

"바다섬 멤버인가 보네요. 나도 거기서 좀 놀았어요. 그래, 어쩐
일로?"

"양원 페리라는 회사가 궁금해서요."

팀장은 눈을 끔뻑끔뻑하며 바다를 봤다. 화산이 터진 듯 물기둥이
솟았다. 테트라포드 사이로 파도가 들이치는 중이었다. 팀장은 드문
드문 널린 구름을 보면서 흐릿한 기억을 끄집어냈다.

"형사 그만두고 기자 한다면서요. 양원 페리는 그냥 사업 잘못해
서 망한 회사 얘긴데 기삿거리가 되려나요."

"누울 자리 보고 발 뻗습니까, 어디. 일단 얘기 좀 들어보려는 거
죠."

"술 사요?"

"삽니다. 요리도 삽니다."

규식이 메뉴판을 들었다. 팀장은 마파두부와 유산슬을 주문했다.
주문을 받던 종업원이 추울 텐데 안에서 드시지 않겠냐고 물었다.

"바다 사람이 따뜻한 곳만 찾으면 못 써요. 작업 끝나고 바로 더운
자리 찾으면 그게 골병드는 지름길이에요."

팀장이 대답했다. 평상에 상이 차려졌다. 규식이 고량주로 잔을
채웠다.

"그래서, 양원 페리 뭐가 궁금한데요?"

"전부 다 궁금합니다. 기억하시는 거 다요."

규식은 밥상에 몸을 붙여 앉았다. 팀장은 고량주로 입을 헹궜다.

"작은 회사였어요. 월드컵이 열리던 해에 망했던 걸로 기억하고요. 대표는 장관훈이라는 사람이에요. 부인이랑 딸이 하나 있고. 그 셋이 같이 일했으니 가족 회사라고 해야 하나."

"규모가 어느 정도였습니까?"

"직원이라고 해봐야 열 명도 안 돼요. 뜨내기 선원들 모아서 조업하는 거죠. 묵진에 있는 업체가 다 그 정도 규모니까, 나름 묵진에서 살기는 괜찮았지. 배가 서너 척 정도 있었을걸요. 낚싯배랑 근해 조업용 선박 같은 거. 선장을 고용해서 운영하는 거예요. 자기 사업 하고 싶은 사람들이 경험 쌓는다고 뱃일을 하거든요. 오징어도 잡고 명태도 잡고, 낚싯배로는 문어나 바다낚시 하는 사람들 태워 다니고. 새우잡이 배 띄울 정도는 안 되고. 장관훈 그 양반이 꿈은 컸어요. 나중에 여객업도 하겠다고 돈을 모았으니까. 묵진에서 제주도까지 오가는 크루즈 사업하겠다고 했어요. 그래서 이름부터 양원 페리였지."

"그런 업체가 왜 망합니까?"

"그걸 몰라요. 회사 망하고 장관훈이 잠적해버렸거든요. 나중에 듣기로는 사기 사건에 휘말렸다고 하던데. 경찰도 손을 못 쓰게 설계가 됐나 봐요. 선주는 자금 관리를 잘해야 하는데 자금이 막히면 동맥경화 걸린 것과 다를 바가 없거든요. 들어오는 돈은 없는데 나가야 하는 돈은 있으니 별수 있나. 조업 전에 대출을 받아 선급금을 충당하는 경우도 많으니까, 그게 발목을 잡았을 수도 있어요. 거기에 조업 예상 수익으로 대출받은 걸로 투자까지 해버리면 회사 하나 망하는 거 일도 아니죠. 문제는 장관훈 그 양반 하나 문제가 아니었다는 거예요. 부인에 딸까지 등록이 돼 있으니 까딱하면 가족이 같이 나랏밥 얻어먹게 생긴 거 아니겠어요. 그러니 별수 있나. 선박 넘겨서 빚 갚고 파산 신고하는 수밖에."

"아무리 그래도 규모가 있는 업체였던 것 같은데 한 방에 무너집니까?"

"조업만 계속했으면 괜찮았겠죠. 양원 페리 정도 되는 곳이 무너지려면 다른 데 투자한 것도 문제가 됐을 거예요."

"묵진에 투자할 데가 있어요?"

"부동산."

팀장은 씁쓸한 말투로 대답했다. 규식은 고개를 갸우뚱거렸다. 묵진과 부동산은 어울리지 않는 단어였다. 개발 호재가 있었던 적도 있지만, 투기꾼들이 전국을 돌아다니며 한 번씩 들쑤신 결과였고 묵진에서 부동산으로 돈을 벌었다는 사람은 본 적이 없었다.

"이상하죠? 그런데 그때는 그랬어요. 20년이나 됐잖아요. IMF가 끝난 지 얼마 안 됐을 때였다고요. 큰돈 벌려면 부동산 해야 한다는 소문이 돌았어요. 그쪽으로 돈이 많이 몰렸죠. 아파트 하나 잘 사서 인생 피는 사람들이 더러 있었어요. 아니지. 잘 팔았다고 해야 하나. 지방 부동산이 다 폭탄 돌리기 아니겠어요. 묵진도 그때 한 번 들썩거렸죠. 기획부동산들이 얼마나 들어섰는지 원. 그때 투자 잘못한 사람들이 아직도 회복을 못 하고 있어요."

규식은 유산슬에서 버섯 하나를 빼물었다. 단물이 다 빠지도록 씹었다. 두 사람은 고량주를 채워 건배했다. 취기가 올랐다.

"에이 기분이다. 내가 이 얘기까지는 안 하려고 했는데 해준다."

팀장이 선심을 쓴다는 듯 말했다. "뭔데요?" 규식이 물었다.

"나는 양원 페리가 망한 게 윤혜수라는 여자 때문이라고 봐요."

귀가 번뜩 뜨였다. 잔을 엎을 뻔했다. 규식은 고량주 병을 두 손으로 쥐었다.

"윤혜수요?"

"묵진의 벌이라고 있어요. 왜 괜히 이름 붙이기 좋아하는 사람들 있잖아요. 항구 관리하는 애들. 이야깃거리 만들기 좋아하는 애들. 그런 애들이 붙인 별명인데, 아무튼 그 여자 이름이 윤혜수예요."

"좋은 별명은 아닌 것 같네요."

팀장은 오랜 작업으로 굳어있던 허리를 폈다. 방아깨비가 튀는 것처럼 척추가 들썩였다. 수중 작업은 사람을 미치게 만들었다. 겨울 바다에서 진행하는 작업이라면 더더욱 그랬다. 시계는 좁고 수온이 낮은데다 물살이 빨라서 5분만 잠수를 해도 피로가 쌓였다. 적어도 30분은 들어가 있었으니 슬슬 집으로 가 전기장판에 몸을 지지고 싶을 법도 한데 팀장은 오히려 열을 올렸다.

"양원 페리에서 일했던 사람들이 하나같이 윤혜수를 싫어해요. 그럴 만도 하지. 윤혜수가 지광산업이랑 붙어먹는 바람에 일자리를 뺏겼으니까. 관훈이 양원 페리 맡고 있을 때는 안 그랬어요. 장관훈 그 사람이 외지인이잖아요. 지방 인심이 외지인한테 박한 거 알죠. 그래서 그런지 장사는 정직하게 했어요. 명태 어획량이 줄어서 다들 힘들었는데, 유일하게 제값 주고 사람 쓴 게 관훈이었거든요."

"윤혜수라는 사람이 양원 페리에서 일했어요?"

"그랬죠. 그 후에 지광산업으로 옮겼고."

"거기서 무슨 일을 했는데요."

"거의 집사처럼 지냈대요. 장관훈 가족이랑도 가깝게 지냈다고 하던데. 그런데 윤혜수가 양원 페리에서 일한 이후로 그 집에 우환이 끊이질 않았어요. 사위가 집을 나가질 않나 딸이 미쳐버리지 않나. 회사도 망했죠. 그러니 마누라는 버틸 수가 있나. 친정집으로 돌아갔다는 얘기까지는 들었어요. 장관훈 그 양반이야 아까 말했다시피 몇 년째 잠적이고."

"윤혜수는 지금 어디 있습니까?"

"그게 재미있는데. 윤혜수 행방이 묘연해요. 가끔 소산포에서 봤다는 사람도 있는 걸 보면 묵진을 떠난 건 아닌 모양인데 무슨 일을 하는지 모르겠단 말이지. 근데 윤혜수 본 사람들 말로는 꽤 잘 차려입고 다닌다는 모양이에요. 멀쩡하게."

"오래전 이야기인데 자세하게 기억하시네요."

"소문이 많았단 말이에요 소문이. 살다 살다 그렇게 이상한 여자는 처음 봤대요. 어느 날 하늘에서 떨어진 것처럼 묵진에 나타나서는 덜컥 양원 페리에서 일하질 않나, 독사같이 눈을 뜨고 소산포를 어슬렁거리질 않나. 송아지가 돌아다니는 것 같았다고 하대요. 피부는 멍게 같고. 가끔 실성한 것처럼 웃다가 울다가, 아무튼 좀 기이한 여자였나 봐요. 그런 여자가 다니던 회사가 2년 만에 망해버렸으니까 호사가들이 가만있을 리가 있나요. 장광훈은 무슨 절에서 일한다는 이야기는 들었는데, 뭐 원래 소문이라는 게 믿을만 해야 말이죠. 그냥 궁금증만 커지는 거지."

말을 끝낸 팀장은 바다로 고개를 돌렸다. 파도가 더 거칠어졌다. 부표가 솟았다 가라앉기를 반복했다. "내일 작업도 글렀네." 팀장이 중얼거렸다. 규식은 빈 잔에 고량주를 채웠다.

"그쪽은 양원 페리가 궁금한 거예요, 윤혜수가 궁금한 거예요?"

"둘 다 궁금합니다."

"왜 궁금한데?"

"찾는 사람이 있어서요."

팀장은 고개를 저었다. 쉽지 않을 거야, 하고 말하는 듯한 눈이 허공을 향해 걸려 있었다.

"내 얘기는 이게 전부인데. 도움이 좀 됐어요?"

"조금은요. 양원 페리 이야기 좀 더 들려줄 사람이 없겠습니까?"

"그때 일하던 선원들이 남아 있으려나. 내가 수소문 좀 해볼게요."

"그래 주시면 좋고요."

규식은 취기가 오른 채로 바다에 오줌을 갈겼다. 바람이 불어댔다. 오줌 방울이 사방으로 튀었다. 테트라포드에서 낚시하던 사람들이 에이씨, 하고 소리쳤다.

퍼즐 조각이 맞춰지는 느낌이었다. 더 큰 건이 기다리고 있었다. 규식은 배구공을 두드리듯 아랫배를 툭툭 쳤다. 잘 익은 수박 같은 소리가 났다.

거리에 아우디가 들어섰다. 사람들은 유니콘을 본 것처럼 좌우로 갈라졌다. 홍해가 열린 것 같았다. 트럭과 리어카 사이에서 하얀 아우디는 빛을 발했다. 병준은 깁스한 팔을 창밖으로 내밀었다. 지아가 춥다고 하는데도 팔 하나를 문에 걸치고 운전을 했다. 수레를 끌던 할머니가 꾸물거리자 병준은 경적을 울렸다. 놀란 할머니가 병준을 쳐다봤다. 병준은 운전대를 크게 돌려 그 자리를 빠져나갔다.

"너는 왜 그러고 사냐?"

지아가 말했다.

"내가 뭘."

병준은 다시 경적을 울렸다. 지광산업으로 가는 길이었다. 옛 공장 옆 큰길로 가면 될 것을 병준이 기어이 좁은 시장 골목으로 차를 몰았다. 덕분에 삼십 미터 정도 되는 골목을 십 분째 빠져나가지 못했다.

"왜 생각도 없이 사냐고."

"너는 생각이 있어서 다짜고짜 지광산업에 찾아가겠다고 그래? 가서 뭐라고 할 건데. 혹시 저 아냐고 물어보려고?"

"응. 그럴 건데."

세탁소에서도, 호천 아파트에서도, 카센터에서도 그랬다. 아는 사람이면 그쪽이 먼저 아는 체를 했고 모르는 사람이면 윤혜수를 아냐고 물어보면 그만이었다. 병준은 어디 잘 되나 보자, 하며 운전대를 꺾었다. 비로소 큰 길이 나왔다. 지광산업 간판이 보였다. 병준은 건물 지하에 차를 댔다. 잘 길들인 말이 푸르륵거리는 듯한 진동과 함께 엔진이 꺼졌다. 병준은 뿌듯한 표정으로 운전대를 토닥거렸다.

병준이 운전기사를 자처하고 나선 건 이 하얀 세단 때문이었다. 지아는 알지도 못하고 있던 차종과 연식, 가격까지 읊었다. 정비공이 혀를 내두를 정도였다. 설 연휴가 끝나고 카센터에 가 보자고 했더니 귀찮은 티를 팍팍 내던 병준은 그곳에 혜수가 두고 온 차가 있더라는 말에 관심을 보였다. 어떻게 생긴 차인지 끈질기게 물어보는 통에 진절머리가 났다. 지아는 차 이름은 모르겠고 동그라미 네 개가 이어진 로고가 있더라고 했다. 병준이 그렇게 환하게 웃는 건 처음 봤다.

병준은 벨트를 풀었다. 글로브박스에서 드라이버를 꺼냈다. 아무리 봐도 경찰이 되기에는 좀 모자란 녀석이었다. 멀쩡한 회사에 방문하면서 드라이버로 뭘 하겠다는 건지 알 수가 없었다. 병준은 부적처럼 드라이버를 패딩 안주머니에 넣었다.

건물 한 층이 지광산업 차지였다. 석고보드를 이은 나사못에 낚싯줄이 매달려 있었다. 그 아래 부서를 나타내는 표지판이 대롱거렸다. 문에서 가장 가까운 자리는 경영지원실이었다. 국내 사업 1팀, 국내 사업 2팀, 해외사업팀이 그 뒤에 자리했다. 입구에서 가장 먼 곳은 재무 회계팀이었다. 직원들 목에는 세라를 떠올리게 하는 사원증이 걸려 있었다.

지아와 병준이 입구에서 얼쩡거리는데도 반응이 없었다. 병준은 드라이버를 꺼내 빈 책상을 내리쳤다. 조용한 사무실에 던진 풍파였다. 백여 개의 눈이 일제히 둘을 향했다. 지아는 사람들이 자신을 알아볼 수 있도록 한참 동안 눈을 들여다봤다. 몇 차례나 시선을 주고받는 데도 지아를 알아보는 기색이 없었다.

그러던 중 인사팀에서 한 사람이 다가왔다. 목이 꽉 끼는 정장 차림에 렌즈가 두꺼운 안경을 쓴 남자였다. 내장지방으로 폭발할 것 같은 아랫배 위로 사원증이 출렁거렸다. 이름이 오대호였다.

"어떻게 오셨어요?"

"세라 컨설팅 담당자분 만나러 왔어요."

지아가 말했다. 대호는 멀뚱멀뚱 제자리에 서서 생각에 잠겼다. 무슨 상황이 벌어진 건지 이해를 못 하는 눈치였다. 방금 한 말을 못 알아들었나 싶어 지아가 다시 말했다.

"세라 컨설팅이요. 세라 컨설팅이랑 같이 일하는 분 만나러 왔다고요."

직원들이 하나둘 키보드에서 손을 뗐다. 입구에서 벌어지는 소동을 관찰하는 중이었다. 오대호는 지아에게 다가섰다.

"엘리베이터 타고 내려가세요."

"아니, 제가 할 얘기가······"

오대호가 귀에 입을 바싹 붙였다. 다른 직원들이 들을 수 없게, 빠른 속도로 속삭였다.

"혜수 대표님, 저 못 알아보시겠어요?"

지아는 오대호를 돌아봤다. 양쪽으로 처진 눈썹으로 생글 웃는 것이 장난기가 자글자글했다. 상황 파악은 끝났으니 이제 제 말을 들으시죠 하고 말하는 것 같았다. 해코지를 할 사람으로는 보이지 않았다. 누군가를 해치기보다는 당하면서 산 날이 많아 보였고, 그래서 조금 억울한 얼굴이었다.

오대호가 다시 지아의 귀에 뭐라고 속삭였다. 이번에는 병준도 들을 수 없는 작은 속삭임이었다. 지아는 알겠다며 고개를 끄덕였다. 말을 마친 오대호는 자리로 돌아갔다. 지아는 병준의 소매를 잡아

끌었다.

"뭐래?"

"일단 나가자. 나가서 왼쪽으로 쭉 가면 커피숍이 하나 나온대. 2층 짜리니까 2층 제일 구석에 자리를 잡으래. 거기서 기다리고 있으면 곧 저 사람이 올 거래."

"별거 아니네. 뭘 그렇게 조심스럽게 말해."

"그게 아니라……"

지아는 생각에 잠겼다. 방금 벌어진 상황에 어떻게 대처할지 알수 없었다. 지아는 엘리베이터 손잡이에 기댄 채 말했다.

"저 사람, 날 지아라고 불렀어."

두 사람은 오대호가 말한 커피숍에 자리를 잡았다. 2층 흡연실 옆 자리였다. 지아는 주변에 앉은 사람이 없는지 확인했다. 병준이 오대호의 몫까지 커피를 주문했다.

오대호는 커피가 다 식을 때쯤에야 나타났다. 겨울 날씨에도 겨드랑이가 땀으로 흠뻑 젖었다. 여전히 장난기가 자글자글한 눈을 하고 자리에 털썩 앉았다. 얼마 안 되는 거리를 달려온 건지 숨이 가빴다.

"와. 정말이네요."

오대호는 맞은편에 앉아 입술을 씹었다. 신기한 동물을 보듯 지아를 요리조리 뜯어보는 중이었다.

"뭐가요."

"저 못 알아보시는 거죠?"

"네. 누구신지 모르겠어요."

잠시 고민하던 오대호가 병준을 가리켰다.

"이쪽은 누구세요?"

"제 동생이요."

"동생도 있었어요? 윤 대표님, 진짜 안 어울리네요."

"나도 얼마 전에 알았어요. 잡설 그만하고 날 어떻게 아는지 말해 봐요. 예전 이야기라도 좋아요."

"그래야지요. 이거 참. 어디서부터 설명을 해야 하나."

오대호는 가죽 소파에 등을 파묻고 볼링공을 쥐듯 관자놀이를 문질렀다.

"우선, 지광산업 사람들은 윤 대표님 몰라요. 저하고 우리 대표님만 알죠. 저희가 알고 지낸 게 10년이에요. 우리 대표님하고 윤 대표님이 알고 지낸 지는 더 오래됐고요. 피차 아는 게 많지는 않아요. 윤 대표님이 좀 비밀스러운 구석이 있었거든요. 우리 대표님한테 전해 듣기로는, 윤 대표님이 양원 페리에서 일하시던 걸 데리고 나왔다고 들었어요. 지광산업이 한 번 휘청거리게 만든 게 윤 대표님이었다면서요. 그래서 꼭 스카우트하고 싶다고 했어요."

"제가 여기서 무슨 일을 했죠?"

오대호는 목소리를 낮추라는 듯 거북이처럼 어깨를 파묻었다. 옆에서 멀뚱히 보고 있던 병준도 덩달아 자세를 낮췄다.

"윤 대표님이 하시는 컨설팅이 좀 특이해요. 돈세탁을 하시죠. 귀신같이 용처를 만들어내서 그걸 다른 통장에 넣어주셨어요. 수수료를 좀 많이 떼지만 어쨌든 저희 입장에서는 남는 장사였어요. 윤 대표님이 한 번 다녀가시면 비자금이 두둑이 쌓였으니까요."

"최근까지도 그 일을 한 거예요? 비자금 만들기?"

"네. 중국 시장 때문에요. 한 번에 큰 비용이 나가야 했거든요. 기름칠할 데가 어찌나 많은지 말이에요. 뚫기만 하면 땅 짚고 헤엄치기니까 마지막으로 부탁한 거였어요. 프로젝트는 끝났어요. 앞으로는 이 일을 안 하겠다고 하셨죠."

"아까 절 지아라고 부르셨죠. 윤혜수가 아니고요."

"맞아요."

오대호는 절정으로 치닫는 추리소설을 읽는 표정으로 얼굴을 들이밀었다. 아까보다도 두세 키 정도 목소리를 낮췄다.

"저한테 비밀을 말씀하셨어요. 두 달쯤 전에요. 마지막 프로젝트가 끝나던 날이었어요. 윤 대표님이 이제 컨설팅 업무 접겠다고 하시더라고요. 우리 대표님이 아쉽다고 회식 한 번 하자고 하셨어요. 윤 대표님은 의외로 그러겠다고 하셨고요. 좀 이상했어요. 평소에 식사 한번 같이하는 일이 없었으니까요."

"한 번도요?"

"네. 밥은 항상 따로 드셨어요. 회식하던 날 윤 대표님 좀 취했어요. 다들 많이 마셨죠. 이자카야에서 3차까지 했으니까요. 윤 대표님 취한 모습은 처음 봤어요. 우리 대표님도 끝까지 못 버티고 이자카야에서 곯아떨어졌어요. 저도 어질어질했고요. 그때 윤 대표님이 저한테 말씀하시더라고요. 낮에 다툼이 있었다고 했나. 기분이 많이 안 좋다고. 개인적으로 할 얘기가 있으니 들어보라고 하셨어요. 아는 사람이 얼마 없으니 영광인 줄 알라고 하면서요."

세 사람은 동시에 커피를 마시고 차례로 잔을 내려놓았다. 먼저 잔을 내려놓은 건 병준이었다. 아까부터 이야기에 끼어들고 싶어 안달이었다. 병준이 오대호에게 물었다.

"평소에 두 분이 친했어요?"

"친하긴요."

오대호가 대답했다.

"윤 대표님은 절 무시하는 쪽에 가까웠어요. 상관없어요. 어차피 윤 대표님은 모든 사람을 무시하셨으니까요. 아마 제가 만만해서 비밀을 털어놓으신 게 아닌가 싶어요. 아니면 이런 허무맹랑한 얘기를 믿을 사람이 저밖에 없다고 생각하셨을지도 모르고요."

"그 허무맹랑한 얘기가 이 상황인가요."

지아가 물었다.

"네. 언젠가 당황스러운 일이 생길지도 모른다고 하셨죠. 전혀 다른 사람처럼 굴지도 모른다고 했어요. 이중인격이 있다고요. 다른 인격이 등장하면 절 알아보지 못할 테니 당황하지 말고 순순히 알고 있는 걸 이야기해 주라고 하셨어요. 그건 윤혜수가 아니라 염지아라는 인간이라고도 하셨고요. 아주 독한 인간이라고, 나쁜 인간이니 친해질 생각은 하지 말고 그냥 그 인간이 궁금해하는 걸 알려주기나 하라고 했어요. 전 정말 이런 일이 벌어질 거라고는 생각을 못 했는데…… 아까 사무실에 찾아오셔서 절 알아보지도 못하시고 세라 컨설팅 담당자를 만나고 싶다고 말씀하시길래 이거구나 했지요."

"직접 만나보니까 어때요."

"윤 대표님이나 염지아 씨나 비슷한데요."

오대호는 다시 의자에 등을 기댔다.

"해드릴 얘기는 이게 전부네요. 별로 교류는 없었거든요. 참, 저한 테는 반말하셨어요. 윤 대표님이요. 거의 모든 사람에게 반말했죠. 그게 더 어울렸는데."

"아까 얘기한 돈세탁이요. 그게 얼마나 큰일이에요?"

"크죠. 세금도 안 내고 비자금 조성하는 건데요. 국세청 신고 들어 가면 회사 망하게 할 수 있고, 그게 아니더라도 대표랑 회계팀은 횡령으로 실형 받을걸요."

"그럼 그것 때문에 사람도 죽이나요."

오대호 화들짝 놀라 손사래를 쳤다.

"에이 아무리 그래도 그 정도는 아니죠. 묵진에서 살인사건 벌어 진 게 손에 꼽아요. 사람 죽이는 게 수지타산이 맞나 모르겠네요. 돈 십만 원에도 푹푹 사람 쑤시고 다니는 인간들이 있는지는 모르겠지 만 윤 대표님이나 지광산업 식구들이나 그 정도 수준은 아니에요."

지아는 남은 커피를 목구멍에 쏟아부었다. 구내염 같은 얼얼함이 식도를 쓸고 내려갔다.

"그런데 왜 물어보세요?"

"뭘요."

"사람 죽일 수도 있는지는 왜 묻냐고요."

"그냥요. 내가 어떤 사람이었나 궁금해서요."

"냉정하고 계산적인 사람이죠. 윤 대표님은 절대 안 그럴 거예요. 은퇴하고 싶어 했거든요. 외국으로 가겠다고 하셨어요. 이제 좀 편 안하게 살고 싶다고요. 그런 사람이 살인을 저지른다? 만약 그랬다면 죽은 사람이 뭔가 엄청난 잘못을 저질렀겠죠."

"예를 들면요?"

"글쎄요. 윤 대표님한테 중요한 게 뭐였을까요. 돈은 아닐 것 같고. 저 같으면 가족을 해치면 못 참죠."

"윤혜수한테는 가족이 없는걸요."

오대호는 어깨를 으쓱했다.

"윤 대표님 설마 누구 해치거나 그런 거 아니죠?"

"그럴 리가요." 지아가 대답했다. 고주파의 이명이 한 차례 지나갔다. 뭉갠 찰흙 같던 대화였다. 단서는 파편으로 쪼개졌다. 이 단서들이 결국은 한다은의 죽음을 가리키게 될까. 아니면 겉만 핥고 있는 중일까.

묵진에서 방황하는 사이 점점 혜수가 깨어나는 것을 느꼈다. 의지와 상관없이 손가락이 깔딱거렸다. 회계지식이 생겼고 배운 적도 없는 매듭을 묶을 수 있었다. 낯선 곳에서 익숙한 냄새를 맡았다. 창고에서 물건을 빌려다 쓰는 것 같았다. 그 사실이 불안했다. 혜수에게 점점 자리를 내주는 것은 아닌지 걱정이었다. 겨우 되찾은 왕좌를 내주고 나면, 그 후에 눈을 떴을 때는 어떤 지옥도가 펼쳐져 있을지 걱정이었다. 빚은 많이 안 지는 게 좋다. 어음이 한 번에 돌아오면 부도가 난다.

"무슨 영화 보는 것 같네."

사무실로 돌아가는 오대호를 보며 병준이 말했다. 오대호는 펭귄처럼 뒤뚱뒤뚱 걸어 건물 속으로 사라졌다.

"꼭꼭 숨어라. 머리카락 보일라." 병준이 노래를 흥얼거렸다.

선원들

"처사님 계십니까."

수경의 목소리였다. 관훈은 이불을 걷었다.

한 달째 요산 수치를 검사하지 못했다. 증세가 얼마나 심각한지는 검사를 하지 않아도 알 수 있었다. 엄지발가락 관절에 달라붙은 요산 결정이 보였다. 그게 신경을 건드렸다. 걸음을 디딜 때마다 아득한 통증이 뒷골에 퍼졌다. 바람만 불어도 아파서 통풍이라는데 묵진에는 유독 바람이 심했다. 캘리포니아나 애리조나 같은 곳이 필요했다. 하와이도 좋겠다. 푸껫도 괜찮겠다. 라오스, 베트남, 태국, 캄보디아도 좋다. 적어도 남쪽으로만 내려갈 수 있으면 했다.

"처사님."

수경이 참을성 없이 문을 두드렸다. 문을 열자 백지 같은 표정의 수경이 서 있었다. 수경은 달갑지 않은 방문에 주저하는 관훈을 어깨로 슬며시 밀며 발을 디밀었다.

"춥습니다, 추워요. 커피 한 잔 얻어 마실까 해서 왔습니다."

수경이 입김을 불어 두 손을 비볐다. 관훈은 전기포트에 물을 올렸다. 커피 믹스를 뜯어 종이컵에 담았다. 수경은 권하지도 않은 의자에 앉아 그 모습을 물끄러미 쳐다봤다.

"야경 하다 찾아뵀습니다."

야경 중이었다면 야경실에 있으면 될 일이었다. 굳이 몇십 미터나 떨어진 별채까지 와서 자려는 사람을 깨우는 이유를 알 수 없었다. 의중이 있을 텐데 그걸 모르니 속이 터졌다. 수경은 누비 동방을 벗었다. 발열 내의 위에 티셔츠를 입고 그 위에 승복까지 껴입어 눈사람처럼 두툼한 몸집이 드러났다.

"밤에 불쑥 찾아와서 실례가 아닌지 모르겠습니다. 주무셨나요."

"괜찮습니다. 제 나이가 되면 밤잠이 없습니다. 대신 낮에 졸리지요. 온종일 은근히 피곤합니다."

"그래도 처사님 부럽습니다. 여긴 참 산장 같네요. 기분이 좋아져요. 중도 절에만 있으면 심심하니까 가끔씩 나와서 세상 구경도 해야 하는데 요즘 마땅히 나갈 일이 있어야 말이죠. 마침 처사님 생각이 나서요."

관훈은 커피를 들고 수경 앞에 앉았다. 두 뼘 남짓한 원형 탁자를 가운데 두고 둘 사이에 묵직한 시선이 오갔다. 수경은 정작 커피에는 입도 대지 않고 콧김을 뿜으며 생각에 잠겨있었다. 관훈은 다리를 꼬고 앉아 따뜻한 기운이 손바닥에 번질 때까지 종이컵을 쥐었다.

"낮에는 뭐 하고 지내셨습니까?"

수경이 물었다.

"도량 정리했지요. 겨울이라 손 볼 데가 많습니다. 보일러도 살펴보고 법당 문풍지도 정비하고요. 참 어제는 천왕문 사천왕 신상에 흰개미가 보인다고 하더군요."

"들었습니다. 업체 불러서 해결해야지요."

"연휴가 있어 일이 많이 밀린 모양이에요. 다음 주에나 올 것 같습니다. 약은 쳐두었고요."

"그럼 어제는요? 어제는 뭐 하셨어요?"

수경은 단내가 쩍쩍 달라붙은 윗니를 혀로 쓸었다. 커피를 마시는 수경의 모습이 형사 같았다. 담배 한 대 빼 물고 타자기를 탁자에 올려놓으면 수경이 이름과 직업과 가족 관계와 알리바이를 물어도 이상하지 않을 것 같았다.

"어제는 신도 안내했지요. 연휴 마지막 날이라 바쁘지 않았습니까. 외지에서도 많이 찾아왔고요."

"그랬지요. 다들 정신이 없었습니다. 그런데 오후에는 못 뵌 것 같아서요."

"진희가 좀 아팠습니다. 별채와 법당 오가면서 일했어요."

관훈은 그걸 왜 궁금해하느냐는 말투로 대답했다. 수경은 종이컵을 내려놓았다. 덜 식은 커피가 아가미를 펄떡이는 횟감같이 미지근한 김을 뿜었다.

"제가 처사님과 진희 양한테 많이 관심을 갖고 있는 건 아시죠."

"그럼요. 잘 살펴주셔서 여태껏 저희가 여기서 생활하고 있지요."

"그러면 행동을 좀 조심해주셔야 하는 게 아닌가 하는데요."

수경의 목소리가 낮았다. 경고의 음성이었다. 왜 말을 알아듣지 못하냐는 질책이었다. 관훈은 영문을 몰랐다. 나이가 한참 어린 수경을 바라보는 눈에 당혹감이 번졌다.

"제가 무슨 잘못이라도 했습니까?"

"어제 진희 양을 만났습니다. 밖에 나갔다 돌아오는 길이더라고요. 이 날씨에 원피스 하나만 걸치고요. 신발도 다 떨어진 운동화였습니다. 처사님은 일전에도 진희가 절을 나갔다고 찾아다니셨지요."

"스님도 절이 갑갑한데 진희는 오죽하겠습니까."

"절에 있기 싫어서 그런 건 아닙니까?"

"절에 있는 게 왜 싫습니까."

"여기 있으면 안 좋은 일이 벌어진다거나요."

선문답도 아닌 것이 하려는 말을 돌려 하는 수경의 어투가 갑갑했다. 울대가 막히는 기분이었다. 관훈이 목소리를 높였다.

"수경 스님 말씀이 좀 이상합니다."

"진희 지금 어디 있습니까?"

수경은 처음과 다름없이 건조한 말투로 되물었다.

"시내 나갔습니다."

진희가 윤혜수를 찾겠다고 쏘다니는 데는 관훈도 두 손을 들었다. 서울을 다녀오질 않나, 숙소를 찾아가고 카센터를 헤집어놓지 않나, 윤혜수를 쫓을 생각을 하면 없던 기운이 불쑥 솟는 건지 낮밤을 가리지 않고 절을 떠났다. 지금도 혜수의 뒤를 따르고 있을 것이다. 그게 재미있는 놀이라도 되는 것처럼 잠을 설쳐가며 쏘다녔다. 숨바꼭질을 하는 거라 생각할지도 모른다. 문제는 그게 수경과는 상관없다는 사실이었다. 그저 정신 나간 처녀가 시내를 쏘다니다 절로 돌아오는 것뿐이었다.

"진희 얘기는 왜 계속하십니까?"

"진희 양 목에 상처를 봤습니다."

수경의 시선은 지그시 관훈의 인중을 향했다. 그곳에 송골송골 맺히는 땀을 관찰하고 있었다. 등에서 땀이 솟았다. 수경은 관훈을 쥐어짜는 중이었다. 물먹은 스펀지를 조여 땀구멍에서 얼마나 물이 쏟아지는지를 관찰하는 중이었다.

"목에 밧줄을 감으면 그리될 것 같습니다. 그냥 감은 게 아니라, 죽어라 당겨야 그렇게 될 것 같습니다. 진희 양이 스스로 그랬을 리는 없고요. 혹시 법당에서 내가 모르는 일이 있습니까?"

"없습니다."

관훈이 숨도 쉬지 않고 대답했다. 압박에 밀려 토해낸 대답이었다. 수경이 기대하는 대답이 아니었다. 수경도 관훈도 그 사실을 알았다. 관훈이 감춘 걸 수경은 찾는 게임이었다. 기울어진 권력 사이의 충돌이었고, 결국은 수경이 이길 대화였다. 그 사실 역시 두 사람모두 알고 있었다.

"경찰을 불러야겠습니까?"

관훈은 대답하지 않았다. 경찰을 부르라고 해도, 부르지 말라고해도 손해 볼 대답이었다. 수경은 아무것도 알지 못했다. 아무것도모르는 주제에 영향력을 행사하고 싶어했다. 법산사에 문제가 생기면 입지가 흔들릴 거라는 판단으로 관훈을 옥죄는 중이었다. 내부문제를 처리하는 군인처럼 조용이 이 상황을 넘기고 언젠가 주지자리를 차지하겠다는 권력욕이었다.

"처사님."

수경은 조용히 관훈을 재촉했다. 관훈은 그저 고개를 숙이는 수밖에 없었다.

"법당 종무원은 제가 만들어드린 자리인 거 아시죠."

흰소리였다. 스님 절반이 선당에 들어가 석 달씩 안거를 해대니 사찰 관리를 할 사람이 없어 어차피 필요했던 자리였다. 때마침 관훈이 눈에 띄었을 뿐이었다. 조용히 지낸다 싶으니 그 오랜 시간 아무 말을 하지 않았을 뿐이다. 거슬린다 싶으면 언제든 메스를 들 인간이었다. 수술을 시작할 때가 온 것이다. 이런 식으로 종양을 제거하는 것이다.

"별채 비워주셔야겠습니다. 다음 주까지 말미를 드리지요."

"저는 나갈 이유가 없는데요."

"제가 내보낸 종무원이 처음은 아니란 걸 아셔야겠네요."

진희가 말하는 걸 들었어야 했다. 진희가 미쳐버리기 전, 아내가 관훈을 떠나기 전, 양원 페리가 끝을 모르고 성장하던, 그래서 세상 부러울 것이 없던 시절이었다. 그때 진희가 말하는 걸 들었어야 했다. 새파란 바다가 미래를 집어삼켰다. 위험한 도박을 했고, 지금은 그 대가를 갚는 중이었다.

수경은 대화가 아니라 통보를 하러 온 거였다. 적당한 명분과 절차를 챙긴 것뿐이었다. 용건을 끝낸 수경이 별채를 떠났다. 수경이 앉았던 자리에는 다 식은 커피만 놓여 있었다. 관훈은 종이컵을 구겼다. 더 구겨지지 않을 때까지 주먹을 말아쥐었다.

규식은 커피 자국으로 얼룩진 소파에 엉덩이를 비볐다. 폐지 뭉치가 노래방 입구에서 수거일을 기다리고 있었다. 건조한 날씨였지만 다닥다닥 붙은 건물 사이에서 일조권을 박탈당한 노래방에는 쿰쿰한 냄새가 안개처럼 떠돌았다.

마지막으로 노래방에 온 게 언제였는지 생각했지만 좀처럼 기억이 나지 않았다. 누구라도 만나야, 만나서 밥을 먹어야, 밥을 먹다 술도 마셔야, 술을 마시다 2차라도 가야 찾게 되는 곳이었다. 경찰일을 그만둔 뒤에는 가 본 적이 없었다.

사방에서 목청껏 질러대는 노랫소리가 메아리쳤다. 이따금 반주가 흐르는 가운데 목청껏 외치던 노래만 뚝 멈췄다. 마이크를 타고 교성이 울렸다. 방 안 풍경이 눈에 훤했다.

테트라포드 작업 팀장이 전해준 리스트를 보고 양원 페리에서 일했다던 선원들을 만나고 다니는 중이었다. 대개는 일용직으로 일한 이들이었다. 짧으면 일주일, 길면 한 달 정도 양원 페리 배를 탔다고 했다. 묵진을 떠난 이들이 절반, 배를 타고 나간 이들이 나머지의 절반이었다. 남은 선원은 일자리를 찾는 중이거나 배가 뜨기를 기다리고 있었다. 구워삶기 좋다는 의미였다. 규식은 시내 사거리에 있는 정육식당에 자리를 잡고 선원들을 하나씩 불러냈다. 구직 인터뷰에 가까운 탐문이 이어졌다. 일 년 내내 생선만 먹던 선원들은 육고기에 환장했다. 돼지고기가 아니라 소고기라야 했다. 등심 몇 점이 구워지고 있으면 묻지도 않은 말을 술술 털어놓았다.

선원들의 이야기는 비슷했다. 열 명 정도 되는 회사 규모, 서너 척의 배, 고용된 선장이 직접 선원을 모집했고 선장이 양원 페리에 수수료를 입금하는 구조라 선원들이 관훈을 직접 만날 일은 거의 없다고 했다. 출항할 때만큼은 관훈이 직접 소산포로 와서 배 상태를 하나하나 챙겼는데, 화상으로 일그러진 얼굴을 덮은 수염이 붉은색이었다고 했다.

회사가 망한 후로는 아무도 관훈이 어디서 뭘 하는지 알지 못했다. 이따금 관훈의 딸이 소산포에 모습을 드러냈는데 예의 유쾌한 모습은 간데없고 미친 사람처럼 웃음을 실실 흘리며 걸어 다닌다고 했다.

지광산업이 성장한 것도 그 시점이었다. 재미있는 건 한때 지광산업을 휘청거리게 만들었던 게 양원 페리라는 거였다. 출항을 나가는 지광산업 배에 말벌집이 들어가는 바람에 한 달간 조업이 중단됐었는데, 선원들은 그게 윤혜수의 짓이라고 확신했다. 증거가 있는 건 아니지만 그런 짓을 벌일 사람이 윤혜수밖에 없다고 했다.

얼굴을 본 적이 있느냐는 질문에 몇몇 선원이 고개를 끄덕였다. 가끔은 배를 타기도 했다고 했다. 힘이 어찌나 좋은지 풍랑에 배가 낙엽처럼 뒤집혀 남자 선원들이 데굴데굴 바닥을 구르는 와중에도 윤혜수만큼은 밧줄을 양손에 감고 버티더라고 했다. 다음날이면 멀쩡히 일어나 그물을 정비하고 있더라는 거였다.

그런 윤혜수가 왜 양원 페리를 떠났는지, 그 후로 무슨 일을 했는지는 아무도 알지 못했다. 그 사실을 알게 된 순간 규식의 생각은 다른 곳으로 향했다. 아무도 알지 못하는 윤혜수의 행적을 왜 서울에서 온 남매가 추적하고 있는지 알아내야 했다. 그걸 확인하고 나면 더 큰 건수가 기다리고 있을 것 같았다.

규식은 선원들에게 윤혜수를 아는 사람이 있으면 사례할 테니 연락을 달라고 해두었다. 하루도 되지 않아 한 여자가 연락을 해왔다. 윤혜수에 대해 알려줄 테니 시내 노래방에서 만나자고 했다. 열 시면 일이 끝난다고 했는데 어느새 삼십 분이 지났다. 규식은 참을성 있는 인간이 못 됐다. 바다성으로 갈까 러닝머신이나 뛸까 고민했다. 일단은 노래방을 빠져나가고 싶었다. 귀가 얼얼했다.

계단을 내려오는데 누가 규식을 불렀다. 30대 후반으로 보이는, 허벅지까지 말려 올라간 청바지를 입은 여자가 계단에 서 있었다. 마스카라로 곱게 말아 올린 속눈썹이 규식의 겨드랑이 근처에 머무를 정도로 키가 작았다. 문손잡이를 건드릴 때마다 정전기를 일으킬 것 같은 싸구려 모피코트로 어깨를 가렸다. 뒤따라 계단을 내려오던 촌부가 여자의 엉덩이를 움켜쥐고 지나갔다. 여자는 아무에게나 갖다 대도 좋은 엉덩이라는 듯 허리를 한 번 씰룩거렸다.

"아저씨가 윤혜수를 찾아요?"

규식은 그렇다고 대답했다. 여자는 규식을 앞질러 계단을 내려갔다.

"주영이라고 부르시면 돼요."

"본명이야?"

주영은 대답 대신 규식의 팔짱을 끼고 거리로 나왔다. 주영은 주위를 둘러보고는 술집을 가리켰다.

"저기요. 술 사주세요."

주영이 규식을 끌고 들어간 곳은 고급 술집 흉내만 낸 주점이었다. 크리스마스가 지난 지가 언젠데 창틀을 따라 트리 조명이 끔뻑였다. 필리핀 악단이 연주했을 법한 재즈 음악이 흘렀고 고급 디퓨

저를 모방한 리드스틱에서는 나프탈렌 냄새가 기어 나왔다. 주영은 거리가 내려 보이는 창가에 자리를 잡았다. 소파에 앉기도 전에 양주 한 병과 치즈 안주를 주문했다.

"혜수 언니, 제가 잘 알죠."

주영은 다리를 꼬았다. 청바지를 비집고 나온 엉덩잇살이 뭉그러졌다. 규식의 시선이 한동안 그곳에 머물렀다.

"어떻게 아는데."

"육사골목에서 같이 일했어요."

"윤혜수가? 양원 페리에서 일했던 윤혜수가 육사골목에 있었다고?"

"양원 페리에서 일하기 전에요. 20년쯤 됐어요. 얼마 전에도 만났는걸요."

"정확히 말해. 딱 20년이야?"

"되게 꼼꼼하시네. 새천년이라고 맨날 떠들 때니까 딱 19년 됐어요."

규식은 머릿속으로 달력을 그렸다. 공공 년이라면 염지아가 자취를 감춘 시기와 일치했다.

"그 언니 묵진 말고 갈 곳도 없어요."

"그걸 어떻게 알아."

"위장 신분이거든요. 그 언니 본명이 윤혜수가 아니란 말씀. 낙타라고, 육사골목에 신분 세탁을 해주는 사람이 있어요. 묵진에서는 윤혜수라는 이름으로 살았지만 묵진 밖에서 그 이름을 쓰기는 껄끄럽겠죠. 묵진에 와서 새 신분까지 얻은 사람이 다시 원래 이름으로 밖에 나가 살기도 어려울 거고. 그러니까 혜수 언니는 묵진 말고 갈 데가 없다는 거예요."

규식도 들은 적이 있었다. 묵진으로 흘러드는 뜨내기들, 불법체류자, 사기꾼, 빚쟁이들이 육사골목에서 새 이름을 얻을 수 있다고 했다. 오래전 이야기였다. 그 때문에 경찰들도 신분 확인에 애를 먹는 경우가 많았다.

그렇다면 윤혜수는 윤혜수가 되기 전에 누구였을까. 염지아가 사라진 시기와 윤혜수가 나타난 시기가 일치하는 건 우연일까. 머리가 복잡해졌다.

"윤혜수 어떻게 생겼어?"

"그 언니 엄청 말랐죠. 이제 사십 대 중반쯤 됐으려나."

"처음 봤을 때도 그랬어?"

"웬걸요. 돼지였어요. 돼지도 그런 돼지가 없어요. 백 킬로그램도 넘었을 거예요. 무슨 생각으로 육사골목에서 일했는지 모르겠다니까요."

처음 염지아를 봤던 날을 떠올렸다. 뒤를 돌아보게 만들 만큼 덩치가 큰 여자였다. 걸을 때마다 바닥이 울리는 것 같았다. 체중을 재보지는 않았지만 백 킬로그램은 돼 보였다.

"내가 윤혜수 좀 만날 수 있겠나?"

"아저씨 성격 되게 급하네요. 침대에서도 그래요? 그런 사람 별론데."

웨이터가 트레이에 양주와 치즈를 담아 테이블 위에 던져놓았다. 양은 적고 값은 비싼 양주였다.

"혜수 언니는 왜 찾아요? 언니 누구 만나는 거 싫어하는데. 비밀이 많거든요."

"이유는 묻지 않는 걸로 하지 않았나."

"아저씨가 뭐 하는 사람인지는 알아야죠."

"기자야. 르포 기자. 이야기 찾아다니는 사람."

"개 멋있네."

주영은 술을 따랐다. 잔을 부딪치는 일도 없이 부지런히 마셔댔다. 주영은 술이 좀 들어가야 윤혜수 이야기를 할 수 있다고 했다. 노래방에서 힘들었다는 이야기가 삼십 분이나 이어졌다. 그사이 양주 한 병이 비었다. 주영은 웨이터를 불러 같은 양주 한 병을 더 주문했다.

"아저씨도 한 잔. 나도 한 잔."

술이 줄었다. 주영은 화장실에 가겠다며 일어섰다. 그사이 규식은 바텐더에게 메뉴판을 달라고 했다. 바텐더는 가격이 나와 있지 않은 메뉴판을 건넸다.

"아니 이거 말고. 가격 나와 있는 걸로."

바텐더가 미지근한 웃음을 머금고 숨겨둔 메뉴판을 건넸다. 실소가 나오는 가격이 적혀 있었다.

"이 돈이면 편의점에서 같은 거 열 병은 사겠네."

"인건비도 생각하셔야죠."

"인건비 같은 소리 하네. 여기가 삼성이냐? 엘지야?"

규식은 팔짱을 끼고 이 인간들을 어떻게 요리할지 고민했다. 웨이터는 화장실에서 돌아오는 주영을 향해 바삐 수신호를 보냈다. 주영이 종종걸음으로 다가와 말했다.

"아저씨 내가 생각해보니까 지금은 시간도 늦었고, 혜수 언니를 지금 부르기는 좀 어려워요. 시간 되면 내일 볼래요?"

규식은 웃었다. 웃는 것 말고는 달리 지을 표정이 없었다. 이 맹랑한 계집애가 떠들어대는 꼴이 같잖았다.

"가까이 와봐."

규식이 말했다.

"어머! 이 아저씨 왜 이래, 엉큼하게."

주영이 까르르 웃었다. 피곤에 절어있던 눈을 감았다. 샐쭉하게 입을 내밀고 귀 뒤로 머리를 넘겼다. 규식은 주영의 뒷머리를 쥐어젖혔다. 주영의 목덜미가 개구리 울음주머니처럼 부풀어 올랐다. 규식은 이마로 주영의 코를 들이받았다.

"미친 새끼가!"

주영이 소리쳤다. 바텐더가 튀어왔다. 규식은 주영의 멱살을 쥔 채로 배를 깠다. 대검으로 회를 뜬 상처를 내보였다.

"그쪽도 이런 문신 하나 새기고 싶으면 들어오시고."

바텐더는 그 자리에 멈췄다. 상황 파악이 된 주영이 발을 굴렀다.

"아저씨 왜 이래요."

"오냐오냐해주니까 장난 같지. 너 윤혜수 모르잖아."

"알아요. 진짜 알아요. 한 달 전에 만났어요. 우연히 만났다고요. 혜수 언니 진짜 묵진에 있어요."

"당장 데려와."

"저는 연락처 몰라요."

"모르면 알아 와."

"언니 아는 손님이 있었어요. 그 사람이 묵진의 벌을 안다고……"

"그 사람 어디 있는데."

"몇 년 전에 요양병원 들어갔다고 들었어요."

"이름 적어."

주영은 규식이 내민 수첩에 병원과 선원의 이름을 적었다. 용건은 끝났는데 그냥 가기 아까워서 가슴 한 번 만졌다. 여자가 규식을 밀어냈다. 언제 울상이었나 싶게 미소를 지었다. 닳고 닳아 언제든 명함처럼 꺼내놓을 수 있는 미소였다.

"저 이제는 육사골목에서 일 안 해요. 노래방에서는 가끔씩 아르바이트만 하고요. 여자 옷 살 일 있으면 한 번 와요. 싸게 해드릴게요."

규식은 먼저 술집을 나왔다. 사기를 치려 한 건 저쪽인데 어째서인지 악당이 된 것 같아 기분이 더러웠다. 규식은 쓰레기봉투를 걷어찼다. 내용물이 바닥에 쏟아졌다.

규식은 다음날 주영이 말한 병원을 찾았다. 주말이라 오전부터 방문객이 많았다. 카운터에 환자 병실을 물어볼까 하다가 기록이 남는 게 탐탁지 않아 병실을 하나씩 둘러보기로 했다.

묵진에 있는 것들이야 하나같이 낡았지만, 그 와중에도 병실 상태는 갓 발굴한 유적지 같았다. 치료보다는 연명에 급급한 시설이었다. 시체나 다름없는 노인들이 천장만 바라보며 침상에 누워 있었다. 불이 나간 조명은 교체되지 않은 채 방치돼 있었다. 병동 마지막 방, 여덟 명이 함께 생활하는 다인실에서 주영이 말한 이름을 찾았

다. 한쪽에서 환자 옆에 앉은 목사와 가족이 손을 잡고 기도를 하는
동안 맞은편에서는 환자가 법구경을 읽었다. 기침 소리와 휠체어
구르는 소리가 이따금 병실을 울렸다. 간호사와 간병인이 심드렁하
게 환자 옷을 갈아입혔다. 환자복은 몇 번이나 빨았는지 병원 마크
가 지워질 지경이었다. 규식은 병실 구석에서 시들어가는 노인 앞
에 섰다.

"어르신."

노인은 대답하지 않았다. 자신을 찾는 이가 있을 거라 생각하지
않는 것 같았다. 베개를 끌어안는 손에도 비석 같은 얼굴에도 검버
섯이 기름때처럼 떠다녔다. 노인은 이불 속에서 애벌레처럼 꿈틀거
렸다. 철제 침대가 삐걱였다. 규식은 노인의 이름을 불렀다. 꿈틀거
림이 멈췄다. 규식이 한 번 더 노인을 불렀다. 노인이 귓가를 돌아다
니는 모기를 쫓듯 돌아누웠다.

"양원 페리 다니셨다고요."

텅 비어 있던 눈동자에 검은 액체가 들어차는 것 같았다. 노인은
사전에서 어려운 단어를 찾듯이 기억을 더듬었다.

"양원 페리 다니실 때 같이 일하던 사람 중에 윤혜수가 있지 않나
요. 찾는 사람이 있어서요. 묵진의 별이라고 불린다던데."

노인은 건더기를 삼키듯 침을 넘겼다. 힘겹게 혀를 굴렸다. 말소
리는 들리지 않았다. 붕어처럼 뻐끔거리는 입술이 왜, 하고 물었다.

"저 심부름하는 사람이에요. 염지라는 사람이 윤혜수를 찾아달
래요. 어르신 윤혜수 알아요?"

노인이 이불 밖으로 손을 뺐다. 가슴 위에 얹은 손이 텔레비전을

가리켰다. 창가 커튼 아래 켜놓은 텔레비전에서는 뉴스가 나오는
중이었다.

"가요무대."

"네?"

"가요무대 틀어."

규식은 텔레비전 앞에 앉아 있던 간병인에게서 리모컨을 빼앗았
다. 가요무대가 방송 중인 채널을 찾아 틀었다.

"뭡니까."

간병인이 주눅 든 목소리로 따지고 들었다. 규식은 다투는 것도
귀찮다는 듯이 간병인을 노려보기만 했다. 간병인이 시선을 피했다.
규식은 볼륨을 높이고 노인에게 돌아갔다.

"윤혜수에 대해서 아는 거 있으면 말 좀 해주세요."

노인이 규식에게 가까이 오라고 손짓했다. 규식은 노인의 입에 귀
를 갖다 댔다.

"내가……"

"내가? 내가 뭐라고요?"

"내가…… 만나. 직접……"

"저한테 얘기하시지요."

노인은 돌아누웠다. 입에 자물쇠를 채운 것이다. 규식이 뭐라고
말해도 대답할 생각이 없는 태도였다. 노인의 어깨는 노랫소리에
맞춰 천천히 오르내렸다. 귀는 열려 있구나 싶었다.

"그 사람들 불러오면 돼요? 서울 사는 염지아랑 개 동생이요. 그
러면 얘기하실 거죠?"

노인은 대답이 없었다. 규식은 그걸 긍정의 표시로 받아들였다. 규식은 병준에게 전화를 걸었다. 졸린 목소리가 전화를 받았다. 일을 시켜놓고 편하게 낮잠이나 자는 처지가 부러우면서 안쓰러웠다.

"누나하고 여기로 좀 와. 너희가 만나봐야 할 사람이 있어."

"뭐 좀 찾았어요? 일 시작한 지 며칠 됐다고 벌써요?"

"이 동네가 좁아서 그래. 너네 만나서 얘기하겠다는 사람이 있으니까 와서 좀 봐."

"어딘데요?"

"현풍 요양병원."

통화하는 사이 간병인은 뉴스로 채널을 돌렸다. 규식은 텔레비전 전원을 뽑아버렸다. 원망의 목소리가 여기저기서 터져 나왔다. 규식은 노인의 침대에서 보호자용 침대를 뽑아 누웠다. 가느다란 숨소리가 군데군데 이어졌다.

요양병원

현풍 요양병원 간판은 첨탑에 걸어놓은 등대처럼 묵진을 비췄다. 가난에 찌들어 지친 이들, 고난에 처해 갈 곳 없는 이들에게 어서 이곳으로 오라고 말하는 것처럼, 이곳에 천국이 있다고 말하는 것처럼. 애석하지만 그 천국 문은 돈을 들고 와야 열리는 것이었다.

요양병원 간판보다 그 옆에 있는 장례식장 간판이 더 컸다. 가난하고 지친 자들은 이곳으로 와 송장이 되길 기다렸다. 컨베이어에 올라 차례를 기다리는 인생이었다. 유치원 옆에 초등학교, 초등학교 옆에 중학교와 고등학교, 그 옆에 대학교와 직장을 늘어놓고 그 끝에 옆에 공동묘지까지 만들어놨으면 완벽할 뻔했다.

지아는 병원에 올 때마다 죽음을 생각했다. 혜수가 삶을 들볶을 때마다 자살을 생각했다. 자살하는 수십 가지 방법을 고통스러운 순서대로 나열할 수 있었다. 기왕 죽을 거 요양병원에서 죽었으면 했다. 안락하고 뒤처리가 깔끔했다. 적어도 다른 사람들에게 피해는 주지 않는 코스였다. 지금은 조병준 이 인간을 당장 요양병원에 집어넣고 싶었다. 속성코스가 있으면 장례식장으로 직행시키는 것도 좋고 돌아오는 길에 화장터에 집어 던져도 좋겠다 싶었다. 강규식에게 일을 맡겼다는 말을 들었을 때는, 오늘 저녁에 남는 자리 없냐고 장례식장에 연락하고 싶은 기분이었다.

병준은 지아의 방에 불쑥 들어와서는 윤혜수의 행적을 밝힐 단서를 찾았으니 현풍 요양병원으로 가보자고 했다. 강규식이 부른다는 거였다. 병준은 뿌듯한 기분을 감추지 못했다. 입꼬리가 씰룩거리는 것이 칭찬을 기다리는 강아지 같은 모양새였다.

"강규식이 왜 불러. 그 사람이 왜 너한테 연락을 해."

"내가 일을 맡겼으니까 그렇지."

싯누런 짜증이 폭발했다.

"너 왜 시키지도 않은 일을 해."

"내가 뭐 시키는 일만 하는 사람이냐."

"나댈 때마다 일이 터지니까 그렇지."

"잘 될 거니까 걱정 좀 그만해. 그냥 사람 하나 만나는 거야. 뭐가 문젠데."

"기껏 몰래 내려왔는데 다른 사람한테 그걸 부탁해? 봉정 빌라 피칠갑 돼 있던 건 기억 안 나?"

"그러니까 전문가가 필요한 거야. 우리가 아무리 날뛰어봐야 전문가보다 잘하겠냐고. 강규식 그 사람 일 시작한 지 이틀밖에 안 됐어. 그사이에 결과를 가져왔잖아."

지아는 입에 지퍼를 채웠다. 펄펄 끓는 노기를 달랠 수 없어 모텔 창문을 열었다. 순식간에 찬바람이 밀려들었다. 병준은 패딩 지퍼를 채우고 발가락을 꼼지락거리며 시계를 봤다. 강규식과 약속한 시각에 도착하지 못할까 봐 안절부절이었다. 지아는 바다에서 불어오는 냉기가 이마를 얼리도록 내버려 뒀다.

"아저씨가 걱정 많이 한대."

병준이 말했다. 지아는 무슨 말을 하려는 건가 하고 병준을 물끄러미 바라봤다.

"아저씨가 걱정한다고. 엄마도 그렇고. 내가 그게 신경이 쓰인다고. 이걸 마무리해야 집으로 돌아가서 맘 편하게 좀 쉴 수 있겠다고. 나는 뭐 너랑 다니는 게 좋은 줄 알아? 정신병 있는 누나랑 다니는 게 즐거운 줄 아냐고. 근데 내가 좀 걱정이 되고 엄마랑 아저씨도 걱정을 하고 그러니까 개똥 같은 고집 좀 그만 피우고 사람 한 명 만나보자고. 그게 어렵냐고."

원망과 푸념 사이에 있는 말투였다. 지아는 찬 공기에 열을 식혔다. 식히고 나니 머리가 좀 냉정해졌다. 병준의 말이 맞을지도 모르겠다는 생각이 들었다. 강규식이 뭔가 파고 다닌다면 그걸 확인하는 것도 좋겠다 싶었다. 그래야 병준이 뭘 알아냈는지 알 수 있을 테니까.

면도날 같은 바람이 연신 조수석으로 빠져나갔다. 이렇게 넓을 필요가 있나 싶은 생각이 들 만큼 광활한 주차장이 나타났다. 빈자리가 많았다. 죽는 사람이 없어서인지 병문안을 오는 사람이 없어서인지 궁금했다. 규식은 병원 건물 입구에 기다리고 있었다. 검은 정장을 입은 유족들 틈에 섞여 담배를 피우던 중이었다. 솥뚜껑 같은 등판이 두 사람을 맞았다. 약속보다 30분 늦은 시간이었다.

"무슨 일인데 이 시간에 사람을 불러요."

볼멘소리를 하는 와중에도 병준의 입꼬리가 씰룩거렸다. 어디 알아낸 것 한 번 읊어보라, 이 누나 좀 놀라게 해보라고 말하는 표정이었다.

"윤혜수가 양원 페리에서 일한 적이 있어. 지금은 망한 회사고. 수소문하다 양원 페리에서 일하던 노인네를 만났는데 뭔가 알고 있나 봐. 그런데 말을 안 하네."

"누군데요?"

"모른다니까. 서울에서 내려온 사람들 의뢰로 찾아왔다고 하니까 직접 보고 얘기하겠대."

"왜요?"

"모른다고 했잖아. 일단 가. 가서 얘기해. 간호사한테는 면회 있다고 얘기해놨는데 면회 마감 시간이 얼마 안 남았어. 노인네가 말을 잘 못하는 데다 기억도 가물가물하니까 참고하시고."

병실 복도가 길었다. 지아는 어깨를 구부정하게 말고 복도를 걸었다. 병원에 오니 절로 위축이 됐다. 죽음병원이 생각나서였다. 유정의 손바닥에 꽂힌 연필과 유정의 남편에게 얻어맞던 순간이 연쇄작용으로 떠올랐다. 병원 복도 그늘에 도사리고 있던 서늘한 죽음의 냄새는 지아가 곁을 지날 때마다 달려들었다.

윤혜수를 안다는 노인은 입구 바로 앞에 비위관을 꽂고 잠들어 있었다. 규식이 노인을 흔들어 깨웠다.

"일어나봐요. 서울서 온 사람들 데리고 왔어요."

노인의 어깨가 종이 인형처럼 휘청였다. 중력과 사투 중인 고개는 졸음을 이기지 못하고 침몰했다. 규식은 등과 침대 사이에 베개를 꽂고 크랭크를 돌려 등받이를 올렸다.

왜소한 체구에 얼굴이 검은 노인이었다. 껍데기만 남아 숨을 쉬었다. 입가에 미음이 말라붙었고 모포를 둘렀는데도 몸을 떨었다. 들숨과 날숨에서는 경운기 시동 거는 소리가 났다. 동굴같이 열린 입으로 구취가 쏟아졌다. 요양병원이 아니라 장례식장에 놓여 있어야 할 것 같은 몰골이었다. 노인은 천천히 고개를 들었다. 회색 눈깔이 지아를 관통했다.

"이 할아버지 대답도 제대로 못 해요. 잠깐씩 괜찮다가 다시 보면 이 모양이거든요."

"암이에요?"

"아직 갈 나이가 안 된 양반인데 어쩌자고 폐암에 치매까지 겹쳤대요. 암이 3기인가. 암세포가 신경을 압박하고 있어서 뇌경색이 왔다는데…… 아 나는 의학적인 건 모르겠고 아무튼 언어장애가 있어요. 뭐 그럴 수도 있겠다 싶은 게, 골병드는 일은 다 했거든요. 손 좀 봐요."

규식이 노인의 손바닥을 보여줬다. 밧줄을 잡았던 굳은살이 보였다. 지아의 손에 있는 것과 같은 흔적이었다. 규식은 환자복을 젖혀 노인의 어깨를 들췄다. 그곳에는 무거운 짐을 인 흔적도 있었다. 쓸리고 벗겨져 물집이 터진 자리에 내려앉은 상처였다.

"고생을 많이 하면 사람이 이렇게 돼요. 겉만 부서지는 게 아니라 속에서부터 곪거든요."

규식은 노인의 관자놀이에 노크했다.

"여보세요? 여보세요? 말 좀 하세요, 할아버지."

노인은 모기에 물린 듯 머리를 긁었다. 짧은 손톱이 두피를 시원
하게 긁어내지 못하고 자꾸만 미끄러졌다. 지아가 말했다.

"나 얘기 좀 해야겠어. 두 사람 나가 있어 줄래요."

"그쪽이랑 있으면 입을 열겠어요?"

"한 번 보게요."

"그래요, 그럼."

규식이 병준을 데리고 나갔다. 복도에 마련된 장의자에 두 사람이
앉았다. 지아는 침상에 설치된 커튼을 쳤다. 하얀빛이 스며들었다.
주위가 조용해진 걸 알고 노인은 충혈된 눈을 떴다. 핏발이 툭툭 불
거지는 눈동자가 지아를 향했다. 지아는 이를 악물었다. 잊고 있던
것들이 둑이 터진 듯 몰아쳤다.

"아저씨."

지아는 철제 침대에 걸린 환자 차트를 읽었다. 전문 용어가 비처
럼 흘러내리는 가운데 환자 이름이 우두커니 서 있었다.

"재필 아저씨."

입술은 미라처럼 마르고 머리는 철수세미처럼 듬성듬성 빠져 예
전 모습을 찾아볼 수 없었지만 분명 재필이었다. 회한으로 얼룩진
모습이었다. 재필이 입을 벌렸다. 반쯤 깨진 앞니가 보였다. 재필은
지아를 안으려는 듯 두 팔을 들었다. 다가가고 싶어 안달하는 손짓
이었다. 지아는 뒷걸음질 쳤다. 재필의 손은 지아의 옷을 스치고 떨

어졌다.

불과 몇 달 전 일이었다. 노유정의 손에 연필을 꽂았을 때 지아를 데리러 왔던 것도, 장터를 함께 구경했던 것도, 흑동에서 기타를 쳐 주던 것도. 가랑이 사이에서 헐떡이던 것도. 재필의 19년이 지아에게는 어제였다. 아직도 내장을 헤집는 기억이었다.

"아저씨가 왜 여기 있어요?"

재필은 미간을 찌푸렸다. 마른 입술을 혀로 핥았다.

"숨어. 지아야, 숨어."

재필이 말했다. 다급한 목소리였다. 재필의 눈동자는 커튼 너머 보이지 않는 곳을 더듬었다.

"아저씨, 나 기억해요?"

"기침을 하면 안 돼. 숨어. 조용히 하고 있어."

"아저씨, 여기 어디예요."

"아이고. 저놈들이 또 와."

재필은 넘어갈 듯 숨을 헐떡거렸다. 지아는 재필의 어깨를 지그시 눌렀다. 재필은 잠시 후 조용해졌다. 성인이 된 지아를 보고서야 병원에 누워있는 현실을 자각한 모습이었다. 지아를 알아보는 눈빛이었다.

"정신 좀 차려봐요."

재필은 천천히 숨을 들이마셨다. 지아는 재필이 들을 수 있도록 귀 가까이 입을 가져갔다.

"아저씨, 나 물어볼 게 많아요. 나 엄청나게 오랫동안 혜수로 살았어요. 그래서 아무 기억도 안 나요. 아저씨가 나 안다고 했다면서요.

아저씨는 내가 묵진에서 뭐 하고 지냈는지 알죠?"

재필은 천천히 질문을 곱씹었다. 모래알이 구르듯 뻑뻑한 눈을 깜빡였다.

"나는 묵진에서 일했죠?"

재필이 고개를 끄덕였다.

"내가 나쁜 일을 저질렀어요?"

이번에는 천천히, 정성을 들여 고기를 삶듯 눈을 감았다 떴다. 아주 나쁜 짓을 저질렀다고 말하는 것 같았다. 그건, 어쩌면 지아가 사람을 죽인 것이 아닐지도 모른다는 기대를 단숨에 잘라내는 확인사살이었다.

"얼마나 나쁜 짓이에요?"

재필은 지아의 손을 잡았다. 마른 입술이 달싹였다. 가까이 오라는 듯 지아를 당겼다. 지아는 재필의 입에 귀를 갖다 댔다. 시골 아랫목에서 날 법한 군내가 뺨에 쏟아졌다.

"너 혜수니, 지아니?"

"아저씨, 저 지아요."

"혜수는?"

"이제 혜수는 없어요."

재필은 머리를 뉘었다. 베개는 재필의 머리 모양으로 구겨졌다.

"아저씨, 나 물어볼 게 많다니까요. 내가 뭘 했어요? 내가 무슨 짓을 했어요? 19년이 지났어요. 내가 뭘 하고 살았는지는 알아야죠."

재필이 매트리스 아래를 가리켰다. 수첩이 보였다. 지아가 수첩을 건네자 재필은 빈 페이지를 열어 뭔가를 써 내렸다.

"아저씨. 이게 무슨 뜻이에요."

재필은 기운을 소진한 듯 눈을 감았다. 라텍스 매트리스가 쏟아져
내리는 재필을 감쌌다. 지아가 어깨를 흔들었다. 당장 일어나서 말
을 하라고 다그쳤다. 철제 침대가 요동쳤다. 재필을 깨우고 싶었다.
정신을 차리라고 뺨을 때리고 싶었다.

"커튼 치시면 안 돼요."

간호사가 커튼을 열어젖혔다. 지아는 손바닥이 얼얼할 정도로 쥐
고 있던 재필의 어깨를 놓았다.

"커튼은 옷 갈아입으실 때랑 돌아가셨을 때만 치거든요."

병실의 시선이 지아를 향해 있었다. 지아는 침대에서 한 걸음 물
러섰다. 재필은 힘겹게 숨을 내쉬었다. 볼을 타고 맑은 침이 흘렀다.
간호사는 지아를 멀뚱히 바라보다 입을 열었다.

"오랜만에 오셨네요?"

지아는 재빨리 간호사의 말을 해석해냈다. 지아를 아는 눈치였다.
전에도 몇 번 온 적이 있다고 말하는 거였다.

"요즘 일이 많아서요. 저 많이 찾으시던가요."

"네. 어제도 찾으셨어요. 혜수 씨 언제 오냐고 그러던데요. 못 본 지
한 달이 됐다고요. 보호자가 자주 와야 환자도 기운을 차릴 텐데요."

간호사는 재필의 체온을 재고 링거에 약을 집어넣었다. 정맥이 푸
르스름한 실처럼 도드라졌다.

"오늘은 오래 얘기 못 하시겠네요. 다음에 또 오시는 게 좋겠어요.
할아버지 일어나면 보시게 수첩에 메모 남겨 놓으세요. 언제 다시
오겠다고. 안 그러면 또 간호사들 귀찮게 하거든요."

지아는 재필의 수첩을 펼쳤다. 두 사람이 나누었을 짧은 대화가 빼곡했다. 병원에서 필요한 것들, 먹고 싶은 것, 아픈 곳을 설명한 문장이었다. 수첩이 넘어갈수록 글자가 날아다녔다. 지아는 재필이 마지막으로 남긴 문장이 적힌 페이지만 찢어 주머니에 넣었다.

병원 복도로 나가니 규식과 병준이 폰에 코를 처박고 있었다. 신문 기사를 읽고 있던 규식이 고개를 들었다.

"저 할아버지 어떻게 찾았어요?"

지아가 물었다. 규식은 기다리는 사이 가라앉은 목을 풀고 대답했다.

"수소문 해봤죠, 뭐. 육사골목에서 일했던 여자애가 윤혜수도 알고 저 노인네도 안다고 해서요. 노인네가 윤혜수를 잘 안다고 하던데."

"별말 안 하던데요."

"이상하네. 서울에서 찾는 사람 있다니까 직접 보고 얘기하겠다더니. 혹시 아는 사람이에요?"

"아니요. 처음 봐요."

"별말 안 하더라는 거죠? 지금 정신이 오락가락하는 거 아니에요?"

"그럴 수도 있고요. 간호사가 오늘은 더이상 면회 안 된대요."

"에이. 헛고생했네. 그리고 야, 너."

규식이 병준을 불렀다.

"이 사람 내가 찾은 거다. 무슨 말인지 알지."

"알았어요. 일 끝나면 인터뷰도 하고 진술도 하고 다 한다니까요."

"칭찬 좀 해달라고 그러는 거니까 너무 열 내지 말아. 속 버려."

겨우 가라앉혔던 화가 다시 치솟았다. 지아는 병준을 데리고 로비로 향했다. 어두운 밤에 별이 바늘자국처럼 박혀 있었다. 구름이 그 자리를 밀고 올라오는 중이었다.

"너, 저 사람한테 또 무슨 부탁을 했어?"

"그냥…… 우리 얘기 한 거지 뭐. 윤혜수가 묵진에서 뭐 했는지 알아봐달라고. 빨간 수염이랑 양원페리도."

지아는 뭉쳐뒀던 불만을 쏟아냈다. 병준은 잠자코 지아가 하는 말을 들었다. 병준이 측은하고 불쌍하다가도 그 마음이 곧 짜증으로 변했다.

규식은 멀찍이 떨어진 채 그 모습을 지켜봤다. 대화는 한동안 끝나지 않을 것 같았다. 지아와 병준은 혼자 남겨진 규식에게 관심이 없는 듯 보였다. 규식은 옆에 놓인 염지아의 가방을 옆으로 끌고 왔다. 등껍질처럼 달라붙어 내려올 줄을 모르던 가방이었다. 염지아가 가방을 빼앗기지 않으려 발악하던 그날 밤을 생각하면 아직도 뒤통수가 얼얼했다. 규식은 로비 쪽에 시선을 고정한 채 가방 깊숙이 손을 넣었다. 손가락 끝에 신경을 집중했다. 안테나처럼 속을 더듬었다. 옷가지와 잡동사니는 미뤄뒀다. 규식은 가방 구석에서 바스락거리는 종이를 찾아냈다. 가방을 밀쳐놓고 등을 돌려 앉았다. 개불알처럼 쭈글쭈글해진 실종자 전단지가 눈에 들어왔다. 한다은이라는 사람을 찾는 전단지였다. 대략 한 달 전 실종되었으니 염지아가 묵진에서 정신을 차렸다는 시점과 비슷할 것 같았다. 일그러진 종이 위에 한다은의 사진도 함께 일그러졌다. 숙제가 하나 늘었지만 기분 좋은 미션을 받은 기분이었다. 질문이 꼬리를 물었다. 그날 염지

아는 왜 이 전단지를 죄다 제거해 가방에 쑤셔 넣었을까. 한다은은
누구일까. 염지아와 무슨 관계일까. 윤혜수는, 양원 페리는, 빨간 수
염은 어떻게 연결돼 있을까. 염지아는 그날 산에서 뭘 하고 있었을
까. 왜 조대산에서 그렇게 당황했을까. 뭘 숨기고 있고 뭘 찾으려 하
는 것일까.

"저기요."

지아가 돌아왔다. 규식은 전단지를 주머니에 구겨 넣었다.

"알아낸 것 좀 얘기해봐요."

규식은 지아를 향해 돌아앉았다. 심장은 경주마처럼 뛰었지만 내
색하지 않으려 애썼다.

"동생은?"

"화장실 갔어요."

"좋아요. 내 말 잘 들어요. 말도 제대로 못 하는 노인네는 일단 찾
았고, 윤혜수에 대해서 캐볼 게 좀 남았어요. 오래전에 육사골목에
서 일한 것 같아요. 양원 페리를 나와서 지광산업이랑 일을 했고요.
지광산업이 양원 페리를 망하게 해버렸는데 아마 윤혜수가 기획한
거겠죠. 이유는 모르겠어요. 그 여자 별명이 묵진의 별이래요. 좀 더
캐보면 다음 주에는 양원 페리 대표가 어디 있는지 알 수 있어요."

지아는 규식이 하는 말을 듣고만 있었다. 규식은 그간 수집한 정
보를 정리하느라 입을 헤벌리고 천장을 봤다.

"참. 양원 페리 대표 말이에요."

규식이 말했다.

"거기 대표가 장관훈인데, 지금은 어디 있는지 모르지만 다음 주

쯤이면 알 수 있을 거예요. 여기서 재미있는 게 하나 나오는데, 그 사람 예전에 화상을 입었나 봐요. 얼굴이 화상자국으로 일그러져서 수염을 기르고 다닌대요."

"그래서요."

"화상을 입은 뒤로는 빨간 수염이 자란대요. 그쪽 동생이 나한테 의뢰한 게 세 가지예요. 윤혜수, 양원 페리, 빨간 수염. 이 셋은 연결 돼 있다고요. 빨간 수염이 장관훈이고 장관훈은 양원 페리 대표란 말이에요. 윤혜수는 양원 페리에서 일하다 양원 페리를 망하게 한 사람이고요. 셋 중 하나만 찾아도 그쪽이 궁금해하는 건 알 수 있지 않겠어요?"

"그러네요. 지광산업은 가봤어요?"

"아니요. 시간이 안 돼서요."

"유명하지는 않아도 알짜배기 기업이에요. 지금은 중국 쪽으로 영역을 넓히는 중이고요. 내가 다녀왔으니까 안 가 보셔도 돼요."

"좋아요. 그쪽도 따로 좀 알아보고 계시네. 종종 싱크 좀 맞추자고요. 궁금한 걸 못 물어봤는데. 그쪽은 윤혜수와 무슨 관계예요?"

"채무자 채권자 관계라고 했잖아요."

"그것 때문에 묵진까지 내려와서 직접 찾는다고요?"

"그게 왜요."

규식은 자신도 잘 모르겠다는 듯 어깨를 으쓱했다. 병원 복도에 찬 공기가 흘렀다. 지아가 돌아봤을 때 규식은 전에 없이 서늘한 표정으로 지아를 바라보고 있었다.

"염지아 씨, 나한테 숨기는 거 있죠."

"많죠."

"나한테 할 얘기 없어요?"

"없는데요. 우리는 고용인 피고용인 관계 아니에요?"

"날 고용한 건 저기 있는 멸치 대가리고, 염지아 씨는…… 그냥 비밀이 많은 친구예요."

지아는 가만히 신발 끝을 바라봤다. 얼른 이 대화가 끝났으면 좋겠다고 생각했다. 한평생 사람 대하는 일이 어려웠다. 모르는 사람이라면 더욱 그랬다.

"할 얘기 없으면 그만 일어나요. 환자 정신 차리면 다시 오든지."

규식은 꿈쩍도 하지 않았다. 도리어 콧바람이 느껴질 정도로 가까이 얼굴을 디밀었다.

"그쪽이 저 따라다닌 거 알고 있어요. 미행한 적 있죠? 택시 타고. 놀래켜 주려고 택시까지 가서 말도 걸었는데. 뒷자리에 숨어 있는 모습이 볼만했어요. 미행을 어떻게 하는 건지 한 수 가르쳐주고 싶더라고요."

지아는 조규식이 그저 자신을 귀찮게 하는 인간이 아니라는 걸 깨달았다. 규식은 야금야금 지아의 영역을 침범하는 중이었다. 목적이 확실한 인간이었다. 이 사건을 이용해 한탕 하려는 속셈이 드글거렸고 그걸 위해서는 뭐라도 할 위인이었다. 이대로 가다가는 잡아먹힐 판이었다. 고관절이 아팠다. 옆구리가 저렸다. 생선 가시가 목에 걸린 것처럼 울대가 조였다. 조규식이 말을 이었다.

"조대산에서 뭐 하고 있었는지는 얘기 안 해줄 거예요? 내가 손만 봐도 사람을 읽는 거 알죠. 그게 다가 아니에요. 나 수색대에 있었다고 했잖아요. 외국에서 태어났으면 형사가 아니라 탐정이 되지 않았을까 싶어요. 그런 눈이란 말이에요 이 눈이. 어둡긴 했지만 분명 뭔가를 묻었다가 파낸 흔적이 있었다고요."

지아는 많은 걸 알고 있는 것 같은 규식을 바라봤다. 벌에 혀를 쏘인 듯 말이 나오지 않았다. 불쾌한 기분 속에서 의식이 흐려졌다.

"말이 많아지네. 염지아 씨가 말이 없으니까 그렇잖아요. 내 얘기 좀 더 해줄게요. 예전에 경찰 밥 먹었을 때 말이에요. 재미있는 일이 있었거든요. 한 계집애가 요양병원에서 사람 손에 연필을 박아버린 거 있죠."

규식은 피식피식 새어 나오는 웃음을 참지 못했다.

"피해자가 소송하고 난리였는데 가해자가 얼마 안 가 자취를 감춰버렸어요. 뭐 별수 있나. 인력은 부족하지 해결할 일은 쌓여있지. 잊고 살았어요. 그런데 그 여자애가 19년 만에 돌아왔대. 뭔가 수상하지 않아요? 지아 씨 같으면 뭐라고 생각했을 것 같아요? 무슨 일이 있어서 돌아왔을까. 왜 돌아와야 했을까. 그런 생각을 하지 않았겠어요? 게다가 기껏 서울로 돌아왔으면서 한 달 만에 다시 19년간 있었던 곳을 찾아간다면 더 이상하지 않겠어요?"

규식은 그렇죠? 라고 묻듯 지아에게 바짝 붙어 앉았다.

"그런데 더 이상한 건요. 내가 동생분 부탁으로 윤혜수 뒷조사를 좀 했거든요. 윤혜수 본명이 윤혜수가 아니래요. 딱 2000년에 묵진에 나타났어요. 사람 손에 연필을 박아버린 여자가 사라진 것도 그 해였거든요. 두 사람 인상착의도 비슷해. 비슷해도 너무 비슷해요. 같은 사람이 아닌가 할 정도로요. 이상하죠."

차가운 복도로 간병인들이 걸어갔다. 현풍 요양병원 벽도 죽음 요
양병원 같은 하늘색이었다. 축축한 벽에서 회칠 냄새가 났다. 죽어
가는 이들의 날숨이 대기를 적셨다.

"안 그래요, 윤혜수 씨?"

질문을 던져놓은 규식은 말이 없었다. 지아는 고개를 돌려 규식을
봤다. 규식의 시선은 지아를 향해 있었다. 면도날 같은 눈이 당장 지
아를 벨 것 같았다. 조도가 낮은 형광등에 나방이 날아다녔다. 그림
자가 퍼덕였다.

"야."

규식은 두 눈을 끔뻑거리며 말했다.

"너 사람 죽였지."

육사골목

"야, 왜 그러는데."

병준이 지아의 어깨를 붙잡았다. 규식을 피해 병원 주차장으로 돌아온 뒤였다. 주차장 관리인이 두 사람을 슬쩍 보고는 찢어져라 하품을 하고 관리실로 들어갔다. 병준은 뭐가 잘못된 건지 모르겠다는 얼굴로 서 있었다. 갈아버리고 싶은 얼굴이었다. 돼지 축사에 던져놔도 모자를 놈. 소산포 앞바다에 던져놓으면 주둥이만 둥둥 떠다닐 인간. 입이 가벼우니 실수가 잦고 할 수 있는 게 없으니 남에게 기대는 인간. 사회생활을 해본 적이 없으니 세상이 얼마나 냉정한지도 알지 못했다. 병준을 데려온 건 실수였다.

'너 사람 죽였지.'

규식의 목소리가 지아의 목덜미를 긁었다. 칼이 닿은 듯 솜털이 바짝 섰다. 좀 더 냉정하게 부정의 표시를 했어야 했다. 애초에 거리를 뒀어야 했다. 그러지 못해서 규식이 너무 깊숙이 들어와 버렸다. 이제는 누가 먼저 실체에 접근하느냐의 문제였다. 아직은 내가 한발 앞서 있지. 지아는 그렇게 생각하며 재필이 준 쪽지를 펼쳤다. 힘없는 필체로 쓰인 두 단어가 눈에 들어왔다. '육사골목', '낙타'.

"너는 모텔에 가 있어."

지아가 말했다.

"어디 가려고. 같이 가."

"알아서 뭐 하게. 또 조규식한테 쪼르르 가서 나불거리려고?"

"무슨 말을 그렇게 해."

"넌 무슨 일을 그렇게 해."

지아는 병준이 들고 있던 열쇠를 뺏었다. 조수석이 아니라 운전석에 앉아 시동을 걸었다. 병준은 눈을 휘둥그레 떴다.

"너 운전할 줄 모르잖아."

"할 줄 알아. 면허증도 있어."

"그건 윤혜수 거고. 네가 언제 운전을 해봤다고 그러는데."

지아는 액셀에 발을 얹었다. 차는 예상과 달리 후방을 향해 급가속하더니 연석을 밟고 올라섰다.

"드라이브! R 말고 D!"

병준이 소리쳤다. 지아는 차분히 두 손을 운전대 위에 얹었다. 오기가 생겼다. 윤혜수가 몰던 차였다. 이 손이, 이 발이 조종하던 기계였다. 다시 액셀을 밟았다. 이번에는 아까보다 천천히 차가 움직였다. 지아는 창문을 열었다.

"모텔 가 있어. 가서 술을 처먹건 텔레비전을 보건 좀 찌그러져 있어."

지아는 병원 입구로 차를 몰았다. 차가 망가진다고, 제발 운전을 조심하라고 외치는 병준의 목소리가 빠르게 멀어졌다.

재필은 혜수가 숨기지 못한 단서였다. 결말이 가까워지고 있다는 느낌이 들었다. 기억이 필요했다. 혜수를 압박하고 금고에서 기억을 추출해 낼 단서가 있는 곳으로 가야 했다. 그러기 위해서는 혜수가 두려워하는 것이 무엇인지 알아야 했다. 어째서 아직까지 혜수가 재필을 돌보고 있는지는 생각하지 않기로 했다.

지아는 육사골목 입구에 차를 댔다. 어둠이 깔린 육사골목은 붉은 조명을 밝혔다. 거리는 쓰레기 하나 없이 깨끗했다. 묵진에서 가장 깔끔한 곳이라고 해도 좋을 정도였다. 영업장을 지키는 장사치들의 노력 덕분이었다. 홑복을 걸친 여자들이 골목에 들어선 지아를 쳐다봤다. 방향제와 분 냄새가 악취를 향으로 덮었다. 노동에 찌든 어깨, 햇빛에 노출돼 그을리고 벗겨진 얼굴들이 붉은 조명 아래에서 생기를 되찾았다. 촌부들은 굽은 허리를 펴고 회포를 풀 상대를 찾아 부지런히 움직였다. 지아가 상상하던 모습대로였다. 아무도 말을 걸지 않았지만 이따금 지아에게 날아드는 눈빛이 익숙했다. 알 수 없는 감각이 시작되는 거리였다. 지아는 이름 없는 가게들의 거리를 걸었다. 무서울 게 없는 나이라는 생각이 들었다. 가진 것이 없으니 잃을 것도 없었다. 동료의 남편에게 협박이나 당하던 이십 대도 아니었다. 홍등가를 걷는 걸음은 그래서 가벼웠다. 덩치 둘이 옆구리 사이로 팔을 쑥 밀어 넣기 전까지는 그랬다. 두 사람 모두 지아보다 머리통 하나가 더 컸다.

"뭐 하세요, 지금?"

지아가 물었지만 남자들은 대답이 없었다. 지아는 포승줄을 찬 용의자의 모습으로 가게 안으로 들어섰다. 덩치들은 지아를 들다시피 건물 옥상으로 날랐다. 3층짜리 건물 옥탑방에 들어간 뒤에야 땅을 밟을 수 있었다.

창고로밖에 보이지 않던 옥탑방이었지만 내부는 그럴듯한 사무실 모습을 하고 있었다. 커다란 캐비닛이 벽 하나를 차지했다. 캐비닛마다 주민등록증, 운전면허증, 여권, 등초본 같은 태그가 붙어 있었다. 그 앞에 등이 굽은 남자가 지아를 지켜보고 있었다.

"이게 누구야."

남자는 작업 중이던 위조 신분증과 돋보기를 한쪽 구석으로 치웠다. 덩치들은 지아를 의자에 앉혔다.

"야, 윤혜수. 뭐하러 여길 다시 기어들어 와. 나이 먹고 일자리 구하러 온 건 아닐 테고. 부탁할 거 있어?"

지아는 눈을 말똥말똥 뜨고 남자를 쳐다봤다. 정수리에서 흘러내린 불빛이 검고 깊은 굴곡을 만들어냈다. 남자의 눈빛은 터널을 빠져나오는 기차 전조등처럼 일직선으로 지아를 도려냈다.

"누구신데요?"

남자의 표정이 굳었다가 오븐에 넣은 빵처럼 부풀었다. 이윽고 폭소가 터졌다. 무릎을 치며 웃어대는 남자는 잇몸을 훤히 드러냈다. 남자의 굽은 등이 들썩였다.

"이거 무슨 테스트야? 재미없다, 윤혜수."

남자는 의자에서 폴짝 뛰어내렸다. 지아를 조목조목 뜯어보며 말을 이었다.

"네가 날 못 알아보면 안 되지. 이 몰골을 어떻게 잊어. 육사골목에서 제일 개성적인 인간이 나야. 나라고. 육사골목에 장명. 낙타."

재필이 말한 사람이구나. 지아는 의자 손잡이를 꽉 쥐었다.

"누구신지 몰라요."

장명은 손가락으로 관자놀이를 두드렸다. 머리에 비해 턱없이 작은 손이었다. 기억을 되살리는 것 같기도 했고 화를 가라앉히는 것 같기도 했다.

"너 여기서 일하던 윤혜수잖아. 20년쯤 됐나. 그래. 2000년이니까 19년 전이네."

"모르겠어요."

장명이 혀를 차며 일어섰다. 의혹이 짜증으로 바뀌는 중이었다.

"괜한 시간 낭비했다고 생각하게 만들지 마. 길 잃어서 육사골목까지 온 거 아니잖아. 볼일이 있어서 온 거잖아. 나 만나러 온 거 맞잖아."

"맞아요. 낙타를 만나러 왔어요."

"그게 나라니까."

"네. 그런데 누구신지 몰라요."

장명은 의자 목받이에 재킷을 벗어두고 셔츠 소매를 걷었다.

"옷 벗겨."

덩치들은 지아를 벽에 붙여 세웠다. 남자가 지아를 향해 다가섰다. 지아가 팔짱을 끼고 버텼지만 오장육부의 위치를 확인시켜주는 묵직한 주먹이 날아들었다. 지아는 바닥에 무릎을 꿇었다. 덩치들이

지아를 일으켰다. 외투를 벗기고 바지를 내렸다. 속옷만 입은 지아를 뒤돌려 세웠다.

"팔 벌려. 다리도."

장명은 지아의 몸을 더듬었다. 여자 같은 손이 엉덩이를 지나 가슴을 쥐었다. 독한 스킨 냄새가 났다. 덩치들은 지아의 옷과 가방을 뒤졌다. 주머니에 있는 것들을 꺼내 바닥에 늘어놓았다.

"깨끗한데요."

덩치가 말했다. 장명은 책상 위에 걸터앉았다. 올려놓았다는 표현이 더 어울리는 동작이었다. 짧은 다리를 억지로 끌어올려 한쪽 엉덩이를 책상에 걸쳐놓았다. 목과 같은 높이에 구부정하게 솟은 혹이 둔덕을 만들었다.

"녹음기라도 가져온 줄 알았네. 갑자기 찾아오니까 놀라잖아. 경찰이랑 손잡은 줄 알았다고. 사람 헷갈리게 하고 있어."

장명은 덩치들에게 나가 있으라고 했다. 지아는 바닥에 널브러진 옷을 챙겨입었다.

"재필 아저씨가 여기로 가 보라고 했어요."

장명은 흐릿한 기억을 떠올리듯 얼굴을 찌푸렸다.

"재필? 박재필? 그 이름 오랜만에 듣네. 아직 묵진에 있어?"

"병원에 있어요. 얼마 못 살 거고요."

"그런데 재필이 왜 널 여기에 보내."

남자들 앞에서 옷을 벗고 있었는데도 수치심은 사라진 지 오래였다. 대신 이상한 서러움이 들었다. 장명이 눈알을 데굴데굴 굴리는 모습을 보고 있으니 더 그랬다. 이 꼽추도 아는 것을 혼자만 몰라서 외로웠다. 지아는 절박한 심정으로, 공손한 자세로 입을 열었다.

"저는 염지아에요."

지아는 침을 삼켰다. 장명이 고개를 모로 꺾었다. 눈 한 번 깜빡이지 않고 지아를 쳐다봤다.

"솔직히요. 저는 염지아라고 해요. 윤혜수는 내 다른 인격이고요. 묵진에 있었던 건 내가 아니에요. 나 여기서 있었던 일을 기억 못 해요. 내가 여기서 뭘 하고 살았는지 알고 싶어서 온 거예요."

장명은 허벅지를 가지런히 포갰다. 키가 백육십은 될까. 등이 굽어 앉은키가 더 작았다. 위압감이 없어야 하는데, 이상하게 이 꼽추는 동지섣달 같은 냉기를 뿜었다. 이 이야기가 진실인지 가늠하려는 눈빛이었다.

"장난하니?"

"아니요."

지아는 장명이 말하기 무섭게 대답했다.

"그렇지. 넌 장난 치는 애가 아니야. 그건 내가 알아. 그래서 네가 맘에 들었어. 육사골목에서 일하는 애들 중에 몇 안 되는 진지한 애였다고. 내가 돈 갖고 장난치는 건 참아도 사람 갖고 장난치는 건 못 참아. 지금 장난치는 거면 너 죽는다. 집에 곱게 못 돌아간다고."

"죽여도 돼요. 정말이니까. 대신 내 말이 진짜면 옛날이야기를 들려주세요."

"어떻게 증명할 건데."

지아는 가방에 있던 녹사이틴과 정신과 진단서를 꺼냈다. 장명은 기억상실 소견이 적힌 진단서를 읽어내렸다. 이해가 안 가는 문장

앞에서는 눈썹을 찌푸리기도 하고 보일 듯 말듯 턱을 까딱거리기도
했다.

"녹사이틴? 이 약은 뭐야."

"신경 안정제요. 정신과에서 처방받았어요."

장명은 혀로 천천히 송곳니를 쓸었다. 기다란 혀가 이를 닦아낼
때마다 뽀드득 소리가 났다. 장명이 말했다.

"염지아와 윤혜수가 다른 사람이고, 묵진에 왔을 때부터 지금까지
윤혜수로 살았다는 거지. 지금 너는 염지아고, 윤혜수가 묵진에서
뭘 하고 살았는지 알고 싶다. 이거야?"

"맞아요. 한 달 전에 묵진에서 정신이 들었어요. 서울까지 갔다가
묵진에 무슨 일이 있었나 해서 다시 내려온 거예요."

"언제부터 기억이 안 나는데."

"여기 내려왔을 때부터 쭉이요. 2000년 이후로 기억이 없어요."

"재필은 어떻게 만났어?"

"양원 페리 조사하다가요."

"많이 알아보고 다녔나 보네."

"여기저기 다녔어요."

"뭐가 궁금한데."

"무슨 일이 있었는지요."

장명은 손끝으로 관자놀이를 꾹꾹 눌렀다. 새파랗게 닦은 이로 엄
지손톱을 질겅거렸다. "무슨 일이 있었는지가 궁금하단 말이지." 방
금 지아가 한 말을 몇 번이나 곱씹었다.

"왜 무슨 일이 있었다고 생각하는데?"

"네?"

"이상하잖아. 넌 그냥 여기서 일해서 돈 벌고 밥 먹고 살았어. 정신 차리고 한 달씩이나 서울에 있었다면서 왜 갑자기 내려와서 과거를 캐고 다니냐고. 혹시 정신을 차렸을 때 안 좋은 일이 벌어져 있었던 거 아니야? 그걸 확인하러 여기까지 온 거 아니냐고."

지아는 뭔가 말하려다 입을 다물었다. 마땅히 할 말을 찾지 못했다. 재필이 육사골목으로 가 보라고 한 이유를 알지 못했다. 혜수가 저지른 악행의 단서가 낙타에게 있는 게 분명한데, 그게 뭔지도 알지 못했다. 한 마디로 지아는 장명에게 물어볼 게 없었다.

"일이 있긴 있었나 보네. 나 복잡한 일에 엮이는 건 싫다."

"육사골목 얘기는 안 할게요. 그쪽 이야기도요."

"그쪽이라고 하지 마. 낙타 아저씨라고 불러."

"네. 낙타 아저씨."

장명은 긴 이야기가 될 거라는 듯 탁자에 놓인 물로 목을 축였다. 지아는 미사를 드리는 수녀처럼 의자에 곧게 앉아 장명의 말을 기다렸다.

"새천년이라고 세상이 떠들썩했지. 육사골목도 성수기였어. 세기말을 무사히 빠져나왔다는 안도감 때문이었겠지. 99년 말에는 휴거다 뭐다 떠들썩했으니까. 손님은 몰려드는데 일할 아가씨가 부족했어. 네가 이 골목에 나타난 게 그때야. 엄청난 애가 들어왔다고 다들 놀려댔어. 이름이 윤혜수라고, 텍사스 황소 같다고. 텍사스 황소면 미아리에 가야지 왜 육사골목에 와 있냐고 그랬지. 손님 한 명 못 받을 것 같아 보였어. 윈도 뒤에 세워놓고 홍보하기는 좋겠다 싶었지. 어딜 가나 눈에 띄니까 말이야. 그게 다였어. 며칠 지내다 집으로 돌아가겠거니 했어. 가끔 널 찾는 사람이 있긴 했지만 가게 입장에서는 손해 보는 장사였으니까. 반년 정도 일했지 아마. 일한 지 두어 달 됐을 때 네가 나를 찾았어. 신분증이 필요하다고 하더라. 윤혜수라는 이름이 본명이 아니라는 건 그때 알았지. 원래 이름이 뭔지는 절대 안 알려주더라고. 네가 육사골목을 떠난 뒤에도 종종 소식을 들었어. 여기 있으면 온갖 얘기가 들어오지. 구정물이 지하에 고이는 것처럼 말이야. 동종 업계 있던 사람 얘기면 더 그래. 요양병원에서 널 봤다는 사람이 있더라. 간병인으로 일하고 있다고 했어. 그후에 양원 페리로 옮긴 거지. 놀랐어. 여기 있던 애가 갑자기 번듯한 회사에 취직했다니까."

장명은 잠시 말을 멈췄다. 주파수를 잘못 맞춘 라디오처럼 지직거리는 잡음이 입에서 터져 나왔다. "아니지. 아니야. 그것 때문이 아니라 뭐였더라." 한참을 중얼거리던 장명이 별안간 얼굴을 희번덕쳐들었다.

"내가 널 기억하는 건 이것 때문이 아니야. 그런 거야 가십거리지. 네가 다시 여길 찾아온 적이 있었어. 그래. 그것 때문에 널 기억한다고. 한두 해 지났을 때였나. 엄청 놀랐지. 사람이 반쪽이 됐더라고. 뱃일을 한 것처럼 잔뜩 그을려서는, 묵진의 벌이라는 별명까지 달고 왔더란 말이야. 그때 네가 양원 페리 회사 대표에 대해 알아봐달라고 했어. 그 시점이 묘하단 말이야. 얼마 안 가서 넌 회사를 옮기고 양원 페리는 망해버렸으니까."

"장관훈이 어떤 사람이었는데요."

"난 몰라. 밑에 있는 애들한테 부탁해서 자료만 넘겼어. 비용이 꽤 들었는데 수수료도 척척 내놓는 걸 보고 돈 좀 벌었구나 했지."

히터 열기가 목을 졸랐다. 거리에 붉은 조명이 촛농처럼 흘러내렸다. 장명은 아직 얘기가 끝나지 않았다며 히죽거렸다.

"너 아무것도 기억 못 한다고 했지. 너한테 남자가 있었던 것도 모르겠네?"

손끝이 저렸다. 이명이 지아를 지배했다. 마른 빗물 냄새가 스며들었다. 시내에서 한참 떨어져 있을 소산포의 비린내가 흘렀다. 지아는 고개를 저었다.

"있었지. 남자가 있었어. 장관훈 사위 말이야. 그 인간을 구워삶았잖아. 그 얘기를 들었을 때 기특했다고. 여기서 배운 게 하나는 있다 싶었지. 아무렴. 너 같은 애들은 오입질이 답이지. 남자는 잘 쓰다듬어주면 순한 양이 되거든. 네가 장관훈 사위를 뺏은 거야. 거기다 회사를 망하게 해버렸다고. 엄마까지 도망을 가버리니 그 딸이 미치지 않고 버티겠어? 가끔 시내에 나오나 봐. 얼마 전에 육사골목에도 다녀갔다 그러고. 완전 다른 사람이 돼버렸대. 미쳐가지고 이 날씨에 원피스만 입고 다닌대."

장명의 말에 어떤 풍경이 떠올랐다. 따뜻한 아랫목, 묵직하게 조여오던 대퇴근, 이불 아래에서 풍기던 땀내의 기억이 스멀스멀 기어올랐다. 풍랑을 맞은 배 위에 올라탄 기분이었다. 배가 파도 끝에서 낙하할 때마다 내장이 뒤집혔다. 신물이 올라왔다. 유령선 같은 선실에 밧줄과 그물이 중력과 상관없이 출렁였다. 두툼하고 억센 손이 어깨를 감았다. 그 손이 따뜻했다. 목소리가 귀에 속삭였다.

'혜수 씨. 괜찮아요? 혜수 씨. 나 좀 봐요. 혜수 씨.'

'혜수야. 사랑해.'

모래가 각막을 긁었다. 지아는 심호흡을 했다. 파도치는 감정을 가라앉혔다. 슬픔을 걷어내고, 분노와 회한, 억울함도 걷어내고, 남은 감정의 정체를 확인했다. 잔해 속에 건져낸 건 그리움이었다. 지아는 누군가를 그리워하고 있었다.

"장관훈한테 딸이 있다고 했죠. 그 여자 이름도 알아요?"

"기다려봐. 물어볼게."

장명은 문자 몇 통을 보냈다. 얼마 지나지 않아 여기저기서 문자가 도착했다.

"장진희라네."

장진희. 지아는 그 이름을 되뇌었다. 귀신 같던 여자에게도 이름이 있다는 사실이 위안이 됐다. 무지가 몰고 온 공포가 베일을 걷었다. 동시에 다른 불안이 찾아왔다.

"괜찮냐? 얼굴이 안 좋다."

지아는 옥탑방 구석에 놓인 거울을 봤다. 황량한 40대 여자가 지아를 마주했다. 연병장처럼 비어버린 모습이었다. 그 위로 열꽃이 피었다.

"아니요. 안 괜찮아요."

지아가 대답했다. 배가 아팠다. 식은땀이 흘렀다. 노유정의 손바닥에 연필을 꽂던 그 날처럼, 윤혜수가 쏟아져나올 것처럼 어지러웠다.

"화장실 좀 쓸게요."

"1층 내려가면 있어. 열쇠 가지고 가. 그리고 사라져. 너 좀 위험해 보여. 불안한 애들은 여기 있으면 안 돼."

지아는 계단을 내려갔다. 장명은 불안한 애들이 여기 있어서는 안 된다고 했지만 육사골목에 있는 사람들은 하나같이 불안해 보였다. 절뚝거리고 비틀거리는 인생이었다. 붉은 조명이 잠시 그걸 가릴 뿐이었다. 그래서 육사골목에 있는 사람들은 낮을 무서워했다. 지아가 여태껏 육사골목 사람들을 만나지 못한 이유였다. 윤혜수는 양쪽의 경계에 살았다. 조금은 윤혜수의 과거에 다가선 느낌이었다.

화장실은 방금 청소를 끝낸 것 같았다. 사창가가 손님을 맞이하는 자세였다. 지아는 마지막 칸으로 들어가 바지를 내렸다. 아랫배가 저렸지만 변이 나오지 않았다. 지아는 침을 모아 녹사이틴을 삼켰다. 칼바람이 불던 심장이 가라앉았다. 시야는 좁아지고 거리의 소음이 멀어지기 시작했다. 엉덩이에 부는 찬바람을 느끼며 한참을 앉아 있었다. 몇몇 사람들이 오갔다. 화장을 고치기도 했고 방금 받은 손님 이야기를 하기도 했다. 하이힐 소리가 요란했다가 정막이 찾아오기를 반복했다. 환풍기만 쉴 새 없이 돌며 화장실에 찬 공기를 밀어 넣었다.

누군가 지아가 앉은 칸의 문을 두드렸다. 발아래 난 틈으로 그림자가 서성였다. 지아도 함께 노크를 했다. 팔꿈치를 무릎에 얹었다. 종아리가 저렸다. 녹사이틴 효과가 절정에 달했다. 비눗방울 터지는 소리가 아련했다. 시계가 느린 속도로 움직였다. 약이 만들어낸 정적 틈새로 멈췄던 노크가 이어졌다. 이번에는 주먹으로 문을 두들겨주었다. 문 앞에 서성이는 그림자가 초조해 보였다.

"옆 칸 비었잖아요."

지아는 짜증 섞인 목소리로 말했다. 노크는 멈췄지만 그림자는 움직이지 않고 그 자리에 머물렀다.

"혜수 씨?"

문 앞을 서성이던 그림자가 말했다.

"혜수야?"

가랑이 사이가 쪼그라들었다. 지아는 고개를 들었다. 장진희가 화장실 문에 턱걸이하듯 매달려 있었다. 콧잔등 위로 눈만 내밀어 지아를 내려다보는 중이었다. 미끄러지는 몸을 끌어올리려 발버둥을 쳤다. 지아는 바지를 올렸다. 창백한 타일이 등에 닿았다. 퇴로를 막아선 벽이 절망처럼 지아를 밀어냈다.

"빨간 수염 보러 가자! 혜수야! 빨간 수염!"

진희가 펄쩍 뛰어올라 손을 휘저었다. 몇 차례 시도 끝에 기어이 지아의 머리채를 쥐었다. 시퍼런 핏대가 선 손이 머리카락을 잡아당겼다. 지아는 바닥에 주저앉았다. 머리카락 한 움큼이 후드득 뽑혀 나갔다. 진희는 손가락에 들러붙은 머리카락을 떼어내고 문 위에 몸을 걸쳤다. 조금씩 화장실 안쪽으로 진희의 몸이 넘어왔다. 댕그란 눈알이 보름달처럼 가까이 다가왔다.

지아는 진희가 문을 넘어오는 타이밍에 맞춰 화장실을 빠져나갔다. 등 뒤에서 무언가 무너지고 부서지는 소리가 났다. 뒤를 돌아보니 변기가 깨져 물을 쏟아내고 있었다. 진희는 젖은 머리를 개처럼 털었다. 찰싹 달라붙은 원피스 위로 김이 피었다.

"다은이랑 네 남편 때문에 그러는 거니?"

진희가 눈을 부릅떴다. 건드리면 안 되는 스위치를 올려버린 것 같았다.

"나 들었어. 내가 무슨 일을 했는지 들었다고. 그런데 그건 내가 아니야. 윤혜수가 한 일이야. 나는 염지아고, 네 남편을 뺏은 건 윤혜수라고."

남편이라는 단어가 들릴 때마다 진희의 이마에서 혈관이 하나씩 툭툭 불거졌다. 진희가 소리를 질렀다. 비명에 가까운 외침이었다. 목젖이 찢어져라 토하는 고함이었다. 지아는 화장실 밖으로 달려 나갔다. 바닥은 미끄러웠다. 추진력을 얻지 못한 다리가 미끄러졌다. 진희가 기어 나와 발목을 잡았다. 지아는 다른 발로 진희의 미간을 밟았다. 나무등치를 걷어차는 듯한 감각이 되돌아왔다. 진희는 햄버거를 삼키듯 입을 크게 벌렸다. 송곳니가 발목을 파고들었다. 인대가 사선으로 늘어나는 게 느껴졌다. 녹사이틴이 가지고 온 온기가 훅 날아가 버렸다. 뾰족한 신음이 성대를 들쑤셨다. 혈관은 급류를 이뤄 흘렀다. 벌건 강줄기가 불이 되어 달리기하는 느낌이었다. 지아는 진희의 입에서 발목을 뽑아냈다. 타원형으로 점점이 그려진 이빨 자국 위로 보라색 멍이 들었다. 기분 나쁜 오한이 밀려들었다.

진희는 전구를 등지고 일어섰다. 새삼 큰 키였다. 거대한 그림자가 지아를 덮쳤다. 구부러진 머리칼에서 물이 뚝뚝 떨어졌다. 앞으로 곧게 뻗은 양팔에서 가시 같은 손톱이 뻗쳤다.

"혜수야."

지아는 화장실 밖으로 달렸다. 육사골목이 성황이었다. 염가판매

막바지의 마트처럼 남자들이 득실거렸다. 지아를 본 남자들은 벌에 쏘인 것처럼 자리를 피했다. 진희가 그 뒤를 따랐다. 화마처럼 혀를 날름거렸다.

지아는 육사골목 입구에 있는 건물로 들어갔다. 전당포와 공업사, 작은 식당 하나가 입점한 상가 건물이었다. 전구가 깨져 불이 들어오지 않았다. 지아가 옥상으로 내달리는 사이 진희는 육사골목을 빠져나갔다. 끝내 지아를 발견하지 못한 채 큰길까지 달려 나간 진희는 아쉬운 듯 육사골목을 뒤돌아봤다. 그러다 경적을 울리는 차들 사이로 돌진했다. 뭐가 즐거운지 깔깔 웃었다. 웃음소리는 진희가 시야에서 완전히 사라진 후로도 한참 동안 거리에 메아리쳤다.

맥박이 리듬을 되찾는 데는 오랜 시간이 걸렸다. 갈비뼈가 요동쳤다. 딸꾹질이 튀어나왔다. 육사골목에 벌어졌던 난장판은 곧 정리가 됐다. 나이 지긋한 이모 하나가 아무 일도 없었다는 듯 손님을 모으느라 열심이었다. 지아는 건물에서 내려와 차에 올랐다. 골목 관리인이 차에 주차 딱지를 붙여놓았다. 전면 유리창에 깨진 계란이 얼어붙어 있었다. 차 옆면은 못으로 길게 긁혀 있었다. 골목 입구에 차를 대놓은 대가였다. 블랙박스를 설치해두지 않은 대가이기도 했다.

룸미러에 비친 얼굴은 밀가루처럼 창백했다. 지아는 망가진 얼굴을 대충 닦고 페달에 발을 얹었다. 가다 서기를 반복하며 겨우 숙소에 도착했더니 병준은 보란 듯 지아 방에 들어와 텔레비전을 보는 중이었다. 맥주로는 성이 차지 않는지 소주와 과자 한 봉지, 안주로 먹을 오징어까지 앞에 늘어놓았다. 지아가 돌아온 걸 본 병준은 오징어 다리 하나를 내밀었다.

"차 망가졌어. 탈 거면 네가 수리해."

지아가 말했다. 병준은 불이라도 난 것처럼 자리에서 발딱 일어났다.

"그러게 같이 다니자니까 왜 혼자 다녀. 내가 운전해준다는데 왜 네가 직접 하냐고."

"네가 못 미더워서 그러잖아."

병준은 지지 않고 바락바락 대들었다.

"왜 나한테만 그래. 내가 형사한테 연락해서 그 노인네까지 찾았잖아. 착착 진행되고 있었잖아."

"착착 감옥으로 갈 준비를 하는 거겠지. 그 와중에 너는 술이나 마시고."

"내가 놀고 있는 것 같아? 걱정돼서 오늘 밥도 못 먹었다고. 이거 밥 대신이라고."

"알겠으니까 네 방 가서 먹어."

"내 방은 좁다고! 네 방은 넓고! 여기는 테라스도 있잖아!"

병준은 묵혀뒀던 서러움이 폭발한 듯 말했다.

수경은 진희 앞에 서 있었다. 법복으로 가려놓아도 떡대가 좋았다. 진희는 수경의 묵주를 뺏으려 들었다. 수경이 아기를 어르듯 진희를 물러 세웠다. 진희는 잡탕이었다. 야단과 장난을 구분하지 못했다. 선과 악도 구분하지 못했다. 인지 능력만 남은 마네킹이었다. 배고프면 먹고 졸리면 자고 화가 나면 소리를 지르는 기계였다. 수경은 그런 진희에게 뭘 캐내려 하는 걸까. 칼바람이 턱 끝을 도려냈다. 휑뎅그렁한 표정 위로 바람이 불고 눈이 쌓였다. 관훈은 두 사람을 지켜보며 아궁이에 쓰레기를 구겨 넣었다.

능선을 따라 까마귀가 날았다. 산비둘기 떼가 달아나기 시작했다. 까마귀는 그중 덩치가 작은 놈을 잡아챘다. 푸드덕거리며 반항을 하는 것도 잠시, 비둘기는 이내 고개를 빼고 처형을 기다리며 날개를 접었다. 감정 없는 눈이 제 살던 둥지를 더듬었다. 까마귀는 부지런히 발톱과 부리를 놀렸다. 잠시 후 비둘기 대가리가 바닥에 툭 떨어졌다. 관훈은 발로 언 땅을 비벼 구멍을 팠다. 거기에 비둘기 대가리를 굴려 넣었다. 주위의 흙을 모아 덮었다. 그리고 흙 아래에 벌어질 일을 상상했다. 점액질의 미생물, 벌레들, 죽은 살점을 도려내고 분해하는 존재들, 배설물이 되어 나올 한때 새대가리였던 것. 새대가리 하나가 흙으로 돌아가는 데 얼마나 걸릴지 궁금했다. 산 것이 썩는 데는 기온과 습도가 영향을 미친다. 물에 빠진 시체는 퉁퉁 불기는 해도 부패 속도는 느리다. 땅에서는 부패 속도가 훨씬 빠르고 더운 여름날이라면 며칠만 지나도 악취가 진동을 한다.

진희는 깽깽이를 뛰어 관훈에게 달려왔다. 관훈은 수경을 노려봤다. 수경은 참선당 앞에서 인자한 미소를 짓고 있었다. 신도들이 있는 시간이라 그럴 것이다. 수경은 닳고 닳은, 그을린 미소로 신뢰를 얻었다. 관훈도 알고 수경도 알고 주지도 알고 절에 있는 사람이라면 경비실 직원까지 아는 사실을 아둔한 신도들만 알지 못했다.

"아빠! 우리 이사가?"

진희가 물었다. 관훈은 굽은 허리를 폈다.

"가야지."

"어디로?"

"어디로 갈지 아직 몰라."

"봉정 빌라에 가?"

"아니, 거긴 안 가."

진희는 손가락으로 머리를 꼬았다. 관훈은 진희의 손에 부지깽이를 쥐여줬다. 진희는 아궁이를 들쑤셨다. 불꽃이 피었다. 나방이 아궁이로 달려들었다. 진희는 파사삭 타들어 가는 나방을 보며 자지러졌다.

"진희야. 수경 스님이 뭘 물어봤어?"

불을 보고 헤까닥 말려 올라갔던 진희의 눈이 제자리를 찾았다.

"왜 다쳤냐고 했어."

"그래서 뭐라고 했어?"

"목이 가렵다고 했어."

"가려워서 긁었다고?"

"응."

"어쩌다 그랬는지는 말 안 했어?"

"안 했어."

진희는 아궁이를 쑤셨다. 숯이 된 나무를 헤집었다. 관훈이 말리는데도 진희는 듣지 않았다.

"아빠. 나 무서워."

진희가 일어섰다. 그리고 대나무숲으로 걸었다. 대나무 잎에 매달려 있던 눈덩이가 툭툭 떨어졌다. 검은 숲에 눈덩이만 하얗게 빛을 냈다. 관훈은 진희를 뒤따랐다. 진희는 가장 높게 솟은 대나무 아래 멈춰 섰다. 진희가 울고 있었다. 물끄러미 아래를 보며 울었다.

"진희야."

진희는 작살처럼 박힌 시선을 거두지 않았다.

"진희야."

관훈은 뒤에서 진희를 껴안았다. 미친 딸을 가슴에 품었다.

"여긴 왜 왔어?"

"슬퍼."

"그래. 슬프지. 슬픈 일이야. 슬픈 일은 남한테 맡기면 안 돼. 그러면 응어리가 남아. 직접 해결해야 해. 그래서 경찰이 여기에 끼면 안 되는 거야. 아직은 안 돼. 정리하고 나면, 윤혜수가 죗값을 치르고 나면, 그때 경찰이 이 일을 알게 하면 돼. 아빠가 다 할게. 너 갑갑한 거, 너 무서운 거, 너 슬픈 거, 아빠가 다 해결해줄게. 그러면 돼."

"그러면 돼?"

"그러면 돼."

대나무숲이 바람에 떨었다. 파도 소리를 내며 잎과 잎이 서로를 껴안았다. 관훈은 진희가 선 곳을 바라봤다. 곡괭이로 땅을 팠던 자리였다. 지금은 눈으로 덮여 있지만 겨울이 가고 봄이 오면 잡초가 자랄 곳이었다. 관훈은 그 위를 꽝꽝 눌러서 다져봤다. 그리고 광목 자루 속에 시체를 떠올렸다. 땅에서 두 뼘 아래, 서서히 썩어가고 있을 다은이를 생각했다. 비둘기 대가리가 아니라 사람이 분해되려면 얼마나 걸릴지 생각했다.

법산사

 염지아가 떠난 복도에 창백한 조명이 쏟아졌다. 규식은 구겨진 전
단지를 펼쳐 사진을 찍었다. 실종자 가족의 전화번호도 저장했다.
 구린내가 진동했다. 시체가 됐건 범죄가 됐건 가족사가 됐건 아무
튼 뭔가 있다. 규식은 결론을 내렸다. 한번 결정을 하면 뒤돌아보지
말아야 했다. 규식이 인생을 사는 방법이었다. 형사 생활을 그만둘
때도 기자 생활을 시작할 때도 그랬다. 독사처럼 물고 늘어지면 뭐
가 됐건 결과가 나온다. 결과가 나오지 않으면 나올 때까지 물어뜯
어야 했다. 포장지를 벗길 차례였다.
 염지아의 표정이 볼만했다. 사람 죽였지, 하고 슬쩍 던졌을 뿐인
데 얼어붙는 꼴이라니.
 "너 나중에 연기는 하지 마라."
 규식은 그렇게 외쳐주었다. 염지아는 귀를 막고 병원을 빠져나갔

다. 염지아가 입을 다물수록 규식의 의심은 확신이 됐다. 염지아는 윤혜수다. 범죄를 저지르고 묵진에 내려와 19년간 윤혜수로 산 것이다. 염지아는 사람을 죽였다. 시체는 조대산에 묻었다. 염지아는 살인 행각을 감추기 위해 양원 페리와 장관훈에 대해 캐내고 있다.

거기까지가 규식이 추론해낸 사실이었다. 염지아가 왜 윤혜수의 행적을 파악하고 다니는지는 설명할 수 없었다. 미싱링크였다. 복잡한 것, 확인할 수 없는 것들은 우선 미뤄두기로 했다. 약점은 잡았으니 증거를 찾을 차례였다. 증거가 모일 때마다 기록을 남기고 그걸로 기삿거리를 만들어내야 했다. 규식은 준홍에게 전화를 걸었다.

"야. 준홍아. 내가 하는 말 잘 들어라."

"선배. 위치 추적은 안 된다니까요."

준홍이 지레 넘겨짚고 파투를 놓았다.

"그것보다 중요한 거야. 조대산 수색 좀 해야겠다."

"선배, 왜 무게를 잡고 그럽니까. 그냥 말해요. 하나도 안 멋있어요."

"살인사건 났어. 너 실적 좀 쌓아야지. 너한테 던져주는 거야."

참새처럼 쩍쩍거리던 준홍이 갑자기 조용해졌다. 규식은 낡은 전단의 사진을 뚫어져라 쳐다봤다. 흑백 사진으로 남은 한다은의 모습이, 이제는 세상에 없는 아이의 얼굴이 질끈 구겨졌다.

"확실해요? 피해자가 누군데요. 가해자는요."

"죽은 건 한다은이고 죽인 건 염지아다. 염지아 주소지가 뱀이 마을이니까 너네 관할이잖아. 네가 맡으라고."

"선배는 어떻게 알았는데요?"

"아 되게 꼬치꼬치 캐묻네. 내가 기사부터 정리하고 나면 너한테 하나도 안 빼놓고 갖다 바칠 테니까 수색이나 좀 하라고."

"조대산 어딘데요?"

"지도에 위치 찍어 보낼게. 국도 옆에서 산 타고 올라가야 해. 근 처에 사람 다닌 자국이 있고 패딩 찢어진 것도 있어. 반사 스티커 하나 던져놓고 왔다. 뭔가 묻었다 판 흔적이 있을 거야. 시체 없으면 혐의 입증 못 하는 거 알고 염지아가 시체를 숨긴 거야. 사람 죽이 고 서울로 달아났던 거라고. 그 후에 수습할 게 있어서 다시 묵진에 내려온 거겠지. 현장 감식 좀 해봐."

"선배, 그거 추측이잖아요. 그걸로 어떻게 수색합니까?"

"야 확실하다니까. 한다은이 누군지 알아봐. 사진도 보낼게."

규식은 실종자 전단지에 있는 내용을 읊었다. 열여덟 살, 163cm. 52kg. 회색 후드티에 청바지, 묶음 머리. 2020년 1월 7일 현선동에 서 집을 나간 후 미복귀.

준홍은 경찰 데이터베이스를 검색했다. 타이핑 소리와 함께 준홍 의 한숨이 이어졌다.

"선배. 이 사람 실종 신고 접수된 것도 없어요. 누가 장난친 거 아 닙니까."

"염지아가 집 나갔을 때도 그 아비가 실종 신고 안 했다며. 경찰이 랑 엮이기 싫어서 신고 따로 안 하는 사람도 많아. 번거롭잖아."

"그렇긴 한데요. 선배 이거 사람 동원해야 하는 거예요."

"확실하다고."

"정식 수사는 어렵고, 제가 어떻게 좀 해볼게요. 전단지에 있는 연락처 좀 불러줘 봐요."

"그건 내가 할 거야. 넌 수색부터 해."

"선배, 이거 경찰한테 넘기죠?"

"나도 경찰이었어, 인마. 끊어."

준홍이 뭔가 말하려 했지만 규식은 기다리지 않고 전화를 끊었다. 이 충직한 후배는 투덜거릴지라도 선배 부탁을 뭉개고 넘어가는 법이 없었다. 경찰이 증거를 수집하는 동안, 규식은 그에 앞서 사건의 전말을 기록할 생각이었다.

전화기 배터리가 충분한지 확인했다. 염지아의 행적은 이미 영상으로 남겨뒀다. 조대산 수색이 시작되고 DNA가 검출되면 염지아를 체포하는 데는 시간이 얼마 걸리지 않을 것이다. 경찰한테 사건이 넘어가면 기자들이 접근하기는 어려워지니 그 전에 피해자 가족을 영상에 담아야 했다. 사건이 세상에 알려지기 전 피해자와 가해자의 모습을 담은 유일한 기자가 되는 거였다. 이 사건이 묵진을 떠들썩하게 만들수록 영상의 값어치가 높아질 테니 모쪼록 준홍이 잘 수색해주길 바랐다. 시체가 발견되고 나면 따로 르포 기사를 쓸 생각이었다. 유튜브에 채널을 하나 파도 좋겠다 싶었다. 피로가 전신을 찍어 누르는데도 심장은 발딱 뛰었다. 열선이 몸을 휘감은 것 같았다. 죽음의 냄새가 구더기처럼 들끓는 요양병원에서 맞이한 훈풍이었다.

규식은 전단지에 적혀 있던 번호로 전화를 걸었다. 가래 끓는 노인의 목소리가 전화를 받았다.

"여보세요."

"실종 전단지 보고 연락드렸습니다."

규식이 말했다. 상대가 목을 가다듬었다.

"다은이 보셨습니까?"

이미 지친 목소리였다. 한다은이 실종된 지 한 달 째니 그럴 것도 같았다. 실종 전단지가 붙고 나면 하루에도 수십 건씩 제보 전화가 걸려온다. 대부분은 저녁 10시 이후에 걸려오는 취객의 장난 전화다. 처음에는 제보 전화라도 있는 게 위안이 되지만, 일주일이 지나고 한 달이 지나면 버틸 도리가 없게 된다. 실종자를 데리고 있으니 돈을 가지고 오라는 협박 전화가 올 때도 있다. 규식은 형사 시절 당장 돈을 갖고 아이를 데리러 오라는 납치범의 말에 혜화동에서 명동까지 걸어간 적도 있었다. 하루를 꼬박 날리고 나서야 위치추적으로 겨우 찾아낸 범인은 여드름투성이의 고등학생이었다. 독서실에서 공부하다 심심해서 장난을 쳤다고 했다. 무속인이 연락해 실종자가 바다에 수장돼 있을 거라 말하는 일도 있었고 굿을 해야 아이를 찾으니 당장 여우 꼬리 조각과 부적값으로 천만 원을 준비해두라는 일도 있었다. 한다은의 가족도 지쳤을 것이다. 애를 포기할 수는 없고 몸은 피폐해져 가는데 죄책감은 쌓인다. 가족을 구해내지 못했다는 절규와 상실감이 얼굴에 드러난다. 실종자의 가족들은 하나같이 낡고 망가진 모습을 하고 있었다. 한다은의 가족에게는 어떤 낙인이 찍혀있는지 보고 싶었다.

"아니요. 다은 양을 본 건 아니고요."

"전화 끊습니다."

상대가 말했다. 규식은 다급히 말을 이었다.

"저는 심부름을 하는 사람인데요. 일을 하다 보니 관련이 있을 것 같아 말씀드려요. 혹시 윤혜수를 아시나요?"

전화는 끊어지지 않았고 상대는 사고 회로가 정지한 듯 멈칫했다. 규식은 속으로 만세를 불렀다. 지금껏 고생한 것들이 모두 연결돼 있다는 확신을 하는 순간이었다. 조금만 더 참으면 신문과 텔레비전에 이 현장을 중계해줄 수 있다. 규식은 상대의 말을 기다렸다.

"윤혜수가 왜요. 그쪽은 누구신데요?"

"심부름하는 사람이라고 말씀드렸잖아요. 의뢰를 받았는데 제 고객이 윤혜수를 찾아달라고 했어요. 그런데 다은 양 실종 사건과 관련이 있는 것 같아요. 저는 윤혜수를 찾아야 하고 선생님은 다은 양을 찾아야 하는데 서로 주고받을 게 있어 보이네요."

요양병원 병실에 취침 등이 들어오기 시작했다. 간호사가 나와 퇴실 시간이 한참 지났다고 알려줬다. 규식이 짐을 챙겨 병원 밖으로 나올 때까지 상대는 입을 열지 않았다. 규식은 싸라기눈으로 미끄러워진 바닥을 조심조심 걸었다. 흐음, 하고 숨 쉬는 소리 덕분에 아직 전화가 끊기지 않았다는 걸 알 수 있었다.

"선생님."

규식은 상대를 재촉했다. 긴 침묵 끝에 상대가 말했다.

"얼굴 보고 얘기합시다. 지금 묵진에 계신가요?"

"일이 있어서 요양병원에 잠깐 와있어요. 제가 찾아뵙겠습니다."

"법산사로 오시면 됩니다. 내일이요. 낮은 일 때문에 어렵습니다. 저녁에…… 아니요. 밤이 좋겠네요."

규식은 그러겠다 대답하고 전화를 끊었다. 멸치만 파닥거리던 그물에 마침내 참치가 잡힌 기분이었다. 호텔로 돌아온 규식은 한다은의 가족을 만나면 물어볼 것들을 정리했다. 인터뷰 질문지인 셈이었다. 방송작가나 피디가 물어볼 법한 질문들을 미리 정리해놓을 생각이었다. 가벼운 질문부터 무거운 질문으로, 하나씩.

성함이 어떻게 되십니까. 나이는요. 무슨 일을 하시나요. 묵진에는 얼마나 오래 계셨나요. 전에는 무슨 일을 하셨나요. 가족들은 지금 어디 계신가요. 뭘 하고 있나요.

윤혜수는 누구인가요. 어떻게 아시나요.

염지아를 아시나요. 어떻게 아시나요.

왜 한다은의 실종신고는 하지 않았나요. 염지아와 한다은은 어떤 관계인가요. 한다은과 윤혜수는 어떤 관계인가요. 염지아와 윤혜수는 어떤 관계인가요. 염지아가 윤혜수라는 건 알고 계신가요. 양원페리에는 무슨 일이 있었나요. 지광산업은요. 그날, 묵진에서 무슨 일이 있었나요. 당신은, 당신들은…… 어떤 비밀을 안고 있나요.

다음날 밤, 규식은 가방에 구멍을 뚫고 그 자리에 폰을 집어넣었다. 카메라 렌즈가 구멍 밖을 찍을 수 있게 각도를 맞춘 뒤 폰이 움직이지 않게 테이프로 고정했다. 폰은 새끼 코알라처럼 가방에 찰싹 들러붙어 있었다.

규식은 호텔 문을 닫았다. 기삿거리를 찾아 내려왔지만, 이제는 묵진을 벗어나고 싶었다. 겨울의 묵진은 사람을 피곤하게 만드는 힘이 있었다. 해가 뜨지 않아 온종일 축축했고 소금기를 머금은 까끌까끌한 바람은 개운한 법이 없었다. 잠에서 깨면 다시 침대로 기어들어 가고 싶었고 식당 밥은 너무 짜거나 너무 싱거웠다. 정갈한 일상이 그리웠다. 아침 여덟 시에 일어나 열두 시에 잠드는 삶이 필요했다. 법산사를 다녀오면 그런 일상이 성큼 다가와 있을 것 같았다.

규식이 다시 전화를 걸었을 때, 상대는 밤 열 시 이후에 등산로 쪽으로 난 별채 쪽 뒷문을 열어 두겠다고 했다. 법산사 선방에서 진행되는 저녁 예불이 여섯 시에 시작하니 밤 열 시면 일정이 모두 끝나고 신도들이 돌아간다는 거였다.

규식은 버스를 타고 등산로 입구까지 이동한 뒤 산길을 올랐다. 비포장도로를 따라 대나무숲이 아찔하게 늘어섰다. 조명이라고는 법산사 별채 처마 끝에 매달린 전구 하나가 전부였다.

그 아래에 한 남자가 서 있었다. 머리가 벗어지고 나이가 든 남자였다. 키는 작았지만 풍채가 좋았다. 젊었을 때는 힘깨나 썼을 것 같았다. 세월이 흐르며 젊은 시절의 모습 그대로 쪼그라든 느낌이었다. 규식은 두 사람의 거리가 좀 더 가까워진 뒤에야 남자의 얼굴을 확인할 수 있었다. 화상으로 일그러진 피부 위로 타는 듯이 붉은 수염이 자랐다.

묵진 산불 방제팀 성진만 과장이 조대산으로 달려간 건 그날 밤아홉 시였다. 방화 신고가 접수됐다고 했다. 서울 서대문 경찰서 형사가 직접 제보한 건이었다. 묵진 경찰서 형사과 용석민 경사가 가서 현장 점검을 해줄 수 있냐고 부탁을 했다. 묵진에는 매년 크고작은 산불이 났다. 타다 남은 고라니를 치우는 게 고역이었다. 사체를 방치하면 봄이 오기 전에 검정파리가 눈알을 파고 알을 깠다. 코와 입에서 스멀스멀 기어 나오는 구더기는 꿈에서도 보고 싶지 않은 광경이었다. 진만은 용석민 경사의 부탁에 곧장 이부자리를 개고 일어났다.

검은 바람이 몰아쳤다. 나무가 하늘을 가려 빛 한줄기 들어오지 않는 길이었다. 묵진에서 나고 자란 진만은 조대산 기슭을 손바닥처럼 들여다봤다. 산불 냄새만 맡아도 발화점을 짐작할 수 있었다. 바싹 마른 날씨에 일부러 불을 놓았다면 큰불로 번질거렸다. 미리 제보를 받아 다행이다 싶으면서도 의아한 기분을 감출 수가 없었다. 도무지 산불이 날 조짐이 보이지 않았다. 젖은 나무에 불이 붙으면 연기라도 피어야 하는데 밥 짓는 냄새도 풍기지 않았다. 불이 나면 야생동물이 먼저 알고 자리를 피하기 마련인데 그런 움직임도 없었다. 산은 평소와 다름없이 고요했다. 얼굴 근육을 마비시키는 바람만 매서웠다.

제보가 장난일 거라는 생각은 하지 않았다. 어쩌면 눈이 내려 불이 옮겨붙지 않았을 수 있겠다고 생각했다. 진만은 젖은 바람에 실려 오는 산 냄새에 집중하면서 부지런히 걸음을 옮겼다. 방화 지점에 도착한 뒤에 랜턴을 들었다. 묘비처럼 늘어선 나무 사이에 반사 스티커가 보였다. 제보자가 말한 위치였다. 발화지점으로 보이지는 않았다. 인화물질을 들고 나른 흔적도, 불을 피운 흔적도 없었다. 다만 사람이 다녀간 자리인 건 분명했다. 땅을 파고 덮은 곳이었다. 꽁꽁 얼어붙은 야산에 그곳만 부드럽게 짓이겨진 흙더미가 쌓여있었다.

등산객이 접근하기는 어려운 곳이었다. 굳이 오르겠다면 오를 수야 있겠지만 접근할 이유가 없는 곳이었다. 도로에서도 30분가량 떨어져 있는 데다 채집할 만한 식물이 나는 곳도 아니었다.

밀렵꾼 짓이 아닐까 하는 생각이 퍼뜩 떠올랐다. 멧돼지를 잡겠다고 올무를 설치하는 일이 있었다. 두 마리만 잡아도 오륙백만 원은 받으니 아무리 단속해도 적발이 쉽지 않았다. 밀렵꾼이 여기까지 와서 덫을 놓고 불을 피웠다면, 그리고 하필 그걸 누군가 목격했다면 방화로 오인했을 수도 있겠다 싶었다.

진만은 구덩이로 다가갔다. 흙과 엉겨 붙은 핏자국이 눈에 들어왔다. 진만은 역시 멧돼지를 잡았던 거라고 생각했다. 핏자국 옆에 난 털 뭉치를 발견하기 전까지는 그랬다.

진만은 흙을 쓸어 모았다. 멧돼지 털은 바늘처럼 빳빳해서 체를 거르듯 걸러주면 장갑에 박혀 모습을 드러내기 마련이었다. 하지만 털 뭉치는 힘 없이 뭉그러졌다. 다시 흙을 긁어모았다. 손바닥에 모인 털 뭉치에 랜턴을 비췄다.

멧돼지가 염색을 할 리는 없겠지. 왜 이제 날 발견했어요. 머리카락 주인이 그렇게 묻는 것 같았다. 진만은 화들짝 놀라 랜턴을 집어 던졌다.

빨간 수염을 본 규식은 단박에 장관훈의 이름을 떠올렸다. 양원 페리를 운영하다 지광산업에 한 대 얻어맞고 뻗어버린 영세 선주. 절에서 일하고 있으니 못 찾을 수밖에. 장관훈이 염지아가 살해한 한다은의 가족인 걸까. 그렇다면 염지아는 장관훈의 회사를 무너뜨리는 것도 모자라 그 가족까지 살해한 걸까. 왜. 무슨 원한이 있어서. 규식은 걸음을 늦췄다. 바삐 머리를 굴렸다. 그동안 모은 단서와 남아 있던 퍼즐 조각을 끼워 맞춰봤다. 장관훈의 경계심을 늦추고 대화의 우위를 차지하기 위해서였다.

관훈이 손을 내밀었다. 규식은 손을 마주 잡았다. 한참을 기다리느라 땡땡 얼어붙은 손이었다.

"조규식이라고 합니다. 르포 기자요."

규식이 명함을 내밀었다. 관훈은 명함을 받지 않고 눈을 내리깔아 쳐다보기만 했다.

"기자요? 심부름센터에서 일하시는 분인 줄 알았는데요."

"이것저것 합니다. 취재하던 사건이 있었는데 거기 연루된 사람이 의뢰를 해왔어요."

잠깐 구름이 걷혔다. 달이 무표정한 푸른빛을 쏘았다. 관훈의 의심 가득한 눈매가 달빛에 드러났다.

"윤혜수를 찾고 있다고요."

"네. 전화로 말씀드린 대로요. 정확히는 제 의뢰인이 윤혜수를 찾고 있어요. 그걸 캐고 다니다 보니 좀 의심스러운 게 있어서 이것저것 알아보는 중이고요."

"그게 어떻게 다은이랑 연결이 됩니까?"

"좀 복잡한데 어디 들어가서 얘기해도 되겠습니까?"

"복잡한 거 잘 들으니까 그냥 여기서 얘기해요."

규식은 별수 없이 언 손을 비볐다. 그런데도 한기가 가시지 않아 아궁이 앞으로 슬금슬금 자리를 옮겼다.

"제 의뢰인이 조병준이라는 사람입니다. 그 친구 누나가 염지아고요. 조병준이 저한테 알아봐달라고 한 게 세 가지였어요. 윤혜수가 누구인가, 양원 페리는 어떤 회사였나, 빨간 수염은 또 누구인가. 묵진에 며칠 머무르면서 알아보니 대략 연결되는 이야기더라고요. 그런데 보면 볼수록 염지아한테 수상한 구석이 많았어요. 뭔가 숨기고 있는 사람이었지요. 좀 더 알아봐야겠다 싶었는데, 염지아가 가방에 다은 양 실종 전단지를 넣어 다니는 걸 발견했습니다. 그게 계속 마음에 걸렸죠. 저한테 다은 양에 대해서 알아봐달라는 얘기는 없었거든요. 이것도 연결되는 하나의 이야기겠다 싶어서 전단지에 적힌 번호로 연락을 해본 겁니다."

관훈은 어디 한 번 들어보자, 하는 표정으로 팔짱을 꼈다. 규식이 말을 이었다.

"염지아는 19년 전에 자취를 감춘 사람입니다. 상해죄를 저질렀는데 합의 보면 끝날 일이었어요. 형을 받아봐야 집행유예 정도였겠죠. 그런데 돌연 사라진 거예요. 19년 만에 집으로 돌아왔고요. 19년 동안 대체 뭘 하고 살았나 궁금했어요. 기자가 그런 거 알아내는 사람 아니겠습니까. 이상한 건 확인해야 직성이 풀리니까요. 그러다 윤혜수와 염지아가 같은 사람이라는 걸 알아낸 거예요. 묵진에 와서 새 신분을 얻었다가 범죄를 저지르고 다시 원래 신분으로 돌아간 거죠. 그런 것들을 추적하다 여기까지 온 겁니다."

관훈의 팔이 허리 아래로 축 늘어졌다. 뒷짐을 지고 턱 끝을 치켜들었다.

"선생님을 얼마나 만나고 싶었는지 모르실 거예요. 빨간 수염을 보자마자 바로 알았습니다. 양원 페리 대표셨죠? 염지아가 일했던 곳이요. 아, 그 당시에는 윤혜수였을까요."

관훈은 천천히 고개를 끄덕였다. 목에서 쥐어짜는 듯한 한숨이 새어 나왔다.

"맞아요. 사업 하나 말아먹고 나면 맨날 빚쟁이들이 찾아오거든요. 그때부터 절에 살아요."

"다은 양과는 어떤 관계세요?"

다은의 이름이 나오자 관훈의 목소리에서 긴장감이 느껴졌다. 기분 나쁜 소설의 결말을 읽는 것 같았다.

"내 손녀요."

관훈은 아궁이 불빛으로 이글거리는 규식을 쏘아보고 있었다. 규식은 조심스레 말을 이었다.

"아직 심증만 있는 거긴 한데, 다은이한테 안 좋은 일이 생긴 것 같아요."

"안 좋은 일, 무슨 일이요?"

"윤혜수가 다은이한테 해코지한 것 같아요."

"해코지라는 게 무슨 말이에요."

"살인사건이요."

관훈의 무릎이 살짝 꺾이는 것 같았다. 규식이 관훈을 부축했다. 관훈은 괜찮다는 손짓을 했다. 허망해 보였다. 왜 이제 와서 이런 말을 늘어놓는가, 하고 원망하는 눈빛이었다.

"제가 봤습니다. 다은 양을 본 건 아니지만요. 염지아가 묵진에 내려와 한밤중에 조대산을 오른 적이 있습니다. 제가 그걸 미행했죠. 입산 금지 기간인데다 길이 난 곳도 아니니 아무도 없을 시간과 장소였어요. 염지아가 멈춰 선 곳에 사람을 묻었다 파낸 흔적이 있더군요."

"염지아가 조대산에 올랐단 말이죠."

"네."

"선생도 같이 올랐다고요."

"그럼요. 제가 봤습니다. 분명 사람을 묻었다가 다시 파낸 자리였어요."

"선생이 확실히 봤다는 거죠. 거기 사람이 묻혀 있었다는 걸."

"맞습니다."

규식은 관훈의 얼굴에 비친 감정이 무엇인지 알아내려 애썼다. 울분은 희석되고 대신 뭔가를 골똘히 생각하는 중이었다.

"제가 윤혜수를 만나게 해드릴 수 있습니다. 경찰에 신고하기 전에요."

그 말이 관훈의 흥미를 끈 모양이었다. 줄곧 아궁이만 쳐다보고 있던 관훈이 규식을 향해 고개를 돌렸다. 윤혜수와 관훈을 한 자리에 모아놓을 수 있으면 어떨까. 가해자와 피해자를 한 화면에 담을 수 있다면. 규식은 씰룩씰룩 웃음이 번지는 걸 참았다.

"제가 연락하면 올 겁니다. 문자 한 통이면 와요. 그 여자 동생이 제 의뢰인이잖아요. 누나 데리고 오라고 한마디만 하면 돼요. 저 기자입니다. 정보를 모으고 이야기로 풀어내는 사람이에요. 억울한 게 있으면 말씀해주세요. 세상에 알려드리겠습니다. 그럴 힘이 돼요. 다은이 한을 풀어줄 힘이 있습니다. 어르신도 군인 출신이니 세상이 좀 더 정직했으면 하실 거 아닙니까."

관훈은 규식을 향해 몸을 돌렸다. 난데없이 싸늘한 표정이었다.

주위의 온도가 순식간에 몇 도는 내려간 것 같았다.

"내가 군인 출신이라는 건 어떻게 알았어요?"

"악수할 때 알았습니다. 손을 보면 압니다."

관훈은 자신의 손을 물끄러미 바라보다 규식에게 시선을 고정했다.

"또 뭘 압니까. 모르는 건 뭐고요."

"손만으로 알 수 있는 건 많지 않아요. 저는 아직 세 가지 질문의 답을 찾지 못했습니다."

규식은 손가락을 하나씩 접으며 말을 이었다.

"하나. 윤혜수가 왜 다은 양을 살해했는가. 둘. 염지아는 왜 묵진으로 돌아와 윤혜수의, 그러니까 자신의 과거를 알아내려 했는가. 셋. 조대산에 묻혀 있던 다은 양의 시체는 어디 갔는가."

어금니 갈리는 소리를 들은 것 같았다. 관훈은 이를 꽉 깨물고 있었다. 주먹을 쥐듯 팽팽하게 당겨진 턱 근육이 규식을 마주했다. 관훈이 말했다.

"얘기가 좀 복잡해지네요."

전화 소리가 두 사람의 대화를 가로막았다. 규식은 잠시 전화를 받겠다는 손짓을 하고 녹화 중이던 폰을 꺼냈다. 준홍이었다. 준홍이 들뜬 목소리로 소리쳤다.

"선배, 나왔습니다."

"조대산? 어떻게 됐냐."

"묵진 산불 방제팀에다 방화 신고 들어왔다고 흘렸는데 거기서 제대로 뒤졌나 봐요. 불났다고 하더니 사건 현장 조사시킨 거냐고 욕 바가지로 먹었습니다. 아무튼 그 덕에 뭔가 찾아내긴 했어요. 무덤처럼 파놓은 구덩이가 있는데 거기서 핏자국이랑 사람 머리카락이 나왔대요. 디엔에이 분석해보면 뭔지 알겠죠. 묵진 경찰서에서 조사 들어간답니다."

"거봐라. 내가 뭐라 그랬냐. 그거 보나 마나 한다은이다. 한다은 디엔에이부터 확보해놔. 그래야 대조하지."

"네. 그럴게요. 선배 그런데 범인이 염지아라고 했죠. 실종됐다가 19년 만에 나타난 사람이요."

"맞다니까."

"좀 이상한 게 있어서요."

"뭐가 이상한데. 나 지금 바쁘니까 빨리 말해."

"제가 염지아 신원 조회를 해봤는데……"

손이 허전했다. 준홍의 목소리가 멀어졌다. 규식의 손을 벗어난 전화기가 관훈에게 들려 있었다. 관훈은 통화 상대를 확인하고 전화를 끊어버렸다.

"뭐예요."

규식이 말했다. 관훈은 규식의 전화기를 주머니에 집어넣었다. 송충이 같은 눈썹이 꿈틀거렸다. 전과는 다른 얼굴이었다. 적의가 들끓고 있었다.

"무슨 전화를 그렇게 오래 하십니까. 사람 앞에 두고."

"경찰 후배랑 통화하던 거였어요."

"조대산에서 뭔가 발견됐다는 것 같던데요."

"네. 한다은 양이 묻혀 있었다는 증거요. 증거가 있으면 영장이 나올 거고요. 그러면 윤혜수 집도 수색할 수 있습니다."

관훈은 곧 증거가 나올 거라는 말에도 동요가 없었다. 손녀를 살해한 범인을 잡을 수 있다고 말하는데도, 그러면 손녀 시신이라도 찾을 수 있을 거라고 말하는데도, 관훈은 오히려 불쾌해 보였다.

"곧 감식 들어간답니다. 전화기 주세요. 후배한테 연락해서 경찰서로 모실게요. 가족의 진술이 필요할 겁니다. 거기서 윤혜수와 무슨 일이 있었는지 말씀해주세요."

관훈은 아궁이에 장작을 밀어 넣었다. 사그라들던 불길이 되살아났다. 아궁이 앞에 앉아 있던 관훈의 뺨이 벌겋게 익었다. 관훈은 숯이 된 장작을 뒤집고 부지깽이를 들었다. 쇳물처럼 달아오른 불덩이가 눈앞에 아른거렸다.

"뭐 하시는 겁니까?"

규식이 말했다.

"뭐가요."

"한다은이 조대산에 묻혀 있었다고 했습니다, 방금. 다은이를 찾고 범인을 체포해야죠."

"그랬죠. 좋은 소식이에요. 나쁜 놈한테 벌을 줘야죠. 그런데 나도 조사를 받아야 한다고요?"

"그럼요. 실종 전단지 붙인 게 본인이잖습니까. 손녀딸 찾으셔야죠."

"기자님이 여기 온 거, 방금 통화한 경찰 후배도 알고 있습니까?"

"아무도 모릅니다. 저하고 먼저 말씀 나누시고요. 그다음에 경찰서 가시면 돼요. 어르신을 도와드릴 사람들이 많습니다."

"아니요. 그럴 일은 없을 겁니다."

관훈은 천천히 고개를 저었다.

"결혼을 하고 내 새끼가 생기면 가족의 의미가 달라져요. 이름을 지어주고 그 아이가 나를 아빠라고 부르기 시작하면 세상이 다르게 보이고요. 가족이 나를 떠나는 건 감당하기가 어렵지요."

관훈이 부지깽이를 흔들었다. 불덩이가 만든 잔상이 커다란 원을 그렸다. 그 원이 점점 가까워지고 있었다.

"나는 내 딸을 내가 지켜야 한다는 말입니다."

덜 마른 장작이 아궁이에서 타닥타닥 소리를 내며 타들어 갔다. 노곤한 파열음 사이로 귀신이 흐느끼는 듯한 소리가 들렸다. 규식은 뒤를 돌아봤다. 머리를 풀어 헤친 여자가 등 뒤에 다가와 있었다. 마른 몸통에 뼈만 남은 팔이 건들거리는 것이 각다귀 같았다. 길쭉한 팔 끝에 낫이 매달려 있었다. 여자는 팔을 치켜들었다. 여자는 작은 눈동자를 내리깔고 규식을 노려봤다.

"기자님. 너무 많이 알고 있어요."

관훈이 말했다. 여자가 낫을 휘둘렀다. 규식은 반사적으로 허리를 숙였다. 이마에 바람구멍을 낼 뻔한 쇠붙이가 머리칼을 스쳤다. 여자는 신음을 토했다. 야생의 것이었다. 사람 몸에 늑대를 집어넣고 미싱을 박은 것 같았다. 인간의 것이 아닌 언어를 지껄이며 발광했다. 그때마다 낫이 어지럽게 춤을 췄다. 여자는 집요하게 규식의 머리를 노렸다. 집어삼킬 듯한 비명이 덤벼들었다. 규식은 여자를 향해 튀어나가 팔과 멱살을 동시에 쥐었다. 다리를 걸어 올리자 여자가 허공에 떴다. 그 짧은 순간에도 여자는 허우적거리며 규식을 향해 팔을 휘둘렀다. 썩은 고기를 먹은 듯한 입 냄새가 몰려들었다.

규식이 여자를 바닥에 내리꽂았다. 얼어붙은 흙바닥에 여자의 허리가 바스러졌다. 삭은 나뭇가지가 부러지듯, 늑골이 내려앉는 감각이 생생했다. 규식은 얼굴을 찌푸렸다. 여자가 들고 있던 낫이 관훈 앞으로 굴러가 멈췄다. 규식은 껌 종이처럼 구겨진 여자를 바닥에 던져놓았다. 여자는 눈이 뒤집힌 채 입에서 거품을 흘렸다. 긴장한 탓일까. 잠깐 힘을 썼을 뿐인데 숨이 찼다. 참았던 호흡이 몰려나왔다. 입김이 앞을 가렸다.

"뭡니까, 이 여자는?"

"장진희요. 내 딸입니다."

관훈은 바닥에 고꾸라진 여자를 물끄러미 쳐다보며 대답했다.

"딸이라고요? 이 사람이 다은이 엄마라고요?"

"내 새끼가 생기면 가족의 의미가 달라진다고 했지요. 그리고 가족이 나를 떠나는 건 감당하기가 어렵다고도 했고요. 걔 때문에 내가 사는 게 힘듭니다. 힘들어서 견딜 수가 없어요. 분통이 터지는데 하소연할 곳이 없습니다. 얘가 원래부터 이랬던 건 아니에요. 윤혜수가 이렇게 만들었지요."

"선생님. 휴대폰 주세요. 경찰 불러야겠습니다."

"아니요. 안 돼요. 진희가 곧 일어날 거예요. 걔 뭅니다. 개처럼 물어요. 조심하세요."

관훈이 규식에게 눈치를 줬다. 규식은 발아래를 봤다. 시퍼런 손가락이 발목을 따라 구더기처럼 기어오르는 중이었다. 여자가 벌건 눈을 뒤집었다. 규식이 밤송이를 떼듯 발을 터는데도 손톱은 아킬레스건을 천천히 파고들었다. 여자는 턱이 빠질 듯 입을 벌렸다. 관훈은 낫을 들었다.

"이게 무슨……"

규식은 얼굴을 가렸다. 관훈은 상관없다는 듯 규식의 손 위로 낫을 내리꽂았다. 규식의 손목이 안쪽으로 꺾였다. 장력을 이기지 못한 인대가 툭 끊어졌다. 통증이 몰려왔다. 시야가 어지러웠다. 관훈은 팔을 뻗어 규식의 입을 막았다. 규식이 내지르는 비명은 담장을 넘지 못하고 안개 속으로 흩어졌다. 이마에서 뿜어져 나온 핏물은 믹서기를 돌린 것처럼 안개를 물들였다.

관훈은 연거푸 낫을 휘둘렀다. 정수리를 향해 몇 번이고 내다 박았다. 낫은 벌건 기름을 칠한 듯 번들거렸다. 규식은 개구리처럼 꿈틀거렸다. 진희가 그 위에 올라탔다.

관훈은 주위를 살폈다. 한밤중에 벌어진 소란에 수경이 뛰쳐나오지는 않을지 걱정이었지만 주말 내내 신도를 받아내느라 지친 산사는 고요했다.

"진희야, 손은 건드리지 마."

"응, 아빠."

관훈은 바닥에 떨어져 있던 규식의 휴대폰을 집었다. 지문으로 잠금이 풀리는 폰이었다. 규식의 엄지손가락을 휴대폰에 갖다 댔다. 부러진 팔이 덜렁거렸다. 밀가루 반죽처럼 망가진 얼굴보다 그쪽이 더 불쾌했다.

최근 통화 목록에 서대문 경찰서 임준홍 경사가 있었고 그 아래 조병준이라고 기록된 연락처가 보였다. 관훈은 문자를 썼다. 자판에 피가 묻어 자꾸만 오타가 났다. '왜 그랬어요. 왜.' 다은의 목소리가 사방에서 울렸다. 심장을 얼음처럼 식히는 음성이었다. 흉곽이 뿌옇게 부어올랐다. 손바닥이 축축하게 젖었다. 관훈은 두 손을 기도하듯 감싸 쥐었다. 진희는 나뭇가지로 규식을 쿡쿡 찌르며 장난을 쳤다. 문자 발송을 끝낸 관훈이 말했다.

"치우자, 진희야."

진희는 콧물을 닦곤 뭘 치우자는 건가, 하며 고개를 갸웃거렸다. 관훈은 곡괭이를 들었다.

신호는 가는데 응답이 없었다. 전화기가 꺼져 있는 건 아니었다. 준홍은 소리샘 안내 멘트가 나올 때까지 기다리다 전화를 끊었다. 저녁으로 먹은 시금치나물이 목에 걸려 내려가지 않았다. 눈이 감겼다. 세 평 남짓한 사무실에서 사건 브리핑을 하는 중이었다. 홍은동에서 실종된 고등학생이 양화대교 아래에서 발견됐다고 했다.

"교살이고요. 족적 분석 중이에요. 노끈을 쓴 것 같은데 찾지는 못했고요. 용의자 수색영장 나오는 대로 신문하면 돼요. 이 정도로 세게 감았으면 손에도 상흔이 남았을 거예요. 얘들 악질이에요. 무게 줄인다고 사람 피까지 뽑았다니까요."

대웅의 목소리가 붕 떠 있었다. 사건이 해결될 참이니 마음이 조금은 가벼워진 모양이었다. 준홍도 그 순간을 함께 기뻐해 주고 싶은데, 규식 걱정으로 마음을 놓을 수가 없었다.

성격이 불같은 규식이었지만 다짜고짜 전화를 끊는 일은 한 번도 없었다. 그 정도 예의는 있는 사람이었다. 사람 중요한 걸 아는 사람이었다. 그런 선배가 통화 중에 전화를 끊었다. 무슨 일이 생긴 게

틀림없다. 염지아를 쫓다 연락이 끊겼으니 염지아를 찾아야 했다.

브리핑이 끝났다. 준홍은 규식을 위해 열어놓았던 사건 폴더를 펼쳤다. 첫 페이지에 뱀이 마을 주소와 연락처가 나와 있었다. 가족 연락처도 함께였다. 준홍은 염철순에게 전화를 걸었다. 자다 깬 듯한 목소리가 여보세요, 하고 말했다.

"서대문구 임준홍 형사라고 합니다. 염지아 씨 아버님 되십니까?"

"그런데요."

불안함으로 출렁거리는 말투였다. 염철순이 무엇에 신경을 쓰는지 궁금했다. 염지아가 묵진에 내려간 이유도 그제야 궁금했다. 규식 선배가 왜 이 일에 환장했는지 알 것 같았다. 예전부터 냄새는 귀신같이 맡았다. 주위에서 인정을 안 해준 것뿐이었다. 결과를 까고 나면 규식이 감으로 찍었던 사람이 범인인 경우가 허다했다.

"염지아 씨 어디 있어요?"

"지방 내려갔는데……"

"묵진 내려간 거 압니다. 어디에 묵고 있나요?"

"무슨 일인데요?"

"염지아 씨한테 물어볼 게 있어서요."

"한밤중에 전화해서 다짜고짜 지아가 어디 있는지 물어보시면……"

옆에 있던 누군가가 전화를 뺏었다. 여자의 목소리였다. 짜증이 잔뜩 난 말투로 대답했다.

"경방 모텔이라고 했어요."

부인인 모양이었다. 두 사람의 푸닥거리가 이어지는 사이 준홍은 전화를 끊었다. 곧바로 묵진 경찰서 형사과에 전화를 돌렸다. 조대산 수색을 도와준 용석민 경사였다.

"경사님, 좀 급합니다. 큰일이 벌어진 것 같은데 신병확보 좀 가능하겠습니까. 조대산 살인사건 용의자를 찾은 것 같아요."

"수색영장도 없이요?"

용석민 경사가 곤란하다는 듯이 말했다.

"긴급상황이라니까요. 불 질러도 되니까 빨리 찾아야 합니다."

"어제는 방화 신고를 하시더니 오늘은 불을 지르라고 하시네."

"농담할 때 아니에요. 이러다 사람 죽습니다."

병준은 맥주캔 세 개를 일렬로 세워놓았다. 허공에 해파리 한 마리가 둥둥 떠다녔다. 똥꼬에서 물을 찍찍 뿜으면서, 해파리는 눈동자를 데굴데굴 굴렸다. 아직 괜찮아. 더 마셔도 돼. 해파리는 병준을 안심시켰다. 그러고 보니 생각처럼 많이 마시지는 않은 것 같았다. 이번에는 탑을 쌓듯이 캔 위에 캔을 얹었다. 탑은 높고 견고해 보였다. 엄마가 전화를 걸어 시골에서 있었던 일을 들려줬다. 막내 이모 큰아들 진수 얘기였다. 어렸을 때부터 친척들은 또래인 병준과 진수를 비교하기 일쑤였다. 언제나 비교당하는 쪽은 병준이었다. 병준은 전국 수학 경시대회에서 상을 받지도 못했고 전액 장학금을 받은 적도 없었으며 약사를 아내로 맞이하지도 못했다. 병준은 진수를 돋보이게 하기 위한 장치로 활용됐고 그럴 때면 송편을 빚던 엄마가 점점 말수가 줄어드는 걸 지켜봐야 했다.

엄마는 전화하기 전부터 신이 나 있었다. 막내 이모가 오래전부터 진수가 공기업에 합격했다고, 대기업 연봉을 받는다고 속을 긁는 소리를 했는데 알고 보니 대행업체에 들어간 게 와전된 거라고 했다. 건실한 회사면 모르겠는데 하필 회계 부정으로 난리가 난 회사였다. 저녁 뉴스에 그 소식이 떴다. 공기업 부정 수주 건이었다. 외삼촌이 저거 진수네 회사 아니냐고 물었다.

엄마는 막내 이모 표정이 아주 볼만하더라고 하면서 웃었다. 어쩔 줄 몰라 화장실로 달려가는 꼴이 가관이더라며, 너도 와서 봤으면 좋았겠다고 했다. 병준이는 왜 안 왔냐며 명절에라도 가족이 같이 모여야 하지 않겠냐고 목소리를 높이던 이모가 그 이후로는 입을 싹 다물었다고 했다.

혼자만 실패한 건 아니라는 생각에 기분이 좋았다. 그래서 벌써 맥주가 세 캔째였다. 병준은 캔을 발로 걷어찼다. 볼링핀이 무너지듯 경쾌한 소리가 났다. 잠든 줄 알았던 지아가 벌떡 일어났다.

"너 왜 내 방에서 이래."

좋았던 기분이 순식간에 바닥으로 내려앉았다. 지아의 잔소리가 귀찮았다. 깁스 안에 묻힌 팔이 간지러웠다. 팔을 움직일 수 없다 생각하니 등도 간지러웠다. 병준은 벽에 대고 등을 긁었다. 치석처럼 박힌 간지러움은 빠져나갈 줄 몰랐다. 병준은 남은 캔 하나를 더 깠다.

"너 그것까지 마시면 내일 아무것도 못 한다."

"안 해도 되잖아. 내가 할 게 뭐가 있는데. 기껏 도와주려 했더니 혼내기나 하고."

"알았으니까 술주정하려면 네 방 가서 하라고."

"이 방이 더 좋다니까. 테라스도 있어서 나가서 담배 피울 필요도 없고."

병준은 마지막 맥주캔을 땄다. 오징어 다리가 어금니 사이로 말려들었다. 구린내가 이에 스며들었다. 병준은 텔레비전 볼륨을 높였다. 지아는 텔레비전 전원을 뽑았다. 검은 모니터에 지아와 병준의 모습이 비쳤다.

"넌 걱정도 안 돼? 같이 묵진까지 내려와서 한 게 뭐가 있어 대체."

"그럼 데리고 오지 말지 그랬어. 내가 가겠다고 한 것도 아니고 새 아빠가 부탁했잖아. 팔 다쳐가면서 도와줬잖아. 고맙다고 해야지 왜 비난을 해."

병준은 제 방인 양 드러누워 스마트폰 볼륨을 최대로 높였다. 방청객 웃음소리가 가득했다. 잠시 후 코 고는 소리가 스마트폰 소리를 덮었다. 병준은 배를 내놓고 잠들어 있었다. 지아는 이불을 가져다 병준을 덮었다.

발바닥이 근질거렸다. 단서가 쌓였는데도 하나로 연결 짓지를 못했다. 지아는 아직도 시체를 숨기고 집을 치운 사람이 누군지 알지 못했다. 실종 전단지에 윤혜수의 전화번호가 적혀 있는 이유를, 왜 한다은의 가족이 윤혜수의 전화기를 가졌는지도 알지 못했다. 장관훈과 장진희가 한다은과 어떻게 연결이 되는지도 알지 못했다.

지아는 낮시간 내내 파출소를 서성거렸다. 사람을 죽였으니 잡아가라고 할 참이었다. 대신 이번 사건의 전말을 속 시원히 좀 알려달라고 말할 생각이었다.

누굴 죽인 거냐고 물으면 한다은이라고 대답해야겠지. 그 사람이 누구냐고 물으면 모른다고, 하지만 원한 관계인 것 같다고 해야겠지. 그런 것 같다고요? 경찰이 되물으면 윤혜수로 살았던 19년과 이 중인격에 대해서, 한다은을 아는 미친 여자와 그 여자의 남편을 빼 앗은 혜수에 대해서, 그리고 혜수가 일했던 양원 페리와 그 양원 페 리 대표였던 장관훈에 대해서 이야기를 늘어놓아야겠지.

그래서 시체는 어디 있는데요?

경찰이 그렇게 물으면 내놓을 답이 없었다. 제가 죽이긴 죽였는데 누군가 시체를 숨겼습니다. 살인 도구는요. 그것도 사라졌습니다. 살인 현장은요. 거긴 다 치워놓았습니다. 본인이 했다고요? 아니요. 다른 사람이요. 아니 누가 그런 짓을 해요. 그러게요, 제가 그걸 잘 모르겠어요.

아직은 때가 아니야. 지아는 핑계를 덧칠해 파출소를 떠났다. '사 실은 체포당하는 게 싫은 거지?' 머릿속 목소리가 그렇게 물었다. 부정하지 못했다. 언젠가 감옥에 간다면 그건 더 나이가 든 이후였 으면 했다. 조금만 더 젊은 나이로 세상 공기를 맛보고 싶었다.

어디서 불쑥 시체가 발견되지는 않을지 걱정이었다. 조대산 어귀, 아니면 소산포 앞바다에서. 시체가 나타나면 수사도 시작될 것이 다. 사망 당일 행적을 파악할 것이고 원한 관계가 있는 주변인 탐사 가 진행되면…… 지아는 경찰이 들이닥치고 수갑을 차는 순간을 상 상했다. 마스크로 가린 얼굴, 살인자의 얼굴을 찍기 위해 몰려든 기 자와 그 앞에 터지는 플래시, 혼절하는 피해자의 가족들, 다시 그쪽 으로 렌즈를 돌리는 기자들…… 지루한 법정 공방과 정신과 감정이 이어질 것이다. 몇 년 형을 받을까. 40대에 사회로 돌아오는 건 불가 능하겠지. 잘하면 50대, 어쩌면 환갑이 넘은 나이에 출소할지도 몰랐다. 정신병이 있다고 하면 감형을 받을 수 있을까. 온계리 이야기를 꺼내면 사람들이 불쌍하게 생각해줄까. 인권변호사를 구하면 좀 나을까.

전화가 울렸다. 철순이었다. 액정에 찍힌 시간은 11시를 넘어가고 있었다. 잠들어 있어야 할 시간이었다. 지아는 전화를 받았다. 철순은 발아래 땅이 무너질 것처럼 호들갑을 떨었다.

"형사한테 전화가 왔다."

잊었던 두통이 돌아왔다. 지아는 튕기듯 등을 폈다. 끝내 경찰이 냄새를 맡았나. 강규식이 눈치를 챘으니 경찰에 슬쩍 이야기를 흘리는 것도 가능할 것 같았다.

"뭐라고 해요?"

"너 묵진 내려간 걸 알고 있더라. 숙소가 어디냐고 물어보더라. 무슨 잘못이라도 했니?"

"그래서 숙소 알려줬어요?"

지아는 날이 선 말투로 추궁했다. 철순은 힘없이 말을 이었다.

"나는 안 했지. 근데 너희 새엄마가……"

테라스 아래 기척이 있었다. 멀리서 남자 셋이 다가오는 중이었다. 지아는 전화를 끊고 벽에 몸을 붙였다. 지붕이 만든 그림자가 지아를 덮었다.

남자들은 바람막이 점퍼에 스판 소재 면바지, 달리기에 유용한 운동화 차림이었다. 손질하기 쉬운 짧은 스포츠머리를 하고 있었다. 그런 사람 셋이 한 번에 모텔로 들어오는 중이었다. 형사들이 얼마나 형사같이 하고 다니는지 자신들은 알고 있을까. 짧은 순간에도 그게 궁금했다. 지아는 방으로 돌아가 병준을 깨웠다. 맥주 네 캔을 마시고 잠든 병준은 응석을 부릴 뿐 깨어나지 않았다. 홧김에 발로 배를 걸어차 줬다. 병준은 잠든 상태로 헛구역질을 했다. 이대로는 데려가 봐야 짐이 될 것 같았다. 지아는 백팩을 열어 당장 필요한 것들만 쏟아 넣었다. 방을 떠나려는데 병준의 전화기가 울렸다. 강규식이 보낸 문자가 화면에 떠 있었다.

'지금 법산사로. 관리인 별채에 장관훈 있음.'

폰을 쥔 손이 부들거렸다. 모텔을 벗어나야 할 이유가 분명해졌다. 오랜만에 머리가 맑아진 기분이었다. 목표가 하나로 모인 느낌이었다. 잡힐 때 잡히더라도 장관훈을 보고 싶었다. 빌어야 할 일이 있으면 빌고, 따질 일이 있으면 따지고 싶었다. 해소되지 않은 궁금증을 털어놓고 싶었다.

발소리가 가까워졌다. 지아는 규식이 보낸 문자를 지우고 병준에게 전화를 걸어 통화 상태로 뒀다. 형사와 병준이 나누는 대화를 엿들을 생각이었다. 방을 나온 지아는 로비 쪽이 아닌 가장자리 계단으로 향했다. 복도를 거의 빠져나갔을 때 중앙 계단으로 형사들이 들이닥쳤다. 모텔 주인과 함께였다. 마스터키로 방문을 여는 소리가 들렸다. 지아는 전화기에 이어폰을 꽂고 계단을 내려갔다.

"저기요. 염지아 씨 어디 갔어요."

형사들이 병준을 깨우는 소리가 들렸다. 병준은 잠꼬대로 뭐라 중얼거리기도 하고 화를 내기도 하다가 시커먼 남자들에 둘러싸여 있다는 걸 눈치채고 말을 멈췄다. 부스럭거리며 일어나는 소리, 맥주 캔이 구르는 소리가 이어졌다.

"아저씨. 정신 좀 차려봐요. 우리 경찰이에요."

"경찰이요?"

병준은 이미 울먹거리고 있었다.

"아 이 아저씨 완전 취했네. 염지아 씨 어디 갔어요?"

"나…… 아무것도 몰라요."

"여기 염지아 씨 방이잖아요. 어디 있냐니까요?"

"누나가…… 누나가 나보고……"

"어디 간다고 얘기했어요?"

"나불거리지 말라고 했어요."

형사가 허, 참 하고 허탈하게 웃었다. 나이가 지긋한 목소리의 형사가 앳된 목소리의 형사에게 주위를 수색하라고 일렀다.

지아는 차에 시동을 걸었다. 휴대폰은 모텔 주차장을 빠져나오자마자 길에 버렸다. 이게 개 목걸이가 될 줄 알았다. 회색 하늘이 질척거리며 뒤를 쫓았다. 번화가를 빠져나온 지아는 내비게이션에 법산사를 입력했다. 내비게이션에 등록된 절 중에 법산사라는 이름을 가진 곳은 한 군데밖에 없었다.

차는 좁은 길로 접어들었다. 서늘한 풍경이 차창을 지나쳤다. 나뭇가지가 사납게 창을 긁었다. 비포장도로에 들어선 뒤에는 타이어가 돌을 튀겨댔다. 콩을 볶는 것처럼 날아간 돌이 가장자리로 늘어선 풀을 때렸다. 지아는 차량 진입 방지대가 있는 곳까지 운전한 뒤 차를 세웠다.

산사에는 눈이 내려 설탕을 흩뿌린 듯 달빛으로 반짝였다. 동상으로 시달리던 발가락이 욱신거리기 시작했다. 지아는 운동화 속에 발가락을 꼼지락거리며 입구로 들어섰다. 현판을 지나니 양옆으로 사천왕이 보였다. 사백안으로 횅뎅그렁하게 뜬 눈이 지아를 내려봤다. 갈라진 문틈으로 바람이 스며들었다. 외부인이 들어갈 수 있는 건 거기까지였다. 문고리가 잠겨 도량 안으로 들어갈 방법이 없었다.

지아는 규식이 보낸 문자를 떠올렸다. 관리인 별채에 장관훈이 있다고 했다. 후문은 열려 있을까. 지아는 올라왔던 길을 내려가 등산로 방향으로 난 길을 향해 방향을 틀었다. 별채가 가까워질수록 돌개바람 같은 웃음소리가 들렸다. 이유도 모른 채 가슴이 뛰었다. 손끝이 저렸다. 대나무숲도 바람도 서두르라고 우우우, 등을 밀었다. 키를 훌쩍 넘는 담장 너머로 불빛이 일렁였다.

후문으로 들어서니 야트막한 별채 옆에 걸신처럼 삼킬 것을 찾는 아궁이가 불길을 내뿜고 있었다.

"계세요."

지아가 말했다. 얼굴에 질펀한 그림자를 드리운 남자가 돌아섰다. 화염이 바람을 따라 춤을 췄다. 개미 떼 같은 그림자가 반대편으로 몰려들었다. 그 사이로 빨간 수염이 보였다.

장관훈이구나. 누가 말해주지 않아도 알 수 있었다. 지아는 더 이상 다가서지 못하고 멈춰 섰다. 주위를 둘러봤지만 규식은 보이지 않았다. 관훈 앞에 펼쳐진 땅이 검붉었다. 봉정 빌라에서 봤던 것과 같은 흔적이었다. 피 흘리는 사람을 질질 끌었을 흔적이었다.

관훈이 지아를 향해 다가왔다. 산뜻한 발걸음이었다. 고요한 산사에 눈을 지치는 듯한 마찰음이 울렸다. 지아는 관훈이 다가온 만큼 물러섰다.

"왔구나. 무사히 왔어. 다행이다."

관훈이 입을 여는 순간 더러운 감정이 치솟았다. 입 안에, 코끝에, 화약 맛이 진동했다. 지아는 코를 틀어막았다. 냄새는 뱃속에서 차오르는 신물처럼 요동쳤다.

"강규식이 오라고 했어요."

"그래. 그 사람이 꽤 깊숙이 개입했더구나. 가만히 놔둘 수가 없었어. 여차하면 네가 경찰에 잡혀가겠더라고. 이번에는 내가 수습했어. 우리는 늘 그랬잖니. 너는 나를 돕고, 나는 너를 돕고."

"무슨 말씀인지 모르겠어요."

관훈은 미소를 지었다. 붉은 거미줄 같은 수염 아래 작은 어둠이 고였다.

"너는 지금 염지아지? 윤혜수가 아니지?"

"네."

지아가 대답했다.

"나는 염지아가 아니라 윤혜수한테 볼 일이 있거든. 내가 얼마나 개고생을 했는지 윤혜수가 알아야 해서. 다 정리됐어. 모든 게 깔끔해졌어. 시체를 숨기고 살인 현장도 정리했다고. 이제 이 사건을 아는 사람은 우리뿐이야."

"잠깐만요."

지아는 관훈의 말을 막아섰다.

"그쪽이 시체를 숨겼다고요? 살인 현장을 정리한 것도 그쪽이고요."

"그럼. 네가 경찰에 잡혀가는 걸 두고 볼 수 없으니까."

"왜요."

"우리는 해결할 게 있다고 했잖아. 다은이. 그 불쌍한 아이 말이야."

관훈이 다은이, 라고 말하는 순간 전화기 너머로 들었던 목소리가 떠올랐다. 그 위로 관훈의 얼굴이 겹쳐 보였다. 파편으로 존재하던 이야기들이 하나의 책으로 엮였다. 많은 걸 설명해주는 한마디였다.

"그쪽이…… 다은이 가족이었군요."

지아는 주먹을 꽉 쥐었다. 닿을 수 없는 존재를 향해 분노가 튀었다. 눈앞에 혜수가 보인다면 찢어놓고 싶은 심정이었다.

"이제 알겠어요. 혜수가 당신한테 몹쓸 짓을 한 거예요. 사위를 유혹하고 회사를 망하게 하고 손녀까지 죽여버린 거예요. 살인사건을 저지른 애가 멀쩡히 묵진으로 돌아오는 걸 보고 정신병이 도졌다고 생각했죠? 경찰이 먼저 처리해버릴까 싶어서 신고도 하지 않고 시체도 숨기고 전단지를 뿌려서 여기까지 날 유인한 거죠?"

맥이 풀렸다. 잃어버린 19년의 결말이 겨우 조잡한 복수극이라는 사실 때문이었다. 좀 더 거창한 사연이 있을 줄 알았다. 윤혜수는 쓰레기를 차곡차곡 쌓아 시궁창에 던진 것뿐이었다. 살고 싶은 대로 살다 묵혀둔 불운이 폭발하는 순간 하수처리장 밑바닥에서 지아를 불러낸 것뿐이었다. 지아는 얼어붙은 발가락을 꼼지락거렸다 어깨가 굳었다. 스펀지처럼 구멍이 숭숭 뚫린 폐로 바람을 밀어 넣었다.

"몇 개는 맞고 몇 개는 틀려. 넌 아직 진실을 몰라."

"상관없어요. 윤혜수는 이제 없어요."

"네가 윤혜수야."

"난 아무것도 기억을 못 하는걸요."

"기억을 못 한다고 해서 없던 일이 되는 건 아니지. 그 얼굴이 저지른 일이야. 그 목소리가 벌인 사건이라고. 그 손으로 지은 죄야."

관훈이 다가왔다. "이리 온." 관훈이 손짓했다. "우리 남은 얘기를 하자꾸나." 그렇게 중얼거리는 관훈의 손끝에 잘 벼린 낫이 덜렁거리고 있었다.

온몸이 위험신호를 보냈다. 심장이 펌프질을 하며 혈액을 실어날랐다. 사이렌을 켜고 달리는 구급차 같았다. 등산로 아래 세워둔 차를 향해 뛰었다. 관훈은 머리 위로 낫을 휘두르며 달려왔다. 지아를 향해 찢어질 듯한 웃음을 던졌다.

나뭇가지가 볼을 긁었다. 웅얼거리는 숲이 팔을 붙잡았다. 다리는 뜻대로 움직여주지 않았다. 정강이 아래가 늪 속에 잠긴 기분이었다. 질주하던 지아 옆으로 장진희가 나타났다. 맨발인데도 지아와 엇비슷한 속도였다. 생일 선물 포장을 뜯는 아이처럼 새된 흥분을 토했다. 진희는 손에 든 것들을 닥치는 대로 던졌다. 나뭇가지와 돌멩이가, 산길을 굴러다니던 페트병이 지아를 향해 날아왔다. 쓰레기가 발에 걸어 채였다. 차에 거의 도착했을 때 소주병이 날아와 머리를 때렸다. 지아는 달리던 힘을 이기지 못하고 바닥에 고꾸라졌다. 무릎이 바닥을 찧는 순간 토마토처럼 연골이 으깨지는 게 느껴졌다. 시퍼런 통증이 전신으로 퍼져나갔다.

"야호."

등 뒤에서 진희가 소리쳤다. 관훈은 먼발치에서 낫을 들고 거리를 좁혔다. 지아는 성한 다리로 일어서 자동차에 열쇠를 밀어 넣었다. 잠금장치가 풀리는 걸 보고 장진희는 발을 동동 굴렀다.

"아빠! 빨리!"

관훈은 무서운 속도로 내리막길을 달렸다.

지아는 차에 올랐다. 관훈은 닫히는 문 사이에 손을 밀어 넣었다. 노인의 것이라고 믿기 힘든 완력이 문을 열어젖혔다. 달빛을 반사한 낫이 번쩍이며 어깻죽지를 파고들었다. 쇠붙이의 한기가 피를 얼렸다.

지아는 액셀을 밟았다. 어깨에 꽂힌 낫이 덜렁거렸다. 운전대를 쥔 손이 말을 듣지 않았다. 바퀴가 제멋대로 굴렀다. 관훈은 어디로 튈지 모르는 차를 보며 애매한 거리를 유지하고 있었다. 차는 눈으로 젖은 진창에서 빠져나오지 못하고 헛바퀴만 돌렸다. 지아는 후진기어를 넣었다. 엔진이 굉음을 내며 등산로를 빠져나왔다. 장진희가 원숭이처럼 팔을 휘두르며 보닛을 기어올랐다.

"진희야 내려와라!"

관훈이 소리쳤다. 지아는 안전벨트를 채우고 엑셀에 올린 발을 끝까지 뻗었다. 장진희가 양팔을 쭉 뻗어 보닛을 감쌌다. 운전대를 좌우로 꺾어도 떨어지지 않았다. 차는 등산로를 따라 질주했다. 새파란 흥분이 뱃속을 굴렀다. 운전하고 있을 뿐인데도 물속에 잠긴 것처럼 숨이 찼다. 나무에서 눈 뭉치가 떨어졌다. 미역처럼 뻗쳐나오는 진희의 머리카락은 차창에 검은 물감을 뿌린 것처럼 시야를 가렸다. 진희는 유리창에 뺨을 찰싹 붙이고 지아를 노려봤다. 핏발 선 눈동자였다. 원한으로 돌아버린 눈동자였다. 지아는 속도를 높였다.

순식간에 등산로를 빠져나왔다. 비포장도로에 바퀴를 얹는 순간 지아는 운전대를 꺾었다. 목이 부러지듯 장진희가 떨어져 나갔다.

장애물이 사라진 차창 앞에 전신주가 나타났다. 나무 기둥이 갑자기 솟아오르는 느낌이었다. 브레이크를 밟을 여유는 없었다. 차는 전신주를 밀고 들어갔다. 뒷바퀴가 허공에 떴다. 아주 잠깐, 지아는 무중력 상태로 머물렀다. 엉덩이가 닿아있어야 할 부분이 허전했다. 가죽 시트가 꼬리뼈를 들어 올리고 안전벨트는 뱀처럼 몸을 휘감았다. 에어백이 터졌다. 목뼈가 우드득 갈리며 머리가 뒤로 튕겨 나갔다. 목받이가 뒤통수를 들이받았다. 눈이 내리는 것도 아닌데 차창 와이퍼는 요란스레 창을 닦았다. 손끝 하나 움직일 수 없었다. 무력감이 찾아왔다. 무언가 단단히 잘못됐다는 기분이 들었다.

문이 열렸다. 장진희가 안전벨트를 풀고 발을 잡아끌었다. 지아는 눈밭을 굴렀다. 바닥에 쌓인 눈이 등을 식혔다. 뒤늦게 도착한 관훈이 지아의 어깨에서 낫을 뽑아냈다. 크래커처럼 부서진 늑골에서 통증이 몰려왔다. 숨만 쉬어도 신열이 올랐다. 그 통증을 넘어서는 불안감이 가슴을 파고들었다.

관훈은 지아를 들어 어깨에 얹었다. 옆에서 진희가 뭐라고 종알거렸다. 관훈의 씩씩거리는 숨소리가 귀에 닿았다.

관훈은 절뚝거리는 다리로 기어이 지아를 별채까지 날랐다. 지하실 야전침대에 지아를 눕힌 뒤 노끈을 바싹 조여 손목과 발목을 묶었다. 그 위로 테이프를 감았다. 낡은 오디오에서 불경이 흘러나왔다. 관훈은 볼륨을 높였다. 불경 소리가 지아의 비명을 묻었다. 진희는 흥분을 가라앉히지 못하고 지아의 손가락을 꺾었다. 손가락을 구부릴 때마다 기름칠 덜 된 기어처럼 딱딱거리는 소리가 났다. 목탁 소리와 뼈마디가 갈라지는 소리가 뒤섞였다. 관훈은 지아의 입에 알약 여러 개를 털어 넣었다.

"진통제야. 바로 처리해버리고 싶지만, 우린 아직 해결할 것들이 남아 있지."

우악스러운 손길이 입을 막았다. 알약이 바스러졌다. 떫은 가루 맛이 입안에 퍼졌다. 식도를 따라 약 기운이 흘러드는 게 느껴졌다. 노끈이 손목을 파고들었다. 몸에 있던 스위치가 하나씩 꺼지기 시작했다. 천장과 바닥에서 작은 공 같은 어둠이 기어 나왔다.

그리고 목소리가 들렸다.

오랜 시간 잊고 있던 목소리였다. 깔깔거리는 웃음소리였다. 검은 공이 모여 사람의 형상을 이뤘다. 혜수의 모양을 한 어둠이 지아를 바라봤다.

'지아야. 놀자.'

혜수가 말했다.

아파.

지아가 대답했다. 이번에도 혜수가 이 상황을 정리해놓을까. 그럴 수 있을까. 한 번 더 혜수에게 몸을 맡기고 나면, 또 얼마나 긴 시간이 지나 있을까.

'쓸데없는 생각 하지 마. 약 기운을 느껴. 나른해질 거야.'

지아는 욕조를 유영하는 열대어가 된 기분으로 눈을 감았다. 혜수가 다가오는 걸 느낄 수 있었다.

'그날 생각이 나니. 폭죽이 터졌지.'

혜수는 무기력하게 망가진 고막에 대고 소곤거렸다.

'21세기 첫날 말이야. 넌 쥐어 터지고 있었지. 네가 날 불러냈어.

팔을 난자해서. 그런 깡다구가 있을 줄은 몰랐어. 기뻤어. 네가 굴복
하는 순간이었지. 내게 주도권을 완전히 넘기는 순간이었어. 내가
뺏은 19년이 아니야. 네가 포기한 19년이지.'

흙으로 더럽혀진 손이 보였다. 몸이 붕 떠올랐다. 법산사를 넘어,
조대산 위로, 눈이 내리는 구름 위까지 솟아올랐다. 냉랭한 달이 차
고 이지러졌다. 천천히, 필름이 되감겼다.

'기억나? 집에 낡은 괘종시계가 있었지. 그걸 장난감처럼 돌리곤
했어. 그렇게 하면 시간을 되돌릴 수 있을 것 같아서.'

지아는 손가락을 뻗었다. 청동 추가 진자운동을 했다. 합판이 뒤
틀린 곳마다 니스 자국이 흉터처럼 일어섰다. 시곗바늘이 천천히
뒤로 돌기 시작했다.

혜수는 시간의 둑을 허물었다. 기억은 시커먼 흙탕물이 되어 쏟
아졌다. 파도가 해일이 됐다. 지아는 바닥으로 곤두박질쳤다가 위로
솟아올랐다. 모든 것이 선명하고, 그립고, 울컥했다. 하늘거리는 머
리카락. 망아지처럼 뛰는 종아리. 그 이미지가 시야를 가렸다. 이유
없이 눈물이 뚝 떨어졌다. 그 모습이 낯설었다. 지금 우는 건 누구일
까. 커튼처럼 휘날리는 향기, 알 수 없는 사람들의 기억이 왜 이토록
처연하고 애틋하게 심장을 후벼파는 걸까.

지금 흘러드는 이 감정은 누구의 것일까.

'폭죽이 비처럼 쏟아졌어.'

혜수가 말했다.

'뉴밀레니엄이라고 했지.'

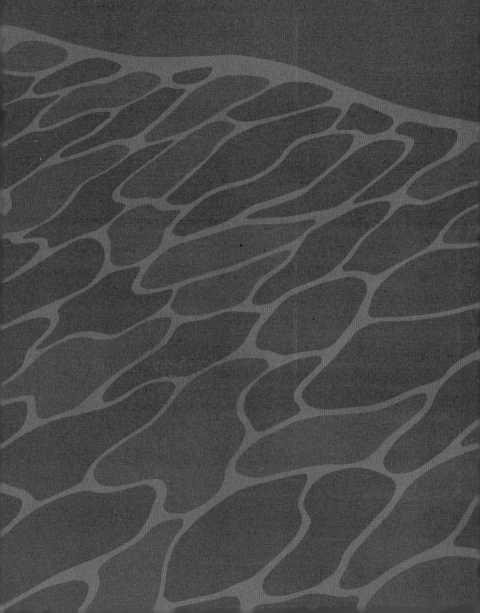

3부

두 사람

19년

폭죽이 비처럼 쏟아졌어. 뉴밀레니엄이라고 했지.

그 사람 이름이 덕호였나. 노유정 남편 말이야. 어찌나 힘이 좋은지. 밤일도 잘했을 거야. 그렇지? 힘 좋고 무식한 애들이 그렇다잖아. 그러니까 그 여시 같은 노유정도 남편한테는 꼼짝을 못하지. 망치 같은 주먹이 볼에 떨어질 때마다 불꽃이 튀더라. 팔에서는 네가 죽죽 그어놓은 상처에서 피가 흘렀어. 넌 그게 얼마나 아픈지 모를 거야. 힘든 게 싫어서 날 불러낸 거니까. 그럴 때마다 내가 등장했으니까.

"사람 살려요!"

있는 힘을 다해 소리쳤어. 그 상황이 무척 짜증 났거든. 어찌나 앙칼지게 고함을 질렀는지 옆집에 애가 다 울더라. 휴가 중인 군인들이 나타났어. 너도 알 거야. 뱀이 마을에서 몇 번 본 적이 있지. 의협

511

심으로 똘똘 뭉친 애들. 스무 살짜리 혈기 넘치는 젊은이들 말이야. 제복이 주는 힘이 있어. 군복이 옳은 일을 할 명분과 적당한 익명성을 가져다주거든. 정의의 용사가 될 기회라고 생각했겠지. 자기들이 누굴 돕는 건지는 몰랐을 거야. 남자가 여자를 때리는 중인데 볼 거 있나 뭐. 애 둘이 순식간에 덕호를 제압하더라. 오소리가 뱀 사냥하는 것처럼 말이야. 그 인간은 주먹 몇 대에 기절해 버렸어. 군인들이 당황했어. 큰일이 난 건 아닐까 하고. 코에 손을 대보니 숨은 쉬고 있길래 별일 아닐 거라고 얘기해줬지.

나는 덕호의 주머니에서 지갑을 빼 들었어. 전리품이라고 생각했지. 그러게 어디서 주제도 모르고 사람 몸에 손을 대냐고.

"뭐 하세요?"

군인이 물었어.

"깽값이요."

내가 대답했지.

"나눠줘요?"

다시 폭죽이 터졌어. 애들이 혀를 끌끌 차며 사라졌지. 쟤들은 따뜻한 집으로 돌아가겠구나 싶었어. 휴가 나온 막내아들에게 고기를 구워줄 가족이 있는 곳으로 말이야. 식탁에서 그날 있었던 일을 신나게 늘어놨겠지. 엄마, 오늘 무슨 일이 있었는지 알아요? 아니 글쎄 어떤 남자가 여자를……

집으로 가기가 싫었어. 또 잔소리나 들을 것 같아서. 철순이 날 어떻게 대했는지 알지? 입을 다물 때까지 매질을 했잖아. 이 몰골로 집에 가면 철순이 또 한참 잔소리를 하겠다 싶었지. 네가 정신을 차릴 때까지 돌아다닐 생각이었어. 거의 사라졌다고 생각했던 근육을 억지로 찾아냈어. 허벅지나 종아리, 어깨 같은 데 숨어 있던 것들 말이야. 턱을 제외하고는 딱히 움직일 일이 없던 몸이 전기 충격기를 맞은 것 같았어. 지방은 파도처럼 출렁였지. 네가 난도질을 해놓은 상처는 줄창 쓰라렸고.

추웠어. 외로웠고. 뱀이 마을에, 흑동에, 서울에…… 지구에 혼자 버려진 느낌이었지. 이 낯선 행성이 자꾸 날 밀어내는 것 같았어. 그래서 무작정 걸었어. 개 목줄 같은 그림자를 끌고 방황했지. 팔에서는 피가 뚝뚝 흐르고, 찬 공기가 코를 파고들었어. 코털이 바삭바삭 얼어. 길에서 자고 길에서 일어났지.

너는 다음날이 되도록 돌아오질 않았어. 신났어. 그렇게 오랜 시간 몸이 내 소유였던 적이 없었으니까. 갇혀있던 시간들이 억울했어. 잠깐 통제권을 갖는 걸로는 복수하기에 부족했거든. 네가 잠든 사이 얼마나 더 망가뜨려 놓을 수 있을까 고민했어. 아주 후회하게 만들어봐야지. 살을 더 찌워놓을까. 닥치는 대로 남자들이랑 자고 다녀볼까. 아무나 붙잡고 시비를 걸어 얻어맞아 볼까. 네가 교도소에서 눈을 뜨게 하면 어떨까. 상상만 해도 즐거웠어.

그렇게 일주일이 지났어.

이전과는 달랐지. 네가 돌아올 생각을 않는 거야. 그쪽이 더 편해서 그랬을까.

돌아오려 바득바득 애쓰던 넌이 잠잠하더라고. 넌 놓아버린 거야. 줄다리기하듯 팽팽했던 우리 관계가 끝나고 나한테 주도권이 넘어온 거지. 왕좌는 내 차지였어.

철순은 뭔가 이상하다고 생각했겠지? 딸이 돌아오지 않으니 미쳐 가고 있었을 거야. 아니면 속이 후련했으려나. 네가 정신을 차리면 바로 집으로 돌아와 용서를 구할 거라고 생각했을지도 몰라. 그렇게 기다렸겠지. 그게 19년이 될지도 모르고.

좀 멀리 가 보고 싶었어. 주머니에 있는 돈으로 어디까지 갈 수 있을까 생각해봤지. 재필이 하던 말이 생각이 났어. 방에서 거하게 한 판 치르고 난 뒤에 담배를 빼 물고 하던 말 말이야. 담뱃재가 길게 구부러질 때까지 줄담배를 피워댔지. 참 넌 모르겠구나. 네 앞에서는 그러지 않았으니까. 음흉한 인간이었어. 어쩌나 야무지게 이중생활을 하는지. 재필이야말로 두 얼굴을 가진 게 아닌가 싶어.

재필은 자주 묵진 얘기를 했어. 서울도 아니고 온계리도 아니고 묵진 얘기만. 좋은 소리는 별로 안 했어. 발전될 여지가 많은 곳도 아니고, 외지인이 사업하러 들어갔다가 망하기 딱 좋다고. 부동산을 하면서 전국 도시를 안 다녀본 곳이 없지만 묵진은 투기꾼들도 들어가지 않을 거래. 기껏 아파트값 올려놔 봐야 매수인이 없을 거라고. 물리기 딱 좋은 동네라고 했지. 다만 묵진에서는 뭐든 할 수 있다고 했어. 그래도 되는 곳이라고. 사람도 많고 고기도 많고 산도 있고 바다도 있다고. 영세하기는 해도 사업체들이 꽤 있으니 먹고 사는 데는 지장이 없다고 말이야. 몸 하나만 있으면 입에 풀칠은 한다는 거였지. 그게 마음에 들었어.

그렇게 묵진에 내려간 거야. 소산포 근처에 숙소를 잡았지. 어쩜 우리는 그렇게 다른 것 같으면서도 닮았을까. 내가 처음 잡았던 숙소가 해밀턴 모텔이었거든. 소산포에서 제일 저렴한 곳이었어. 어둡고 가난한 이들이 모여들었지. 포기한 이들의 안식처였어. 201호가 내 방이었고.

그 건물, 살짝 기울어 있는 거 알아? 물건들이 자꾸 한쪽으로 굴러. 잠을 자고 있으면 머리에 피가 쏠리는 기분이었지. 반대로 누우면 다리가 부었어. 환기도 안 돼. 늘 습기가 차 있었어. 한겨울인데도 말이야.

화장실 쓰레기통에 인슐린 주사기가 굴러다녔어. 옛날 기저귀에 사용하던 고무줄도 있었지. 그걸 정말 당뇨환자가 썼는지는 상상에 맡길게. 이름 모를 약병, 술병이 거리에 가득했어. 퀴퀴한 악취는 덤이었고. 영화 포스터는 누군가 담배로 눈동자를 지져놓았지. 골목 담장은 토사물과 낙서로 범벅이었어. 그 사이를 걷고 있으면 뱀 아가리로 들어가는 느낌이었고.

노숙자가 발을 붙잡더라. 돈이든 먹을 거든 내놓으라고 손을 내밀었지. 더럽고 마른 손이었어. 축구공을 차듯 머리를 걷어차 버렸지. 답답한 마음이 조금은 개운해졌어.

사람들이 날 못 찾았으면 했어. 지갑에 있는 신분증을 조각조각 잘라 변기에 넣었어. 정화조로 나간 물건들은 어떻게 되는지 궁금했어. 블랙홀 같은 곳으로 들어가 영영 사라져버렸으면 했지. 과거도 그렇게 표백했으면 싶었고.

돈이 필요했어. 해밀턴은 숙박비가 저렴했지만 겨우 10만 원 가지고 얼마나 버티겠니. 가진 건 몸뚱이 하나고 그걸 쓸 수 있는 곳은 한 군데밖에 떠오르지 않았어. 아, 물론 염지아를 잘근잘근 밟아주기에 적당한 곳이었다는 말도 해야겠네. 이 몸뚱이를 아작내버리고 싶었거든. 어딘지 짐작이 가지?

육사골목은 진흙탕에 핀 꽃 같았어. 밤이 되면 만개하는 꽃이었지. 네온사인이 사람들을 유혹해. 비밀스러운 이야기가 있다고, 어서 와서 들어보라고. 편하게 누워서 차가운 양주를 마셔보라고.

아, 물론 내가 골목에 들어섰을 때는 반응이 좀 달랐어. 자정이 다 된 시간에 백 킬로그램짜리 여자가 등장하는 순간 사창가가 마장동이 된 것 같았다니까. 사람들 눈빛을 아직도 못 잊어. 다행히 육사골목은 수요가 공급을 초과하는 시장이었지. 이모 한 명을 붙잡고 물었어. 일하고 싶은데 어떻게 하면 되냐고. 만 원짜리 한 장을 쥐여주더라. 이거 받아서 집에 가라고. 밥 잘 챙겨 먹고 이런 데 기웃거리지 말라고 했어.

이모가 보는 데서 돈을 찢어버렸지. 나이 오십은 돼 보이는 사람이었는데 어찌나 당황하던지. 가게로 들어가더니 마담을 불러오더라. 위아래로 나를 훑어보더라고. 무게를 재는 건가 했는데 안으로 들어오라고 했어.

"뚱뚱한 사람을 좋아하는 손님도 있으니까. 일은 언제부터 할 수 있어?"

오늘 당장이라도 할 수 있다고 했지. 마담은 성격 좋다며, 손님들한테도 그렇게 대하라고 했어.

"옷이랑 화장은 네 돈으로 해야 하는 거 알지? 돈은 빌려줄게. 선이자 떼고. 일하면서 갚으면 돼."

사창가에도 사수가 있는 거 아니. 마담은 인력 관리만 하고 일은 사수한테 배우는 거더라고. 주영이라는 애가 내 사수였어. 잘하면

516

터지겠다 싶은 가슴을 출렁거렸지.

"제가 선배지만 저보다 나이는 많으니까 언니라고 부를게요."

"처음 한 날짜로 따지면 내가 더 빠를걸."

"그래요? 나는 중학생 때 처음 했는데."

"누구랑?"

"동네 오빠랑. 오만 원 받았어요."

거침이 없는 애였어. 육사골목 스타였어. 하루에도 몇 번씩 지명이 들어왔어. 주영은 손님 가리는 일도 없이 일을 했어. 왜 그렇게 열심히 일하냐고 물었더니 돈을 모아서 옷 가게를 차릴 거래.

나는 공치는 날이 다반사였어. 일이 없으면 홀에 나와서 어슬렁거렸지. 마담이 장사하는 데 방해되니 구석에 짱박혀 있으라고 했는데 심심해서 견딜 수가 있어야지 말이야. 그러다 재밌는 걸 발견했어.

묵진은 항구도시잖아. 선원만 많은 게 아니라 중국에서 넘어오는 조선족도 여기에 자리를 잡는단 말이지. 가게에 일하던 애들 중에도 조선족이 하나 있었는데 기둥서방이랑 한참 수군거리더라고. 그러더니 신분증이랑 돈을 내놓는 거야.

"신분 세탁하나 보네."

주영이 말했어. 그게 뭐냐고 물었지.

"여기서 일하다가 국적 바꾸는 애들 많아요. 개명도 되고 다른 사람 신분 바꿔치기하는 것도 가능하고요. 대포폰도 마련해주고 여권도 만들어주고 아무튼 이것저것 해줘요."

"그게 돼?"

"육사골목이니까요. 낙타 아저씨한테 말하면 돼요."

"낙타 아저씨가 누군데."

"있어요. 꼽추 아저씨. 장명이라고."

신분 세탁이라니 엄청난 것 같은데 좀 알아보니 별거 아니었어. 인우보증제라고, 보증인만 내세우면 출생신고가 가능했지. 동사무소랑 짝짜꿍하는 거야. 집안 사정으로 등록이 늦어졌다고 하면서. 낙타를 찾아가서 부탁했더니 바로 주민등록증이 나오더라. 수수료를 내고 나니 남은 돈이 한 푼도 없었지. 왜 성이 윤 씨가 됐는지 궁금하지. 우리 학교 다닐 때 반장. 걔 이름이 윤수현이었잖아. 재수 없는 애. 그냥 걔 생각이 났어. 윤 씨로 사는 건 어떤 기분인가 싶었지. 혜수라는 이름을 버리기는 아까웠고.

호천 아파트에 집을 구한 건 알지? 아파트에 살고 싶었거든. 월세를 50만 원씩 내면서 살았어. 그 묵진에서 말이야. 계약이 끝날 때까지 매달 그걸 내야 했지. 웃긴 얘기 해줄까. 호천 아파트에 사는 사람들 말이야. 애 하나둘 끼고 화목한 가정이랍시고 하하호호 웃으면서 사는 사람들. 그 집안 남편 중에 육사골목 단골이 수두룩해. 한눈에 알아봤지. 옆집에 창녀가 살고 있다는 걸 알고 그 인간이 어떤 반응을 보였을 것 같아? 아무 말도 못 하지 뭐.

하루는 윗집에서 사람 잡는 소리가 들리더라. 일요일이었어. 저녁에 일을 나가려면 낮에 자야 하는데 도저히 잘 수가 없었어. 온종일 쿵쾅쿵쾅. 물건을 집어 던지질 않나, 애는 울어대지. 마누라 우는 소리를 들으면 흥분이라도 되는 걸까. 짜증 나서 찾아갔지. 남편이 나오더라고.

"조용히 좀 해요."

내가 말했어. 남편이 나를 알아봤지. 나도 그 인간을 알아봤고. 문 안쪽에서 데친 나물처럼 축 늘어진 부인이 보였어. 애는 그 옆에서 빽빽 울고 있고.

"뭔데."

남편이 말했어.

"조용히 좀 하라고요."

"너 육사골목에서 일하는 애구나. 낮에 자려는데 시끄러웠어?"

"네. 그러니까 조용히 하라고요. 뒤집어엎기 전에."

"뒤집어엎어?"

남편이 코웃음을 치더라.

"협박이니?"

"네. 협박이니까 처자식 그만 패고 입 좀 다물어요."

"너 어떻게 되나 두고 보자."

"네, 어떻게 되나 두고 보시죠."

다음날 그 인간 회사에 찾아갔어. 난 아무것도 안 했어. 그냥 회사 앞에 기다리고 있었지. 가슴이 훤히 드러나는 원피스를 입고 말이야. 우린 그걸 홀복이라고 불러. 출근하는 남편을 노려봤지. 경비원이 제지할 때까지. 남편이 슬금슬금 피하더라. 그 후로는 집이 조용해졌어.

아, 주영이는 얼마 후에 육사골목을 떠났어. 가게 차릴 돈을 모아서 나간 건 아니었지. 맞고 돌아온 다음 날이었던 것 같아. 여자들은 자주 맞았어. 상품 가치가 떨어진다고 얼굴은 때리지 않아. 멍이 들면 안 된다고 뼈가 없는 곳을 골라 때려. 배나 엉덩이. 빨갛게 부은 곳은 붉은 조명 아래에서는 보이지 않았으니까.

육사골목에 일하면서 사람들 취향이 얼마나 다양한지 알았지. 날
씬하고 가슴 큰 여자만 찾는 게 아니야. 뚱뚱하고 가슴 작은 여자를
찾는 사람도 있더라니까. 소고기만 먹다가 질려서 돼지고기를 찾는
심정일까. 아니면 처음부터 돼지고기만 좋아하는 사람이 있는 걸까.
뭐, 그러려니 했어. 나 좋다는 손님 마다할 이유가 없었지.

"살집이 좀 있으면 좋겠는데."

하루는 휴게실에 짱박혀 있는데 그런 소리가 들렸어. 마담이 애
하나를 보여 줬나 봐. 남자는 삐쩍 마른 애가 마음에 안 들었던 모
양이고.

"이 정도가 아니라 더. 훨씬 더. 통통한 애가 좋아. 아니, 뚱뚱한 게
좋아."

마담이 당황했어.

"그런 애가 여기에…… 아니 잠깐만 하나 있긴 한데 괜찮을까요.
좀 과해서요."

"믿어도 돼. 난 정말…… 정말로 덩치 큰 여자가 좋다고."

내 차례구나 싶었지. 손님 받을 준비를 했어. 조명을 내리고 칫솔
을 내놓고. 따뜻한 물이 잘 나오나 확인도 하고. 이불에 들어가 기
다리고 있었어. 내 덩치를 본 손님이 함박웃음을 짓더라. 그래, 이거
야! 하고.

나는 웃지 못했지. 그건 재필이었거든.

재필은 이불 속에 기어든 후에야 날 알아봤어. 다짜고짜 가슴을
주무르던 손이 멈칫하더라. 눈을 가늘게 뜨고 물었어.

"지아야⋯⋯ 너 지아 아니니."

낭패라는 표정이었어. 많은 생각이 스쳐 가는 얼굴이었지.

"나 혜수요."

그 말이 위안이 된 걸까. 재필은 냉정을 되찾았어. 눈앞에 있는 게 염지아가 아니라 혜수라면, 거리낄 것 없다는 판단이었겠지. 오히려 잘 됐다고 생각했을지도 몰라.

"그래⋯⋯ 여기서 뭘 하니?"

"아저씨는 뭘 하는데요?"

"묵진은 내 나와바리야."

"이제 내 나와바리 삼으려고요."

"언제부터 여기서 일하는 거니?"

"서너 달 됐어요."

"서너 달? 너 계속 혜수로 지내는 거야?"

"아직까지는요."

재필이 능글맞게 다가왔어. 석 달째 혜수로 살고 있다는 거지, 하면서.

"간만에 한 번 섞을까."

나는 재필을 욕조로 데려갔어. 반신욕 욕조에 물을 받아놓았지. 재필은 좋다고 뛰어들었어. 비누 거품을 잔뜩 묻혀 아랫도리를 잡아줬어. 위아래로 흔들어주니 아주 그냥 녹더라.

"그래 이거지."

재필이 고개를 젖히고 누웠어. 나는 손에 힘을 줬고. 백 킬로그램짜리 여자애 힘이 얼마나 좋은지 재필은 몰랐던 거지,

"혜수야 이건 좀 아프다."

멈추지 않았어. 아랫도리를 움켜쥐고 있는 힘껏 쥐어짰어. 재필이 비명을 질렀지. 오래 묵은 것들을 토해내듯이, 통쾌하다 싶을 정도의 고함이었어. 창자가 꼬이고 허파가 뒤집힐 정도의 소란 끝에, 재필의 비명은 차츰 새된 웃음소리로 변했어. 노망이 났나 싶었지. 잡았던 손을 낚아.

"혜수 맞구나. 보고 싶었다, 혜수야."

재필이 말했어.

"옛날에 널 볼 때면 말이지, 뭐 저런 계집애가 있나 싶었단다. 돈보기를 들고 동네를 쏘다니기도 하고 애들을 모아놓고 괴롭히기도 했지. 나랑 눈이 마주쳐도 인사를 안 해. 기억나니."

"기억나죠."

"내가 돈보기로 뭘 하냐고 물었지. 개미를 죽인다고 하더라. 왜 그러냐고 했을 때 뭐라고 대답했는지도 기억나?"

"개미 죽이는데 이유가 있냐고 했죠."

"맞아, 맞아. 널 보고 있으니 딱했어. 철순 형님이 걱정하는 모습도 보고 싶지 않았고. 수시로 미친년처럼 정신을 잃고 딴사람이 돼버리는 것도 마음이 쓰였고 말이야. 고등학생이 되고 나니 완전히 둘로 쪼개진 것 같더구나. 넌 이유 없이 웃거나 너무 많이 먹었어. 지뢰밭을 걷는 것처럼 위태로워 보이더라고. 지금은 어떤 상태냐고 물어볼 수도 없어, 그저 축축하고 사나운 눈빛을 보면서 얘가 또 정신병이 도졌구나 하고 짐작했지. 난 널 위해 뭐라도 해줄 준비가 돼 있었는데…… 네가 날 유혹하는 바람에 모두 망가졌잖니."

"아저씨가 원했던 거잖아요."

"우리 둘 다 원했던 거지……"

나는 재필의 어깨를 눌렀어. 욕조에 머리를 처박은 재필은 반사적으로 물을 토해냈지. 내가 자길 죽이려는 줄 알고 발악을 하는 거였어. 다시 건져냈을 때는 입에서 게거품을 흘리고 있었고. 원망도 공포도 아닌 어떤 감정이 날 지켜봤어. 내가 손을 가까이 가져가니 흠칫 놀라 경련을 일으키더라. 재필이 다시 욕조 아래로 가라앉지 않도록 몸을 일으켜 세웠어. 수도꼭지에서 물방울이 계속 떨어지고, 그사이 물은 조금 식었지.

재필이 욕조를 나왔어. 물건은 쪼그라들어서 달랑거리길래 손가락으로 튕겨줬어.

"옛날얘기 하고 싶으면 여기서 이러지 말고 도서관을 가요. 아니면 대폿집 가서 주인 할머니 가슴이라도 주무르든지."

재필이 몸을 닦았어. 그리고 시계를 봤어. 15분짜리 코스니 아직 얘기할 시간이 좀 남아 있었지. 잠시 고민하던 재필이 제안을 하더라.

"여기서 계속 일할 거니?"

"네. 이건 쉬운 일이니까요."

"넌 사악하고 똑똑하지. 뭘 해도 쉬울걸. 다른 일을 찾게 도와줄게."

"무슨 일인데요."

"네가 할 만한 일이 있어. 아는 사람이 간병인을 찾아. 요양병원에 환자 한 명 맡아주면 돼. 내가 추천해줄게."

그렇게 재필이 떠났어. 밖으로 나오니 가게 사람들이 놀란 얼굴로 쳐다보더라. 도대체 어떻게 했길래 손님이 그렇게 소리를 지르냐고.

수은주가 끝을 모르고 치솟는 여름이 됐어. 끈적한 땀이 매트리스를 적시는 여름 말이야. 잘하면 침대와 한 몸이 될 수도 있겠다 싶었어. 그러면 좋겠다 생각했지. 복잡한 것들 다 잊고, 평생 누워서 여생을 보낼 수 있었으면 했어.

하지만 그러기엔 너무 배가 고프더라고. 슈퍼마켓에 갔어. 먹을 만한 게 보이지 않았지. 나는 식욕이 줄어 있었거든. 살도 빠지고. 원래 먹는 거에 관심이 없었어. 너 괴롭히느라 꾸역꾸역 처먹었던 거지. 좀 신선한 게 필요했어. 날것으로 먹을 수 있는 거. 후줄근한 나물이나 방부제를 퍼부은 음식들 말고. 달걀이 보였어. 한 판 사다 가방에 넣었지. 다시 거리로 나오니 아스팔트가 부글부글 끓는 것 같았어. 운동화가 바닥에 달라붙는 기분 있잖아. 그런 날씨였단 말이야. 바닥에 달걀을 깨면 익을까 궁금해서 떨어뜨려 봤어. 익지는 않는데 그럴듯하게 고소한 냄새가 나더라. 죽은 지렁이가 아스팔트 위에 들러붙었지. 그 옆으로 개미 떼가 기어갔어.

그런 여름이었지.

현풍 요양병원에서 일을 했어. 내가 맡은 건 사십 대 여자였는데 수술 끝나고 요양하는 기간이 좀 길었지. 적어도 병 때문에 죽을 것 같지는 않았어. 좀이 쑤셔 죽을 것 같긴 하더라. 병원에 누워있는데도 잠시를 못 쉬어.

"무슨 일을 그렇게 하세요."

간호사가 물었어.

"회사 일이요. 회계를 볼 사람이 없어서 내가 이 고생이에요. 작은 회사라서 사람 쓰기도 애매하고."

"어렵지 않아요?"

"어렵죠. 숫자 보고 있으면 눈이 핑핑 돌아요. 그래도 재밌어요. 회사 크는 거 보면 기분 좋아요."

나는 옆에서 피식 웃었지. 회사가 크기는 개뿔. 여자가 자고 있을 때 슬쩍 봤는데 회계장부에 구멍이 숭숭 나 있더라. 직원들이 무슨 짓을 하는지 모르고 있더라고. 빼돌린 돈이 얼마나 되던지. 장부를 교묘하게 조작했는데 내 눈은 못 속이지. 나는 숫자에 밝거든. 기억 나? 고등학교 때 말이야. 내가 대단한 일을 저지른 적이 있었지. 널 완벽하게 엿 먹이면서 내 능력을 보여준 사건 말이야. 예술적이었지. 그 선생 별명이 뭐였더라. 그래 맞아. 날개. 날마다 개지랄.

그날, 날개가 이렇게 말했어.

"평균 52점."

수학 시험지가 책상에 놓여 있었지. 붉은 색연필로 죽죽 그어 내린 채점 결과가 비처럼 쏟아졌어.

"내가 살다 살다 이렇게 공부 안 하는 것들은 처음이다. 지금부터 점수 불러줄 테니까 한 명씩 나와서 받아."

날개가 하키채를 잘라 만든 매로 교탁을 때렸어. 탕, 탕 소리에 아이들은 판결문을 앞둔 죄수처럼 움츠러들었고.

"반장은 90점. 1등이야. 전교 1등. 그리고 이 반에 1등이 두 명이 있다."

아이들의 시선이 일제히 윤수현을 향했지. 궁금했을 거야. 그럼 나머지 한 명은 누구란 말이냐. 날개가 추리소설 결말을 읽듯이 얘기했어.

"아, 1등이 두 명 있다고 했지. 한 명은 앞에서, 한 명은 뒤에서다."

애들이 웃었어. 너도 등신같이 웃었지. 뭐가 좋다고 말이야. 안심했던 거지? 시험을 내가 대신 봤잖아. 너는 긴장하다 못해 기절해버렸다고. 혹시나 내가 널 1등으로 만들어놓은 게 아닌가 걱정이 됐을 거야. 그럴 리가 없지.

문제는 다음부터였어. 물리도 빵점, 지리도 역사도 빵점. 애들 눈에서 점점 웃음기가 사라지더라. 뭔가 이상하다 싶었겠지. 위화감이 들었을 거야. 다들 종례 시간이 돼서야 뭐가 문제인지 알게 됐지.

담임 기억나? 생물 선생. 어울리지 않는 검정 스타킹에 철 지난 파마머리를 사자처럼 기른 아줌마였지. 카랑카랑한 목소리로 학생들을 껌처럼 씹어댔잖아. 담임을 보고 있으면 머리털이 빠질 것 같았어. 정말 탈모로 클리닉 치료를 받는 학생도 있었다니까. 언제부터인가 학업성취도 그래프를 그려 넣게 된 것도, 성적 우수상을 시상하게 된 것도 모두 담임의 업적이었지. 물론 시험 성적에 따라 매를 드는 건 기본이고 말이야.

"염지아. 나와. 시험지 가지고."

등수를 확인한 담임이 말했어. 기억나지? 꼭 한마디 하기 전에 안경을 올려 썼잖아. 당구알 같은 눈은 당돌한 여고생을 요절내버리겠다는 의지로 이글거렸지. 너는 나가기 전부터 손바닥을 비비더라. 조금이라도 덜 아프겠다고 말이야. 담임이 답안지를 살펴본 다음에 말했어.

"답은 다 적었네. 풀이도 있고."

"네."

"답을 다 적었는데 그걸 죄다 틀렸다는 거잖아."

"네."

담임은 고개를 갸웃거렸어. 그걸 보고 있으니 어찌나 웃기던지. 그래도 괜히 교사가 된 건 아니다 싶었어. 뭔가 이상하다는 건 눈치챘으니까.

"전 과목을…… 답을 적었는데 다 틀렸단 말이지."

"네."

"너 이게 무슨 뜻인지 아니."

반항하고 싶었지? 빵점을 맞은 것도 서러운데 앞에 나가서 혼나는 게 쪽팔렸지? 차라리 직접 풀었으면 몇 문제는 맞혔을 거라 생각하지 않았냐고. 넌 퉁명스럽게 대답했어.

"모르겠는데요."

"시험은 전 과목에서 0점을 받을 확률이 얼마일까. 객관식에서."

"모르겠다니까요."

"객관식이 과목당 20개라고 치고. 시험 과목이 총 12개였지."

담임은 칠판에 숫자를 채워나갔어.

"그럼 문제가 240개네. 오지선다형이니까 틀릴 확률은 4 나누기 5. 그게 240번 연속되는 거니까 분자와 분모에 240제곱을 해주면 돼."

계산하려다 엄두가 안 나는지 분필을 놓았어. 아마 머릿속으로는 말도 안 되는 확률을 따져보고 있었겠지. 뭐 한 과목만 확률 계산을 해봐도 놀라기엔 충분했을 거야. 1%가 안 되거든. 그게 열두 번 연속으로 벌어진 거지.

"우연일 수도 있겠지. 내가 천재를 못 알아본 걸 수도 있겠고. 점수는 점수니까 일단 맞자."

그날 가장 강한 매질이 네 손에 떨어졌어. 통증이 손바닥으로 얼얼하게 스며들었지. 교실이 묘하게 고요했어. 교실의 가장 외곽이라고 생각했던 4분단 첫째 줄이 그 순간만큼은 봉루가 된 것 같았지.

담임은 모르고 있었지만 나는 감옥에 갇힌 천재였다고. 그깟 학교 시험 따위. 그깟 윤수현이 다 뭐라고.

요양병원 얘기로 돌아갈까. 여자가 놔둔 장부를 보다 피식 웃었다고 했지. 눈먼 돈 가지고 오입질이나 하고 있을 직원이 생각나서 그랬어. 아주 잠깐 웃었을 뿐이야. 그걸 왜 웃음소리라고 생각했는지도 궁금할 정도로. 작은 방귀 소리라고 생각하는 게 맞을 정도였다고. 하필 환자 남편이 그걸 들은 모양이야. 일주일에 한두 번 병문안을 왔거든.

"왜 웃어?"

"뭐가요."

"방금 장부 보고 웃었잖아. 재밌는 거라도 있어?"

서비스 한 번 해준다 싶은 심정으로 대답해줬어.

"바보 같아서요. 이걸 모르나. 직원들이 돈을 빼돌리고 있는데."

남편은 회계를 하나도 모르는 게 분명했어. 그런데도 노려보면 뭐라도 나올 것처럼 장부를 들여다봤지. 잔뜩 화가 난 것 같더라. 눈이 바깥쪽으로 쭉 찢어진 채로. 다큐멘터리에서 보던 남아프리카의 도마뱀을 연상시키는 얼굴이었어. 뱃일하느라 얼굴이 검었지. 관자놀이 주변에만 머리카락이 남아 있었고. 빨간 수염에는 불이 붙은 것 같았어.

그래. 그날 장관훈을 처음 만났지.

관훈의 부인은 자리만 차지하고 있는 사람이었어. 일하는 척이라도 하면 직원들이 알아서 조심할 거라 생각했던 거지.

"자세히 좀 말해봐."

관훈이 말했어. 도움을 구하는 자세였어.

"장부 정리한 사람이 장난을 쳤는데요. 대변 차변이 안 맞아요."

"어디가 안 맞는데?"

"지출액이요. 지난 6월이요. 자본잉여금을 수정해서 보정했고요."

"맞아. 상반기 수금을 했던 때지. 얼마가 비나?"

"301만 원이요."

관훈은 잠시 고민하다 말했어.

"지금 담당 직원이랑 통화할 거야. 좀 도와줘."

돈 줄 것도 아니면서 부탁은 잘도 하더라. 최 주임이라는 사람이 전화를 받았어. 관훈은 내가 들을 수 있게 볼륨을 높였지.

"최 주임. 내가 아는 사람이랑 회계장부를 좀 봤는데 말이야. 돈이 좀 빈다네?"

"누가 그런 소리를 합니까?"

최 주임이 적개심을 가득 드러냈지. 관훈이야 거리낄 게 없었고, 나는 느긋하게 구경만 하는 입장이었으니 최 주임만 똥줄이 탔을 거야. 겁먹은 개가 짖는 법이지.

"사장님, 저 못 믿으십니까? 누가 그런 모함을 했는지는 몰라도 제가 작살을 내놓겠습니다."

"작살은 고래사냥 할 때나 찾으시고. 그 말을 한 사람이 바로 옆에 있어. 지난 6월 지출액이 안 맞다네. 자본잉여금을 건드렸다고 하고. 301만 원이 빈다는데. 말하는 게 좀 구체적이라서 말이야. 둘 중 하나는 거짓말을 하고 있네. 최 주임 자신 있나."

최 주임은 속으로 계산기를 두들기는 것 같았어. 한동안 말이 없었지. 안 봐도 결론은 뻔했어. 최 주임이 빼돌린 금액을 관훈이 정확히 읊었으니까.

"죄송합니다."

최 주임이 말했어. 관훈은 골이 지끈거리는지 관자놀이를 꾹꾹 눌렀지.

"우리 그만 봐야겠네. 오늘 자리 정리하고 내일부터 나오지 말게."

결단력이 있는 사람이다 싶었어. 부인은 병실에 누워있고, 회계 보는 사람을 잘라버렸으니 당장 내일부터 사업 관리는 어떻게 하려는 건가 궁금했지. 관훈도 같은 고민을 하고 있었을 거야. 한참을 말이 없다가 나한테 말을 걸었어.

"간병인인데 인사도 못 했네. 이름이 뭐지?"

"윤혜수요."

"회계를 공부한 적이 있나?"

"했죠. 공부 안 하고 저걸 어떻게 봐요."

"그런 사람이 왜 여기서 간병인 일을 하고 있지."

"제가 회계사도 아니고 경리 일을 하자니 취업하기도 어렵고요."

"간병인 일은 어떤가. 힘들다고 들었는데. 박봉이고."

"말해서 뭘 해요. 당장이라도 때려치우고 싶죠."

무슨 일이 벌어졌는지 알겠어?

양원 페리에서 일해달라고 하더라고. 간병인 일은 재미가 없었으니 그러겠다고 했지. 부인이 퇴원한 뒤에 간병인도 부탁했어. 월급에 간병인 비용까지 얹어주겠다고. 괜찮은 제안이었지.

묵진은 힘으로 움직여. 법이 없는 곳이더라고. 차선 없어도 차들이 잘 다니는 것만 봐도 알 수 있지. 우측통행 같은 원칙은 필요 없는 거야. 큰 것이 지나가면 작은 것이 비켜줘. 사람도 그래. 덩치 큰 사람 앞에서 자연히 찌그러지는 거지. 그러니까, 묵진에서는 간병인으로 일하는 것보다 번듯한 회사에서 일하는 게 훨씬 이득이라고.

양원 페리에서 무슨 일을 했는지 궁금했지? 별거 아냐. 회계장부도 봐주고 배 들어오고 나가는 것도 봐주고. 정비 일정 같은 거 체크하고 그랬지 뭐. 눈치 못 채게 돈도 좀 빼돌리고 말이야. 내 손아귀에 양원 페리가 달려 있었거든. 최 주임은 멍청했어. 조금만 영리했다면 평생 손쉽게 먹고살았을 텐데. 난 충분히 영리했으니까, 들키지 않게 생활비를 마련했지. 월급은 덤이었고.

양원 페리가 망하지 않게 도와주는 것도 내 몫이었어. 선원한테 선급금 주는 거 알지. 수요는 있는데 선원 공급이 충분하지 않거든. 좋은 선원을 선급금 주고 잡아 오는 거지. 잡으려면 선급금을 줘야 해. 시장은 한정돼 있으니까. 양원 페리도 그랬어. 선급금을 제공하려고 대출을 받기도 하고 어음도 썼어. 선원만 확보되면 생산량은 보장되거든. 미래의 수익을 담보로 한 거래였지. 그런데 그게 매번 아슬아슬했단 말이야. 성장을 하는데도 언제 고꾸라질지 모르는 회사였어. 내 덕에 버틴 거지.

양원 페리를 지키려고 내가 무슨 짓까지 했는지 모를 거야. 양원 페리는 평판이 괜찮았어. 괜찮은 급료를 줬지. 선급금도 두둑이 챙겨줬고. 그걸로 묵진에서 제일 잘 나가는 업체가 되긴 어렵더라고. 지광산업의 규모가 너무 컸거든. 경쟁업체라고 하기에도 부담스러웠지. 사업 영역이 겹쳤다고. 정부에서 수주한 사업이건 근해 조업이건 사사건건 부딪치는 업체였어. 나중에 알았지. 지광산업은 싹수가 보이는 업체가 있으면 하나씩 죽여버리는 거였어. 그 해는 양원 페리 차례였고. 별거 없어. 범고래가 어떻게 사냥하는지 알아? 다른 고래 위에서 어슬렁거리고 있으면 수면 위로 올라오지 못하고 질식하거든. 위에 떠 있는 것만으로 다른 개체를 죽이는 거야. 지광산업이 그랬지. 관훈이 걱정을 하더라. 이대로 회사 망할 수도 있겠다고. 그날 밤에 나는 조대산으로 갔어. 미리 봐 둔 말벌집이 있었거든. 망에 넣어 가지고 왔지. 나중에 어깻죽지를 살펴봐. 몇 방 쏘였는데, 아직도 흉터가 있어. 볼 만 할 거야.

지광산업 배에 말벌집을 집어넣었어. 창고에 넣어뒀지. 의심받지 않아도 되는 시한폭탄이었어. 지광산업 배는 출항한 지 두 시간 만에 돌아오더라. 사흘짜리 항해였는데 말이야. 한동안 양원 페리가 그 일대를 싹쓸이 한 건 물론이지.

내가 저지른 일이라는 걸 알면서도 대놓고 떠드는 사람은 없었어. 이 미친 여자가 무슨 해코지를 할까 무서웠겠지. 그날 내 그림자를 본 인간들이 몇 있었어. 소문이 퍼졌지. 괴물 같은 여자가 지광산업 배에다 말벌을 풀었다고. 양원 페리에서 일하는 여자가 있다고.

그런 생활이 이어졌어. 식욕이 줄더라고. 폭식을 할 이유가 없었지. 너는 조용히 찌그러져 있었으니까. 당연히 살도 빠졌어. 살이 빠지니까 제법 괜찮은 외모 같았어. 긁지 않은 복권이라는 말 알는지 모르겠네. 내가 그거였어.

항구에 젊은 여자는 찾아보기 어렵지. 스물여섯…… 그래. 그런 나이였어. 너한테도 스물여섯 인생이 있었다고. 아이유한테만 있는 게 아니고. 남자들이 코를 벌름거렸어. 치마만 입었다 싶으면 자빠뜨리고 싶어 하는 것들 말이야. 마다하지 않았지. 남자들은 유용하니까.

낮에는 일을 하고 밤에는 묵진을 배회했어. 술도 마시고 몸도 굴리고. 육사골목에서 일할 때보다 더 많이 자고 다닌 것 같아. 어차피 빌린 몸이라고 생각했거든. 대부분은 유부남이었어. 모텔에서, 차에서, 배에서…… 장소를 가리지 않았어. 가끔 그 인간들 집에서 다리를 벌릴 때도 있었지. 숨을 헐떡이는 남자들을 위에 두고 그 집의 생김새를 봤어. 아이가 있는 집도 있더라. 그런 집에서는 분유 냄새가 났어. 남자의 아내가 쓰던 베개와 남자의 자식이 쓰던 화장실과…… 그 어디에도 내 것은 없다는 생각이 들었지. 철순은 날 딸로 인정해준 적이 없었잖아. 너는 나를 부정하려고 했고. 재필은 날 이용했어. 나에게는 가족이 없지.

이따금 철순 생각이 났어. 듬성듬성 자라는 흰머리나 철순을 닮아 처진 눈꼬리를 볼 때, 예고도 없이 찾아오는 심장의 통증을 느낄 때,

온계리 기사들을 볼 때마다 그랬어. 딱 한 번 철순한테 전화를 건 적이 있어. 묵진에서 복덕방 하는 유부남이랑 자고 모텔을 나오던 길이었어. 늦은 시간인데도 철순이 헐레벌떡 전화를 받더라. 목소리를 듣자마자 끊었지. 나는 그 인간을 그리워하고 있지 않았어. 그걸 확인했으니 다시는 볼 일이 없었지.

그게 전부였어. 묵진의 생활이 길어질수록 기억은 터보 엔진을 단 스포츠카처럼 지워졌어. 뱀이 마을도. 철순도. 묵진의 일상이 그 빈자리를 차곡차곡 채워나갔어.

그 집 딸 이름이 장진희였지.

신기한 애야. 예전 모습이 어땠는지 모르지? 미쳐버리기 전에 말이야.

웃어. 항상 웃어. 무슨 말만 하면 별로 웃긴 얘기도 아닌데 뒤집어져. 허파랑 창자가 차례로 꼬일 정도로 몸을 접어. 숨넘어가겠다 싶을 정도로 꺽꺽거리다가 말하는 거지.

"아 언니 정말 재밌어요."

묵진이 원래 이런 곳인지, 장관훈 집안에 흐르는 피가 그런 건지, 아니면 그냥 장진희가 특이한 건지 알 수 없었어. 다만 그 웃음소리와 과장된 몸짓이 인정욕구라는 건 확실했지. 잘 보이고 싶은 거였어. 나는 당신을 존경한다, 당신 말에 웃어주고 있다, 그러니 나를 해치지 말아달라. 그런 사람들 있잖아. 잘 나가는 인간들 주위에 어슬렁거리면서 비위 맞추는 애들. 재수 없어. 약한 것들은 꼴 보기 싫어. 맞아 죽어도 당당한 게 나아.

"언니는 언제 배 타요?"

"응? 배는 왜?"

"우리 아빠가 언니 좋아하잖아요. 좋아하는 사람들은 다 배에 태워요. 배 한 번 타봐야 이 일을 제대로 한다고. 남편도 배를 탔어요."

장진희가 말한 대로였어. 양원 페리에서 일하는 사람들은 사무직이라도 며칠씩 배를 탔지. 관훈이 인정하는 사람이라면 말이야. 얼마 안 가서 관훈이 나한테도 배를 타라고 하더라. 그동안 회계 일은 외주 맡기겠다고 했고. 오래 같이 일을 하려면 배를 타봐야 한다고 했어. 적어도 명분은 그랬지. 흔들리는 배에 올라 비틀거리는 나를 보면서 관훈은 흠뻑 웃고 있었어. 배를 타는 순간 알았지. 오래 일을 시키려면 고분고분하게 만들어둬야겠다 이거구나.

명태를 잡았어. 지금도 생각하면 속이 뒤집혀. 배 말이야. 믹서기 안에서 돌아가는 것 같았어. 토할 것도 없는데 속이 뒤집히지. 한번 시작하면 전복 내장 같은 위액이 딸려 나와.

하늘이 보였다 바다가 보이고, 파도는 배 옆구리를 사정없이 때려. 밧줄에 몸을 묶어두고 싶었지. 초보 선원들은 다 마찬가지야. 그런데 짬밥이 되는 선원들은 파도를 읽어. 춤추듯 리듬을 타고 걷더라니까. 밥을 먹어도 얼마 안 가 다 토하는데, 먹을 수 있는 만큼 먹으라고 해. 어차피 토할 거라도, 그렇게라도 먹어둬야 산다고.

며칠 동안 명태 꿈을 꿨어. 명태가 몸을 휘감고 입으로, 코로 마구 들어와. 비린내가 가시지 않아. 명태는 절대 안 먹겠다고 다짐했지. 사실 다짐할 필요도 없었어. 쳐다보기만 해도 구역질이 올라왔으니까. 오죽했으면 비누 대신 락스를 썼겠어. 손등이 벗겨지도록 문질렀더니 그제야 비린내가 좀 가시더라.

다시는 배를 안 타겠다고 다짐했는데, 뜻대로는 안 됐어. 그래도 소득은 있었지. 관훈이 자기 사람으로 인정을 해줬거든. 세 번째 배를 타고 돌아온 날 관훈이 부두까지 마중을 나왔어.

"가족이 없다고 했지?"

"언니 하나 있는데 연락을 안 한다고 했죠."

"그래. 이제는 우리가 가족이다 생각하고 지내. 내가 아버지다, 그렇게 생각해."

배까지 타고 나니 자기 사람이다 싶었나 봐. 속셈이야 뻔했지. 진짜 가족이라고 생각해서 그랬겠어? 묵진에서 회계에 눈이 밝은 사람을 구하기 쉽지 않으니까 그런 거지. 가족이라고 엮어놓으면 계속 붙잡아둘 수 있겠다 생각했을 거야.

그때 내 기분이 어땠게?

좋더라. 좋았다고. 없던 아버지가 생긴 거였지. 염지아에게는 철순이, 나에게는 관훈이. 진희는 언니, 언니 하면서 따르고. 졸지에 동생까지 생긴 거지. 너한테 병준이 생긴 것처럼. 우린 참 비슷하게 자라. 그렇지?

계속 그런 생활이 이어졌으면 어땠을까. 양원 페리에서 일하면서, 바닷바람이나 쐬면서. 그렇게 늙어갔으면 어땠을까. 온계리도 뱀이마을도 철순도 재필도 염지아도 싹 다 잊어버리고, 그냥 윤혜수로 남은 평생을 살았으면.

하지만 너도 알잖니. 인생은 생각대로 안 돼.

장관훈 부인을 간병하는 일은 금방 끝났어. 퇴원하고 나니 금방 쌩쌩해지더라. 굳이 집에서까지 일해줄 필요가 없었어. 혹시나 병이 도질까 관훈이 불안해하길래 몇 번 찾아가서 시중들어준 게 다야. 그러다 같이 밥도 먹고 차도 한잔하고.

평범한 집이었어. 서른 평쯤 되는 단독주택이었지. 목제가구가 가득하고, 분재로 장식을 해놓은 집이었어. 무화과 냄새가 가득했지. 부인이 방향제 대신 쓴다고 했어.

너 묵진에 내려와서 내 흔적을 따라다니다 이상한 냄새를 맡을 때가 있었지? 맛이 느껴지기도 하고 말이야. 아무리 묻어놔도 끝내 대가리를 디미는 것들이 있지. 뇌리에 깊숙이 파묻혀있는 것들. 화장 아래 숨겨놓은 기미 같은 거 말이야. 몸이 기억해. 눈이 기억하고 코와 입이 기억해. 세포가 학습한 것처럼 반응해 버리지. 관훈의 집을 찾았을 때 내 느낌이 그랬어.

그날도 함께 저녁을 먹었지. 퇴근하고 나서 말이야. 술을 한잔 걸친 관훈이 열이 난다며 팔을 걷었어. 시원하게 부채질도 하고. 밥을 한술 뜨는데 고약한 냄새가 났어. 온계리를 떠올리게 만드는 악취였어. 나한테 온계리는 지옥과 동의어야. 구역질이 솟았지. 밥이 이상했냐고? 천만에. 밥은 모락모락 김을 뿜고, 생선은 알맞게 구워져 있었어. 찬으로 나온 나물도 싱싱했고. 된장국은 간이 딱 맞았지.

그게 아니야. 음식 문제가 아니었어. 시선이 돌아가게 만드는 뭔가가 있었어. 보고 있는데도 인식하지 못하고 있던 어떤 것. 불쾌한 감정이 솟구치는데 정작 그 이유는 알 수 없었던 그것. 바람이 불었어. 커튼이 펄럭였지. 뭔가 말하려는 것 같았어. 어딜 보고 있냐고. 정신을 차리라고.

부채질하던 관훈의 손목이 눈에 들어왔지. 처음 보는 건 아니었어. 하지만 오랜 시간 봐 왔는데 왜 몰랐을까. 왜 한 번도 의심하지 않았을까. 어쩌면 부채질을 하던 관훈의 손이 꼭 총을 쥔 것 같은 모습이라 그랬을지도 몰라. 중요한 건 그날, 그 순간, 화상으로 얽은 자국이 내 눈에 들어왔다는 거지. 그 아래 뒤틀린 흉터가 보였어. 불에 타서 쪼그라든 방울뱀 말이야.

총성이 들렸어. 독한 화약 냄새가 났고. 식사를 끝낸 관훈이 이쑤시개를 물었어. 담배를 피우듯이 입술 위에서 한 바퀴 빙글 돌렸지. 그걸 보고 있으니 머리가 하얘졌어. 제대로 한 대 얻어맞은 것 같았지. 관훈이 왜 그러냐고 물었어. 안색이 안 좋다면서 말이야. 나는 속이 불편하다고 했지. 관훈은 배를 오래 타다 보면 오히려 육지에서 멀미하는 일이 있다고 했어.

"눈을 감아. 심호흡을 해."

관훈이 말했어. 그날 온계리에서 엄마를 쏜 독개구리도 같은 말을 했지. 나는 화장실로 달려갔어.

왜 몰랐을까.

관훈을 처음 봤을 때 느꼈던 더러운 기분이 뭔지 알 것 같았어. 그 목소리. 그 얼굴. 왜 잊고 지냈을까. 왜 처음부터 알아보지 못했을까.

확실히 해야 했어. 내가 계획하는 복수는 칼처럼 서늘한 거였거든. 총으로 한 번에 끝내는 게 아니란 말이야. 근육을 저미고 신경을 쿡쿡 찌르면서, 죽고 싶다고 죽여달라고 할 때 한 번 더 찔러주는 그런 복수였단 말이지. 죽을 때까지 괴롭혀줄 생각이었어. 그러니 애먼 사람을 잡으면 안 되는 거였지.

이런 일에 제격인 사람이 있어. 다음날 휴가를 쓰고 육사골목에 갔지. 장명을 만났어. 옥탑방 사무실에서. 살이 빠진 모습에 많이 놀란 표정이었어.

"못 알아보겠는데. 다시 일할 생각 없어? 이제 손님도 제법 잘 받겠다."

"일하러 온 게 아니라 일 시키러 온 거예요. 확인할 게 있어서요."

장명이 귀엽다는 듯 날 쳐다봤어.

"잘 왔어. 남자들은 침대 위에서 많은 얘기를 하지. 그 얘기는 내 귀에 들어오고. 궁금한 게 있어서 찾아온 거라면 번지수 제대로 짚었어."

"장관훈에 대해 알고 싶어요."

"그게 누군데."

"양원 페리 대표요. 내가 일하는 회사 사장."

"너 일도 해? 무슨 일을 하는데."

"회계요."

장명이 뒤집어지는 시늉을 했어.

"간만에 나타나서 여러 가지로 놀래킨다. 오케이. 알아봐 줄게. 장관훈이라고? 뭘 알고 싶은데."

"예전에 뭐 했었는지요. 정확히는 천구백팔십 년에 그 인간이 무슨 일을 하고 있었는지 알고 싶어요."

장명이 사람 하나 붙여주더라. 심복이래. 그렇게 믿음직스럽냐고 물었더니 그게 아니라 이름이 최심복이랬어. 늙수그레한 아저씨였지. 얼마 후에 소산포에서 만났어. 서류라도 주는가 했는데 그냥 말로 때우데. 뭐, 그걸로 충분했지만.

"별거 없던데? 대구 출신이고, 고졸. 공고 나왔어. 가족들은 아직 대구에 있고. 서른쯤 묵진에 들어왔대. 그때부터 쭉 묵진에서 양원 페리 운영하는 거고."

"그거 말고는요? 묵진 오기 전에요."

"아. 그게 궁금하다는 거였지. 전에는 군인이었어. 오 년? 육 년? 그 정도 일했나 본데. 이건 진짜 어렵게 알아낸 건데, 그 인간 광주에 투입됐었대. 오일팔."

심복이 총 쏘는 시늉을 했어. 언제부턴가 턱이 얼얼했지. 이를 너무 꽉 깨물어서. 내가 묵진에 내려와야 했던 이유를 알 것 같아서. 마을 벽에 박혀 있던 총알 자국이 떠올랐어. 저수지에 파묻혀있던 사람들, 산에 묻힌 사람들 얼굴이 생각났고. 엄마 얼굴이 아른거렸지.

관훈이 자기를 아버지처럼 생각하라고 했지. 미친.

그날 당장 도끼를 들고 관훈의 집에 쳐들어갈까 생각도 했어. 그러면 분이 좀 풀릴까. 아니. 아니지. 그러면 안 돼. 계획이 필요했지. 일에는 순서가 있는 법이라고.

나는 관훈과 친해지기 위해 최선을 다했어. 빠뜨리는 것 없이 회계장부를 정리하고 쉬는 날에는 배를 탔어. 돈을 빼돌리는 것도 그만뒀지. 그 인간이 날 완전히 신뢰하도록.

진희가 나를 잘 따랐지. 친자매라고 생각할 정도였어. 관훈도, 그 부인도 마찬가지였고. 말 잘 듣는 개 한 마리가 굴러들어왔다 생각했겠지?

배를 타는 날이면 진희가 도시락을 싸줬어. 내 거 하나, 남편 거 하나. 장진희 남편도 배를 탔거든. 이름이 한상구라고 했어. 손이 많이 가는 사람이었어. 젊었을 때 운동을 했다고 하더라. 몸이 다부지고 힘도 좋은데, 좀 멍청했어. 좀 흐릿하다고 할까. 관훈이 혀를 차는 모습을 자주 볼 수 있었지. 저런 것도 사위라고 대접을 해줘야 하나 싶은 얼굴로 말이야. 진희는 제 서방이라고 애지중지했지만.

관훈은 사위한테 유독 박하게 굴었어. 선장한테도 그 인간 사람 만들어놓으라고 따로 지시를 했나 봐. 선장이 아주 사람을 잡더라고. 혼자서 그물을 끌라고 하질 않나, 명태와 잡어를 맨손으로 골라내라고 하질 않나⋯⋯ 한상구는 그걸 또 묵묵히 하고 앉았어. 미련하니까. 그래서 착했고. 그래. 묵진에서 보기 드물게 착한 인간이었어.

내가 뱃일이 처음이라고 하니 이것저것 알려주기도 했지.

"이건 에벤크 매듭이라고 해요."

낚시하는 법, 그물을 끄는 법, 배를 운전하는 방법, 어종별로 구분하는 법과 소산포 경매 시스템까지 그 사람한테 배웠어. 자기도 누군가를 가르칠 수 있다는 게 좋았나 봐. 정작 한상구는 진득한 인간은 못 됐어. 이틀짜리 항해를 나간 일이 있었는데 하루는 도저히 힘들어서 못 하겠다고 하더라. 옆에서 보기에도 위험해 보였어. 오한으로 덜덜 떨고 있었거든.

"배를 돌릴 순 없어요. 대표님한테 부탁받은 것도 있으니까요. 그렇게 힘들면 독방에서 쉴 수 있게 해드릴까요?"

선장이 말했어. 한상구는 선장의 은혜에 어쩔 줄 몰라 하더라. 선장이 고까운 표정을 짓고 있는 것까지는 몰랐나 봐. '고맙습니다, 고맙습니다.' 하며 선실로 몸을 옮겼지.

"아니 거기 말고요."

선장이 한상구를 붙잡았어.

"이 배 독방은 거기가 아니라 여기예요."

선장은 배 아래 수조에 한상구를 밀어 넣었어.

"어디서 뺑끼칠 생각을 하세요."

한상구가 뭐라고 소리쳤어. 선장은 조용히 하라며 수조 문을 잠갔어. 수조 속에서 웅웅거리는 소리만 터져 나왔지.

새벽에 수조를 찾아갔어. 물이 자박자박 차 있더라. 한상구는 몸이 땡땡 얼어붙어 있었고. 입술은 벌써 자줏빛이고 몸을 심하게 떨어. 내가 다가가니 누군지도 모르고 막 안아. 온기가 필요했겠지. 얼어 죽지 않으려고 그런 거야.

"그만 해요."

내가 말했어. 그런데도 한상구가 계속 가슴을 파고들었어. 등을 토닥여주니 조금 진정을 해. 그대로 한참을 있었지. 얼마나 지났을까. 손이 허벅지로 슬금슬금 기어들어 왔어.

"저 윤혜수예요."

내가 말했어.

"알아요."

한상구가 내 가랑이 사이로 손가락을 쑥 집어넣었어. 밀어내도 계속 파고들었어. 뭘 원하는지 알 수 있었지.

그러도록 놔뒀어.

뭐, 흔한 불륜 얘기야.

자주 만났어. 몰래 만났고. 선착장 부근에서, 아니면 시내 모텔에서. 가끔 대범하게 소산포 창고에서도 보고.

한상구는 내가 짧은 치마를 입은 날이면 줄곧 다리와 가슴에서 눈을 떼질 못했어. 목젖을 꿀렁거리며 침을 삼켰지. 눈이 마주치기라도 하면 도둑질을 하다 들킨 마냥 얼굴이 벌게졌어. 들소처럼 숨을 몰아쉬다 다시 엉덩이와 목선을 훔쳐보는 거지. 사랑하지 않는 사람과 살고 있다는 건 확실했어. 다만 나를 향한 감정이 잠깐 지나가는 호기심인지 아니면 가슴 떨리는 사랑인지는 알 수 없었지. 아무래도 상관없었지만.

한상구는 날이 갈수록 말랐어. 뱃일이 도저히 적응이 안 됐나 봐. 난민처럼 볼이 핼쑥했어. 그 덕에 광대뼈가 도드라져 보였지. 수염을 덥수룩하게 기르고. 단추를 세 개나 풀어헤친 덕에 뼈밖에 없는 몸이 적나라하게 드러났어. 그런 몸을 하고서도 틈만 나면 스텝 같은 걸 밟고 있었어.

"배워볼래요?"

"뭐요?"

"복싱. 저 아마추어 복싱선수였거든요. 고등학교 다닐 때는 도내 준우승까지 했어요."

"관심 없어요."

"살 빼는 데 좋아요."

다이어트에 도움이 된다면 마다할 게 없지. 그때 즈음엔 몸이 가벼워지는 게 좋았거든.

"왼손은 눈높이에. 오른손은 턱에 갖다 대요. 오른쪽 다리와 왼쪽 다리의 균형이 칠 대 삼이 되도록 서고, 양다리는 안쪽으로 모아요. 옆에서 쳐도 넘어지지 않는다는 느낌이 들어야 해요."

"불편한데요."

"기본자세가 이래요. 복싱은 태클 당하거나 옷깃을 잡히면 끝이에요. 어차피 체중 때문에 붙으면 이기지도 못해요. 거리를 두고 타격으로 싸우는 걸 익혀야 해요. 한 번 찔러봐요."

"찔러요?"

"손에 칼을 들었다고 생각하고. 울버린처럼 주먹에 칼이 달렸다고 하면 더 이해가 쉬우려나. 그 상태로 앞으로 쭉."

나는 한상구가 말한 대로 왼손을 뻗었어. 도토리묵처럼 무른 주먹이 어설프게 턱 앞에 멈춰 섰어.

"그게 아니죠……"

한상구가 자세를 잡는가 싶더니 내 인중을 향해 주먹을 날렸어. 무슨 일이 벌어진 건지 알지도 못하는 사이에 창고 구석에 처박혀 있더라. 토하듯 숨을 뱉었어.

"이게 잽이에요. 자 다시 한번."

오기가 생겼지. 알잖아? 지고는 못 살아.

"훅이 애매해요. 그래서는 임팩트가 없다고요. 주먹이 흘러버리고 말아요. 훅의 궤적은요, 음…… 그러니까……"

한상구는 내 왼손을 눈이 있는 곳에 가져갔어.

"혜수 씨는 서울 살았죠? 여기가 까치산이라고 쳐요. 인천공항에서 준비하시고 까치산에서 꺾은 다음에, 강남에서 빡! 아시겠어요?

대치동이나 도곡도 좋아요. 그 근처에서 기회를 노려서 빡!"

내 주먹이 강남쯤 되는 곳에서 미트를 때렸어. 지하철 2호선의 발차음처럼, 빡 하고 경쾌한 소리가 났지.

"훅이 날카롭지 않으면 어떻게 되냐면요."

한상구는 돌연 허리를 숙이더니 내 다리를 잡아 넘어뜨렸어.

"이렇게 돼요. 말했잖아요. 거리가 중요하다고. 한 번 넘어지면 이기기가 쉽지 않다고."

나는 물러서지 않았어. 한상구가 내 몸을 무겁게 눌렀지.

한상구는 수시로 복싱을 가르쳤어. 잽과 원투, 훅과 어퍼컷, 위빙과 더킹. 내가 더 말랐으면 했나 봐. 틈만 나면 스파링을 했어. 언제부턴가 창고에 샌드백까지 갖다 놨더라.

한상구는 종종 가족을 향해 불만을 쏟아냈어. 장관훈은 영세 선주인 주제에 바라는 건 얼마나 많은지, 장진희는 또 얼마나 세상모르고 사는 여자인지. 다 들어줬어. 듣고 위로해주고 달래줬어. 그 남자가 내 남자가 될 때까지.

가끔 한상구는 이런 대화가 불편하지 않냐고 물었어. 나는 불편한 얘기를 왜 하냐고 되물었지.

"속 얘기를 털어놓고 싶어서요."

그러라고 했어. 정보는 많을수록 좋으니까. 한상구는 정말 많은 얘기를 들려줬어. 장진희는 부족한 것 없는 인간이었지. 관훈이 얼마나 자기 딸을 끔찍하게 아끼는 줄 알 수 있었어. 관훈을 몰락시키기 위해 필요한 게 뭔지 깨달았지.

뭔가 한 방만 있으면, 딱 한 방만 있으면 관훈을 보내버릴 수 있을 것 같았어. 그 한 방이 뭔지 알기까지 오랜 시간이 걸렸지. 해가 바뀌고 봄이 다 지나간 뒤에야 알게 됐어.

그즈음엔 나도 꽤 유명해졌지. 양원 페리가 잘 나갔거든. 새로 배도 발주하고, 사업 규모도 제법 키워놨어. 업계 사람들 사이에서는 이름이 오르내리기도 했나 봐. 묵진의 별이라고 부르더라.

운명이 얼마나 기막히게 흘러가는지 모를걸. 누가 연락을 해왔는지 알아? 지광산업. 대표가 직접 보고 싶다고 하더라고. 시내에서 만났지. 협박이라도 하려는 건가 싶었어. 말벌집이 내 짓이라는 건 알음알음 소문이 나 있었으니까. 커피 한 잔 사주고 무슨 얘기를 하려나 싶었지. 대표가 말했어.

"요즘 양원 페리가 좀 잘 나간다면서요."

"알잖아요."

"윤혜수 씨가 많이 기여했다고 들었는데."

"소문이 다 그렇죠, 뭐."

짜증이 났어. 돌려돌려 얘기하는 것들이 싫었거든. 비즈니스 한다는 인간들이 다들 그렇긴 하지만.

"말벌집, 윤혜수 씨 짓이죠?"

이제야 본론이구나 싶었어.

"생사람 잡지 마시죠."

"숨기지 않아도 돼요. 원한이 있는 건 아니에요. 오히려 감동했죠. 이 바닥에서 유명해요. 묵진의 별이라고."

지광산업 대표 목덜미 노려봤어. 맥이 뛸 때마다 경동맥도 펄떡였지. 테이블 밑에서 주머니칼을 만지작거렸어. 경쾌하게 한 번 그어

주면 그 입도 조용해질 것 같았거든. 난 묵진에서 유명해지고 싶은 게 아니었어. 조용히 살게 놔두면 그걸로 족했지.

"그런데 혜수 씨, 너무 나대면 위험해요. 묵진이 좀 그래요. 조용히 사는 게 편하거든요."

대표가 계속해서 나불대길래 한 마디 쏘아줬어.

"그런 식으로 하시면 절 기분 나쁘게만 하지, 이기지는 못하죠."

"왜 이겨야 하죠?"

"이기고 싶은 거 아니에요?"

대표가 껄껄 웃으면서 손을 저었어. 오해가 있었나 보네, 하면서.

"혜수 씨 책망하려고 온 게 아니에요. 같이 일하고 싶어서 그런 거예요. 이거 스카우트입니다."

"저는 누구 밑에서 일 못 해요."

"결론은 천천히 내리시고요. 드라이브 좀 할까요?"

대표는 조수석에 날 태웠어. 완충장치가 좋은 차였어. 가죽 시트도 매끈했고. 코너링은 생크림처럼 부드럽더라. 아스팔트가 강물처럼 넘실거렸지. 바닷가 옆으로 난 해안도로를 달렸어. 태평양이 펼쳐졌어.

"나는 이 동네를 좋아해요. 바다를 좋아하죠. 어렸을 때 살던 곳에는 바다가 없었거든요. 구미 출신이에요. 사투리를 고치려고 애를 많이 썼죠. 혜수 씨는 어디 출신이에요?"

"전라도요."

"묵진이 이래서 좋아요. 전국에서 사람들이 몰려들거든."

"얘기 뱅뱅 돌리지 말고 본론만 간단히 하시죠."

"결론은 천천히 내려달라고 했잖아요. 여전히 나하고 일하기 싫어요?"

"뭘 줄 수 있는데요."

"하는 만큼 주죠. 뭘 원해요?"

"양원 페리를 망하게도 할 수 있나요."

대표가 브레이크를 밟았어. 의외라는 표정이었지. 그러더니 웃음을 터뜨렸어.

"나하고 장관훈하고 원래는 친했어요. 비슷한 시기에 사업을 같이 했죠. 연배도 비슷하고. 그런데 그 친구가 좀 음흉한 구석이 있어요. 선원들 가지고 뒤에서 장난을 치고 있더라 이겁니다. 이 바닥이 선원 싸움인 거 알죠? 웃돈까지 줘가면서 선원 뺏어가고 있으니 우리도 힘들었던 적이 있죠. 대판 싸웠어요. 사업 좀 정정당당하게 하라고. 콧방귀도 안 뀝디다. 그때 생각했어요. 언젠가 내가 양원 페리 망하게 하고 만다고."

차가 다시 출발했어. 대표는 뻥 뚫린 도로에 대고 클랙슨을 울렸지. 점점 속도를 높였어.

"혜수 씨 독사 같은 여자네요. 처음 봤을 때부터 심상치 않다고 생각은 했지만."

"절 본 적이 있다고요."

"양원 페리에 굉장한 여자가 일하기 시작했다고 해서 보러 갔었죠. 내 배에 말벌집을 집어넣은 인간이 어떻게 생겼나 보고 싶기도 했고요. 벌써 몇 달 전이네요. 그사이 살이 좀 빠졌나 봐요?"

"더 빠질 거예요."

"배는 안 빠졌는걸요."

그런가. 배를 만져봤어. 대표 말대로였지. 뱃살은 빠지지 않았더라고. 아무리 운동을 하고 다이어트를 해도 소용이 없었어. 오히려 공처럼 둥근 배는 날이 갈수록 부풀었어.

관훈네 가족을 한자리에 모았어. 함께 일한 지 일 년도 넘었는데 한턱 쏘겠다고 했지. 음악 소리보다 에어컨 실외기 소리가 더 크게 들리는 레스토랑에서. 구석에는 그랜드피아노가 있었어. 장식품인 게 분명했지. 인테리어랍시고 해놓은 게 하나같이 어설퍼 보였어.

스테이크를 썰고 와인을 마셨어. 아, 난 입도 대지 않았지만. 관훈이 묻더라. 어째 이런 날에 술 한 잔을 안 하냐고. 요즘 보니 배가 불룩한데 혹시 좋은 소식 있는 거 아니냐고. 좀 이따 말씀드리겠다고 했지. 한상구가 오기를 기다리고 있었거든.

일을 끝내고 도착한 한상구는 적잖이 당황한 것 같았어. 그랬겠지. 가족 모임이라는 말을 안 했으니까. 나하고 따로 만나는 줄 알고 있었거든. '이게 무슨 일이에요?' 한상구가 눈으로 그렇게 물었어.

"다 모였으니 말씀드릴게요."

진희는 이 언니가 드디어 중대 발표를 하나 싶어 잔뜩 신난 모습이었어. 질문할 것들이 산더미였겠지. 언니 어떤 남자예요? 언니 언제부터 만났어요? 언니 식은 언제 올려요? 언니, 언니……

세라가 떠올랐어. 발치에서 까불던 세라 말이야. 털이 복슬복슬했던 녀석. 내가 무슨 짓을 해도 사랑만 줄 것 같던 개였지. 장진희 표정이 꼭 세라 같았어. 거기에 뜨거운 물 한 바가지를 부어주고 싶었지.

"애가 생겼어요."

말이 끝나기 무섭게 진희가 박수를 쳤어. 레스토랑에 있던 사람들이 다 돌아볼 정도로 경쾌하게. 기다렸던 질문들이 쏟아졌지. 그사이 한상구는 안절부절못했고. 내 입에서 무슨 말이 나올지는 알고 있었을 거야. 그 결과가 무서웠겠지. 나는 좀 더 많은 사람이 집중할 수 있도록, 그래서 그 상황이 가장 극적인 순간이 되도록 기다렸어. 박수와 질문이 멈출 때까지. 비로소 레스토랑이 조용해졌을 때 입을 열었어.

"이 사람 아이예요."

한상구를 가리켰어. 그 사람은 동시에 고개를 숙였고.

"뭐라고?"

관훈과 부인이 차례로 되물었어.

"이 사람 아이라고요."

관훈이 당황해서 어쩔 줄을 모르더라. 그런 모습은 처음 봤어. 진희는 내가 한 말이 무슨 뜻인지도 모르고 실실 쪼개는 중이었어. 그러다 상황 파악이 됐나 봐. 눈을 어디 맞춰야 할지 몰라. 막 허둥거려.

"언니 정말이에요? 정말 이 사람이랑 언니가⋯⋯"

해명과 설명이 이어졌지. 뺨 몇 대 맞을 각오를 했는데 그러진 않더라. 얼른 자리를 피하고 싶었겠지. 화살은 한상구를 향했어. 관훈이 멱살을 잡고 밖으로 끌고 나갔어. 아내가 초상 치를까 겁이 났는지 따라 나가더라고.

진희만 남아서 조곤조곤 저주를 퍼부었어. 그 말 많던 애가 처음으로 차분한 모습을 보였지. 나도 받아쳐 줬어. 관훈이 사람을 몇 명이나 죽였는지 아냐고. 무슨 말인지 못 알아듣는 눈치였어. 네 아비한테 가서 군 생활이 어땠는지 물어보라고 했지. 그해 5월에 나온 휴가가 어땠는지. 정말 화려했는지. 사람 정수리에 개머리판을 휘두르는 게 어떤 기분이었는지. 화약 냄새가 향수 같았는지 물어보라고.

"언니…… 내가…… 나는 뭘 잘못했는데요."

진희가 물었어. 현실이 악몽 같았겠지. 불쌍한 아이야. 희생양이었지. 난 진희의 손을 잡아줬어. 크고 가느다란 손가락, 고생 한 번 안 하고 자란 부드러운 손등을 쓸어줬어. 그리고 말했지.

"그럼 난 뭘 잘못했는데?"

집으로 와서 샤워를 했어. 소스라치게 차가운 물줄기가 등을 때렸어. 머리를 감고 입을 헹구고, 털이 난 곳을 아프도록 문질렀어.

떠날 때였지. 지광산업 대표에게 같이 일하자고 말했어.

오만 가지 감정이 소용돌이쳤어. 감정이 날 지배하지 않도록 노력했지. 우리는 언제나 감정에 휘둘렸으니까. 염지아가 스트레스를 받으면 윤혜수가 튀어나오는 거잖아. 윤혜수가 지치면? 다시 염지아가 이 몸 주인이 되는 거지 뭐. 감정이 스위치였던 거야.

감정이라는 건 뭘까. 감정이 왜 존재하는 걸까. 이따위 거추장스러운 게 생존을 유리하게 해주는 걸까. 그렇게 진화한 걸까. 나는 내 몸의 주체인데, 내 몸을 지배하고 있다고 생각하는데, 그럼 왜 조잡한 감정에 휘둘려야 하는 걸까. 울고 웃고 분노하고 낙담하고 안심하는 모든 것들, 뇌가 만들어내는 요란한 기계 작용에 왜 그렇게 휘둘리는 거냐고. 왜 우리는 쓸데없는 일에 그 오랜 시간을 쏟아부었냐고.

대답 좀 해 봐 염지아.

2002년 1월 7일. 그날을 잊을 수 없어.

새벽부터 진통이 이어졌어. 책에서 읽은 그대로였지. 진통 간격이 조금씩 짧아졌어. 때가 왔다는 걸 알았지. 가랑이가 찢어질 것 같았어. 변비에 걸린 것처럼 나오는 건 없는데 말이야. 뼈가 조각나는 느낌이었지. 골반을 믹서기에 갈아대는 기분이었어. 내가 왜 이 고통을 견뎌야 하는지 의문이 들더라. 배를 갈라달라고 했어. 너 배꼽 아래 있던 흉터 봤지. 그거 살 빠진 자국이 아니야. 제왕절개 자국이라고.

배를 찢고 나온 건 작고 새빨간 콩알이었어. 포대기에 싸서 방구석에 던져놨지. 그 조그만 게 억울하다고 빽빽 울어댔어. 묻어버릴까 고민도 했어. 그럼 염지아와 장관훈 모두에게 제대로 한 방 먹일 수 있을 텐데. 하지만 넌 애가 태어났다는 것도 몰랐잖아. 알지도 못하는 존재가 죽는다고 뭐 그리 서러워하기나 할까 싶었지.

침대에 그 콩알을 눕혀놓고 생각했어. 콧구멍을 잠깐만 막고 있으면 어떻게 될까. 밥을 주지 않으면. 이 사실을 알면 염지아는 어떤 반응일까.

하늘은 거짓말처럼 맑았어. 구름 사이로 지나가는 여객기가 보였어. 비행기는 곧 시야에서 사라졌어. 한참 고개를 치켜들고 있으려니 배가 고팠어. 생각해보니 온종일 아무것도 안 먹었더라고. 아기도 그랬지. 빽빽 울기 시작했어. 마침 젖이 부어올라 아프던 참이었어. 애한테 젖을 물려봤지. 힘차게 빨아. 그 조그만 것도 인간이라고, 살겠다고 젖을 빨아.

머리가 멍해졌어. 이 생명을 어떻게 처리하면 좋을지 모르겠더라고.

도움이 필요했어. 생각나는 게 재필밖에 없었지. 무슨 짓을 했건, 어쨌든 내 편이 돼 줄 인간이었으니까. 재필이 아기를 안았어. 애를 잘 보더라. 나보다 훨씬 나았지.

"아들이니?"

"딸이요."

"이름은 뭐니."

"없어요, 그런 거."

"출생신고는?"

"안 했는데요."

재필이 천천히 고개를 저었어. 어이가 없었겠지.

"출생신고를 해야 정부 지원도 받고 예방접종 같은 것도 하지. 나중에 학교도 보내고. 집에 가둬놓을 게 아니라면 이름부터 지어놔."

"궁금한 게 있어요."

"뭔데."

"빨래는 어떻게 하나요."

"세탁기를 사."

"아기 옷은요. 그것도 세탁기에 돌리나요."

"잘 모르겠으면 그냥 세탁소에 맡기든지."

작은 옷들을 무더기로 샀지. 그때부터 일주일에 한 번 세탁소에 들렀어. 매주 토요일 저녁에 옷을 찾고 새 빨랫감을 건넸어. 바삭바삭한 빨래 향이 좋더라.

애가 태어나면 뭘 해야 하는지 알아봤어. 재필이 말한 대로 이름부터 지어야겠더라고.

튼튼했으면 했어. 너무 신경을 쓰는 게 싫었거든. 대충대충 키워도 알아서 잘 자랐으면 싶었지. 염지아, 윤혜수…… 너무 약해 보이는 이름들 아니니. 적어도 다이아몬드는 돼야지. 기왕이면 돈도 좀 벌고. 다이아몬드와 금이면 어떨까. 앞 글자를 따서 다금? 그건 좀 이상했지. 다금바리도 아니고 말이야. 금이 안 되면 은이지 뭐.

그래. 은이 좋겠다. 다이아몬드와 은. 다은.

제 아비 성이 한 씨니까, 합해서 한다은.

기억나 염지아?

이 쌍년아.

개 같은 년아.

기억나냐고.

다은

아. 한상구. 그 사람 얘기를 안 했구나.

석 달이 지나고 나서야 그 사람이 찾아왔어. 장진희와 이혼 절차를 마무리했다고 했어. 애를 보고 싶다고 했지. 집으로 들였어. 다은이는 방에서 자고 있었고. 그새를 못 참고 한상구가 다은이를 깨웠어. 다은이는 잠투정도 없이 눈을 말똥말똥 뜨고 한상구를 쳐다봤지. 그 쪼그만 게 제 혈육을 알아봐서 그랬는지도 몰라. 한상구가 손가락을 내밀었어. 다은이가 한상구의 손가락을 쥐었고. 한상구는 말도 안 되는 표정을 짓더라. 찰흙처럼 건조하던 얼굴이 환희로 가득 찼어. 그 상태로 한참을 움직이지 않았지. 굼벵이처럼 꾸물거리는 애를 가만히 쳐다보고 있었어. 온 우주가 그 작은 생명체에 집중된 것처럼. 그러다 회반죽 같은 눈으로 말했어.

"결혼하자 혜수야."

나는 그럴 수 없다고 했어. 그럼 애를 데려가겠다고 하더라. 그것도 안 된다고 했지.

"당신 밑에 두겠다고?"

"그게 맞아. 이 나라에서는 미혼부라는 게 불가능하거든."

한상구가 납득할 수 없다면서, 반드시 애를 데려가겠다고 소리쳤어. 다은이가 그제야 빽빽거리며 울었어. 한상구에게 입 좀 다물라고 했지.

이 인간에게 확실히 알려줘야 했어. 내가 어떤 존재인지 말이야. 한상구에게 권리 따위는 없다는 걸 인지시켜줘야 했지. 내가 무슨 짓을 할지 두렵지 않냐고 물었어. 당장 이 아이를 없애버릴 수도 있다고 했지. 눈앞에 연필이 보이더라. 뾰족하게 잘 갈린 연필이었어. 죽음병원이 생각났지. 애 손을 찔렀어. 피가 날 때까지. 애가 미친 듯이 울더라. 혼절하지 않을까 싶을 정도로. 한상구도 파랗게 질렸어.

"한 번만 더 찾아와봐. 다음번에 구멍이 뚫리는 건 손이 아닐 거야."

그 사람도 웃기지. 보통은 애를 구하겠다고 뭐라도 하지 않을까. 날 저지한다거나, 경찰을 부른다거나. 그저 벌벌 떨고 있었어. 딱 그 정도 인간이었던 거지.

내가 왜 아이에게 집착했는지 모르겠어. 모성애였을까. 그게 나랑 어울린다고 생각해? 난 너하고 다르잖아. 복수심과 공포가 만들어낸 인격이란 말이야.

오래 고민한 끝에 답을 찾았지. 이 아이는 내 증거가 돼 줄 거였어. 염지아가 아니라 윤혜수가 존재했다는 증거. 그게 중요한 거였어. 언젠가 이 몸을 돌려주고 나면 나는 물거품이 될 것 같아서. 변

신 소녀 만화가 모두 그랬잖아. 좋은 남자 만나서 행복하게 살았다,
로 끝나는 만화 말이야. 다시는 변신할 일이 없는 인생이 되는 거지.
나도 언젠가 그렇게 돼버릴까 두려웠던 거야.

아. 물론 너한테 복수하겠다는 명분도 있었지. 모르는 사이에 애
까지 낳았다는 걸 알면 어떤 반응을 보일까. 그래도 그 아이를 사랑
할 수 있을까. 그걸 알고 싶어서 다은이는 네 호적에 올렸어. 윤혜수
가 아니라 염지아의 딸로. 다은이가 크면 한상구에게 돌려줄 생각
이었어. 언젠가 돌아올 염지아를 절망하게 만드는 거지. 그날을 상
상했어. 탄산수를 부은 듯 부글부글 미소가 솟더라.

한상구는 그 모습을 보며 맥빠진 표정을 지었어. 한상구가 물었지.
"그럼 난 어떡해."
"그걸 왜 나한테 물어. 어디든 가. 배를 타든 이민을 가든."
한상구가 가기 전에 마지막으로 애를 안아봐도 되겠냐고 물었어.
안 된다고 대답했지. 한상구가 고개를 떨궜어. 한 번 떨어진 고개가
다시 올라올 줄을 몰라. 그게 한상구를 마지막으로 본 거였어.

다시 여름이 됐어. 바로 옆에서 쇠를 녹이는 것 같았지. 손바닥으
로 이마를 훔쳤어. 매미 우는 소리가 귀를 찢었어. 매미가 울고 나면
귀뚜라미가 울겠지. 귀뚜라미가 울고 나면 낙엽이 떨어지고, 그러면
겨울이 오고, 그때쯤이면 애가 조금 자라있겠지. 그리고 얼마 안 있
어 한 살 더 먹겠지.

이대로 가다간 금방 늙어 죽겠다는 생각까지 했어. 마음이 급했지.
세상이 또 한 번 떠들썩했어. 월드컵이 열렸거든. 묵진도 들썩였

지. 나하고는 상관없는 이야기였지만. 내 머리는 한 가지 생각으로 만 가득했어.

'양원 페리를 망하게 하자.'

준비는 끝나 있었어. 실행을 위해 지광산업이 필요했던 거고. 양원 페리의 약점을 알고 있었지. 그 회사 숫자를 꿰고 있었으니까. 사업은 숫자로 움직여. 회계장부를 들여다보면 어디를 찔러야 치명상을 입힐 수 있는지 알게 된단 말이지. 양원 페리는 선급금이 문제였어. 선원이 넘쳐날 때는 상관이 없는데 수급이 어려울 때면 선급금도 늘어났거든. 시장경제였지.

문제는 관훈이 선급금을 마련하려고 예상 수익을 담보로 돈을 빌린다는 거였어. 무슨 말인지 알아? 아직 발생하지도 않은 수익을 가지고 돈을 빌리는 거라고. 그걸 받아주는 은행이 몇 군데 있었지. 관훈은 한 번도 돈을 갚지 않은 적이 없었으니까. 아무리 이자가 비싸도 말이야.

그 해에 관훈은 선급금을 주고도 남을 돈을 빌렸어. 이유가 뭔지 알아? 기획부동산에 투자하려는 거였어. 내가 쳐놓은 덫이었지. 명색이 부동산 거래 중개사 집안의 딸인데 옆에서 보고 배운 게 있지 않았겠어. 관훈은 멍청했지. 아니면 돈에 눈이 멀었든지. 그런 인간이 총 한 자루 쥐고 있었다고 온계리에서 그렇게 용감하게 굴었을까.

조업만 성공했어도 양원 페리가 몰락하지는 않았을 거야. 하지만 선원들도 맹탕이었지. 내가 심어놓은 사람들이었거든. 조선족과 베트남인을 인력 사무소에 대거 투입해뒀어. 그 사람들이 죄다 양원 페리에 고용됐고. 대규모 조업이 예정돼 있었어. 선급금 받고 튀어버렸지. 신고해도 소용없었어. 장명한테 새 신분을 얻은 사람들만 긁어모아서 위장 취업시킨 거였으니까. 일이 터지고 나서 추적해봐야 애먼 데서 잘살고 있던 촌부들만 날벼락을 맞았겠지. 성인 오락실에서 돌리던 대포 통장 몇 개가 있었는데 관훈이 선급금으로 넣은 돈이랑 기획부동산 투자 비용은 죄다 그리로 들어갔어. 입금되자마자 뽑아서 현금으로 바꿨지.

관훈은 배를 띄우지 못했어. 투자금은 부도 어음으로 돌아왔고. 성공한 거야. 그렇게 일이 쉽게 풀릴 줄은 몰랐어. 애초에 관훈이 분에 넘치는 복을 누리고 있던 건지도 모르지.

양원 페리 간판이 내려가던 날 나는 회사 앞에 서 있었어. 채권자들이 몰려들었지. 관훈의 몰락이었어. 얼마 후엔 관훈이 사찰 관리자로 취직했다는 얘기를 들었고. 절 이름이 법산사라고 했지.

내 집을 갖고 싶다는 생각을 했어. 남의 집을 빌리는 것이 아닌 온전한 내 집이. 묵진에서 가장 높은 곳이 필요했어. 봉정 빌라가 괜찮아 보이더라. 부동산 아줌마가 여긴 출퇴근하기가 너무 힘들지 않겠냐고 했지만 괜찮다고 말해줬어. 차도 한 대 샀지. 지광산업 대표가 타던 거랑 같은 차로 말이야. 봉정 빌라를 택한 건 전망 때문이었어. 법산사에서 직선거리로 5킬로미터 떨어져 있었거든. 둘 사이를 가로막는 건물도 없었고. 베란다에 천체망원경을 사다 설치했어. 성능이 좋아. 별도 보는 장치니까. 사람 표정까지 알아볼 수 있었지. 법산사가 눈앞에 있는 것 같았어. 신도가 드나드는 입구 반대편에 재가 종무원 별채가 있었지. 네가 지금 누워있는 여기 말이야. 관훈이 짐을 풀고 거처를 마련하는 모습을 봤어. 장진희가 꾸역꾸역 따라가는 모습도. 텔레비전을 살 필요가 없었지. 라디오를 틀어놨어. 망원경이 관훈이 점점 쇠락해가는 모습을 생중계해줬지.

내 인생을 살아야겠다는 생각이 든 건 그때였어. 바보 같은 염지아 말고. 온계리에서 엄마를 잃은 피해자 말고. 쉬지 않고 공부했어. 체육관도 다녔지. 뚱뚱했던 염지아로 돌아가고 싶지 않았어. 과거를 떠올리기만 해도 숨이 막혔거든. 거짓말을 하고, 타인을 파탄 내면서 살았어. 사람들 틈을 파고들었고 필요하면 협박도 서슴지 않았지. 사업가인지 거지인지 깡패인지 구분이 가지 않을 때도 있었어.

묵진에서 많은 사람을 만났어. 종점의 기적을 일으키는 구걸을 하는 인간도 있고 그렇게 돈을 번 거지들이 나중에는 사채업자가 되기도 했지. 나이와 성별을 가리지 않는다는 점에서 기회는 평등했어. 능력과 성과에 따라 보수를 받는다는 점에서 시장경제 체제를 따르고 있었고. 그 모든 일이 자금의 통제하에 이루어진다는 점에서는 중앙집권형 조직이었고. 사정이 어려운 거지가 있으면 서로 보조를 해주기도 했으니 복지 시스템도 갖춘 셈이었어. 룰만 지키면 행동에는 제약이 없으니 그런 점에서는 자유주의였어. 여러 정황에 미뤄봤을 때, 소산포에 있는 모두는 가족에 가까웠지. 내가 찾은 가족인 거야.

재미있었어. 열심히 일했다고. 너무 열심히 일해서, 다은이가 자라는 것도 지켜보지 못했어. 마음이 쓰이지 않았다는 건 아니야. 언젠가부터 아이가 내 인생에 중요한 존재가 되어 있었거든. 전부는 아니었지만 절반 정도는 되는 것 같았고, 그럼에도 당신이 내 인생에 절반 정도는 차지하고 있다는 말은 하지 못했어. 칭찬에는 인색

한 엄마였지.

한상구를 찾아본 적이 있었어. 시대가 변해서 연락이 끊겼던 사람 소식도 들을 수 있었지. 연락처는 계속 저장해 뒀으니까. 메신저에 뜨더라고. 사진 몇 장을 올려놨더라. 멀고 멀어서, 낯설고 또 낯설어서 도무지 지구에 존재하는 곳이라고 믿기 힘든 어떤 곳에서 찍은 사진이었어. 예전과 별반 달라 보이지 않았어. 노란 지붕과 자색 벽돌을 쌓아 올린 주택이 강을 배경으로 놓여 있었고 한상구는 그 앞에서 그네를 타고 있었지. 어린아이를 무릎에 올려놓고.

괜찮으냐, 잘 지내고 있냐. 정말 괜찮은 것이냐. 한상구에게 그렇게 묻고 싶었어. 사실 궁금했던 건 내가 괜찮은지였지. 시간이 꽤 흘렀을 때는 나도 많이 변해있었거든. 보통 사람들과 똑같아져 버린 거야. 스스로에게 묻고 또 물었어. 질문을 잊어버릴 때까지. 나는 괜찮은가. 안주해도. 정체되어도. 치열하지 않아도. 더이상 예전 같지 않아도. 예전 같지 않다는 걸 잊어버려도. 잊고 또 잊어서 무엇을 잊어버렸는지 기억이 나지 않아도. 괜찮은 건가. 나는 정말 괜찮은 건가.

묵진에도 아파트가 하나둘 들어섰어. 콘크리트를 양분 삼아, 크레인이 정해놓은 고도를 향해 곧게 뻗어 올랐어. 빠른 속도로 성체가된 아파트에 사람들이 들어왔어. 정교한 사각형의 공간에서 잠을 자고, 밥을 먹고, 사랑을 나누고, 아이를 키웠지. 그렇게 시간이 흘렀어.

염지아는 사라지고 윤혜수만 남았지. 네가 돌아올 거라는 생각은 하지 않았어.

그렇게 생각하기까지 오랜 시간이 걸렸어. 다은이 생일이 얼마 남지 않은 어느 겨울날 문득 그런 생각이 든 거야. 넌 사라졌구나. 완전히 증발해 버렸구나. 뭍에 올라온 해파리처럼 말이야. 지난 시간이 억울했어. 너한테 했던 짓이 후회됐지. 널 베는 칼은 나도 벴으니까.

고등학교에 들어가면서부터 다은이는 혼자 지냈어. 그게 더 편하다고 하더라. 공부방을 만들어줬어. 똑똑한 아이였거든. 혼자서 편하게 지냈으면 했어. 아파트를 하나 얻었지. 엄마가 없어도 잘 살 수 있어야 한다고 말해줬어.

스쿠터도 한 대 구해줬어. 멋있는 애였지. 낡고 닳아 교복 바지처럼 반짝이는 치마를 입고 동네를 돌아다녔어. 수박만 한 헬멧을 쓰고 말이야. 헬멧 한쪽에는 용이, 다른 한쪽에는 호랑이가 그려져 있는 헬멧이었어. 중고로 샀다고 하더라고. 귀엽지 않니.

다은이는 태극권도 배웠어. 멋있지? 주성치의 「소림축구」를 보고 난 뒤부터였지. 깐 달걀처럼 말간 얼굴로 종종걸음을 걷는 아이였어. 펭귄처럼 보폭이 짧았지. 발은 작고 손가락은 길었어. 내가 그 애를 얼마나 사랑했는지 짐작이 가니.

재필이 아프기 시작했던 게 그때쯤이야. 내가 병원비를 댔지. 가랑이만 대준 게 아니란 말씀. 왜 그랬냐고? 뭐 불쌍했지. 내 첫 남자이기도 했고. 염지아에게 제대로 복수를 해준 사람이기도 하고.

양원 페리를 나온 뒤에도 가끔 배를 탔어. 그물을 끌었지. 헬스장에서 쇳덩이를 드는 것보다 그쪽이 더 좋았거든. 썰물 방향으로 밀려 나가는 그물을 당기는 건 혼자 힘으로 안 돼. 구령에 맞춰 당겨야지. 한참을 그러고 있으면 잡생각이 날아가. 훈련 같은 거였어. 야

생성을 지키고 싶었지. 춤을 추듯 고기를 잡고 밧줄을 당겼어. 전완근이 뻑뻑해질 때까지. 배를 타는 날이면 죽은 듯 깊은 잠을 잤어.

그물 끄는 게 힘들면 바지선을 탔어. 지금도 묵진에는 먼바다에 바지선이 대기 중이지. 쏘내기를 타고 거기까지 가는 거야. 당연히 무허가 어선이지만. 그걸 타고 먼 바다로 나가. 육지가 보이지 않을 때까지. 거기서 불을 꺼달라고 했어. 가만히 있으면 하늘이 점점 밝아져. 눈이 어둠에 적응하면서 별이 보이기 시작하는 거지. 은하수가 이불처럼 하늘을 덮었어. 그걸 파도가 반사해. 뱃사람이 아니면 못 보는 풍경이지.

배를 타면 하루 이틀 집을 비울 때가 있었어. 다은이는 혼자서도 잘 사는 애였어. 걱정할 필요가 없었지. 하루는 배를 타고 돌아와 샤워를 하고 나오는데, 다은이가 집에 찾아왔어. 절에 가고 싶다고 하더라.

"종교를 가지려고?"

"절 냄새가 좋아서요. 친구 중에 법산사 다니는 애들이 있어요."

"왜 하필 거기니."

"왜긴요. 가까우니까."

다은이 뭐 그런 걸 묻느냐며 웃음을 지었어.

미성년자는 신도 등록할 때 보호자가 필요하다고 하더라. 등록 절차는 금방 끝났어. 사진을 찍고 학생증에 적힌 내용을 옮겨 적는 게 다였지. 그만 집으로 가자고 했는데도 다은이는 한사코 절 구경을 하고 싶다고 했어. 혼자 하라고 했는데도 간만에 나랑 같이 돌아다니고 싶다고 했지.

그러다 관훈을 마주쳤어. 눈을 치우는 중이더라. 넉가래로 대웅전 앞마당을 왔다 갔다 했어. 붉은 수염이 바람에 나부꼈지. 나는 다은이와 마당 가장자리로 걸었어. 관훈이 엉덩이골에 땀이 쌓이도록 뛰어다니는 걸 보면서 말이야.

옆에는 장진희가 있었어. 두 사람은 데친 시금치 같았어. 진희는 눈동자를 대굴대굴 굴리면서 신도들을 쳐다봤어. 손에 바나나 우유 하나 들고 말이야. 머리가 길었어. 집에서 자른 것처럼 끝이 푸석푸석했지. 그마저 최근에는 손도 안 대는 것 같았어. 눈썹은 밀어버렸는지 보이지도 않았어. 그 덕에 사포질을 한 것처럼 얼굴이 밋밋해 보였지. 버짐이 핀 볼은 광대에 찰싹 들러붙었어. 전에 알던 진희가 아니었지. 기생충이 속에서부터 장진희를 갉아먹은 것 같았어. 이 여자는 어떤 감정을 연료 삼아 여기까지 왔을지 궁금했어. 비밀과 죄책감일까, 아니면 분노와 복수심일까.

관훈이 우리를 발견했어. 그 자리에서 얼어붙더라. 진희는 원시인 같은 몰골을 하고 천천히 다가왔어. 다은이는 이 사람들이 누군가 싶었을 거야. 엄마 옛날 친구들이라고 말해줬지.

진희는 으으으, 하고 개처럼 울었어. 으으으. 으으으. 다은이를 마주하고 말문이 막혀버린 거였지. 대리석같이 하얗고 반듯해 보이는 다은이 다리를 보면서, 진희는 희멀건 원피스 아래로 빠져나온 다리를 감추기 바빴어. 부끄러웠나 봐. 장진희 몸통 아래 다리랍시고 빠져나온 건 무도 고구마도 아닌 것이 뭐라고 불러야 할지 모를 작대기 같았거든.

다은이가 인사를 하는데 어떻게 반응해야 할지 모르는 눈치였어.

누군가 자신에게 인사를 건네는 일이 익숙하지 않았을 거야. 네가 과거에 그랬던 것처럼. 사람들은 장진희 앞에서 거리를 뒀겠지. 진희는 쭈뼛거리며 손을 뻗었어. 허락도 구하지 않고 다은이의 목덜미를 만졌어. 따뜻하고 부드러워서, 어쩐지 왈칵 눈물이 쏟아질 것 같은 피부였겠지.

관훈은 날 따로 불러냈어. 절 사람이 다 된 줄 알았는데 부글부글 끓는 것 같은 눈빛은 예전 그대로였지. 나를 향한 분노도 여전했어.

"지광산업에서 일한다면서."

"절에 처박혀 있으면서 바깥소식은 다 듣네요."

"중국에 진출도 한다고. 내가 하려던 건데."

"양원 페리가 없어진 지가 언젠데요. 옛날 생각은 그만 하세요."

"지광산업에서는 보상을 많이 해준다고 하던가."

"네. 다음 달에요."

"곧 부자가 되겠네."

"묵진을 떠날 정도는 되죠."

관훈은 바닥에 넉가래를 꽂았어. 손잡이에 팔을 얹고 진희가 다은이를 더듬는 모습을 지켜보고 있었지.

"이건 좀 심하지 않나."

"제가 뭐요."

"여기까지 찾아와서 우리를 괴롭히는 거 말이야. 이건…… 아니야 이건. 저 애는 우울증을 앓고 있어. 밤마다 헛소리를 해."

"우울증이 아니라 정신병 같은데요. 병원에 집어넣어야죠. 약을 먹여요. 그래야 나아요."

"그래. 너도 정신병을 앓았다고 했지. 재필한테 들었어. 그 인간이 널 소개해줄 때 얘기했지. 내 딸은 내가 알아서 할 테니 신경 꺼."

"딸 걱정하는 걸 보니 예전에 알던 장관훈이 아니네요. 사람이 이렇게 변하나."

"무슨 소리야. 저 애는 항상 내 걱정거리였어. 내 행복이었고."

"아니요. 그 옛날을 말하는 게 아니에요. 온계리 얘기를 하는 거라고요."

나는 관훈의 이마에 대고 총 쏘는 시늉을 했어. 관훈은 작은 음식을 삼키는 것처럼 입을 벌리고 섰지. 그 모습을 뒤로하고 돌아왔어.

오랜 복수에 종지부를 찍은 것 같았어. 관훈에게 소중한 것들을 모두 빼앗았구나. 이제 재기는 불가능하겠구나. 그런 생각이 들더라. 너무 허무하게 무너진 건 아닌가 아쉬움도 있었고. 어쩌면 처음부터 약한 인간이었던 건 아닐까 싶기도 했지. 하지만 동정은 그만두기로 했어. 불쌍해도 동정의 여지는 없는 인간이니까.

이제 정말 내 인생만 남았구나. 그렇게 생각했지. 그렇게 믿었어. 이것으로 끝인 줄 알았어.

그날 저녁엔 오랜만에 다은이와 산책을 했어. 소산포를 걸었지. 회도 한 접시 먹고. 부두에 앉았어. 정박 중인 배들 사이로 동해가 보였어. 바다를 보면서 많은 생각을 했지.

"무슨 생각 해요?"

다은이 물었어.

"아빠 생각."

"할아버지? 얘기해주신 적 없잖아요."

나는 실눈을 뜨고 바다를 바라봤어. 깊고 검은 어둠이 소용돌이쳤어. 결심했지. 얘는 좀 다른 인생을 살게 해줘야겠다고 생각했어.

"적을 거 있니."

다은이 가방에서 노트와 연필을 꺼냈어.

"아니. 연필 말고 딴 거 줘."

우습지 않아? 다은이 앞에 있으니 연필을 들기가 싫더라고. 옛날 생각이 나서. 노트에 주소를 적었어. 뱀이 마을 주소 말이야. 한상구 연락처도 함께 적었지.

"언젠가 네가 찾아야 할 사람들이야."

"이게 뭔데요?"

"네 할아버지, 그리고 아빠 연락처."

"이걸 왜 지금 주세요?"

"줄 때가 된 것 같아."

다은이는 노트를 찢어서 지갑에 넣었어. 그리고 자리에서 일어났지. 올려다보니 화가 나서 어쩔 줄 모르는 표정이었어.

"이걸 왜 지금 주냐고요. 왜 예전에는 때가 아니었어요?"

무슨 말을 하는 건지 몰랐어. 뭐가 문제라는 건지. 며칠 지나고 나서야 알았지. 서러웠나 봐. 가족이라고는 엄마 하나밖에 없는데 그 엄마는 매일 일하느라 신경도 못 쓰지, 어린애가 부모 도움도 없이 혼자 큰 거나 마찬가지였으니까. 다른 가족들 보면 부럽기도 하고 그랬나 봐. 그런데 덜컥 할아버지와 아빠 연락처를 내놓으니 이렇게 쉽게 알 수 있는 걸 그동안 모르고 지냈다니 억울했던 거야. 다 짜고짜 화를 내니 내가 걔 속을 알 수가 있나. 태어나서 처음으로 다은이랑 싸웠어. 애가 대드니 나도 덩달아 화가 났지. 그걸 본 사람들은 우리 둘이 죽일 듯이 싸웠다고 했지? 그래 보였을지도 몰라.

얼마 후가 다은이 생일이었지. 생일을 며칠 앞두고 화해했어. 그때까지는 말 한마디 안 했는데. 다은이가 먼저 연락을 해왔어. 언제 그랬냐 싶게 씩씩하더라. 안심됐지. 강한 아이야.

스무 살이 되면 아빠한테 연락할 거랬어. 할아버지를 볼 때는 나도 같이 가자고 하더라. 나는 가기 싫다고, 너 혼자 가라고 했지. 다은이가 할아버지를 왜 그렇게 싫어하냐고 물었어. 할아버지도 나 싫어해. 그렇게 대답해줬지.

"엄마는 꿈이 뭐였어요?"

"글쎄. 세일러문쯤 되려나."

다은이 웃었어. 그것도 나쁘지 않은 꿈이에요, 라고 말하는 듯이.

"엄마 나 갖고 싶은 거 있어요."

"뭔데."

"치마요."

"이 날씨에 무슨 치마야."

"지금 입으려 그러나 뭐. 봄 되면 입을 거예요."

"얼만데?"

나는 지갑을 꺼냈어. 다은이는 그게 아니라며 고개를 저었어.

"가격은 묻지 말고요. 대신에 내가 퀴즈를 내서 엄마가 맞추면 내가 심부름을 하고, 못 맞추면 치마를 사줘요."

"내가 불리해 보이는데."

"혹시 모르잖아요. 엄마는 똑똑하니까. 자 문제 낼게요?"

나는 고개를 끄덕였어. 다은이는 이미 치마를 선물 받은 듯 입이 활짝 벌어졌어.

"음, 그러니까 이건 크리스마스부터 연말, 연초까지 주가가 강세를 보이는 현상인데…… 보너스도 많이 나오고 선물도 해야 하니까 소비도 증가하잖아요. 그러면 당연히 내수 시장도 성장하고 기업 매출도 증가하고요. 이렇게 증시가 강세 현상을 보이는 걸 뭐라고 하게요?"

"모르겠는걸."

"그래도 한 번 해봐요. 컨설턴트잖아요."

"블랙프라이데이?"

"땡! 산타 랠리."

"좋아. 치마 사줄게."

다은이가 환호성을 질렀지.

"녹색 치마. 나 그거 갖고 싶어요. 내가 봐둔 가게가 있어요. 그리고 같이 사러 가야 해요."

"왜 그래야 하는데?"

"그러고 싶어서요. 지금까지 할아버지와 아빠를 숨긴 벌이라고 생각해요."

다은이 생일이 됐어. 아침부터 찾아온 다은이가 무슨 바람이 불었는지 집을 죄다 뒤지고 다녔어. 뭐하냐고 물었더니 인터넷에 팔 물건 찾아다닌다고 하더라고. 요즘 그게 유행이라고. 기어이 옷장에서 카메라를 찾아냈어. 그래. 그 카메라 말이야. 네가 줄곧 들고 다녔던.

"이거 엄마 거예요?"

"응. 처음 묵진 왔을 때 산 거네."

"왜?"

"그냥. 하나쯤 있어야 할 것 같아서."

말 그대로 하나쯤 있어야 할 것 같아 산 거였어. 써보지도 못하고 옷장에 넣어뒀지. 다은이가 테스트를 해보겠다며 집 밖으로 몸을 내밀어 사진을 찍었어.

"엄마, 이거 아직 돼요."

다은이가 찍은 사진을 봤어. 세탁소가 찍혀있었지.

"이거 팔아도 돼요?"

"그렇게 해."

"엄마가 오늘 갖고 다니면서 사진 몇 장만 더 찍어주면 안 돼요? 샘플 사진을 같이 올리면 좋겠어요."

그러겠다고 했어. 오후에는 다은이 생일 선물로 치마를 사러 갔어. 다은이가 미리 봐뒀다는 시내 옷 가게를 찾았지. 거기서 누구를 만났는지 알아? 주영이가 있더라고. 이주영. 육사골목은 떠났어도 묵진은 못 떠난 거지. 시간이 흘렀지만 한눈에 알아봤어. 터질 것 같은 가슴은 여전했거든.

인사를 했지. 잘살고 있구나, 하고.

다은이는 치마를 사고 나는 셔츠를 샀어. 카메라를 목에 걸고 시내를 걸었지. 다은이 손을 잡고. 커다란 종이 울리는 것 같았어. 내가 꿈꾸던 삶이 이런 거라는 걸 깨달았거든. 그래야 했어. 온계리의 지옥 같은 사건은 벌어지지 않았어야 했어. 관훈 같은 인간은 존재해선 안 됐다고. 평범하게 살고 싶었을 뿐이야.

다은이가 내 팔짱을 꼈어. 치마 하나에 그렇게 기분이 좋아지는 애가 있을까. 목덜미는 우유처럼 하얗고 부드러웠어. 다은이는 조랑말처럼 뛰어다니는 걸 좋아했지. 그럴 때면 검은 머리가 물결처럼 출렁였어. 내 심장은 스카이콩콩처럼 뛰었어. 조곤조곤, 박자에 맞춰서. 바닥에 닿도록 스프링을 구부렸다가 그 탄성으로 하늘로 올라갈 것 같았어. 머리가 하늘에 닿을 것 같았어. 심장이, 가슴팍을 뚫고 튀어나올 것 같았어. 거품 가득한 욕조에 누워 망망대해를 떠다니는 기분이었지. 이대로 끝까지 떠다니고 싶었어. 그러다 보면 태평양도 건너고 대서양도 건너고 인도양도 건너서 지구를 돌고 돌아 다시 묵진으로 돌아올 수 있을 것 같았어. 짐승 배 속 같던 묵진은 그 순간만큼은 온통 봄날이었지.

"저녁에는 생일파티 하자. 정비소에 차 맡기고 갈게. 집에 가 있어."

"오늘은 엄마 집에서 봐요?"

"그러자. 언덕집에서 기다려."

차를 맡기고 돌아오는 길에 사진을 찍었어. 못하는 게 없다고 생각했는데 사진은 소질이 없더라. 정비소에서 찍은 사진에는 발만 나왔지. 이참에 배워볼까 싶었어. 저녁까지는 시간이 좀 남았길래 부두로 갔어. 파도가 치는 걸 구경했지. 짠내가 몰아쳤어.

낯익은 배 한 척이 보이더라. 파도에 칠이 벗겨져 옛날 로고가 드러났지. 양원 페리 거였어. 관훈이 몰던 배. 쾌속이라고 불렀지. 지금은 관광객 낚싯배로 쓰이는 모양이었어. 거기서도 사진 한 장 남겼지.

그때였던 것 같아. 관훈에게서 전화가 왔어. 많은 걸 포기해버린 듯한 음성이었지.

"안 그래도 대표님 생각하던 중이었어요. 쾌속이 여기 있네요."

"고맙네. 내 생각을 다 해주고."

"우리 얘기는 끝난 줄 알았는데요."

"그랬지. 나도 그런 줄 알았어. 그런데 내가 원래 억울한 게 많고 화가 많고 그래. 그래서 찝찝한 게 있으면 몸에 열이 나. 그걸 풀어야 잠을 자."

"안됐네요."

"진희도 그랬어. 나처럼. 참다 참다 터진 것 같아."

관훈은 한동안 말을 잇지 않았어. 덜컥, 그 침묵이 두려웠어. 관훈이 주저하는 모습은 처음 봤거든.

"자네가 그 애의 모든 걸 빼앗았잖아…… 그래서…… 진희가…… 윤혜수를 망가뜨리겠다면서…… 뭔가 저지를 셈인가 봐. 연락이 안 돼."

나는 벌떡 일어섰어. 불길한 바람이 바다에서 불어왔지. 다은이가 집에 혼자 있잖아. 그 여자가 망가뜨릴 게 있다면, 그건 다은이였지.

내 얘기는 여기까지야. 기억은 모두 돌아왔지.

'응.' 지아가 대답했다.

혜수의 말대로였다. 혜수가 보고 듣고 생각했던 것들이 지아에게 흘러들었다. 지아는 봉정 빌라를 떠올렸다. 문선 세탁소 앞, 언덕에 있는 집. 혜수가 묵진에 마련한 집. 피 칠갑이 되어 있던 집. 아직은 난장판이 되기 전이었던 그곳을 머릿속으로 그렸다.

다은은 집에 있다. 심심하다. 아무 소리도 나지 않는 집이라 그렇다. 혜수는 소음을 좋아하지 않았다. 고요 속에서 생각에 잠기는 걸 좋아했다. 반면 다은은 음악을 좋아했다. 인생이 재미없는 이유는 배경음악이 없어서라고 누가 그랬다. 이어폰을 가지고 태어난 것처럼 다은의 귀에는 항상 이어폰이 꽂혀 있었다. 혜수가 차를 조심해야 한다고 하는데도 그것만큼은 포기를 못 했다. 그래서 다은은 버스 정류장에 내려 봉정 빌라로 향하는 언덕길을 누가 따라오는 것도, 그 손에 커다란 트렁크가 들려 있는 것도 알지 못한다.

다은을 뒤따르던 그림자는 다은이 집으로 들어간 지 한참 후에 벨을 누른다.

헐떡이는 여자가 문 앞에 있다. '누구세요?' 다은이 말한다. '응 나야. 엄마 친구. 절에서 봤잖아.' 딱딱한 말투다. 다은이 문을 연다. 백지 위에 포스트잇을 붙인 듯한 얼굴이 보인다. '잠시만 도와줄래. 엄마한테 줄 게 있어서.' 다은은 여자를 집으로 들인다. 여자는 커다란 트렁크를 들고 있다. 트렁크 속에는 삽 하나와 방수포밖에 보이지 않는다. '엄마한테 줄 게 이거예요?' 다은이 묻는다.

장진희가 두 손으로 삽을 든다. 다은은 아직 진희의 의도를 파악하지 못한다. 장진희는 장작을 패듯 허리를 젖힌다. 형광등 불빛이 쏟아진다. 머리 위에서 삽이 번쩍인다. 번쩍이는 삽이 어깨에 꽂힌다. 다은은 넘어진다. 넘어진 채로 뒷걸음질 친다. 장진희는 달아나는 다은을 뒤쫓는다. 삽이 다은을 벤다. 다은은 벽을 등지고 선다. 벽지에 핏물이 튄다.

장진희가 다은을 잡아 거실 가운데로 끌고 온다. 다은이 반항한다. 장진희는 머리를 노린다. 두개골은 단단하다. 장진희는 힘껏 삽을 휘두른다. 다은이 축 늘어진다. 까딱거리던 손가락이 움직임을 멈춘다. 눈에서 생명의 빛이 꺼진다. 장진희는 콧물을 닦는다. 어질러진 거실을 본다. 윤혜수에게 어울리는 인테리어라고 생각한다. 하지만 다은은 좀 밋밋해 보인다. 다시 삽을 들어 머리를 조각낸다. 우리 예쁜이. 피떡이 된 머리를 넘겨준다.

장진희는 다은의 주머니를 뒤진다. 지갑을 챙긴다. 거기에 뱀이 마을 주소와 한상구의 연락처가 있다. 이제 장진희는 혜수가 어디서 살았는지도 알고 있다.

장진희는 집 열쇠를 챙긴다. 트렁크에 다은을 싣는다. 트렁크를 들고 택시를 탄다. 기사가 어디로 갈지 묻는다. '조대산이요.' '조대산 어디요?' 진희는 고개를 갸웃거린다. '그냥 조대산이요.'

기사는 징그럽게 웃고 있는 여자를 슬쩍 흘겨보고는 조대산으로 차를 몬다. 어디선가 쿰쿰한 냄새가 난다. 기사는 밭에 비료를 뿌려 그런 거라 생각하고 대수롭지 않게 넘긴다. 택시가 조대산에 도착한다. 가로등 하나 없는 길에 장진희가 내린다. 장진희는 길도 없는 산길을 오른다. 그 자리에 땅을 파고 다은을 묻는다. 다시 봉정 빌라로 돌아와 윤혜수가 돌아오기를 기다린다.

혜수가 집으로 갔을 때 다은이 보이지 않는다. 집은 피범벅이다. 그 한가운데 장진희가 앉아 있다. 이제 장진희는 완전히 다른 사람이다. 알아들을 수 없는 말을 중얼거리다 갑자기 웃는다. 조롱하고 욕을 하다 순식간에 무표정한 얼굴이 된다.

'다은이 어쨌어.' 혜수가 묻는다. 진희가 키득거리며 말한다. '조대
산에 혼자 있어. 국도에서 표지판 위로 올라가면 돼. 빨리 가서 데려
와!' 그렇게 발광하던 장진희의 얼굴이 굳는다. 자신이 저지른 일을
깨닫는 것 같다. 불장난하던 아이가 점점 불이 커지는 걸 보며 두려
움에 사로잡히는 것 같다.

모공이 쪼그라든다. 공포가 거미처럼 흩어져 손끝까지 번진다. 급
히 신발을 챙겨 신는다. 핸드백을 놓친다 휴대폰이 떨어진다. 진희
가 냉큼 줍는다. '내 거! 내 거다!' 혜수는 그걸 되찾겠다는 생각도
하지 못한다. 진희는 휴대폰을 챙기고, 관심 없는 핸드백은 안방 서
랍장 안에 쑤셔 넣는다.

혜수는 산을 뒤진다. 다은아, 다은아. 대답이 없다. 어두운 산길을
손으로 더듬어나간다. 돌조각이 발을 찌른다. 그러다 물컹한 것을
밟는다. 아직 굳지 않은 땅이 늪지대처럼 출렁인다. 혜수는 옆에 놓
인 삽을 든다. 땅을 판다. 다은이의 얼굴이 보인다.

눈. 커다란 눈. 겁에 질린 눈. 회색 눈. 죽은 눈. 죽은 다은이의 눈.
죽은, 딸의 눈.

혜수는 이를 문다. 아래턱에서 돌가루가 갈리는 소리가 난다. 잇
몸이 부어오른다.

혜수는 19년간 감정을 다스렸다. 혜수를 지탱한 원동력이었다. 감
정이 없어서 버틸 수 있는 시간이었다. 감정에 지배당하지 않았기
때문에 윤혜수로 살 수 있었다. 그 팽팽한 균형이 끊어졌다. 거대한
상실감이, 밀려드는 공포가, 둑을 무너뜨렸다.

딸의 시체 앞에서 지아는 송곳처럼 돌아왔다.

빨간 수염

지아는 눈꺼풀을 밀어 올렸다.

어둠에 적응하기까지 시간이 걸렸다. 분쇄기에 들어갔다 나온 것처럼 관절이 요동쳤다. 신음이 터져 나왔다. 그걸 지켜보고 있던 관훈이 얼굴을 들었다. 시무룩한 표정으로 바닥에 앉아 있던 진희도 일어섰다.

세상이 거꾸로 보였다. 콘크리트에 쇠막대를 박아 만든 옷걸이에 발이 매달려 있었다. 머리에 피가 쏠렸다. 머리카락이 바닥에 닿아 사각거렸다. 그 아래 커다란 양동이가 놓여 있었다. 진원을 알 수 없는 피가 양동이에 웅덩이를 만들었다. 오줌을 지린 듯 아랫도리가 질척거렸다. 시야 가장자리에서 검은 안개가 밀려들었다. 낮에 찔린 어깨는 러닝셔츠로 감겨 있었고 손은 등 뒤에서 묶여 있었다. 케이블 타이가 손목을 조였다. 독감에 걸린 것처럼 미지근한 열기가 볼에 머물렀다.

'정신 차려. 빨간 수염이 너한테 무슨 짓을 하고 있는지 좀 봐. 아직 할 일이 남았다고.' 약 기운 너머로 혜수의 목소리가 메아리쳤다.

관훈은 제례에 쓰는 곡주를 병째 들고 지아 앞에 앉았다. 지아는 술병을 보며 말했다.

"통풍에 안 좋아요."

관훈이 오, 하고 말하듯이 입술을 동그랗게 오므렸다.

"통풍 얘기를 하는 거 보니 기억이 돌아왔나 봐."

관훈은 곡주를 입에 머금고 양치하듯 입을 헹궜다. 절반을 삼키고, 남은 술을 지아의 어깨에 물총처럼 뱉었다. 상처에 알코올이 스미자 통증이 밀려들었다. 지아는 콧잔등을 찌푸렸다.

"기억나는 걸로는 부족해. 반성을 해야지. 네가 우리한테 무슨 짓을 했는지, 우리가 어쩌다 이 법당에 모여있게 됐는지 생각해보라고."

"당신들이 내 딸을 죽였잖아요."

"네가 죽인 거지."

관훈은 남은 곡주를 비우고 술병을 침상에 내리쳤다. 날카로운 날을 드러낸 병 조각이 지아의 목을 겨눴다.

"네가 죽인 게 될 거야. 진희를 살인범으로 만들 수는 없잖니. 불쌍한 아이잖아. 속병이 깊어서 그래. 뺏긴 게 많아서 그렇다고. 기자라는 작자도 제거했고, 네 남동생은 아무것도 모르니까 너만 사라지면 다 정리되는 거야. 불쌍한 누나가 누명을 뒤집어쓰는 모습이나 지켜보고 있겠지. 무슨 말인지 알아들어? 네가 다은이를 죽인 게될 거라니까."

관훈은 각질을 긁어내듯 병 조각으로 지아의 목을 긁었다. 시큰한 이물감이 울대를 따라 흘렀다.

"잃을 게 없는 사람이 무서운 게 아니야. 잃을 게 딱 하나만 남은 사람이 제일 무서워. 하나만 지키면 되는 사람. 하나를 잃으면 모든 걸 잃는 사람. 내가 그래. 내가 그런 인간이야. 나한테는 진희밖에 없어. 진희를 살리고 너만 감옥으로 보낼 수 있으면 난 뭐라도 해. 시체를 숨기고 살인 현장도 치워. 거슬리는 사람이 있으면 또 죽여. 둘도 셋도 죽여. 이 일을 아는 사람은 다 죽여. 화가 끓으면 얼음으로 달래야지. 그걸 풀어야 사람이 살아. 뭉친 거 못 풀고 끓는 거 못 식히면 사람이 죽어."

진희는 어깨를 축 늘어뜨리고 관훈 옆에 서 있었다. 요리가 끝나기를 기다리는 어린아이 같았다. 관훈은 횟집에서 쓰는 방수 앞치마를 입었다. 양동이가 잘 놓여 있는지 확인하고 병 조각을 들었다.

"두 번 썰 거야. 목 양쪽에 있는 경동맥을 자를 건데, 유리 조각이 충분히 날카로웠으면 좋겠다. 안 그러면 피차 귀찮아지니까. 네가 죽는 걸 구경한 뒤에 바다에 던져놓을 거야. 먼 바다로 나가야지. 아무도 안 가는 곳까지 말이야. 다은이 무덤에는 네 지문이 묻은 곡괭이랑 삽을 가져다 놓을 거고. 경찰은 네가 둘을 죽이고 사라졌다고 생각하겠지. 대한민국 어디에서도 못 찾을 거야. 시체가 발견된 뒤에 우린 묵진을 뜬 다음일 거고."

"강규식은 어떻게 됐죠."

"저기 찌그러져 있잖아."

규식은 창고 구석에 망가진 채 버려져 있었다. 개구리처럼 팔딱팔

딱 발작을 했다.

"사람이 그렇게 무거운 줄 처음 알았어. 내가 늙은 탓도 있겠지. 죽을 때가 된 모양이야. 언젠가는 기저귀도 차겠지. 너 요양병원에 일하면서 본 적 있을 거 아냐. 어때 보여? 추하지?"

"그쪽은 이미 추해요."

"우리는 다 그래. 여기 깨끗한 사람이 누가 있니. 목소리가 나를 괴롭혀. 환청이 들려."

관훈은 연극 무대에 올라선 것처럼 독백을 했다.

"준비된 사수로부터 격발, 시정하겠습니다, 좌향좌, 우향우, 뒤로 취침 앞으로 취침, 그런 소리가 계속 귀에 맴돈다고. 난 아직도 온계리에 있거든. 그날, 그 자리에 총과 곤봉을 들고 있던 모두는 아직 거기 있어. 살려달라고 외치던 사람들 얼굴이 보여. 도망가던 사람들 뒷모습이 보여. 그 사람들 비명이 들려. 가끔 날 찾아와. 살려놓으라고, 구멍이 뻥 뚫린 배를 까뒤집고 말한다고. 꺼지라고 해주지. 너처럼 미치는 대신에, 몇 번이고 죽여주겠다고 다짐을 해. 그날 명령을 받고 작전에 투입됐던 사람들은 다 그래. 그래야 살아."

그해 5월, 온계리를 찾은 군인들은 하나같이 닮은 얼굴을 하고 있었다. 마르고 다부진 몸, 태양에 익은 살갗, 달군 유리구슬처럼 희번덕거리는 눈으로 사냥감을 찾아다녔다. 허기지고 목말라 보이는 표정들이었다. 관훈은 그날 온계리를 찾은 군인의 모습으로 돌아가 있었다.

"피 묻은 돈 쓴 적 있어? 진희가 다은이 지갑을 가져왔더라고. 피투성이가 돼 있었어. 그걸로 쌀이랑 고기를 샀지. 점원이 몇 번이나 그걸 닦아내려 하더라. 기름이라 안 지워질 거라고 했지. 그 돈이 폐기처분 될 때까지 얼마나 많은 사람을 거쳐 갈지 상상이 돼? 사람 피 묻은 돈으로 고기를 산다니 우습지. 세상이 그래. 이상한 것투성이야. 추한 것투성이라고. 거름통에 오줌 눈다고 크게 달라지는 거 있겠냐 이 말이야. 어차피 난 거름통이야. 넌 날 건드리면 안 되는 거였어. 내가 얼마나 독한 놈인지 알았어야지."

관훈은 유리병을 한 번 더 깨뜨렸다. 대패삼겹살을 썰 듯 손가락을 문질러 단면을 확인한 관훈이 만족스러운 표정을 지었다.

"마지막으로 할 말이 있을까 해서 깰 때까지 기다렸어. 네가 기억을 되찾으면 더 좋겠다 싶었고. 딸을 잃은 고통이 어떤 건지 알려주고 싶어서."

지아는 생선처럼 파닥거렸다. 쇠막대는 미동도 없었다. 발목이 끊어질 것처럼 저렸다.

"진희야. 혜수 잡아."

진희가 지아를 껴안았다. 관훈은 양말을 벗어 지아의 입에 쑤셔 넣었다. 목구멍이 쥐가 난 것처럼 저릿저릿했다. 젖은 양말은 울분과 회한을 담은 외침을 방음벽처럼 빨아들였다. 양동이가 요동쳤다. 관훈은 지아의 머리카락을 손잡이 삼아 단단히 쥐었다. 그리고 목울대 옆에 유리 조각을 찔러 넣었다. 전기 충격 같은 감촉이 중력의 반대 방향으로 흘렀다. 유리 조각 바로 옆이 동맥이었다. 관훈은 한 뼘 정도 손을 옆으로 뻗는 것으로 지아를 고깃덩어리로 만들 수 있었다. 혈류량이 낮아지고 쇼크에 이은 환각이 찾아오는 순간을 상상하면서 몸부림을 쳤다. 진희가 온 힘을 다해 지아를 옭아맸다.

"얘가 왜 이렇게 난리일까. 끝내주겠다고 하는데."

지아는 질끈 눈을 감았다. 유리 조각이 다가올수록 맥박도 세게 뛰었다. 천둥이 치고 비바람이 불었다. 머리로 쏠린 피가 물풍선처럼 터질 것 같았다. 쿵, 쿵, 뒤꿈치로 바닥을 구르듯 심장이 울렸다. 울리던 심장 소리가 노크 소리로 변했다.

"처사님!"

누군가 위에서 문을 두드리고 있었다. 관훈이 유리 조각을 거두고 일어섰다. 환청을 들은 게 아닌가 확인하듯 위쪽을 향해 귀를 기울였다. 노크 소리가 이어졌다.

"처사님. 수경입니다."

관훈이 술병을 내던졌다. 분을 이기지 못해 양동이를 걷어찼다. 양동이는 요란한 소리를 내며 규식 앞으로 날아갔다. 관훈이 씩씩거리며 계단을 올랐다.

"진희야. 혜수가 소리 못 내게 꼭 잡고 있어야 해."

관훈이 말했다. 진희는 "응, 아빠." 하고 대답하며 지아의 다리를 껴안았다. 관훈은 지하실 계단을 오른 뒤 문을 닫았다. 무거운 물건을 끌어다 문을 가리는 소리가 들렸다. 별채 잠금쇠를 푸는 소리, 수경과 관훈이 나누는 대화 소리가 문 틈새로 전해졌다.

"처사님. 짐 언제 뺄 겁니까?"

짜증을 내비치지 않으려 억누르는 말투였다.

"정리 중입니다. 여기서 산 지가 오래됐잖아요. 짐이 많습니다."

"포장이사라도 부르지 그러셨어요. 절에서 돈을 마련해드릴 텐데."

"오늘 정리하면 다 끝납니다. 이번 주 안으로 뺄 거예요."

"날짜 정해지면 알려주세요. 종무원으로 일하실 분과도 일정을 맞춰야 해서요."

"벌써 사람을 구했습니까?"

지아는 허리를 꿈틀거렸다. 진희는 지아를 더 세게 움켜잡았다. 양말은 입 안에서 뻥 터질 것처럼 부풀었다. 혀끝이 구린내로 쓰라렸다. 수경은 발아래에서 벌어지고 있는 참극은 짐작하지 못한 채 말을 이었다.

"처사님. 이제 경내에서 술까지 드십니까?"

"무슨 술이요."

"발뺌하지 마시고요. 술 냄새가 지독합니다."

"어차피 나갈 사람인데 신경 좀 끄세요."

관훈이 기어이 역정을 냈다. 수경이 마땅한 대답을 찾지 못하고 우물쭈물했다. 관훈과 수경이 말을 멈추는 순간 별채가 고요해졌다. 지아는 그 틈을 놓치지 않았다. 있는 힘을 다해 발버둥 쳤다. 갑작스러운 발악에 진희가 깍지를 풀었다. 쇠막대가 빠질 것처럼 삐걱였다. 나무 기둥과 바닥으로 전해진 진동이 별채에 메아리를 만들었다. 살려달라는 고함은 젖은 양말에 막혀버렸다. 콘크리트 벽에 고정돼 있던 쇠막대가 갈라져 내리기 시작했다. 지지대를 잃어버린 지아의 몸이 바닥에 추락했다. 양동이가 사납게 울부짖었다. 예리한 통증이 정수리로 뻗어나갔다. 양말을 뱉고 소리치려던 찰나에 진희가 달려왔다. 지아가 움직이지 못하도록 등을 감고 입을 막았다.

"지하에는 무슨 소란입니까?"

수경이 말했다. 별채 안으로 들어오려는지 마룻바닥이 삐걱였다.

관훈이 그 앞을 막아섰다.

"진희가 짐 싸는 중입니다."

"짐을 싸는데 저런 소리가 납니까. 뭔가 무너진 것 같은데요. 돼지라도 잡는 것 같아요."

농담으로 들리지 않는 농담이었다. 수경이 한 걸음 더 다가서는 듯 다시 마룻바닥이 삐걱였다.

"전에 진희 양 목에 밧줄 자국이 나 있었던 것도 그렇고, 맞은 것처럼 멍이 들어 있던 것도 그렇고요. 제가 좀 봐야겠습니다."

"스님. 저 아래에서 벌어지고 있는 일, 어찌 됐건 이 절에서 일어난 일입니다."

진흙 바닥에 구르다 나온 것 같은 어투였다. 낮고 끈적거려서 발이 푹푹 빠지게 만드는 목소리였다. 바뀐 태도에 수경이 당황했다. 수경의 목소리에 웃음기가 사라졌다.

"그런데요."

"제가 이곳에서 일할 수 있게 해준 건 스님이고요. 무슨 일이 벌어지고 있건 스님이 감당하셔야 한다는 뜻입니다."

"아래에서 무슨 일을 벌이고 계십니까?"

"진희가 짐을 싸고 있다고 말씀드렸습니다."

지아는 발바닥으로 발을 굴렀다. 손톱으로 바닥을 긁었다. 소름 끼치는 마찰음이 일었다. 손톱이 뒤집혔다. 진희가 지아 위에 올라타 목을 졸랐다. 괴로워하는 지아를 보며 진희가 헤실거렸다. 의식이 가물거리는 가운데 수경의 말이 들렸다.

"진희 양이 기분이 안 좋은 모양입니다."

"그럴 수밖에요."

"너무 미워하지 마세요. 부처님 뜻입니다."

"부처님 뜻은 무슨. 스님 뜻이지요."

둘의 대화는 거기서 끝났다. 수경은 별채를 떠났고 관훈이 잠금장치를 채웠다. 진희도 목을 조르던 손을 풀었다. 지아는 바닥에 누운 채 기침을 토했다. 양말은 끈적한 침으로 범벅이었다.

지하로 돌아온 관훈이 주위를 살폈다. 양동이를 제자리에 돌려놓고 이불을 정리했다. 널브러진 잡동사니를 치웠다.

"수경이 벌써 일어났어. 부지런해서 피곤한 인간이지. 나는 저 인간을 증오하지만 너는 고마워해야겠다."

관훈은 침대 다리와 지아의 손을 케이블 타이로 엮었다. 하나로는 안심이 안 되는지 대여섯 개를 한 번에 묶었다. 케이블 타이가 손목을 파고들었다. 손목이 퉁퉁 불었다. 노끈으로는 발목을 감았다. 지아의 얼굴이 알루미늄 포일처럼 구겨졌다. 관훈은 식은 고기를 보는 듯한 말투로 말을 이었다.

"기자라는 인간을 대나무숲에 묻고 너는 바다에 던져야 하는데. 지금 처리하기는 무리일 것 같아. 연기하자고. 오늘 밤으로. 너희 둘 다 오늘 밤에 죽는 거야."

관훈의 말이 안개처럼 맴돌았다. 스무 시간쯤 남았을까. 죽을 날을 받아놓고 나니 머리가 식었다. 무뚝뚝한 심장 박동이 카운트다운을 시작했다.

"네 다른 반편이가 더 좋았어. 혜수 말이야. 무뚝뚝해서 다가가기 어렵긴 했지만 촉새처럼 떠들진 않았거든. 드라이아이스 같은 놈이었지. 너는…… 너는 너무 까불었어. 출랑거리면서 온 묵진을 돌아다녔지. 약장수 같단 말이야. 가볍고 모자라고 서툴러. 혜수는 뱀처럼 사악하고 영악했으니까. 다만 욕심이 과했어. 욕심이 윤혜수를 이 모양으로 만든 거야. 그러니까 나는 조급하지 않게 이 일을 마무리해야겠지. 내 욕심은 이게 끝이야. 이렇게 정리하자 혜수야."

진희가 피곤한지 꾸벅꾸벅 졸고 있었다. 관훈은 장진희를 일으켰다. 졸음에 겨운 진희는 투정을 부렸다. 관훈이 전등 스위치를 내렸다. 지하실에 빛이 물러갔다.

지아는 발끝을 꼼지락거렸다. 진통제가 몰고 왔던 나른함은 사라진 지 오래였다. 두툼한 어둠이 눈앞에 놓여 있었다. 얼마 전까지 끊어질 듯 이어지던 규식의 숨소리가 이제는 들리지 않았다.

애초에 묵진으로 내려오지 않았더라면 좋았을 거라는 생각을 했다. 노유정을 내버려 뒀더라면 이런 일은 벌어지지 않았을 거라는 생각도 했다. 정신과 치료를 받고 분노를 내려놓았더라면, 남들처럼 친구도 만나고 대학도 다니고 작은 회사에 취직이라도 했더라면. 그래서 대리도 되고 과장도 되었더라면. 결혼을 하고 아이를 낳고 그 아이가 또 아이를 낳는 인생을 살았더라면. 차라리 태어나지 않았더라면 좋았을 거라는 생각도 했다.

지아는 눈을 깜빡였다. 침대 구석에서 어슬렁거리는 게 있었다. 안개처럼 희끄무레한 것이 시야에서 너울거렸다.

"나와."

지아가 말했다. 뿌연 형상이 점차 모양을 갖췄다. 혜수는 목 끝까지 단추를 채운 정장 차림이었다. 다리를 꼬고 앉아 엷은 미소를 띠고 상황을 관조하고 있었다. 두꺼운 어둠 속에서 혜수는 은근한 빛을 뿜었다.

"얼마 안 남았어. 우리는 곧 끝나."

지아가 말했다. 혜수는 천천히 고개를 저었다.

'끝나는 건 너야.'

혜수는 위태로워 보였다. 턱 아래 면도날을 올려놓은 것 같았다. 시퍼런 정맥이 뛰었다.

'난 네 그림자야. 염지아가 진짜지. 모두 알고 있잖아.'

"인생 절반은 윤혜수로 살았는걸."

'과거는 기억으로 남아. 기억할 수 있으면 경험했던 거야. 묵진에서 보낸 시간, 다 기억하잖아. 그때 느꼈던 감정들, 모두 기억하잖아. 그럼 그 시간은 네 거야.'

묶여 있는 지아를 내버려 두고 혜수는 지하실을 살폈다. 쌓여있는 잡동사니를 뒤졌다. 포대 자루에 놓인 밀가루, 토치, 선풍기 따위를 점검했다. 규식의 손목에서 시간을 확인했다.

'봉정 빌라에서 관훈을 지켜봤지. 일이 끝나고 별채로 돌아오면 밤 아홉 시야. 야경이 시작되는 건 밤 열한 시고. 그동안 일을 처리하려 하겠지. 지금이 여덟 시니까 한 시간 남았어. 지하실은 밀폐공간이고 문은 잠겨있어. 강규식한테 도움을 받기는 글렀지. 저건 강규식이라기보다는 슬슬 부패하기 시작한 고기에 가까우니까.'

"살날이 한 시간 남았다고 말하는 거지?"

'아니.'

혜수가 기지개를 켰다.

'준비할 시간이 한 시간 남았다고 말하는 거야.'

"무슨 준비."

'복수. 진짜 복수.'

"어떻게? 이렇게 묶여 있는데. 케이블 타이를 다섯 개나 감았어."

'생각해봐. 염지아. 가끔 너도 모르게 많은 일이 벌어졌지? 내가 나타나기 전까지 넌 멍청한 아이였어. 도망치고 절망하기에 바쁜 아이. 노력할 줄을 모르지. 그래서 네가 날 만들어낸 거야. 더 쉽게 도망치려고. 도망치기만 하니 모르는 게 많지. 예를 들면 케이블 타이 끊는 방법 같은 거 말이야.'

지아는 어둠 속에서 눈을 부릅떴다. 어느새 두 손이 자유로웠다. 케이블 타이는 끊어져 있었다. 몸을 묶고 있던 노끈과 테이프도 제거했다.

'넌 생각보다 똑똑해. 민첩하고. 강해.'

지아가 일어섰다. 혜수도 지아를 따라 거울처럼 일어섰다.

'넌 근육통을 즐겨.'

지아가 허리를 폈다. 혜수도 굽은 허리를 젖혔다.

'마라톤도 하지. 수영도. 복잡한 수학 문제를 풀거나 사건을 추리하는 것도 좋아해. 생각해. 뭘 해야 할지 알 수 있어. 넌 알고 있어.'

혜수는 지아의 뒤를 따랐다. 혜수는 수시로 모습을 바꿨다. 온계리의 꼬챙이 같은 계집아이였다가, 곰 같은 성인이었다가, 마르고 단단한 중년이 됐다.

지아는 의자를 밟고 올라가 형광등을 뽑았다. 스위치를 올려도 불이 켜지지 않는 걸 확인했다.

'옳지. 어두운 곳에 더 오래 있었던 네가 유리할 거야.'

지아는 바닥에 떨어져 있던 막대를 들었다. 지아가 거꾸로 매달려 있던 쇠막대였다.

'상대는 남자야. 늙었어도 한때 군인이었던 사람이고. 그걸로 되겠어? 무게감을 느껴봐. 한 손으로 휘두를 수 있는지.'

혜수가 말했다. 지아는 쇠막대를 등 뒤에 숨겼다. 침대에 누워 팔을 머리 위로 올렸다. 케이블 타이를 끊기 전과 같은 자세였다. 어둠 속에서 숫자를 셌다. 하나부터 열까지를 열 번, 열부터 하나까지를 열 번. 별들이 소곤대는 홍콩의 밤거리, 노래도 불렀다. 「남자는 배 여자는 항구」, 「사막의 별」도 이어 불렀다. 철순 생각이 났다. 재필 생각이 났고 뱀이 마을과 온계리 생각도 났다.

관훈은 정확히 혜수가 말한 시간에 별체로 돌아왔다. 머리 위로 발걸음 소리가 들렸다. 따라 들어오려던 진희를 말리고 혼자 지하실 문을 열었다. 관훈이 몰고 온 한기가 지하실에 들이닥쳤다. 지아는 가만히 눈을 감았다.

문이 닫혔다. 다시 어둠이었다. 관훈이 스위치를 딸각였다. 불이 들어오지 않는 걸 보고 몇 차례 더 스위치를 올렸다 내렸다.

"에이씨."

관훈이 혼잣말을 했다. 워커의 고무 밑창이 으스스하게 바닥을 비볐다. 침대 옆으로 온 관훈은 지아를 더듬었다. 관훈에게서는 진한 땀 냄새가 났다.

"어이, 윤혜수. 살아있냐."

관훈의 눈이 어둠 속에서 눈빛이 과녁처럼 반짝였다. "살아있냐고." 지아의 배를 더듬던 관훈은 늑골이 부러진 자리를 찾아 세게 눌렀다. 지아는 비명을 질렀다.

"묻는데 왜 대답을 안 해. 참선 시간이라 지금부터 한 시간은 절간이 조용할 거야. 돌덩이를 그물로 묶어놨어. 그 정도면 바다에 빠져도 한 달은 안 떠오를 거야. 운이 좋으면 태평양 여행도 할 수 있겠다. 너 아직 외국 나가본 적 없지? 고민을 했어. 죽이고 빠뜨릴까 빠뜨려 죽일까."

관훈은 쉬지 않고 지껄였다. 지아는 슬그머니 손을 허리춤으로 내렸다.

"죽여서 빠뜨리는 게 낫겠다 싶네."

축축한 손이 어둠 속에서 침대를 더듬었다. 지아는 관훈의 손을 피해 몸을 일으켰다. 텅 빈 침대를 쓸던 관훈이 노끈과 케이블 타이를 찾아냈다. 단면을 확인한 관훈은 "이게 왜……" 하고 혼잣말을 했다. 그와 동시에 관훈의 머리 위에서 쇠막대가 번뜩였다.

지아는 침대를 뛰어넘어 관훈을 향해 달려들었다. 오줌을 참을 때처럼 아랫배가 단단했다. 아드레날린은 부서진 늑골의 통증을 날려버렸다. 장작을 패듯 쇠막대를 내리꽂았다. 관훈이 바닥을 기었다. 계단을 향해 기었다. 그곳에 구원이 있을 것처럼 손을 뻗었다. 극락으로 향하는 문이 곧 열릴 것처럼 끝까지 희망을 놓지 않았다. 지아는 주저하지 않고 쇠막대를 휘둘렀다. 관훈이 향하는 곳에는 빛도 구원도 희망도 없다는 걸 알려줘야 했다. 관훈의 팔이, 어깨가, 조금씩 헐거워졌다. 쇠막대가 조금씩 번들거리기 시작했다. 문틈으로 번지는 형광등 불빛을 몇 걸음 앞두고 관훈은 침묵했다. 지아는 그 위로 몇 번 더 쇠막대를 내리꽂았다. 얼마나 망가졌을지 짐작 가지 않는 얼굴이 암흑 속에 잠들어 있었다. 검은 안개가 시야의 가장자리에서 어슬렁거렸다.

'이걸로 됐어?'

혜수가 물었다.

"됐어. 이거면."

지아가 대답했다.

지아는 관훈을 끌어내렸다. 시멘트 계단을 한 칸씩 내려올 때마다 관훈의 머리는 퉁, 퉁 튀었다. 지아는 관훈을 침대 아래 던져뒀다. 복숭아뼈가 시큰했다. 갈비뼈에서 자꾸 바람이 빠지는 것 같았다. 몸에 있는 구부러지고 꺾이는 것들이 일제히 비명을 질렀다. 지아는 이깟 몸 좀 더 망가져도 괜찮겠다는 생각을 했다.

지아는 계단에 앉았다. 이제 어떻게 되는 건지 셈을 해봤다. 답이 나오지 않았다. 다은이를 죽였다는 누명을 벗을 수 있을지. 관훈과 규식을 죽였다는 누명까지 쓰지는 않을지. 밖에 기다리고 있을 진희는 어떻게 처리할지.

별채 지하실은 납골당처럼 스산했다. 시체 두 구가 잠들어 있어서 그런지도 몰랐다. 잠을 자고 싶었다. 알람도 없이 늘어지게 자고 일어나고 싶었다. 소산포에 있는 국밥집에서 아침을 먹고 싶었다. 잡어를 넣고 끓인 매운탕으로 속을 데우고 싶었다.

그런 상상을 하고 있으니 볼에 열이 올랐다. 코끝에 군내가 풍겼다. 젓가락을 달그락거리는 소리, 뜨거운 것을 후후 부는 소리가 가까워졌다. 그게 상상이 아니라는 걸 깨달은 건 관훈이 보이지 않는 다는 걸 확인한 뒤였다.

등 뒤에서 거친 숨소리가 다가왔다. 지아는 고개를 돌렸다. 으깬 감자 같은 몰골을 한 관훈이 얼굴을 들이밀었다. 진희가 그랬던 것처럼 지아의 등에 매달려 언어가 아닌 소리를 질렀다.

관훈은 지아의 어깨를 노렸다. 낫으로 찌른 상처가 움푹 파인 곳에 손가락을 밀어 넣었다. 묵혀둔 숨이 터져 나왔다. 둘은 계단을 굴렀다. 관훈이 먼저 일어섰다. 지아의 배꼽 위에 엉덩이를 깔고 앉았다. 으깨진 머리에서 솟은 진물이 턱에 쏟아져 내렸다.

"네 어미를 쏠 때…… 너도 같이 보내버려야 했어."

관훈은 지아의 목을 졸랐다. 허리를 들썩여도 꼼짝하지 않았다. 코끝에 냉기가 돌았다. 더운 숨이 빠져나가고 찬 기운이 들어차기 시작했다. 관훈은 두 손에 체중을 실었다. 닭 뼈를 씹는 것처럼 관절이 바스러졌다.

지아는 바닥을 더듬었다. 포스터가 쌓인 진열대 아래 공구함이 손에 걸렸다. 손잡이를 잡아끌자 안에서 토치가 굴러떨어졌다. 밸브를 열고 방아쇠를 당겼다. 어둠 속에서 토치 주둥이가 새파란 불을 뿜었다. 불꽃이 관훈의 얼굴을 향했다. 붉은 수염이 솜처럼 타들어 갔다.

관훈은 얼굴을 감싸 쥐었다. 저주의 단어가 터져 나왔다. 지아는 몸을 일으켰다. 토치가 바닥을 굴렀다. 불꽃은 진열장을 향했다. 포스터에 불이 옮겨붙었다.

지아는 계단을 뛰어올랐다. 걸쇠를 걸어 문을 잠갔다. 관훈은 어깨로 문을 들이받았다. 합판으로 된 문이 들썩거렸다. 씩씩거리는 숨소리가 문 너머에서 요동쳤다. 숨소리 너머에는 불이 옮겨붙는 소리와 무거운 것들이 쏟아지는 소리가 가득했다. 얼마 후 움직임이 멎었다. 관훈이 계단을 내려가 불을 끄기 시작했다. 마룻바닥 틈으로 연기가 스멀스멀 피어올랐다. 관훈은 폐가 터져라 기침을 했다. 지아는 그 소리가 잦아들기를 기다렸다.

등이 뜨거웠다. 눈이 따끔거렸다. 지하에서 시작된 불이 이미 별채 전체에 번지는 중이었다. 천장에서 불똥이 떨어졌다. 종아리와 목덜미에 떨어지는 불씨 하나하나가 아찔했다. 세상이 뒤섞이는 느낌이었다. 숯덩이가 된 별채 기둥이 화염에 휩싸여 있었다. 지아는 걸쇠를 쥐고 있던 손을 놓았다. 손바닥에 커다란 물집이 잡혔다. 폐가 납작하게 눌어붙었다. 지하실 문을 열자 폭발물을 건드린 듯 불길이 솟구쳤다. 머리카락 끝이 불꽃에 그슬렸다. 연기 속에 관훈은 보이지 않았다.

서까래가 뒤틀렸다. 천장 한쪽이 쿵, 하고 내려앉았다. 그 짧은 순간 지아는 혜수의 눈으로 세상을 본 것 같았다. 괘종시계를 천천히 감듯이 시간은 느리게 흐르는 중이었다. 불꽃이 튀고 연기가 퍼져나왔다. 지아는 숨을 들이마셨다. 탄내가 입안 가득 들어찼다. 어쩐지, 혜수가 느꼈던 외로움도 이해할 것 같았다. 감정의 소용돌이였다. 19년간의 고통이 한 번에 지아를 삼켰다.

지아는 연기가 빠져나가는 곳을 향해 기었다. 산소를 찾는 불길이 문밖으로 혀를 뻗었다. 검은 연기 사이로 하늘이 보였다. 손 두 개가 쑥 튀어나와 지아를 붙잡았다. 진희였다. 더는 움직일 힘이 없던 지아는 그대로 밖을 향해 끌려 나갔다. 진희는 관훈 대신 기어 나온 지아를 보며 의아한 표정을 지었다.

"아빠는?"

진희는 불타는 별채를 바라봤다. 예상 못 한 상황에 머리가 연산 속도를 따라가지 못한 모습이었다.

"아빠는?"

진희가 다시 물었다. 기와가 무너지기 시작했다. 연기와 먼지가 동시에 쏟아져나왔다. 별채 안쪽에서 가래가 끓는 듯한 비명을 들은 것 같았다.

진희가 별채를 향해 걸음을 옮겼다.

"들어가면 안 돼."

지아는 진희의 원피스를 잡아끌었다. 진희는 원피스가 벗겨지는 것도 모르고 불길 속으로 걸었다. 연기가 천천히 진희를 집어삼켰다.

"우리 아빠 불 무서워하는데……"

진희는 손에 연고를 들고 있었다. 진희가 들어가기 무섭게 낡은 기둥이 삐걱대기 시작했다. 무서운 양의 연기와 불길이 입구에서, 창문에서 쏟아졌다. 얼마 지나지 않아 건물이 주저앉았다. 벌건 열기가 하늘로 솟구쳤다.

참선 중이던 중들이 뛰쳐나왔다. 양동이를 양손에 들고, 소화기를 들고 허둥지둥 달렸다. 별채에 도착한 중들은 이미 화마에 휩싸인 별채를 보며 허탈하게 멈춰 섰다. 불길은 대나무숲으로 옮겨붙은 뒤였다. 산 아래에서 사이렌 소리가 길게 울렸다.

지아는 등산로를 기어 내려갔다. 망가진 차에 올라 시동을 걸었다.

얼굴

법산사에서 시작된 불은 인근 산으로 옮겨붙었다. 대형 산불이었다. 도로에는 불에 탄 짚더미가 굴러다녔다. 바람을 따라 떠돌던 짚더미는 다른 산으로 옮겨 다니며 불을 질렀다. 멧돼지가 마을로 내려와 밭을 망쳐놓았고 로드킬당한 고라니가 도로에 널브러졌다. 군부대에서 대민지원을 나왔지만 불길에서 멀찍이 떨어진 곳을 삽으로 헤집는 게 전부였다. 산불은 쉽사리 잡히지 않았다.

인근 지역 소방관까지 투입됐다. 소방 헬기가 방수를 하는 사이 법산사 범종이 녹아내렸다. 산불은 마을까지 번졌다. 주민 대피령이 내려졌다. 이재민들은 시에서 마련한 대피 시설과 인근 모텔로 몸을 피했다. 화산 같이 끓어오르던 소산포도 작업을 멈추고 불길이 잡히기만을 기다렸다. 선원들은 일거리를 찾아 포항으로, 속초로, 부산으로, 목포로 뿔뿔이 흩어졌다.

불길이 잡혀 나가기 시작한 건 일주일 뒤의 일이었다. 소방본부는 이번 산불이 법산사 별채에서 시작된 것으로 보인다는 조사 결과를 내놓았다. 부실한 화기 관리가 도마 위에 올랐다. 재건 작업이 시작됐을 때는 소방본부 대신 지방 경찰청이 나서야 했다. 경찰청은 서울에서 내려왔다는 르포 기자 강 씨와 법산사 종무원 장 씨, 그의 딸, 실종된 고등학생 한 양이 각각 법산사 별채와 근처 대나무 숲에서 시신으로 발견됐다는 사실을 발표했다. 발화지점과 네 사람의 상해 정도로 보아 이번 산불이 별채에서 벌어진 다툼 때문인 것으로 보인다는 초동 수사 결과도 보도됐다. 자세한 사건 경위에 대해서는 현재 수사가 진행 중이라는 말로 갈음했다.

불똥은 수경에게 튀었다. 장관훈이 한다은의 시체를 유기한 정황이 있었기 때문에 종교가 범죄자를 숨겨주는 것이 아닌가 하는 논란이 일었다. 관훈이 광주에 투입된 공수부대였다는 사실은 지방 신문 기자를 통해 언론에 보도했다. 사찰 관리와 인사 검증 과정이 도마 위에 올랐다.

법산사는 수경에게 징계 절차를 밟기 전에 절을 떠나달라고 했다. 묵진이 불바다가 된 마당에 법산사에서 미리 책임지는 모습을 보이는 게 좋겠다는 거였다. 이것도 업보라 생각하고 자진해서 책임을 져달라는, 제안을 가장한 통보였다.

수경은 재가 된 절을 둘러봤다. 수경이 쌓아온 것들은 산불과 함께 날아가 버렸다. 모든 게 잿더미가 됐는데도 아직 무너질 게 더 남은 기분이었다. 더 추락해야 끝이 보일 것 같았다. 마음이 비워지지 않았다. 수경은 삽을 들었다. 중장비가 잔해를 들어내는 틈에서 땅을 파고 폐허를 복구했다. 몸을 쓰니 머리가 맑아졌다. 아직 지우지 못한 선원의 피가 몸을 덮혔다. 누비 동방이 무겁게 느껴졌다. 법복도 무겁고 묵주도 무거웠다. 얼마 후 법산사 재건 현장에는 밤송이처럼 머리가 자란 스님이 티셔츠와 청바지 차림으로 땅을 파고 있다는 소문이 퍼졌다. 신도들이 모여들자 수경은 자취를 감춰버렸다.

공중파 탐사 보도 프로그램 작가와 피디가 법산사에 파견됐다. 언론은 군인 출신이었던 장관훈의 지난 행적과 장관훈을 추적하던 르포 기자에 흥미를 보였다. 관훈의 미친 딸이 보였던 기행도 좋은 소재였다. 강규식은 세상을 떠들썩하게 만들만한 이야깃거리를 찾겠다는 목표를 달성한 셈이었다. 다만 자신이 그 이야기의 주인공이 될 거라는 건 예상하지 못했다.

언론의 관심은 다시 강규식이 뒤쫓던 사람을 향했다. 19년간 잠적했었던 여자, 대나무숲에 묻혀 있던 한다은의 가족인 염지아였다. 전라남도 출생, 서울 거주, 몇 건의 전과가 있다는 사실이 보도됐다. 몇몇 집요한 기자들은 노유정을 찾아냈다. 노유정은 카메라 앞에서 여전히 선명하게 남아 있는 손의 흉터를 내보였다. 지금도 그날 그 순간이 꿈에 나온다고 했다. 염지아는 자신이 저지른 일이 무서워서 도망쳐버린 범죄자라고 했다.

지아는 병실에 누워 방송에 나온 노유정을 지켜봤다. 모자이크에 음성 변조를 했지만 한눈에 알아볼 수 있었다. 19년이나 이어진 증오가 어떤 형태로 유정을 갉아먹고 있을지 궁금했다. 그렇다면 40년간 지속되는 증오는 또 얼마나 단단한 것일지 생각했다. 한숨이 터져 나왔다.

의사는 숨쉬기를 조심하라고 했다. 단전 호흡을 하듯 천천히 들이마시고 내쉬어야 폐에 무리가 없을 거라고 했다. 고온의 증기를 들이마셔서 기도를 따라 폐까지 화상을 입었다는데, 그걸 흡입화상이라고 불렀다. 기도에서 쇳소리가 났다.

법산사 화재 사건 이후 혜수는 침묵했다. 말을 거는 일도 없었고 시야 안에서 어슬렁거리지도 않았다. 감정의 찌꺼기, 혜수가 쌓아둔 기억을 염탐할 때 느껴지던 비릿한 냄새와 맛도 함께 사라졌다. 둘을 가로막고 있던 거울이 깨지고 이쪽 세계와 저쪽 세계가 연결된 것 같았다. 지아가 하는 말을 혜수가 들었다. 혜수가 하는 생각을 지아가 읽었다. 어제 같이 느껴지던 19년 전의 일들이 비로소 아득한 과거의 사건이 됐다. 19년간의 기억을 돌려받은 지금은 누군가 자신을 혜수라고 불러도 상관없을 것 같았다.

혜수가 있어야 할 자리에는 병준이 앉아 있었다. 깁스한 팔로 코를 긁으면서 히터 앞에 앉아 꾸벅꾸벅 졸았다. 절대 경찰이 될 일은 없을 녀석이었다. 치료가 끝나면 간호조무사 일을 추천해줘야겠다고 생각했다. 지아는 그렇게 언론의 관심이 조금씩 줄어들고 세상이 이 사건을 잊어버릴 때까지 병원에 누워 시간을 보냈다. 지아의 예상보다 빠르게 세상의 관심은 다른 가십거리를 찾아 떠났다.

마지막으로 지아에게 관심을 보인 건 서울에서 내려온 임준홍이라는 형사였다. 낯선 얼굴의 등장에 병준이 이유도 없이 얼어붙었다. 준홍이 자신의 신분을 밝히자 병준은 자리를 떠버렸다. 준홍은 간병인 의자에 앉아 지아에게 안부를 물었다.

"형사 일을 하고는 있기는 한데요. 지금은 공무원 신분으로 온 게 아닙니다. 아는 분 일을 마무리하러 왔어요. 선배가 염지아 씨 사건을 담당했었거든요. 19년 전에요. 죽음병원 사건 기억하시죠?"

"네."

지아는 고개를 끄덕였다.

"선배는 형사 그만두고 저널리스트가 됐어요. 강규식이라고요. 만난 적 있으실 거예요."

"네."

"염지아 씨가 19년이나 사라졌다가 돌아왔다는 걸 알고 이야기가 재미있을 거라 생각했나 봐요. 서울에서부터 쭉 지아 씨를 따라다녔거든요. 선배는 화재 현장에서 사망했고요. 사인은 화상이 아니었어요. 검시 기록에는 후두부 가격으로 인한 두개골 파열이라고 돼 있더군요. 불 때문이 아니라 맞아서 죽은 거란 소리죠. 자세한 내용은 경찰에서 조사 중이고요. 이것도 아는 이야기죠?"

"네. 그리고 이미 경찰이 몇 번이나 다녀갔어요. 저는 최대한 협조했고요."

"말씀드렸잖아요. 저는 공무원으로 와 있는 게 아니에요. 선배 이야기가 궁금해서 그런 거예요. 몇 가지만 여쭤볼게요."

준홍은 안주머니에서 수첩을 꺼냈다. 볼펜을 딸깍거리며 받아 적을 준비를 했다.

"따님이 법산사 대나무숲에서 발견됐어요. 다은 양이요. 묵진에서 나고 자랐죠. 그런데 엄마인 염지아 씨가 19년간 어디서 뭘 했는지 알 수가 없었어요. 증발해 버린 것 같았죠. 그동안 뭘 하고 지내셨어요? 어떻게 아무 기록도 남기지 않고 지낼 수 있었죠."

"기억이 안 나요."

"언론에서는 염지아 씨에 대해서만 얘기하고 있지만, 사실 경찰은 윤혜수라는 사람에 대해서 파고 있어요. 사망한 장관훈의 회사에서 일하던 여자요. 다은이 실종 전단지에 적혀 있던 전화번호가 그 여자 거였어요. 다은이가 살던 아파트도 윤혜수 소유였고요. 윤혜수가 누군지 아시죠."

"기억이 안 나요."

"기억나게 해드릴까요? 지문 조사를 했거든요."

준홍이 종이 한 장을 내밀었다. 지문 감식 결과지였다. 왼쪽에 윤혜수, 오른쪽에 염지아의 이름이 있었다. 커다랗게 확대된 지문이 나이테처럼 둥근 테두리를 그렸다.

"윤혜수 씨와 염지아 씨는 지문이 같더라고요. 두 분은 같은 사람이죠?"

"기억이 안 나요."

준홍은 수첩을 접었다. 허탈한 웃음을 지었다.

"염지아 씨는 19년 전 묵진에 내려와서 윤혜수라는 이름으로 지내셨죠? 경찰이 장명이라는 사람을 조사하고 있어요. 곧 조사 결과가 나오겠죠. 양원 페리 대표였던 장관훈과는 사이가 안 좋았나 봐요. 회사 관련된 일이었던 걸로 알아요. 회사 하나를 그렇게 쉽게 말아먹을 수 있다는 건 몰랐네요. 아마도 그 일 때문에 장관훈이 앙심을 품고 있었겠죠. 그러다 다은이에게 몹쓸 짓을 한 거겠죠. 규식 선배는 그 일을 파다가 해코지를 당했고요. 제 가설이 어때요?"

"기억이…… 안 나요."

지아는 무릎을 덮은 이불을 말아쥐었다.

"저희도 모르겠어요. 선배 전화기에 뭔가 남아 있지 않을까 했는데. 불이 나서 말이죠. 포렌식도 안 된대요. 한 가지 이상한 게 있어요. 선배는 염지아 씨가 살인범이라고 했거든요. 확신에 차서요. 그래서 경찰이 모텔을 급습했고요. 선배는 왜 그렇게 말했을까요?"

"글쎄요."

지아는 멍하게 창밖을 봤다. 휠체어를 끌고 가는 노인이 하늘을 보고 있었다. 산에서 검은 연기가 하늘로 치솟았다. 꺼진 줄 알았던 불이 엉뚱한 곳에서 다시 시작되는 일이 며칠째 이어졌다. 지아가 물었다.

"저는 이제 어떻게 되나요."

"염지아 씨 혐의는 사기죄예요. 양원 페리에 벌인 일이요. 피해자는 사망했고 사기죄는 공소시효가 지나긴 했지만요. 허위 출생신고에 대해서도 얘기를 해야겠군요. 그것도 따져볼 문제고요. 그 두 가지를 제외하면, 현시점에서 염지아 씨는 그냥 딸을 잃은 피해자예요."

피해자라는 말이 낯설었다. 슬퍼해도 좋다는 인증을 받은 느낌이었다.

"신문은 끝인가요."

"신문이 아닙니다. 그냥 병문안이었어요."

준홍이 일어서서 예의 바르게 인사를 했다. 지아는 묵묵히 창밖만 바라봤다. 곧장 떠날 줄 알았던 준홍은 문 앞에서 멈춰 섰다. 할 말이 남았는지 침대로 되돌아와 지아에게 물었다.

"참. 염지아 씨 전라남도 출신이시죠."

"네."

"어렸을 때는 온계리라는 곳에 사셨다고요."

"맞아요."

"거기가 광주 근처인가요?"

"네."

준홍은 뭔가 납득이 간다는 듯 고개를 끄덕였다.

"아무것도 모르겠다고 하시면서 그건 기억이 나나 봐요. 실례 많았습니다."

준홍이 병실을 나섰다. 병준이 돌아와 무슨 이야기를 했냐고 물었다. "아무것도 기억이 안 난다고 했어." 지아가 말했다. 절반의 거짓말이었다. 기억하지 못하지만 알고 있는 사건이었다. 경험하지 못했지만 인지하는 일들이었다. 혜수의 말대로였다. 감정이 지아를 정의했다. 혜수의 기억을 되살려낸 지금 지아는 혜수였다. 혜수가 아는 것들을 지아도 알았고 혜수가 느끼는 것을 지아도 느꼈다. 혜수는 지아가 경험한 고통의 찌꺼기였고 지아는 혜수가 영위한 시간과 사건의 부산물이었다.

머릿속에서 파도가 쳤다. 회색 진흙 같은 해일이 밀려들었다. 묵진에는 미지근한 바람이 불기 시작했다. 3월의 훈풍이었다. 따가운 바닷물을 쏘아대던 파도도 독기를 거두고 호수처럼 일렁거렸다. 정박 중인 배는 느슨한 파도 위에서 춤을 췄다. 눈이 녹았다. 숯덩이가 된 조대산에서는 나무들이 질긴 생명력으로 싹을 틔워 올렸다.

지아는 치료가 끝난 뒤에도 서울로 올라가지 않았다. 철순이 일 끝났으면 당장 올라오라고 성화였다. 돌아오면 부동산 일을 알려주 겠다고 했다. 새엄마도 이제 그만 병준을 올려보내라고 했다. 병준 은 짜증 난 말투로 알아서 하게 내버려 두라고 했다. 거하게 소리를 한 번 지른 병준은 홀가분한 얼굴이었다. 깁스를 푼 팔을 선풍기처 럼 돌렸다. 시원한 바람 소리가 났다. 패딩까지 벗고 나니 체중이 훅 줄어든 기분이라고 했다. 형사들의 추궁도, 언론의 관심도 한풀 꺾 인 터라 더 가벼운 마음일 거였다. 선글라스를 코에 걸치고 팔꿈치 를 차창에 올렸다.

행정복지센터로 가는 길이었다. 기억으로 남은 것을 눈으로 확인 하고 싶었다. 윤혜수가 마지막까지 장난을 친 것은 아닌지. 조작한 기억을 진실이라고 믿게 만든 것은 아닌지. 윤혜수를 완전히 떠나 보내고 이 현실을 직시하기 위한 마지막 절차였다. 하늘은 파랗고 깊었다. 구름 몇 점이 그물에 걸린 생선처럼 퍼덕거렸다. 죽음병원 복도를 연상시키는 하늘이었다.

점심시간이 끝난 직후의 센터는 공기부터 나른했다. 지아는 초본 을 떼는 곳으로 향했다. 두꺼비를 닮은 직원이 여전히 자리를 지키 고 있었다. 이번에는 윤혜수의 행적을 확인하려는 게 아니었다. 지 아는 자신의 신분증을 내밀었다. 진작 이 생각을 했어야 했다. 혜수 만 생각하느라 정작 지아의 기록을 돌아볼 생각을 못 했다. 400원만 있으면 되는 일인데, 너무 늦었다.

종이 한 장 안에 모든 기록이 있었다. 철순이 있고 엄마가 있었다. 작은 관공서에서 출력한 손바닥만 한 용지 위에 다은이의 일생이

남아 있었다. 출생 장소, 출생일, 다은이가 다녔던 학교, 주소 변경
기록까지. 다은이는 기억으로, 기록으로 존재했다.

다은의 마지막 주소지는 호천 아파트였다. 2동 107호. 혜수가 살
았던 곳, 육아에 지쳐 무너지던 여자가 살던 곳의 아래층이었다. 먼
길을 돌아온 느낌이었다.

병준이 호천 아파트로 차를 몰았다. 거긴 왜 가는 거냐고 묻는데
대답하지 않았다. 병준은 이제 묻기도 지쳤다는 듯 잠자코 운전대
를 잡았다.

아파트 정원에 벚꽃이 피었다. 다은이가 이 풍경을 좋아했던 게
기억났다. 다은이가 현관 비밀번호를 변경하지 않았으면 했다. 지아
는 문 앞에 서서 혜수가 설정해둔 번호를 입력했다. 저항 없이 문이
열렸다.

봉정 빌라도 같은 비밀번호를 썼다. 휴대폰 비밀번호도, 통장 번
호도, 모두 5497이었다. 54년 9월 7일. 엄마의 생일이었다. 지아가
기억하지 못하는 걸 혜수는 기억했다. 머리가 좋아서, 억울해서 그
랬다.

몇 달간 환기하지 않은 집의 공기가 훅 빠져나왔다. 병준이 여긴
누구 집이냐고 물었다. 지아는 몰라도 된다고, 모르는 게 낫다고 대
답했다.

다은이는 평지에 살게 하고 싶었다. 뱀이 마을처럼 높지도 않고
원수가 내려다보이지도 않는 곳에 있게 하고 싶었다. 엄마의 증오
를 딸에게 물려주고 싶지 않았다. 엄마를 닮지 않았으면 했다. 가까
운 곳에 오래 있으면 정신병이 옮을까 두려웠다.

학교가 가까운 곳에 두고 싶었다. 호천 아파트와 다은이 다니던 학교는 걸어서 5분 거리였다. 다은이는 학교가 가까워서 좋다고 했다. 그런데도 늘 지각을 했다. 시리얼과 사과 하나만 먹고 학교에 간다고 했다. 학교에서 빵 사 먹게 용돈 좀 넉넉히 달라고 했다.

아파트에 살게 하고 싶었다. 경비실이 있고 쓰레기 분리수거를 할 수 있는 곳에. 이곳에서 행복했으면 했다. 인형처럼 안전하고 편안해서 세상에는 고통도 증오도 불행도 없는 걸로 알고 살았으면 했다.

다은이. 우리 다은이.

호적에는 아무 이름이나 올리면 못 쓴다고, 제대로 이름을 지어야 한다고 해서 정한 이름. 튼튼했으면, 그래서 부서지지 않으면 해서 지은 이름. 다이아몬드에 은까지 더하면 좀 건강하지 않을까 해서 정한 이름.

거실 한편에 통기타가 보였다. 그 옆 보면대에는 「밤편지」와 「사막의 별」 악보가 놓여 있었다. 지아는 기타 줄을 퉁겼다. 음정이 조금 엇나간 현이 구슬프게 울었다. 책장에 먼지가 쌓였다. 노란 꽃이 시들어 나물 같은 냄새를 풍겼다. 화병에 물은 진작에 말라 있었다. 지아는 꽃을 쓰레기통에 구겨 넣었다. 재채기가 터져 나왔다.

베란다와 다용도실 문을 열었다. 맞바람이 불기 시작했다. 바람은 묵은 것들을 천천히 날려 보냈다. 자다 일어난 모습 그대로인 침대가 지아를 마주했다. 다은이 쏙 빠져나온 듯한 이불에 작은 동굴이 만들어져 있었다. 당장이라도 다은이 눈을 비비며 엄마, 하고 팔을 벌려 안아줄 것 같았다.

작은방에는 책상이 있었다. 교복 상의와 치마가 의자에 걸려 있었다. 옷이 구겨지니 옷걸이에 걸라고 몇 번을 말해도 다은은 그게 더 편하다고 했다. 소매와 팔꿈치가 닳아서 반질반질했다.

책상에서 코코넛 냄새가 났다. 디퓨저에서 나는 향이었다. 교과서와 소설책이 그 옆에 놓여 있었다. 지아는 책상 앞에 앉았다. 코코넛 냄새를 맡으면서 기억을 더듬었다. 액자에 담겨있는 혜수와 다은의 사진을 봤다. 다은이 찍은 혜수의 사진도 봤다. 이제는 없는 딸의 모습을, 한참 바라봤다.

기억이 몽글몽글 피어올라 머릿속에 자리를 잡았다.

다은은 혜수를 사랑했다.

혜수도 그랬던 것 같다.

사랑받았던 순간이 떠올랐다. 이용당하지 않고, 멸시당하지도 않고, 백 퍼센트의 순도로 사랑받던 순간이 기억났다. 다은이 젖을 물던 순간이, 작은 손이 손가락을 감아쥐던 순간이, 똑같은 위치에 난 점을 발견하던 순간이, 처음으로 걷던 순간이, 다은이 처음으로 엄마, 하고 말하던 순간이 생각났다.

혜수는 지아에게 복수를 하기 위해 등장한 존재가 아니었다. 사랑받고 싶어 만들어진 자아였다. 사랑을 받는 동안 혜수는 행복했다. 행복해서, 그 끈을 19년이나 놓지 못했다.

많은 날 중에 단 하루가 잘못된 것뿐이었다. 그 하루가 인생을 뒤집어놓았다. 누군가의 결정이 너무 많은 사람의 일생을 헤집었다. 세상은 수학 문제처럼 움직여주지 않았다. 끊임없이 발버둥 치는 인간이 있을 뿐이었다.

비로소 묵진에서 할 일은 끝난 기분이었다. 지아는 다음 여정을 고민했다. 뱀이 마을로 돌아가고 싶지는 않았다. 연고가 없는 곳으로 가서 또 다른 19년을 보내고 싶었다. 산이 좋을까 바다가 좋을까. 북쪽으로 갈까 남쪽으로 갈까. 누구를 만나서 무슨 이야기를 들려줘야 할까.

"야."

병준이 지아를 불렀다.

"여기도 수색해야 해? 그런 거면 나는 좀 빼줘라."

"그냥 가만히 있어 줘. 아무것도 손대지 말고."

병준은 주머니에 손을 꽂아 넣었다. 흐리멍덩한 얼굴로 지아를 쳐다봤다.

"너 좀 무섭다."

"뭐가."

"표정 말이야. 처음 봤을 때랑 많이 달라."

"무슨 말을 하고 싶은데."

병준은 주저했다. 혀가 간질간질하는데 혼이 날까 봐 함부로 말을 못 꺼내는 아이 같았다.

"괜찮으니까 얘기해."

"너 지금 누구야. 지아야, 혜수야?"

지아는 대답하지 않았다. 대답하기 싫어서가 아니라 대답할 수 없어서였다. 책상 위 거울에 얼굴을 비췄다. 그래. 난 누구니. 지아는 거울을 향해 물었다. 거울은 똑같은 질문을 되돌려줬다.

그런 관계였다. 지아를 가장 닮은 혜수는, 그래서 지아를 가장 잘

아는 혜수는, 왼손을 내밀면 기어이 오른손을 돌려주는 존재였다. 서로를 안을 수 없는 사이였다. 이제는 혜수를 이해할 것 같은데, 혜수도 자신을 이해해줬으면 하는데, 혜수는 말이 없었다.

지아는 마지막으로 웃어본 게 언제였나 생각했다. 혜수는 원 없이 웃을 수 있었을지도 궁금했다. 그랬으면 했다. 혜수가 어디선가 웃고 있으면 했다.

혜수가 웃는 모습을 보고 싶었다. 지아는 거울을 향해 미소를 지었다. 낡은 근육을 들어 올려 동그란 주름을 만들어보았다.

거울 속 얼굴은 촛농처럼 녹고 있었다.

몹시 슬프고 가난한 얼굴이었다.

〈끝〉

나의 왼쪽, 너의 오른쪽

1판 1쇄 찍음 2021년 6월 3일
1판 1쇄 펴냄 2021년 6월 10일

지은이 | 하승민
발행인 | 박근섭
편집인 | 김준혁
펴낸곳 | 황금가지

출판등록 | 2009. 10. 8 (제2009-000273호)
주소 | 06027 서울 강남구 도산대로 1길 62 강남출판문화센터 5층
전화 | **영업부** 515-2000 **편집부** 3446-8774 **팩시밀리** 515-2007
홈페이지 | www.goldenbough.co.kr

도서 파본 등의 이유로 반송이 필요할 경우에는 구매처에서 교환하시고
출판사 교환이 필요할 경우에는 아래 주소로 반송 사유를 적어 도서와 함께 보내주세요.
06027 서울 강남구 도산대로 1길 62 강남출판문화센터 6층 민음인 마케팅부

© 하승민, 2021. Printed in Seoul, Korea

ISBN 979-11-5888-867-1 03810

㈜민음인은 민음사 출판 그룹의 자회사입니다.
황금가지는 ㈜민음인의 픽션 전문 출간 브랜드입니다.